Le Piège du silence

Rachel Abbott

Le Piège du silence

Traduit de l'anglais par Muriel Levet

ÉDITIONS
FRANCE
LOISIRS

Titre original : *The Black Road*
Publié par Thomas & Mercer, Seattle, États-Unis

Édition du Club France Loisirs,
avec l'autorisation des Éditions Belfond

Éditions France Loisirs,
123 boulevard de Grenelle, Paris
www.franceloisirs.com

© Rachel Abbott, 2013
© Belfond, un département de Place des Éditeurs, 2015, pour la traduction française

ISBN : 978-2-298-08865-6

Prologue

Les portes du placard claquèrent, et elles se retrou-
vèrent toutes deux piégées à l'intérieur. Aussitôt,
elle comprit que quelque chose n'était pas normal.
Pourtant, tout aurait dû lui paraître semblable aux
autres jours. Elle avait mal, comme d'habitude, elle
ne pouvait pas bouger, comme d'habitude. Mais il y
avait autre chose, quelque chose de différent. Et elle
ne savait pas ce que c'était.

Lentement, silencieusement, la fillette fit glisser ses
pieds sur le sol, cherchant de ses orteils ceux de sa
sœur pour y trouver un peu de réconfort, mais surtout
en donner. Il fallait absolument qu'elle essaie de
rassurer sa sœur. Tout serait bientôt terminé. Mais les
doigts d'une mystérieuse menace remontaient le long
de son échine dorsale.

Ce fut alors que sa sœur émit une sorte de gargouillis.
Un bruit étrange, qu'elle n'avait jamais fait jusqu'alors.
On aurait dit que quelque chose était coincé au fond
de sa gorge et qu'elle essayait de l'en faire sortir. La
fillette la supplia silencieusement d'arrêter.

Calme, calme. Chut.

Laissant son front retomber sur ses genoux
décharnés, elle se mit à répéter ces mots dans sa tête,

en espérant de tout son cœur que sa sœur les entende et les comprenne. Si elle continuait de faire du bruit, la mère allait finir par se fâcher, et tout serait pire. Bien pire que de souffrir en silence.

Elle avait essayé de lui expliquer qu'elles seraient sages. Qu'elle n'avait pas besoin de les enfermer là. Mais la mère répondait toujours la même chose :

« Je suis la mère. Vous faites ce que je vous dis. Il est parfaitement inutile de discuter. Dois-je vous rappeler ce qui arrive aux enfants méchants ? Le croque-mitaine les emporte et les dévore tout cru. » Et la mère se mettait à rire. La fillette avait peur du croque-mitaine. Peur qu'il soit plus terrible encore que la mère.

Inquiète, elle releva légèrement la tête. Dans la porte de bois, une fissure étroite laissait filtrer un poussiéreux rai de lumière, lequel illuminait une infime partie du visage de sa sœur. Il était blanc et luisant. Un peu comme un œuf dur dont on aurait retiré la coquille. Jamais elle n'avait vu un visage ressembler à ça. Sous ses yeux ébahis, sa sœur vacilla légèrement, avant de se replier sur elle-même. Des boucles de cheveux humides étaient collées à son front, et un bruit émanait de sa gorge. Un bruit affreux. Accompagné d'une odeur horrible.

Si elles ne se faisaient pas toutes petites, elles allaient être battues. Heureusement, en cet instant précis, sa sœur avait peu de chances d'être entendue. Car il semblait bien que le Grogneur fût là, aujourd'hui. Le Grogneur faisait toujours beaucoup de bruit, un peu comme le cochon qu'elle avait vu un jour à la télévision. Elle détestait ces bruits, mais elle les préférait encore à ceux que faisait le Hurleur, qui passait son temps à crier des mots durs. Ces mots, elle ne comprenait pas ce qu'ils voulaient dire, mais le Hurleur avait toujours l'air méchant quand il les criait. Et puis il y avait aussi le Geignard. Un jour, elle avait essayé de l'observer à travers la fissure de la porte parce qu'on aurait dit qu'il souffrait encore plus que d'habitude, mais elle n'avait pas aimé ce qu'elle avait vu, si bien qu'elle n'avait jamais retenté l'expérience. Cela n'empêchait pas son esprit de fonctionner pour autant et, à chaque fois qu'elle entendait le Geignard, automatiquement, des images lui revenaient en mémoire : celles d'un dégoûtant derrière blanc qui ne cessait de se soulever et de retomber.

Mais le Grogneur ne restait jamais bien longtemps. Il allait falloir que sa sœur arrête de faire ce bruit. Et vite.

Déjà, les grognements, de l'autre côté de la porte du placard, devenaient plus forts et plus rapprochés, ce qui ne pouvait signifier qu'une chose : il avait presque terminé. Le Grogneur faisait toujours plus de bruit juste avant la fin. La fillette commença à paniquer. Il ne lui restait plus beaucoup de temps. Il fallait qu'elle calme sa sœur avant qu'il ne soit trop tard. Elle ne voulait pas qu'elle soit punie ; elle détestait ça. Déterminée, elle essaya de se déplacer dans l'espace confiné, mais les liens qui retenaient ses chevilles et ses poignets s'enfoncèrent dans ses bleus et ses plaies, et elle dut étouffer un cri de douleur. Elle persista cependant, et, quand elle arriva près d'elle, sa sœur la regarda avec des yeux qui avaient l'éclat brillant que confèrent les larmes retenues. Et tout à coup, son petit corps fut secoué d'un violent soubresaut.

La fillette comprit avec horreur que sa sœur était malade, mais que la large bande de scotch marron qui recouvrait sa bouche empêchait le vomi de s'en échapper. Et soudain, elle vit les yeux de la petite rouler vers le haut. Ses pupilles disparurent, ne laissant en leur lieu et place qu'une surface blanche et brillante ; au même moment, son corps s'effondra sur un tas de vieilles chaussures sales.

Sa sœur avait besoin d'aide. La fillette savait qu'elle allait être punie, et que la punition lui ferait mal, très mal, mais en cet instant précis, elle s'en souciait peu. Sans réfléchir, elle roula sur le dos et se mit à frapper la porte de bois de ses pieds nus et ligotés. Il y eut un cri de surprise, suivi d'un grognement de colère, et la porte s'ouvrit brutalement. Un homme avec un énorme visage rouge et un gros nez violet se pencha vers la petite ouverture du placard, un pantalon et un slip blanc crasseux sur les chevilles.

Le Grogneur. Enfin, elle le voyait.

1

Premier jour : vendredi

Ellie Saunders prit deux oignons dans le panier à légumes et entreprit de les peler. Cuisiner avait toujours eu tendance à l'apaiser et, ce soir-là, elle avait vraiment besoin de faire quelque chose pour empêcher son esprit de vagabonder. Certes, ce pâté de foie de volaille ne requérait pas beaucoup de concentration ; elle aurait pu le faire les yeux fermés. Mais mieux valait s'activer que de rester assise à contempler le plafond, en se rongeant les sangs.

« Arrête, Ellie, marmonna-t-elle. Tu es complètement ridicule. » Sur ce, elle se mit à émincer les oignons avec plus d'énergie que nécessaire et arracha un essuie-tout pour sécher les larmes qui commençaient déjà à couler de ses yeux.

Elle était en train de retirer les foies de volaille de leur emballage pour les poser sur une assiette quand, soudain, elle sursauta. Sur le plan de travail, juste à côté d'elle, son téléphone s'était mis à vibrer.

Le bras en l'air, elle resta figée sur place. Elle n'avait pas besoin de vérifier ; elle savait parfaitement de qui il s'agissait. Devait-elle répondre ? Valait-il mieux lui parler ou l'ignorer ? Si ça n'avait tenu qu'à elle, elle ne lui aurait jamais plus adressé la parole, mais une question se posait : comment allait-il réagir si elle décidait subitement de couper les ponts ?

Luttant pour se tirer de sa torpeur, elle s'essuya nerveusement les mains sur un torchon et attrapa son téléphone.

« Allô ? dit-elle d'une voix basse.

— Pourquoi pleures-tu, Ellie ? »

Il est là. Sous le coup de la panique, elle faillit laisser tomber l'appareil. Et aussitôt, elle se mit à balayer du regard les portes accordéon vitrées qui occupaient l'un des côtés de la cuisine. Mais les nuages d'orage combinés au lumineux éclairage de la pièce l'empêchaient de sonder les profondeurs obscures du jardin.

« Je te regarde, poursuivit la voix. J'adore te regarder cuisiner. Mais ne sois pas triste. Tout va bien se passer, je te le promets. »

Le cœur d'Ellie battait à toute allure, mais elle lutta pour empêcher sa voix de trembler : « Je ne pleure pas et je ne suis pas triste. Où es-tu ? Écoute… tu n'as rien à faire ici. Je ne veux pas te parler ; je t'ai dit tout ce que j'avais à te dire. »

À l'autre bout de la ligne, il y eut un soupir d'exaspération.

« Pourquoi est-ce que tu ne me laisses pas entrer ? On pourrait parler ? Puisque je suis là… »

La voix était calme et persuasive, mais Ellie sentit un frisson de terreur lui parcourir le corps. Pour mieux dissimuler son apparence à l'intrus, elle tourna le dos à la fenêtre. Il ne devait surtout pas voir qu'elle était déstabilisée.

« C'est impossible, voyons. Max va rentrer d'une minute à l'autre. S'il te plaît, ne fais pas ça. S'il te plaît. »

Il fit doucement claquer sa langue d'un air désapprobateur. Un petit son bien plus explicite que tous les mots qu'il aurait pu prononcer.

« Tu sais bien qu'il ne rentrera pas de sitôt. Il est parti à cette soirée. Et il est avec *elle*. Allons, tu le sais aussi bien que moi. Je l'ai vu avec elle, de mes yeux, Ellie. Et ils sont très proches l'un de l'autre, c'est un fait avéré, qui ne pourrait échapper à personne. Mais moi, je suis avec toi, mon cœur. Et jamais je ne te ferai du mal comme il le fait. Alors laisse-moi entrer, s'il te plaît. Je veux juste te toucher, te tenir dans mes bras. » Il se mit à rire doucement, et sa voix descendit d'une octave. « Je vais te dire de quoi j'ai envie : de lécher ta peau soyeuse et de couvrir chaque centimètre carré de ton corps de mes baisers. Tu as un goût délicieux, tu sais ? La texture veloutée de ta chair n'est pas sans évoquer celle des glaces à l'italienne. Parfum noisette, je dirais. Fraîche sur les lèvres, d'une couleur crème un peu sombre, avec une légère saveur de noisette. Laisse-moi entrer, que je puisse y goûter encore une fois.

— Non ! »

Elle posa vivement son téléphone sur le plan de travail, auquel elle s'accrocha ensuite des deux mains pour ne pas s'effondrer. Elle aurait donné n'importe quoi pour pouvoir se laisser tomber sur le sol et rester allongée là jusqu'à ce que les choses s'arrangent d'elles-mêmes. Mais il était en train de l'observer ; il fallait absolument qu'elle cesse de lui montrer des signes de faiblesse.

Elle entendait toujours le faible écho de sa voix dans le téléphone, mais elle ne saisissait plus le sens de ses mots. La situation ne pouvait plus perdurer ; il fallait qu'elle y mette un terme, une bonne fois pour toutes.

D'un geste déterminé, elle reprit le téléphone.

« Écoute, lui dit-elle sur un ton ferme et assuré. J'aime mon mari. Ce qui s'est passé entre nous n'était rien. Ou rien d'autre qu'une erreur. S'il te plaît, je t'en prie, laisse-moi tranquille, maintenant. »

Elle pensait déclencher ainsi une réaction de colère ou de rancœur. Mais ses espoirs furent déçus. Imperturbable, il poursuivit sur le même ton doux et apaisant :

« Voyons, Ellie, tu sais bien que ce n'est pas vrai. Tu étais triste, et je t'ai rendue heureuse. C'est ça, la vérité. Et je voudrais le faire de nouveau, je voudrais de nouveau te rendre heureuse. Tu te souviens ? Tu te souviens de cette sensation brûlante au moment où nos deux corps se sont touchés ? De quoi as-tu peur ? Personne ne le saura. Il n'y a que toi et moi. »

La quiétude durement acquise s'était subitement dissoute, et la terreur avait repris le dessus. *Et si Max venait à l'apprendre ? Jamais, jamais il ne lui pardonnerait.* Mais elle ne devait pas penser à ça, rien n'était encore perdu. Elle prit une profonde inspiration. Et elle se força à adopter un ton neutre et détaché :

« Je n'ai pas peur ; je veux juste que tout cela s'arrête. Je vais raccrocher, maintenant, et éteindre mon téléphone. Et ensuite, je baisserai tous les stores pour que tu ne puisses plus me voir. Je suis désolée. Je n'ai jamais voulu te faire du mal ou te faire marcher. Mais c'est fini, maintenant, et je te prie de ne plus m'appeler. »

Afin de bien lui faire comprendre le message, elle éteignit son téléphone en le tenant en l'air devant elle. Puis, baissant la tête pour ne pas risquer de croiser son regard dans la pénombre du jardin, elle avança vivement vers les fenêtres, dont elle tira tous les stores.

14

Aussitôt, le téléphone fixe se mit à sonner. Elle traversa la cuisine pour aller le débrancher. Et comme elle entendait toujours la sonnerie de l'appareil qui était à l'étage, elle s'empara de la télécommande de son iPod, sélectionna un album de Coldplay et mit le volume suffisamment fort pour que la musique puisse être entendue dans le jardin.

Mais cet élan de bravade ne fut que de courte durée, et des larmes de désespoir coulaient déjà du coin de ses yeux au moment où, d'une main rageuse, elle entreprit de hacher menu une gousse d'ail, à l'aide de son couteau le plus aiguisé.

2

Au volant de son Audi cabriolet, Leo Harris mit son clignotant à gauche pour quitter la route principale afin de s'engager dans la grand-rue de Little Melham. La plupart des gens ne comprennent pas l'intérêt d'avoir une décapotable quand on vit à Manchester mais, ce soir-là, il faisait chaud et lourd, et il était bien agréable d'avoir les cheveux au vent. Il ne lui avait fallu qu'une demi-heure pour arriver et, une fois les embouteillages des faubourgs passés, l'air de la campagne du Cheshire lui avait paru presque frais, comparé à la chaleur suffocante de la ville. Mais la pluie menaçait de tomber, et le gris orageux du ciel semblait moins en accord avec cette soirée d'été qu'avec l'humeur de Leo. Les éclairs distants qui se détachaient de temps à autre sur le ciel sombre et agité étaient le reflet presque parfait de ses émotions.

En traversant lentement le village, elle prit le temps d'observer les devantures de magasins et remarqua quelques nouveautés : un bar à vin, avec des tables et des chaises en aluminium disposées sur le large trottoir, une rangée d'énormes jardinières séparant les clients des piétons. Et même, coincé entre le marchand de fruits et légumes et la boulangerie, un restaurant qui paraissait huppé, et dont l'éclairage tamisé laissait entrevoir des nappes blanches et des chaises bordeaux à hauts dossiers.

Un cadre de vie idéal, songea-t-elle.

Et elle trouva cette pensée si ironique qu'elle ne put s'empêcher de sourire au moment où elle quitta l'axe principal pour bifurquer vers la petite rue qui menait à la maison.

Mais quand elle aperçut au loin le portail ouvert, elle retira brusquement son pied de l'accélérateur. Un réflexe. Luttant de toutes ses forces pour ne pas faire demi-tour, elle finit par appuyer sur la pédale et parvint enfin à avancer vers la maison, lentement, et en espérant que le conducteur de la voiture garée sur la seule place de parking de la rue n'ait rien remarqué de son étrange comportement. Elle tourna pour s'engager dans l'allée. Et brusquement, elle s'arrêta.

Un effroyable souvenir venait de lui revenir en mémoire. Celui du jour où, vingt et un ans plus tôt, elle était arrivée ici pour la première fois, avec son père. Ils étaient en voiture également, et c'était à cet endroit précis qu'ils s'étaient arrêtés. Elle pleurait depuis des heures, et l'impression qu'il lui restait était celle d'avoir pleuré pendant une éternité. Son père avait essayé de lui parler, mais elle ne parvenait pas à accepter ses propos, et, au final, il l'avait laissée là, dans la voiture, et s'était dirigé seul vers la maison.

Au bout d'un certain temps, ses pleurs avaient fini par s'apaiser, se changeant en occasionnels sanglots. Et c'était à ce moment-là qu'elle avait entendu le cri. Jamais de sa courte vie elle n'avait entendu un son semblable à celui-ci : on aurait dit que l'on venait d'arracher l'âme du corps de quelqu'un. Le cri s'était prolongé longtemps, très longtemps; on aurait dit qu'il n'aurait jamais de fin.

Leo ferma les yeux; le souvenir lui poignardait les entrailles.

Sept ans plus tôt, elle avait quitté cette allée pour la toute dernière fois, sans même se retourner pour jeter un coup d'œil derrière elle. Elle avait fui cette maison et tous ses habitants, y compris Ellie. Mais sa sœur avait refusé de la laisser tomber, et pour cette raison, et bien d'autres, Leo se sentait redevable envers elle. Jamais elle n'avait imaginé qu'après tout ce temps, elle se retrouverait de nouveau ici, exactement au même endroit, à essayer de se résoudre à passer la porte d'entrée. Elle avait essayé de reporter cette visite pendant une très longue période, mais ce soir-là, mue par une étrange et irrésistible impulsion, elle avait jeté quelques vêtements dans un sac, s'était emparée de ses clefs de voiture et avait pris la route, sans savoir si elle trouverait le courage d'aller jusqu'au bout. Au fond d'elle, cependant, elle avait envie de le faire, ne serait-ce que pour voir l'expression de surprise et de bonheur qu'allait inévitablement arborer Ellie au moment où elle lui ouvrirait la porte.

La bonne nouvelle, c'était que la maison, méconnaissable, n'avait plus rien de commun avec l'horreur de ses souvenirs. Des spots astucieusement dissimulés procuraient un subtil éclairage au jardin, véritable bijou de couleurs et de verdure, avec ses vastes pelouses et ses larges parterres emplis de roses; à mille lieues du jardin délaissé et négligé de son enfance. Le goudron fissuré avait disparu et l'allée avait été repavée de vieilles pierres. Quant aux cadres des fenêtres, ils avaient été peints d'une jolie couleur crème, qui ressortait merveilleusement bien sur la brique rouge ancienne. Mais le plus remarquable de tous les changements était l'impressionnante véranda qui reliait la longue maison à la grange adjacente. Baignée de lumière, comme pour contraster avec les nuages sombres et lugubres, elle donnait une impression chaleureuse et accueillante. Une impression que Leo n'aurait jamais cru ressentir face à cette maison.

Déstabilisée, elle se laissa lourdement retomber contre son dossier. Elle n'avait pas envie de quitter la sécurité de sa voiture, mais elle ne pouvait pas rester assise ici. Il fallait qu'elle se secoue.

Pour grappiller encore quelques secondes, elle appuya sur le bouton de fermeture de la capote. Même si elle ne parvenait pas à se résoudre à gagner la porte d'entrée, même si elle devait battre en retraite, elle ne pouvait pas laisser la voiture comme ça, l'orage n'allait pas tarder à éclater.

Une fois la capote refermée, elle parcourut les quelques mètres qui la séparaient encore de la maison pour aller se garer au bout de l'allée. Puis, avec plus de détermination qu'elle ne l'aurait pensé, elle sortit de la voiture, prit son sac sur le siège arrière, se dirigea d'un pas décidé vers la porte et appuya sur la sonnette. Elle n'eut pas à attendre bien longtemps.

«Leo! Mon Dieu, Leo! Quelle belle surprise! Et moi qui commençais à me dire que je ne te reverrais plus jamais.»

Leo regarda Ellie, et elle comprit qu'elle avait pris la bonne décision. Ses longs cheveux brun chocolat encadraient son visage ovale et retombaient souplement sur ses épaules. Ses yeux marron étaient brillants, mais ils ne brillaient pas de plaisir, comme

Leo l'avait imaginé. Des restes de larmes se discernaient nettement sur ses paupières légèrement rougies, et, bien que ses lèvres pleines et généreuses fussent incurvées vers le haut, le sourire qu'elles formaient semblait forcé. Sans rien de commun avec les habituels sourires d'Ellie, qui avaient toujours eu le pouvoir d'illuminer tout ce qui se trouvait autour d'elle.

« Entre, entre. Je suis tellement contente de te voir. Sois la bienvenue dans la nouvelle Ferme du Saule. »

C'était le moment que Leo avait tant redouté. Elle s'était imaginé qu'elle serait bombardée de souvenirs à la seconde même où elle passerait le seuil de la maison. Et pourtant, à son grand étonnement, elle ne ressentit rien du tout, en tout cas pas sur l'instant. Pas la moindre accélération du rythme cardiaque ; pas la moindre trace de cette sensation de malaise, jadis si familière.

Et tout à coup, elle comprit. La maison ne sentait plus comme avant. L'odeur de renfermé, étouffante et donnant une impression de négligé, avait disparu. Une brise fraîche soufflait à travers une fenêtre ouverte, portant en elle un léger parfum de roses. Leo regarda Ellie et attendit son habituel sourire « ultra bright ». En vain.

Aussi décida-t-elle de ramasser sa petite valise, pour contrecarrer l'inévitable accolade fraternelle, et de prendre les devants en déposant une rapide bise sur la joue de sa sœur.

« Oh, avant que j'oublie : j'ai trouvé ça sur les marches », dit-elle en tendant à Ellie une rose jaune.

Ellie baissa la tête et se mit à observer fixement la fleur. Elle ne fit aucun geste pour la prendre, mais elle semblait complètement hypnotisée.

«Ellie, tu es sûre que ça va ? » s'enquit Leo, en regardant sa sœur d'un air inquiet.

Ellie agita sa main devant ses yeux, comme si elle cherchait à sécher ses larmes.

«Ah oui… mes yeux. Désolée… j'étais en train de peler des oignons. Euh… laisse cette rose, balance-la dans le jardin. J'en ai coupé pour faire un bouquet tout à l'heure, celle-ci a dû tomber. Mais rassure-toi, je vais très bien. Et je suis ravie de te voir. Écoute, je n'ai même pas de mots pour te dire tout ce que ta présence ici signifie pour moi. Tu comptes rester un peu ?

— Eh bien, j'avais nourri l'espoir que tu puisses me supporter un jour ou deux, répondit Leo en levant un peu sa valise pour étayer ses propos. En fait, je me suis dit qu'il fallait absolument que j'arrête de me trouver des excuses si je voulais vous voir plus souvent, toi et Max. Sans parler des jumeaux. D'ailleurs, où sont-ils, tous ?

— Je viens de mettre les jumeaux au lit. Mais on peut aller jeter un œil, si tu veux. Je suis sûre qu'ils seront ravis de te voir, s'ils ne dorment pas déjà. Quant à Max, il est à son barbecue de fin d'année. Réservé au personnel enseignant ; interdit aux conjoints. C'est au club de rugby, et ça risque de durer des heures. Dieu sait dans quel état il sera quand il rentrera. Ha là là, ces profs, quand ils sont entre eux… Bref, heureusement que leurs élèves ne les voient pas comme ça. »

Leo regarda autour d'elle, sidérée par la beauté de la maison. Le vaste hall était complètement dégagé du bazar qui l'encombrait jadis, et le triste papier peint passé de son enfance avait laissé place à une peinture jaune paille que deux tableaux modernes venaient égayer. Contre l'un des murs s'appuyait une haute console aux lignes nettes et droites, sculptée dans un bois sombre qui paraissait ancien. Et l'alcôve sous laquelle se trouvait autrefois le vieux bureau à cylindre qui croulait sous des piles de lettres jaunies et d'enveloppes cornées! Désormais percée d'une porte-fenêtre donnant sur le jardin, elle abritait un joli fauteuil et une table basse, sur laquelle trônait un immense bouquet de roses jaunes et abricot, d'où émanait le délicat parfum qu'elle avait remarqué un peu plus tôt.

Elle tourna son regard vers Ellie, qui la dévisageait d'un air anxieux, comme si elle se demandait si elle n'allait pas tout à coup décider de s'enfuir en courant.

« Ne t'inquiète pas, Ellie, je vais bien. Je t'assure. Tout est absolument magnifique. On ne croirait pas qu'il s'agit de la même maison. »

Ellie, qui parut apaisée par ses propos, lui adressa un large sourire.

« Et ce n'est que le début, dit-elle en la prenant par la main pour l'entraîner vers l'avant. Si tu aimes le hall, attends de voir la salle à manger et la cuisine. Je suis ravie du résultat. Je commence tout juste à m'y habituer. Enfin, je veux dire que j'ai encore un peu de mal à me faire à l'idée que c'est notre maison. Je sais bien que Max aurait voulu la vendre, mais je n'ai pas pu m'y résoudre. Enfin… tu sais. Et puis elle avait tellement de potentiel. Et ne t'en fais pas : tous les démons du passé ont été exorcisés. Au sens littéral. Oui, oui, je t'assure. Max a dansé partout, en demandant à ce que toute entité spirituelle soit expulsée au nom du grand esprit. C'est-à-dire de lui-même, bien sûr. Tu sais comment il est. Il a même trouvé des versets coraniques qui sont censés réparer les dommages causés par la sorcel-lerie, et comme il a toujours appelé ma mère "la vieille sorcière", ça nous a paru on ne peut plus approprié. J'ai tellement ri que j'en ai complètement oublié les fantômes du passé. »

Leo n'eut aucun mal à se représenter la scène. Max avait toujours été un véritable boute-en-train, capable de redonner le sourire à n'importe qui.

Elle laissa tomber son sac au bas de l'escalier, tandis qu'Ellie la faisait passer devant des portes à travers lesquelles elle apercevait des pièces qu'elle avait peine à reconnaître. Rien de tout ce qu'elle voyait ne lui rappelait son passé. Et pourtant, malgré le temps qui s'était écoulé depuis son départ, elle avait gardé un souvenir très net des moindres recoins de cette maison où elle avait grandi.

« C'est magnifique. Tu as raison. Tu l'as complètement métamorphosée. » Bien qu'elle n'eût jamais été du genre expansif, Leo fit de son mieux pour rassurer sa sœur en cherchant à lui montrer à quel point elle appréciait la transformation. Mais malgré tous ses efforts, elle avait du mal à trouver des mots pour exprimer l'ampleur de son étonnement.

La pièce dans laquelle elles se trouvaient désormais était d'ailleurs une nouveauté totale. Il s'agissait de la véranda qu'elle avait remarquée en arrivant dans l'allée. Elle se souvenait de la vieille grange, naturellement, mais elle ne servait pas beaucoup quand elle était petite, car, déjà à cette époque, la maison n'était plus une ferme en activité. Quelle bonne idée Ellie et Max avaient eue de créer cette incroyable salle à manger vitrée, au sol pavé de pierres, pour la relier à la maison. La toiture, inclinée, était constituée de poutres de chêne anciennes soutenant d'immenses panneaux de verre. Les nuages sombres et lugubres laissèrent soudain filtrer un rayon de soleil qui, l'espace d'un instant, projeta sur les murs de chaleureuses nuances de lumière vespérale, et Leo n'eut aucun mal à imaginer les soirées qu'Ellie et Max allaient pouvoir organiser dans cette nouvelle pièce.

Ellie sembla lire dans ses pensées.

« On a invité quelques personnes à dîner demain pour fêter la fin de la rénovation, dit-elle. Ça nous fera une bonne occasion d'inaugurer cette pièce. »

Leo sentit son cœur s'emballer. Sa sœur adorait recevoir mais, pour sa part, elle préférait rencontrer les gens en petit comité ; la perspective d'un dîner mondain ne manquait jamais de susciter en elle une certaine inquiétude.

« Oh Ellie… Je suis désolée. J'aurais dû t'appeler avant de venir. Je pourrais rentrer chez moi demain, ou bien rester dans ma chambre pendant la soirée ? Comme tu dois bien t'en souvenir, je suis très douée pour me faire discrète… »

Ellie lui sourit, et on eût dit qu'elle allait de nouveau essayer de la prendre dans ses bras. Leo fit un pas en arrière. Une lueur de déception s'alluma dans le regard de sa sœur.

« Ne fais pas l'idiote, Leo. Maintenant qu'on te tient, il est hors de question qu'on te laisse partir. Tu peux rester aussi longtemps que tu le veux. J'ai prévu large pour le dîner, et ne t'en fais pas, tu ne seras pas la seule célibataire. J'ai invité notre nouveau voisin. Un type très sympa, qui vient juste d'emménager tout seul dans la maison d'à côté. » Elle fit une petite pause, avant d'ajouter en souriant : « Il est flic, alors je te conseille de te tenir à carreau. Allez, viens. La cuisine est là, maintenant, dans la vieille grange. Et derrière la cuisine de mes rêves, il y a la salle de cinéma des rêves de Max. Mais je le laisserai te montrer ça lui-même demain. »

Il flottait dans l'air une vague odeur d'oignons, et Leo finit par se persuader qu'il s'agissait là de la cause des larmes de sa sœur. Naturellement, elle était un peu déçue à l'idée de ne pas avoir Max, Ellie et les jumeaux pour elle toute seule durant le week-end. Mais, d'un autre côté, peut-être devait-elle voir dans cette soirée un bon moyen de se réaccoutumer à la maison de son enfance. Une fête ? Ici ? Elle avait beau fouiller dans ses souvenirs, elle était certaine de n'en avoir jamais connu.

* * *

Le moment n'aurait pas pu être plus mal choisi, songea Ellie. Elle avait attendu avec tant d'impatience que Leo vainque les démons qui l'avaient empêchée de lui rendre visite durant la rénovation, et pourtant, maintenant qu'elle était là, elle ne souhaitait plus qu'une chose : qu'elle ne fût jamais venue.

Elle adorait sa sœur, et les horribles souvenirs que cette dernière avait de la maison auraient presque suffi à la dissuader de venir s'y installer. Presque, mais pas tout à fait. Max ne s'était pas montré très enthousiaste, lui non plus, bien qu'il l'eût soutenue dans sa démarche. Son manque d'intérêt pour leur cadre de vie était d'ailleurs assez suspect. Mais quoi qu'il en soit, aucun d'entre eux n'avait cherché à lui opposer d'arguments. Ils savaient l'un comme l'autre pour quelle raison cette idée était si importante à ses yeux, même s'ils pensaient au fond d'eux qu'elle courait après des chimères.

25

Perdue dans ses pensées, elle ouvrit un tiroir, dont elle sortit deux serviettes et des couverts qu'elle déposa sur un plateau. Elles allaient dîner dans le séjour, loin de la cuisine et du souvenir du coup de téléphone du début de la soirée, et elle allait ouvrir une bonne bouteille de vin. Pour la toute première fois, Ellie avait l'impression qu'elle n'avait pas de souci à se faire concernant l'argent, et pourtant, sa vie ne lui semblait pas plus belle pour autant. Elle était pire, bien pire qu'avant.

Cette richesse nouvelle, elle la devait entièrement à sa mère. Et si la situation n'avait pas été aussi tragique, Ellie aurait presque pu en rire. Après la disparition de leur père, bien des années auparavant, sa mère avait toujours prétendu manquer d'argent, mais quand elle était morte, elle avait laissé à Ellie non seulement la maison, mais aussi l'immense fortune qu'elle avait secrètement amassée au fil du temps. Leo, pour sa part, n'avait pas reçu le moindre sou.

Secouant la tête, Ellie tenta de se ressaisir. Leo allait descendre d'une minute à l'autre ; il fallait qu'elle se prépare mentalement. Les jumeaux avaient été fous de joie de voir leur tatie, et elle imaginait bien qu'ils avaient dû en profiter pour lui demander de raconter Dieu sait combien d'histoires. Leo ne laissait rien voir de son caractère cynique et rigide quand elle était avec les enfants, mais, ce soir-là, Ellie ne se sentait pas d'humeur à observer la scène. Pour une raison qui aurait été difficile à expliquer, cela l'aurait rendue trop émotive.

Machinalement, elle ouvrit la porte du réfrigérateur pour y chercher de quoi préparer un dîner convenable. Elles pouvaient manger le pâté, même s'il était encore un peu chaud et il restait du houmous qu'elle avait préparé pour le déjeuner des jumeaux.

Son esprit se mit à divaguer.

Figée sur place devant le réfrigérateur, elle sentait l'air froid sur ses joues, mais ne voyait plus les étagères pleines de vivres, qu'elle regardait pourtant fixement. De l'extérieur, il était impossible de voir la cuisine en cet instant précis, mais malgré ça, elle le sentait, *lui*, rôdant dans l'obscurité. Elle sentait son regard transpercer les stores baissés et elle était certaine que, si elle se risquait à les relever, elle le verrait apparaître devant elle, le visage fermement appuyé contre l'une des vitres, les traits aplatis et déformés par le verre. Instinctivement, elle jeta un coup d'œil par-dessus son épaule, s'attendant presque à le voir tapi derrière elle, quelque part dans un sombre recoin.

Ça suffit, arrête ça tout de suite. Accommodant sa vision, elle se mit à inspecter le contenu du réfrigérateur. Du fromage. Elle en avait prévu des tonnes pour l'inauguration de la véranda. Elles pouvaient aussi en manger un peu. Au pire, elle en rachèterait le lendemain à l'épicerie du village.

Tout en déballant le fromage, elle se remit à songer à sa situation. C'était fini, terminé. Mais pourquoi ne pouvait-il pas accepter ça ? Elle voulait juste qu'il sorte de sa vie.

Ellie savait que sa sœur lui apporterait son aide si elle le lui demandait. Mais durant les vingt dernières années, Leo s'était appuyée sur la certitude qu'elle pouvait se fier à elle. Elle, Ellie, la seule et unique personne que Leo croyait exempte de tout reproche. Elle n'avait pas le droit de briser les dernières illusions de sa sœur. Elle ne pouvait pas faire ça.

Après avoir déposé l'assiette de fromage sur le plateau, elle jeta un dernier coup d'œil inquiet aux stores baissés et, tout en éteignant les lumières, s'efforça de se composer un visage souriant pour partir à la recherche de Leo.

3

Il était tard quand elles allèrent se coucher, mais Leo était ravie d'avoir réussi à vaincre son angoisse en passant le seuil de la maison. C'était tellement bon de voir Ellie ; elle était restée isolée beaucoup trop longtemps. Jusqu'ici, il lui avait toujours semblé préférable de la rencontrer à Manchester ou à Chester, ou encore d'inviter chez elle toute la famille. Mais ce soir, elle avait réussi. Elle avait combattu ses démons et elle les avait vaincus. Tout ce qui lui restait à faire désormais était de prouver qu'elle pouvait dormir ici. Et elle ne doutait pas que le vin qu'elle avait ingurgité l'aiderait dans cette entreprise.

Elle couchait dans l'ancienne chambre de sa sœur. La minuscule pièce adjacente, celle où elle dormait autrefois, avait été transformée en salle de bains. Tout avait tellement changé : la vieille porte palière avait complètement disparu, et une nouvelle porte avait été créée pour relier les deux pièces. Dans ce qui était jadis sa chambre, une douche et un lavabo modernes, d'un blanc étincelant, se détachaient sur une jolie faïence gris ardoise, et une rangée de spots, intégrée au plafond, se reflétait sur un immense miroir. Aucun mauvais souvenir ici.

Elle n'avait pas le droit de se rendre dans la chambre d'Ellie quand elle était petite, mais les deux fillettes couraient parfois le risque de s'attirer les foudres de la mère d'Ellie en désobéissant à ses ordres. Toutefois, Leo n'avait rien fait pour contourner cette règle au moment où elle l'aurait dû, c'est-à-dire quand sa sœur avait eu besoin d'elle. Le soir où Ellie avait compris que leur père était parti pour de bon, sans même prendre la peine de leur dire adieu, elle s'était retranchée dans l'intimité de sa chambre. Allongée dans son propre lit, Leo l'avait écoutée pleurer pendant des nuits entières, en se disant qu'elle devait faire quelque chose pour l'aider. Mais quoi ? Elle l'ignorait. Ellie ne comprenait pas l'indifférence qu'elle avait affichée face au départ de leur père, une indifférence qu'elle avait elle-même tendance à expliquer par le nombre d'années où elle avait vécu dans cette maison. Au fil du temps, elle avait appris à refouler ses émotions. Elle avait passé tellement de nuits solitaires après son arrivée ici. C'était elle, à cette époque, qui s'endormait tous les soirs en sanglotant, et leur père n'avait rien fait pour l'aider. Le mépris profond que cet homme lui inspirait n'était pas sans lien avec sa personnalité introvertie, elle le savait.

Malheureusement, sa sœur continuait de s'imaginer que, le jour où il apprendrait que sa femme était morte, il réapparaîtrait miraculeusement dans sa vie. Et si Ellie était venue s'installer dans cette maison, c'était parce qu'elle pensait que, de cette façon, il saurait où la retrouver.

Leo ne pouvait pas laisser sa sœur comme ça. Il fallait qu'elle fasse quelque chose à ce sujet. Il fallait qu'elle découvre ce que leur père était réellement devenu.

« Charmante, pétillante Ellie », disait souvent Max. Et il avait raison ! Toutefois, ce soir-là, Leo avait trouvé sa sœur moins pétillante que de coutume, et elle avait eu la vague impression que son arrivée ici n'avait fait qu'exacerber un problème déjà existant.

« Tu es sûre que tout va bien, Ellie ? lui avait-elle demandé. Tu as l'air un peu préoccupé. »

Fronçant les sourcils, Ellie s'était penchée en avant pour observer le contenu de son verre de vin, dont elle avait retiré quelque chose d'invisible à l'aide de son petit doigt.

« Moi ? Très bien. Je t'assure. Mais ç'a été tellement mouvementé ces derniers mois, avec la rénovation et tous ces changements. Maintenant que c'est terminé, j'imagine que l'adrénaline est un peu retombée. Je suis fatiguée, mais je vais très bien. Je t'assure. »

Deux « très bien » et deux « je t'assure », c'était un peu trop au goût de Leo. Néanmoins, il était vraisemblable qu'Ellie fût fatiguée. Des travaux à superviser, des jumeaux de 5 ans à élever et quelques journées de travail par semaine… tout cela aurait suffi à épuiser n'importe qui.

Contrairement à son habitude, Ellie ne lui avait pas fait son sempiternel sermon pour qu'elle « s'ouvre aux autres » et se trouve « un garçon bien ». Leo savait que son passé avait laissé en elle des blessures profondes donnant lieu à d'importants problèmes, mais, ses limites, cela faisait bien longtemps qu'elle les avait acceptées. Elles étaient inhérentes à son être, même si ni Ellie ni Max ne semblaient disposés à l'accepter.

Machinalement, elle se tourna pour prendre son ordinateur portable qu'elle posa sur ses genoux. Il fallait qu'elle rédige son post du jour avant d'aller se coucher, mais pour quelque obscure raison, les mots ne voulaient pas venir. Depuis qu'elle était devenue coach de vie, elle essayait de se servir d'idées issues de ses expériences personnelles pour écrire chaque jour sur son blog un bref billet destiné à sa clientèle. Elle pouvait s'inspirer d'articles de journaux aussi bien que de conversations surprises au supermarché, ou même encore, plus simplement, de ses propres observations sur l'attitude des personnes de son entourage. Mais ce soir-là, elle n'arrivait à penser à rien. Ou plutôt à rien d'autre qu'à Ellie et son étrange comportement. Agacée, elle finit par jeter l'éponge, s'emparant d'un magazine que sa sœur, toujours prévenante, avait déposé à côté du lit.

Elle eut du mal à trouver le sommeil, et ce ne fut qu'un peu après minuit qu'elle parvint à éteindre la lumière. Quelques instants plus tard, néanmoins, le bruit d'une sonnerie de téléphone la tira brusquement de son endormissement. La chambre d'Ellie étant située juste en face de la sienne, elle entendit tout d'abord le doux murmure de la voix de sa sœur, mais très rapidement, la conversation sembla prendre un tour tendu. « Non », fit Ellie d'une voix légèrement plus forte. Ce fut le seul mot que Leo parvint à saisir, mais il n'en demeurait pas moins que sa sœur semblait bouleversée et qu'elle se demandait si elle ne ferait pas mieux de vérifier que tout allait bien. Elle venait tout juste de se décider à sortir de son lit quand elle s'aperçut qu'Ellie avait cessé de parler. Et tout à coup, elle entendit un craquement, qu'elle reconnut immédiatement comme celui de la deuxième marche en partant du haut de l'escalier. Ce petit détail avait manifestement échappé aux rénovations. Mais peu importait, Ellie devait déjà être en bas. Un instant plus tard, son intuition était confirmée par le bruit distinct d'une porte que l'on refermait tout doucement, suivi d'un ronronnement sourd : le moteur du 4×4 Mercedes flambant neuf de sa sœur.

Mais qu'est-ce qui avait bien pu la pousser à quitter la maison comme ça, au beau milieu de la nuit ?

Leo se sentit gagnée par un vague sentiment d'inquiétude, qu'elle s'efforça néanmoins de combattre. C'était la maison qui exerçait sur elle un charme maléfique, la poussant à diaboliser un événement auquel on pouvait sans nul doute apporter une explication rationnelle. Quoi qu'il en soit, elle ralluma sa lampe de chevet et quitta son lit pour aller entrouvrir la porte. Elle devait veiller sur les jumeaux, qu'Ellie avait laissés derrière elle. Ce qui rendait d'ailleurs son départ soudain d'autant plus étrange.

Se résignant au fait qu'il lui serait impossible de s'endormir tant que sa sœur ne serait pas rentrée, elle retourna au lit, prit son ordinateur et commença à écrire :

UN PREMIER PAS[1] : LE BLOG DE LEO HARRIS

De l'autre côté de votre arc-en-ciel

Je me suis réveillée ce matin au son de la pluie qui tambourinait aux carreaux, m'évoquant des larmes de tristesse. Un éclair a déchiré le ciel, et mon esprit s'est fait colère. Un rayon de soleil et, de nouveau, je crois en la joie.

Mais qu'en est-il des vents froids de l'hiver qui vous glacent jusqu'aux os ? De la neige, belle mais fourbe, qui cache tant de pièges sous son manteau ; et des éblouissantes stalactites de glace suspendues aux toits, qui, en un instant, pourraient vous transpercer le cœur ?

Quelle est l'image qui symbolise le mieux votre couple ?

Comment réagissez-vous quand votre bien-aimé passe le seuil de votre porte ? Le percevez-vous comme un rayon de soleil ou comme un lointain grondement de tonnerre ? Avez-vous le sentiment que votre cœur est pris dans la glace, que le chemin à emprunter sera couvert de verglas ; ou bien êtes-vous à même de lever les yeux vers le ciel pour regarder le soleil briller ?

Essayez de faire la météo de votre esprit et de votre cœur, et écoutez ce qu'ils vous disent. Vous avez le droit de profiter du soleil, mais pour arriver en un lieu chaleureux, il vous faudra peut-être survivre à quelques jours de pluie.

« S'il pleut sur le défilé, regardez vers le haut, plutôt que de baisser les yeux. Sans pluie, il n'y aurait pas d'arc-en-ciel », *Gilbert K. Chesterton.*

---

1. *A single step.* Référence à une citation de Lao Tseu (voir p. 156), que l'on traduit généralement en français par : « Un voyage de mille lieues commence toujours par un premier pas. » La traduction anglaise courante diffère légèrement : « *A journey of a thousand miles begins with a single step* », soit littéralement : « Un voyage de mille lieues commence par un seul pas. » Le titre du blog joue sur le double sens du mot « single », qui signifie à la fois « seul » dans un sens absolu et « seul » dans le sens de « célibataire » (*Toutes les notes sont du traducteur*).

4

Le ciel, complètement noir, était lourd de nuages orageux, et l'herbe sur laquelle elle était tapie, pieds nus derrière la haie, était froide et humide. Mais elle ne devait pas bouger. Elle était certaine d'avoir été suivie ; il fallait qu'elle reste aussi discrète que possible si elle ne voulait pas se faire repérer. Essayant de contrôler sa respiration, elle ravala un sanglot. Elle ne devait surtout pas faire de bruit.

Contre toute attente, elle avait réussi à s'échapper. Terrorisée, elle avait profité d'une seconde de battement pour se précipiter vers la porte, l'ouvrir et s'enfuir dans la nuit noire. Tout ce qu'il lui restait à faire désormais était de trouver une route, une personne qui pourrait l'aider. Elle serait alors en sécurité. Mais entre-temps, il fallait qu'elle reste forte. Si elle parvenait à rentrer chez elle, ses parents la protégeraient.

« Nous ne laisserons jamais personne te refaire du mal, ma chérie. Tu es en sécurité avec nous. » C'était ce que ses parents lui avaient toujours dit, et elle ne doutait pas de leur sincérité. Mais qui aurait pu croire que… ?

Peu importait. Elle ne devait pas penser à ça maintenant. Elle devait se concentrer. Quelle direction emprunter ? Elle sentait de la sueur couler le long de son dos et, pourtant, elle avait la chair de poule. La panique était telle, désormais, qu'elle menaçait de la submerger. Cherchant à apaiser son esprit, elle passa ses bras autour de son corps et resta ainsi quelques instants. Puis, recroquevillée derrière la haie, elle releva très légèrement la tête pour regarder autour d'elle. Le danger provenait de l'endroit d'où elle était partie, et, jusqu'ici, elle n'avait eu qu'une seule idée en tête : s'en éloigner aussi vite que possible. Elle n'avait pas réfléchi à la direction à prendre ; elle avait juste couru aussi vite que possible. Mais là où elle se trouvait désormais, à part les haies et quelques arbres isolés, il n'y avait rien. Les pâturages étaient vides ; pas le moindre troupeau derrière lequel se cacher.

Le silence fut rompu par un bruit qui la glaça jusqu'aux os :

« Tout va bien, Abbie. » La voix était douce. Et toute proche. « Ne t'inquiète pas, je ne vais pas te faire de mal. Je te demande pardon, je ne voulais pas te faire peur, tu sais ? Abbie ? Où es-tu ? »

Aussi silencieusement que possible, Abbie rampa le long de l'épineuse haie d'aubépines qui séparait les deux champs. Et tout à coup, une atroce douleur se fit ressentir dans ses jambes et ses pieds nus, et elle dut ravaler un instinctif cri de détresse. Elle venait de marcher sur des orties, et la lancinante sensation de brûlure était presque intolérable. Déjà, il lui semblait que ses mollets et ses pieds avaient enflé. Elle avait toujours mal réagi aux piqûres d'ortie. Pour mieux retenir les cris de terreur et de souffrance qui menaçaient de s'échapper de sa gorge, elle passa de nouveau ses bras autour de son corps.

Le visage crispé par la douleur, elle se risqua alors à s'écarter légèrement de la haie, afin d'avoir suffisamment de lumière pour voir le sol sur lequel elle se trouvait. Mais la lune et les étoiles étaient dissimulées par les gros nuages qui filaient dans le ciel. Des larmes coulaient sur ses joues, mais elle n'osait même pas renifler. D'un revers de main, elle essuya son visage et son nez. Elle n'avait aucune idée de l'endroit vers lequel elle devait se diriger. Ces champs du Cheshire se ressemblaient tous, et si elle se remettait à courir, elle risquait fort de s'enfoncer dans la campagne. Loin de toute personne pouvant lui prêter secours et assistance.

Réfléchis, Abbie. Réfléchis. Le regard mobile, appréhendant le moment où une ombre sortirait tout à coup des ténèbres, les oreilles en alerte, interprétant le moindre bruissement de feuille comme un signe de danger, elle se força à se concentrer. Il lui aurait été tellement facile d'abandonner. Mais elle ne pouvait pas. Elle ne devait pas. Luttant de toutes ses forces pour se maîtriser, elle essaya de déterminer l'endroit où se situait la maison, celle dont elle s'était échappée. Mais elle n'avait aucun moyen de le savoir. Elle portait un bandeau sur les yeux à son arrivée.

Là-bas, dans le lointain, il y avait des lumières. Des réverbères. Ce devait être le village. Mais pour y parvenir, elle devait retourner sur ses pas. Et elle ne pouvait pas faire ça. Il fallait qu'elle trouve une route, qu'elle trouve quelqu'un.

Tout à coup, un souvenir lui revint en mémoire, comme si son père avait essayé de l'aider par la pensée. Les étoiles. Il lui avait parlé de l'étoile Polaire, l'étoile du nord, et lui avait expliqué comment la trouver. Priant pour que les nuages s'écartent suffisamment pour lui permettre de déterminer sa position, elle leva les yeux vers le ciel. La lune était toujours cachée, mais elle parvint à localiser la Grande Ourse. Amplement suffisant. À partir de là, elle devait pouvoir se repérer. Mais son cerveau refusait de fonctionner. Désespérée, elle essaya de tourner son corps vers l'endroit où l'étoile du nord devait se situer, et aussitôt, elle parvint à s'orienter. Elle se trouvait à l'est du village. *Merci, papa.*

Si elle ne se trompait pas, cela signifiait qu'il devait y avoir une route quelque part sur sa droite. La route de traverse, disait son père. Si elle parvenait à gagner cette route, elle finirait bien par trouver quelqu'un. Quelqu'un qui pourrait l'aider.

Abbie savait qu'elle n'avait pas d'autre choix que de traverser les champs ouverts. Mais si elle se risquait à le faire, elle serait immédiatement visible, notamment à cause de son T-shirt blanc. À cette idée, elle s'empressa de le retirer et de le frotter dans l'herbe. Au point où elle en était, même une bouse de vache ferait l'affaire. Elle ne s'en souciait guère. Mais au moment où elle renfila son T-shirt mouillé, elle comprit avec horreur qu'elle s'était fait repérer : quelqu'un était en train de se diriger vers elle. Elle entendait un bruit de pas précipités fouler l'herbe humide.

« Je sais où tu te caches, Abbie. Reste où tu es, je viens te chercher. Je ne te ferai pas de mal, je te le promets. »

La voix était beaucoup plus proche cette fois-ci, alors Abbie se leva d'un bond et se mit à courir aussi vite qu'elle le put à travers les pâturages. Il fallait qu'elle se sorte de là, et la route représentait sa meilleure chance d'y parvenir. Il fallait qu'elle coure. Elle n'avait plus d'autre choix. Elle ne pouvait même pas crier ; personne ne l'entendrait.

Ses jambes piquées par les orties la faisaient souffrir, et elle était à bout de souffle, quand soudain, elle aperçut la lueur des phares d'une voiture. La route ne devait plus être qu'à 200 mètres devant elle. Elle ne s'était pas trompée. Il lui fallut environ une minute pour parcourir la distance restante. Autant dire une éternité. Mais quand elle arriva au bout de sa course, furieuse et désespérée, elle ne put contenir ses sanglots : entre elle et la chaussée se dressait une nouvelle haie d'aubépines, épaisse et impénétrable.

Qu'à cela ne tienne. Il devait bien y avoir un portail. Il y a toujours des portails. Elle passa en revue le champ et constata avec horreur que le seul portail se trouvait dans la direction d'où elle venait, c'est-à-dire celle de la maison. Repartir en arrière, c'était s'exposer à un danger certain.

Lentement, elle se retourna, s'attendant à voir une sombre silhouette courir dans sa direction, mais malgré la pénombre, il ne lui sembla pas qu'il y eût quelqu'un derrière elle. On aurait dit qu'elle avait pris de l'avance, mais… Non, elle en savait trop désormais, on ne la laisserait pas s'en tirer comme ça. Néanmoins… peut-être valait-il mieux qu'elle reste assise ici ? Ses parents devaient être morts d'inquiétude à l'heure qu'il était, ils étaient sûrement en train de la chercher et…

Mais non. Comment avait-elle pu oublier ? Elle n'était pas censée être chez elle ce soir-là. Il était prévu qu'elle passe la nuit chez Emily. Ses parents avaient semblé vraiment ravis à cette idée ; ils ne devaient pas s'inquiéter le moins du monde. Elle s'était comportée comme une sotte, comme une petite fille naïve.

Des larmes de honte et de terreur coulaient sur son visage. La route était déserte; il ne s'était absolument rien passé depuis qu'elle avait aperçu les phares de la voiture une dizaine de minutes plus tôt. Machinalement, elle tourna son regard vers le chemin qu'elle avait parcouru. Là. Comme une faible lueur d'espoir. Une petite ouverture dans la haie. Elle était tellement déterminée à vérifier si elle avait été suivie que ce détail avait failli lui échapper. Si elle réussissait à passer dans le champ d'à côté, peut-être y trouverait-elle un accès à la route?

Elle ouvrit grand les oreilles. Aucun bruit. Elle se mit à ramper vers le passage. Malgré le silence, elle s'attendait à tout moment à voir la silhouette sombre jaillir des ténèbres. Son cœur battait si fort qu'elle aurait juré qu'on pouvait l'entendre à cinquante mètres à la ronde. Tout en veillant à ce que sa tête ne dépasse pas de la haie, elle continua d'avancer lentement vers l'ouverture. Et quand elle l'eut passée, elle dut étouffer un petit cri de soulagement: à l'autre extrémité du champ, il y avait un portail. Enfin, elle allait pouvoir atteindre la route!

À bout de souffle, elle escalada le portail et se mit à marcher le long de la chaussée, dans la direction opposée à celle du village. Pour une raison qu'elle ne parvenait pas à s'expliquer, cela lui paraissait plus sûr. De l'autre côté de la route, il y avait un bois dans lequel elle s'était un jour rendue avec son père pour observer des jacinthes sauvages qu'elle n'avait pas été autorisée à cueillir. Elle jeta un coup d'œil nerveux en direction des arbres; tout semblait si différent à la nuit tombée. Soudain, un bruit de moteur se fit entendre. Un véhicule qui venait du village. Le soulagement fut immense. Sans même réfléchir, elle bondit sur la route et se mit à agiter les bras pour faire signe à la voiture de s'arrêter. Ce ne fut qu'à la dernière seconde qu'elle la reconnut. Cette voiture, elle se trouvait dedans quelques heures à peine auparavant. Elle n'était pas en sécurité ; si l'autre avait disparu, c'était uniquement pour aller chercher sa voiture. Afin de la retrouver. Hurlant de terreur, elle dégagea le passage aussi rapidement qu'elle le put, traversant la route pour gagner le bois. La voiture s'arrêta sur le bas-côté dans un crissement de pneus, et elle entendit une portière s'ouvrir. Elle était de nouveau poursuivie. Mais elle connaissait ce bois. Et il avait beau lui paraître effrayant dans l'obscurité, elle pensait avoir un avantage.

Animée par un regain d'énergie, elle courut sur quelques mètres entre les arbres. On ne pouvait pas la voir de la route, mais elle était suffisamment proche de la chaussée pour pouvoir la rejoindre au moindre bruit de moteur. Il n'y avait pas de chemin, et les brindilles et les cailloux qui jonchaient le sol s'enfonçaient dans la chair tendre de ses pieds, ajoutant encore à la douleur causée par les orties. Le peu de lumière dont elle disposait dans les champs ouverts faisait désormais partie du passé, et sa vision avait beau s'être accoutumée à l'obscurité, les silhouettes noires des arbres qui jaillissaient de l'ombre, inquiétantes, la forcèrent à ralentir sa course. La route n'était pas éclairée, mais de temps à autre, la lumière de la lune, qui filtrait à travers les nuages menaçants et se reflétait sur le goudron humide, l'aidait à garder ses repères et à rester aussi proche que possible de l'accotement.

Elle savait qu'elle était en train de s'éloigner du village et de la civilisation, mais elle ne voyait pas ce qu'elle pouvait faire d'autre. À un moment, elle s'arrêta pour reprendre son souffle et elle entendit des branches craquer derrière elle. La peur donne des ailes, lui avait dit son père un jour. Elle comprenait mieux, désormais. Ces ailes, elle en avait besoin, maintenant. Sa respiration était devenue haletante, si aiguë et si forte qu'elle ne pouvait plus entendre les bruits derrière elle et évaluer la distance qui l'en séparait.

Aussi décida-t-elle de retenir son souffle pour écouter. Rien. Mais elle était désormais prise au piège, elle ne pouvait plus bouger, au risque de révéler sa position. Son nom. La voix douce et inquiétante n'allait pas tarder à le prononcer à nouveau, elle le sentait. Mais le bruit qu'elle entendit ensuite résonna comme une agréable musique à ses oreilles. On aurait dit… le ronronnement d'un moteur puissant.

Instinctivement, elle courut vers la route pour se jeter devant la voiture. Mais elle arriva une seconde trop tard. Le conducteur était passé très vite, comme s'il était lui-même poursuivi par quelqu'un. Désespérée, elle agita les bras derrière la voiture, mais la personne qui était au volant ne sembla pas la remarquer. Un hurlement d'angoisse s'échappa de sa gorge. Elle avait échoué et, en plus, elle s'était fait repérer. À bout de nerfs, elle repartit vers le bois et, sans même regarder derrière elle, se remit à courir.

Un instant plus tard, dans le ciel sombre et orageux, elle vit apparaître une étrange lumière qui semblait se rapprocher d'elle. Il ne lui fallut que quelques instants pour comprendre de quoi il s'agissait : les phares d'une voiture éclairant la voûte que formaient les branchages au-dessus de la route. *Dieu merci*, songea-t-elle. Cette fois-ci, elle n'avait pas le droit à l'erreur, il fallait qu'elle calcule minutieusement son coup. Elle allait se cacher derrière des arbres proches de la chaussée jusqu'au tout dernier moment, mais elle se tiendrait prête.

Et tout à coup, elle l'entendit, tout près, juste derrière elle : « Abbie ! Abbie ! Arrête de courir. Je ne te ferai pas de mal. Attends-moi. »

La voiture venait d'apparaître au bout du virage. Comme prévu, elle attendit le tout dernier moment. Et elle sauta.

5

Deuxième jour : samedi

Leo était dans la cuisine en train de préparer le petit déjeuner des jumeaux quand Max, les yeux cernés et mi-clos, fit son apparition. Ses cheveux courts et bruns étaient encore plus ébouriffés que de coutume, et une barbe de trois jours couvrait la partie inférieure de son visage.

« Salut, Leo. Ça fait plaisir de te voir. Enfin… je crois. »

Leo haussa les sourcils, mais préféra ne pas relever, pour voir s'il allait s'enfoncer davantage.

« Ce que je veux dire, c'est que ça me fait plaisir que tu sois là, mais de te voir, je ne sais pas : j'ai un peu la flemme d'ouvrir les yeux, je t'avoue. » Il esquissa l'un de ses petits sourires insolents. « Ellie m'a prévenu de ton arrivée.

— Mais je n'étais pas sûre que tu sois suffisamment frais en rentrant pour intégrer cette information. Je m'attendais à être accueillie par des hurlements de surprise et d'horreur.

— Allez, arrête, répondit Max en lui lançant un torchon qui, démentant son habileté coutumière, la manqua d'un kilomètre. Tu sais bien que je ne suis pas comme ça. Je suis ravi que tu sois là, et puis ça fera un souci en moins pour ta grande sœur. Tu peux rester aussi longtemps que tu le veux, tu sais ? Ellie m'a dit qu'elle t'avait réveillée et demandé de nourrir les monstres, ce pour quoi je te serai éternellement reconnaissant. Elle était dans les bras de Morphée quand je suis rentrée la nuit dernière. Dieu merci ! Il ne valait mieux pas qu'elle me voie dans cet état. »

Max s'approcha de ses enfants, qui mangeaient leurs céréales tout en parlant joyeusement à voix basse dans un langage qu'eux seuls comprenaient. Après avoir déposé un baiser sur leurs têtes, il prit un toast sur la pile qui se trouvait au milieu de la table, ce qui contraria Ruby qui voulait justement celui-ci.

Leo fut contente que Max lui tourne le dos : cela lui permit de maîtriser ses émotions, et notamment sa surprise. Mais qu'avait bien pu faire Ellie, à l'extérieur, au beau milieu de la nuit ? Elle avait fini par se persuader qu'elle était sortie pour aller chercher Max à sa fête de fin d'année. Apparemment, elle s'était trompée…

« Je présume que tu n'as pas pris le volant dans cet état… Une chance que tu aies désormais les moyens de te payer des trajets en taxi… »

Elle regretta aussitôt de ne pas avoir pu s'empêcher de creuser un peu plus. Mais Max, qui la gratifia d'un sourire penaud, ne parut pas s'en offusquer.

« Les vieilles habitudes ont la vie dure, ma petite, lui répondit-il entre deux bouchées de toast. Pas de taxi, non : on a tiré au sort pour savoir qui allait conduire, et heureusement – ou malheureusement, dirais-je maintenant –, ce n'est pas tombé sur moi. Quoi qu'il en soit, il va falloir que je me secoue un peu pour le dîner de ce soir. Ellie va paniquer, c'est sûr : elle pensait avoir toute la journée pour préparer ça. Mais elle ne sera pas rentrée avant 15 heures.

— Qu'est-ce qui se passe ? Elle m'a dit qu'elle devait partir, mais j'étais trop dans le cirage pour lui demander pourquoi.

— Un problème au travail. Elle est à mi-temps, maintenant, mais il y a eu une urgence cette nuit, et l'hôpital était à court d'infirmières qualifiées pour faire face à la situation. Ça arrive souvent, l'été, quand tout le monde est en vacances.

— Je peux m'occuper des jumeaux, si tu veux, proposa-t-elle. Mais ne me demande pas de faire la cuisine. »

Max émit un petit grognement.

« Si Ellie découvre que l'un d'entre nous s'est immiscé dans les préparatifs du repas, je crois qu'elle nous le fera payer très cher. Ne t'en fais pas : si j'ai bien compris, Miss Organisation a tout commandé. Il va donc falloir que j'aille chez le poissonnier, le boucher et le primeur. Et chez le crémier, puisque j'imagine que vous vous êtes enfilé la moitié du fromage, hier soir. Pour ce qui est des boissons, à moins que vous ayez aussi tapé dedans, on devrait être bons. Mais bref, tout doit être parfait pour la petite soirée très chic de Madame. Et à mon avis, il va me falloir une heure environ pour les courses. Tu crois que tu pourras te débrouiller avec les petits ? »

Le ton que Max avait adopté la fit grimacer, mais il ne sembla pas le remarquer.

« Bien sûr, avec plaisir, répondit-elle. Je les emmènerais bien faire un tour, si ça te va. C'est bête que je n'y aie pas pensé avant : j'aurais dit à Ellie de prendre ma voiture et de me prêter la sienne, pour les sièges auto.

— Quoi ? fit-il en haussant les sourcils. Tu crois vraiment qu'elle t'aurait autorisée à conduire sa nouvelle voiture ? Tu rêves. »

Il arracha un morceau d'essuie-tout pour essuyer le beurre sur ses doigts.

« Au fait, Leo, poursuivit-il, je voulais te demander… j'espère que tu ne te sens pas trop mal, ici. Blague à part, je sais que ça n'a pas dû être facile pour toi, mais je suis vraiment content que tu sois venue. Ellie craignait qu'en emménageant ici, on ne se coupe définitivement de toi. »

Leo évita le regard de Max. Elle le connaissait depuis qu'elle avait 14 ans et le considérait presque comme un frère. Mais au fil du temps, elle s'était tellement habituée à dissimuler ses émotions qu'elle ne pouvait se résoudre, y compris pour lui, à démolir les murs défensifs qu'elle avait mis tant de soin à ériger.

« C'est juste une maison. Des briques et du ciment… »

Max se mit à rire puis, comme s'il souffrait, se prit la tête entre les mains.

« Ouais, à d'autres. Mais c'est très courageux de ta part de dire ça. Et en parlant de courage… »

Leo poussa un petit grognement ; elle savait très bien ce qui allait suivre.

« … t'es-tu montrée assez courageuse pour te trouver un homme ? Et quand je te parle d'homme, je te parle d'une relation stable, pas d'une aventure d'un soir. Alors, tu t'en es trouvé un ou tu continues de juger tous les hommes de la terre en te fondant sur un mauvais exemple ? On n'est pas tous si nuls que ça, tu sais ? Et en toute modestie, je dirais même que certains d'entre nous sont de véritables êtres d'exception. » Tout en la gratifiant d'un sourire rayonnant, il s'était désigné lui-même des deux mains.

Elle secoua la tête, l'air faussement désespéré. Mais pourquoi fallait-il que tous les hommes considèrent qu'une femme qui n'était pas mariée avait raté sa vie ?

« Je suis heureuse comme je suis, merci. Tu me demandes ça à chaque fois que je te vois, et je te réponds toujours la même chose. Bref, je connais la suite et je préférerais que tu la fermes, maintenant, plutôt que de m'interroger sur les détails de ma vie sexuelle pour pouvoir prendre ton pied en y repensant plus tard. »

Sur ce, elle jeta un coup d'œil inquiet en direction des enfants qui, fort heureusement, étaient toujours occupés à bavarder entre eux et ne semblaient pas avoir conscience de ce qui se passait autour d'eux.

C'était généralement à ce moment-là de la conversation que Max commençait son sermon sur le « mariage heureux », mais, cette fois-ci, pour le plus grand bonheur de Leo, il ne chercha pas à faire le moindre commentaire. Ce qui permit à la jeune femme de changer de sujet.

« En parlant de mauvais exemples, qu'est-ce que tu crois qu'on pourrait faire pour Ellie et cette obsession qu'elle entretient à l'égard de notre père ? Tu sais, pour être tout à fait honnête, c'est en partie pour cette raison que je suis venue. J'ai essayé de lui en parler hier soir, mais je n'ai pas réussi à aller bien loin. Il ne va pas apparaître tout à coup comme ça, Max. Et je ne comprends pas pourquoi elle ne parvient pas à le voir tel qu'il est. »

Max prit un air grave.

« À chaque fois que je l'interroge au sujet de votre père, on dirait qu'elle n'a aucune réponse à apporter. Au final, l'impression qu'il me reste, c'est celle d'une sorte de figure immatérielle qui allait et venait dans vos vies en s'efforçant de s'impliquer le moins possible.

— Et c'est une impression très juste, répondit Leo en hochant la tête. On aurait dit qu'il allait et venait comme ça lui chantait. La mère d'Ellie le détestait, mais ça le laissait complètement indifférent. Il ne se souciait pas le moins du monde du sort des autres. Et quand il était là, Ellie faisait tout pour lui plaire. Il avait à peine passé le seuil de la porte qu'elle se jetait dans ses bras. Alors, il lui caressait les cheveux et lui disait quelque chose comme "Waouh, qu'est-ce que tu as grandi !" ou "Tu es très jolie, aujourd'hui". Et c'était tout. Il distribuait les compliments comme des récompenses pour notre dévotion, et il faut voir les choses en face : Ellie était en manque d'amour et d'affection. Entre deux maux, il faut choisir le moindre, et de ses deux parents, la pire était sans aucun doute sa mère. Mais lui, il se fichait bien de nous. Enfin, rien d'étonnant à ce que je n'aie pas envie de consacrer mon temps aux hommes, non ? »

Max avait bien souvent essayé de la convaincre que leur père n'était rien d'autre qu'une exception à la règle. Mais, cette fois-ci, il se contenta de lever les yeux au ciel, comme pour lui signifier qu'il la considérait comme un cas désespéré. Sans rien ajouter, il se dirigea ensuite vers la machine à café.

« Tu en veux un ? lui demanda-t-il en levant une tasse vide dans sa direction. Cette machine fait le meilleur café du monde. Et le plus cher. Si tu veux mon avis, tous les foyers devraient en être équipés. »

Il appuya sur un bouton. Leo entendit le moulin moudre le grain, et soudain, un délicieux parfum de café se mit à flotter dans la pièce : la petite tasse à expresso que Max avait déposée sous la machine était en train de se remplir.

« Est-ce qu'elle fait aussi des cappuccinos ? s'enquit-elle.

— Oui, mais ça va requérir une petite intervention de ma part. Si tu vas me chercher une bouteille de lait, je te révélerai tous les mystères de ce merveilleux et indispensable équipement de cuisine. »

Leo n'avait jamais considéré Max comme un adepte du sarcasme. Mais peut-être était-ce la gueule de bois qui parlait pour lui ? Ou peut-être s'était-elle trompée au sujet de la maison ? Sa malignité ne pouvait sans doute pas être effacée par un simple coup de pinceau.

6

À quelques centaines de mètres de là, dans un cottage de briques rouges, Tom Douglas se détendait dans son confortable fauteuil, les journaux du week-end ouverts autour de lui. En fond sonore, un vieil album de Fleetwood Mac, qu'il avait acheté dans un élan de nostalgie. Durant son enfance, son père avait coutume de passer *Rumours* en boucle et, quand il avait vu l'album sur iTunes, il n'avait pu résister à l'envie de le télécharger.

Néanmoins, il avait du mal à s'accoutumer à cette oisiveté nouvelle et, au bout de deux heures passées à ne rien faire, il commença à s'agiter. Il venait tout juste de se décider à se lever pour faire quelque chose d'utile quand la sonnette de la porte d'entrée retentit. L'espace d'une seconde, il se demanda qui cela pouvait bien être. Il ne connaissait personne aux alentours, à l'exception des voisins qui l'avaient invité à dîner ce soir-là.

Des choses à faire, il n'en manquait pas, songea-t-il en ouvrant d'un coup sec la porte d'entrée, qui bloquait en bas et à laquelle un bon coup de rabot n'aurait pas fait de mal.

«Steve! Comment ça va? Si je m'attendais… Qu'est-ce qui t'amène dans ce trou perdu? Entre, entre.»

Son vieil ami! C'était vraiment une bonne surprise. Steve avait été son sergent à Manchester quelques années auparavant. Il avait ensuite profité d'une promotion pour demander sa mutation dans le Cheshire, et les deux hommes avaient gardé le contact, mais ne s'étaient pas revus depuis que Tom s'était installé à Londres trois années plus tôt.

Tom avait oublié à quel point Steve était grand. C'était un type vraiment imposant, par sa taille aussi bien que par son tour de taille, et si Tom avait vérifié que les plafonds à poutres apparentes du cottage étaient suffisamment hauts pour loger son mètre quatre-vingt-cinq, il n'avait pas pensé aux dix centimètres de plus dont Steve pouvait se vanter. Et pas un poil sur le caillou pour atténuer un choc éventuel, remarqua Tom avec une certaine surprise. Le temps avait passé depuis leur dernière rencontre. Bien plus qu'il ne l'avait imaginé.

Steve baissa la tête pour se diriger vers le séjour.

«Je n'ai pas eu le temps de passer avant, désolé, lança-t-il par-dessus son épaule. Je n'en croyais pas mes yeux quand j'ai lu ton mail me disant que tu retournais t'installer dans le Nord. Mais ce n'est pas moi qui vais te le reprocher…»

Il jeta un coup d'œil autour de lui, avant de s'exclamer:

«Waouh, qu'est-ce que c'est coquet! Je ne savais pas que tu faisais dans la décoration d'intérieur. Tu envisages de changer de branche?» Sur ce, il tourna son regard vers lui et lui fit une petite grimace. Une mimique typique de Steve, que Tom avait complètement oubliée. Mais en la voyant, il se souvint avoir pensé qu'il avait des tics la première fois qu'il l'avait rencontré.

Tâchant de se concentrer sur ce que son ami venait de dire, il regarda le canapé couleur aubergine et les fauteuils taupe disposés autour de la vaste cheminée rustique. Contre les murs, des consoles de bois aux pieds galbés servaient de supports à de petites lampes de porcelaine rebondies.

« Tu rigoles ? finit-il par répondre. J'ai trouvé un super magasin à Chester ; ils m'ont fait un prix sur le lot. Après mon appartement de Londres – qui était super classe, mais qui m'a toujours paru froid et vide –, j'avais vraiment envie de me faire un petit nid douillet.

— Je n'ai jamais pu supporter Londres… Mais peu importe. Je suis content que tu sois revenu dans le Nord. Je serais venu plus tôt si j'avais pu, mais j'ai été pas mal occupé, ces derniers temps, avec le boulot. Tu sais comment c'est… »

Tom sourit. Oui, il savait.

« Avant que je ne m'asseye, tu veux boire quelque chose ? Bière, vin ? Ou bien thé ou café, si tu es en service ?

— Une bière, ce serait très bien. Mais juste un verre, je conduis. Je ne suis plus en service depuis deux heures environ, mais j'avais des trucs à faire dans le voisinage.

— Je t'apporte ça. Assieds-toi, j'arrive tout de suite. »

Tom alla chercher une bouteille de bière et deux verres dans la cuisine.

« Et voilà, dit-il en remplissant lentement les verres.

— Merci. Ça me fait envie. »

Ils trinquèrent, et Tom s'assit.

« Tu ne m'as pas raconté ce qui t'avait poussé à quitter Londres, Tom. Tu m'as juste dit que tu venais t'installer ici. Des problèmes ?

— Non, pas du tout, répondit Tom en regrettant de ne pas pouvoir se montrer tout à fait honnête avec son ami. Lucy est repartie à Manchester avec sa mère, mais ni elle ni moi ne supportions de ne nous voir qu'un week-end sur deux. Elle n'a que 8 ans ; j'avais l'impression de manquer tellement de choses. Alors j'ai préféré me rapprocher un peu. Elle vient passer la journée ici demain, pour la première fois. C'est sa maman qui l'emmène, bien sûr. Tu connais Kate : elle veut jeter un œil à ma nouvelle maison.

— Et chez les grands pros, comment ça se passait ? » demanda Steve en faisant une nouvelle grimace.

Tom baissa les yeux vers sa bière pour que Steve ne le voie pas sourire.

« Si tu parles du Met[1], j'avais un super chef. Mais il a fait une demande de départ en retraite anticipée à cause d'un problème de santé, et une fois qu'il a été parti, je n'ai plus vu la moindre raison de rester. Alors j'ai fait mes bagages et je me suis installé ici. Et maintenant, je cherche du boulot.

— Waouh ! Tu prends des risques, non ? Et qu'est-ce que tu feras si tu ne trouves pas ?

— Je n'en sais trop rien. Un truc complètement différent, sans doute », répliqua Tom en haussant les épaules. N'ayant jamais beaucoup aimé parler de lui, il tenta de détourner la conversation : « Mais toi ? Qu'est-ce que tu es venu faire dans ce coin du Cheshire

_____

1. Diminutif du Metropolitan Police Service, c'est-à-dire la force territoriale de police responsable du Grand Londres.

un samedi après-midi ? J'imagine que tu n'es pas là par hasard… »

Steve prit une longue gorgée de bière, puis posa son verre sur la table basse. Quand il releva la tête, le sourire qu'il arborait depuis son arrivée avait complètement disparu.

« Une affaire horrible, vraiment. Une gamine s'est fait renverser la nuit dernière sur la route de traverse, comme on dit ici. Il paraît que c'est le nom que les gens du coin donnent à la petite voie qui relie les deux routes principales qui passent de chaque côté du village. Bref, la personne qui l'a percutée l'a traînée sur le bas-côté… et l'a laissée pour morte. » Steve secoua sa grosse tête. « Cet enfoiré… j'espère vraiment que je vais le serrer, c'est tout ce que je peux dire. On a une équipe sur place, mais en rentrant chez moi, j'ai voulu faire un détour par ici pour voir comment les choses avançaient. »

Tom s'appuya de toutes ses forces contre le dossier de son fauteuil.

« Mon pauvre ! J'ai toujours détesté les affaires comme ça. À côté des actes de lâcheté de ce genre-là, les meurtres, ça paraît presque sympa. Quel âge avait-elle ?

— Elle avait, ou plutôt elle a, 14 ans. Elle a été traînée sur le bas-côté comme un animal, mais apparemment, elle a été retrouvée assez vite. Elle est dans le coma, mais vivante. Enfin, à peine. Les médecins n'ont pas beaucoup d'espoir. C'est vraiment triste. Le problème de cette route, c'est qu'elle n'est équipée d'aucune caméra. On a récupéré celles du village, mais ça va être difficile de prouver quoi que ce soit. »

Steve expliqua un peu le contexte à Tom, et les deux hommes discutèrent des différentes pistes possibles. Mais quand il eut pris connaissance des détails de l'enquête et des rares indices dont disposait la police, Tom se vit contraint d'admettre que les choses s'annonçaient plutôt mal. Son ami paraissait vraiment désespéré, et il ne trouvait pas de mots pour le réconforter.

Soudain, Steve regarda sa montre avec un air de regret.

« Je vais devoir y aller, je le crains. Excuse-moi de ne pas pouvoir rester plus longtemps, mais j'ai des horaires de dingue en ce moment, et ça fait des heures que je devrais être rentré à la maison. »

Là-dessus, il se leva de son fauteuil et se dirigea vers la porte, la tête baissée.

« Te connaissant comme je te connais, Tom, j'imagine que tu dois déjà être bien vu de tous tes voisins. Si tu entends la moindre rumeur, n'hésite pas à m'appeler. C'est un village ici, et dans les villages, tout le monde est toujours au courant de tout. Les gens ne savent pas ce que c'est qu'un secret. »

Tom sourit. « Tu ne crois pas si bien dire. Pour le comprendre, il suffit d'entrer dans un commerce et d'écouter les conversations, lesquelles portent généralement sur le client qui vient de partir. Mais pour être tout à fait juste, je dois dire que ce n'est jamais bien méchant. Enfin, Dieu sait ce qu'ils peuvent raconter sur moi quand j'ai le dos tourné… »

Steve adressa à Tom un sourire entendu et une dernière grimace, avant de lever la main pour lui dire au revoir.

Une fois son ami parti, Tom alla se préparer une tasse de thé dans la cuisine. La soirée à venir chez les voisins risquait d'être bien arrosée, mais la journée du lendemain allait être toute particulière pour Lucy et lui, et il n'avait pas envie de la voir gâchée par une gueule de bois.

Néanmoins, il avait hâte de se rendre à ce dîner. En achetant la maison, il n'avait pas imaginé que les journées lui paraîtraient si longues sans personne à qui parler. Il avait toujours apprécié la solitude, mais, depuis quelque temps, il avait l'impression que, s'il ne faisait pas davantage usage de ses cordes vocales, elles allaient finir par se pétrifier.

L'autre problème de ces longues heures passées dans la solitude, c'était qu'elles lui laissaient trop de temps pour réfléchir. Il s'était toujours fait une idée très claire des notions de bien et de mal, mais les deux années qui venaient de s'écouler l'avaient contraint à remettre ses valeurs en question. Il avait imaginé que cette pause dans son travail au sein de la police l'aiderait à s'éclaircir les idées, mais il avait fini par se rendre compte que trop d'introspection tendait au contraire à l'embrouiller davantage.

Et désormais, il avait envie de reprendre le travail. Surtout quand il entendait des histoires comme celle que Steve venait de lui raconter. Alors qu'il se faisait cette réflexion, il ressentit une légère sensation de fourmillement dans son cuir chevelu, chose qui lui arrivait à chaque fois qu'il lui paraissait que quelque chose clochait dans une affaire. Et il eut envie d'être là, en première ligne, à essayer de découvrir de quoi il s'agissait.

7

Une radio fonctionnait en sourdine dans la cuisine. Personne n'écoutait : elle n'était là que pour procurer un bruit de fond et révéler le silence qui régnait dans la maison.

Un verre de vodka tiède à moitié vide reposait sur la table. Peu importait qu'il ne soit pas frais ; il remplissait sa fonction. Il atténuait la douleur sans laisser de traces.

La musique s'arrêta et le journal de 18 heures commença. Comme d'habitude. L'économie, le Moyen-Orient, retour à l'économie. Rien de neuf. Et de toute façon, tout le monde s'en fichait.

« Passons maintenant aux informations locales : on nous rapporte un accident avec délit de fuite dans le paisible village de Little Melham. Une jeune fille a été renversée et laissée pour morte sur la B 522. Il s'agit de l'axe, connu localement sous le nom de "route de traverse", qui relie l'A 564 à l'A 5194. D'après les services de police, il n'est quasiment utilisé que par les gens du village. La jeune fille, dont le nom n'a pas encore été communiqué, serait dans un état critique. L'accident s'est produit la nuit dernière, et la police demande à toute personne ayant emprunté cette route après minuit de… »

La radio fut brutalement éteinte d'une main rageuse.

Pourquoi a-t-elle décidé de me rejeter? Pourquoi a-t-elle eu peur? Pourquoi s'est-elle enfuie?

Tous ces longs mois d'efforts… balayés par une action impulsive, une occasion qui semblait trop bonne pour être manquée: Abbie était seule, abandonnée de tous, et personne ne s'inquiétait pour elle. Cela avait été tellement facile.

Abbie… je voulais juste que tu m'aimes. Notre petit secret.

Mais ces yeux… la terreur si manifeste qui les avait obscurcis au moment où elle avait appris la vérité. *Pourquoi?*

Et puis elle s'était enfuie.

Que se serait-il passé si elle était parvenue à rentrer au village? Et si la personne qui était au volant s'était montrée plus prudente et s'était arrêtée pour la faire monter au lieu de la renverser? Mieux valait ne pas y penser.

Ma vie aurait été fichue. Tout ce que j'ai mis tant de temps à construire aurait été détruit. Une fois encore. À cause d'elle: Abbie.

Mais Abbie ne pouvait plus parler, maintenant. Et elle allait sans doute mourir.

Je n'ai jamais voulu que les choses se passent comme ça, Abbie. Mais tu n'aurais pas dû me rejeter. Je ne t'aurais pas fait de mal si tu t'étais montrée gentille avec moi. Peu importe: tu es morte à mes yeux, désormais.

Restait néanmoins un problème à régler.

La personne qui l'a renversée. Elle a tout vu. Y compris moi, dans les bois, en train d'observer la scène sans rien faire.

Ce risque, cette menace, il fallait y remédier. Tout allait bien pour le moment, mais si la police finissait par identifier le véhicule, l'espèce de saleté qui le conduisait se verrait contrainte de passer aux aveux. Et par la même occasion, aux dénonciations.

Un cri de rage déchira le silence, et le verre désormais vide, jeté dans l'évier, se brisa en mille morceaux.

* * *

« J'aurais bien besoin d'un verre », murmura Ellie, en s'affalant sur le lit.

Quelle journée ! Elle aurait préféré ne pas aller travailler, mais au vu des circonstances, on ne pouvait pas dire qu'elle ait vraiment eu le choix. Elle avait à peine eu le temps de prendre des nouvelles de Leo et de voir les jumeaux. Et puis, avec ce qui s'était passé la nuit dernière…

Non. Elle ne devait pas penser à ça. C'était trop horrible. Trop affreux. Au moins pour ce soir, elle devait refouler cela au plus profond de son esprit.

Elle avait miraculeusement réussi à terminer les préparatifs du dîner. Tout ce qui lui restait à faire, désormais, était de trouver le courage de se préparer elle-même. La baby-sitter était arrivée (une idée qui était apparue comme une véritable folie aux yeux de Max : Une baby-sitter ? Comment ? Mais ils ne sortaient pas ; ils recevaient). Elle n'avait donc pas à se soucier des jumeaux ; elle pouvait consacrer toute son attention au dîner.

Elle était en train de contempler tristement sa garde-robe, dans le vain espoir d'y trouver une tenue parfaitement adaptée à la soirée, quand elle entendit la porte de la salle de bains s'ouvrir. Le reflet de Max apparut dans le grand miroir de la coiffeuse, et elle ne put s'empêcher de le regarder à la dérobée : il avait une serviette drapée autour de la taille et, à l'aide d'une autre, il frictionnait son épaisse chevelure noire. Pas une once de graisse : de là où elle était assise, malgré la fine épaisseur de poils noirs qui les couvrait, elle pouvait distinctement voir les contours des muscles de son ventre. Il était sexy. Très sexy. Était-elle vraiment en train de le perdre ?

Elle soupira.

« Qu'est-ce qui t'arrive, mon petit loukoum ?

— Ne m'appelle pas comme ça ; tu sais très bien que je déteste ça », répondit-elle en lui jetant un regard noir.

Max se mit à rire.

« Je t'appelle comme ça depuis tes 17 ans. Tu aimais bien, avant.

— Parce que, avant, ça ne voulait rien dire du tout. Alors que maintenant, si, figure-toi. Réfléchis, avant de parler. »

Ce fut à ce moment-là qu'un petit coup se fit entendre à la porte. Ellie eut à peine le temps de tourner la tête : Leo, sans attendre d'être conviée à entrer, avait déjà ouvert. Mais le pire, c'est qu'elle n'était vêtue que d'un T-shirt noir, qui dissimulait à peine le haut de ses cuisses et moulait un peu ses hanches étroites. Ses jambes, longues et fuselées, étaient légèrement hâlées.

« Leo ! s'exclama-t-elle. Ça ne te fait rien de te pointer ici à poil ? Ou à moitié ? »

Leo ouvrit complètement la porte, et Ellie la vit jeter un coup d'œil en biais à Max.

« Excuse-moi, Max. Je ne savais pas que tu étais là, je croyais que tu étais avec les jumeaux. Ceci étant, je suis parfaitement décente, Ellie. Il y a des gens qui déambulent dans le centre de Manchester moins habillés que ça. Enfin… je voulais te demander si je pouvais t'emprunter ton fer à lisser. J'ai oublié le mien, et mes cheveux ne ressemblent à rien quand je les laisse ondulés.

— Max aurait pu être complètement nu, mais je suppose que ça n'aurait dérangé aucun d'entre vous. »

Ellie ne fut pas surprise de voir Leo et Max s'échanger un regard déconcerté. Elle savait bien que son comportement n'était pas justifié. Mais en voyant le corps si svelte de sa sœur, elle s'était sentie moche. Et elle était certaine que Max n'avait pas manqué de faire la comparaison. Leo avait toujours été mince et élancée ; enfant, déjà, elle était plus grande qu'elle, alors qu'elle était pourtant la cadette. Et puis il y avait ses longs cheveux bruns, ses lèvres toujours fardées de rouge et son goût pour les vêtements noirs (enfin, quand elle daignait en porter), qui lui conféraient des airs de vamp, en décalage total avec sa personnalité.

Max n'avait pas parlé jusqu'alors, mais dans une tentative peu subtile de détendre l'atmosphère, il se mit à fredonner la célèbre ouverture de *The Stripper*, tout en jetant théâtralement la serviette avec laquelle il était en train de s'essuyer les cheveux. Et soudain, au grand désespoir d'Ellie, il se mit à ouvrir lentement celle qui lui ceignait la taille. Elle savait parfaitement ce qu'il allait faire, mais elle n'avait aucun moyen de l'en empêcher. Il n'avait jamais eu le moindre complexe vis-à-vis de son corps, et en même temps, il n'avait aucune raison d'en avoir. Mais elle le voulait pour elle toute seule, elle n'avait pas envie de le partager. Elle ne pouvait même pas en supporter l'idée.

Sans lui laisser le temps d'exprimer son désaccord, Max arracha la serviette de sa taille, révélant un boxer noir ajusté, qui le rendait bien plus sexy encore que s'il avait été complètement nu.

Leo poussa un soupir moqueur, prit le fer à lisser sur la coiffeuse et fit une gracieuse sortie.

* * *

Max étudia le reflet d'Ellie dans le miroir pendant quelques secondes. La tête baissée, elle regardait fixement le sol, comme transfigurée par les fibres de la moquette crème. Il avait bien compris qu'elle n'avait pas apprécié sa petite prestation. En temps normal, elle aurait joyeusement protesté contre sa sottise ou aurait ri avec lui. Jamais elle ne se serait comportée comme ça. Sous le coup du remords, il sentit son cœur se serrer. Il savait bien ce qu'il lui avait fait au cours des deux mois qui venaient de passer, mais il n'avait pas pu s'en empêcher. Tous les matins, il se faisait la leçon ; et tous les soirs, il se voyait contraint d'admettre qu'il n'avait pas réussi à rester fidèle à sa résolution.

Il s'approcha du lit et vint s'asseoir à côté de sa femme. Pleinement remis de sa gueule de bois, il envisageait désormais avec joie le dîner de ce soir, mais il voyait bien qu'Ellie était fatiguée et n'avait pas le moral. Ce qui ne lui ressemblait absolument pas. Et tout ça à cause de lui… Rongé par les regrets, il passa un bras autour de ses épaules et la serra contre son corps.

« Qu'est-ce qui se passe, Ellie ? Tu m'as l'air bien triste, ce soir. Tu étais si impatiente de montrer la nouvelle maison à tout le monde. Et maintenant, on dirait que ça t'ennuie. Allez, dis-moi ce qu'il y a, ma chérie. »

Ellie se mordit la lèvre inférieure.

« J'ai passé une journée horrible, au travail. Une toute jeune fille… Ç'a failli me briser le cœur, je t'assure.

— Ellie, c'est quasiment tous les jours que tes patients manquent de te briser le cœur. Je suis sûr qu'il y a autre chose. Allez, dis-moi.

— Je n'ai rien à me mettre, je n'ai pas eu le temps de me lisser les cheveux, et de toute façon, maintenant que Leo m'a piqué le fer, c'est fichu. Mais bon, quand je pense aux problèmes des autres, je trouve tout ça vraiment pathétique et égoïste de ma part.

— Souvent, dit-il en lui caressant gentiment les épaules, ce sont les petits problèmes qui nous touchent le plus, parce qu'on n'a pas envie de penser aux gros. Alors on va essayer de procéder par ordre, d'accord ? Pourquoi n'as-tu rien à te mettre, hein ? Tu dépenses de l'argent dans plein de choses, pourquoi jamais dans ta garde-robe ?

— Tu sais très bien pourquoi.

— Non, je ne sais pas. »

Ellie, qui avait encore baissé la tête, marmonna sa réponse contre sa poitrine :

« Parce que je voulais attendre d'avoir un peu maigri pour m'acheter de nouveaux trucs. Ça fait trois ans que j'attends. Et trois ans que rien ne bouge. »

Max était parfaitement au courant de tout cela. Il avait eu cette conversation avec elle des dizaines de fois et il n'était jamais parvenu à lui faire changer d'avis. Mais il était déterminé à essayer encore. Parce qu'il aurait fait n'importe quoi pour retrouver son beau sourire.

64

« Ma chérie, tu sais bien que je te trouve très belle, alors pourquoi ne pas prendre les choses comme elles viennent ? Tu es comme tu es, c'est-à-dire voluptueuse et sexy. »

Il passa son autre bras autour de ses épaules et tenta de la serrer plus fort contre lui.

« N'importe quoi, dit-elle en le repoussant. Je sais très bien que ce n'est pas ce que tu penses. Si c'était le cas, tu n'essaierais pas tout le temps de me faire faire du sport. Tu préférerais que je sois plus mince. »

Il eut envie de pousser un soupir, mais se retint à temps.

« Non, je ne préférerais pas que tu sois plus mince. Je préférerais que tu sois un peu plus athlétique, parce que ce serait meilleur pour ta santé. Je me fiche pas mal de ton poids. Et, par ailleurs, tu n'es pas grosse. Tu n'es pas non plus un sac d'os, mais pour ma part, je trouve que c'est tant mieux.

— Tout le monde sait que, de nos jours, les hommes ne sont attirés que par les filles maigrichonnes. Les filles comme Leo ou cette prof de sport de ton collège. »

Max prit le temps de réfléchir. Il ne fallait surtout pas qu'il commette d'impair, et le meilleur moyen de limiter les risques était sans doute d'ignorer cette dernière remarque.

« Tu dis vraiment n'importe quoi. Regarde Nigella Lawson : elle a un cul de la taille d'un demi-bungalow, et pourtant, tous les hommes la trouvent sexy. À vue de nez, je dirais que tu ne fais même pas un tiers de son poids.

— Je te signale qu'elle a beaucoup maigri. J'en conclus donc que même elle ne trouvait pas cela très joli. »

65

Comprenant qu'il ne parviendrait pas à la faire changer d'avis, il se leva et se dirigea vers le placard.

«Pourquoi pas cette robe noire? Tu es super sexy, dedans.

— Je la porte à chaque fois que je sors, et cette saleté de Mimi ne manquera pas de me le rappeler. Je me demande vraiment ce que Pat fait avec cette garce. Il est complètement fou d'avoir quitté Georgia pour elle.»

Max ne put rien faire d'autre qu'acquiescer. Cette discussion-ci, il l'avait également eue plusieurs fois au cours des deux mois passés, sans qu'aucun d'entre eux ne puisse apporter de réponse précise à cette grande interrogation.

«Écoute, laisse tes cheveux ondulés, tu es beaucoup mieux comme ça. Et puis, pourquoi est-ce que tu n'irais pas prendre une bonne douche chaude? Pendant ce temps, je vais descendre chercher une bouteille de champagne bien frais qu'on boira en se préparant. Allez, va te détendre un peu dans la salle de bains. Il nous reste deux heures avant l'arrivée des invités, on a tout le temps…»

Ellie se tourna vers lui, l'air penaud.

«Euh… j'avais oublié de te dire: j'ai demandé à Fiona et Charles de venir un peu plus tôt. Je voulais que quelqu'un soit là quand Pat et Mimi arriveront. Nous n'avons plus qu'une heure devant nous, désolée.»

Max soupira, peu enthousiaste à l'idée de se retrouver une heure entière seul avec Charles, pendant que les femmes papoteraient dans la cuisine. Mais il tâcha de faire bonne figure. Parce qu'il aurait fait n'importe quoi pour retrouver le beau sourire de sa femme.

« Bon. Mais on peut tout de même se boire une coupe ou deux, aux frais de la vieille sorcière ? Qu'est-ce que tu en dis ? »

Un léger sourire se dessina sur les lèvres d'Ellie. Il referma la porte derrière lui, ravi.

8

Leo attrapa le peignoir de satin qui se trouvait sur le lit et passa ses mains dans les manches. Mais qu'est-ce qui n'allait pas, chez Ellie ? Ça ne lui ressemblait pas du tout, de se montrer aussi irascible. C'était de mauvais augure pour la soirée à venir, et elle ne pouvait s'empêcher de penser que c'était sa faute. Elle était certaine d'être la bienvenue chez sa sœur, mais peut-être avait-elle commis une erreur en agissant ainsi, sans prévenir personne, sur un coup de tête ?

Après avoir branché le fer à lisser pour le faire chauffer, elle alla s'accouder au rebord de la fenêtre ouverte. La vue qui s'offrit à elle l'apaisa ; rien n'avait changé malgré tout le temps passé. Les champs, verts et plats, s'étendaient sur des kilomètres derrière la maison, mais on pouvait apercevoir de sombres collines se profiler dans le lointain. Jadis, la chambre qu'elle occupait n'avait pas de fenêtre (il s'agissait d'ailleurs plutôt d'un cagibi), si bien que, quand elle réussissait à se glisser jusqu'ici, elle passait toujours beaucoup de temps à observer le paysage, en rêvant à d'autres lieux, d'autres temps, d'autres vies.

Tout à coup, son esprit fut assailli par un souvenir si net et précis qu'elle en eut le souffle coupé. Elle s'était trouvée devant cette fenêtre, exactement dans la même position. Elle se rappelait très bien ce jour-là. Elle devait avoir 14 ans et elle avait été renvoyée à la maison à cause d'atroces maux de ventre. Sachant qu'elle n'obtiendrait aucune compassion de la part de sa belle-mère, elle avait jugé préférable de ne pas l'en avertir et s'était discrètement faufilée dans la maison sans prévenir de son arrivée. Elle n'avait jamais dit à sa belle-mère qu'elle avait commencé à avoir ses règles, et celle-ci ne s'était jamais donné la peine de l'interroger à ce sujet. Leo devait demander tout ce dont elle avait besoin à Ellie, et parfois Ellie lui donnait une partie de son argent de poche. Leo, naturellement, ne recevait pas d'argent de poche.

Elle se souvenait d'avoir monté l'escalier sur la pointe des pieds et d'être entrée dans la chambre d'Ellie pour fouiller dans sa commode. C'était une journée très semblable à celle-ci, et la fenêtre était ouverte. Personne ne savait qu'elle était là. Elle ignorait pourquoi son père se trouvait à la maison ce jour-là, mais le fait est qu'il était en train de biner sans enthousiasme la plate-bande qui se trouvait juste en dessous de la fenêtre (il s'agissait sans doute de la dernière fois que le jardin avait bénéficié d'un peu d'entretien avant qu'Ellie et Max ne le reprennent en main). Craignant d'être aperçue, elle s'était empressée de reculer, mais un bruit de voix avait soudain envahi la pièce, et entaché l'atmosphère par l'amertume et la haine qu'elles charriaient.

La première voix était celle de sa belle-mère.

« Tu ne pourras pas me fuir ici. Je n'en ai pas encore fini avec toi. J'ai toujours su que tu avais un problème avec la morale, mais je pensais que tu avais fini par

comprendre la leçon. Bref, je vois que je me suis fait des illusions.

— La ferme, Denise. Tu ne sais pas de quoi tu parles.

— Ça, c'est ce que tu te plais à croire. Mais je te connais, figure-toi. Et je sais très bien ce que tu manigances quand tu n'es pas là. Je n'étais pas au courant pour ta morveuse, mais tu crois que je ne savais pas, pour sa mère ? Cette petite pute ?

— Ce n'était pas une pute. C'était ma femme. Et malheureusement, elle est morte. Elle, au moins, elle me rendait heureux.

— C'est moi ta femme. Moi. Mais peut-être devrais-je te dénoncer à la police pour bigamie ? Est-ce que tu sais que je ne peux plus mettre les pieds dans ce foutu village ? Depuis que ta petite bâtarde est arrivée, les gens n'arrêtent pas de parler.

— Je te conseille de surveiller ton langage, Denise. D'autre part, je considérais Sandra comme ma femme, bien plus que toi. Si tu te demandes pourquoi je suis allé voir ailleurs, tu ferais bien de commencer par te regarder.

— Voir, c'est une chose ; toucher, c'en est une autre. Je me fiche pas mal de toutes ces petites écervelées qui te trouvent irrésistible. Mais qu'en est-il de celles qui ne sont pas comme ça, hein ? Les filles intelligentes, qui restent insensibles à ton charme mielleux ? Qu'est-ce que tu leur fais ? Tu crois que je ne sais pas ? Tu as horreur qu'on te résiste, hein ? Et tu les prends de plus en plus jeunes, si je ne m'abuse ?

— Je te répète que tu ne sais pas de quoi tu parles. Arrête de te faire des films. Et surtout, baisse d'un ton !

— Ou quoi ? Je te l'ai déjà dit : je te connais. Je ne suis pas idiote. La dernière en date est partie maintenant, *cette petite salope, mais je sais ce que tu as fait. Alors, qui sera la prochaine sur la liste, hein ?*

— *Allez, dégage, je ne veux plus te voir.*

— *Hors de question. Je ne ferai pas marche arrière, cette fois-ci. C'est toi qui vas t'en aller, tu as compris ? Je veux que tu t'en ailles. Tu as eu de la chance ce coup-ci. Mais je ne te laisserai pas me faire honte encore une fois.* »

Leo s'écarta de la fenêtre pour revenir à l'instant présent. Elle n'avait pas envie de se remémorer la suite. C'était il y a des années de cela ; peut-être son esprit avait-il déformé les choses ? La voix fielleuse de sa belle-mère sonnait juste, de même que le mépris qui marquait le ton de son père. Mais le contenu de la conversation ? Elle ne pouvait naturellement pas se fier totalement à ses souvenirs, mais tout lui avait semblé si clair à mesure que le flot de paroles lui était revenu en mémoire… Elle se rappelait bien quelle douleur elle avait ressentie à l'évocation de sa mère, mais le reste de la discussion ne l'avait pas beaucoup marquée sur le moment. Une dispute de plus ou de moins… Ceci étant, si ses souvenirs étaient bons, qu'est-ce que ça pouvait bien signifier ?

Elle avait compris, dès le jour où elle était arrivée à Little Melham, que sa belle-mère la détestait, et elle avait eu tôt fait de s'accoutumer à son mépris. Mais sa mère avait vraiment été pour elle une personne spéciale. C'était la joie de vivre incarnée. Et l'entendre ainsi décrite avait fait ressurgir en elle la douleur qu'elle avait essayé d'enterrer. Elle était certaine que son père aimait sa mère : elle le faisait rire et il avait l'air heureux quand ils étaient ensemble. Jamais plus elle n'avait vu cette expression de bonheur sur le visage de son père après la mort de sa mère. Néanmoins, à partir de ce moment-là, elle s'était efforcée d'éviter de le regarder. Il n'avait jamais cherché à la réconforter quand elle avait pleuré. Seule Ellie l'avait fait. Mais Leo avait essayé de fuir l'affection de sa sœur.

Machinalement, elle sortit de son fourre-tout son ordinateur portable, dans lequel elle rechercha le fichier qu'elle avait intitulé « Père ». Elle ne savait toujours pas si ces paroles avaient vraiment été prononcées, mais elle ressentait le besoin de les ajouter à ses notes. La mère d'Ellie ne leur avait jamais dit la vérité au sujet de la disparition de leur père, Leo en était absolument certaine. Et Ellie, qui n'avait jamais réussi à accepter sa mort, continuait de vivre dans l'espoir qu'un jour, il passerait de nouveau le seuil de l'entrée. Pour quelle autre raison aurait-elle choisi de s'installer dans une maison qui portait en elle de si tristes souvenirs ?

Pour le bien de sa sœur, Leo devait découvrir où était allé leur père, et surtout pourquoi il n'était jamais revenu.

9

Après avoir gracieusement descendu le vaste escalier de sa maison édouardienne, Fiona Atkinson prit le temps de s'admirer dans l'immense miroir accroché à la porte de sa salle à manger. Le bleu vif de sa robe fluide striée de vert émeraude faisait merveilleusement ressortir son hâle, et sa coupe asymétrique laissait subtilement entrevoir ses jambes fuselées. Chaque centimètre carré de son corps avait été minutieusement sublimé, et ses cheveux blonds courts étincelaient. Comme toujours, Marco avait fait un travail étonnant avec ses mèches. La seule chose qui l'ennuyait était ses chaussures. Elle était certaine qu'Ellie insisterait pour qu'ils visitent le jardin, et il lui paraissait absolument impensable de quitter la sécurité de la maison avec ces escarpins à talons hauts.

Tous les regards allaient être braqués sur elle, et c'était précisément ce dont elle avait envie. Enfin, surtout un certain regard… S'il était là. Mais elle ne s'était pas risquée à demander. Mieux valait éviter d'attirer les soupçons.

« Bien, je suis prête, annonça-t-elle en faisant une entrée majestueuse dans la salle à manger, enveloppée d'un nuage de 24 Faubourg d'Hermès. Alors, Charles, qu'en penses-tu ? »

Plaçant une main sur sa hanche, elle prit la pose.

Debout devant la fenêtre, Charles, le regard fixé sur le jardin impeccablement tenu, tenait à la main un verre contenant un liquide incolore. Ce n'était pas de l'eau, Fiona en était certaine. Vêtu d'un costume à rayures tennis bleu marine et d'une cravate rouge complètement incongrus pour l'occasion, il se tourna vers elle. Ses cheveux bruns gominés tirés en arrière faisaient ressortir son large front et, avec ses sourcils sombres et broussailleux, qui se touchaient presque au-dessus de ses petits yeux marron, il paraissait toujours perplexe, qu'il le soit ou non.

Il porta son verre à ses lèvres, le baissa, puis commença, sur son habituel ton morne :

« S'agit-il là de la Ferragamo dont tu m'as parlé ? »

Elle fit un petit tour sur elle-même.

« Tout juste. N'est-elle pas divine ?

— Tu comptes vraiment porter ça ? répondit-il en fronçant les sourcils. Pour aller chez Ellie et Max ? Un peu *too much*, je dirais. Tu ne trouves pas ?

— Non, je ne trouve pas. Naturellement que je ne trouve pas. Sinon, je ne l'aurais pas mise. Alors, quel est le problème ?

— Le problème est simple : je trouve cela un peu ostentatoire, et donc incongru, au vu des gens chez qui nous nous rendons. »

Fiona roula des yeux.

« Arrête de faire le snob, Charles. Ellie et Max sont pleins aux as, maintenant. Ce sont des nantis, je ne vois pas pourquoi tu continues de les regarder de haut. »

Il avança vers le bar, sur lequel il posa son verre.

« Ils ont de l'argent, maintenant, certes, mais qui vont-ils inviter ? Des gens qui apprécient les robes Ferragamo ? Permets-moi d'en douter. »

Fiona n'avait jamais pu se résoudre à avouer à Charles que chacune de ses robes de grands couturiers, chacun de ses somptueux bijoux était pour elle un symbole du chemin qu'elle avait parcouru et de la distance qu'elle avait mise entre elle et son passé.

« Tu seras sans doute surpris d'apprendre que je ne m'habille pas pour plaire à qui que ce soit d'autre que moi-même, dit-elle en venant se poster à côté de lui. Quant aux invités de ce soir, je sais que Patrick sera là avec sa nouvelle compagne, et Ellie m'a parlé de quelques autres personnes, mais elle n'a pas précisé. »

Pour mieux éviter le regard de Charles, elle avait fait mine de retirer une poussière de sa robe. Malgré la distance qu'il y avait entre eux, il lui arrivait parfois de s'étonner de la facilité avec laquelle il parvenait à lire dans ses pensées.

« Patrick et sa nouvelle compagne, répondit-il en levant le nez d'un air dégoûté, cela résume bien ce que je te disais. Je ne comprends vraiment pas comment Patrick a pu quitter cette lumineuse Georgia. Mais qu'est-ce qui a bien pu lui prendre, à cet abruti ? Bref, et la nouvelle, à quoi ressemble-t-elle ?

— Je ne sais pas, je ne l'ai jamais rencontrée. Elle s'appelle Miriam mais, si j'ai bien compris, elle préfère se faire appeler Mimi.

— Oh, mon Dieu, murmura Charles.

— Ellie dit que c'est une vraie rabat-joie et que Pat a l'air malheureux comme les pierres. » Elle jeta un coup d'œil furibond à Charles. « Pourrais-je avoir un verre ou dois-je me servir toute seule ?

— Je te demande pardon, ma chérie. Qu'est-ce qui te ferait plaisir ? »

Irritée, Fiona secoua la tête.

« Comme d'habitude, Charles ! Tu me demandes ça tous les week-ends, et ça fait cinq ans que je te réponds la même chose. Une vodka martini sans olive, avec un zeste de citron. Au fait, tu as pensé à réserver un taxi ? »

Charles commença à s'affairer devant le bar et, tout en parlant, se mit à verser dans un verre en cristal une dose de vodka qui semblait minutieusement calculée.

« Oui. J'ai appelé Jessops pour avoir une Mercedes. Ils vont passer nous prendre bientôt, comme tu l'as demandé… Dans un quart d'heure, maintenant. Et je leur ai dit de venir nous rechercher à 23 heures.

— Tu n'as pas fait ça ! Écoute, tu es complètement à côté de la plaque, mon pauvre ami. 23 heures ? On ne peut pas partir à 23 heures. Mais quel âge as-tu, Charles ? » C'était ridicule. Et puis, qu'allaient-ils faire ici, tous les deux, en rentrant si tôt ?

Elle prit son verre et en but une gorgée. Charles avait beau avoir des torts, il n'avait pas son pareil pour préparer les martinis. Et si son don pour recréer la perfection était dû à son obsession de la précision ? Il ne supportait pas de se rendre où que ce soit sans que tout soit planifié : heure à laquelle partir pour arriver au meilleur moment ; durée du trajet ; moment idéal pour faire une sortie majestueuse. Il passait son temps à regarder sa montre afin de s'assurer que tout soit bien en accord avec ses plans. Mais il était hors de question qu'elle soit la première à partir ce soir-là. Ce dîner, elle comptait bien en profiter au maximum. Elle allait être la star de la soirée, et tous les regards masculins seraient braqués sur elle. Charles ne lui gâcherait pas ce plaisir. Certainement pas.

Machinalement, elle s'approcha du miroir accroché au-dessus de la console et déplaça une somptueuse composition florale pour mieux s'admirer. Elle fut ravie de l'image qu'elle vit apparaître en face d'elle.

« Mon chéri, tu peux partir à 23 heures si ça te chante, mais moi, je resterai. J'essaierai de ne pas te réveiller en rentrant. Ne t'en fais pas, j'appellerai un taxi. »

Les yeux fixés sur son reflet, elle réfléchit quelques instants à la soirée qui s'annonçait. Et s'il s'agissait d'un moment décisif ? Elle avait failli céder la nuit précédente, mais elle avait fini par se dire que le jeu pouvait bien durer encore un peu. Le moment était-il venu d'y mettre un terme ? Il fallait qu'elle y réfléchisse.

Une lueur d'impatience s'alluma dans ses yeux et, malgré le maquillage qu'elle avait pris soin d'appliquer sur son visage, elle remarqua que ses joues avaient légèrement rougi.

Sentant un mouvement derrière elle, elle s'aperçut que Charles était également en train d'observer son reflet dans le miroir. Elle s'empressa de détourner le regard.

10

La cuisine était déserte quand Leo eut enfin terminé de se lisser les cheveux. Mais l'étonnement laissa vite place au soulagement. Leo n'avait aucune intention de partager avec Ellie les souvenirs qui lui étaient revenus en mémoire. Cependant, elle craignait que l'impact qu'ils avaient eu sur elle ne se reflète sur son visage.

Elle n'avait pas apporté de tenues élégantes, mais sa veste noire cintrée et son jean blanc feraient peut-être l'affaire si elle réussissait à les accessoiriser avec quelques bijoux colorés. Elle avait d'abord eu l'idée de faire une incursion dans la chambre d'Ellie pour voir si elle pouvait y retrouver le gros collier bordeaux qu'elle lui avait offert une ou deux années plus tôt ; elle pensait qu'il irait bien avec son rouge à lèvres. Mais compte tenu de l'épisode précédent, elle s'était ravisée, jugeant préférable de demander la permission avant.

Elle jeta un œil à la cuisine, qui paraissait étonnamment bien rangée malgré les dix personnes attendues pour le dîner. Mais il fallait dire que la pièce, à mille lieues de la cuisine étroite et exiguë de son enfance, était très vaste. Une cuisinière AGA noire, la plus grande qu'elle ait jamais vue, se dressait d'un côté. Et comme si cela n'était pas suffisant, deux fours avaient été intégrés aux placards muraux, et une table de cuisson à six feux encastrée dans un îlot central qui, à lui seul, paraissait quasiment plus grand que l'ancienne cuisine.

De l'autre côté de l'îlot, il y avait une table sur laquelle on pouvait manger à six et, un peu plus loin, à côté des portes de verre qui donnaient sur le jardin, deux fauteuils replets. Comme elle l'avait découvert la veille au soir, la cuisine occupait la moitié du rez-de-chaussée de la grange, l'autre étant prise par la « salle de jeu » de Max (comme Ellie aimait à l'appeler). Cette pièce, Leo n'y avait jeté qu'un rapide coup d'œil, mais elle n'avait pas manqué d'y remarquer le gigantesque écran de télévision qui couvrait presque tout un mur, ainsi que la dizaine de fauteuils inclinables qui lui faisaient face. C'était démesuré, naturellement, mais Ellie avait sans doute voulu s'assurer que Max ait une bonne raison de s'installer ici. Il avait toujours semblé très heureux, dans leur petite maison mitoyenne moderne.

À l'autre bout de la cuisine, un escalier en colimaçon montait au premier étage, où se trouvait une immense table de billard, ainsi que d'autres joujoux de garçons auxquels Leo n'avait prêté que très peu d'attention. Avec tout cela, il semblait bien étrange que Max et Ellie paraissent plus tendus qu'ils ne l'avaient jamais été en neuf ans de mariage.

Leo était loin d'être la meilleure cuisinière du monde, mais elle commençait à se sentir un peu gênée de traîner dans la cuisine sans rien faire quand Ellie, qui arborait une mine bien plus enjouée que la dernière fois qu'elle l'avait vue, finit par faire son apparition. La magie de Max avait apparemment opéré, et Leo fut ravie de constater que sa sœur semblait avoir retrouvé son état normal. Ses longs cheveux bruns ondulaient autour de son visage, et le décolleté plongeant de sa courte robe noire révélait une poitrine généreuse, qui avait toujours eu tendance à susciter chez Leo une petite pointe de jalousie. D'ordinaire, Ellie se maquillait très peu mais, ce soir-là, ses lèvres pleines étaient mises en valeur par une touche de gloss, et ses yeux soulignés par un subtil fard gris.

Comme pour se faire pardonner son accès de colère, Ellie sourit. «Leo, tu es magnifique! Comme toujours.

— Je sais bien que ce n'est pas vrai, mais je te remercie. Je suis désolée, je n'ai pas pensé à apporter de vêtements élégants. Quant à toi, tu es absolument sublime. Et tes invités? Tu crois qu'ils vont tous se pointer dans des tenues ultrasophistiquées?»

Ellie, qui avait déjà commencé à transvaser les sauces des amuse-bouches dans des ramequins, s'arrêta un instant pour la regarder d'un air penaud.

«Eh bien, tu sais, Fiona et Charles seront là. Et je n'imagine pas Fiona arriver dans autre chose qu'une robe de cocktail hors de prix.

— Oh, mon Dieu! Cette fille est devenue une vraie pimbêche. Est-ce qu'elle porte toujours des polos avec le col savamment relevé quand elle veut s'habiller *casual*?»

Ellie sourit, mais ne répondit pas.

«Et je n'ai jamais compris pourquoi elle avait épousé cet abruti de Charles. En tout cas, on ne peut pas dire qu'elle l'ait choisi pour son sex-appeal. Je sais que tu étais amie avec elle à l'école, mais je n'arrive pas à croire que vous puissiez encore avoir quoi que ce soit en commun.

— Elle n'a pas toujours eu une vie facile, lui répondit Ellie en esquissant un sourire tolérant. Cesse un peu de te moquer, Leo. Je sais des choses sur Fiona que tu ignores, mais tout ce que je peux te dire, c'est qu'elle n'est pas comme ça, elle se crée un personnage. Tu devrais te montrer un peu plus indulgente avec les autres.

— Ellie, tu es la fille la plus gentille du monde. Tu l'as toujours été et tu le seras toujours. Mais tu sais, pour ma part, j'ai du mal à supporter les imbéciles. Enfin, comme il s'agit de tes amis, je te promets que je vais faire un effort. Quelqu'un d'autre que je connais ? »

Tout en prononçant ces paroles, Leo avait ouvert la porte de l'imposant réfrigérateur, dont elle avait sorti une bouteille de vin blanc entamée. Elle l'agita devant sa sœur. Sans cesser de s'affairer, celle-ci acquiesça.

«Eh bien, finit-elle par répondre, oui, il y aura Pat. »

Leo ouvrit un placard pour en sortir deux verres et, tournant le dos à Ellie, décida de rendre son verdict sur ce nouveau couple d'invités :

«Excellent ! Ça, c'est une bonne nouvelle ! Enfin, je ne dis pas ça pour Pat. C'est un garçon très sympa, mais il est un peu mou, si tu vois ce que je veux dire. Georgia, en revanche, je la trouve vraiment super. Elle fait ce qu'elle a à faire et elle dit ce qu'elle a à dire. Très bien, ça me fera quelqu'un avec qui discuter, ça m'occupera. Et ça me permettra de résister à l'envie de me foutre de la gueule de Fiona. »

Elle se tourna vers sa sœur, un grand sourire aux lèvres. Mais ce sourire eut tôt fait de disparaître : Ellie paraissait complètement horrifiée. Une main devant la bouche, elle se mit à balbutier entre ses doigts :

« Oh, mon Dieu, tu ne sais pas ? Excuse-moi, Leo, je voulais te le dire, mais ça m'est complètement sorti de la tête. »

Leo tendit un verre de vin à sa sœur, qui s'empressa d'en boire une longue gorgée. Sans dire un mot, elle attendit qu'Ellie se mette à parler.

« Pat a quitté Georgia. Enfin… pour être exact, c'est plutôt Georgia qui l'a jeté dehors. Georgia est ma meilleure amie. Donc, je suis de son côté. Le problème, c'est que Pat est également le meilleur ami de Max. Ce qui tend à compliquer un peu les choses. »

Certaine que sa sœur comblerait le vide sans qu'elle ait à poser de questions, Leo garda le silence.

« Ç'a été horrible, vraiment. Le problème de base, c'est que Pat voulait des enfants. Tu sais comment il était avec Georgia : il l'idolâtrait et, pendant qu'elle gravissait les échelons à son travail, il faisait tout pour elle. Ils étaient tous les deux d'accord sur le fait que la carrière de Georgia devait passer en premier, pour la simple et bonne raison qu'une avocate peut gagner considérablement plus d'argent qu'un prof de collège. Il aurait pu demander une promotion n'importe où dans le pays, mais Georgia voulait garder son poste. Pat a toujours fait ses quatre volontés. Mais quand il lui a dit qu'il avait envie d'avoir des enfants, elle a catégoriquement refusé. Il lui a proposé de rester à la maison pour s'en occuper ; il ne lui demandait pas d'abandonner son travail. Mais elle est restée campée sur ses positions. »

Manifestement soucieuse de terminer cette histoire avant que ses invités n'arrivent, Ellie reposa son verre de vin et jeta un coup d'œil à sa montre.

« Pat a eu une aventure, poursuivit-elle. Quand ils ont des réunions ou autres après les cours, ils se rendent tous dans un pub en ville. La fille était barmaid là-bas. Max m'a dit qu'il aurait dû se douter de quelque chose, parce qu'il avait bien remarqué que Pat passait de plus en plus de temps avec elle, mais ça ne lui était même pas venu à l'esprit. Avec le recul, il pense qu'il a agi par désespoir. Il se sentait… Je ne sais pas comment te dire, mais je crois que le mot le plus approprié serait "inutile". Avec cette fille, il avait l'impression d'être quelqu'un d'important. Quoi qu'il en soit, Georgia a fini par le découvrir. On ne sait pas exactement ce qu'il s'est passé, mais apparemment, elle a reçu un texto anonyme. Bref, elle a jeté Pat dehors. J'imagine qu'elle a pensé qu'il viendrait se réfugier chez nous et qu'on finirait par lui faire retrouver le sens commun. Mais on était absents pour le week-end et, naturellement, il a fait "le" truc qu'il ne fallait pas faire. Il est allé directement chez la fille et, à partir de ce moment-là, dans l'esprit de Georgia, tout a été terminé. »

Leo haussa les sourcils. Ellie prit un air renfrogné.

« Tu n'as pas l'air très surprise. Pour ma part, je n'aurais jamais imaginé une seule seconde qu'ils allaient rompre. Ils étaient tellement dévoués l'un à l'autre. Je pensais que tu serais étonnée.

— Écoute, Ellie, répondit Leo, je te rappelle que c'est à moi que tu es en train de parler. Tu sais bien que je n'ai jamais nourri le moindre espoir à l'égard des hommes. Pat a fait comme tous les autres ? Comme c'est étonnant ! Tu m'en vois particulièrement choquée. »

Elle brandit son verre de vin en direction d'Ellie et ajouta d'un air grave :

« Georgia est bien mieux toute seule. »

Ellie secoua la tête.

« Mais pas du tout, figure-toi. Elle est malheureuse comme tout. Et Pat l'est aussi, bien qu'il ne veuille pas l'admettre. Max dit qu'il a une vraie tête de déterré depuis quelques semaines. Heureusement que ce sont les vacances d'été. J'espérais qu'il profiterait de ses congés pour se ressaisir, mais apparemment, il a disparu du club de rugby la nuit dernière, au beau milieu de la soirée. Enfin, c'est ce que Max m'a dit. Mais je me demande bien comment il a pu le remarquer, vu l'état dans lequel il était quand il est rentré. »

Leo ne put s'empêcher de penser que Pat n'était pas le seul à avoir disparu la nuit dernière. Un mystère qu'elle n'avait toujours pas réussi à élucider.

* * *

Le séjour de Mimi faisait sans doute partie des pièces les plus déprimantes que Patrick Keever ait jamais eu l'occasion de contempler. Le problème n'était pas qu'il soit petit. Petit pouvait être synonyme de chaleureux. Le problème, c'était qu'il était dénué de… de tout, vraiment. La seule chose qui apportait un peu de couleur à la pièce était une affreuse moquette imprimée de spirales. Enfin, si tant est qu'on aime l'orange. En dehors de cela, tout n'était que camaïeux de beiges. Plus il l'observait et plus il regrettait le vert tilleul de la moquette de son séjour, ainsi que ses confortables canapés de cuir couleur chocolat, sa grande cheminée en pierre et les photos en noir et blanc qu'il avait lui-même prises et qu'il avait passé tant de temps à encadrer et à accrocher.

Il savait, naturellement, que tout était sa faute et qu'il ne pouvait s'en prendre qu'à lui-même, mais il avait beau réfléchir, il ne voyait pas comment se sortir de l'impasse dans laquelle il s'était fourré. Georgia lui avait dit qu'elle l'aimait toujours, mais à chaque fois qu'il lui proposait de quitter Mimi et de revenir à elle – chose qu'il aurait faite en un tournemain –, elle plissait les paupières et secouait la tête, le regardant comme s'il avait perdu la raison. Quelque chose lui échappait, c'était certain, mais Georgia ne semblait pas disposée à lui fournir le moindre indice à ce sujet.

Et désormais, il s'apprêtait à aller dîner chez Max et Ellie avec la femme qui, pour ainsi dire, avait remplacé Georgia dans sa vie. C'était dur pour ses proches, et il le comprenait. Max et lui étaient amis depuis l'université. Et pourtant, pour reprendre l'expression de Georgia, ils étaient comme le jour et la nuit. Max était le genre de type sportif et joyeux qui faisait rire tout le monde, tandis que lui-même, plutôt sérieux et studieux, adorait le théâtre et les arts. Mais curieusement, le courant était passé, et Max et lui avaient tout de suite accroché.

Machinalement, il regarda sa montre. « Tu es bientôt prête, Mimi ? On devrait déjà être partis », cria-t-il, en bas de l'escalier, tout en prenant soin de ne pas trop élever la voix, de peur que les voisins ne se mettent à frapper contre la mince cloison qui séparait leur maison de la leur.

Mimi ne répondit pas, mais il ne se donna pas la peine de répéter. À dire vrai, il n'avait pas du tout envie d'y aller. Mais s'il devait le faire – et il devait le faire –, il préférait arriver à l'heure, voire un peu en avance. Il ne voulait pas faire son entrée dans une pièce déjà bondée. Depuis quelque temps, il avait l'impression que tout le monde parlait de lui dans son dos. Et il avait eu sa dose la veille, à la soirée de fin d'année. C'était d'ailleurs pour cette raison qu'il avait été si heureux de s'évader. Mais avec le recul, au vu de ce qui s'était passé ensuite, il ne pouvait s'empêcher de penser qu'il aurait mieux fait de rester là où il était. Il espérait que personne n'avait remarqué sa disparition, car si tel était le cas, il allait devoir fournir de nombreuses explications.

Il appréhendait les semaines à venir. Les vacances scolaires. D'ordinaire, il attendait avec impatience cette longue période de congés qui lui laissait du temps pour réfléchir à l'année à venir et améliorer ses cours. Jusqu'ici, il avait eu la maison pour lui tout seul durant la plus grande partie des vacances : Georgia étant à son cabinet, il avait le temps de lire, prendre des notes, écouter de la musique et, de façon générale, se préparer mentalement à la nouvelle année scolaire. Mais les choses étaient désormais différentes : il allait devoir rester ici, dans ce trou à rats, avec Mimi. Et il n'avait aucun doute sur le fait qu'elle serait bien trop présente à son goût.

Sa rêverie fut brutalement interrompue par des claquements de talons, qui résonnaient dans l'escalier de bois. Mimi s'arrêta en bas des marches et, la main posée sur la rampe, elle lui demanda :

« Ça fera l'affaire ? »

L'expression de son visage était indéchiffrable, mais on aurait dit un mélange de défi et de trac. Et à la regarder, il se sentit tout à coup assailli par les remords. Il savait qu'il ne devait pas faire de comparaisons, mais il ne pouvait manquer de remarquer que la longueur de sa robe noire, qui s'arrêtait juste en dessous du genou, ne mettait pas en valeur sa silhouette. Et bien que l'on fût au milieu de l'été, elle avait choisi de porter un cardigan avec un col à volants, dont la couleur fuchsia jurait avec son teint. Néanmoins, il voyait bien qu'elle avait fait un effort.

« Tu es très jolie », répondit-il. Il savait que ce ne serait pas suffisant, qu'elle s'attendait à davantage de compliments. Mais c'était tout ce dont il était capable. Avec le recul, il voyait les choses de façon beaucoup plus lucide. Si, au départ, il avait été très attiré par elle, c'était uniquement parce qu'il avait besoin de quelqu'un qui l'écoute et considère les choses de son point de vue. Debout derrière le bar de son pub préféré, elle avait approuvé tout ce qu'il lui avait dit, avait fait l'éloge de ses qualités, lui avait expliqué qu'elle ne comprenait pas comment Georgia pouvait se comporter ainsi envers lui. Elle lui avait dit tout ce qu'il avait envie d'entendre, si bien que, après une dispute particulièrement violente avec Georgia, quand elle l'avait invité à venir ici pour boire un verre de vin et se calmer les nerfs, il avait accepté, et s'était complè-tement effondré. Cela avait été le début de la fin. S'étant agenouillée sur le sol à ses pieds, elle avait essayé de sécher ses larmes par ses baisers, et il n'avait pas trouvé le courage de la repousser. Une situation tellement classique. En tant qu'ex-étudiant en littérature, il avait suffisamment lu pour connaître l'impact que pouvait avoir le chagrin sur le désir. Mais au moment où, dans un élan de passion, ils s'étaient mutuellement débar-rassés de leurs vêtements, il s'était senti plongé dans un tourbillon d'émotions contradictoires, dont il n'avait malheureusement pas su s'extirper.

Et voilà où ils en étaient, désormais.

« Tu es prête ? lui demanda-t-il.

— Je suppose. Est-ce qu'on est vraiment obligés d'y aller, Patrick ? On ne pourrait pas inventer une excuse ? Je préférerais rester ici avec toi. Nous deux, rien que tous les deux… Ça ne les gênerait pas, j'en suis sûre. De toute façon, Ellie me déteste. »

Pat serra les poings pour s'empêcher de soupirer. « Oui, on est vraiment obligés. Enfin, moi, en tout cas. Mais tu peux rester là, si tu préfères, répondit-il, tout en essayant de ne pas trop s'accrocher à l'espoir de voir cette dernière suggestion acceptée.

— Certainement pas. Je sais que ce n'est pas facile avec tes amis, mais nous sommes ensemble, maintenant, et il va bien falloir qu'ils l'acceptent, un jour ou l'autre.

— Laisse-leur le temps, Mimi, d'accord ? Si tu te montres sympa avec eux, ils viendront vers toi. Je te le promets. »

Jamais il n'aurait dû dire ça. Il l'avait compris avant même qu'elle ne réponde.

« Mais je suis *toujours* sympa avec eux ! C'est eux qui se la racontent parce qu'ils ont de l'argent. Lui, c'est un simple prof, et elle, elle est infirmière ; je ne vois pas pourquoi ils se croient mieux que nous.

— Premièrement, je te rappelle que moi aussi, je suis "un simple prof". Et deuxièmement, ils ne se "croient pas mieux que nous". Ils ne sont pas du tout comme ça. Ellie est la femme la plus gentille que j'aie jamais rencontrée. »

Mimi s'approcha de lui et posa ses mains sur ses avant-bras. « Tu es principal adjoint, Patrick. C'est bien plus qu'un simple prof. Et, par ailleurs, tu vaux largement mieux qu'eux. » Elle se pencha sur lui pour l'embrasser. Ses lèvres sentaient le dentifrice et le bain de bouche.

Après s'être doucement dégagé de son étreinte, il la prit par les mains. « Viens. On va être en retard. On en a quand même pour une dizaine de minutes de marche. »

Sur ce, il se força à sourire, vérifia que son téléphone se trouvait bien dans sa poche et attira Mimi vers la porte d'entrée.

11

Depuis la révélation d'Ellie à propos de Pat et Georgia, les deux sœurs ne s'étaient presque rien dit, se contentant de travailler côte à côte pour achever les préparatifs du dîner, Ellie édictant les ordres et Leo faisant de son mieux pour se conformer à ses exigences. Leo se demandait toujours comment aborder le sujet de la mystérieuse disparition de sa sœur la nuit précédente, quand, en la regardant transférer de minuscules petits fours sur une plaque à pâtisserie, elle finit par se dire qu'elle n'aurait sans doute pas de meilleure occasion de se lancer.

« Ellie… il y a quelque chose que je voulais te demander. C'est au sujet de la nuit dernière. Je t'ai entendue quitter la maison après minuit. Sur le coup, j'ai pensé que tu étais partie chercher Max, mais il m'a dit que non et… »

Ellie se retourna vivement vers elle, l'air angoissé.

« Tu lui as posé la question ? Tu lui as dit que j'étais sortie ?

— Mais non, bien sûr, ne t'inquiète pas. Il m'a juste dit dans la conversation qu'il s'était fait raccompagner par un collègue. J'en ai donc déduit que ce n'était pas pour cette raison que tu étais sortie. Alors… pourquoi ? »

Ellie s'était penchée sur les petits fours, et ses cheveux bruns, en se balançant devant elle, dissimulaient son visage. Mais le ton qu'elle employa pour lui répondre ne laissait pas de place au doute : elle était furieuse.

« Rien. Pour rien. Un ami qui avait des problèmes, c'est tout. N'en parle pas à Max, Leo. S'il te plaît. »

Leo n'eut pas l'occasion de répliquer ; une sonnerie de téléphone venait de retentir : celle du portable d'Ellie. Précipitamment, sa sœur se dirigea vers l'endroit où elle l'avait laissé en charge et s'en empara. Mais après avoir jeté un simple coup d'œil au nom qui s'était affiché sur l'écran, elle rejeta l'appel et reposa violemment l'appareil sur le plan de travail.

Leo, qui n'avait rien manqué de la scène, fut un peu surprise, mais ne fit pas de commentaire. Une seconde plus tard, le téléphone sonna à nouveau. Sous le regard sidéré de Leo, Ellie l'éteignit en étrécissant les yeux, avant de le repousser aussi loin d'elle que le permettait le plan de travail. La ligne droite et dure que formait sa bouche en disait long sur son état d'esprit.

« Qu'est-ce qui se passe ? Qui était-ce ? Il y a un problème ? »

Ce fut à ce moment-là que la sonnette de la porte d'entrée se mit à tinter. Leo vit les épaules d'Ellie s'affaisser brutalement, réflexe qu'elle interpréta comme un signe de soulagement.

« Ne t'occupe pas de ça, Leo. Ne t'en occupe pas, c'est compris ? Ça doit être Fiona et Charles. Je vais leur ouvrir. »

Après s'être rageusement essuyé les mains sur un torchon, Ellie sortit de la pièce pour accueillir ses premiers invités, laissant Leo seule dans la cuisine. Déconcertée, cette dernière se hâta de s'éclipser : elle n'avait aucune envie de se retrouver prise au piège et contrainte de discuter poliment avec Fiona.

* * *

Ellie était ravie d'avoir échappé aux questions de Leo, bien qu'elle sût au fond d'elle que cette trêve ne serait que de courte durée. Mais Max, après avoir lu une histoire aux jumeaux, était descendu et l'heure n'était plus aux interrogations. Dieu merci.

Fiona avait fait son entrée dans un nuage de parfum luxueux et une robe qui devait coûter plusieurs centaines de livres. Elle était sublime, mais tout de même : il ne s'agissait que d'un simple dîner ; pas de la garden-party du jubilé de la Reine. Elle tendit à Ellie une boîte enveloppée d'un splendide papier cadeau.

Toujours stressée par les événements de la demi-heure qui venait de s'écouler, Ellie tenta d'apaiser son esprit. Tout allait bien : son téléphone était éteint, et Leo ne dirait rien. Après avoir pris une profonde inspiration, elle s'efforça de se composer un visage souriant et entreprit de déballer son cadeau.

« Ça me fait vraiment plaisir de vous voir, tous les deux. Merci pour le cadeau. C'est très gentil de votre part.

— C'est Charles qui s'en est chargé, répondit Fiona avec un geste légèrement méprisant de la main. Il a toujours été très doué pour ce genre de choses. »

Ellie tenait entre ses mains une magnifique bouteille d'huile de bain Pomegranate Noir. Elle était ravie mais songea qu'elle la déposerait plus tard dans la salle de bains de Leo pour s'excuser de ses accès de mauvaise humeur.

« Nous avons quelques minutes avant que je retourne à la cuisine. Max pourrait faire visiter la maison à Charles mais toi, Fee, tu la connais déjà. Alors, qu'est-ce que tu préfères : boire un verre ici ou faire un tour dans le jardin ? »

Fiona se rapprocha de la fenêtre, comme pour vérifier l'état des allées. Ayant apparemment constaté qu'il laissait à désirer, elle s'installa sur le fauteuil qui se trouvait à côté des portes vitrées.

« On est très bien, ici, ma chérie. Nous ne sommes pas obligées de sortir tout de suite, non ? C'est du champagne que je vois, dans ce seau à glace ? Si oui, je n'aurais rien contre une petite coupe…

— Pas de souci. On peut trinquer à la maison, répondit Ellie en prenant la bouteille. Je sais que je ne devrais pas dire ça moi-même, mais je la trouve vraiment magnifique. Je crois qu'il va me falloir du temps pour m'y habituer. Ça fait déjà plus de trois semaines qu'on est là, et je n'en reviens toujours pas.

— Mais ton chef de chantier est un type exceptionnel, commenta Fiona en prenant la coupe qu'Ellie venait de lui servir. Non seulement il a fait du super boulot sur la maison, mais en plus, il a un corps de rêve. J'ai vraiment adoré le regarder travailler torse nu pendant la rénovation. Tu pensais que je venais pour t'apporter mon soutien moral et m'extasier sur l'avancée des travaux ? Eh bien, détrompe-toi : c'était pour lui que j'étais là. Tu n'aimerais pas avoir un homme avec des épaules aussi larges et des hanches aussi étroites ? »

La réaction d'Ellie fut instinctive.

« Fee ! Je n'ai même pas regardé son corps ! Il était là pour faire son boulot, rien de plus. Pour une fille qui ne s'intéresse pas aux hommes, je te trouve soudain très observatrice... »

Fiona observa son verre pendant quelques secondes. Mais elle ne chercha pas à se défendre de ces accusations. Elle avait apparemment d'autres idées en tête.

« Je n'ai pas entièrement renoncé aux hommes, vois-tu ? rétorqua-t-elle en relevant la tête pour la regarder droit dans les yeux, un sourire narquois aux lèvres. Et du reste, j'envisage de prendre un amant. »

Ellie n'apprécia que moyennement la désinvolture du ton.

« Quoi ? s'exclama-t-elle, irritée. Écoute, Fiona, je te rappelle que c'est à moi que tu parles. Tu n'as jamais eu de rapport sexuel. Enfin, pas depuis... » Elle jeta un coup d'œil par-dessus son épaule pour s'assurer qu'il n'y avait personne d'autre dans la pièce. « Pas depuis tu sais quand. Qu'est-ce que c'est que ce délire ? Et puis, si tu as soudain décidé de t'intéresser à ça, pourquoi ne pas t'y essayer avec Charles ?

— Ne sois pas ridicule, voyons. Tu sais aussi bien que moi que si j'ai choisi Charles, c'est précisément parce qu'il n'est pas du tout intéressé par la chose. Mais avant qu'il ne soit trop tard, j'aimerais savoir si je suis vraiment frigide ou si ce que j'ai est... guérissable. Écoute, personne d'autre que toi ne sait ce qui m'est arrivé. Je n'en ai jamais parlé à Charles. Il pense simplement que ce n'est pas mon truc ; je ne lui ai pas expliqué pourquoi. Toi, au moins, tu m'as crue. Malheureusement, je ne peux pas en dire autant de mes "merveilleux" parents... Tu trouves vraiment que c'est si mal que ça de vouloir en avoir le cœur net ? »

Ellie s'assit dans le fauteuil en face de Fiona. Elle avait bien senti qu'elle s'était montrée un peu brusque.

Et puis, ce n'était pas la faute de Fiona si elle était si stressée. Faisant de son mieux pour afficher un air compréhensif, elle se pencha vers son amie et la regarda dans les yeux.

« Non, je ne trouve pas que ce soit mal. Mais pourquoi maintenant ? Comment se fait-il que tu aies changé d'avis ? Je pense que ce serait vraiment super si tu pouvais avoir des rapports sexuels réguliers. Il n'y a rien de tel qu'un fabuleux orgasme pour te faire voir le monde sous un jour meilleur. » Elle adressa à Fiona un sourire qu'elle voulait encourageant. « Mais je te déconseille de prendre un amant. Je t'assure que c'est bien meilleur quand on le fait avec l'homme qu'on aime. Et puis ça pourrait mal tourner. Regarde ce qui s'est passé entre Pat et Georgia.

— Pour commencer, Charles et moi ne sommes pas du tout comme Pat et Georgia, répondit Fiona d'un air moqueur. Et puis, je ne crois pas que Charles serait vraiment choqué s'il découvrait que je l'avais trompé. Je suis même certaine qu'il le prendrait très bien, à partir du moment où personne ne le saurait à son travail et au club-house, et donc, où personne ne pourrait le traiter de cocu. Par ailleurs, qu'est-ce qui te fait croire que je n'ai pas d'orgasmes ? »

Ellie faillit s'étouffer avec son champagne. « OK, j'ai pigé. Mais épargne-moi les détails, s'il te plaît ! Je n'ai pas envie de savoir. Ceci étant, ce n'est pas la même chose, tu sais ? Je dirais même que c'est très différent.

— Là-dessus, tu as parfaitement raison, répliqua Fiona avec un sourire suffisant. Ça prend à peine trente secondes et c'est beaucoup moins compliqué. »

À ces mots, Ellie ne put s'empêcher de glousser. Fiona avait beau tout faire pour avoir l'air snob, elle n'était rien de plus qu'une fille du village. Et pas des plus beaux quartiers. Elle s'efforçait toujours de se comporter comme si elle était la reine du Cheshire, mais son sens de l'autodérision ne l'avait jamais quittée. Mis à part, bien sûr, lors de cet événement qui avait changé sa vie à jamais. Fiona y avait fait allusion, certes, mais pour sa part, Ellie s'était bien gardée de le mentionner.

« Et tu as un candidat en tête, pour cette aberration ?

— Eh bien, ce n'est pas quelqu'un que tu connais… Ça fait un petit moment que je le traque, maintenant. Je ne suis pas sûre qu'il finisse par me donner ce que je souhaite, mais rien ne presse, je prends mon temps. »

En l'écoutant parler, Ellie avait perdu le sourire.

« Évite d'utiliser le mot "traquer", Fee. Ce n'est pas drôle. Et si c'est vraiment ce que tu fais, je te conseille d'arrêter. Tout de suite. »

Fort heureusement, ce fut à ce moment-là que Leo apparut dans l'embrasure de la porte. Ellie remarqua aussitôt qu'elle avait pillé sa boîte à bijoux, mais elle n'en fit pas cas : elle lui devait bien ça.

Fiona poussa un petit cri de surprise.

« Leo ! Je ne savais pas que tu serais là. Ellie ne m'a rien dit. Quel bon vent t'amène dans le Cheshire ? Et moi qui pensais que tu ne repasserais plus jamais le seuil de cette maison…

— Salut, Fiona. Ta tenue fait très chic. Et très cher aussi, si je peux m'exprimer ainsi. On dirait bien que ton mariage t'a permis de réaliser tes rêves… »

Fiona lui adressa un sourire des plus hautains.

« Je trouve tes propos bien insolents. Mais ceci étant, tu as parfaitement raison : Charles et moi sommes vraiment faits l'un pour l'autre. »

Ellie jeta un regard noir à sa sœur. Et dire qu'elle lui avait promis de faire un effort pour ce soir... Heureusement, Leo sembla comprendre le message : un sourire forcé se dessina sur son visage. Un peu tard, néanmoins.

« La maison est vraiment méconnaissable, tu ne trouves pas ? enchaîna Leo en se retournant vers Fiona. Du coup, ça n'a pas été si difficile pour moi. Et puis, je ne crois pas aux fantômes, tu sais ? » Elle haussa les épaules avec une indifférence feinte, qui trompa peut-être Fiona, mais certainement pas Ellie.

« Pour ma part, je n'aimerais vraiment pas que ma maison soit hantée par le fantôme de ta mère, Ellie, dit Fiona. Comment l'appelait Max, déjà ? La vieille sorcière ? C'était une femme tellement aigrie... Elle a passé les vingt dernières années de sa vie à en vouloir à la terre entière. Je trouve ça triste, vraiment.

— Tu trouverais ça nettement moins triste si c'était à toi qu'elle en avait voulu personnellement, commenta Leo d'un air de ressentiment.

— Oui, certes. Mais elle est partie, maintenant, et elle vous a laissé tout un tas d'argent pour fêter son départ avec classe. »

Ellie jeta un regard triste à Leo. Elle savait à quel point il était difficile pour sa sœur de supporter une conversation quelconque sur la vieille sorcière. Tant et si bien, d'ailleurs, que, malgré les diverses propositions qu'elle lui avait elle-même faites après le décès, elle avait refusé d'accepter le moindre sou de la fortune que sa belle-mère avait consciencieusement amassée.

Une fois de plus, cependant, elles furent sauvées par le gong. La sonnette venait de retentir à nouveau.

Avec quinze minutes d'avance. Ce qui signifiait qu'elles allaient maintenant devoir se coltiner la « sympathique » Mimi.

* * *

Autant Leo avait apprécié Georgia, autant la nouvelle amie de Pat la laissa perplexe. Max, pour sa part, parut quelque peu soulagé de voir ce nouveau couple arriver dans la cuisine. Il devait déjà avoir fait le tour des rares sujets de conversation possibles avec Charles, dont les centres d'intérêt se limitaient à l'argent et aux divers moyens de le dépenser.

Leo n'aimait pas beaucoup les fêtes, mais elle adorait observer les gens et les réactions que leur inspiraient les autres. Or, il s'agissait apparemment de l'une de ces soirées où les convives n'étaient pas complètement à leur aise. Curieusement, on aurait dit que l'ajout de cette nouvelle femme dans l'équation avait pour effet de déséquilibrer l'ensemble. Au fil du temps, Max avait appris à s'habituer à Charles, et Fiona et elle-même se toléraient mutuellement pour le bien d'Ellie, tout en profitant de chaque occasion qui se présentait pour se lancer des piques. Cela les amusait beaucoup, toutes les deux, bien qu'Ellie n'eût jamais vraiment apprécié. Mais à la seconde même où Pat était entré dans la pièce avec celle qui avait usurpé la place de Georgia, des vagues de tension avaient parcouru l'atmosphère.

Physiquement, on ne pouvait pas dire que Pat eût beaucoup changé par rapport aux souvenirs que Leo en avait gardés. Sa chevelure blonde comme les blés avait toujours tendance à créer un léger effet de surprise : bien qu'Ellie eût toujours maintenu le contraire, on aurait vraiment dit qu'il s'agissait d'une coloration. Ses cheveux étaient par ailleurs coupés si court qu'on pouvait presque les voir pousser d'un jour sur l'autre. Mais en dehors de cela, aucun signe distinctif. Pat était un monsieur Tout-le-Monde. Ni grand ni petit, pas maigrichon, mais pas musclé non plus. Immatériel, aurait-on pu dire. Avec ses traits agréables et sa voix discrète mais chaleureuse, Leo l'avait toujours trouvé un peu fade à côté de l'exubérante et dynamique Georgia, mais très sympa. Étonnant qu'un homme si quelconque pût être la cause d'un tel bouleversement.

Comme à son habitude, Ellie tenta d'apaiser les choses. Elle alla tout de suite vers Pat qu'elle prit dans ses bras.

« Pat, ça me fait vraiment plaisir que tu sois là. J'espère que tu t'es remis de ta soirée d'hier. Max n'était pas du tout en forme ce matin, mais apparemment, il a repris du poil de la bête. Si on me demandait, je dirais que vous êtes deux dépravés, ce qui est tout de même un comble, pour des profs ! » Elle l'embrassa sur la joue, avant de se tourner vers sa compagne pour la saluer en la gratifiant d'un sourire qui parut forcé à Leo. « Max m'a dit que Pat avait quitté la soirée avant les autres, cependant. J'imagine qu'il était pressé de te retrouver, Mimi. »

Mimi ? Mais comment pouvait-on porter un prénom aussi ridicule ? Alors qu'elle se faisait cette réflexion, Leo remarqua que Pat affichait désormais un air anxieux.

« Mais… je n'ai pas quitté la soirée avant les autres. Pas du tout. Max a dû se tromper, Ellie. Il a dû me voir au moment où je suis sorti de la salle pour prendre un peu l'air. Il faisait vraiment chaud dans ce club de rugby. Après ça, je suis allé traîner avec une bande d'intellos, à l'autre bout de la salle. Voilà ce qui arrive quand on passe sa soirée à boire du jus d'orange. Bref, Max a dû croire que j'étais parti, alors qu'en fait, je suis resté quasiment jusqu'à la fin.

— Ah, très bien. Si tu veux mon avis, de toute façon, il ne devait pas y voir très clair. Viens, Mimi. Je vais te présenter les autres. »

Leo vit Mimi balayer le périmètre du regard, partant de Fiona, qui se prélassait toujours sur son fauteuil, pour arriver à elle-même. Et une fois qu'elle eut terminé, elle tourna vers Pat des yeux apeurés, comme pour le supplier de venir à son secours. Mais ce dernier, qui s'était approché de Max et Charles, s'était déjà laissé happer par une autre conversation.

Ellie guida Mimi vers l'endroit où, à l'autre bout de la vaste cuisine, se trouvait Fiona.

Mimi n'était pas du tout comme Leo l'avait imaginée. Pour elle, une barmaid qui avait réussi à voler Pat à Georgia devait nécessairement avoir quelque chose de spécial. Or, la femme qui se trouvait devant ses yeux, et qui devait avoir environ deux ans de moins qu'elle, était tout ce qu'il y avait de plus ordinaire. Elle était plus grande que la moyenne, mais elle se tenait légèrement voûtée, comme si elle n'était pas tout à fait à l'aise avec sa taille. Mince et plutôt plate, avec des cheveux blonds, fins et vaguement ondulés qui retombaient mollement autour d'un visage couvert d'une épaisse couche de fond de teint deux tons trop foncés pour sa carnation (comme pour masquer une vilaine peau), elle était plutôt du genre insipide. Il n'y avait rien de particulièrement intéressant en elle, et pas la moindre trace de sourire sur son visage. Et si Pat en avait eu assez de vivre dans l'ombre de la radieuse Georgia ?

De là où Leo se trouvait, adossée au réfrigérateur, elle pouvait voir que Fiona avait sauté sur l'occasion pour faire son grand numéro de condescendance. Pauvre Mimi. Fort heureusement, Ellie, qui n'avait pas dû réussir à trouver de sujet de conversation, ne tarda pas à la reconduire vers elle.

« Et voici ma sœur, Leo. »

Leo n'étant pas une adepte des poignées de main, elle se contenta de sourire et de dire bonsoir. Mais Mimi prit aussitôt un air déconcerté.

« Ta demi-sœur, plutôt ? dit-elle en faisant rapidement passer son regard de l'une à l'autre. Je me trompe ? »

À peine avait-elle prononcé ces mots que, sous son maquillage orange, son visage devint rouge comme une tomate, et son cou presque cramoisi. Leo comprit qu'elle avait parlé sans réfléchir.

« Nous sommes sœurs », maintint Ellie.

Mimi se tourna vers elle.

« Mais Patrick m'a bien expliqué pourquoi c'est toi qui as eu l'argent, alors qu'elle n'a rien eu du tout. » *Elle est en train de s'enfoncer ; il faut absolument que je trouve un moyen de la sortir de là*, pensa Leo. Malheureusement, elle n'eut pas le temps de réfléchir : Fiona, déjà légèrement pompette, venait de s'approcher pour faire remplir son verre.

Elle vint se poster à côté de Leo. « Si vous voulez mon avis, dit-elle en se penchant un peu entre elle et Mimi, les affaires financières de leur famille ne concernent qu'elles et elles seules. Vous ne pensez pas ? »

Oh, mon Dieu, songea Leo. Maintenant, la pauvre fille va se sentir encore plus ridicule.

« Je suis désolée, mais Patrick me dit absolument tout. J'ignorais qu'il s'agissait d'un sujet sensible.

— Ce n'est rien, répondit Leo. Ne faites pas attention à Fiona. Elle est bourrée. »

Craignant sans doute que les choses ne dégénèrent, Ellie se hâta d'intervenir.

« Bon, j'ai des amuse-bouches à terminer, et les autres invités ne vont pas tarder à arriver. Des volontaires, pour m'aider ? Pas toi, Fee. Je ne voudrais pas que tu taches cette jolie robe. »

12

Après avoir garé la Porsche rouge au bout de l'allée pavée qui menait à la maison de Max et Ellie, Gary se tourna vers sa femme.

« Arrête de chialer, Penny, putain ! Je vais avoir l'air complètement ridicule, si tu ne la fermes pas. Écoute, ça va être simple : si tu n'arrêtes pas tout de suite, je vais te donner une bonne raison de pleurer.

— Excuse-moi, Gary, balbutia Penny entre deux sanglots. Ç'a été une journée horrible, et puis tu as l'air tellement furieux. Je ne t'ai même pas vu cinq minutes, aujourd'hui, et…

— Tu sais pourquoi j'ai l'air furieux ? Parce que je le suis, bordel ! Tu n'arrêtes pas de te plaindre de ta journée, ta vie. J'ai plein de trucs à gérer, moi. Je n'ai pas le temps de m'occuper de tes petites conneries. »

Levant les yeux vers le rétroviseur, Gary aperçut la silhouette d'une personne qu'il ne connaissait pas au fond de l'allée.

« On n'est pas tous seuls », murmura-t-il, en attrapant l'avant-bras de sa femme pour la secouer violemment.

Penny laissa échapper un petit cri de douleur.

« Arrête ça, je ne t'ai pas fait mal. Et maintenant, pour la dernière fois, je te demande de te reprendre.

Mouche ton nez, mets tes lunettes de soleil et essaie d'avoir l'air classe. Pour une fois dans ta vie, ça ne te ferait pas de mal. »

Là-dessus, il ouvrit sa portière et sortit, non sans s'être composé un visage des plus souriants pour accueillir le nouveau venu qui approchait. Longeant la Porsche, il alla à la rencontre de l'homme, la main tendue.

« Salut. Je suis Gary Bateman. Je présume que vous êtes là pour le dîner organisé par Max et Ellie ? Ravi de vous rencontrer. »

Ils échangèrent une poignée de main.

« Bonsoir. Tom Douglas, le nouveau voisin. J'ai emménagé il y a peu, et Max a eu la gentillesse de m'inviter à cette soirée pour que je puisse rencontrer d'autres personnes.

— Max et Ellie sont des voisins charmants et très accueillants. Je sais de quoi je parle : ils ont habité juste à côté de chez moi pendant des années, avant de venir s'installer ici.

Voyant que Tom regardait dans la direction de Penny, Gary sourit nerveusement. Mais quand allait-elle sortir de cette foutue voiture ?

Fort heureusement, une Discovery noire s'engagea dans l'allée, ce qui eut pour effet de détourner l'attention de la Porsche et de sa passagère.

Un instant plus tard, la porte de la Discovery s'ouvrait sur une silhouette familière : celle de Sean Summers.

« Salut, Gary. Qu'est-ce que tu fais là, mon pote ? Il se passe quelque chose ? »

Gary se mit à rire. Une petite diversion pour empêcher Penny de le ridiculiser davantage.

« Oui : une soirée. Max et Ellie nous ont invités à pendre la crémaillère. Ce qui signifie qu'Ellie nous a concocté un petit dîner. Chose que je ne souhaiterais rater pour rien au monde. Et voici leur nouveau voisin, Tom. Tom, je vous présente Sean, le type qui a remodelé cette sinistre demeure pour en faire la merveille qu'elle est devenue. Tu es venu jouer les pique-assiette, Sean ? »

Sean prit un air gêné. « Mince. Si j'avais su qu'ils recevaient, je ne me serais pas pointé comme ça. J'étais venu pour leur rapporter le double des clefs que j'avais oublié de leur rendre. Euh… tu pourrais les donner à Ellie, Gary ? Dis-lui simplement que je suis passé, d'accord ? »

Il s'interrompit quelques instants pour regarder en direction de la Porsche. « Et Penny, qu'est-ce qui lui arrive ? Elle compte passer toute la soirée dans la voiture, ou quoi ? Enfin, dans un sens, je la comprends. Depuis quand est-ce que tu as une Porsche, Gary ? Qu'est-ce que tu as fait de ta BM ? »

L'irritation que Penny inspirait à Gary se faisait plus intense à chaque seconde qui passait. Si elle ne sortait pas de cette voiture rapidement, il allait devoir trouver une excuse pour la ramener à la maison et revenir sans elle. Bordel de merde. Il allait la tuer.

« Je l'ai prise pour un essai. Elle est géniale, non ? Je vais la garder quelques jours. Quant à Penny, elle a un genre de rhume des foins. Elle n'a pas arrêté d'éternuer dans la voiture, et apparemment, ç'a bousillé son maquillage ou un truc dans le genre. Je vais voir comment elle va. »

105

Mais Gary n'eut pas le temps de bouger : la porte de la maison venait de s'ouvrir sur Max, qui sortit pour les accueillir.

« Bonsoir, messieurs ! s'exclama-t-il. Qu'est-ce que vous faites tous, à rôder devant chez moi ? Allez, entrez. Et bienvenue à la Ferme du Saule, qui, je l'espère, vous paraîtra absolument méconnaissable. Et ce grâce à cet homme, ajouta-t-il en pointant Sean du doigt. Tu es venu pour te joindre à nous, Sean ? Si oui, sache que tu es le bienvenu. Tu veux retourner chercher Bella ?

— Excuse-moi, Max. J'ignorais que vous aviez prévu quelque chose ce soir. Je vais y aller, merci. Bella n'est pas très bien, ce soir, elle n'aurait de toute façon pas pu venir. »

Gary dut se retenir de rire. Naturellement que Bella n'aurait pas pu venir. À l'heure qu'il était, elle devait déjà être complètement bourrée et défoncée.

« Tu crois qu'elle se ferait du souci si tu ne rentrais pas ? Ou alors, tu pourrais l'appeler pour lui demander si ça lui dirait de venir ? Bref, de toute façon, toi, tu restes. Je suis sûr qu'Ellie sera ravie de te voir. »

Sean sembla hésiter quelques instants avant de répondre :

« Si tu en es sûr, ce serait super, merci. Les gosses sont chez mes parents ce week-end, et Bella doit dormir à l'heure qu'il est. Alors si tu penses que ça ne dérange personne… »

Si Penny ne sortait pas dans les dix secondes, Gary allait perdre son sang-froid, c'était certain. En regardant par-dessus son épaule, il s'aperçut que le voisin (Tom, si ses souvenirs étaient bons) avait fait le tour de la voiture et ouvert la portière passager. Penché à l'intérieur, il était désormais en train de parler à Penny.

Pourvu que cette petite écervelée maintienne l'histoire du rhume des foins. Mais qu'est-ce que ce type allait penser de lui, avec une bonne femme comme ça ?

* * *

La cuisine grouillait d'activité. Comme personne ne semblait décidé à sortir de la pièce et mettre un terme à ce brouhaha d'avant le dîner, Ellie avait demandé à Fiona d'occuper les hommes en bavardant avec eux. Quant à Leo, elle avait reçu l'ordre de disposer les amuse-bouches dans des plats et de mettre les tartes aux asperges et aux poireaux sous le gril pour les faire gratiner. Leo espérait bien faire, mais malheureusement, elle doutait que ce fût le cas. Max s'était précipité dehors au bruit sourd du moteur d'une voiture de sport, et, après le petit accrochage avec Mimi, l'ambiance semblait s'être apaisée.

Fiona venait de s'approcher de Leo pour remplir son verre quand Max fit son retour dans la cuisine, accompagné de non pas trois, mais quatre autres personnes.

« Ellie, on a un invité en plus ! Regarde qui j'ai trouvé en train de rôder devant la maison, avec des cadeaux plein les mains », s'exclama-t-il en agitant devant lui un trousseau de clefs, qu'il déposa ensuite sur le plan de travail.

Tout le monde se tourna vers les nouveaux venus. Ce fut à ce moment-là que Leo entendit derrière elle une courte et bruyante inspiration, comme si quelqu'un venait d'avoir une mauvaise surprise. Elle se retourna vivement, mais ne parvint pas à déterminer de qui il s'agissait. Décidément, la situation devenait plus intéressante à chaque seconde qui passait.

Sur les quatre personnes, Leo reconnut aussitôt Gary et Penny Bateman, laquelle remit à Ellie un magnifique bouquet de fleurs d'été. Penny semblait éviter le regard d'Ellie, mais Gary souriait avec un enthousiasme excessif, tout en regardant effrontément Mimi de haut en bas, comme s'il se demandait comment cette fille avait pu détourner Pat de Georgia.

Mais la tension fut aussitôt dissipée par le nouveau voisin, Tom, qui avait apporté à Ellie un panier d'un célèbre chocolatier, rempli de confiseries qui paraissaient bien trop jolies pour être mangées. Enfin, presque. Après avoir fait la bise à Ellie et l'avoir remerciée pour sa gentille invitation, il tendit à Max une bouteille de vin.

Max retira lentement l'emballage, et Leo vit ses yeux s'écarquiller de surprise.

« Tom, c'est fabuleux. On est habitués à boire de la piquette, vous savez ? N'importe quelle bouteille aurait fait l'affaire.

— Mon frère était un grand connaisseur de vins. J'ai hérité de sa cave, ainsi que de toutes les autres choses qu'il possédait. Des bouteilles comme celles-ci, j'en ai trois ou quatre caisses. Je peux bien partager un peu. »

Il conclut ses propos par un sourire modeste, comme s'il n'avait pas envie que Max fasse trop de cas de son présent.

« Eh bien, tout ce que je peux dire, c'est que j'espère que votre cave est bien gardée », répondit Max, et Leo fut ravie qu'il ait eu le tact de ne pas prononcer le mot « héritage ». On avait suffisamment parlé de ce sujet pour la soirée.

« Bien sûr que oui. Le contraire serait tout de même un comble, pour un flic », répondit Tom en riant.

Enfin un homme qui a l'air bien dans sa peau, songea Leo. Tom paraissait sûr de lui sans être arrogant, et elle avait tout de suite apprécié son élégance décontractée et son rire naturel. De ses yeux bleus, il passa la pièce en revue sans le moindre signe d'embarras. Ce n'était pas un bel homme, son nez était trop gros et ses mâchoires un peu trop larges pour que l'on puisse dire cela, mais il émanait de lui un air de normalité qui avait quelque chose de rassurant.

Les présentations furent rapides et, petit à petit, Max parvint à faire passer tout le monde dans le jardin. Fiona se montra réticente, jusqu'à ce que Max lui suggère de retirer ses fichues chaussures et de laisser l'herbe lui chatouiller la plante des pieds. L'idée lui parut apparemment très amusante, et elle l'adopta aussitôt, laissant de côté son habituelle froideur pour une gaieté qui parut surprendre tout le monde. Mimi, pour sa part, s'était faite plus discrète encore depuis que le reste des convives était arrivé. Accrochée à Patrick comme si sa vie en dépendait, les yeux baissés, elle semblait être rentrée dans sa coquille. On aurait presque dit qu'elle cherchait à se faire oublier. Comment se faisait-il que tous les invités paraissaient légèrement désaxés ? Leo ne voyait pas d'autre explication que le champagne.

Pour sa part, elle était restée dans la cuisine afin d'aider Ellie, qui s'affairait à sortir des verres et couverts supplémentaires, à rassembler ce qui traînait sur les plans de travail, à attraper dans des placards diverses choses dont elle avait besoin…

« Je vais aller ajouter un couvert, lui dit-elle. Tu pourrais mettre les amuse-bouches dans ce plat, quand le four aura sonné, et les apporter dehors, s'il te plaît ? Heureusement que j'ai prévu deux tartes en plus, au cas où certaines auraient attaché. Quel bazar, je t'assure. Et tout ça à cause de Max. Je crois que je vais le tuer. Mais pourquoi est-ce qu'il n'a pas simplement repris les clefs et laissé Sean rentrer chez lui ? » Sans attendre la réponse de Leo, elle traversa la cuisine d'un air furibond et partit en direction de la salle à manger.

Leo fronça les sourcils. Ellie avait toujours été du genre à inviter à manger tous les gens qui passaient chez elle à l'improviste. Et de bon cœur. Comment se faisait-il qu'elle se comporte ainsi ? C'était tout de même très étrange, et elle espérait que la très chic rénovation de la maison n'allait pas transformer sa généreuse grande sœur en un clone de Fiona...

En attendant que le four termine son travail, elle s'approcha de la fenêtre pour observer le jardin, où les invités étaient rassemblés. Il lui semblait que le chef de chantier n'était pas très à son aise, mais Max faisait visiblement de son mieux pour qu'il se sente chez lui, et Fiona ne le lâchait pas d'une semelle.

Sean avait un visage que Leo aurait pu qualifier de « plissé », comme s'il était constamment en train de rire ou avait le soleil dans les yeux, et il était doté du physique puissant des hommes habitués à porter des charges lourdes, sa musculature étant mise en valeur par un T-shirt blanc et un jean noir. Avec ses longs cheveux châtain foncé et sa barbe de trois jours, Leo devinait qu'il devait plaire à beaucoup de femmes.

Mimi, de son côté, était toujours accrochée au bras de Pat, mais malgré cela, curieusement, elle semblait épier les moindres faits et gestes de Gary, lequel, ne semblant pas avoir conscience d'être observé, s'était isolé du reste des invités pour examiner avec un intérêt manifeste les rosiers d'Ellie. Mimi ne le quittait pas des yeux. Pour quelle raison ? Impossible à dire. Gary faisait partie de ces gens qui pouvaient se vanter d'avoir des traits harmonieux, mais Leo, pour quelque obscure raison, ne parvenait pas à le trouver attirant.

La sonnerie du four contraignit Leo à mettre un terme à l'observation de cet étrange spectacle pour s'occuper des amuse-bouches comme on le lui avait demandé. Elle commençait tout juste à les transférer dans le plat quand elle sentit une présence derrière elle. En se retournant, elle vit Gary dans l'embrasure de la porte. Il avait le regard fixé sur elle, et on aurait dit qu'il tenait quelque chose derrière son dos.

« Excuse-moi, dit-il. Je croyais qu'Ellie était là.

— Elle est dans la salle à manger. Mais elle ne devrait pas tarder à revenir. Tu veux que j'aille la chercher ?

— Ne t'embête pas, je vais y aller. Je sais où c'est. » Il eut un petit rire arrogant. « Il vaudrait mieux, d'ailleurs. C'est moi qui ai approuvé tous ces foutus permis de construire. »

Leo pria pour qu'il ne se mette pas à se plaindre, comme il avait coutume de le faire, de l'échec que représentait pour lui son poste au sein du service de l'urbanisme. Heureusement qu'il y avait les petits fours… Une bonne excuse pour ne pas prolonger la conversation.

« OK. Dis-lui de m'appeler si je peux faire autre chose pour elle. »

Gardant ses mains derrière son dos, Gary passa devant elle en faisant glisser ses pieds sur le sol, presque comme un danseur exécutant des pas chassés. *De plus en plus bizarre*, se dit-elle au moment où elle attrapa le plateau pour sortir à son tour.

13

Les entrées avaient fait sensation. Tout le monde semblait ravi et pourtant Ellie avait besoin de s'évader. Elle refusa de se faire aider pour servir la suite. Elle faisait de son mieux, nul n'aurait pu le contester, elle faisait tout son possible. Mais elle était si stressée qu'elle en avait la gorge serrée, et elle avait mal aux joues à force de sourire. Elle avait le sentiment que sa vie était en train de lui échapper. Quand elle avait organisé ce dîner, elle l'avait imaginé comme un moment agréable et convivial à passer entre amis. Mais force lui était de constater que c'était loin d'être le cas.

Marchant au radar, elle ouvrit le placard pour en sortir des assiettes et se dirigea vers le réfrigérateur pour y chercher le bar qu'elle avait préparé. Mais en ouvrant la porte, elle se figea sur place, le regard fixé sur l'intérieur.

Là, juste à côté du plat de poisson. Une rose jaune.

Son corps se mit à trembler. *Il s'est trouvé ici… seul.* Lentement, elle se retourna et, du regard, se mit à fouiller chaque recoin de la cuisine, de crainte qu'il ne soit toujours là, quelque part, tapi dans l'ombre. Mais pourquoi avait-il fait cela ? Et pourquoi avait-elle eu le malheur de lui dire qu'elle adorait les roses jaunes ?

Il veut me faire comprendre qu'il m'observe, songea-t-elle. Mais je le sais déjà. Il fait tout pour que je ne l'oublie pas. Absolument tout.

À bout de nerfs, elle attrapa la rose par sa tige épineuse et la jeta à la poubelle. Puis, pour essayer d'apaiser ses tremblements, elle plaça ses deux mains sur le plan de travail, auquel elle s'appuya de toutes ses forces. Remarquant alors que du sang s'était mis à couler de son pouce, elle arracha un morceau d'essuie-tout qu'elle enroula fermement autour de sa blessure.

Son regard tomba sur son téléphone portable. Elle avait besoin d'être soutenue, et il n'y avait qu'une seule personne à qui elle pouvait parler. D'un geste déterminé, elle prit l'appareil et l'alluma.

Six appels en absence. Tous émanant de la même personne, un peu plus tôt dans la soirée. Elle n'aurait pas dû l'ignorer ; elle aurait dû décrocher pour lui répéter de la laisser tranquille. Mais elle ne pouvait tout de même pas lui répondre, alors que Max se trouvait à la maison. Qu'est-ce qu'il croyait ? Et puis elle avait espéré qu'il finirait par comprendre le message.

Après avoir effacé les appels en appuyant sur l'écran avec bien plus de force que nécessaire, elle se mit à rédiger un texto. Mais elle venait à peine de commencer qu'un léger bruit se fit entendre derrière elle. Surprise, elle se retourna.

« Tout va bien, Ellie ? Je voulais juste savoir si tu avais besoin d'un coup de main. » Depuis combien de temps Mimi se trouvait-elle derrière elle ? N'ayant aucun moyen de le savoir, Ellie se sentit un peu embarrassée au moment où elle rencontra son regard, qui lui parut totalement indéchiffrable. Elle se hâta de reposer son téléphone. Le texto pouvait bien attendre.

« Désolée, Mimi. Je me suis coupé le doigt avec un truc et j'attendais que ça s'arrête de saigner. Je ne voulais pas mettre du sang dans le poisson et j'avais l'impression que personne n'avait l'air pressé…

— Ne t'en fais pas. Tout est parfait, on peut bien attendre un peu. Je te remercie de m'avoir présentée à tes amis. Ça me fait plaisir de rencontrer les proches de Patrick. Quand on vivra dans une maison plus grande, après le divorce, on essaiera d'inviter tout le monde chez nous. »

Ellie faillit s'étouffer en entendant le mot « divorce ». Patrick était-il au courant qu'il allait divorcer ? En tout cas, elle était certaine que Georgia ne l'était pas.

« Ça t'ennuie, si je t'interroge un peu sur tes amis ? Vous avez l'air de vous connaître tellement bien, tous, que je me sens un peu à l'écart. Enfin, si tu vois ce que je veux dire.

— Ça n'a jamais été notre intention, je t'assure. Bon, qu'est-ce que tu veux savoir ? »

Ellie s'était bien rendu compte qu'elle avait été un peu sèche, mais elle n'avait pas pu s'en empêcher, cela avait été instinctif. Il fallait qu'elle fasse davantage d'efforts. Pour Pat.

« Fiona et Charles… Ils paraissent un peu différents du reste du groupe… »

À ces mots, Ellie eut du mal à se retenir de sourire.

« Charles est dans la finance, c'est un très riche banquier d'investissement. Il travaille à Londres, et c'est là qu'il a rencontré Fiona, à l'époque où elle y habitait. Elle et moi sommes allées à l'école ensemble, mais quand elle a quitté le village, nous avons perdu le contact. Ça ne fait que quelques années qu'elle est revenue. Mais ne t'inquiète pas, si tu ne connais personne. Tu n'es pas la seule nouvelle du groupe. Il y a aussi Tom. Et, par rapport à lui, tu as l'avantage de nous avoir déjà rencontrés plusieurs fois, Max et moi.

— Et cet autre couple ? Gary et Penny, si mes souvenirs sont bons.

— Gary travaille au service de l'urbanisme du comté. Nous étions voisins, avant que nous ne nous installions ici. Si ça se trouve, tu l'as peut-être déjà vu au pub ? Quoique… je ne sais pas trop lequel il fréquente, en ce moment.

— Je ne me souviens pas de lui. Mais tu sais, j'ai rencontré tellement de gens, sur mon lieu de travail… À commencer par mon futur mari, d'ailleurs. » Elle eut un rire cristallin, dont la gaieté ne parvint pas à se communiquer à Ellie. « Et bien sûr, les gens du collège viennent tout le temps. Je vois souvent Max, en ce moment, avec cette prof d'EPS à laquelle il paraît si attaché. »

Sale petite garce, pensa Ellie. *Et dire que j'essayais d'être sympa avec toi.*

Elle n'avait rencontré Mimi que trois fois dans sa vie, et c'était déjà la deuxième fois qu'elle faisait référence à la belle Alannah et à la relation que Max entretenait avec elle.

Mais peu importait : il n'était pas question qu'elle morde à l'hameçon.

« Oui, Max m'a dit qu'ils y étaient allés. Bien, le poisson devrait être prêt dans quelques minutes. Je vais apporter les assiettes. J'en profiterai pour aller chercher mon verre de vin. Pendant ce temps, si tu pouvais retirer le film du piment, du gingembre et de ces autres trucs, ça m'avancerait, merci. »

Et en cas de besoin, ça me ferait au moins quelque chose à te jeter à la figure, ne put-elle s'empêcher d'ajouter mentalement.

* * *

Une fois Ellie sortie, Mimi entreprit de faire ce qu'on lui avait demandé. Il fallait qu'elle s'active. Il était hors de question qu'elle leur fournisse une autre raison de penser qu'elle prenait de la place pour rien. C'était déjà assez pénible comme ça, qu'ils se disent tous que Patrick avait perdu la raison. Et qu'ils fassent si peu d'efforts pour le cacher. Elle savait qu'elle était plutôt bonne actrice, bien qu'elle eût parfois du mal à empêcher le rouge de lui monter aux joues. Néanmoins, ces gens se complaisaient tant dans leur petit monde parfait qu'elle avait de plus en plus de mal à se forcer à sourire.

Elle allait garder Patrick, de toute façon, quoi qu'ils puissent en penser. Et pour le moment, elle ne voyait pas de meilleur moyen d'y parvenir que de détourner l'attention d'Ellie et Max en causant quelques divisions au sein de leur couple, de sorte qu'ils l'oublient un peu et cessent de se mêler de la vie de Patrick. De toute façon, ils avaient beau l'avoir invitée, elle savait très bien que c'était Georgia qu'ils auraient aimé voir à sa place.

D'un geste hargneux, elle arracha le film transparent qui recouvrait l'ensemble de ramequins qu'Ellie avait préparés pour les divers accompagnements du poisson, et elle en fit une boule serrée.

Elle les méprisait, tous autant qu'ils étaient. Et notamment l'autre saloperie.

116

Machinalement, elle souleva le couvercle de la poubelle, et elle était sur le point d'y jeter la petite boule de film transparent quand elle aperçut quelque chose qui changea sa colère en curiosité. Une rose jaune parfaite sur un tas d'ordures. Étrange. Pourquoi Ellie l'avait-elle jetée?

Elle releva la tête. Son regard tomba sur un téléphone portable posé sur le plan de travail. Et tout à coup, elle se souvint : Ellie était en train de taper un texto au moment où elle était entrée.

Elle jeta un rapide coup d'œil à l'ouverture qui donnait sur la salle à manger : Ellie était en train de parler avec Charles. Quant à Patrick, il avait disparu de la pièce. Furieuse, elle serra les dents.

Tournant le dos à la porte, elle prit le téléphone et fit glisser son doigt sur l'écran. Le message était là, inachevé, mais parfaitement clair. Elle plissa les yeux. Voilà donc pourquoi cette rose se trouvait dans la poubelle… Un cadeau non désiré. Intéressant. En tout cas, elle savait d'où il provenait.

Sous le coup de la colère, elle sentit sa peau s'enflammer quand elle lut le nom de la personne à qui Ellie avait écrit. Folle de rage, elle se hâta de rédiger elle-même un message, d'appuyer sur « Envoyer » et de faire disparaître toutes les preuves.

Un instant plus tard, elle entendit son propre téléphone biper dans son sac à main, qu'elle avait laissé sur la table de la cuisine en pensant qu'elle n'en aurait pas besoin. Bien qu'elle sût déjà ce qu'elle allait y trouver, elle sortit l'appareil de son sac et consulta l'écran.

14

Il régnait à table une ambiance des plus étranges. On aurait dit que chaque convive jouait un rôle différent de toutes les versions de lui-même que Leo ait jamais eu l'occasion de voir. En tant qu'observatrice de cet intrigant phénomène, on pouvait dire qu'elle avait vraiment la meilleure place, entre un Max surexcité, qui semblait déterminé à faire du zèle pour se montrer jovial, et un Pat plus effacé que jamais. Face à elle, le nouveau voisin semblait remarquablement normal comparé à tous les autres. Avec sa chemise de lin blanc à manches courtes et son chino bleu foncé, il affichait une élégance tendance et décontractée. Leo avait hâte de connaître son histoire, mais le moment n'était peut-être pas encore venu de l'interroger.

Mimi était complètement collée à Pat, qu'elle souhaitait que l'on appelle Patrick, car dans son esprit, apparemment, Pat était un nom de fille. Max, fidèle à lui-même, avait essayé de s'exécuter pendant environ deux minutes, mais il avait eu tôt fait d'oublier et de revenir au diminutif qu'il avait toujours donné à son ami depuis leur rencontre sur les bancs de l'université près de dix-huit ans plus tôt. Pat, pour sa part, paraissait presque mal à l'aise, ne laissant percevoir aucune trace de son habituel humour pince-sans-rire.

Leo se sentait un peu gênée pour le chef de chantier, qui avait été placé entre Mimi et Gary, et était pour sa part incontestablement mal à l'aise. Ce qui n'avait rien de vraiment surprenant, dans la mesure où Mimi ne lui adressait pas la parole, de crainte de manquer quelque chose que Pat aurait pu dire, et où Gary, pour ne pas changer, ne semblait disposé qu'à parler de lui-même, et ce, plus fort encore que d'habitude. Leo, qui ne l'avait pas vu depuis un certain temps, avait oublié à quel point il pouvait parfois se montrer pénible, notamment quand il s'adressait à sa femme. Cette dernière, Penny, avait les cheveux blonds, couleur beurre frais, et on aurait dit qu'elle se les était laissé pousser pour pouvoir dissimuler son visage aux regards des autres quand elle se penchait en avant. Avec sa frange longue à l'esprit sixties, il ne restait plus grand-chose à voir. D'ailleurs, elle avait à peine relevé la tête de toute la soirée, faisant mine de se concentrer sur ce qu'elle mangeait, mais lors des rares occasions où elle avait levé les yeux, Leo n'avait pas manqué de remarquer que ses paupières étaient cernées de pourpre, comme si elle manquait de sommeil. Penny s'était toujours comportée en voisine aimable et prévenante vis-à-vis d'Ellie, notamment après la naissance des jumeaux, et Leo était certaine que, si Max tolérait Gary, c'était uniquement parce qu'il s'agissait du mari de Penny.

Gary arborait le genre de coupe de cheveux qui nécessite d'être constamment ramenée en arrière avec les doigts, voire, dans les cas extrêmes, par le petit mouvement de la tête dont usent souvent les jeunes filles timides lors de leur premier rendez-vous. Et, techniquement, il avait tout du beau gosse, avec ses yeux bleus perçants, son front large et ses lèvres sensuelles qui s'ouvraient pour révéler les dents les plus étincelantes que Leo ait jamais eu l'occasion de voir. Manifestement, quelqu'un avait eu la main un peu lourde sur les produits blanchissants. Mais ce n'était pas le problème : il avait les manières d'une personne qui se croit supérieure aux autres et on aurait dit qu'il regardait tout le monde de haut. Leo éprouvait un malin plaisir à observer l'arrière de son crâne dans le miroir qui était accroché derrière lui et qui laissait entrevoir un indéniable début de calvitie. Le jour où il s'apercevrait de ça, il ferait moins le fier. Encore que...

Mimi se rapprocha encore de Pat pour lui murmurer quelque chose à l'oreille. Leo décida de sauter sur l'occasion pour ramener Sean dans la conversation.

« Vous avez fait un travail merveilleux sur cette maison, Sean, lui dit-elle en se penchant devant Pat et Mimi. C'est vraiment magnifique. »

Tom, qui avait apparemment compris le but de sa manœuvre, s'engouffra aussitôt dans la brèche :

« Tout à fait. C'est magnifique. Je viens pour ma part de décorer ma nouvelle maison. Rien à voir avec celle-ci, naturellement. Vous travaillez sur d'autres projets ?

— J'ai quelque chose en cours, oui. Mais pour l'instant, c'est encore un peu secret. Nous espérons pouvoir signer la semaine prochaine. Et ensuite, il faudra faire approuver le permis de construire, ce qui, d'après ce cher ami qui est à ma droite – il fit un petit signe de tête en direction de Gary –, ne devrait pas poser de problème.

— Quel est votre métier, Gary ? s'enquit Tom.

— Je suis directeur du service de l'urbanisme du comté. C'est un boulot de merde, mais il faut bien que quelqu'un le fasse ! »

Leo savait tout des ambitions contrariées de Gary, qui clamait à qui voulait l'entendre qu'il était « destiné à être architecte », mais que Penny avait « foutu en l'air sa carrière en tombant en cloque ». Ne voulant pas lui laisser l'occasion d'ennuyer tout le monde avec cette réplique éculée, Leo se tourna vers sa sœur.

« Tout est délicieux, Ellie. Comme d'habitude.

— Merci, Leo », répondit Ellie, avant de lancer à la cantonade : « Il a fallu que je me rende au travail, aujourd'hui. Du coup, je n'ai pas eu autant de temps que je l'aurais souhaité pour préparer le dîner. J'espère que cela vous plaît quand même... »

Des compliments se mirent à fuser de toute part, et Leo jeta un regard incrédule à sa sœur. Mais comment pouvait-elle penser une seule seconde que cela puisse ne pas plaire à quelqu'un ? Ellie était un vrai cordon-bleu. Après le bar à l'orientale, elle les avait régalés d'un tendre filet de bœuf laqué au miel de soja. Tous les invités avaient savouré lentement leur plat, et d'ailleurs, certains n'avaient pas encore terminé.

« Il me semble me rappeler que vous êtes infirmière, Ellie. C'est bien ça ? demanda Tom.

— Oui, au Royal, dans l'unité des soins intensifs. Je ne travaille que trois jours par semaine et, en général, pas le samedi. Mais il y a eu un cas très grave de traumatisme crânien la nuit dernière et, avec les vacances, l'hôpital est un peu à court de personnel. On m'a donc demandé de venir d'urgence. »

Pat posa son couteau et sa fourchette et se pencha au-dessus de la table pour se rapprocher d'Ellie.

121

« Ce n'était pas Abbie Campbell, à tout hasard ? lui demanda-t-il doucement.

— Abbie Campbell ? s'exclama Max. Mais pourquoi ? Il lui est arrivé quelque chose ? » Max avait perdu son éternel sourire, et tous les convives firent silence quand le ton anxieux de sa voix se fut élevé au-dessus du murmure des conversations.

« Le principal a reçu un coup de fil de la police au milieu de la nuit. Ils lui ont dit qu'une jeune fille avait été amenée d'urgence à l'hôpital, mais que personne n'avait signalé sa disparition, et qu'ils n'avaient aucun moyen de l'identifier. Du coup, ils lui ont demandé de se déplacer pour voir si, par hasard, il la connaissait.

— Le principal ? fit Max en levant les yeux vers le plafond de verre. Je suis sûr qu'il ne pourrait même pas reconnaître ne serait-ce qu'un dixième des enfants. Qu'est-ce qu'il a fait ?

— Apparemment, il a appelé Alannah vers 4 h 30 ce matin. Elle connaît toutes les filles, naturellement.

— Dans l'état où elle devait être, je me demande bien comment elle aurait pu identifier qui que ce soit, intervint Ellie, d'une voix légèrement amère.

— Elle n'a pas bu, hier soir, répondit Pat. C'était elle qui conduisait, hein, Max ? » Sans attendre la réponse de son ami, il poursuivit : « Quoi qu'il en soit, Alannah a reconnu Abbie. Je voulais vous le dire, mais je préférais attendre un petit peu, histoire de ne pas trop plomber l'ambiance.

— Abbie… souffla Max. Pauvre petite. Mais qu'est-ce qui lui est arrivé ?

— Elle s'est fait renverser la nuit dernière sur la route de traverse. Le type qui a fait ça l'a laissée pour morte sur le bas-côté, si j'ai bien compris.

— Quelle horreur! Mais comment peut-on faire un truc pareil?»

Max parut pendant un temps complètement stupéfait puis, jetant des coups d'œil à gauche et à droite, sembla s'apercevoir que ses invités étaient un peu exclus de la conversation.

«Désolé, tout le monde, mais je suis vraiment choqué. Abbie est une élève de notre collège. Elle n'a que 14 ans et elle est adorable, quoiqu'un peu discrète. Je suis le prof de sport des garçons; je n'ai pas vraiment de contacts personnels avec elle, mais Pat, qui est principal adjoint, la connaît très bien. Est-ce que tu sais comment elle va, Ellie?»

Plus personne ne mangeait, les couverts ayant été doucement reposés au moment où l'idée choquante qu'une chose aussi horrible puisse se produire dans le village avait imprégné l'atmosphère. Leo se tourna vers Ellie. Elle semblait sur le point de pleurer.

«Sa situation est critique. Il n'y a pas beaucoup d'espoir, j'en ai bien peur», répondit-elle.

Pour une fois, même Fiona eut le bon goût de se taire. Ce fut Tom Douglas qui rompit le silence, tout en regardant attentivement autour de lui. Déformation professionnelle, songea Leo.

«J'ai entendu parler de cet accident. L'un de mes amis est sur l'enquête. Apparemment, cette jeune fille aurait été retrouvée aux premières heures du jour. Mais je n'en sais pas plus que ça.» Leo ne put s'empêcher de s'interroger sur la véracité de cette dernière information. Car elle ne doutait pas un seul instant que, de policier à policier, des détails bien plus précis avaient dû être échangés.

« Aux premières heures du jour ? répéta Max. Et personne n'a signalé son absence ? Ça me paraît tout de même très bizarre. Ses parents sont des gens bien : jamais ils ne l'auraient laissée partir sans savoir où elle allait. Et je ne la vois pas non plus en train de faire le mur. Ce n'est pas du tout son genre. »

Comme personne ne semblait avoir la moindre explication à suggérer, il n'y eut pas de commentaire. Le silence qui régnait dans la pièce était difficile à décrire, mais on aurait dit que plusieurs personnes retenaient leur souffle. Leo observait la scène, songeuse.

Ce fut Max qui rompit le silence en demandant :

« Tu as vu quelque chose en rentrant du barbecue, Pat ? Je n'ai toujours pas compris à quel moment tu avais quitté le club. Tout à coup, j'ai tourné la tête, et tu avais disparu.

— Je ne suis pas passé par là pour rentrer, répondit Pat à voix basse.

— Mais qu'est-ce que tu racontes ? Il n'y a pas d'autre…

— Quelqu'un veut encore du vin ? » s'écria Ellie, en jetant à Max un regard noir, qui n'échappa pas à l'œil vigilant de Leo.

* * *

Tom observait les réactions autour de la table. Il lui avait été demandé de rapporter toutes les rumeurs qu'il pourrait entendre, et ce dîner lui apparaissait soudain comme une excellente occasion de commencer à poser des questions.

« Vous connaissiez bien cette jeune fille, Pat ? » demanda-t-il. Pat, qui lui paraissait un peu effacé comparé aux autres, s'était montré assez taciturne depuis le début de la soirée. Comme s'il avait quelque chose à cacher.

« Oui, très bien. Je suis responsable de tout ce qui est psychoéducatif à l'école, et Abbie avait quelques problèmes. C'est une jeune fille discrète et sans histoires, mais elle a du mal à se faire des amies.

— Sans histoires, tu penses vraiment ? intervint Mimi. Pardonne-moi, chéri, mais moi, une fille de 14 ans qui court les rues à cette heure de la nuit, je ne la qualifierais pas de "sans histoires". »

Tom vit une lueur de colère s'allumer dans les yeux de Leo, dont les joues devinrent soudain rouges.

« On ne peut pas savoir ce qui se passe derrière les portes closes, fit la jeune femme d'une voix sèche. On ne peut pas savoir ce qu'était sa vie de famille. On ne peut pas la condamner comme ça.

— Ses parents sont des gens bien, murmura Pat. Je ne l'imagine pas en train de fuguer.

— Je suis d'accord avec Mimi sur ce point, intervint Gary, tout en observant attentivement le contenu du verre de vin qu'il ne cessait de faire tourner entre ses mains. Si j'avais des enfants de cet âge, jamais personne ne les trouverait dehors au milieu de la nuit. Enfin, c'est ridicule. »

Pat prit un air renfrogné.

« Je crois qu'on ferait mieux de réserver notre jugement, jusqu'à ce qu'on en sache un peu plus, vous ne pensez pas ? »

Sean, de l'autre côté de Gary et Penny, s'inclina soudain vers Tom pour lui parler : « J'ai moi-même une belle-fille qui a 14 ans. Les parents doivent vivre un véritable enfer à l'heure qu'il est. Quelles sont les chances de pincer le type qui a fait ça, d'après votre expérience ? »

Sean paraissait extrêmement inquiet, voire angoissé. Il n'avait pas dit grand-chose jusqu'alors, et Tom avait remarqué une ou deux fois qu'il paraissait un peu nerveux, voire agité.

« Cela dépend, répondit-il. Il pourrait y avoir toutes sortes de preuves scientifiques : traces de pneus ou de peinture, débris de verre, ce genre de choses. » Il savait parfaitement qu'aucun indice de ce type n'avait été trouvé sur la scène, mais il était bien disposé à garder ce détail pour lui. Il espérait que chacune des paroles qu'il prononcerait ferait le tour du village, de sorte que quelqu'un finisse par se sentir extrêmement coupable et menacé. « Il semblerait que le corps de la jeune fille ait été traîné sur le bas-côté. Il se peut donc que le coupable ait laissé certaines traces. Et il y a bien sûr les caméras de surveillance et les LAPI. »

Il remarqua dans l'assemblée quelques regards interrogateurs.

« Je connais, intervint Charles, l'air content de lui. Les lecteurs automatiques de plaques d'immatriculation. Ce sont des caméras ultra perfectionnées qui lisent les caractères et les enregistrent… Ça pourrait bien permettre d'attraper la crapule qui a fait ça, ajouta-t-il en regardant les convives à tour de rôle, sans laisser son regard s'attarder sur personne en particulier.

— Charles a tout à fait raison, commenta Tom. Je ne sais pas si la zone est bien couverte, mais je suis certain que toutes les ressources existantes seront mises à profit pour déterminer qui était dehors à ce moment-là. Il doit y avoir des caméras sur les routes principales, ainsi que dans le village. À la station-service, par exemple. Toutes les personnes étant passées devant au cours de la nuit seront interrogées, j'en suis certain. J'ai cru comprendre que la route de traverse était presque exclusivement utilisée par les gens du village, ce qui devrait déjà permettre de limiter un peu les recherches. Et naturellement, la police attend que chaque personne ayant emprunté cette route au cours de la nuit se rende au commissariat pour faciliter l'enquête. La plupart des gens ignorent qu'ils sont sans arrêt filmés par des caméras de vidéosurveillance. Espérons que cet enfoiré est de ceux-là. »

Toute la tablée était suspendue à ses lèvres, comme si chacun essayait de digérer ces informations et d'en comprendre les implications. Gary intervint.

« Tu as bien dit que ta fête de fin d'année se déroulait hier soir, Max ? Dans ce cas, la route de traverse a dû être particulièrement empruntée, la nuit dernière. Ça reste quand même le chemin le plus direct pour se rendre au village. Et j'imagine que la plupart de tes collègues sont rentrés bourrés. Bref, vous devriez dire à votre pote flic de commencer par là, Tom. Je veux dire, par les profs du collège. »

Max eut le bon goût de ne pas relever, mais l'expression de son visage ne laissait aucun doute sur le fait qu'il aurait pu arracher les yeux de Gary pour avoir suggéré une telle horreur au sujet de l'un de ses amis. Même Charles se mit à regarder Gary de travers. Son visage se crispa et ses sourcils broussailleux se joignirent au-dessus de son nez. Tom tourna la tête vers Gary : son menton proéminent était relevé, comme s'il se sentait supérieur à toutes les personnes présentes dans la pièce, et ses lèvres étaient incurvées vers le haut, bien qu'il n'y eût pas la moindre trace de gaieté dans ses yeux. Une chose était certaine : il ne comptait pas s'arrêter là.

« Et les filles qui sont restées toutes seules à la maison pendant que leurs mecs s'éclataient ? Qu'est-ce que vous avez fait, mesdames, la nuit dernière ? La fiesta, je parie ! »

Ces propos furent conclus par un sourire ironique dont Ellie, assise juste en face de Gary, sembla être la cible principale. Mais avant que qui que ce soit ait pu faire le moindre commentaire, le salut arriva de là où on ne l'attendait pas.

« Arrête de faire le malin, Gary, fit Sean. Cette pauvre gamine va peut-être mourir, et toi, tu charries les filles ? Je ne trouve pas ça du meilleur goût, tu vois…

— C'était une blague, Sean. Une putain de blague. Allez, détends-toi. » Gary passa ses doigts dans ses cheveux gominés tout en levant les yeux au ciel, comme si c'était Sean qui se comportait comme un imbécile. Puis il y eut un moment de gêne quand il se mit à jeter des coups d'œil autour de lui, dans l'espoir manifeste, et vain, de trouver sur les visages de ses amis quelques sourires d'encouragement.

Le visage buriné de Sean semblait avoir légèrement rougi quand il le tourna vers Tom.

« Je ne crois pas qu'il y ait de caméras sur la route de traverse, dit-il. Et s'il n'y a pas de preuves matérielles, ça risque d'être coriace, non ?

— Vous savez, intervint Charles, tout en remplissant son verre avec le vin hors de prix que Tom avait apporté, je parie qu'il y a au moins une personne qui espère que cette gamine ne se remettra pas de ses blessures.

— Charles ! s'exclama Fiona. Même pour quelqu'un comme toi, je trouve cette affirmation extrêmement déplacée. Mais qu'est-ce que tu veux dire par là ? »

Charles haussa les épaules et se mit à regarder les autres invités.

« Si la fille se réveille, il se pourrait bien qu'elle se souvienne du type de voiture qui l'a renversée. Moi, c'est tout ce que j'en dis. Et je présume que celui ou celle qui a fait ça n'a pas envie d'aller en prison. »

Fiona gratifia son mari d'un regard des plus désobligeants.

« Ne pourrait-on pas changer de sujet ? C'est un peu déprimant, pour une fête, vous ne trouvez pas ? » demanda-t-elle.

Certes, songea Tom. Mais sûrement beaucoup moins déprimant que de savoir sa fille à l'hôpital dans un état critique.

Comme s'il venait tout à coup de se souvenir que c'était lui qui recevait, Max sembla s'extirper brutalement de ses pensées. Il se leva d'un bond.

« Écoutez, tout le monde. On va avoir du mal à oublier Abbie. En particulier ceux qui la connaissent ou qui ont un lien quelconque avec elle. J'avais l'intention de vous proposer de trinquer à la nouvelle maison. Mais trinquons d'abord à la santé d'Abbie, pour lui souhaiter un bon rétablissement, et essayons ensuite de passer à autre chose. Pour le moment, je ne vois pas ce que nous pourrions faire d'autre pour elle que de lui souhaiter bonne chance. »

Après la tournée de toasts, la conversation reprit son cours normal, quoique dans une ambiance légèrement plus calme.

Tom était assis à côté de Penny, qui s'était montrée très discrète toute la soirée durant, malgré ses nombreuses tentatives de lancer des sujets de conversation. Aussi fut-il assez surpris quand elle se tourna vers lui et lui dit à voix basse :

« Je sais que nous ne sommes plus censés parler de cela, Tom, mais qu'est-ce qui va se passer ensuite ? Est-ce que la police va chercher à interroger tous les gens qui étaient de sortie la nuit dernière ? »

Tom sentit plus qu'il ne vit Gary passer son bras autour de la taille de Penny. Enfin, un petit geste d'affection, pensa-t-il. Il se demandait toujours ce qui avait pu se passer quand le couple était arrivé, car, n'étant pas né de la dernière pluie, il n'ignorait pas que, si des éternuements pouvaient faire pleurer les yeux, il était assez rare qu'ils fassent trembler le menton. Et il avait parfaitement remarqué que Gary n'avait pas dit deux mots à sa femme depuis qu'ils étaient arrivés, bien qu'il eût cherché par tous les moyens possibles à s'afficher comme la vedette de la soirée.

Il sentit également que quelques personnes autour de la table avaient entendu la question de Penny et attendaient impatiemment sa réponse, notamment Leo, qui le regardait avec attention. Mais tout à coup, le bras de Penny fut secoué d'un léger soubresaut. Quelques gouttes de vin rouge tombèrent de son verre. Penny attrapa sa serviette et se mit à tamponner furieusement la nappe. Gary retira son bras de sa taille en soupirant d'un air exaspéré.

Sans attendre la réponse à la question que l'on venait de poser à Tom, Leo se pencha au-dessus de la table pour s'adresser à Penny.

« Ne t'inquiète pas pour ça, lui dit-elle en souriant. Ce n'est qu'une petite goutte. On s'en occupera tout à l'heure. Nous n'avons pas beaucoup eu l'occasion de bavarder, toutes les deux, ce soir. Tu m'aides à débarrasser la table ? Ça fera une petite pause à Ellie. »

Leo se leva d'un bond et se mit à ramasser les assiettes, laissant néanmoins le temps à Tom d'intercepter le regard qu'elle avait au préalable lancé à Gary.

« Bien, dit Max, et si je vous emmenais tous faire une petite visite de la maison ? C'est pour ça que vous êtes venus, après tout. Mais on peut aussi faire un tour dans le jardin, si vous préférez. En tout cas, je trouve qu'une pause serait la bienvenue, histoire de se dégourdir les jambes une dizaine de minutes. Qu'est-ce que tu en penses, Ellie ? »

Ellie, qui paraissait complètement absente, se tira de sa torpeur. Avec un sourire qui parut à Tom un peu forcé, elle acquiesça comme si elle était tout à fait d'accord.

« Pour ma part, je ne peux plus bouger, intervint Mimi. Il y a des fois où je me dis que c'est vraiment une bonne chose que je ne sache cuisiner que des plats simples. Ceci étant, j'envie beaucoup les gens qui mangent tout ce qu'ils veulent et se fichent complètement de garder la ligne. »

Tom ne put manquer de remarquer l'expression contrariée que ces propos avaient fait naître sur le visage d'Ellie. Sans faire le moindre commentaire, leur hôtesse ramassa quelques assiettes et quitta la salle à manger.

15

Leo et Penny suivirent Ellie dans la cuisine et la trouvèrent debout devant la fenêtre ouverte du jardin, les bras fermement croisés sur sa poitrine.

« Allez Ellie, fit Leo. Je sais bien que tu as pensé que c'était une vacherie, mais tu es trop sensible. Elle voulait sûrement se montrer sympa, te complimenter sur ta cuisine.

— N'importe quoi ! Tu n'as pas vu la tête qu'elle faisait quand elle a dit ça ? Et je suppose qu'elle essayait aussi de me complimenter quand elle m'a dit que j'étais *toujours* magnifique dans cette robe, alors qu'elle ne m'a vue que deux fois avec. Max ne comprend pas qu'il y a un mot de trop dans cette phrase. Il croit que je suis paranoïaque. Mais elle me fait le coup à chaque fois. »

Leo comprit qu'il ne servirait à rien de tenter de la contredire.

« Allez, laisse tout ça. Va profiter de ta soirée avec tes amis. Penny et moi, nous allons nous en occuper. »

Les bras d'Ellie retombèrent mollement le long de son corps, comme si elle avait subitement perdu tout son entrain.

« Merci, toutes les deux. Mais je crois que je vais plutôt prendre quelques minutes pour moi, si ça n'ennuie personne. Je voudrais aller à l'étage, mais je n'ai pas envie de repasser par la salle à manger… Je sais : je vais faire le tour par le jardin ; je rentrerai par la porte latérale. »

Et sans même se retourner, elle sortit, se mêlant aux ombres noires de la nuit.

Leo se tourna vers Penny, un sourire aux lèvres. Elle savait que Penny n'avait pas compris ce qui venait de se passer, mais qu'elle était trop polie pour se risquer à l'interroger.

« Désolée pour ça. Rien de grave, ne t'inquiète pas. Allez, on va mettre les assiettes au lave-vaisselle. »

Leo avait rencontré Gary et Penny plusieurs années auparavant, à l'époque où ils vivaient juste à côté de chez Ellie et Max, et elle avait toujours eu l'impression d'un déséquilibre dans leur relation, mais ce n'était que ce soir qu'elle avait réussi à mettre le doigt sur le problème précis. Pensant qu'il serait bon de la faire parler un peu, tout en l'écartant du délicat sujet d'Ellie et de son comportement incongru, elle décida d'orienter la conversation sur un autre couple d'invités.

« Il me semble avoir entendu Sean dire qu'il avait une fille. Sa femme n'est pas avec lui, ce soir ? »

Penny se retourna et s'adossa à l'AGA.

« Ah oui. Je vais te raconter : pendant des années, Sean a été considéré comme le tombeur du village. L'idée même que tout le monde se faisait du beau gosse viril : toujours souriant, les yeux étincelants, mais des mains dures et calleuses, et des muscles à se damner. Il était célibataire et se trouvait très bien comme ça. Et puis Bella est arrivée de nulle part il y a environ cinq ans de cela. Elle était vraiment splendide, tous les garçons étaient à ses pieds. Et elle avait une fille, qui

133

doit maintenant avoir 14 ou 15 ans, je dirais. Mais ça n'a pas empêché Sean de tomber amoureux d'elle. Il est complètement tombé sous le charme. »

Leo attendit quelques instants, mais Penny ne semblait rien vouloir ajouter.

« Et… ?

— Tu sais, Leo, je déteste les ragots. Quand j'entends des trucs moches, j'essaie toujours de me mettre à la place de celui ou celle dont on parle. Mais au moins, si je te raconte, moi, ce seront les faits, et non pas l'une des versions enjolivées que tu entendras à coup sûr dans le village. »

Penny s'interrompit pour prendre un torchon, avec lequel elle essuya ses mains pourtant parfaitement propres et sèches.

« Ils ont eu un enfant. Un garçon. Et après sa naissance, elle s'est mise à boire. Apparemment, elle serait devenue alcoolique. Personne ne la connaissait vraiment avant qu'elle n'arrive ici, mais si ça se trouve, elle était déjà un peu malade et elle le cachait bien. Ou alors, sa maladie a été catalysée par la dépression postnatale, qui sait ? Quoi qu'il en soit, maintenant tout le monde lui casse du sucre sur le dos. C'est vrai qu'elle est devenue affreuse. Elle est comme… une version bouffie de celle qu'elle était jadis, si tu vois ce que je veux dire. Tout ce qui était sensuel et volumineux en elle (ses lèvres, ses cheveux, ses fesses) a fini par doubler de volume. D'après ce que dit Gary, qui connaît assez bien Sean, elle reste sur le canapé toute la journée à regarder la télé. Et quand elle est complètement ivre, Sean la met au lit. Mais tu sais, il est vraiment super avec les enfants. »

Pauvre Sean, pensa Leo. Mais comme il n'aurait pas été correct de faire un commentaire ou de demander davantage de détails, les deux femmes gardèrent le silence pendant quelques instants.

« Quelle horrible nouvelle, cet accident, murmura ensuite Penny, comme pour changer de sujet. Mes filles étaient au courant. L'une de leurs amies a une sœur dans la classe d'Abbie, et cette gamine a dit qu'elle et ses camarades étaient sorties hier soir pour fêter la fin de l'année au fast-food du village. Abbie était dans le groupe, mais personne ne sait ce qui lui est arrivé après ça. Et le pire de tout, c'est qu'elle s'est fait renverser sur la route de traverse. En dehors des gens du village, personne ne passe jamais par là. Ça pourrait parfaitement être quelqu'un que nous connaissons. Tu imagines, l'horreur ?

— Ça doit être vraiment difficile, quand on a des enfants, d'entendre des histoires comme ça. Une jeune fille de 14 ans, seule dans la nuit, au milieu de nulle part… Je me demande comment tu fais pour dormir.

— Euh… Question facile, malheureusement. Mon médecin me prescrit des somnifères, mais je ne les prends pas tout le temps. Tout dépend de si Gary est à la maison ou pas. »

La conversation fut interrompue par l'arrivée de Max, qui arborait un air inquiet.

« Tu as vu Ellie, Leo ? demanda-t-il. Je voulais voir si elle allait bien.

— Elle était là il y a une minute. Mais apparemment, Mimi ne l'a pas mise de très bonne humeur.

— Je suis sûr qu'elle a dit ça sans réfléchir. Mais quoi qu'il en soit, Pat lui a passé un savon, et elle est partie je ne sais où, furieuse, en disant qu'il n'était jamais de son côté. Bref, comme tout le monde semble avoir disparu, je me disais que le moment était bien choisi pour aller prendre des nouvelles d'Ellie. »

Mais Leo, pour une raison qu'elle n'arrivait pas vraiment à définir, n'était pas de cet avis.

« Elle a dit qu'elle avait besoin d'être un peu seule. Elle doit sûrement se faire du souci pour cette gamine sur qui elle a veillé à l'hôpital, et la conversation de tout à l'heure a dû remuer le couteau dans la plaie. Si tu veux mon avis, il ne vaut mieux pas lui parler ; ça risquerait d'empirer les choses. Je suis certaine qu'elle va revenir dans quelques minutes, pour servir le dessert, une fois qu'elle se sera un peu calmée. »

* * *

Ellie savait bien qu'elle ne se comportait pas comme il le fallait. Mais elle était à bout. Les coups de téléphone, la rose, ses doutes incessants au sujet de Max... Elle ne savait pas comment elle allait faire pour tenir jusqu'à la fin de la soirée. Elle avait l'impression qu'un cri était en train de monter dans sa poitrine, n'attendant que d'être libéré.

Elle contourna la maison par l'arrière, s'éloignant de la cuisine, s'éloignant des autres. Il faisait sombre, tant mieux. Elle n'entendait que le bruit de ses pas sur le gravier et, de temps à autre, le bruissement des feuilles sur lesquelles soufflait une légère brise. Au vu de tout ce qu'elle avait appris ce soir, elle avait besoin de temps pour réfléchir.

Elle savait pour Abbie, naturellement, mais elle ne connaissait aucun détail et elle ignorait à quel endroit l'accident avait eu lieu.

Non. Elle ne devait pas penser à cela. Elle se trompait, c'était certain.

Tom avait dit que la police allait chercher à savoir qui était dehors à ce moment-là et pour quelle raison. Comment allait-elle pouvoir garder cela pour elle ? Elle n'avait pris que des petites routes. Elle n'était passée ni par le village ni par aucun des axes principaux, il était donc peu probable qu'elle ait été filmée. Mais il ne s'agissait pas que de sa voiture à elle. Il y avait aussi sa voiture à *lui*.

Elle aurait dû refuser de le rencontrer la nuit dernière, mais on aurait dit qu'il savait que Leo était à la maison. Naturellement qu'il le savait. Il était toujours là, en train de l'observer. Aussi n'avait-elle pu se servir des enfants comme excuse pour rester à la maison. Et puis, elle avait sincèrement espéré pouvoir profiter de cette occasion pour mettre un terme définitif à cette histoire. Mais son plan n'avait pas fonctionné. Il en voulait plus, toujours plus.

Si sa voiture avait été filmée, il allait devoir dire où il s'était rendu. Et probablement avec qui. Jusqu'où devait-elle aller pour empêcher Max de découvrir la vérité ? Jamais elle ne pourrait lui expliquer, c'était impensable.

Il fallait qu'elle se rende au commissariat pour avouer qu'elle était dehors. Elle le savait. Mais elle n'avait rien vu du tout, et l'impact que cette déclaration aurait sur sa famille, si les raisons de son absence étaient rendues publiques, serait complètement catastrophique. Sans ce maudit accident, il n'y aurait eu aucun risque. Elle savait ce qu'elle avait à faire, mais…

Arrivée à l'extrémité de la maison, elle bifurqua sur le côté, quittant la zone de parking gravillonnée qui n'avait encore jamais été utilisée. Sans l'éclairage de la maison, les ténèbres étaient épaisses, et la nuit semblait l'envelopper comme un dense brouillard.

Mais Ellie avait l'esprit ailleurs. Il y avait quelque chose que personne n'avait mentionné au cours de la soirée. C'était elle qui avait veillé sur Abbie ce matin-là, et elle avait été choquée par l'état de ses jambes et de ses pieds. Que s'était-il passé ? Elle ne pouvait rien dire, naturellement, mais c'était tout de même bien étrange. Qu'est-ce qui avait bien pu provoquer cela ?

Elle s'arrêta, comme figée sur place.

Qu'est-ce que c'est ?

Le gravier venait de crisser très légèrement, comme si quelqu'un avait fait un pas derrière elle et s'était immobilisé. Terrorisée, elle se retourna pour jeter un coup d'œil par-dessus son épaule, essayant de percer du regard le noir d'encre de la nuit.

Oh non. Pas ce soir. Pitié.

Elle se remit à avancer, plus rapidement cette fois-ci. Le bruit de ses pas étouffait tous les autres sons, mais juste au moment où elle arriva à la porte latérale, elle fut certaine d'entendre quelqu'un murmurer son nom.

Ellie.

* * *

Fiona venait d'arriver dans la pièce qu'Ellie nommait désormais la bibliothèque. C'était une pièce assez petite, comparée aux autres, mais elle était chaleureuse avec sa cheminée et ses murs couverts de livres. L'âtre était flanqué de deux bergères à oreilles, et un grand canapé replet avait été installé devant la fenêtre. Fiona n'avait aucun mal à imaginer Ellie se détendre ici, quand elle n'était pas occupée par les jumeaux.

Sachant pertinemment qu'elle avait été suivie, elle avait pris soin de laisser la porte légèrement entrouverte. D'un pas décidé, elle gagna l'étagère du fond de la pièce et fit mine de s'intéresser aux livres qu'elle contenait. Elle n'eut pas à attendre bien longtemps. Quelques instants plus tard, la porte s'ouvrait lentement. Puis se refermait doucement.

« J'étais sûr de te trouver là. Intéressante, cette soirée, tu ne trouves pas ? »

Fiona sourit. « Il y a eu quelques dérapages, je te l'accorde. Je me demande bien ce que le nouveau voisin va penser de tout ça. Je le trouve vraiment sexy, répondit-elle, dans le but de le provoquer un peu.

— Ce n'est pas ton type, Fiona. Beaucoup trop sérieux. Tu as besoin de quelqu'un d'un peu sauvage.

— Comme toi, c'est ça ? Peut-être. Et peut-être pas. »

Il se mit à rire en lui caressant le bras.

« Tu es magnifique, ce soir. Mais tu le sais parfaitement, n'est-ce pas ? »

Elle prit un livre au hasard dans la bibliothèque, afin d'avoir l'air de faire quelque chose, si quelqu'un venait à entrer. Puis elle adressa à son admirateur un sourire aguicheur.

« Tu me l'as déjà dit hier soir. »

Il lui prit la main et se mit à la regarder d'un air grave.

« En parlant d'hier soir, est-ce que Charles sait que je suis passé ?

— Bien sûr que non. Pourquoi le lui aurais-je dit ?

— Eh bien, j'avais une raison parfaitement légitime de venir, non ?

— Certes, mais pas de rester à boire des verres avec moi jusqu'à minuit passé. Ça s'est tout de même un peu éternisé. Mais pourquoi est-ce que tu me demandes ça ? »

Il se détourna d'elle pour se diriger vers la fenêtre.

« Il va falloir que je dise que je suis rentré chez moi vers 23 heures. Tu comprends, hein ? Je ne crois pas être passé devant une caméra, mais si j'avoue que je suis sorti, je vais devoir dire où je suis allé. Voilà pourquoi je pense qu'on ferait mieux de garder ça pour nous.

— Mais comment veux-tu que nous gardions ça pour nous ? Ton absence a tout de même dû être remarquée…

— Ça, ce n'est pas un problème. Fais-moi confiance. »

Fiona haussa les épaules. De toute façon, il valait mieux que Charles ne sache rien. Elle n'avait pas envie d'essuyer un interrogatoire.

« Bien. Charles retourne à Londres lundi matin. Je pourrais peut-être t'appeler, si je me sens un peu seule… ?

— Combien de temps encore vas-tu me faire mijoter, Fiona ? lui demanda-t-il en se retournant vers elle. Nous ne sommes pas des enfants, tu sais ? À quoi est-ce que tu joues ? »

Elle remit le livre dans la bibliothèque et commença à avancer vers la sortie.

« Je joue à un petit jeu que l'on nomme généralement "séduction". Et sache que je n'en ai pas encore fini avec toi, mon cher. »

Sur ce, elle ouvrit la porte et quitta la pièce, sans même se donner la peine de regarder derrière elle.

* * *

Ayant jugé préférable de laisser Ellie en paix comme Leo le lui avait conseillé, Max était retourné au jardin. Ses yeux s'étant accoutumés au manque de clarté, il vit Fiona sortir par la porte d'entrée, sa robe vivement illuminée par les spots de l'allée. Elle était toujours pieds nus et elle lui parut presque éthérée dans les lumières du jardin.

Il aperçut ensuite les cheveux blonds et la frêle silhouette de Pat, qui émergea soudain des sombres profondeurs du jardin en rangeant prudemment son téléphone dans sa poche. Dès qu'il le vit, Pat s'approcha de lui.

« Écoute, Max, lui dit-il à voix basse, rends-moi un service, s'il te plaît : évite de parler de la soirée d'hier. Tu as raison : j'ai disparu. Mais je préférerais que personne ne le sache. Et surtout pas Mimi. J'ai déjà dû me rattraper aux branches une fois. J'aimerais autant ne pas avoir à recommencer, OK ? »

Max resta quelques instants à le dévisager.

« Je sais que ce ne sont pas mes affaires, finit-il par dire, mais je crois que tu devrais te montrer un peu plus prudent dans ton activité téléphonique. Tu es aussi subtil qu'un pavé lancé dans une mare. »

Pat eut le bon goût de paraître un peu gêné.

« Je crois que je ferais bien d'aller parler à Mimi. Pour m'excuser. On pourra toujours bavarder plus tard : j'aimerais vraiment savoir ce que tu penses de cette histoire à propos d'Abbie. Personnellement, je trouve

141

que ça ne sent pas bon. Mais je ne saurais pas trop dire pourquoi…

— Je partage ce sentiment. Est-ce que tu sais si quelqu'un a parlé à ses parents?

— Je dois aller les voir demain. Sur ordre du chef. Comme tu le sais, il est complètement nul dans ce genre de situation. Mimi va me faire la gueule pour ça aussi. Elle avait dans l'idée de sortir déjeuner ou je ne sais quoi. Bref, si je ne veux pas qu'elle me tue, je ferais bien d'aller lui annoncer la nouvelle et de trouver un truc pour me rattraper. On se reparlera tout à l'heure. »

Pat, manifestement découragé, s'en alla, le dos voûté, en direction du bassin, devant lequel Max venait de discerner le dos de Mimi. Une fois encore, il ne put s'empêcher de s'interroger sur le comportement de son ami. Il semblait parfaitement évident qu'il n'était pas heureux. Mais Ellie avait eu raison de l'empêcher de parler de son étrange disparition, la nuit dernière. Elle devait savoir, ou se douter, que Pat n'était pas rentré directement chez lui, ce qui signifiait sans doute que Georgia avait quelque chose à voir avec cette histoire. Mais qu'est-ce que Pat était en train de faire? Max en avait presque de la peine pour Mimi.

Sa réflexion fut interrompue par Sean et Gary, qu'il vit soudain sortir par les portes vitrées puis rentrer dans la véranda, tout en discutant entre eux à voix basse. Après avoir tapé dans le dos de Sean en riant, Gary retourna dans la maison et disparut.

Sachant que Sean ne pourrait pas le voir facilement, Max siffla doucement pour attirer son attention. Sean, aussitôt, partit à sa rencontre. Max avait toujours trouvé que Sean avait la démarche arrogante d'un homme trop sûr de lui. Ellie lui avait un jour dit qu'il

« plastronnait comme un Italien », et il avait immédiatement compris ce qu'elle entendait par là : il se déplaçait avec souplesse, sans chercher à dissimuler la confiance absolue qu'il avait en ses charmes. Mais, ce soir-là, les choses étaient différentes : on aurait dit qu'il avait perdu une partie de son éternel aplomb.

« Je suis content que tu sois passé, Sean. Nous aurions dû t'inviter, mais nous n'étions pas sûrs que tu puisses supporter Charles toute une soirée, et avec l'histoire de Pat et de Mimi, on se doutait qu'il y aurait déjà un petit malaise. Et puis, je ne sais pas comment tu l'aurais pris, si nous avions aussi proposé à Bella de venir. »

Sean répondit d'une voix basse :

« Je ne m'attendais pas à une invitation, tu sais ? J'ai fait mon boulot, rien de plus. Quant à Bella, de toute façon, elle ne serait pas venue, tu le sais très bien. »

Il y eut un moment de silence, au cours duquel Max tenta d'imaginer à quel point il devait être difficile de vivre avec quelqu'un comme Bella.

« Et comment avancent nos projets ? finit-il par dire pour entrer dans le vif du sujet. J'aimerais vraiment que tout soit réglé avant la fin des vacances d'été. C'est plus facile quand je ne suis pas au collège. Tu sais comment c'est quand on travaille : on n'a pas beaucoup de temps pour s'occuper de ses propres affaires. »

Sean glissa ses mains dans les poches de son jean et prit un air pensif.

« Ce qui nous laisse six semaines pour tout mettre en route, c'est ça ? Tu sais, ça ne devrait pas prendre autant de temps, une fois qu'on aura l'argent. Dès qu'il sera à la banque, on pourra conclure la première phase du deal.

— Je suis en congés jusqu'à début septembre. Je peux donc aller où tu veux, quand tu veux. Mais il faudra tout de même me le dire un peu à l'avance, que j'aie le temps de trouver une excuse valable pour m'absenter. » Tout à coup, quelque chose lui traversa l'esprit et il poussa un grognement sourd. « Merde ! J'avais oublié. Ellie nous a réservé des vacances. Elle ne m'a rien demandé, elle m'a annoncé ça hier. »

Sean releva brusquement la tête.

« C'est vrai ? Où vous allez ? Et surtout, combien de temps vous partez ?

— Hé ! Ne t'inquiète pas, on pourra s'en occuper avant et après. On ne part que dans trois semaines. Et il restera encore une semaine après notre retour.

— Comment se fait-il qu'elle ait décidé ça ?

— Elle pense que les enfants ont besoin de voir la mer et elle voudrait qu'on ait un peu de temps pour nous. Elle a raison, ça ne nous fera pas de mal ; on en a bien besoin. Elle a même inscrit les jumeaux à un service de baby-sitting local pour vacanciers. Après avoir consulté Dieu sait combien de sites d'avis de consommateurs, bien sûr. Enfin, comme ça, on pourra au moins se faire deux ou trois dîners en amoureux. C'est exactement ce dont on avait besoin. Mais tu sais, je n'aime pas trop lui cacher des trucs.

— J'imagine. Mais je me disais qu'avec la maison et tout ça, elle préférerait rester ici. C'est dommage. »

Max fronça les sourcils. Ce fut à ce moment que Leo apparut dans l'embrasure de la porte et se mit à avancer dans leur direction. Il fallait absolument qu'il change de sujet ; rien n'échappait jamais à Leo.

16

Tout le monde était enfin revenu dans la salle à manger. Et Ellie se demandait bien ce qui arrivait à Fiona. On aurait dit qu'elle était montée sur ressorts, et elle flirtait ouvertement avec tous les hommes de la table. Tom Douglas avait l'air de trouver cela assez amusant mais, pour elle, qui connaissait plutôt Fiona dans ses rôles de grande mondaine condescendante, la situation avait tout de même quelque chose de bien étrange. La seule personne avec qui Fiona n'était pas tendre ce soir n'était autre que son mari. Pauvre Charles. Il avait passé tout le repas à essayer d'orienter la conversation vers les perspectives économiques du Royaume-Uni et de l'Europe, mais depuis l'évocation de l'accident d'Abbie, plus personne ne semblait vouloir renchérir sur un nouveau sujet de discussion déprimant.

Ellie ne pensait pas avoir brillé par ses qualités d'hôtesse. Pour couronner le tout, elle avait reçu un texto de Georgia au moment où elle préparait le dessert, dans la cuisine.

MERCI, MA CHÈRE AMIE. C'EST EXACTEMENT CE DONT J'AVAIS BESOIN.

Ayant immédiatement perçu l'ironie de ce message, elle avait failli fondre en larmes. S'était-elle montrée égoïste, en parlant de ses petits problèmes à Georgia, qui, elle-même, vivait un véritable calvaire ? Peut-être. Mais elle avait pensé que son amie la comprendrait. Et visiblement, elle s'était trompée. Elle n'arrivait même plus à se souvenir de ce qu'elle avait écrit dans le texto.

Contre toute attente, on pouvait dire que Tom avait été le sauveur de la soirée. Il parlait avec beaucoup d'aisance et de naturel avec tout le monde. Le résultat, sans doute, d'innombrables interrogatoires menés avec des gens de toutes origines. Il paraissait serein, bien qu'Ellie eût le sentiment que la vie n'avait pas toujours été facile pour lui. Divorcer n'est jamais chose facile. Ellie perçut les dures tonalités de son accent du Lancashire au moment où il essaya de ramener Penny dans la conversation, mais elle n'entendait pas clairement ce qu'il disait.

Il avait passé toute la soirée à discuter avec les gens de leurs professions, un sujet de conversation généralement peu périlleux, mais au moment où Ellie servait le dernier « trio de chocolats », elle remarqua que son regard s'était fixé sur Leo. Ellie savait à quel point sa sœur détestait parler d'elle. Néanmoins, quand Tom posa l'inévitable question, Leo se retrouva contrainte et forcée de lui apporter une réponse.

« Je suis coach de vie. » Le ton plat et factuel n'encourageait pas à pousser plus loin les investigations, mais Ellie aurait pu parier que Fiona avait quelque chose à dire là-dessus. Et elle ne s'était pas trompée.

« Seigneur Dieu ! Je n'arrive même pas à m'imaginer que cela puisse exister. Je me demande bien ce qui peut conférer à quelqu'un l'autorité de dire aux autres ce qu'ils doivent ou ne doivent pas faire de leur vie. Par ailleurs, je ne voudrais pas me montrer désagréable, mais comment peux-tu te poser en modèle, compte tenu de tes opinions sur les relations de couple et sur les hommes ? »

Ellie regarda sa sœur, dont le menton était fièrement relevé. Elle eut envie d'intervenir pour la défendre, mais elle se retint, sachant que Leo n'aurait pas apprécié.

« Je ne vois pas ce qui peut te faire penser que je ne suis pas un bon modèle. J'ai obtenu ce que je voulais de la vie. Je suis heureuse. Je suis la preuve vivante qu'il existe un espoir pour les femmes en dehors de la relation de couple, répondit Leo d'une voix égale.

— C'est donc cela que tu prêches, hein ? Les merveilles de la vie de célibataire ? » commenta Fiona, en faisant suivre ses propos d'un reniflement des plus inconvenants qui ne lui ressemblait guère. *Mais qui lui a rempli son verre toute la soirée ?* se demanda Ellie.

« Je ne prêche pas et c'est là l'essentiel. Je me contente d'aider mes clientes à identifier ce qui leur convient et ce qui ne leur convient pas. Ensuite, j'essaie de les aider à trouver des moyens d'atteindre les objectifs qu'elles se sont fixés.

— Quoi ? C'est une blague ? intervint Gary. Des objectifs ? Si vous voulez mon avis, la plupart des gens sont obligés de supporter ce que la vie leur apporte et d'en tirer le meilleur parti. » Il prit son verre et but une longue gorgée de vin.

Fiona l'ignora. Manifestement, elle n'avait pas fini de tourner en dérision la profession que Leo s'était choisie.

« Leo, tu détestes les hommes. Tu les considères tous comme des êtres inutiles et déterminés à ruiner

147

la vie de toutes les femmes. Tu as toujours clairement expliqué que tu pensais que n'importe quelle femme serait mieux toute seule, et tu as toi-même tellement de problèmes personnels que je peine à imaginer comment tu peux penser une seconde que tu pourrais libérer les autres de leur bagage émotionnel. »

Leo étant manifestement furieuse, Ellie agita sa main devant elle pour l'encourager à se calmer.

« Je ne suis pas psychologue, Fiona. Mon rôle ne consiste pas à déterrer les histoires de mes clientes pour les mettre face aux horreurs de leur passé. Mon rôle consiste à les aider à déterminer ce qu'elles sont aujourd'hui et ce qu'elles souhaiteraient être dans le futur.

— Allez, Leo, avoue : je parie que ton seul but est de briser un maximum de couples afin de libérer les femmes de l'enfer qu'elles vivent avec tous ces salopards de mecs.

— Contrairement à ce que tu sembles penser, je n'essaie pas de briser les couples heureux. En revanche, j'essaie d'aider les femmes qui sont malheureuses dans leur couple à trouver la force de changer les choses. » Leo s'interrompit quelques instants, avant de reprendre : « Naturellement, il y a aussi les filles qui se marient pour des raisons purement matérielles, et dont les époux continuent de maintenir le style de vie auquel elles se sont accoutumées. Ces filles-là n'ont pas de problème. Mais je me demande ce qui leur arrive quand les choses se gâtent. Nous vivons une époque difficile, Fiona, et les vies les plus confortables sont également susceptibles de subir des bouleversements. »

Fiona ignora cette petite pique. Elle n'en avait pas terminé.

« Je parie que, la plupart du temps, quand une femme vient te voir, c'est parce qu'elle a des problèmes dans son couple et qu'elle ne sait pas quoi faire pour les régler. Je me trompe ? »

Leo ne semblait pas disposée à se laisser entraîner davantage dans la conversation et ne répondit pas. Cela ne fut néanmoins pas suffisant pour arrêter Fiona.

« Nous savons tous que bon nombre de mariages se terminent par des divorces, il faut voir la vérité en face. Et sur tous ces divorces, un énorme pourcentage est dû à l'infidélité. Alors, si une personne vient te voir en te disant que son couple bat de l'aile parce que son conjoint l'a trompée, que lui réponds-tu ? Tu lui dis de quitter son conjoint ? »

Leo prit une profonde inspiration avant de répondre : « Comme je te l'ai déjà expliqué, je ne dis pas à mes clientes ce qu'elles ont à faire. Ce sont elles qui prennent les décisions. Je me contente de poser les questions. »

Charles regardait Fiona comme s'il ne la reconnaissait pas. Les plis de son front s'étaient accentués, et il avait l'air encore plus perplexe que de coutume. Mais les divagations alcoolisées de Fiona avaient plutôt l'air d'amuser les autres invités, qui affichaient tous de vagues sourires.

« Tout de même, Leo, poursuivit Fiona, je me demande vraiment si ton jugement ne serait pas un peu biaisé. » Elle reposa fermement son verre sur la table comme si elle venait de prendre une décision capitale. « Je sais : jouons au jeu de la vérité. Comme personne ne l'ignore, un énorme pourcentage de gens trompent leurs conjoints. Mais combien autour de cette table l'admettront ? Patrick, nous savons tous pour toi, tu peux passer. Alors ? Sean ? »

Ellie pria pour que quelqu'un lui coupe la parole et mette un terme à tout ça. Mais la moitié des invités semblaient toujours trouver la situation vaguement amusante, et elle-même ne se sentait pas en mesure d'intervenir. Pour ne croiser aucun regard, elle baissa les yeux sur son assiette.

« Eh bien, si tu as écouté les rumeurs qui courent dans le village, tu en as sûrement déduit que je m'étais envoyé en l'air avec la moitié des femmes du Cheshire.

— Et qui pourrait leur reprocher de s'être laissé tenter, n'est-ce pas ? Mais la question est : l'as-tu réellement fait ? »

Ellie releva la tête pour observer son amie, consternée qu'elle puisse poser une telle question. Mais Fiona, penchée au-dessus de la table, n'avait d'yeux que pour Sean, qu'elle regardait avec un sourire qui se voulait sans doute charmeur, mais qui ressemblait en réalité à un rictus d'ivrogne. Ellie se tourna vers Sean.

« Je n'ai jamais révélé mes secrets d'alcôve », finit-il par répondre, un petit sourire aux lèvres.

Ellie eut soudain peur que Fiona ne se mette à interroger Max. Max n'avait jamais su mentir, et, s'il y avait quelque chose à découvrir, elle ne voulait surtout pas que cela se fasse de cette façon. Contre toute attente, ce fut Charles qui, en prenant la parole, la sauva de ce potentiel danger :

« Comme tu as l'air de trouver tout cela très amusant, Fiona, je me disais que tu serais sans doute ravie d'apprendre que j'avais moi-même eu une petite aventure… »

Fiona éclata de rire.

« Toi ? Une aventure ? Allons, Charles, ne sois pas ridicule. »

L'expression du visage de Charles se modifia : manifestement, il avait été extrêmement vexé par cette remarque. Embarrassée, Ellie jeta un coup d'œil à sa sœur, qui sembla tout de suite comprendre le message.

« Ça suffit ! Trêve de provocations ! s'exclama-t-elle en brandissant sa tuile en chocolat en direction de Fiona. Mais écoute-moi bien, Fiona : je t'offre une séance de coaching. En réalité – elle regarda autour de la table –, je vais en offrir une à chacune des femmes ici présentes. Vous ferez une excellente matière pour mon blog. De façon anonyme, naturellement. Nous verrons ainsi si cela changera votre vision de ce qu'est un coach de vie. Et je vous invite également à déjeuner, si cela vous fait envie. En rentrant chez vous, faites une petite recherche sur moi, n'hésitez pas. Cherchez "Leonora Harris" sur Google, vous trouverez mes coordonnées. On verra bien si tu as le courage de le faire, Fiona. »

Le regard braqué sur Fiona, Leo arborait un air de défi. Ellie savait que sa sœur était gênée de s'être retrouvée dans cette position, mais qu'il était hors de question pour elle de le révéler.

Elle fut surprise d'entendre la voix de Penny percer l'atmosphère tendue :

« C'est très gentil de ta part, Leo. Je crois vraiment que ça me plairait. »

Gary, l'air furieux, sembla sur le point de lancer une attaque contre sa femme. Ce fut à ce moment-là que Fiona intervint de nouveau :

« Très bien, où en étions-nous avant que Leo ne m'interrompe de façon aussi inconvenante ? »

Ellie perçut l'irritation de Leo avant même que celle-ci n'ouvre la bouche.

« Tu sais, Fiona, je ne pense pas que jouer à action ou vérité à un dîner puisse apporter quoi que ce soit à qui que ce soit. Nous avons tous le droit de garder nos secrets conjugaux. À l'exception de Pat, bien sûr, dont l'infidélité a malheureusement été rendue publique. Bref, changeons de sujet, veux-tu ? »

Mimi reposa violemment sa cuillère sur la table.

« Excusez-moi, mais j'en ai vraiment assez de toutes ces discussions sur la prétendue infidélité de Patrick, qui semble vous paraître à tous si "malheureuse". À vous écouter, on dirait qu'il s'agit de quelque chose de honteux. Je ne comprends pas pourquoi vous refusez tous d'accepter qu'il ait pu tomber amoureux. De moi ! »

Pour la première fois, Ellie ressentit un élan de compassion à l'égard de Mimi. Elle avait raison. Ils parlaient tous de Patrick comme s'il avait commis une erreur stupide, sans même réfléchir à l'effet que ce genre de commentaires pouvait avoir sur elle. Et puis, si Mimi s'était si mal comportée envers elle, avec ses petites phrases acerbes, peut-être n'était-ce là pour elle qu'un moyen de se venger ? Mais Mimi n'avait pas fini de parler.

« Vous vous croyez tous supérieurs à moi, hein ? Eh bien, vous ne l'êtes pas. Je *sais* que vous ne l'êtes pas. Par ailleurs, je ne comptais pas l'annoncer ce soir, y compris à Patrick, mais il se trouve que notre amour a abouti à la seule chose que cette "fantastique" Georgia n'a jamais pu lui donner. » Elle s'interrompit pour l'effet de style, gratifiant l'assemblée d'un petit sourire suffisant. « Nous allons avoir un bébé ! »

* * *

Ellie avait hâte que la soirée se termine. Tout le monde s'était rallié à la cause des futurs parents, et Max avait enfoncé une coupe de champagne dans la main d'un Patrick pâle comme un linge, qui paraissait complètement sonné. Elle voyait bien que Max faisait tout ce qu'il pouvait pour se mettre dans l'ambiance de fête, mais il n'en demeurait pas moins qu'il paraissait complètement déconcerté et qu'il compensait son manque d'enthousiasme en se montrant beaucoup trop jovial et démonstratif. L'annonce surprise avait laissé dans son sillage une ambiance fade dont seule Mimi, qui affichait toujours son sourire suffisant, semblait se réjouir.

Ellie avait suggéré de passer au jardin pour boire le champagne : elle savait qu'elle ne pourrait garder le sourire un instant de plus et que l'obscurité de la nuit lui procurerait une bonne couverture. Elle veilla à rester aussi proche que possible de Leo et de Max. Elle ne voulait pas se laisser entraîner dans une conversation avec qui que ce soit d'autre ce soir. La coupe était pleine.

Quelques-uns des hommes disparurent de l'autre côté de la maison pour admirer la Porsche de Gary. C'était une voiture de location, qu'il n'avait que depuis deux jours à peine, mais il avait déjà décidé qu'elle était faite pour lui. Charles chantait les louanges de son Aston Martin, qu'il avait malheureusement décidé de laisser chez lui, si bien que personne ne pouvait comparer ses qualités avec celles de la Porsche, mais il semblait bien décidé à questionner Gary sur les conditions de son contrat d'essai. Ellie les entendait discuter, mais elle était déconnectée.

Fiona, affalée sur un banc, les jambes écartées, n'avait décidément plus rien d'élégant. Penny essayait vainement de se montrer enthousiaste à l'égard du bébé de Mimi, et Max et Pat discutaient à voix basse devant le bassin. Max ne cessait de taper dans le dos de Pat, comme s'il cherchait à l'encourager, mais apparemment, ses efforts n'avaient pas l'effet escompté. Quant à Leo, elle était partie ranger la cuisine, sans doute pour s'isoler un peu. Ellie décida donc de se placer près de la porte, afin de paraître sociable tout en restant à portée d'oreille de Leo, au cas où elle deviendrait l'objet d'une attention indésirable.

Ce fut Charles qui, enfin, sonna la fin de la soirée. Le taxi qu'il avait apparemment réservé arriva, et il alla chercher une Fiona mécontente, qu'il dut presque soulever du banc sur lequel elle se trouvait pour la traîner jusqu'à l'avant de la maison. Fort heureusement, tous les autres semblèrent prendre cela comme le signal du départ et, à part pour serrer Pat dans ses bras – un geste de commisération plus que de reconnaissance d'un heureux événement –, Ellie parvint à s'accrocher à Max, qui paraissait désormais complètement abattu, et à éviter tout contact avec les autres. À bien y réfléchir, l'idée d'espace personnel, tant vantée par Leo, n'était pas aussi stupide qu'elle en avait l'air.

Cela avait été une soirée très étrange mais, désormais, tout était terminé, et Ellie n'avait plus qu'une envie : se replier complètement sur elle-même dans son lit pour pouvoir panser ses blessures en privé.

17

Une pression sur le clavier et l'ordinateur reprit vie, les tourbillons de son écran de veille projetant des ombres étranges et déformées sur les murs de la pièce obscure. Un rapide mouvement de la souris, et les tourbillons disparurent. Un double-clic et Google s'ouvrit, son fond blanc lumineux éclairant la pièce comme si une lampe avait été allumée. Des bruits sourds furent arrachés au vieux clavier au moment où les mots furent tapés :

Leonora Harris

Une page de références apparut, mais seul un lien menait au blog officiel.

Qu'est-ce que cette petite salope fouineuse pouvait bien proposer ?

UN PREMIER PAS : LE BLOG DE LEO HARRIS

Prendre le contrôle de votre vie

Il existe de très nombreuses occasions dans la vie où l'on peut ressentir le besoin de se faire aider. Les cas les plus évidents sont sans doute les suivants : perte d'un être cher, divorce ou séparation, perte d'un emploi.

Ces problèmes sont faciles à reconnaître.

Mais il y en a aussi d'autres, plus vagues, plus difficiles à définir: des périodes où l'on se sent tout simplement insatisfait de sa vie, où l'on se demande où elle va, et où l'on n'est pas sûr de pouvoir s'en satisfaire, si c'est tout ce qu'elle a à nous offrir.

Cela vous évoque-t-il quelque chose?

Je m'appelle Leo (Leonora) Harris et je suis coach de vie. Je pense pouvoir travailler avec vous pour vous permettre de prendre le contrôle de votre vie. Ensemble, nous fixerons des objectifs appropriés et réalisables, et je vous guiderai et motiverai pour les atteindre. Nous ne regarderons pas en arrière pour analyser ce qui s'est mal passé. Nous regarderons vers l'avant, vers un avenir meilleur.

Ma spécialité est d'aider les gens à comprendre si leur relation de couple apporte quelque chose à leur vie ou l'amoindrit. Vous êtes acteur de votre vie, ce qui peut parfois vous empêcher de voir la vérité en face. Mais essayez de prendre un peu de recul pour devenir observateur, examiner attentivement votre vie et la façon dont vous et votre conjoint interagissez. Que voyez-vous? Et surtout, aimez-vous ce que vous voyez?

Si la réponse est non, sachez que je peux vous aider à mettre en œuvre les changements que vous souhaitez et que vous méritez. Ensemble, nous analyserons votre définition de ce qu'est une bonne relation de couple, nous identifierons vos besoins et nous déterminerons ceux qui ne sont pas comblés. Nous élaborerons des stratégies de changement, ainsi qu'un plan pour les appliquer. Je vous soutiendrai et vous aiderai à rester fixé sur votre objectif final: un MOI plus heureux et plus épanoui.

Soyez audacieux. Prenez le contrôle de votre vie et contactez-moi, Leo Harris, en cliquant sur ce lien.

«Un voyage de mille lieues commence toujours par un premier pas», Lao Tseu.

Hors de question. Il était absolument hors de question que Leo Harris entre dans cette maison. Hors de question de la laisser bouleverser leurs vies. Les petites manipulatrices dans son genre ne méritaient qu'une chose: une bonne leçon.

L'ordinateur resta lumineux pendant quelques instants, comme pour afficher sa froide indifférence à la colère incandescente qui tournoyait dans la pièce.

Puis il revint à son écran de veille animé, projetant des ombres bleues et vertes sur le visage furieux et immobile qui continuait de le regarder fixement.

18

Troisième jour : dimanche

Il était tard quand Leo se réveilla le dimanche matin, et elle se sentit aussitôt coupable. Ils avaient laissé les verres et les assiettes à dessert, en se disant qu'ils mettraient tous la main à la pâte le lendemain, mais à l'heure qu'il était, il y avait fort à parier qu'Ellie avait déjà tout lavé et rangé. Leo se hâta de prendre une douche et d'enfiler un T-shirt et un jean noir puis, s'étant rapidement brossé les cheveux, elle descendit à la cuisine.

Mais en approchant de la porte ouverte, elle fut surprise d'entendre une dispute qui battait son plein. Il n'y avait pas de cris, mais le ton employé était sans équivoque. Elle était sur le point de battre en retraite pour regagner sa chambre quand Max remarqua sa présence.

« Viens, Leo. Ne t'inquiète pas pour nous. J'horripile ma femme, et elle, en retour, ne m'écoute pas. Qu'est-ce qui te ferait plaisir pour le petit déjeuner ? Des œufs brouillés, une tartine de fiel ? »

Ellie et Max étaient debout, face à face, chacun adossé à un plan de travail, les bras croisés.

« Euh… Je crois que je ferais mieux de me faire discrète jusqu'à ce que vous ayez réglé votre petit différend.

— Impossible. Il n'y a pas de solution viable. Viens donc te joindre à la fête. »

Max avait beau essayer de minimiser les choses, Leo voyait bien qu'Ellie était à cran.

« Hé ! fit Max. Tu pourrais nous donner ton opinion, Leo ? J'ai comme l'impression que tu serais de mon avis… »

Leo eut un petit rire gêné. « Je ne suis pas conseillère conjugale. Laisse-moi en dehors de ça, veux-tu ?

— Non. Désolé. Tu ne t'en tireras pas si facilement », répondit Max.

Leo regarda Ellie, qui n'avait toujours pas parlé. Ses joues étaient rouges et ses lèvres pincées.

« Si ça ne vous fait rien, j'aimerais juste me faire un café avant d'aller dans le séjour pour lire les journaux », dit Leo en se dirigeant d'un pas mal assuré vers la machine ultra sophistiquée, tout en priant pour ne pas avoir à demander d'instructions.

Ellie s'approcha d'elle et, d'un petit coup de la hanche, l'écarta de la machine.

« Ne t'inquiète pas, dit-elle. C'est juste Max qui fait sa tête de lard, rien de grave. Je lui ai simplement proposé de faire le tour des concessionnaires, aujourd'hui, histoire de voir s'il n'y aurait pas une voiture qui lui plairait. Ce serait tout de même mieux que de se balader dans ce vieux tas de rouille…

— Si mes souvenirs sont bons, tu étais ravie quand j'ai acheté ce vieux tas de rouille, intervint Max. Rien n'a changé depuis : je ne vois vraiment pas pourquoi il ne serait plus assez bien pour moi. »

Leo comprit que son apparition n'avait rien fait pour apaiser les choses. Il fallait à tout prix qu'elle s'en aille. Le café était en train de couler, lentement, mais Ellie, qui connaissait bien ses goûts, semblait déterminée à lui préparer un cappuccino, ce qui signifiait qu'elle allait encore devoir patienter quelques minutes.

«Voilà le tableau, poursuivit Ellie : on a plein d'argent, j'ai une super voiture, et malgré ça, Max insiste pour se trimballer dans une Peugeot vieille de six ans et dont les beaux jours sont loin derrière.

— Le problème, Leo, c'est que cette voiture, je l'ai achetée et payée moi-même. Et si je ne peux pas m'en offrir une autre parce que je ne gagne pas suffisamment d'argent, alors je n'en achèterai pas. Point barre.»

Mais pourquoi est-ce à moi qu'ils adressent leurs arguments ? songea Leo. S'ils pensent vraiment que je vais jouer le rôle d'arbitre, ils se mettent le doigt dans l'œil.

«Écoutez, tous les deux, finit-elle par dire, cette histoire de voiture n'a absolument rien à voir avec moi. Je ne comprends pas pourquoi tu penses qu'il en a besoin d'une nouvelle, Ellie, mais d'un autre côté, je ne comprends pas pourquoi tu refuses si catégoriquement d'en acheter une autre, Max. Ce qui signifie que je ne prendrai pas parti. C'est clair ?

— Sachant que tu as refusé l'argent de la vieille sorcière, je pensais que tu serais avec moi, sur ce coup-là, marmonna Max, en versant distraitement du jus de fruit dans la tasse Moshi Monsters de Jake.

— Oh, je t'en prie, Max ! s'exclama Ellie. Ça n'a rien à voir, et tu le sais très bien. Cet argent, nous l'avons. Il est à nous. Je ne comprends pas pourquoi tu te montres aussi déraisonnable.» Ellie paraissait sincèrement ébranlée, une réaction qui parut particulièrement excessive à Leo, qui, à la place de sa sœur, aurait laissé Max garder sa voiture et faire ce qu'il voulait. «Du reste, Leo, poursuivit Ellie, je ne l'ai pas entendu se plaindre de l'argent dépensé pour sa salle de jeu, hier soir, n'est-ce pas?»

Mais quand ce fichu café allait-il terminer de couler?

«Ce n'est pas la même chose. Je n'ai pas eu mon mot à dire dans cette histoire. Tu m'as fait une surprise, et je ne crois pas que tu l'aurais très bien pris si je t'avais dit de tout retirer. Je me trompe?

— Puisqu'on parle de ta salle de jeu, Max, dit Leo d'une voix des plus innocentes, me permets-tu d'aller y boire mon café? Je te demande ça parce qu'il me semble t'avoir entendu dire que les murs étaient insonorisés.

— Pas question! répondit Ellie d'un air furieux. Dépêche-toi de boire ce café et d'avaler un toast. Max va garder les enfants; nous, on va faire un peu de shopping. Il faut bien que quelqu'un dépense l'argent de la vieille sorcière…»

Sur ce, Ellie attrapa ses clefs.

«Oh, tant que j'y pense, Max, où sont passées les clefs que Sean a apportées hier soir? On pourrait les passer à Leo?»

Max prit un air perplexe.

«Je ne sais pas. Je les ai laissées sur le plan de travail, il me semble. Je pensais que tu les avais rangées.»

Ellie poussa un soupir exaspéré.

«Je n'y ai pas touché. C'est donc toi qui as dû les mettre je ne sais où.»

Leo vit sa sœur esquisser un sourire attendri, alors qu'elles se dirigeaient toutes deux vers la porte d'entrée : Max avait toujours eu tendance à perdre des choses.

* * *

Ellie fut ravie de fuir la maison, et elle savait que Max serait heureux de s'occuper des jumeaux. Il trouvait toujours des choses à faire avec eux. Des choses amusantes, qui ne coûtaient pas un sou. Ils allaient passer un bon moment, elle en était certaine. Il allait leur faire fabriquer des objets, ou bien encore explorer le jardin pour y trouver des insectes. Imaginant leurs petits corps potelés accroupis dans l'herbe et leurs visages émerveillés devant un ver de terre ou un scarabée noir étincelant, elle ne put s'empêcher de sourire.

Elle aurait dû rester avec eux, mais elle avait tellement de mal à se retenir de crier à Max « C'est vrai ? » qu'il valait mieux pour tout le monde qu'elle disparaisse. Elle ne savait pas comment se libérer de la tension qui la tenaillait et elle avait peur de ce que Max lui répondrait si elle se risquait à lui poser directement la question. La dispute de ce matin n'avait rien de grave, mais Ellie avait le sentiment que, si Max se montrait si récalcitrant, c'était parce qu'il avait des principes : jamais il n'accepterait d'utiliser une partie de l'héritage de la femme qu'il envisageait de quitter pour s'acheter une nouvelle voiture.

« Tu as compris le problème, Leo ? demanda-t-elle à sa sœur, tout en sachant parfaitement qu'elle n'aurait saisi que l'aspect superficiel de la chose.

— Ouais, répondit Leo en montant dans la voiture, mais qu'est-ce que tu veux que j'y fasse ? Il ne veut pas dépenser cet argent, et alors ?

— Le truc, dit Ellie en regardant par-dessus son épaule pour faire marche arrière, c'est qu'il veut absolument que nous réglions les factures avec "notre" argent, c'est-à-dire celui que nous gagnons tous les deux. Nous n'avons pas de prêt à rembourser, mais comme les dépenses courantes de la maison sont assez élevées, cela revient à peu près au même. Il n'était pas très enthousiaste à l'idée de venir s'installer ici, mais il l'a fait parce qu'il savait que c'était quelque chose qui me tenait vraiment à cœur, même si, comme toi, il pense que mon raisonnement est complètement fou. Mais peu importe. Il refuse que nous changions notre mode de vie et insiste pour que nous gardions un budget hebdomadaire pour les courses…

— Alors, qu'est-ce que vous allez faire ? Parce que vous ne pouvez pas continuer de vous disputer comme ça à ce sujet, non ? » demanda judicieusement Leo.

Le portail s'ouvrit, et Ellie tourna à gauche.

« J'ai transféré l'argent à son nom. J'ai fait de lui le seul responsable de nos finances. Pour lui donner l'impression d'être le chef de la famille, comme il semblait tant vouloir le devenir. Mais il s'obstine à refuser de dépenser ce qu'il n'a pas lui-même gagné. Il pense que c'est « mon » héritage et qu'il n'a pas à y toucher. Et comme toi, tu n'en veux pas non plus, on se retrouve avec tout cet argent qui ne sert à rien à la banque ! C'est toi, le coach de vie, je te rappelle. C'est à toi de me dire ce que je dois faire.

— Ce n'est pas comme ça que ça marche, Ellie. Je ne dis pas aux gens ce qu'ils ont à faire. »

Ellie jeta un coup d'œil inquiet à sa sœur.

« Au fait, j'espère que Fiona ne t'a pas trop vexée, hier soir. Je l'ai trouvée super agressive. J'avais vraiment envie d'intervenir pour lui dire ses quatre vérités, mais je me suis retenue, je savais que tu n'aurais pas apprécié.

— Oh, ne t'inquiète pas pour ça. J'aurais préféré que ça ne se passe pas en public, c'est tout. Je sais que les gens ont tendance à ne pas reconnaître mon activité comme une véritable profession, mais j'apporte mon aide à beaucoup de femmes, crois-le ou pas. Je les aide à trouver la force d'être elles-mêmes, à se réjouir de leur individualité et à poursuivre leurs rêves. Nous avons tous des problèmes, Ellie. Chacun d'entre nous. Mais je ne pense pas qu'il soit nécessairement utile de se battre à longueur de temps pour les régler. »

En écoutant ces propos, Ellie sentait sa gorge se serrer et ses yeux s'humidifier. Elle tâcha de se concentrer au maximum sur la route. Comme elle avait du mal à comprendre sa sœur, parfois ! Max et elle n'arrêtaient pas de lui dire qu'il était temps de changer : de devenir plus accessible, plus ouverte à la vie de couple, de laisser son passé derrière elle. Mais ils se trompaient sur toute la ligne : Leo s'acceptait telle qu'elle était et vivait à sa façon avec les cicatrices de son enfance.

Elles roulèrent en silence pendant quelques minutes, mais tout à coup, Ellie ralentit pour regarder par sa fenêtre. Elles venaient de s'engager sur la route de traverse. Sur le bas-côté, il y avait du scotch de police qui devait certainement marquer l'emplacement où Abbie avait été renversée. D'ailleurs, quelques bouquets de fleurs avaient été déposés sur l'herbe.

« Ça te dérange si je m'arrête une minute ? demanda Ellie. Tu sais, j'ai passé tellement de temps avec Abbie hier que je… je ressens le besoin de me recueillir un peu. Je ne sais pas si tu vois ce que je veux dire… »

Leo acquiesça gentiment et sembla trouver tout naturel de sortir de la voiture avec elle. Elles restèrent en silence au bord de la route pendant quelques minutes, au cours desquelles Ellie se demanda ce qui avait bien pu amener une jeune fille à se retrouver ici, au beau milieu de nulle part, en pleine nuit.

En tournant son regard vers le bois, elle ne put s'empêcher de se remémorer le passé. En ce temps-là, elle n'était pas beaucoup plus âgée qu'Abbie et… Ce n'était pas la première fois que cet endroit était le théâtre d'un crime, bien que le précédent n'eût jamais été rendu public. Mais il ne pouvait pas y avoir de lien entre les deux, non. C'était à une époque tellement lointaine, et tellement triste.

Pauvre Abbie. Quoi qu'elle ait pu endurer vendredi soir, elle ne le méritait pas. Ce n'était encore qu'une enfant, et Ellie en avait le cœur brisé pour elle et sa famille.

Quand elle se sentit enfin en mesure de parler, sa voix n'était qu'un murmure :

« Je ne devrais sans doute pas te dire ça, Leo, mais quand Abbie est arrivée à l'hôpital, ses pieds et ses jambes étaient dans un état épouvantable. Ses pieds étaient tout contusionnés et ensanglantés, et elle était couverte de piqûres d'ortie, jusqu'aux genoux. Apparemment, la police n'a pas souhaité rendre ce détail public, alors je crois qu'il vaut mieux que tu ne dises rien à personne. Elle ne peut rien sentir,

165

maintenant, naturellement. Mais sur le moment, elle a dû souffrir le martyre. Pauvre petite… »

Il était difficile de s'imaginer comment tout cela avait pu se produire, mais Ellie était certaine que la police avait passé au peigne fin chaque centimètre carré de ce bois.

« Comment pensent-ils qu'elle est arrivée là ? s'enquit Leo. Quelqu'un a-t-il dit quelque chose ?

— Rien de tout cela ne fait sens. En tout cas, pour moi. C'était une fille bien, dans tous les sens du terme. Pas le genre à traîner dehors au milieu de la nuit, et certainement pas sans que ses parents sachent où elle était. J'ignore comment elle est arrivée ici, mais quoi qu'il en soit, il y a un enfoiré qui l'a renversée et laissée pour morte. À en juger par l'état de ses jambes, ce n'est pas la seule torture qu'elle a subie ce soir-là. »

Les deux femmes regagnèrent la voiture dans un silence respectueux.

« Ça te gêne, si on s'arrête à l'hôpital ? Je voudrais juste passer voir comment elle va. Ça ne prendra que quelques minutes, mais je ne peux pas te laisser entrer. Dans les cas comme celui-ci, les visites sont réservées à la famille.

— Je comprends parfaitement, pas de souci. J'imagine que ça doit être difficile de prendre du recul, quand on a une patiente comme Abbie. »

Ellie sourit tristement en tournant la clef de contact. Elles n'échangèrent plus un mot jusqu'à l'hôpital.

* * *

Après avoir glissé son passe magnétique dans la porte de sécurité, Ellie se dirigea vers le bureau des

166

infirmières. Elles formaient un petit groupe soudé dans ce service, et personne n'eut besoin de l'interroger sur les raisons de sa venue. En jetant un coup d'œil dans la direction de la chambre d'Abbie, elle vit qu'un médecin était en train de parler à la maman de la jeune fille. Elle décida d'attendre là où elle se trouvait.

Enfin, le médecin sortit de la pièce et s'approcha d'elle. Sam Bradshaw était l'un de ses préférés. À l'instar de ses collègues infirmières, il ne jugea pas nécessaire de lui demander pourquoi elle était là. Il alla droit au but.

« Inutile de m'interroger, Ellie, il n'y a rien de neuf, j'en suis navré. L'état d'Abbie est stationnaire. Voulez-vous aller dire quelques mots à sa maman ? Je suis certain qu'elle serait ravie de vous voir. »

Ellie ne put dissimuler sa déception, mais elle s'efforça de se composer une mine radieuse pour s'approcher du lit devant lequel la maman d'Abbie, Kath, était assise. Cette dernière semblait légèrement moins dévastée que la veille, bien qu'on eût pu croire qu'elle n'avait pas dormi depuis une semaine.

« Bonjour, Kath. Je suis juste passée voir comment vous allez, toutes les deux, dit Ellie en lui tapotant gentiment l'épaule, avant de prendre place sur l'autre fauteuil de visiteur.

— J'imagine que le médecin vous a dit qu'il n'y avait aucun changement, murmura Kath. Mais ses jambes sont tout de même un peu moins enflées. Et on dirait que les rougeurs s'estompent un peu. Qu'est-ce qui lui est arrivé, Ellie ? Qu'est-ce qui est arrivé à ma petite Abbie ? »

L'expression qu'arborait Kath en disait long sur son état d'esprit. Elle était complètement anéantie, et qui aurait pu le lui reprocher ? Imagine, si c'était Ruby qui se trouvait là, songea Ellie. Mais elle préférait ne même pas y penser.

« J'aimerais pouvoir apporter des réponses à vos questions, vraiment. La police ne vous a rien dit ? »

Kath secoua tristement la tête.

« Elle était sortie avec des amies. Elle était "vachement" contente, vous savez… Je ne pourrais même pas vous expliquer à quel point elle était enthousiaste. Abbie a toujours eu du mal à se faire des amis. Mais ne vous méprenez pas, c'est une enfant adorable. Le problème, c'est qu'elle a du mal à se rapprocher des autres. C'est sûrement notre faute, nous l'avons sans doute un peu trop couvée. Je ne sais pas. Mais je crois tout de même qu'Abbie en avait besoin. Bref, vendredi soir, les filles de sa classe devaient aller ensemble au fast-food, puis au cinéma, puis chez une certaine Emily pour une soirée pyjama. Elles devaient être une douzaine, il me semble. »

Peinant à s'imaginer autant de jeunes filles de 14 ans passant la nuit chez une amie, Ellie ouvrit de grands yeux.

« Mais j'avais tout vérifié, s'empressa d'ajouter Kath, comme si elle avait peur d'être accusée de mal s'occuper de sa fille. Je suis allée personnellement voir la maman d'Emily pour qu'elle me confirme que tout était bien prévu. Sur le coup, j'ai pensé qu'elles avaient peut-être fait marcher Abbie. Certaines d'entre elles sont un peu comme ça, malheureusement. Mais c'était vrai. La maison des parents d'Emily n'est pas grande, et pas spécialement bien rangée, d'ailleurs. La maman avait l'air de se ficher complètement qu'elles soient dix ou douze et de penser qu'elles étaient assez grandes pour faire ce qu'elles voulaient. Mais, vu leur nombre, je n'aurais jamais imaginé qu'il puisse leur arriver quelque chose. »

Kath s'interrompit.

« Et qu'est-ce qui s'est passé ? l'encouragea Ellie.

— Je n'ai rencontré Emily que deux fois, mais j'ai bien compris qu'elle pouvait être un peu faux jeton. C'est elle qui fait la loi, si vous voyez ce que je veux dire, parce que c'est elle qui organise les meilleures fêtes. Du coup, personne ne veut se fâcher avec elle. Les policiers m'ont dit qu'ils avaient interrogé toutes les filles présentes. Leurs témoignages concordent : Emily aurait dit une méchanceté à Abbie, bien qu'elles prétendent toutes ne pas savoir quoi. Une dispute aurait suivi et Abbie leur aurait annoncé qu'elle ne les accompagnerait pas au cinéma, qu'elle rentrait chez elle. »

Kath se mit à pleurer doucement.

Ellie lui tapota le bras et se tourna vers Abbie pour lui laisser un peu d'intimité. Tout doucement, elle prit la main de la jeune fille et se mit à la caresser avec son pouce.

« Je trouve que vous avez tout fait comme il le fallait. Pauvre Abbie. Les adolescentes peuvent parfois se montrer très cruelles entre elles. Je ne vois pas ce que vous auriez pu faire contre ça. Continuez à lui parler. Nous ne savons pas exactement ce qui se passe dans son esprit, alors oubliez cette Emily pour le moment et parlez-lui des bons moments que vous avez passés ensemble.

— Vous croyez qu'elle peut nous entendre ? demanda Kath.

— Je ne sais pas. Certaines personnes qui sortent du coma se souviennent de pensées et d'impressions

169

incohérentes, d'autres de rêves très réalistes. Mais la plupart parlent d'un vide total. Le cerveau humain est une chose tellement complexe… Si j'étais vous, je lui parlerais, je lui chanterais des chansons, je la caresserais. Ça ne peut pas lui faire de mal.

— Quoi qu'il ait pu se passer après son départ du fast-food, ç'a dû être un véritable cauchemar pour elle. Pauvre chérie. L'une des filles dit l'avoir vue utiliser son portable pour envoyer un texto ou quelque chose comme ça, mais on n'a pas retrouvé l'appareil, alors qu'elle ne s'en séparait jamais. Elles l'ont laissée toute seule, ces petites pestes. Comment ont-elles pu faire ça ? Elles ont dit qu'elles pensaient qu'elle allait rentrer chez elle, mais…

— Et les parents d'Emily ? Ils ne se sont pas aperçus qu'elle n'était pas là ?

— Ils ont demandé à Emily si tout le monde allait bien, rien de plus. Apparemment, elle a répondu que oui, sans juger nécessaire de les avertir qu'Abbie n'était pas venue. Ils n'ont pas cherché à savoir combien elles étaient. J'imagine que les filles étaient trop nombreuses pour ça. J'aurais dû appeler pour vérifier qu'Abbie allait bien, mais j'avais peur de lui gâcher sa soirée. Je l'entendais déjà : "Laisse-moi un peu respirer, maman. J'ai 14 ans." Comme si, à cet âge-là, on était capable de prendre soin de soi.

— Où pensez-vous qu'elle soit allée, Kath ?

— C'est bien le problème. Je n'en ai absolument aucune idée. Nous n'avons pas de famille dans les environs, et je ne comprends pas pourquoi elle ne m'a pas téléphoné pour me demander de passer la chercher. Elle savait parfaitement que je serais venue aussitôt. Ou bien son papa. Brian a refusé de boire ne serait-ce qu'une bière, ce soir-là, au cas où il devrait aller la chercher. Il dit toujours qu'il est "d'astreinte" quand Abbie sort. C'est pour ça que la situation nous paraît si… illogique. »

Elle caressa doucement la cuisse d'Abbie à travers la fine couverture.

« Je ne veux pas toucher ses jambes en dessous de ses genoux. Le médecin a dit qu'elle ne sentait rien, mais s'il se trompait ? Si elle souffrait et qu'elle ne pouvait tout simplement pas le dire ? Ce doit être tellement douloureux. » Elle étouffa un sanglot tout en essuyant d'un revers de main les larmes qui s'échappaient du coin de ses yeux. « Vous savez, quand ils l'ont trouvée, elle n'avait plus de chaussures. C'est pour ça que ses pieds ont été si blessés. Mais comment une chose pareille a-t-elle pu se produire ? La police a fouillé toute la zone proche de l'endroit où elle a été retrouvée hier, mais ils n'ont pas réussi à mettre la main sur ses chaussures. Ses pieds ont dû la faire tellement souffrir ; ils sont en lambeaux. » Elle laissa doucement retomber sa tête sur la cuisse de sa fille. « Oh, Abbie chérie, je te demande pardon. Pardon de ne pas avoir été capable de mieux prendre soin de toi. »

* * *

Ellie s'était montrée bien taciturne depuis qu'elle était rentrée dans la voiture. Elle paraissait perdue dans ses pensées et, à part pour dire que l'état d'Abbie ne s'était pas amélioré, elle n'avait pas ouvert la bouche du trajet. Mais au moment où elles arrivèrent au John Lewis – le paradis du shopping, d'après Ellie –, Leo fut soulagée de constater qu'elle semblait s'être un peu remise de ses émotions. Son visage paraissait moins crispé et elle arborait une mine légèrement plus enjouée.

Le magasin ouvrant un peu plus tard le dimanche, elles durent attendre quelques minutes. Ellie prit son téléphone pour y taper un message. Présumant qu'elle écrivait à Max, Leo espéra qu'elle ne cherchait pas à mettre de l'huile sur le feu.

« Qu'est-ce que tu fais, Ellie ?

— J'envoie un message à Georgia. J'ai l'impression qu'elle est fâchée contre moi, je ne sais pas pourquoi, mais j'espère qu'il ne s'agit que d'un malentendu, répondit-elle en continuant de taper avec ses pouces. Je la joue décontractée, comme si rien ne s'était passé. J'ai écrit : "Max me prend la tête. Suis à John Lewis. Envisage d'acheter des tas de trucs. Espère te voir bientôt." Mais bref, allons-y, les portes sont ouvertes. Voyons ce qu'on peut trouver pour dépenser de l'argent et énerver Max encore un peu plus. »

Leo, qui n'était pas très shopping, n'avait accepté de venir que pour faire plaisir à sa sœur. Elle ne se voyait pas acheter des vêtements dans un magasin de ce genre et elle ne s'intéressait pas aux accessoires de cuisine (la dernière lubie d'Ellie). Après avoir écouté sa sœur vanter les mérites d'une batterie de casseroles pendant dix minutes, elle décida de fuir vers les comptoirs de parfums et de cosmétiques, histoire de tuer le temps en essayant quelques nouveautés. Ce n'était pas son passe-temps favori, mais cela lui semblait tout de même infiniment plus agréable que de comparer des casseroles.

Trois quarts d'heure plus tard, elle retourna au rez-de-chaussée. Elle n'avait trouvé rien d'autre à acheter qu'un nouveau rouge à lèvres rouge vif, mais elle pensait qu'à l'heure qu'il était, Ellie devait avoir terminé ses nombreux achats.

Sa sœur, cependant, n'était pas où elle avait espéré la trouver. Le magasin était désormais bondé, mais aucune trace d'Ellie. *Et merde*, se dit Leo. *Je vais aller jeter un œil au sous-sol et, si elle n'y est pas, je sortirai prendre un café.* Du haut de l'escalator, elle balaya la foule du regard. Et elle finit par la trouver, au rayon jardin, en train d'observer des fleurs artificielles. Mais au même moment, du coin de l'œil, elle aperçut une silhouette qui, fendant la foule, semblait avancer vers sa sœur d'un pas déterminé. Tout ce que Leo pouvait voir de cet homme, de l'endroit où elle se trouvait, était le haut de son chapeau. On aurait dit un chapeau de brousse australien, accessoire qu'elle avait toujours trouvé sexy quand il était bien porté. L'homme continuait de se diriger droit sur Ellie, mais au moment où il arriva près d'elle, celle-ci leva les yeux et, apercevant Leo, lui fit un signe de la main. Entre-temps, l'homme avait bifurqué vers la droite, où se trouvait le rayon papeterie. Leo haussa les épaules : elle avait dû se tromper.

En arrivant en bas de l'escalator, elle remarqua qu'Ellie tenait à la main un bouquet de freesias artificiels.

« Qu'est-ce que tu veux faire de ça ? Tu as un jardin plein de fleurs. »

Ellie lui agita le bouquet sous le nez.

« Je me demandais juste *comment* on pouvait acheter des fleurs artificielles, alors que les fleurs fraîches sont si belles. Regarde, elles ne sentent rien. Tu ne crois pas qu'aujourd'hui, avec tous ces parfums d'ambiance chimiques, ils pourraient faire quelque chose pour les fleurs artificielles ? Enfin, je flânais un peu, en t'attendant. »

Ellie reposa les freesias dans un immense vase, rempli de toutes sortes de fleurs, de la rose à la tulipe, en passant par le narcisse.

« En m'attendant ? s'exclama Leo. Tu rigoles ? J'ai cru que tu allais rester des heures sur tes casseroles. Et tu n'as encore rien acheté !

— Ça, c'est ce que tu crois, répondit Ellie en riant. Tous mes achats sont partis au point de retrait, pour qu'on puisse les charger directement dans la voiture, quand on repartira. Mais avant cela, il faudrait que je passe au supermarché d'à côté pour acheter deux ou trois trucs. Viens, on va essayer de trouver de bonnes choses pour le déjeuner, histoire de consoler Max. J'ai décidé de ne plus lui reparler de ce problème de voiture. Ça ne vaut pas le coup de se disputer pour ça. »

Ellie prit Leo par le bras et la conduisit vers l'escalator. Leo se laissa faire mais, au bout d'une seconde à peine, elle ne put s'empêcher de dégager doucement son bras de celui de sa sœur. Ellie lui jeta un coup d'œil en biais, mais ne fit pas de commentaire.

Les courses alimentaires durèrent un peu plus qu'elles ne l'avaient pensé et, cette fois-ci, contre toute attente, Leo ne trouva pas le temps long. Ellie avait un véritable don pour tout faire paraître savoureux et alléchant. Des crevettes sur un étal ? Leo n'y voyait qu'un tas de petites choses grises à l'aspect visqueux. Mais il suffisait que sa sœur se mette à en parler pour qu'elle se les imagine telles qu'elle devait les voir : roses, rebondies et appétissantes.

Au bout d'un certain temps, Ellie regarda sa montre.

174

« Je crois qu'on va devoir s'organiser un peu, Leo. Le mieux, ce serait que j'aille au point de retrait, et que, pendant ce temps, tu charges les sacs de courses dans la voiture. Tu n'aurais plus qu'à venir me rejoindre. »

Tout étonnée, Leo dévisagea sa sœur.

« Tu veux dire que tu me laisses conduire ta voiture ? Mais en quel honneur ? À en croire Max, il s'agit là d'un truc parfaitement inimaginable.

— Max ? Ce n'est pas pareil, répondit Ellie en gloussant. C'est vrai que je ne la lui prête pas. Ça fait partie de mon plan pour le convaincre de s'en acheter une nouvelle. Allez, mais bien sûr que tu peux la conduire. Et Max aussi, d'ailleurs. »

Ellie lança les clefs à Leo et retourna vers le grand magasin.

Leo poussa le chariot jusqu'au parking. Elle n'avait qu'une vague idée de l'endroit où la Mercedes de sa sœur était garée, mais, par chance, elle tomba directement dessus. Elle se hâta d'ouvrir le coffre pour y charger les courses. Et une fois le chariot rangé, elle alla s'installer sur le siège conducteur. Mais, à ce moment-là, un détail retint son attention, et elle s'immobilisa. Il y avait quelque chose sur le pare-brise.

Étrange, songea-t-elle. Pourquoi quelqu'un aurait-il déposé une fleur artificielle ici ? Un peu perplexe, elle ressortit pour aller la chercher puis la jeta sur le siège passager. N'y pensant plus, elle prit ensuite quelques instants pour s'installer et se familiariser avec les commandes, avant de mettre le contact et d'avancer lentement jusqu'au point de retrait, où Ellie l'attendait, de grands sacs en papier dans les bras. Dès qu'elle la vit, Leo se gara sur l'emplacement réservé et s'empressa de sortir de la voiture pour l'aider. Mais quand tout fut rangé dans le coffre, Ellie lui dit quelque chose qui l'étonna beaucoup :

« C'est toi qui conduis. Allez, juste pour prouver que je ne fais pas ma diva avec ma voiture. »

Haussant les épaules, Leo retourna du côté conducteur. Mais alors qu'elle s'était installée depuis un moment et qu'elle ajustait le rétroviseur, elle se rendit soudain compte que sa sœur n'était pas encore montée. Surprise, elle tourna la tête. Ellie, debout devant la porte passager, tenait à la main la rose jaune artificielle et la regardait d'un œil morne.

« Qu'est-ce que ce truc fait là ? demanda-t-elle à Leo, d'une voix légèrement tremblante.

— Ah oui ! J'avais oublié. C'est bizarre, elle était sur le pare-brise quand je suis arrivée à la voiture. Ce ne serait pas une de celles qui accompagnaient les freesias ? »

Ellie ne répondit pas. Elle marcha jusqu'à la poubelle la plus proche, où elle jeta la rose. Quand elle rentra dans la voiture, elle ne prononça pas un mot. Sa bonne humeur semblait s'être évaporée.

19

Pat avait dit à Mimi qu'il devait se rendre chez les parents d'Abbie, ce qui était la pure vérité. Mais il n'y était pas resté très longtemps. À peine une demi-heure. Kath Campbell se trouvait à l'hôpital et son mari, Brian, n'était pas en état de recevoir. Brian avait tout de même trouvé la force de lui demander s'il lui serait possible d'aider la police à interroger les « petites pestes » qui accompagnaient Abbie le vendredi soir, pour voir si elles ne cachaient pas quelque chose. Mais le pauvre homme avait ensuite abandonné tout effort de sociabilité. Il s'était mis à pleurer ouvertement, et Pat avait eu bien du mal à trouver des mots pour le consoler.

Il n'avait jamais été doué pour ce genre de choses ; il avait tendance à s'émouvoir très facilement. Par conséquent, il avait ressenti le besoin de partager ses sentiments avec quelqu'un. Sa première pensée était allée vers Georgia. Georgia. C'était toujours Georgia. Mais dans quel pétrin s'était-il fourré ?

Il finit par se décider à aller faire un petit tour en voiture dans la campagne. Il avait besoin de temps pour réfléchir, et d'espace, loin de Mimi. Il savait que, d'une façon ou d'une autre, il allait devoir régler ses problèmes. Mais Mimi portait désormais son enfant, et ce bébé ne devait pas pâtir des erreurs qu'il avait pu commettre ; rien de tout cela n'était sa faute.

Sa voiture semblant animée d'une vie propre, au bout d'à peine un quart d'heure, il se retrouva devant sa maison. Sa vraie maison. La voiture de Georgia était garée dans l'allée. Sans prendre le temps de réfléchir, il entra dans le jardin. Et, ce faisant, il se souvint du coup de foudre qu'ils avaient eu pour cette villa, dès l'instant où ils l'avaient vue. Une grande maison de l'époque victorienne tardive, avec d'immenses baies vitrées et une belle hauteur sous plafond. À l'arrière, on avait une vue magnifique sur la campagne du Cheshire et sur les collines au-delà.

Jugeant préférable de ne pas utiliser ses clefs, il frappa à la porte. Son anxiété était justifiée. Quand Georgia lui ouvrit, elle semblait folle de rage. Elle pointa l'index dans sa direction comme elle aurait pu planter un couteau dans sa poitrine.

« Je vous trouve bien insolent, Patrick Keever. Enfin, après ce qui vient de se passer, comment peux-tu avoir le culot de te pointer ici ? »

Pat resta quelques instants à dévisager sa femme. Comme elle était belle ! Ses cheveux blonds ébouriffés reflétaient la lumière du soleil, et ses immenses yeux bruns brillaient de colère. Grande et mince, elle était conforme à l'idée qu'il se faisait de la perfection. Mais il ne comprenait pas. Qu'avait-il bien pu faire ? Enfin… dans les deux ou trois derniers jours ?

« Je ne sais pas de quoi tu parles, Georgia ! Je peux entrer ou tu préfères qu'on se dispute sur le perron ?

— Viens dans le hall ; je pourrai fermer la porte. Mais je te préviens que tu n'iras pas plus loin. »

Il commença à se diriger vers la cuisine. Cependant, Georgia, les bras croisés, lui barra la route.

« Mais qu'est-ce que j'ai encore fait, bon sang ? J'ai passé une matinée de merde. Je ne suis pas venu ici pour être humilié ; je suis venu chercher un peu de compassion ! » Il regretta aussitôt ses propos : même à ses propres oreilles, ils semblaient presque pathétiques.

« De la compassion ? Mais comment voudrais-tu que j'en aie pour toi ? D'abord, tu m'envoies un texto pour m'informer maladroitement que tu vas devenir papa. Ensuite, je te téléphone pour te demander des explications, et tu rejettes mes appels. Non pas une fois, mais trois fois. Et pour couronner le tout, j'ai reçu un message d'Ellie, hier soir, qui me disait à quel point Max et elle étaient heureux pour toi parce que, je cite, "Mimi est un petit trésor". »

Les mains de Georgia reposaient fermement sur ses hanches. Elle était l'incarnation même de la colère et du ressentiment. Patrick était complètement abasourdi.

« Je ne t'ai jamais envoyé de texto. Mais pourquoi est-ce que j'aurais fait ça ? Je ne savais pas comment te prévenir pour le bébé. Et de toute façon, je comptais attendre un peu, histoire d'être sûr qu'il ne s'agit pas d'une fausse alerte.

— C'est tout toi, ça : essayer d'éviter le problème en espérant qu'il se résoudra tout seul, sans intervention de ta part. Ça ne marche pas comme ça, Pat. Mais je constate néanmoins qu'il ne t'a pas fallu beaucoup de temps, hein ? Mon Dieu… Il a suffi que je dise que je n'étais pas prête à avoir des enfants maintenant pour que tu ailles en faire avec une autre. Tu es vraiment incroyable. Et une fois de plus, je suis informée de tes conneries par texto. Je te rappelle que c'est déjà

179

comme ça que j'ai eu le plaisir d'apprendre que tu m'avais trompée. Mais toi, tu trouves que ça ne suffit pas, tu en remets une couche : encore un petit mot pour me dire que tu seras bientôt un heureux papa.

— Georgia, on en a déjà discuté. Je ne sais pas qui t'a dit pour Mimi et moi. Personne n'était au courant. Même pas Max ! Et jamais je ne t'aurais parlé du bébé de cette façon. Allons, tu le sais.

— Eh bien, la seule explication que je vois, c'est que ta pouffiasse a dû prendre ton téléphone pour m'envoyer ces messages. Parce que ce qui est sûr, c'est que ça venait de ton numéro. »

Pat était stupéfait. Il avait surpris Mimi avec son téléphone quelques jours plus tôt. Elle lui avait expliqué qu'elle regardait les prévisions météo (elle n'avait pas de smartphone). Mais depuis lors, il avait changé son mot de passe et elle ne pourrait jamais, jamais deviner le nouveau.

« Quand m'as-tu appelé, exactement ? Parce que je n'aurais jamais rejeté un appel de ta part. Tu le sais, ou du moins, tu devrais le savoir.

— Je t'ai appelé trois fois, entre 10 heures et 11 heures ce matin. »

Pat, de plus en plus perdu, se sentit soudain pris de panique. Il ne voulait pas ajouter quoi que ce soit d'autre qui puisse énerver sa femme.

« Je te promets que je n'ai jamais reçu aucun de ces appels. Et si tu as reçu un texto, il ne venait pas de moi, sois-en certaine. »

Georgia traversa le hall comme une furie. Il fit mine de la suivre mais, se tournant légèrement sur le côté, elle leva la main devant elle. Le message était clair : il devait rester là où il était. Elle revint quelques secondes plus tard, son téléphone à la main.

« Explique-moi un peu ça, puisque tu es si intelligent, dit-elle en lui agitant l'appareil sous le nez. Voilà le texto. Et regarde : oh, surprise, il a été envoyé de ton numéro. »

Pat observa l'écran, complètement sidéré. Elle avait raison.

Mais avant qu'ils n'aient eu le temps de creuser davantage la question, un autre téléphone se mit à sonner. Le sien. Mimi. Comme par hasard. Parfois, on aurait dit qu'elle avait un sixième sens.

« Qu'est-ce qu'il y a, Mimi ? dit-il en décrochant

— Excuse-moi, Patrick, je te dérange, répondit-elle d'une voix douce. Tu es toujours avec les parents de cette fille ? Écoute, ce serait vraiment super si tu pouvais rentrer. J'ai perdu un peu de sang et je ne suis pas très bien, j'ai peur. »

Pat laissa sa tête retomber contre le mur et ferma les yeux.

« OK. J'allais partir de chez Abbie, de toute façon. J'arrive. »

Il raccrocha et se tourna vers sa femme. « Georgia…

— Dégage, Pat. Je ne t'appellerai plus, ce qui t'épargnera de réfléchir à de nouveaux moyens de rejeter mes appels. Et je tenais aussi à te dire que j'étais ravie de constater que tu ne comprenais toujours pas le sens du mot "honnêteté". Contente de savoir que je ne suis pas la seule femme à qui tu mens. »

Elle le quitta sans se donner la peine de le raccompagner.

20

Le silence qui régnait dans la voiture était désagréable et Ellie savait que, si elle ne le rompait pas bientôt, Leo allait se remettre à la questionner. Où s'était-elle rendue durant la nuit de vendredi à samedi? Pourquoi avait-elle éteint son portable sans répondre à son correspondant? Pourquoi était-elle d'humeur si morose depuis qu'elle était rentrée dans la voiture? Autant de questions auxquelles elle ne pouvait apporter de réponses honnêtes. La seule chose à laquelle elle arrivait à penser, c'était qu'*il* était là. Qu'*il* l'avait suivie ce matin et lui avait laissé cette rose pour qu'elle sache qu'il l'avait observée. On aurait dit qu'il espionnait ses moindres faits et gestes; elle se sentait violée dans son intimité.

Et puis, il y avait Max. Se pouvait-il vraiment qu'il ait une aventure? Qu'il leur fasse ça, à eux? Elle pensait le connaître mieux que quiconque, mais au cours des quelques mois passés, elle avait remarqué chez lui un subtil changement. C'était d'ailleurs pour cette raison qu'elle avait réservé ce petit séjour. Allait-il venir ou chercherait-il à annuler? Et que devait-elle déduire du fait qu'il lui avait menti? Pourquoi aurait-il cherché à dissimuler la vérité s'il n'avait rien à cacher? De toute façon, il n'avait jamais su mentir. Et utiliser Pat comme couverture n'était pas la meilleure idée qu'il ait eue. Comment avait-il pu croire qu'elle ne s'apercevrait de rien ?

Elle sentait bien que Leo lui jetait des coups d'œil inquiets toutes les deux ou trois secondes. Il fallait qu'elle trouve un sujet de conversation, vite, avant que l'interrogatoire ne commence. Il fallait… Mais il était déjà trop tard.

« Ellie, est-ce que tout va bien ? En fait, j'ai l'impression que les choses ne sont pas tout à fait normales pour toi, en ce moment, et que ma présence ici ne fait rien pour les arranger…

— Comment ? » Elle allait devoir la jouer très fine. « Mais naturellement que tout va bien. Nous avons été un peu survoltés avec la maison et tout le reste, mais c'est terminé, maintenant. Nous allons finir par trouver nos marques. Et par ailleurs, nous sommes absolument ravis de t'avoir ici avec nous.

— C'est juste qu'il y avait un ou deux trucs…

— En parlant d'un ou deux trucs, je voulais revenir sur ce que Mimi a dit, hier soir, comme quoi tu n'aurais pas touché un sou de l'argent de la vieille sorcière. J'espère que tu sais que j'étais vraiment sincère quand je t'en ai proposé la moitié. Quoi qu'il en soit, si tu changes d'avis, n'hésite surtout pas à me le dire. Honnêtement, il y a bien assez d'argent pour nous deux. »

Leo se mit à rire, et Ellie se sentit soulagée d'avoir réussi à éloigner sa sœur de la pente savonneuse qu'elle s'apprêtait à emprunter.

183

«Je n'ai jamais considéré ça comme un problème, tu sais? C'était ta mère, pas la mienne. C'est normal qu'elle t'ait laissé cet argent.

— Oui, répondit Ellie, en priant pour que sa sœur ralentisse un peu, afin qu'elles puissent conclure cette conversation avant d'arriver à la maison (elle ne voulait surtout pas que Max vienne y mettre son grain de sel). Mais cet argent devait sûrement provenir de notre père. Au moins en bonne partie. »

Leo se tourna vers elle. «Est-ce censé rendre la chose plus attrayante? dit-elle d'un ton méprisant.

— Oh, Leo! Tu es vraiment têtue comme une mule. Tu l'aimais, avant. »

Leo recentra son attention sur la route.

«Je l'aimais quand j'étais toute petite. Mais c'était avant de découvrir qu'il avait un autre enfant qui vivait à 50 kilomètres de chez nous et que, durant toute ma courte vie, il avait trompé ma mère.

— C'est mon avis, je ne sais pas ce qu'il vaut, mais je pense que tu l'as mal compris. Il a commis des erreurs. Comme tout le monde. Ne sois pas si dure avec lui, Leo. Sa plus grande erreur, d'ailleurs, a sans doute été d'épouser ma saleté de mère. Tu ne peux pas savoir comme je t'enviais quand j'étais petite. »

Leo se tourna brusquement vers elle, l'air sincèrement surpris.

«Tu m'enviais, moi? Mais pourquoi? J'ai perdu ma mère et je me suis retrouvée à vivre avec la vieille sorcière. Je ne vois pas ce qu'il y a d'enviable là-dedans. »

Ellie sentit le poids de la tristesse s'abattre sur ses épaules tandis qu'elle repensait à son enfance et celle de Leo.

« Je t'enviais d'avoir eu une mère qui t'aimait. Tu avais beau l'avoir perdue, tu savais ce que c'était que d'être aimée. »

Le visage de Leo se transforma à mesure qu'elle sembla prendre conscience du bien-fondé de ces propos. « Oh, Ellie, excuse-moi. Je n'ai jamais su que tu pensais ça. Je suis certaine que ta mère t'aimait, à sa façon.

— Mais quelle façon, hein ? répondit dédaigneusement Ellie. En contrôlant tous mes faits et gestes, en ne me manifestant aucun signe d'affection, en me mentant ? Elle a peut-être fait de toi son esclave, mais tout ce qu'elle me faisait faire à moi – le piano, le travail scolaire assidu, les cours particuliers –, elle le faisait uniquement pour montrer que sa fille à elle était meilleure que le vilain petit canard. Ça n'avait rien à voir avec de l'amour. En revanche, j'ai toujours eu l'impression que papa m'aimait. Je sais qu'il n'était pas là bien souvent, mais quand il était présent, il était gentil avec moi. Je crois qu'il l'empêchait d'aller trop loin. Enfin, je me sentais heureuse quand il était à la maison. »

Comme Leo ne disait rien, Ellie comprit qu'elle n'était pas convaincue.

« Je suis sûre qu'il t'aurait manifesté de l'affection si tu l'avais laissé faire. Mais tu sais bien que ce n'était pas le cas : tu ne voulais même pas lui parler.

— Je pensais que, en tant que maman, tu te montrerais plus fine que ça. On ne donne pas son amour à un enfant à la condition qu'il nous le rende. Il voulait qu'on lui retourne chaque marque d'affection qu'il dispensait. Ça marchait avec toi, mais comme j'étais plus dure à cuire, il devait se dire que, de mon côté, le jeu n'en valait pas la chandelle.

— Tu ne devrais pas penser comme ça. Et c'est une des raisons pour lesquelles j'espère toujours que nous finirons par le retrouver. Malgré tout le temps qui s'est écoulé. Je sais qu'elle a fait une déclaration de décès présumé, mais cela signifie simplement qu'elle n'a pas réussi à le retrouver. Et pourquoi ? Eh bien, si tu veux mon avis, parce qu'il ne voulait pas qu'elle le retrouve. Ce n'est pas nous qu'il a fuies ; c'est elle, ma mère. Maintenant qu'elle est morte, il peut revenir sans crainte. Et qui sait ? Tu finiras peut-être par le voir tel qu'il est réellement. »

Au silence absolu qui lui était renvoyé, Ellie comprit que la bataille qu'elle avait tenté de mener était perdue d'avance. Elle voyait son père comme un sauveur, la seule personne qui parvenait à maîtriser les excès de sa mère et la seule personne, jusqu'à Max, à lui avoir montré un peu d'affection. Mais Leo, pour sa part, ne voyait en lui que l'homme qui avait détruit sa vie en l'obligeant à vivre avec une marâtre qui n'éprouvait pour elle que haine et mépris.

* * *

Quand elle mit son clignotant pour passer le portail de la Ferme du Saule, Leo se sentit un peu soulagée. Jamais elle n'aurait imaginé qu'elle serait un jour contente de voir cette maison, mais elle n'était pas disposée à écouter Ellie vanter les qualités de leur père. Elle aurait voulu évoquer son obsession pour l'idée de son retour soudain dans leur vie, mais elles n'avaient pas eu suffisamment de temps. Elles étaient trop proches de la maison quand la conversation avait débuté. Une fois dans la cour, elle gara la voiture et coupa le moteur.

Par les vitres ouvertes pour laisser entrer la brise, Leo pouvait entendre des cris et des rires émanant du jardin attenant à la maison, et elle pouvait voir Max jouer avec les enfants. Constatant qu'ils avaient l'air de beaucoup s'amuser, elle se tourna vers sa sœur, un sourire aux lèvres.

« Viens, Ellie. Dépêchons-nous de décharger la voiture pour aller les rejoindre. On dirait qu'ils jouent à un genre de croquet. »

Ellie, occupée à regarder avec amour sa petite famille folâtrer dans l'herbe, mit un moment à lui répondre. Mais tout à coup, un grand sourire aux lèvres, elle sembla s'extirper de ses pensées.

« Oui, bonne idée. »

Au moment où elles sortaient, Max s'approcha en sautillant de la voiture comme un petit chiot impatient. Il avait toujours l'air tellement ravi de voir Ellie. Leo le regarda passer son bras autour de la taille de sa femme et la serrer contre lui, et elle crut l'entendre chuchoter le mot « pardon ». Ellie laissa son front retomber sur son épaule puis, relevant la tête vers lui, lui adressa un sourire un peu triste.

« Pardon, murmura-t-elle à son tour.

— Bon, les filles, vous, vous allez jouer avec les jumeaux. Pendant ce temps, je décharge la voiture. Je vous apporterai un verre quand j'aurai terminé et vous me raconterez ce que vous avez acheté. »

Leo tenta de protester, mais Max les chassa en les poussant vers le jardin.

Elles traversèrent donc la pelouse pour rejoindre l'endroit où les jumeaux étaient occupés à disputer ce qui ressemblait vaguement à une partie de croquet. Max avait manifestement fabriqué des arceaux extra-larges à l'aide de fil de fer, et les petits jouaient avec une balle de tennis et ce qui ressemblait à un vieux balai qui aurait été raccourci, débarrassé de ses poils et taillé en forme de maillet de croquet.

Après avoir été initiées aux règles du jeu par les jumeaux et battues pas moins de deux fois par un Jake rayonnant, les deux sœurs finirent par s'asseoir sur un banc du jardin, juste au moment où Max réapparaissait, portant sur un plateau deux cappuccinos, un expresso et deux verres de jus d'orange pour Jake et Ruby.

« Ç'a été un vrai hall de gare, ici, ce matin, lança-t-il en distribuant les boissons. On a reçu des coups de fil et des visites de tous nos invités d'hier. Enfin, presque tous. »

Ellie lui jeta un regard interrogateur.

« Fiona a appelé pour nous dire à quel point la soirée avait été "fantastique". C'est très sympa de sa part, même si je doute qu'elle puisse se souvenir du moindre truc qui se soit produit après l'apéritif. Mais passons. Si j'ai bien compris, elle s'est disputée avec Charles ce matin, qui, du coup, a préféré disparaître pour aller faire un golf. »

Ellie secoua la tête. « À sa place, je ne lui aurais même pas adressé la parole. Je la connais depuis des années, et je ne l'avais jamais vue comme ça.

— Tom, lui, est passé juste après votre départ. Dieu sait ce qu'il a dû penser du petit cinéma de Fiona. » Comme s'il se l'imaginait justement très bien, il esquissa un sourire. « Il a amené sa fille. Elle s'appelle Lucy. Elle

188

m'a paru très mignonne, quoiqu'un peu timide. Vous les avez manqués d'à peine deux minutes. Sean est arrivé à peu près au même moment. Il t'a apporté un cadeau, Ellie. Il a dit qu'il avait regretté de s'être pointé à l'improviste et les mains vides hier soir. Alors il est passé à la jardinerie, ce matin. Je t'apporte le paquet. »

Il ne fallut à Max que quelques secondes pour aller chercher le cadeau, qui avait été artistiquement emballé. Sans doute pas par Sean, songea Leo. Max le tendit à Ellie, qui le plaça sur la petite table qui se trouvait à côté d'elle. Pendant ce temps, Max s'était assis en tailleur sur l'herbe, juste devant le banc où Leo se trouvait avec sa sœur.

« Eh bien, ouvre-le », dit Max avec un sourire impatient.

Ellie retira soigneusement le papier, qui laissa bientôt entrevoir une bougie parfumée. Elle la posa sur la petite table.

« C'est gentil de sa part, mais ce n'était pas vraiment nécessaire, commenta-t-elle.

— Il était déçu de t'avoir manquée. Mais il n'a pas voulu rester prendre un café. Il a dit que tu pourrais profiter de ton cadeau dans la salle de bains, quand tu te prélasseras dans un bon bain chaud. »

Ellie soupira bruyamment, comme pour signifier que les chances que cela se produise étaient minces.

Max tourna son attention vers Leo, à qui il adressa ce qui ne pouvait être décrit que comme un sourire entendu.

« Je me demande bien ce qui s'est passé entre toi et notre voisin policier, Leo. J'ai eu beau lui dire qu'Ellie était partie faire du shopping, il s'est attardé ici un bon bout de temps. J'ai eu le sentiment qu'il espérait te voir, mais au final, il a tout de même dû rentrer chez lui ; il était attendu par son ex-femme.

— Si son ex-femme est toujours dans les parages, je crois que tu peux arrêter de jouer les entremetteurs. »

Max secoua lentement la tête.

« C'est parce qu'il était avec Lucy, c'est tout. C'est l'une des joies du divorce avec enfants : on reste obligé de voir son ex.

— Ouais, bon. Mais reste en dehors de ça, Max. Je passerais bien une heure ou deux en compagnie de Tom, mais ce n'est pas après son corps que j'en ai. Et si c'était le cas, ce serait pour assouvir un besoin temporaire, pas pour me marier et avoir beaucoup d'enfants. Bref, mêle-toi de ce qui te regarde. »

Pour donner davantage de poids à ses propos, elle s'empara d'une balle de tennis et la lança sur la poitrine de Max, qui se jeta sur le dos dans la pelouse, appelant les jumeaux à son secours avec force cris et lamentations. Tatie Leo avait essayé de le tuer.

* * *

En regardant son mari et ses enfants se rouler dans l'herbe, Ellie eut l'impression que son cœur allait exploser d'amour pour eux. Max portait un short noir large et un maillot de coureur qui avait connu des jours meilleurs, et pourtant, il lui semblait extrêmement beau, bien qu'il n'eût sans doute que très moyennement apprécié ce compliment si elle s'était risquée à le formuler. Il avait le genre de peau qui prend rapidement une jolie teinte hâlée, et ses yeux marron foncé brillaient de joie devant les jumeaux. Elle n'avait qu'une envie : lui sauter dessus et se rouler dans l'herbe avec lui et les enfants. Mais l'angoisse qui la tenaillait, et qui s'était encore accentuée dans l'heure qui avait précédé, l'empêchait de le faire, et elle se rendait elle-même compte que son rire paraissait forcé.

Leo était en train de l'observer, et l'inquiétude qu'elle lisait dans ses yeux était indéniable. Pourquoi ne pas se confier à elle ? Tout lui dire : ses soucis, ses craintes, son dilemme. L'idée paraissait alléchante, mais, d'un autre côté… Combien de fois Leo avait-elle affirmé que sa relation avec Max était la seule et unique chose qui lui donnait un peu d'espoir ? Elle ne pouvait pas lui faire ça.

Les jumeaux finirent par entraîner Leo dans leur jeu, et Max exécuta le tour de magie qu'il faisait souvent pour se relever : il était allongé par terre et, la seconde d'après, grâce à un bond étrange qui ne semblait requérir aucun effort, il se tenait sur ses jambes. Il vint s'asseoir à côté d'elle et étendit son bras sur le dossier du banc. Elle laissa sa tête retomber sur son épaule.

« Merci pour tout ce que tu fais avec les enfants, Max. Ç'a toujours l'air tellement amusant… Et du coup, j'ai l'impression de manquer des choses quand je suis au travail. »

Max posa doucement sa joue contre la sienne.

« Tu nous manques aussi, mais les problèmes de personnel ne devraient pas durer plus d'une semaine, non ? Et puis, j'aime bien m'occuper d'eux. Je sais que ç'a l'air égoïste, dit comme ça, mais j'adore être au centre de leur attention. »

Ellie perçut un bref éclair de bonheur, avant que la réalité ne reprenne ses droits et qu'elle ne sente les larmes lui monter aux yeux. Max disait à qui voulait l'entendre qu'il adorait la vie qu'il menait. Il avait toujours voulu être professeur d'EPS. Il aimait son travail et passait plusieurs heures par semaine à donner des cours particuliers. Il avait un véritable don pour réagir de façon appropriée face à n'importe quel type de caractère, de la petite brute au gamin timide qui détestait le sport en général. Et il réussissait comme par magie à rassembler tous les enfants et à leur faire passer un bon moment ensemble. Mais de son point de vue à elle, l'avoir à la maison pendant toutes les vacances était un immense avantage. Ils passaient de si bons moments ensemble. Sauf quand elle était au travail, naturellement.

« J'étais un peu inquiète pour Penny, hier soir, dit-elle en espérant que sa voix ne porterait aucune trace de ce bref moment d'émotion.

— Elle a téléphoné tout à l'heure, elle avait l'air de bien aller. Gary était parti. Si j'ai bien compris, il est tombé amoureux de la Porsche, qu'il ne peut pas se payer. Et donc, contrairement à certains, sa mission du jour consiste à faire le tour des concessionnaires pour trouver ce qu'il y a de mieux après ça. Je suis désolé pour cette histoire de voiture, Ellie, je sais que je suis buté. Laisse-moi juste un peu de temps. Je t'assure que je finirai par m'habituer à tout cet argent.

Ellie crut percevoir dans ces propos sur l'avenir une petite étincelle d'espoir.

« Ce n'était pas ta faute. Allez, laisse tomber cette histoire. Il y a eu d'autres appels ? »

Max secoua la tête.

« Mimi a oublié son cardigan hier soir, dit-elle. Il faudrait qu'on fasse savoir à Pat qu'il peut venir le chercher. Tu pourrais l'appeler, tout à l'heure ?

— Ouais, pas de souci. Mais je me disais… Je crois que ça serait bien pour Pat qu'on fasse davantage d'efforts avec Mimi. Je sais que tu ne l'aimes pas, mais c'est dur pour lui, il vit un véritable enfer. »

Ellie soupira. Que pouvait-elle répondre ? Que c'était Mimi qui l'avait mise au courant pour lui et Alannah ? Non, elle ne pouvait pas faire cela. Elle ne pouvait pas lui donner l'occasion d'admettre que c'était la pure vérité.

Elle se leva, non sans avoir repris la bougie.

« Je vais préparer le déjeuner, dit-elle. Je t'appelle quand c'est prêt. »

Tout sourire, Max tourna son visage vers elle.

« Je peux t'aider ? demanda-t-il.

— Non. Reste là. Tu en as fait suffisamment pour ce matin. Je vais mettre ça quelque part… dit-elle en désignant la bougie. Dans les toilettes du rez-de-chaussée, je pense. Et ensuite, je me mets aux fourneaux. »

Après avoir adressé un sourire à Max, elle entra par la cuisine et se dirigea vers les toilettes. Mais en passant devant le téléphone, elle décida tout à coup d'appeler Penny, histoire de vérifier que tout allait bien. Elle n'arrivait jamais à se souvenir du numéro de son amie : ayant vécu à côté de chez elle pendant si longtemps, elle en avait rarement eu besoin. Elle pressa la touche « rappel du dernier numéro », en espérant que Penny ait appelé après Fiona. « Numéro masqué ».

Il fut une époque où elle aurait simplement demandé à Max qui avait appelé, en toute innocence. Mais la lame aiguisée de la suspicion avait percé sa fragile confiance, ne laissant à sa place qu'un vide douloureux. Et dire que, quelques secondes à peine auparavant, elle s'était remise à penser que tout allait bien et que ses soupçons étaient peut-être infondés.

Et à tous ces doutes venait s'ajouter le problème de vendredi soir. Le problème de l'accident. Quand elle avait entendu où et quand il s'était produit, elle avait décidé de refouler ces informations et leurs implications au plus profond de son esprit. Mais elle ne pouvait les ignorer plus longtemps. Il fallait qu'elle fasse quelque chose. La situation ne pouvait pas perdurer.

D'un pas déterminé, elle monta à l'étage et traversa la chambre pour se rendre dans la salle de bains. Ayant pris soin de laisser la porte entrouverte afin de pouvoir entendre Max ou les jumeaux arriver, si l'un d'eux décidait de venir la chercher, elle prit son téléphone et commença à composer le numéro. Ce numéro qu'elle connaissait par cœur, mais dont elle n'aurait jamais imaginé avoir à se servir de nouveau.

Le téléphone eut à peine le temps de sonner.

«Ellie, quelle bonne surprise, fit la voix qu'elle avait le moins envie d'entendre au monde.

— Je peux te parler? demanda-t-elle.

— Naturellement. Comme toujours. Comment s'est passée ta petite séance de shopping? J'espère que tu as trouvé mon cadeau. Je t'ai vue les regarder dans le magasin, alors je me suis dit que tu les trouvais jolies.» Au son de sa voix, elle sentait qu'il souriait.

«Ne refais plus jamais ça. Jamais! Et si Leo t'avait surpris en train de la déposer là? Qu'est-ce que je lui aurais dit, hein? S'il te plaît, s'il te plaît, ne rends pas les choses plus compliquées qu'elles ne le sont déjà.

— Allons, ce n'est qu'une rose. Une petite rose pour te montrer que je pense à toi. Que je te regarde. Qu'est-ce que tu portes, en ce moment? Dis-le-moi, que je puisse me représenter la scène. Tu t'es changée depuis que tu es rentrée, ou tu as toujours ce jean noir et ce T-shirt rouge?

— Tais-toi. S'il te plaît, tais-toi. Ce n'est pas pour la rose que j'appelle, ni pour toi et moi. Ce qui m'intéresse, c'est ce qui s'est passé vendredi soir. Écoute, tu as dû emprunter la route de traverse pour rentrer chez toi. Il ne peut en être autrement. Le timing coïncide, et de plus, tu étais très en colère. Tu es parti à toute vitesse. Je veux savoir si c'est toi qui as renversé cette fille. Il faut absolument que je le sache. »

Contrairement à ses habitudes, il garda le silence. Ellie attendit quelques instants. Quand, enfin, il répondit, il lui fut difficile d'interpréter le ton de sa voix, mais elle était désormais complètement dépourvue des tonalités taquines qu'il pensait à tort être irrésistibles à ses oreilles. Peut-être s'était-elle montrée trop directe? Sa voix était rauque, comme si elle avait traversé un long chemin avant de lui parvenir.

« Tu penses sincèrement que j'aurais laissé un enfant pour mort sur le bas-côté? C'est vraiment ce que tu penses de moi? Je t'assure que ça me fait mal, très mal. Évidemment que ce n'est pas moi. C'est vrai que j'ai dû la manquer de quelques minutes, mais je te jure que je ne laisserais jamais un chat blessé au bord d'une route. Alors un enfant, tu imagines? »

Elle comprit qu'il disait la vérité. Malgré tous ses défauts, malgré toutes les illusions qu'il se faisait sur elle, elle ne le voyait pas traîner de sang-froid un enfant mourant au bord d'une route. Mais ce n'était pas le seul problème.

« Excuse-moi, dit-elle. Je n'aurais jamais dû te demander ça. Mais es-tu passé devant une caméra?

Notre voisin, Tom, a dit qu'il y avait des dispositifs de vidéosurveillance à certains endroits du village, dont peut-être des caméras qui enregistrent les numéros des plaques. Tu crois que tu aurais pu passer devant l'une d'entre elles ? »

Elle l'entendit lâcher un soupir mécontent. Il avait dû nourrir de faux espoirs en voyant son nom apparaître sur l'écran de son téléphone.

« Je ne sais pas. Je n'en ai aucune idée. Je ne pensais pas à ça, sur le moment, si tu te souviens bien. Je devais être en train de ressasser la conversation que nous venions d'avoir, répondit-il sans chercher à dissimuler sa souffrance. Je sais que tu m'as menti cette nuit-là. Je sais ce que tu ressens pour moi. »

Il fallait qu'elle en vienne aux faits. Cette conversation ne menait à rien.

« Écoute, j'ai besoin de savoir ce que tu vas dire si par malheur tu t'es fait repérer et que les flics demandent à t'interroger. Je n'ai pris que des petites routes, des routes sur lesquelles il n'y a pas de caméra. Mais toi, qu'est-ce que tu vas dire si les flics viennent te voir ? Hein, qu'est-ce que tu vas leur raconter ?

— Aux flics ? La vérité, bien sûr. D'ailleurs, tu sais aussi bien que moi que je ferais mieux de me rendre tout de suite au commissariat pour dire que j'étais dehors cette nuit-là. Avouer où j'étais, sans attendre d'être interrogé. » Sa voix était devenue grave. Elle savait qu'il avait raison, mais elle ne pouvait pas le supporter.

« Non ! S'il te plaît, s'il te plaît, ne fais pas ça. Ça n'aidera pas Abbie. Si ce n'est pas toi et que tu n'as rien vu du tout, quel intérêt ? Comment vais-je l'expliquer à Max ? S'il te plaît, si tu te soucies autant de moi que tu le prétends, ne fais pas ça, je t'en prie. »

Quand il répondit, le ton de sa voix était pensif et réfléchi, et Ellie comprit immédiatement ce qu'il allait lui dire.

« Si j'en parle à la police et qu'ils viennent ensuite t'interroger, tu seras obligée de le dire à Max, n'est-ce pas ? Or, nous savons tous deux qu'il ne te le pardonnera jamais. Par conséquent, si j'avoue que je t'ai vue, tu seras libre. C'est-à-dire à ma disposition. Alors, dis-moi, Ellie… pourquoi ne le ferais-je pas ? »

Ce fut à ce moment-là qu'Ellie vit la porte de la chambre s'ouvrir. Paniquée, elle s'empressa de raccrocher et de fermer la porte de la salle de bains.

« Ellie ? fit la voix de Max. Tu es là ? Tout va bien ? Tu m'as dit que tu allais faire à manger et tu as disparu. »

Elle prit une profonde inspiration et fit de son mieux pour dissimuler sa nervosité.

« J'arrive dans une minute, Max. Désolée… je voulais me rafraîchir un peu, après le trajet en voiture. »

Saloperie d'accident, songea-t-elle. Saloperie !

Elle savait que c'était très mal de penser cela et que sa souffrance n'était rien comparée à celle de la famille d'Abbie, mais si elle ne se montrait pas plus prudente, tout son monde risquait de s'écrouler autour d'elle, avec pertes et fracas.

Pour donner davantage de crédibilité à ses propos, elle tourna le robinet d'eau froide et tira la chasse d'eau, puis elle ouvrit l'armoire de toilette afin d'y cacher son téléphone. Sans cela, elle aurait du mal à expliquer pourquoi elle l'avait pris avec elle dans la salle de bains.

Mais devant le contenu de la petite armoire, elle s'immobilisa. Complètement pétrifiée, elle dut rester une bonne minute à regarder droit devant elle.

Qu'est-ce qui n'allait pas ?

Rien n'avait l'air de manquer, mais on aurait dit que tout avait été légèrement déplacé. Max n'ouvrait jamais cette armoire ; toutes ses affaires se trouvaient sur l'étagère. Quant à elle, elle s'en servait principalement pour ranger les médicaments, les antiseptiques et tous les produits féminins plus intimes.

À bout de nerfs, elle se précipita dans la chambre et se mit à ouvrir frénétiquement les tiroirs.

Mais elle savait déjà ce qu'elle allait trouver.

* * *

Les jumeaux étant occupés à jouer gaiement dans la cuisine, Leo décida d'en profiter pour aller prendre son ordinateur dans sa chambre afin de mettre à jour son blog. Max était parti chercher Ellie, et elle ne savait pas si elle pouvait ou non laisser les enfants seuls, mais elle était certaine qu'il ne pourrait rien leur arriver en l'espace de deux minutes. S'étant empressée de débrancher l'ordinateur de la prise où elle l'avait mis à charger, elle redescendit l'escalier quatre à quatre.

Zut, songea-t-elle. Le clapet était complètement fermé. Elle devait avoir appuyé dessus par mégarde en prenant l'ordinateur. Elle le laissait toujours ouvert d'environ un millimètre pour que l'écran se mette en veille sans que les gonds se referment complètement. L'un d'entre eux s'était cassé deux semaines plus tôt, et elle n'avait pas eu le temps de le réparer. Il allait donc falloir qu'elle farfouille un peu dans la maison pour trouver un trombone ou un autre objet susceptible d'être plié pour faire levier. Voilà ce qui arrive quand on est pressé…

Une fois de retour dans la cuisine, elle eut l'idée d'ouvrir le tiroir à ustensiles, où elle trouva un vieux tire-bouchon. *Je devrais pouvoir m'en sortir avec ça*, songea-t-elle. Après avoir tâtonné un peu, elle parvint enfin à ouvrir le clapet. L'écran s'alluma. Tout en se jurant de faire rapidement réparer le gond, Leo décida de prendre quelques notes pour son prochain article. La conversation qu'elle avait eue avec Ellie ce jour-là l'avait amenée à réfléchir à la facilité avec laquelle deux personnes très proches l'une de l'autre pouvaient se mettre à avancer dans des directions totalement opposées, parfois sans même s'en rendre compte.

Elle ouvrit sa bibliothèque de documents et s'immobilisa. Elle n'avait pas utilisé son ordinateur depuis la veille, et pourtant, trois fichiers avaient été ouverts. L'historique affichait la date du jour. Sur les trois, deux n'étaient que des articles pour son blog (les dossiers de ses clients étaient tous protégés par des mots de passe, Dieu merci), mais le troisième était le fichier concernant son père.

Elle releva la tête au moment où Max entrait dans la cuisine.

« Ellie va descendre dans une minute pour préparer le déjeuner. Ça te dirait un verre de vin ? Je vais m'occuper de laver la salade pour qu'Ellie n'ait plus qu'à faire les trucs sympas.

— Pas de vin, merci. En revanche, je n'aurais rien contre un verre d'eau. » Elle s'interrompit quelques instants. « Tu as utilisé mon ordinateur, ce matin ? Ce n'est pas un problème, bien sûr, je me posais juste la question. »

Max prit une bouteille d'eau pétillante sur le frigo.

« Non. Pourquoi est-ce que je serais allé faire ça, alors qu'on a un super iMac 27 pouces dans le bureau ? Mais dis donc, pourquoi est-ce que tu me demandes ça ? Tu as beaucoup de petits secrets, là-dedans ? » Il remua les sourcils de façon suggestive, avant de se retourner vers le plan de travail.

Leo décida de ne rien dire. Peut-être était-ce Ellie, après tout, même si elle ne voyait pas bien à quel moment elle aurait eu l'occasion de le faire.

Max était en train de sortir du réfrigérateur des sachets de salade et de tomates quand Ellie entra dans la cuisine, l'air plus tourmenté que jamais.

« Max, est-ce que tu es sorti, ce matin, avec les jumeaux ? demanda-t-elle d'une voix légèrement essoufflée.

— Mais qu'est-ce que c'est que cet interrogatoire ? répondit Max en riant et en secouant la tête. Qu'est-ce qui vous arrive, à toutes les deux, aujourd'hui ? Oui, j'ai emmené les jumeaux au square. On est restés environ trois quarts d'heure. Pourquoi ?

— Tu as fermé la maison ? Je veux dire, correctement ? »

Max commençait apparemment à se rendre compte qu'Ellie était réellement paniquée.

« Oui, naturellement. Je sais bien que je ne le faisais pas dans notre ancienne maison, parce qu'il n'y avait rien à piquer, mais maintenant, je suis toujours très prudent. Pourquoi est-ce que tu me demandes ça ?

— Parce que pendant que nous étions tous sortis, quelqu'un est entré dans notre maison. »

21

UN PREMIER PAS : LE BLOG DE LEO HARRIS

La comédie humaine

Définition de « comédie » : Au fig., *simulacre absurde visant à créer une apparence plaisante ou respectable.*

Définition d'« absurde » : *Extrêmement déraisonnable, illogique, ridicule ou inapproprié.*

Dans quelle mesure prétendez-vous être quelque chose ou quelqu'un que vous n'êtes pas ? Jouez-vous la comédie ? Vous rendez-vous compte du caractère ridicule ou inapproprié de vos actions ?

Dans notre environnement professionnel, et même parfois dans notre cercle d'amis, de grandes mises en scène se jouent devant nos yeux : des gens qui prétendent être heureux alors qu'ils sont accablés par le chagrin, des gens qui prétendent s'apprécier alors qu'ils n'éprouvent que mépris l'un pour l'autre. Dans certains cas, il peut s'agir de comportements d'autoprotection, mus par une volonté de dissimuler sa souffrance aux yeux des autres.

Mais au sein des relations de couple, le simulacre est à la fois déraisonnable et illogique. Admettez être la personne que vous êtes réellement. Ne rentrez jamais dans le jeu dangereux de la comédie humaine.

« Plus le caractère d'un homme lui est personnel, mieux il lui est adapté », Cicéron.

Une main surgit et l'écran s'obscurcit. Cette petite imbécile de Leo. Que savait-elle de la vie?

Rien de plus facile que d'effacer des mots. Mais comment effacer le sentiment de rage qu'ils avaient provoqué? Les secrets sont parfois nécessaires dans un couple, certaines choses étant difficiles à expliquer ou à comprendre. Et par conséquent, on est parfois obligé de jouer un rôle. C'est-à-dire de prétendre être quelqu'un que l'on n'est pas. Ce n'est tout de même pas si difficile à comprendre.

Regardez ce qui se passe quand la vérité éclate au grand jour, quand les gens se montrent tels qu'ils sont réellement. Ils se retrouvent blessés. L'honnêteté est rarement la réponse la plus appropriée. Le mensonge est souvent plus sûr.

Peut-être aurait-il mieux valu qu'Abbie ne connaisse jamais la vérité? Elle serait restée dans l'ignorance et n'aurait jamais rien soupçonné.

Je n'ai réussi à la toucher qu'une fois. J'ai caressé ses cheveux et essayé de l'embrasser. Je lui ai pris les mains et lui ai dit ce que je voulais. Je lui ai dit que nous pouvions devenir proches. Il lui aurait suffi de garder notre secret, et je l'aurais laissée partir. Mais elle s'est mise à hurler et à pleurer comme si j'étais un monstre. Elle a préféré me rejeter comme si je n'étais rien pour elle. Et même moins que rien! Après tout ce que j'avais fait pour me rapprocher d'elle! Néanmoins, je connaissais un moyen de l'arrêter. Je savais comment l'effrayer au point de la réduire au silence.

Mais elle s'est sauvée.

Et puis il y a eu l'accident.

J'ai cru qu'elle était morte, mais ce n'était pas ma faute. Elle n'aurait pas dû me rejeter. Elle n'aurait pas dû s'enfuir.

Mais il ne servait à rien de penser à ce qui aurait pu se passer. Il y avait des choses plus urgentes à régler. Les preuves de la présence d'Abbie dans cette maison, c'est-à-dire ses chaussures et son téléphone, devaient disparaître. Rapidement.

Les jolies ballerines bleu pâle furent sorties du sac plastique dans lequel elles avaient été placées avant d'être recouvertes d'une pile de journaux destinés au recyclage. Le téléphone rose fuchsia avait été placé dans l'une d'entre elles. Quant à sa carte SIM, elle était dans le jardin, enfouie dans un pot rempli de terre. Personne n'irait regarder là-bas. Mais le reste allait nécessiter un peu plus de réflexion.

Le lendemain était le jour de la collecte des ordures. Voilà où tout cela pourrait aller. *Mais pas dans notre poubelle.* De nombreuses personnes mettent leurs ordures dehors la veille du jour de la collecte. Un petit tour à l'autre bout du village à la nuit tombée pourrait donc certainement résoudre le problème. Mais peut-être valait-il mieux commencer par casser le téléphone en mille morceaux ?

Le premier problème était réglé. Restait à s'occuper du suivant, qui allait certainement donner davantage de fil à retordre.

Cette charogne qui l'a renversée a regardé droit dans ma direction, juste là où je me cachais dans le bois. C'est un visage que je ne pourrai jamais oublier : rendu cadavérique par la lumière des phares, avec ses yeux noirs qui bougeaient frénétiquement de gauche à droite pour s'assurer que personne n'avait vu la scène. Or, j'étais là, tout près, juste dans son champ de vision. Jusqu'à maintenant, chacun a gardé le secret de l'autre. Mais pour combien de temps ?

Abbie ne peut pas parler.

Mais la saleté qui l'a renversée sait qui je suis et ne doit surtout pas être tentée de me dénoncer.

Il fallait échafauder un plan et se faire aider par quelqu'un. Et pour cela, une femme paraissait toute désignée. Elle n'allait pas apprécier du tout, c'était certain, mais peu importait : elle n'aurait pas le choix.

22

Quatrième jour : lundi

À la grande déception de Leo, la journée du dimanche n'avait jamais retrouvé l'atmosphère paisible et harmonieuse du bref intervalle qui avait précédé le déjeuner. Plus Ellie affirmait que quelqu'un était entré dans la maison, plus Max lui disait qu'elle se faisait des idées. Sa sœur était non seulement certaine que son armoire de toilette avait été fouillée, mais aussi que quelqu'un avait ouvert les tiroirs de son dressing. Max s'était moqué d'elle en insinuant que l'individu devait être intéressé par ses petites culottes, mais Ellie avait très mal accepté qu'il prenne les choses à la légère.

Le problème était que Leo était absolument certaine que quelqu'un avait ouvert son ordinateur. Mais rien n'avait été volé, et si l'intrus était si intéressé par son ordinateur, pourquoi ne l'aurait-il pas tout simplement emporté ? Si Max avait vraiment laissé la porte ouverte par négligence, et que des enfants étaient entrés (la seule explication logique, puisque rien n'avait été dérobé), il aurait certainement compris la leçon et se montrerait plus prudent la prochaine fois. C'était comme ça qu'elle voyait les choses, et pour cette raison qu'elle avait jugé préférable de ne pas jeter d'huile sur le feu.

Mais aujourd'hui était un autre jour et, malgré ses craintes, il lui semblait que le moment était venu de se confronter à un autre traumatisme de son enfance : elle allait faire une balade dans le village, espérant ainsi parvenir à remplacer les vieux souvenirs qui la hantaient, comme elle avait si bien réussi à le faire avec la Ferme du Saule.

Le vendredi soir, en voiture, elle avait longé les commerces pour la première fois depuis des années. Ellie et Max ayant toujours vécu de l'autre côté du village, il lui était jadis facile de se rendre chez eux en empruntant la route de traverse, mais pour gagner la Ferme du Saule, il était impossible d'ignorer Little Melham : il fallait s'y confronter.

Elle s'arrêta devant ce qui était autrefois la confiserie pour observer la devanture ancienne. Avec sa baie vitrée semi-circulaire constituée de plus de cent carreaux de verre (elle les avait un jour comptés), on aurait dit un magasin tout droit sorti d'un conte de fées. Vu de l'extérieur, rien n'avait vraiment changé, mais en s'approchant, Leo aperçut une grande étagère de journaux. De nos jours, les confiseries seules n'auraient sans doute pas suffi à faire vivre un commerce dans un village, et d'ailleurs, Leo aurait pu parier que Little Melham était devenu le genre d'endroit où les gens, obsédés par la santé, voyaient d'un mauvais œil que leur précieuse progéniture ingurgite du sucre, sous quelque forme que ce soit.

Allez, Leo, vas-y.

Sans se donner le temps de réfléchir, elle ouvrit la porte et entra. C'était ce magasin qui renfermait les pires de ses souvenirs ; il s'agissait donc du meilleur endroit pour commencer. Dans les autres commerces, elle n'avait été qu'une cliente comme les autres, qui passait trois fois par semaine pour faire ses commissions. L'approvisionnement de la maison faisait partie de ses corvées, et c'était sans doute la plus difficile de toutes, bien qu'elle eût pour avantage de lui permettre de sortir un peu de la maison. S'il y avait trop de choses à porter, elle faisait plusieurs voyages. Elle était connue pour avoir les bras les plus musclés qu'on ait jamais vus chez une fillette de 11 ans. Quand Ellie lui proposait son aide, chose qu'elle faisait au demeurant assez souvent, elle s'entendait répondre que ce n'était pas nécessaire : il fallait qu'elle s'exerce au piano ou qu'elle fasse ses devoirs. Leo, pour sa part, devait faire ses devoirs à la nuit tombée, quand tout le monde était couché, assise sur le plancher de sa chambre, avec un morceau de tissu sur sa lampe, pour que la lumière ne puisse pas être aperçue depuis le couloir.

Mais la confiserie avait été le théâtre de l'expérience la plus humiliante. Ce jour-là, elle venait d'achever son deuxième trajet jusqu'au village. Il avait fallu acheter des pommes de terre, des oignons, des carottes et d'autres légumes lourds. Et puis il y avait eu la viande et le pain. Elle pensait en avoir terminé, mais une fois de retour à la maison, on l'avait renvoyée chercher de l'aspirine, chose qu'elle aurait très bien pu rapporter lors de son précédent trajet.

Et c'était là qu'elle avait commis une erreur stupide.

Tous les jours ou presque, quand elle passait dans le village, elle croisait d'autres enfants, des gamins désœuvrés qui traînaient autour de l'église ou de l'abri de bus. D'ordinaire, ils prenaient un malin plaisir à l'ignorer ; elle n'était pas de la bande. Mais, ce jour-là, les choses avaient été différentes. Quand elle était sortie de la pharmacie, il y avait un groupe d'environ huit enfants assis sur le muret de l'église, et, à son grand étonnement, l'un d'entre eux lui avait adressé la parole. Il était si rare qu'on la remarque que, quand elle avait entendu son nom, elle s'était aussitôt approchée. Avec le recul, elle se disait qu'elle aurait dû se douter qu'ils ne voulaient pas discuter avec elle, mais plutôt obtenir quelque chose d'elle.

« Eh toi ! Leonora ! » avait appelé l'un des garçons. Des rires avaient éclaté, comme souvent quand son prénom était prononcé devant des enfants des quartiers populaires du village, qui considéraient Leonora comme un nom de bourgeoise. Si seulement ils avaient su. Elle connaissait ce garçon. Neil quelque chose. Il était dans la classe au-dessus de la sienne et il se prenait pour un grand séducteur. Elle n'avait jamais compris pourquoi, dans la mesure où il avait les cheveux gras et un énorme bouton sur le menton, mais ce n'était pas le problème : c'était la première fois depuis bien longtemps que quelqu'un lui prêtait attention.

En s'approchant, elle s'était aperçue que les filles s'étaient mises à chuchoter et à ricaner. Mais les garçons semblaient avoir envie de lui parler.

« Ça va ? » lui avait demandé Neil.

Trop intimidée pour parler, elle s'était contentée de hocher la tête.

« Écoute, Leo-no-ra, avait-il dit en détachant les syllabes, avant de se tourner vers ses amis avec un sourire narquois, on aurait besoin que tu fasses quelque chose pour nous. Le gros sac qui tient la confiserie ne veut plus qu'on rentre dans son magasin. Alors, si tu pouvais aller nous chercher du chocolat... » Il avait une prononciation que Leo trouvait très cool, bien qu'elle sût qu'elle ne pourrait jamais l'imiter. Si sa belle-mère l'avait entendue, elle se serait pris une bonne volée et, de toute façon, elle aurait probablement eu l'air ridicule.

« OK, avait-elle répondu. Si tu veux. Passe-moi l'argent, alors. »

Ils avaient tous éclaté de rire, comme si elle avait dit quelque chose de vraiment hilarant. Ou de vraiment stupide.

« Tsss, Nora. Je peux t'appeler Nora ? Tu ne les achètes pas, espèce de conne. Tu les piques. Allez, deux Curly Wurly et un Toffee Crisp. »

Elle avait hésité. D'un côté, elle avait envie d'être acceptée ; de l'autre, elle n'avait jamais rien volé de sa vie et n'éprouvait aucun désir de commencer. Mais si elle refusait, ils allaient encore plus se moquer d'elle et, à l'école, la nouvelle se répandrait comme une traînée de poudre : Leonora Harris était une poule mouillée ; elle n'était même pas cap' de piquer deux barres chocolatées.

Si elle avait eu de l'argent à elle, elle aurait pu payer et mentir, mais ce n'était pas le cas. Néanmoins, il lui restait suffisamment de monnaie pour acheter une barre chocolatée… Elle pourrait toujours dire à sa belle-mère qu'elle avait perdu cet argent, quitte à recevoir une punition. Oui, elle allait payer le Toffee Crisp et voler les Curly Wurly. S'il fallait cela pour que les autres enfants l'acceptent enfin, eh bien soit.

Se sachant observée, elle avait essayé de paraître sûre d'elle en entrant dans le magasin. Mais en ouvrant la porte, elle avait dégluti avec peine. Mme Talbot, derrière son comptoir, était occupée à servir des enfants et leur mère, en train de faire leur choix dans les pots de bonbons à un penny, en prenant leur temps.

Les barres chocolatées se trouvaient sur une étagère disposée sur le côté du magasin, avec les grandes bonbonnières contenant les confiseries qui devaient être pesées sur la balance située juste derrière le comptoir.

Mme Talbot était une grosse femme dont tout le monde se moquait en disant qu'elle consommait trop de ses propres marchandises. Elle portait toujours des tabliers imprimés de couleurs criardes, et les rides qui striaient son visage lui donnaient un air hargneux. Mais à cet instant précis, elle était tout sucre et tout miel avec la mère de ces enfants bien élevés.

Le visage rougissant par la peur que lui inspirait l'action qu'elle s'apprêtait à commettre, Leo avait jeté un rapide coup d'œil par-dessus son épaule et s'était empressée de placer les deux barres chocolatées dans son cabas. Puis elle avait pris le Toffee Crisp et s'était avancée vers le comptoir, les mains moites. Si c'est ainsi que l'on se sent quand on vole quelque chose, avait-elle pensé, je comprends pourquoi si peu de gens se risquent à le faire.

Mme Talbot, comme si de rien n'était, avait continué de s'occuper de la dame et de ses enfants. Leo s'était sentie soulagée. Manifestement, elle n'avait rien remarqué. Une fois ses clients servis, Mme Talbot les avait raccompagnés jusqu'à la porte, qu'elle leur avait tenue en souriant et en leur souhaitant une bonne journée. Mais quand elle avait refermé la porte derrière eux et tourné le verrou, la peur de Leo avait refait surface, avec toute sa force.

Sans dire un mot, Mme Talbot s'était dirigée vers son téléphone, dont elle avait tourné trois fois le cadran. La police, avait pensé Leo. Mais elle s'était trompée. C'étaient les renseignements que Mme Talbot avait appelés, afin de demander le numéro de téléphone de sa maison. Little Melham était un petit village. Tout le monde savait où elle vivait et d'où elle venait, et c'était bien dommage. Elle aurait vraiment, mais alors vraiment préféré que Mme Talbot appelle la police.

Il n'avait pas fallu beaucoup de temps à sa belle-mère pour arriver et Leo aurait tout donné pour pouvoir oublier la scène qui avait suivi. Même Mme Talbot, à sa décharge, avait paru choquée par la violente gifle qu'elle avait immédiatement reçue, mais Leo savait que tout cela n'était rien comparé à ce qu'elle allait prendre en rentrant à la maison. Et puis sa belle-mère l'avait fait sortir de la confiserie. Jamais elle ne pourrait oublier la honte et l'humiliation qu'elle avait ressenties quand, attrapant une poignée de ses cheveux et la tordant un peu pour avoir une meilleure prise, elle l'avait traînée dehors puis l'avait fait passer devant les enfants narquois assis sur le muret de l'église pour la ramener chez elle. Depuis ce jour, Leo n'avait jamais remis les pieds dans le magasin.

Mais elle était là, désormais, à l'intérieur. Elle regarda devant elle. Une femme d'une soixantaine d'années, aux allures aisées, se tenait derrière le comptoir. Elle portait un haut de coton rose à manches courtes, plusieurs rangs de perles autour du cou, et elle arborait un sourire amène. Mais, à la grande surprise de Leo, son visage s'illumina complètement quand elle leva les yeux vers elle.

« Leo Harris… Quelle bonne surprise ! s'exclama-t-elle d'une voix enjouée. Je suis ravie de vous voir, ma belle. Je vous ai tout de suite reconnue. Vous êtes venue voir Ellie, c'est ça ? Vous devez être épuisée, avec les jumeaux. »

Stupéfaite, Leo se retrouva momentanément à court de mots.

« Ne faites pas cette tête, ma chérie. C'est moi, Doreen Talbot. Je sais que j'ai un peu changé… J'ai été malade, mais je vais mieux, maintenant. J'ai l'impression d'avoir rajeuni de vingt ans. Cela fait tellement longtemps que j'attends une occasion de m'excuser auprès de vous. »

Leo finit par retrouver sa voix.

« Madame Talbot, quelle surprise ! Je ne m'attendais pas à vous trouver encore là, mais j'ignore pourquoi vous ressentez le besoin de vous excuser. Je vous ai volé. J'ai honte de ce que j'ai fait. Je pourrais mettre ça sur le dos des enfants qui m'ont poussée à agir ainsi, mais j'aurais dû faire preuve de volonté et résister à leur pression. »

Mme Talbot s'appuya à son comptoir et croisa les bras.

« Écoutez, Leo, nous savions tous que cette vieille mégère vous en faisait baver. Mais je vous assure que je ne m'attendais pas du tout à la façon dont elle vous a traitée ce jour-là. Si ç'avait été aujourd'hui, j'aurais appelé les services de protection de l'enfance, ou je ne sais quoi. Je suis désolée, ma chérie. Je savais, et si j'avais été un peu moins bête à l'époque, j'aurais abordé la situation différemment. »

Leo se demanda ce qu'elle devait répondre. Mais Mme Talbot n'en avait pas terminé.

« Nous étions tous au courant, vous savez ? Non seulement pour vous et la façon dont vous êtes arrivée ici, mais aussi pour tous les autres trucs qui se passaient. Little Melham est un village. Tout le monde parle. Votre belle-mère était mauvaise comme la gale, ça, c'est sûr. Mais j'imagine qu'elle avait dû encaisser beaucoup de choses… »

Leo ne savait pas ce que voulait dire Mme Talbot, mais tout à coup, il lui sembla que cela importait peu. Forte de l'impression que sa dernière bataille avait été disputée et gagnée, elle était sur le point de remercier Mme Talbot et de s'en aller, quand elle aperçut la une du journal local, qui titrait sur l'accident de la route de traverse. Mme Talbot, qui avait dû suivre son regard, pointa du doigt la photo de la jeune Abbie.

« Cette pauvre petite… Elle était un peu solitaire, d'après ce que j'ai entendu dire. Pas beaucoup d'amis. Un peu comme vous à son âge, ma chérie, sans vouloir vous offenser. »

Ne sachant que répondre, Leo remercia Mme Talbot de sa clémence et lui serra la main.

La légèreté qu'elle avait ressentie à l'idée d'avoir été disculpée de l'incident du vol à l'étalage avait laissé place à un sentiment de tristesse et de compassion pour Abbie Campbell. À en croire Mme Talbot, il s'agissait d'une jeune fille un peu seule, et Leo savait mieux que quiconque à quel point l'isolement pouvait être difficile à vivre. Des émotions contradictoires se disputaient en elle quand elle referma la porte du magasin.

« Tiens, ça c'est une bonne surprise ! »

Elle reconnut sa voix avant même de le voir, mais il lui fallut cligner un peu des yeux pour revenir à la réalité.

« Salut, Tom. C'est sympa de se croiser comme ça, répondit-elle en refoulant ses pensées confuses pour se forcer à sourire. Je regrette de vous avoir manqué hier, j'aurais été ravie de rencontrer Lucy.

— J'étais passé pour remercier Max et Ellie, mais je m'étais également dit que nous pourrions essayer de convenir d'une date pour déjeuner ensemble, tous les deux, si vous n'avez pas trop de choses à faire. Pour ma part, je ne peux pas dire que je sois vraiment débordé… »

Il lui adressa un petit sourire penaud, avant de se tourner vers le bar à vin qui se trouvait juste derrière eux.

« Il est un peu tôt pour déjeuner, mais que diriez-vous d'une tasse de café ? »

* * *

Tom était vraiment content d'être tombé sur Leo. Depuis que Lucy était partie, la veille au soir, la maison lui paraissait désespérément vide, et c'était pour cette raison qu'il avait décidé de tromper l'ennui en allant se promener dans le village. Il avait pris sa décision : il commencerait à passer des coups de fil le lendemain. Jusqu'à ce que le bon emploi se présente, le moins qu'il pouvait faire était de proposer ses services dans le cadre de la formation professionnelle, et si ce plan échouait, il essaierait de trouver des associations auxquelles prêter main-forte bénévolement. Il avait besoin de compagnie. Il ne lui avait pas fallu bien longtemps pour se rendre compte qu'il n'était pas fait pour la solitude.

Il resta en admiration devant la tenue chic et décontractée de Leo, qui lui parut parfaitement adaptée à cette journée estivale anglaise. Il avait le sentiment qu'elle ne portait que du noir, relevé de petites touches de blanc, mais avec ce rouge à lèvres carmin et ces lunettes de soleil, elle se démarquait immédiatement du reste des gens. Elle avait un petit haut sans manches noir et blanc, un peu ample, et sa jupe de coton noir s'arrêtait juste au-dessus de ses genoux, révélant des jambes parfaites et légèrement hâlées.

Plus il la regardait, moins il se sentait à l'aise avec son jean et son T-shirt. Il ne s'était même pas donné la peine de se raser, ce matin. Il fallait absolument qu'il se ressaisisse un peu, s'il ne voulait pas devenir un ours mal léché. Mais Leo ne sembla pas se soucier de sa tenue quand ils s'assirent à la table qui se trouvait juste derrière la devanture grande ouverte du bar à vin. Aussi incroyable que cela pût paraître, il faisait trop chaud pour rester assis dehors, ce qui changeait un peu des averses incessantes qu'ils s'étaient vus contraints de supporter depuis le début de l'été.

Une fois les deux cafés commandés, il se tourna vers Leo.

« Vous aviez l'air complètement perdue dans vos pensées quand je vous ai rencontrée, lui dit-il. Tout va bien ?

— J'étais juste en train de me battre avec quelques vieux démons, rien de grave, répondit-elle avec un sourire satisfait.

— Des démons, à Little Melham ? Vous voulez rire ?

— Malheureusement, non. Mais peu importe mes problèmes. Comment s'est passée votre journée d'hier avec Lucy ? A-t-elle aimé votre nouvelle maison ?

— Beaucoup, bien que sa mère se soit montrée un peu plus critique. Mais je ne m'attendais pas à moins. Elle a volontairement choisi d'habiter dans une cage à lapins moderne et dépourvue de charme. J'aurais été bien étonné qu'elle se mette à chanter les louanges de mon petit cottage... »

Leo ne fit pas de commentaire, se contentant de le regarder, la tête inclinée sur le côté, comme si elle attendait qu'il continue de parler.

« Nous sommes divorcés depuis assez longtemps. La séparation n'a pas été facile, mais nous essayons de rester courtois l'un envers l'autre pour le bien de Lucy. »

Tom n'avait pas vraiment envie de parler de sa rupture. Par fierté masculine, il préférait éviter de s'épancher, et notamment de dire que son épouse l'avait quitté pour un autre, mais il n'avait pas non plus envie que tout le monde pense qu'il faisait partie de ces enfoirés qui trompaient leur femme. Aussi jugeait-il plus prudent de ne rien dire du tout et de laisser chacun tirer ses propres conclusions.

« C'est dommage que vous n'ayez pas eu l'occasion de la rencontrer. J'ai cru comprendre qu'Ellie et vous étiez parties faire un peu de shopping...

— Oui, c'est ça. Je crois qu'Ellie avait besoin de quitter la maison. De s'évader un peu, après le dîner de la veille. C'était une soirée bien étrange, d'ailleurs. J'ai trouvé que tous les invités s'étaient comportés comme s'ils étaient légèrement dérangés ou je ne sais quoi... Et vous, qu'est-ce que vous en avez pensé ?

— J'ai passé un très bon moment. Mais je ne connaissais personne avant cette soirée, alors, naturellement, je ne peux pas dire ce qui était normal et ce qui ne l'était pas. »

Leo haussa les sourcils.

« Vous vous montrez trop poli, Tom. Diplomate, dirais-je même. Mais vous avez bien dû détecter quelques remous sous cette surface en apparence si lisse. Allez, vous pouvez me le dire. Ces gens ne sont pas des amis à moi, vous savez, bien que je les connaisse pour la plupart depuis des années.

— C'est vrai que j'ai remarqué deux ou trois signes de tension, mais j'ai déjà assisté à des dîners qui se sont terminés par de violentes disputes, voire des sanglots. Alors, vous comprenez, tout cela était assez anodin en comparaison. »

Il avait dit cela sans exagérer le moins du monde. Le métier de policier avait beaucoup d'avantages, et il adorait ce qu'il faisait, mais il savait parfaitement qu'être femme de flic n'était pas chose facile. Quand on rassemble plusieurs policiers et leurs compagnes, il y a presque toujours un couple complètement à cran. Et les choses finissent souvent par dégénérer.

« Parlez-moi de vous, Leo, dit-il. C'est sympa de votre part d'avoir proposé à toutes les femmes vos services de coach de vie. Pensez-vous que certaines accepteront ? »

Il appuya ses avant-bras sur la table et se pencha vers elle, en espérant lui faire ainsi comprendre que l'intérêt qu'il lui portait était sincère. Il venait de se rendre compte qu'ils devaient tous deux passer leur vie à encourager les autres à admettre la vérité, bien que leurs objectifs respectifs fussent entièrement différents. Et cette idée lui paraissait assez amusante.

Leo semblait complètement fascinée par la mousse de son cappuccino, qu'elle remuait doucement avec sa cuillère.

« Je pense que la majorité d'entre elles ont des problèmes cachés, des problèmes que je pourrais les aider à régler. Quant à savoir si elles accepteront de m'en parler, je ne peux pas le dire. Mais je pense que la plupart ne le feront pas. Penny a eu l'air intéressé mais, quand elle a essayé de me le dire, Gary l'a foudroyée du regard.»

Tom avait été frappé par le comportement de Penny, qui paraissait complètement bouleversée en arrivant au dîner et s'était montrée extrêmement discrète tout au long de la soirée. Quant à Gary, il lui avait paru assez jovial, mais plutôt vantard, caractéristique qu'il appréciait assez peu de façon générale.

«Je vois que vous comprenez bien les gens. Ce doit être un sacré atout, dans votre travail. Un peu comme dans le mien, d'ailleurs.» Il s'interrompit quelques secondes pour faire signe à la serveuse de leur apporter deux autres cafés. «Et si vous me parliez de ces démons que vous dites avoir essayé de combattre dans la confiserie? Vous admettrez qu'*a priori*, ça ne paraît pas être le lieu le plus approprié pour mener ce genre de bataille…»

L'espace d'une seconde, elle parut se renfrogner. Était-il allé trop loin? En tout cas, il n'avait pas eu l'intention de se montrer indiscret. Il y eut un silence gêné, au cours duquel il essaya de réfléchir au meilleur moyen de se tirer de ce faux pas.

«Tom, finit-elle par répondre, je comprends votre stratégie. Vous vous dites: "Inutile de parler, c'est une femme, elle comblera les vides." Mais ce petit jeu ne fonctionne pas avec moi. J'en connais trop bien les règles, à force de les utiliser moi-même avec mes clientes.»

Tom baissa les yeux; il ne savait plus où se mettre. Il n'avait aucune idée derrière la tête; il avait simplement essayé de lancer un sujet de conversation.

«Écoutez, si c'est l'impression que je vous ai donnée, j'en suis sincèrement désolé, mais ce n'est pas du tout comme ça que je voyais les choses. À en juger par votre sourire, je pensais que vous parliez de quelque chose d'anodin quand vous avez évoqué ces démons. Mais de toute façon, ce ne sont pas mes affaires. »

Elle lui adressa ce qui ne pouvait être décrit que comme un regard calculateur.

« Vous avez raison, Tom. Ce ne sont absolument pas vos affaires, mais je vais quand même vous raconter. » Elle se redressa et le regarda droit dans les yeux. « Néanmoins, comme il est désormais midi passé, cela vous en coûtera un déjeuner et une bonne bouteille de vin blanc bien fraîche. »

* * *

Elle attendit que le vin fût servi, puis en but une longue gorgée.

« Bon, je vais vous donner la version courte. Si je vous raconte tout cela, c'est principalement parce que la moitié du village est au courant. Je préfère que vous appreniez la vérité de ma bouche plutôt que l'on vous serve une version déformée, qui comportera sûrement de nombreux détails très intéressants, mais pas forcément exacts. »

Tout en faisant tinter son verre contre le sien, Tom lui adressa un sourire encourageant. Elle prit une profonde inspiration.

« Ma mère est morte quand j'avais 10 ans. Elle était épileptique ; elle est morte dans son bain. C'est moi qui l'ai retrouvée en rentrant de l'école. »

Tom prit un air consterné, et elle comprit qu'il devait regretter de l'avoir encouragée à se mettre à nu. Elle serra les dents, mais se força néanmoins à continuer.

« Nous vivions à Shrewsbury. Ma maman, mon père et moi. Mon père disait avoir un emploi qui nécessitait de sa part beaucoup de déplacements. En règle générale, il était absent trois ou quatre nuits par semaine. Il occupait une bonne place dans l'une des fabriques de poterie de Stoke-on-Trent. Il avait dit à ma mère qu'il travaillait dans la branche commerciale, ce qui justifiait ses nombreuses absences. Mais il mentait. Il était bien cadre, mais pas dans la vente. En réalité, il était directeur financier, il n'avait donc pas du tout à se déplacer. »

Elle prit une autre gorgée de vin. La serveuse s'approcha d'eux pour leur remettre les menus, mais Tom secoua la tête. Semblant comprendre le message, elle s'éclipsa discrètement.

Quand Leo reprit, elle s'efforça d'adopter un ton aussi neutre que possible : « Le jour où j'ai retrouvé maman, les flics sont allés chercher papa et lui ont demandé de rentrer. Je pensais que nous continuerions de vivre dans notre maison, mais qu'il n'y aurait plus que nous deux. Mais quand il est arrivé, il a à peine jeté un coup d'œil dans ma direction ; il est tout de suite allé à l'étage pour faire sa valise. » Leo secoua la tête, alors que le souvenir lui revenait distinctement en mémoire, dans toute son horreur. Elle était restée assise en silence en bas de l'escalier, pendant que son père allait et venait en haut. Aucun d'entre eux n'avait essayé de réconforter l'autre. Elle était trop bouleversée pour comprendre ce qu'il se passait. Et puis son père l'avait traînée jusqu'à la voiture, et c'était là qu'elle s'était mise à pleurer. Elle avait l'impression de la laisser derrière elle, de laisser sa maman derrière elle, et cela ne lui semblait pas juste.

« Mon père a essayé de me parler, mais je ne l'ai pas écouté, poursuivit-elle, avant de lever les yeux vers Tom en souriant. Maman était une femme géniale. C'était une hippie, elle respirait la joie de vivre. »

Elle se souvenait d'avoir eu le sentiment d'être brisée en milliers de petits morceaux. Comme si elle commençait à se désagréger, petit bout par petit bout. Mais il s'agissait là de choses trop intimes pour les partager avec Tom. Mieux valait s'en tenir aux faits.

« Je refusais d'écouter ce que mon père me disait. Je crois qu'au fond de moi, je savais déjà ce qu'il était en train de m'expliquer, mais je n'avais pas envie de l'entendre. Néanmoins, je ne comprenais pas pourquoi nous partions. Et puis nous nous sommes retrouvés là. À Little Melham, à la Ferme du Saule. »

Elle ravala sa salive avec peine, alors que les souvenirs, telle une immense bulle, remontaient à la surface, s'échappant du trou noir où ils étaient enfouis depuis des années. Le trajet n'avait pas été très long, mais assez vite, son père avait abandonné tout effort de communication. Enfin, il s'était arrêté au bout de l'allée et l'avait forcée à le regarder.

« Écoute, Elle », lui avait-il dit. « Elle » était le diminutif qu'il lui avait toujours donné. « Ça va peut-être te paraître surprenant, mais il faut que je t'explique que j'ai une autre femme. Elle habite ici. Elle n'est pas au courant de ton existence, mais je suis certain que vous allez bien vous entendre, toutes les deux. »

Leo n'avait pas compris. Une autre femme ? Que voulait-il dire ? Et à qui était cette maison ? Une petite partie de son esprit s'était laissé gagner par la confusion, mais le reste était trop submergé de chagrin pour permettre l'intrusion de toute autre émotion. Son père était entré dans la maison. Elle n'avait pas bien saisi ce qu'il lui avait dit. Une image lui revenait sans cesse en mémoire, celle du corps de sa mère.

Elle avait laissé son front retomber contre la fenêtre de la voiture. Ses pleurs s'étaient changés en hoquets et elle s'était essuyé les yeux d'un revers de manche.

« Il m'a demandé de l'attendre dans la voiture pendant qu'il irait parler à sa femme. Dieu seul sait ce qu'il a pu lui dire et quelle excuse il lui a donnée. Et j'étais toujours assise dans la voiture, à essayer de comprendre ce qui s'était passé, quand j'ai entendu un cri perçant en provenance de la maison, un cri plein de colère et de rage. On aurait dit qu'il montait des pieds de la personne, et s'amplifiait en traversant chaque cellule de son corps. Il ne m'a pas fallu bien longtemps pour comprendre qu'il s'agissait là de la réaction de ma belle-mère à l'idée de se voir imposer une fillette de 10 ans, dont elle ignorait jusqu'alors l'existence. Et bien sûr, de sa réaction à la découverte de la supercherie, c'est-à-dire de la double vie de son mari. »

Tom, qui la dévisageait d'un œil stupéfait, releva son menton, qui reposait depuis un certain temps déjà sur son poing fermé.

« Je suis désolé de vous avoir interrogé à ce sujet, Leo. Je n'avais pas le droit de vous pousser à parler de toutes ces choses. »

Ne te montre pas trop compatissant, songea-t-elle, *sans quoi je ne pourrai peut-être pas terminer, ce qui serait pire encore que de ne pas avoir commencé.*

« Si je ne vous l'avais pas dit, quelqu'un d'autre l'aurait fait. Vous devez avoir compris, maintenant, comment sont les gens dans ce village. » Elle serra les dents, avant de poursuivre son récit : « Quand j'ai fini par entrer dans la maison, il y avait une petite fille, qui se tenait debout à côté de sa mère et qui paraissait aussi déconcertée que je l'étais moi-même. Mais ce qui m'a le plus marqué, c'est le regard que m'a adressé ma belle-mère. Un regard de pure méchanceté, comme si, d'une certaine façon, elle considérait que tout était ma faute. Dès lors, elle s'est mise à me traiter comme une bête de somme et n'avait aucun remords à me gifler dès que l'occasion se présentait. Rien de plus, rien de moins. Mon père ne cherchait pas à intervenir. Je pense qu'il était amoureux de ma mère, mais qu'il s'était retrouvé coincé avec celle d'Ellie – la vieille sorcière, comme Max l'appelle toujours. Mais il s'est comporté de façon honteuse. Il n'a rien fait pour me protéger ; il m'a abandonnée là et a continué de vivre sa vie. À partir de ce jour, je ne lui ai presque plus adressé la parole ; de toute façon, il n'était pas là bien souvent. Il allait et venait dans nos vies. Nous ne savions jamais où il était ni à quel moment il reviendrait, et personne ne nous le disait. J'ai quitté la maison dès que je me suis sentie à même de m'assumer.

— Et Ellie ? demanda Tom.

— Ellie s'est montrée très gentille avec moi. Elle a essayé de me réconforter et de veiller sur moi à l'école. Mais je me suis repliée sur moi-même et, souvent, je la rejetais. Elle essayait de plaire à notre père, et il appréciait ses marques d'attention, mais à ce que j'ai pu en voir, ses efforts n'étaient pas beaucoup récompensés. »

Tom secoua la tête et se pencha vers elle pour lui prendre la main. Elle dut se faire violence pour résister à l'envie de la retirer brusquement. Luttant pour se maîtriser, elle laissa passer quelques secondes puis dégagea doucement sa main pour attraper son verre de vin.

« Et le pire de tout, c'est l'histoire des prénoms. Ellie a été baptisée Eleanor et, quand je suis venue au monde, mon père a raconté un bobard à ma mère pour qu'elle accepte de m'appeler Leonora. Mais la vérité, c'est qu'il voulait que je porte ce nom pour des raisons pratiques. En nous appelant toutes les deux Elle, il était sûr de ne pas se tromper. Impossible de faire une gaffe. Quoi qu'il en soit, quand Ellie et moi avons compris pourquoi nous étions toutes les deux surnommées Elle, nous avons demandé à tout le monde de nous appeler Ellie et Leo. Mais mon père a continué d'utiliser le diminutif Elle. Par indifférence, je crois, bien qu'Ellie ait toujours maintenu qu'il le faisait par affection. Pour ma belle-mère, de toute façon, ce n'était pas un problème : elle ne m'appelait jamais par quelque nom que ce soit. Ceci étant, en sept années passées sous son toit, je ne l'ai jamais appelée par quelque nom que ce soit, moi non plus. Je lui renvoyais son indifférence. Les derniers souvenirs que j'ai de mon père sont ceux d'un homme égoïste et insensible. Dieu sait ce qu'il trafiquait quand il était absent, mais il rapportait beaucoup d'argent à la maison, et la seule chose qui intéressait ma belle-mère, à cette époque, c'était la vengeance. »

Tom avait l'air complètement horrifié. Il n'aurait pourtant pas dû faire cette tête-là ; elle s'était contentée de lui énoncer les faits, sans s'épancher sur ses émotions. Ils gardèrent le silence pendant un moment, mais le regard de Tom était toujours braqué sur elle. Apparemment, son histoire l'avait laissé sans voix. Peut-être aurait-elle dû attendre un peu avant de la lui raconter ?

« Écoute, finit-il par dire, je suis vraiment touché que tu aies accepté de partager cela avec moi. Cela a dû être très difficile. Je comprends maintenant quels démons tu combats. Tu veux qu'on parle d'autre chose ? On pourrait voir ce qu'il y a de bon à manger ? »

Tout en le regardant faire signe à la serveuse d'apporter les menus, Leo se demanda si elle devait ou non lui dire le reste, les allusions qu'il avait dû manquer au dîner de samedi et ses craintes concernant toutes les choses qui n'avaient *pas* été dites… en particulier par Ellie.

23

Pour la première fois depuis bien longtemps, Ellie n'avait pas eu envie d'aller travailler ce jour-là, bien qu'elle n'eût qu'un demi-service à effectuer. Elle avait pratiqué les examens habituels sur Abbie peu après son arrivée, ce qui l'avait tenue occupée pendant un certain temps, et elle avait invité la maman, Kath, à aller se chercher une tasse de café et quelque chose à grignoter. La pauvre femme avait l'air complètement épuisée. Forte du sentiment d'avoir fait ce qu'elle avait à faire, Ellie alla donc s'asseoir dans le fauteuil placé à côté du lit d'Abbie et, l'espace d'un instant, laissa ses doutes et ses problèmes ressurgir dans son esprit. Elle aurait aimé que la solution lui apparaisse dans un éclair de lucidité, mais, au fond d'elle, elle savait qu'il n'y avait pas de recette miracle.

Elle était complètement déchirée par ses soupçons au sujet de Max. Elle n'arrivait même pas à envisager son avenir sans lui, tant l'idée lui paraissait doulou-reuse. Et pourtant, elle savait que l'histoire dans laquelle elle s'était elle-même fourrée pouvait lui exploser au visage, à n'importe quel moment, anéantissant à jamais son univers et toutes les choses qui comptaient le plus à ses yeux. Il était fort probable que quelqu'un ait vu soit sa voiture soit *la sienne* vendredi soir et, si la police venait l'interroger, *il* ne chercherait pas à la couvrir. Pourquoi le ferait-il ?

Et puis, il y avait ce coup de téléphone. Pourquoi quelqu'un aurait-il masqué son numéro pour appeler à la maison ? Qu'est-ce que Max cherchait à cacher ?

« Inutile de se leurrer », murmura-t-elle. Elle savait très bien ce que Max cherchait à cacher, aussi difficile à admettre que cela puisse être.

« Tu n'as qu'à lui demander. Mais pourquoi est-ce que tu ne lui demandes pas ? » aurait dit Leo. Pourquoi ? Parce que cela équivaudrait à ouvrir une porte qui, à son sens, devait absolument rester close. Tant que Max croyait qu'elle ignorait tout de son aventure, c'était à lui de trouver les mots pour lui en parler. Et elle ne pensait pas qu'il en fût capable. Il resterait donc avec elle. Avec eux. Comme chacun sait, choisir le bon moment pour expliquer à son conjoint que l'on souhaite le quitter est sans doute l'étape la plus difficile de la rupture. Combien de couples tiennent-ils seulement parce que aucun des conjoints n'a le courage d'admettre la vérité ? Et avec le temps, le danger s'assourdit lentement pour ne plus devenir qu'un écho distant. Ou du moins l'espérait-elle.

Il lui était donc impossible d'interroger Max. Elle avait trop peur qu'il ne lui réponde : « Oh, Dieu merci, tu es au courant. Je suis désolé, Ellie. Mais ce qui est bien, c'est que ce n'est plus un secret, maintenant. Parfait, nous allons enfin pouvoir faire notre vie chacun de notre côté. » Cette conversation, elle l'avait imaginée un nombre incalculable de fois au cours des semaines passées.

Pour couronner le tout, elle regrettait amèrement d'avoir mentionné que quelqu'un s'était introduit chez eux. L'identité de cet individu était parfaitement évidente. Tout aussi évidente, d'ailleurs, que son but et les moyens qu'il avait utilisés pour pénétrer dans la maison.

L'enfoiré.

Si elle ne se trompait pas, cela signifiait qu'il pouvait s'introduire chez eux à n'importe quel moment, y compris quand elle était seule ou quand ils dormaient. Un frisson lui parcourut le dos. C'était une chose que d'essayer de régler cette terrible situation par téléphone et par texto, mais si elle se retrouvait seule dans la maison avec lui… elle n'osait même pas imaginer ce qui pourrait se passer. À bien y réfléchir, elle préférait presque se retrouver face à un individu cagoulé. Mais elle ne pouvait pas faire part de ses soupçons à Max. Il ne la croirait pas, et elle ne pourrait pas s'expliquer.

Alors que ces tumultueuses pensées s'agitaient dans son esprit, Ellie avait la tête tournée vers Abbie, qu'elle regardait sans vraiment la voir. Mais tout à coup, un très léger mouvement attira son attention. Elle se concentra sur le visage de la jeune fille. Rien. Mais elle était certaine d'avoir vu quelque chose. Peut-être n'était-ce que l'ombre d'un nuage qui était passé devant le soleil, ou bien le vacillement d'une lampe de l'autre côté de l'unité? Elle observa la peau lisse et nette du visage d'Abbie, le côté qui n'était pas entré en contact avec la surface granuleuse de la route. Instinctivement, elle se pencha pour caresser du dos de la main cette peau de pêche, espérant de tout son cœur ne pas s'être trompée, avoir bien perçu cet infime mouvement. Tous ses problèmes étaient vraiment d'une trivialité affligeante. Imagine, si c'était ta fille, songea-t-elle. C'était cela, la véritable dévastation. On était loin, bien loin de ses petits soucis qui tournaient autour de quelques coups de téléphone secrets et autres erreurs idiotes.

Quelqu'un du village sait ce qui est arrivé à cette enfant. Pourquoi était-elle toute seule dehors, si tard dans la nuit, au milieu de nulle part? Et comment une personne saine d'esprit avait-elle pu la laisser là, pleine de bleus et de sang, à moitié morte?

Tendrement, elle dégagea une mèche de cheveux du visage de la jeune fille. Et, ce faisant, elle se souvint que Kath avait essayé de lui chanter une chanson le samedi précédent, mais qu'elle était si bouleversée qu'elle n'avait pas réussi à aller au-delà de quelques notes. Ellie lui avait alors demandé de quelle chanson il s'agissait, et Kath lui avait répondu qu'Abbie aimait beaucoup Adele et chantait souvent «Someone Like You» avec son papa, qui l'accompagnait au piano. Ellie se mit donc à fredonner doucement l'air. Elle ne se souvenait plus des paroles, mais espérait de tout cœur que cela importait peu.

* * *

Dix minutes plus tard, Ellie perçut une étincelle d'espoir. Elle l'avait vue de nouveau et, cette fois-ci, elle était absolument sûre d'elle.

«Sam, dit-elle en se tournant vers le médecin qui venait d'arriver au chevet de la jeune fille, ce n'est peut-être pas grand-chose, mais je crois avoir perçu une petite réaction de la part d'Abbie quand j'étais avec elle, il y a une minute. Rien de vraiment impressionnant, mais ses paupières se sont agitées. Juste une seconde. Je sais que ça pourrait être n'importe quoi, mais j'ai pensé qu'il valait mieux vous en informer. »

Sam détacha son regard du graphique qu'il était en train de lire.

« Très bonne nouvelle. L'œdème cérébral commence à se résorber. Espérons qu'on pourra avoir un peu plus de réactions en diminuant les sédatifs. Des changements, sur l'échelle de Glasgow ?

— Aucun, malheureusement, répondit Ellie en grimaçant. Mais je vérifierai de nouveau dans une heure et vous tiendrai au courant.

— Très bien. Je vous recommande néanmoins de ne pas mentionner ce mouvement des paupières devant la mère. Il est encore trop tôt pour raviver ses espoirs. »

Ellie acquiesça. Mais il fallait qu'Abbie s'en sorte, il ne pouvait pas en être autrement. Si cette enfant mourait… elle ne pourrait pas s'en remettre, elle en était certaine.

Malheureusement, il n'y eut pas d'autres signes d'amélioration, et Ellie eut beau essayer de parler à Kath Campbell, la pauvre femme était incapable de s'exprimer sans pleurer. Les seules phrases cohérentes qu'Ellie parvint à lui soutirer furent : « Tout est notre faute » et « Comment avons-nous pu nous montrer aussi stupides ? » Elle aurait voulu comprendre pourquoi les parents d'Abbie se sentaient si coupables, mais, à chaque fois qu'elle essayait d'interroger Kath à ce sujet, celle-ci secouait la tête et éclatait en sanglots.

Ce fut donc le cœur lourd qu'Ellie sortit de l'hôpital pour reprendre sa voiture.

« Hé, Ellie ! Comment ça va ? »

230

Elle s'arrêta pour regarder derrière son épaule. Maria, l'une des infirmières de l'unité de soins intensifs, était en train de la rattraper.

« Pas très bien, pour tout t'avouer, répondit-elle. Abbie est une enfant qui a l'air tellement adorable… J'ai cru percevoir chez elle des signes d'amélioration, mais apparemment, je me suis trompée. » Elle haussa les épaules en soupirant.

« Eh bien, j'ai quelque chose qui devrait te remonter le moral », annonça Maria avec un signe de tête en direction du parking. Ellie suivit son regard et, aussitôt, un sentiment de panique la prit à la gorge. Maria, heureusement, ne sembla rien remarquer.

« Il est beau gosse, tu ne trouves pas ? J'adore son chapeau. C'est toi qu'il attend ? » Maria, les yeux grands ouverts, regardait l'homme adossé à la voiture d'Ellie, vêtu d'un jean sombre et d'un T-shirt bleu marine, et coiffé d'un chapeau de brousse.

Ellie se força à adopter un ton indifférent.

« C'est un ami de Max. Je ne sais pas ce qu'il fait là, mais je suppose que je ne vais pas tarder à le découvrir. À demain, Maria. »

Ellie s'approcha de la voiture. Elle sentait le regard de Maria braqué sur elle, aussi essaya-t-elle de paraître aussi insouciante que possible, son visage souriant démentant les premiers mots qu'elle prononça.

« Mais qu'est-ce que tu fais là ? Tu es complètement fou.

— Je voulais te voir. Comme tu refuses de venir à moi, il faut bien que je vienne à toi. On va dans la voiture ?

— Non ! » s'exclama-t-elle instinctivement. Mais aussitôt, elle se rendit compte que Maria était toujours en train de l'observer. Sa collègue était trop loin pour entendre ce qu'elle disait, mais il fallait absolument qu'elle conserve un air serein et un ton égal.

« Non, répéta-t-elle moins fort. Nous n'irons *pas* dans la voiture. Qu'est-ce que tu veux ? »

Il lui sourit.

« Ellie, chérie, si tu ne montes pas dans la voiture avec moi, ton amie risque de se demander s'il y a un problème et de t'interroger. Tu n'as pas envie d'éveiller les soupçons, j'imagine… »

Elle dut admettre qu'il avait raison, ce qui ne fit qu'accroître sa colère. Résignée, elle déverrouilla les portières.

« Les clefs, s'il te plaît, lui dit-il en lui tendant la main. Ne me regarde pas comme ça. Si je te laisse monter en voiture la première, tu pourrais en profiter pour t'en aller avant que j'aie eu le temps de faire le tour pour m'installer sur le siège passager. Allez, donne-moi les clefs, mon cœur. »

Elle eut envie de regarder autour d'elle pour voir si quelqu'un les observait. *Ne m'appelle pas « mon cœur ».* La phrase n'arrêtait pas de se répéter dans sa tête. Mais si elle ouvrait la bouche pour la prononcer, elle ne pourrait s'empêcher de hurler, c'était certain.

Comme pour se montrer galant, il lui ouvrit la portière. Puis il fit le tour de la voiture d'un pas nonchalant. Une fois installé sur le siège passager, il lui rendit les clefs.

« Je ne saurais que te conseiller de démarrer maintenant, sans quoi nous risquons d'attirer l'attention. Tu m'as assez répété que c'était ce que tu voulais à tout prix éviter.

— Est-ce qu'on pourrait arrêter de jouer à ce petit jeu-là ? Je t'ai dit je ne sais combien de fois que ce qui s'était passé entre nous n'avait été qu'une stupide erreur. J'aime Max. Si je t'ai fait du mal, j'en suis désolée, ce n'était pas mon intention. »

Il secoua la tête.

« Ce n'était pas une erreur, mon cœur. Tu avais envie de moi. Je l'ai bien vu. Chaque parcelle de ton corps me désirait, tout comme chaque parcelle du mien te désirait. Il nous faut simplement décider de ce que nous allons faire de cela, maintenant. Emmène-moi faire un tour, Ellie. Parlons à cœur ouvert. »

D'une main tremblante, elle inséra la clef dans le contact et alluma le moteur.

« Très bien, nous allons faire un tour. Mais je te préviens que je ne m'arrêterai pas. OK pour discuter en roulant. Mais seulement discuter. Compris ?

— Nous verrons », répondit-il en souriant.

Ellie savait qu'il ne la croyait pas. Il pensait qu'elle avait juste peur des répercussions que pourrait avoir sa rupture avec Max, et elle avait lamentablement échoué dans ses tentatives de lui prouver qu'il se trompait. La dernière fois qu'elle avait accepté de le voir (la nuit du terrible accident), elle avait supplié, argumenté, crié, pleuré. Au final, il l'avait prise dans ses bras pour essayer de l'apaiser. L'espace d'un court instant, elle s'était sentie mieux. Elle était trop bouleversée pour lui résister, et son geste lui avait procuré un certain réconfort. Jusqu'à ce qu'il commence à l'embrasser. Là, elle était brutalement revenue à la réalité et lui avait crié de sortir de la voiture. Elle ne voulait plus jamais le revoir. Elle pensait s'être fait clairement comprendre. Mais force lui était de constater qu'elle s'était trompée.

Les mains crispées sur le volant, elle se dirigea vers la sortie sans rien dire. Il fallait qu'elle s'éloigne de l'hôpital, qu'elle s'éloigne de toute personne susceptible de la reconnaître. Mais où aller? Mieux valait éviter de se garer dans une petite rue. S'ils se faisaient surprendre, ils risquaient fort d'éveiller les soupçons, en tout cas bien plus que s'ils étaient vus dans un endroit public, chose qu'elle pourrait assez facilement expliquer.

Mue par cette idée, elle bifurqua à gauche pour entrer dans le parking du supermarché et alla se garer dans la zone la plus fréquentée, entre une camionnette blanche et une voiture qu'elle ne reconnut pas. Au moins, de cette façon, ils seraient protégés des regards sur l'un des côtés.

« Pourquoi t'es-tu arrêtée ici? Je veux pouvoir te toucher, Ellie. Je veux pouvoir te serrer dans mes bras. Tu te souviens de ce que je t'ai dit au sujet de ta peau? J'ai envie d'y goûter à nouveau. »

Il posa sa main sur sa cuisse et se mit à la caresser. Elle ferma les yeux pour masquer la répugnance que lui inspirait ce geste, mais, apparemment, ce signe fut mal interprété.

« Je sais que tu as envie de ça. Moi, j'ai envie de t'emmener quelque part où je pourrais te déshabiller lentement, très lentement. J'ai envie de sentir ta peau douce et soyeuse contre la mienne, j'ai envie de te faire l'amour pendant des heures. Tendrement, très tendrement. J'ai envie de sentir tes jambes autour de mon corps, j'ai envie que tu m'attires en toi. Nous devons le faire, mon cœur, il le faut. »

Tout était sa faute, à elle. Il lui avait clairement fait comprendre ce qu'il ressentait pour elle, et, si elle ne s'était pas sentie aussi vulnérable et mal aimée ce jour-là, certaine que Max la trompait, elle n'aurait jamais laissé les choses se dérouler ainsi. Elle s'était arrêtée juste à temps. Mais naturellement, maintenant, il avait envie de terminer ce qu'ils avaient commencé.

Comment pouvait-elle s'y prendre pour le convaincre de partir ? Le convaincre de la laisser tranquille ? Il fallait qu'elle réfléchisse à chacun des mots qu'elle allait prononcer. Prenant son courage à deux mains, elle se retourna vers lui et essaya d'ignorer la lueur de désir qui brillait dans ses yeux.

« Excuse-moi. Je te prie de m'excuser, s'il te plaît. Je sais que je suis responsable, mais ce jour-là… j'ai commis une erreur. Une erreur stupide et cruelle. Je pensais que Max me trompait et j'étais accablée de chagrin. Ne me regarde pas comme ça ; je sais que j'ai probablement raison pour Max, mais cela n'excuse pas mon comportement. Il m'a menti. Il a prétendu être avec Pat, mais ce n'était pas vrai. Je sais qu'il était avec elle. J'étais vulnérable, et tu m'as fait me sentir attirante et séduisante. L'espace d'un instant, je me suis dit que, si je trompais Max à mon tour, il me serait plus facile de lui pardonner. C'était une idée tellement ridicule…

— Ce n'était pas ridicule du tout », dit-il en continuant de caresser doucement son genou. Elle voulait qu'il s'arrête. Elle le voulait vraiment. Mais il y avait dans ses yeux comme une lueur de folie, et elle avait désormais peur de ses réactions. « Les hommes ne mentent sur l'endroit où ils se trouvent que quand ils ne sont pas censés s'y trouver. Tout est vrai, Ellie. Je les ai vus ensemble au pub. En théorie, ils sont toujours avec les autres profs du collège, mais, en réalité, ils sont toujours seuls tous les deux. En train de se parler doucement à l'oreille. Plongés dans des conversations dont tous les autres sont exclus. Je ne veux pas te faire de mal, mais il faut que tu me croies. »

Il fit mine de toucher son visage. Elle eut un mouvement de recul, et sa main retomba sur sa cuisse. Le dégoût la fit frissonner, mais elle n'osait toujours pas se risquer à le repousser.

« Les roses sont notre symbole. J'espère que tu n'as pas oublié… »

Comment aurait-elle pu oublier? Mais pourquoi avait-elle eu le malheur de lui dire qu'on plantait ses roses jaunes préférées ce jour-là? On aurait dit qu'il avait établi un lien romantique entre ces fleurs et ce qui s'était passé entre eux. Un lien qui n'existait que dans sa tête…

« Il n'y a rien de mémorable là-dedans. Il ne s'agit que de deux événements distincts, sans aucun lien entre eux. »

À mesure qu'elle parlait, elle le voyait hocher lentement la tête.

« Tu cherches à te leurrer, mon cœur. Mais tu sais bien que Max te trompe. Et qu'il va sans doute finir par te quitter. De combien de preuves encore as-tu besoin? Tu sais très bien qu'il t'a menti. Alors, pourquoi attendre que ce soit lui qui se décide à agir? Pourquoi ne pas prendre les choses en main et lui dire que tu as trouvé quelqu'un qui t'aime, qui a envie de toi et qui ne te laissera jamais tomber? Nous sommes faits l'un pour l'autre, Ellie. Et nous surmonterons tous les obstacles qui se présenteront devant nous. »

Ellie ferma les yeux. Elle n'avait pas envie de parler, mais elle se sentait complètement perdue.

« Je ne peux pas faire ça. S'il te plaît, laisse-moi tranquille. Écoute, je viens de quitter l'hôpital, où gît une jeune fille renversée par une voiture et laissée pour morte, qui ne se remettra peut-être jamais de ses blessures. C'est une tragédie ; quoi qu'il ait pu lui arriver, elle ne le méritait pas. Mais nous, nous sommes des adultes responsables. Nous pouvons faire des choix et nous devons privilégier ceux qui engendreront le moins de dommages autour de nous. Bref, je voudrais que tu t'en ailles, maintenant. »

Elle releva les yeux vers lui. Le désir qui brillait dans son regard avait disparu, laissant place à autre chose. Une chose qui lui parut plus épouvantable encore. De la détermination.

« Ce n'est pas fini, mon cœur. Pour cette fois-ci, j'abandonne. Je vais retourner à pied à ma voiture. Mais n'oublie pas que je te regarde, Ellie. Ne te rapproche pas trop de Max, je n'apprécierais pas. Tu es à moi, désormais. »

Elle ne le regarda pas, mais elle l'entendit partir. La portière claqua. Enfin. Ellie resta immobile pendant une seconde. Puis elle sentit sa bouche se remplir de salive et elle se remit à frissonner.

Oh, merde, merde. Pas ici.

Mais elle ne put rien faire pour empêcher ce qui suivit. D'un geste brusque, elle ouvrit la portière et se pencha entre sa voiture et la camionnette blanche. Le peu qu'elle avait dans l'estomac ne tarda pas à se répandre sur le goudron.

24

Dans son esprit, Leo s'était toujours représenté la grand-rue de Little Melham comme sur une photo en noir et blanc, froide et humide, avec un ciel menaçant et des devantures de magasins déprimantes. Elle l'avait associée aux lourds cabas qui pesaient doulou-reusement au bout de ses jeunes bras, à des gens qui riaient d'elle ou la pointaient du doigt en la dévisageant. À cette lointaine époque où elle était la « bâtarde ». L'enfant qui était sortie de nulle part et dont personne ne voulait.

Mais elle se voyait désormais contrainte d'admettre que les lieux étaient en réalité plutôt mignons. Ce jour-là, le soleil filtrait à travers les branches des arbres qui bordaient la route, égayant le trottoir de jolies ombres chinoises, et les vitrines paraissaient lumineuses et accueillantes.

Elle avait bien vu que Tom avait été gêné par certaines de ses révélations et regrettait certainement d'avoir lancé cette conversation. Mais il avait ensuite profité de l'occasion pour lui raconter sa propre histoire, et Leo était restée muette de stupeur quand elle avait pris connaissance des événements qui avaient conduit à la mort de son frère, dans cet accident de hors-bord.

Bien que cette disparition eût fait de Tom un homme considérablement plus riche qu'il ne l'aurait sans doute jamais été, il n'en paraissait pas pour autant moins peiné.

Après avoir partagé quelques-unes de leurs tristes expériences du passé, ils étaient passés à des sujets de conversation plus sûrs et plus légers, et Tom lui avait parlé de ses projets professionnels. Il était quasiment certain que l'un des inspecteurs de la police de Manchester allait bientôt prendre sa retraite et, même s'il savait qu'il ne s'agirait pas pour lui d'une promotion, il envisageait avec joie de reprendre sa place, pour la simple et bonne raison que cela le rapprocherait de Lucy.

Leo n'arrivait pas vraiment à cerner Tom. Il semblait sûr de lui et bien dans sa peau, mais elle avait l'impression qu'il s'efforçait de mettre entre lui et les autres une certaine distance qui laissait entendre que quelque chose dans son passé l'avait rendu méfiant. En dehors du récit de la mort de son frère, on ne pouvait pas dire qu'il ait beaucoup parlé de sa vie privée. Et bien qu'il se fût montré assez expansif au sujet de Lucy, il ne semblait pas très disposé à évoquer les raisons pour lesquelles il s'était séparé de sa mère et n'avait pas laissé à Leo beaucoup d'occasions de l'interroger à ce sujet. Elle avait l'impression que, sous la surface, de violents courants l'agitaient. Il mettait facilement à nu un peu plus de la moitié de son âme, mais le reste devait être très difficile à pénétrer.

Après le déjeuner, quand ils s'étaient dit au revoir, Leo avait décidé de retourner se promener dans le village, en empruntant le trottoir situé en face du bar à vin. Un peu plus tôt dans la matinée, elle avait repéré un nouveau traiteur et s'était dit qu'elle passerait y acheter quelques bonnes choses pour grignoter avant le dîner, principalement pour épargner à Ellie plusieurs heures en cuisine.

Le magasin était bondé, mais les clientes n'avaient pas l'air pressées d'acheter. La commerçante la regarda en souriant.

« Puis-je jeter un coup d'œil ? lui demanda Leo. Je ne sais pas encore ce qui me ferait envie.

— Faites comme chez vous. Et si vous avez besoin de quoi que ce soit, n'hésitez pas à me demander. »

Il y eut alors un silence gênant, et Leo hésita entre choisir quelque chose au hasard pour se dépêcher de sortir, et prendre son temps en ignorant l'ambiance pesante. Mais la commerçante, qui semblait avoir perçu son malaise, ne tarda pas à venir à son secours.

« Excusez-nous, madame. Nous ne voulions pas nous montrer impolies. Nous étions juste en train de parler de l'horrible accident qui a eu lieu vendredi soir. Nous n'arrivons tout simplement pas à y croire. Vous êtes de la région ?

— Non. Je ne suis là que pour quelques jours. Mais j'en ai entendu parler. Par la serveuse du bar à vin… »

La commerçante hocha la tête. « C'est horrible, vraiment. Et ils disent que le conducteur devait être du coin, puisque la route ne mène qu'au village. Tout le monde ne parle que de ça, ici. Les gens sont choqués, je vous assure.

— Ils ont vérifié les caméras, vous savez ? intervint une cliente. Celles installées dans le village. Il y en a une à la station-service, mais je ne sais pas s'il y en a beaucoup d'autres. On pensait que ça ne servait pas à grand-chose. Je sais de source sûre que plusieurs suspects ont déjà été interrogés. Dont deux qui viennent du collège, eux aussi. Voilà qui est très parlant, vous ne trouvez pas? Les profs… ils ne sont pas mieux que les autres. »

La commerçante s'accouda au comptoir.

« Tu sais de quels profs il s'agit, Sally?

— Tout ce que j'ai entendu dire, c'est que l'un d'entre eux est principal adjoint. Un homme. Et il y aurait aussi un ou une prof de sport. Vous vous imaginez l'horreur, si on découvre que c'est un prof qui a laissé cette fille pour morte sur le bas-côté? »

Un ou une prof de sport? Cette affirmation ne manqua pas de déstabiliser Leo, pourtant certaine que Max n'aurait jamais abandonné une jeune fille qu'il aurait renversée par accident. Et cette histoire de principal adjoint? Pouvait-il s'agir de Pat? Non, c'était impossible.

« Il n'y a pas que des profs qui se sont fait pincer, intervint une autre cliente, bien en chair et coiffée d'une permanente un peu trop serrée. Le Philip était chez le dentiste ce matin, et il a vu ce banquier plein aux as. Vous savez, celui qui travaille à Londres, le mari de cette fille qui a disparu du village du jour au lendemain, il y a Dieu sait combien d'années. Je n'arrive jamais à me souvenir de son nom. Bref, il venait de sortir du commissariat, lui aussi. Et il n'avait pas l'air très bien dans sa peau, d'après le Philip. Vous savez ce que je pense? Toute cette clique des beaux quartiers du village, avec leurs boulots bizarres et les voitures de course qui vont avec, ils boivent tous du vin, parce que c'est la mode. Et ils ne pensent pas qu'ils doivent reprendre le volant pour rentrer chez eux. Je suis certaine que quand ils vont trouver le coupable, ils s'apercevront que le type avait picolé. C'est scandaleux, de se comporter comme ça ! »

Était-ce de Charles et Fiona que cette femme venait de parler ? *Disparue ?* Leo savait que Fiona avait quitté le village pendant un certain temps. Mais entre « quitter le village » et « disparaître du village du jour au lendemain », il y avait tout de même un gouffre. Et puis, pourquoi Charles aurait-il été interrogé alors qu'il se trouvait à Londres jusqu'au samedi ?

« Vous n'auriez pas entendu quelque chose, par hasard, madame ? lui demanda la commerçante.

— Malheureusement, non, répondit-elle en secouant la tête, jugeant préférable de ne pas parler des connaissances qu'elle avait dans le village par le biais d'Ellie et de Max.

— Comme tout le monde dit que c'est forcément quelqu'un du village, vous comprendrez que nous posons des questions. Soyez attentive. On ne sait jamais, des fois que vous entendriez quelque chose de louche ou que quelqu'un vous dirait qu'untel ou untel n'était pas là où il aurait dû être vendredi soir. Nous avons autant de chances que la police de trouver le coupable. Alors si vous apprenez quelque chose, n'hésitez pas à revenir nous voir. »

Leo fut soulagée d'entendre tinter la clochette à l'ancienne de la porte d'entrée. Le souvenir de l'étrange disparition d'Ellie, le vendredi soir, venait de lui revenir à l'esprit, et elle avait désespérément envie de changer de sujet. Cependant, la nouvelle cliente n'avait rien du sauveur qu'elle avait espéré.

Fiona.

Bien qu'elle n'eût pas participé activement à la conversation, Leo se sentit rougir légèrement. La dénommée Sally se retourna pour étudier le vaste étal de plats cuisinés qui se trouvait derrière elle, et toutes les autres évitèrent soigneusement de regarder dans la direction de Fiona.

Celle-ci parut surprise de voir Leo, mais ne sembla pas consciente d'avoir interrompu une conversation.

«Tiens, Leo. Qu'est-ce qui t'amène au village, par ce bel après-midi?»

Leo se sentit plus mal encore. La commerçante et les clientes allaient désormais croire qu'elle les avait volontairement induites en erreur.

«Je suis venue chercher quelque chose à grignoter pour Ellie.

— Eh bien, je suis ravie de te croiser, parce qu'il me semble me rappeler qu'au dîner de samedi soir, tu m'as proposé de m'inviter à déjeuner. Et tu sais, plus j'y réfléchis, plus je trouve l'idée excellente. Que dirais-tu de me retrouver au bar à vin demain, à midi et demi?»

Aux yeux de toutes les personnes présentes dans la boutique, Fiona était désormais passée du statut de simple connaissance de Leo à celui d'amie.

La commerçante leur proposa de les servir, mais Fiona lui indiqua poliment les autres clientes.

«Elles ne sont pas pressées, ne vous inquiétez pas pour elles», répondit la commerçante en jetant un regard mauvais à Leo qui acheta plus de choses qu'elle ne l'avait envisagé. Fiona n'étant venue que pour prendre quelques tranches de jambon de Parme, Leo et elle ne tardèrent pas à quitter le magasin.

En dehors des quelques échanges nécessaires aux achats, aucun mot n'avait été prononcé depuis que Fiona était entrée, et Leo avait eu la désagréable

243

impression d'être redevenue celle qui provoquait le silence dans les magasins dès qu'elle en passait le seuil.

Le village avait retrouvé ses anciennes nuances de noir, de blanc et de gris. Et la belle journée ensoleillée avait perdu toutes ses couleurs au moment où elle avait compris que, à en croire les rumeurs, plusieurs des proches d'Ellie pouvaient être impliqués dans l'accident du vendredi. Sans parler du fait qu'elle ne savait toujours pas où Ellie elle-même s'était rendue, le soir en question.

25

Depuis qu'elle était rentrée du travail, Ellie n'avait pas arrêté. Elle avait commencé par nettoyer le sol de la cuisine, ce qui, a priori, ne semblait pas être une grosse affaire, mais comme cette immense pièce servait également de salle de jeu, il lui avait d'abord fallu mettre de côté tous les jouets. Max avait emmené les jumeaux à la rivière pour nourrir les canards, et elle avait pu se consacrer à fond à son travail. On dit que les tâches ménagères permettent d'oublier les soucis. Ce n'est pas toujours vrai…

Ellie était vraiment contente que personne n'ait été témoin du moment d'embarras qu'elle avait vécu dans le parking. Heureusement qu'elle avait toujours une grande bouteille d'eau minérale dans le coffre. Après s'être un peu rincé la bouche, elle avait pu effacer la plupart des traces en faisant couler de l'eau vers une bouche d'égout. Mais depuis, elle ne s'était même pas risquée à boire une tasse de thé.

La maison était silencieuse. Elle paraissait vide et abandonnée. Comme à chaque fois que Max et les enfants n'étaient pas là, tout bien considéré. Mais il y avait autre chose, désormais : elle avait peur. Était-il là, à attendre le bon moment pour se faufiler derrière elle et passer ses bras autour de sa taille ? Il fallait qu'elle continue de s'activer. Ou alors, qu'elle s'enferme dans la salle de bains jusqu'à ce que Max ou Leo rentrent à la maison.

Elle était en train de descendre l'escalier, les mains prises par la deuxième charge de linge qu'elle s'apprêtait à laver, quand le timbre strident de la sonnette perça le silence, la faisant littéralement bondir sur place. La moitié des affaires sales tombèrent par terre. Elle se hâta de les ramasser pour les déposer sur le fauteuil du hall. Puis elle resta quelques secondes immobile, à se demander si elle allait pouvoir supporter l'inconnu qui se trouvait de l'autre côté de la porte. Elle n'avait pas envie de recevoir qui que ce fût. Si elle ne bougeait pas, peut-être la personne finirait-elle par s'en aller ?

Mais sa stratégie ne fonctionna pas. Elle n'eut pas d'autre choix que de répondre aux coups de sonnette insistants.

Elle ne reconnut pas les hommes qui se trouvaient sur le seuil, tous deux élégamment vêtus de costumes. Mais comme ils ne souriaient pas, elle comprit tout de suite qu'il ne s'agissait pas d'une visite de courtoisie.

« Madame Saunders ? Sergent détective Crosby. Et voici l'agent détective Lacey. Pouvons-nous entrer ? »

Ellie resta figée sur place. Voilà, on y était. Sa voiture avait été filmée. Ou *la sienne*, et *il* avait donné son nom. C'était horrible. Qu'allait-elle faire, maintenant ? Grâce à Dieu, Max était sorti. Luttant pour se ressaisir, elle ouvrit la porte en grand, fit signe aux agents d'entrer et décida de les conduire dans la bibliothèque, seule pièce où elle pourrait refermer la porte derrière elle afin de ne pas être entendue de Max s'il venait à rentrer.

« En quoi puis-je vous aider ? demanda-t-elle, en priant pour que sa nervosité ne soit pas mal interprétée.

— En réalité, madame Saunders, c'est à votre mari que nous aimerions parler. Est-il là ?

— Max ? Vous voulez parler à Max ? Mais pourquoi ?

— Je suis désolé, madame Saunders, il s'agit d'une affaire privée. Est-il là ? »

Ellie savait que son visage devait être le reflet même de la peur et de la consternation. Et non celui d'une innocente désireuse d'aider la police à mener son enquête.

« Je suis navrée, mais mon mari est sorti. Il a emmené les enfants à la rivière. Ils voulaient donner à manger aux canards, et comme nous avions du vieux pain... »

Elle était en train de divaguer. Il fallait qu'elle s'arrête.

« Pouvons-nous l'attendre ici ? Nous avons à lui parler ; c'est assez urgent. »

Tout en s'efforçant de se reprendre, elle pointa du doigt les fauteuils, dans lesquels les deux détectives s'assirent.

« Puis-je vous proposer un café, un thé ou autre chose ? leur demanda-t-elle, en espérant que cette proposition ne semblerait pas mal venue.

— Un thé, je vous remercie. Nous le prenons tous les deux avec du lait et sans sucre. »

Ellie se précipita dans la cuisine. Machinalement, elle remplit d'eau la bouilloire électrique, la brancha et sortit des mugs du placard. Mais avant qu'elle ait eu le temps de terminer, elle entendit la porte de derrière s'ouvrir violemment (elle reconnut aussitôt là la marque de Jake) et vit les jumeaux arriver en trottinant, leurs bottes en caoutchouc couvertes de boue. L'espace d'une seconde, il lui vint à l'esprit qu'il allait lui falloir de nouveau nettoyer le sol de la cuisine, mais elle ne se donna pas la peine de demander à Max pourquoi il ne leur avait pas demandé de se déchausser.

« La police est là, Max. Ils veulent te parler. »

Max prit un air vaguement déconcerté mais, à son grand soulagement, il ne parut pas inquiet.

« Ah bon ? Où sont-ils ?

— Dans la bibliothèque. Qu'est-ce qui se passe ? Je leur fais du thé, tu en veux ?

— Non, merci. Je ne sais pas pourquoi ils sont là, je vais aller voir. Je prends le thé ?

— Non, répondit-elle. Il n'est pas encore prêt. Je l'apporte dans une minute. »

Max quitta la pièce et Ellie termina de préparer le thé, tout en regardant d'un œil distrait les jumeaux souiller le sol de la cuisine avec leurs bottes boueuses.

Quelques secondes plus tard, elle posait les deux mugs sur un petit plateau, y ajoutait une assiette de biscuits et quittait à son tour la cuisine. En s'approchant de la bibliothèque, elle entendit Max demander aux agents de police ce qu'il pouvait faire pour eux. Elle n'entendit pas la réponse qu'on lui apporta, mais fut étonnée de voir Max se lever pour fermer la porte. Passant le plateau sur une main, elle rouvrit. La pièce devint silencieuse. Max se tourna vers elle, l'air légèrement surpris, avant de s'approcher pour prendre le plateau.

Le silence était devenu pesant.

« Tu pourrais refermer la porte en sortant, ma chérie ? lui demanda-t-il. Merci. »

Il lui adressa un vague sourire, qui ne fit qu'accroître son sentiment d'inquiétude.

Elle était en train de refermer la porte de la biblio-thèque, quand celle de l'entrée s'ouvrit. Sur Leo, qui arborait un air renfrogné.

« Qu'est-ce que j'ai mal aux pieds ! Je n'aurais jamais dû aller me promener dans la grand-rue avec ces sandales. » Elle se débarrassa des chaussures incri-minées et alla s'asseoir sur l'escalier. « Il y a une voiture dans l'allée. Tu as de la visite ? »

Ellie garda le silence pendant un instant. Elle se demandait toujours ce qu'elle devait déduire du comportement de Max.

« C'est la police. Ils voulaient parler à Max. »

Leo, qui avait entrepris de se masser les pieds, leva à peine les yeux vers elle.

« Ah, ils sont venus. Je pensais que ce serait lui qui irait au commissariat. Aïe, aïe, aïe ! Ça fait un mal de chien. » Elle s'interrompit un moment, comme si elle venait tout à coup de remarquer le silence anxieux de sa sœur. « Qu'est-ce qui t'arrive, Ellie ? Tu sais bien que Max n'a pas conduit, ce soir-là. Je ne vois pas pourquoi tu t'inquiètes.

— Et s'il avait tout de même pris le volant et qu'il ne l'avait pas dit ? »

Leo appuya ses avant-bras sur ses genoux et la regarda d'un air perplexe.

« Max ne ferait jamais ça. Tu sais très bien qu'il ne ferait jamais ça. Ils ont dû venir pour lui demander s'il avait vu quelque chose en rentrant à la maison. Allons, ne fais pas cette tête. »

Ellie ne bougea pas. Elle se sentait littéralement pétrifiée.

« Leo, qu'est-ce que tu voulais dire quand tu as affirmé que tu pensais que ce serait lui qui irait au commissariat ? »

Leo se mordit la lèvre, comme elle le faisait quand elle était petite, à chaque fois qu'elle s'apprêtait à dire quelque chose qu'elle aurait préféré taire.

« Tout ça, c'est à cause des commères du village. Tu sais comment elles sont : elles ont un véritable don pour tout monter en épingle. Je suis allée chez le traiteur acheter quelques trucs à grignoter. Là, dans le sac à côté de la porte. Et il y avait des bonnes femmes qui ont dit que les flics avaient interrogé un ou une prof d'EPS. Alors j'ai pensé que ça pouvait être lui. Mais il n'a pas pris le volant ce soir-là, alors… Bref, il m'a semblé qu'elles disaient qu'il était allé au commissariat, mais j'ai peut-être mal compris. Le truc bizarre, c'est que… Ellie, tu m'écoutes ? »

Les yeux fixés sur la fenêtre, Ellie regardait le jardin. Elle avait entendu tout ce qu'elle avait besoin d'entendre, et elle comprenait désormais pourquoi Max avait fermé la porte. Il était avec *elle* et il ne voulait pas qu'elle le sache. Ignorant royalement Leo, elle retourna lentement à la cuisine, se demandant ce qu'elle devait déduire de cette dernière information. Ce fut alors qu'elle sentit son téléphone vibrer dans la poche de son jean. Elle le laissait toujours en mode silencieux, désormais.

Elle alla s'asseoir dans le coin de la cuisine le plus éloigné du couloir. Un texto. Était-ce *lui* ? Le numéro était masqué.

TIENS DONC. ON DIRAIT QUE MISS PARFAITE A UN SECRET. DEVINE QUOI, ELLIE… CE SECRET, JE LE CONNAIS ! OÙ ÉTAIS-TU VENDREDI

SOIR? ET AVEC QUI? MAX SERAIT SÛREMENT TRÈS INTÉRESSÉ DE LE SAVOIR, TU NE CROIS PAS? MAIS JE TE PROMETS DE NE RIEN LUI DIRE. À CONDITION QUE TU FASSES UNE PETITE CHOSE POUR MOI. L'ENNUI, VOIS-TU, C'EST QUE JE N'AI PAS ENCORE FINI DE ME PRÉPARER. MAIS JE VEUX QUE TU TE TIENNES À MA DISPOSITION. JE TE DÉCONSEILLE DE PARLER DE ÇA À QUI QUE CE SOIT. TU T'IMAGINES BIEN CE QUE JE FERAIS, DANS CE CAS-LÀ.

Ellie dut rester une bonne minute sans bouger, les yeux fixés sur l'écran. Elle sentait la pression des larmes derrière ses paupières, mais elle ne pouvait pas se laisser aller à pleurer. Les battements de son cœur s'étaient accélérés, et elle avait l'impression que sa tête allait exploser.

Oh, mon Dieu! Mais qu'est-il en train d'arriver à ma vie?

Qui avait pu faire ça? Qui avait pu lui envoyer un message aussi haineux? Comment cette personne avait-elle eu son numéro? Comment avait-elle pu savoir pour vendredi? Que pouvait-elle vouloir d'elle? De l'argent? Non, ça ne devait pas être ça. Le message disait qu'elle devait « faire » quelque chose. Mais quoi?

Une colère intense s'empara d'elle. *Lui.* Ça ne pouvait être que lui. Il essayait de la rendre folle. C'était la seule personne à savoir où elle était allée ce soir-là, et la seule qui avait quelque chose à y gagner. Mais pourquoi lui faisait-*il* ça?

Elle sentit un cri monter dans sa poitrine, menaçant de s'en échapper, mais soudain, un mouvement retint son attention. Elle s'efforça de réprimer ses émotions. Leo l'avait suivie. Adossée au chambranle de la porte, elle la regardait d'un air déconcerté.

Paniquée, Ellie s'empressa d'effacer le message et de remettre le téléphone dans sa poche.

« Ellie… fit Leo d'un air décontenancé.

— Excuse-moi, Leo. Je vais bien, ne t'inquiète pas. » Elle émit un petit rire qui sonna faux à ses propres oreilles, mais elle s'efforça de poursuivre, parlant aussi vite que possible pour ne pas laisser de place aux questions : « Ce n'est pas tous les jours que j'ai deux policiers sur le seuil de ma porte qui demandent à parler à mon mari. Je me suis comportée de façon idiote. Mais je vais bien, maintenant. Et si on se faisait un petit thé, nous aussi ? Si tu pouvais t'occuper de la bouilloire. Moi, je vais chercher des lavettes pour les enfants. Tu vas voir comme ils adorent nettoyer le carrelage ! »

26

Après le départ de la police, la veille au soir, l'atmosphère était restée tendue. Leo ne comprenait pas de quoi il retournait. Il était évident qu'Ellie avait quelque chose à dire à Max. Mais, pour quelque obscure raison, elle ne le faisait pas, se contentant de lui jeter des coups d'œil mauvais à chaque fois qu'il se risquait à regarder dans sa direction. Max, pour sa part, semblait gêné et mal à l'aise ; Leo ne l'avait jamais vu comme ça. Il arrivait à Ellie et lui de se disputer, mais jamais Leo n'avait été le témoin d'un tel refoulement d'émotions.

Max leur avait expliqué que les agents de police avaient simplement voulu vérifier le chemin qu'il avait emprunté vendredi soir en rentrant de la fête, ainsi que l'identité de la personne qui conduisait. Cela avait été les seules informations qu'il leur avait communiquées, et Leo, décontenancée, avait fini par comprendre qu'Ellie ne chercherait pas à lui poser d'autres questions. Ou du moins, pas devant elle.

L'ambiance, au petit déjeuner, ne s'était guère améliorée. Manifestement, Ellie ne pouvait se résoudre à regarder Max dans les yeux, et inversement. On aurait dit que Max avait une épée de Damoclès suspendue au-dessus de la tête, et pourtant, personne ne faisait

253

le moindre effort pour lui demander quel était le problème. Certaine qu'il valait mieux ne pas intervenir, Leo s'efforça de distraire les jumeaux, laissant le lourd silence qui séparait Ellie et Max s'appesantir encore.

Enfin, avec bien moins d'énergie que de coutume, Max se leva de table. Leo perçut du stress et de l'hésitation dans le ton de sa voix.

« Il me semble t'avoir entendue dire que tu travaillais encore, aujourd'hui, Ellie. En ce cas, je pourrais emmener les jumeaux à cette nouvelle piscine extérieure chauffée ? Tu sais, on en a parlé la semaine dernière ? Je pourrais leur donner un petit cours de natation, et ensuite, les laisser patauger un peu. Qu'en penses-tu ? »

Ellie fit une petite mimique, comme pour signifier qu'elle s'en moquait complètement.

« D'accord. Mais je te rappelle que je ne travaille que cet après-midi, comme tu le saurais si tu m'écoutais un peu. Enfin, ça ne me gêne pas. J'ai plein de choses à faire ici. Allez vous amuser, tous les trois. Moi, pendant ce temps, je m'occuperai des tâches ménagères avant d'aller travailler. »

Leo baissa les yeux sur son toast et prit son couteau pour y étaler un peu de confiture. Elle n'avait jamais beaucoup aimé la confiture. Mais, curieusement, elle se sentait obligée d'avoir l'air de faire quelque chose.

« Je peux rester t'aider, si tu veux. On ira cet après-midi. Mais j'y pense, pourquoi est-ce que tu ne viendrais pas te baigner avec nous ce matin ? Les tâches ménagères peuvent attendre ; il n'y a rien d'urgent. »

Avant qu'Ellie ne réponde, Leo avait parfaitement compris que les efforts de Max ne le mèneraient nulle part.

« Vas-y, Max. Je serai déjà au travail quand vous rentrerez, mais je serai de retour à 20 heures. Tu pourrais nous faire livrer quelque chose à manger ? Qu'est-ce que tu en dis, Leo ? »

Leo leva les yeux et hocha brièvement la tête. Elle savait bien qu'elle aurait dû proposer de faire la cuisine. Mais elle savait aussi qu'au bout du compte, personne n'aurait été satisfait de ses services.

Max prit un air déconcerté, comme s'il avait eu envie de dire quelque chose, mais s'était soudain ravisé. Après avoir expulsé une grosse bouffée d'air à travers ses lèvres pincées, il tourna les talons.

« Allez, les deux monstres. Maillots de bain et serviettes. Le dernier arrivé devant la porte d'entrée sera privé de glace. »

Max et les enfants se précipitèrent dans l'escalier. Leo savait pertinemment que Max allait feindre de tomber ou improviser une cascade comique en descendant, afin de s'assurer d'être le dernier à la porte. Et les jumeaux le savaient aussi bien qu'elle, ce qui ne rendait pas les choses moins amusantes pour autant.

Quand la porte de la cuisine se fut refermée derrière eux, elle se risqua enfin à parler.

« Café ? » demanda-t-elle prudemment à Ellie.

Comme si elle n'avait pas entendu la question, Ellie, les yeux fixés sur le mur, ne répondit pas. Croyant néanmoins avoir perçu un vague hochement de tête, Leo décida de se lever. Elle maîtrisait désormais toutes les subtilités de la machine et pensait qu'un cappuccino pourrait rendre à Ellie un peu de sa bonne humeur. Mais elle ne se risqua pas à rompre de nouveau le silence avant l'immense fracas qui se fit entendre dans l'escalier, et qui fut suivi de trois « bye-bye » en provenance du hall et d'un violent claquement de porte.

Leo posa alors la tasse de café devant sa sœur et s'assit en face d'elle.

« Et si tu me parlais ? »

Ellie, qui avait toujours les yeux perdus dans le vide, tourna son regard vers elle et se mit à la dévisager comme si elle n'avait pas compris ce qu'elle venait de lui dire.

« Allez, ne fais pas cette tête-là. Dis-moi ce qui ne va pas, Ellie. Je ne sais pas ce qui t'arrive, mais tu te conduis comme une vraie sorcière, et on dirait que Max a peur de toi.

— Il fait bien », répondit-elle, avant de porter sa tasse à ses lèvres.

Elle émit un petit son sifflant au moment où le liquide bouillant lui emplit la bouche.

Leo ne fit pas de commentaire, préférant utiliser la fameuse stratégie du silence, dont elle connaissait si bien les règles. Elle était quasi certaine que sa sœur tomberait tout de suite dans le panneau.

« Il était avec *elle*. Le soir de la fête. Max était avec Alannah. C'est elle qui conduisait. »

Ah ! C'était donc cela…

« Alannah ? N'est-ce pas la femme dont ils ont parlé au dîner l'autre soir ? La prof d'EPS des filles ? Écoute, il travaille avec elle ; il la voit tous les jours. Alors, qu'est-ce que ça peut faire si c'était elle qui conduisait ? Et puis, comment le sais-tu ?

— Je le sais parce que je ne suis pas une quiche, contrairement à ce que tout le monde semble croire. Max n'a pas pu conduire ce soir-là : il était complètement bourré. Il a dit qu'ils avaient tiré à la courte paille et que c'était un "pote" qui l'avait reconduit à la maison. Il n'a jamais précisé que le pote en question était Alannah. »

Leo fronça les sourcils.

« Mais pourquoi l'aurait-il fait ? Elle ou un autre de ses collègues… qu'est-ce que ça peut bien changer ? »

Sans cesser de remuer son café, Ellie leva les yeux vers elle.

« Tout. Ça change tout. S'il n'y avait rien entre eux, il m'aurait précisé que c'était elle qui l'avait ramené à la maison. Mais il ne l'a pas fait. Il m'a laissée entendre que c'était l'un des types du collège. Le problème, c'est que la voiture d'Alannah a été repérée par une caméra de vidéosurveillance et que Max a dû corroborer sa version de l'histoire, c'est-à-dire affirmer qu'ils n'avaient pas emprunté la route de traverse. C'est pour ça que les flics sont venus.

— D'accord. Mais on ne peut pas dire qu'il t'ait vraiment menti au sujet de la personne qui l'a raccompagné…

— Il a omis de préciser, ce qui est tout aussi mal. Tu ne t'imagines même pas à quel point il m'a été difficile de l'amener à avouer qu'il était dans sa voiture.

— Qu'est-ce qui a éveillé tes soupçons, au départ ?

— Samedi soir, au dîner, Pat a dit qu'Alannah avait conduit ce soir-là. Et ensuite, tu m'as rapporté les bavardages de ces bonnes femmes à propos d'un ou une prof d'EPS convoqué au commissariat, sans doute parce que sa voiture avait été vue dans le village. Ça a suffi à me faire douter. J'ai décidé de l'interroger, hier soir, quand tu es allée te coucher. Mais je peux t'assurer que ça n'a pas été de la tarte. Tu peux être sûre à 100 % qu'il n'avait aucune intention de me le dire. Il a vraiment fallu que je lui tire les vers du nez. »

Elle reposa violemment sa petite cuillère sur la table, avant de reprendre :

« S'il n'y avait pas eu cet accident, je ne l'aurais probablement jamais découvert. Et il avait espéré que les choses se passent comme ça. J'en mettrais ma main à couper. »

Tout en remuant calmement la crème dans son café, Leo répondit sur un ton mesuré :

« Tu sais, quand je vois ta réaction, je me dis qu'il n'y a rien de vraiment surprenant à ce qu'il n'ait pas voulu te le dire. Mais pourquoi est-ce que tu te prends la tête comme ça ? À ce que j'ai cru comprendre en voyant Max le lendemain, il aurait pu se faire raccompagner par Angelina Jolie à poil qu'il ne s'en serait même pas rendu compte.

— Et même s'il s'en était rendu compte, bougonna Ellie, il ne l'aurait sans doute pas touchée ; il dit toujours qu'elle est trop maigre. »

Leo éclata de rire.

« Tu peux rigoler, toi. Ce n'est pas ton couple qui est en train de s'effondrer », lança Ellie.

Sur ce, elle baissa la tête et éclata en sanglots.

« Oh, mon Dieu, Ellie, je suis désolée ! s'exclama Leo. Je ne voulais pas te faire de la peine. Je n'aurais pas ri si j'avais su que tu prenais les choses tellement au sérieux. »

Elle s'approcha de sa sœur et lui tapota deux fois le bras. Elle aurait aimé pouvoir en faire un peu plus, mais au moins, elle était là ; c'était déjà bien.

« Qu'est-ce qui te fait penser que ton couple est en train de s'effondrer ? C'est juste parce que Max est rentré avec cette fille l'autre soir ? »

Ellie attrapa une serviette de table, avec laquelle elle s'essuya les yeux et le nez.

« Bien sûr que non. Il n'y a pas que ça.

— Raconte-moi. Dis-moi ce que tu sais et ce que tu soupçonnes, et essayons de démêler tout ça ensemble. On verra bien ce qu'on en déduira. Mais tu sais, pour le moment, je n'arrive pas à croire que tu puisses avoir raison. »

La méfiance naturelle que les hommes avaient toujours inspirée à Leo ne s'appliquait pas à Max. Pourrait-elle se laisser convaincre qu'il était aussi mauvais que les autres ? Oui, certainement. Mais pour cela, il allait lui falloir des preuves. Et beaucoup.

Ellie se leva si brusquement que sa chaise bascula et s'effondra sur le sol.

« Je suis désolée de te décevoir, si tu penses qu'il est tellement parfait que ça ne peut pas être vrai, mais c'est juste la dernière chose d'une longue liste. Il me ment tout le temps. Et moi qui pensais que Max ne me mentirait jamais. Ç'a commencé il y a des semaines de ça ; il n'y a rien de nouveau là-dedans, Leo. Pour revenir à vendredi soir, je sais qu'il y avait deux autres personnes dans la voiture qui a quitté le club de rugby, deux autres types qu'Alannah a déposés chez eux. C'est Max qui me l'a dit. Le problème, c'est que je sais parfaitement où ces types habitent, de même que cette saloperie de squelette ambulant. » Elle releva la chaise en la faisant bruyamment claquer sur le dallage. Puis elle se tourna vers Leo et, tout en se penchant en avant, plaça ses mains sur ses hanches comme une poissonnière. « Pour que Max ait été le dernier à se trouver dans cette voiture, ce qui semble être le cas, il a fallu qu'Alannah fasse trois fois plus de kilomètres que nécessaire. Max aurait dû être le premier à descendre, non le dernier. Mais ça ne s'est pas passé comme ça. Elle a commencé par raccompagner les autres types, et ensuite, elle est revenue jusqu'ici avec Max. Ils sont restés tous les deux après avoir déposé les autres. L'itinéraire qu'elle a emprunté est complètement illogique, à moins que l'on ne considère qu'ils avaient envie d'être seuls. »

Leo ne sut que répondre. Cela lui paraissait en effet étrange, mais il devait certainement y avoir une explication rationnelle à tout cela. Seulement, Ellie ne semblait pas s'être donné la peine de poser la question à Max.

Manifestement excédée, Ellie se dirigea vers la porte, mais s'arrêta brusquement pour se retourner, une main sur la poignée, l'autre en l'air, l'index théâtralement pointé vers sa sœur.

« Tu peux croire ce que tu veux, mais ce n'est pas la seule preuve dont je dispose. Max a été surpris au pub en train de parler avec *elle*, sa maîtresse. Ils discutaient d'une espèce de plan dont il ne veut pas me parler. En tout cas pas avant qu'il ne soit trop tard pour que je puisse empêcher sa mise à exécution. Le problème, c'est que je ne sais pas ce que c'est, Leo. Je ne sais pas ce que je devrais l'empêcher de réaliser. Je ne peux qu'émettre des suppositions. Qu'est-ce que tu penses de tout ça, hein ? À bien y réfléchir, j'aurais dû t'écouter ; tu avais raison : on ne peut se fier à aucun homme. »

La porte se referma violemment derrière elle.

* * *

Leo jugea préférable de se tenir à distance d'Ellie pour le reste de la matinée. Elle savait qu'il était parfaitement inutile de chercher à persuader sa sœur qu'il ne s'agissait que d'un malentendu. Elle n'était pas dans le bon état d'esprit ; mieux valait attendre un moment plus propice. Mais elle se demandait tout de même si Max était au courant de l'ampleur des soupçons d'Ellie. De toute façon, la suspicion semblait être devenue endémique dans le village, l'accident d'Abbie étant bien sûr au cœur du problème. Mais quand le conducteur de la voiture serait identifié, le reste de l'imbroglio se démêlerait sans doute rapidement. Il fallait du moins l'espérer…

Leo s'assit sur son lit en s'appuyant sur ses bras tendus. Elle ne pouvait rien faire pour aider la police à résoudre le mystère de l'accident. En revanche, elle pouvait sans doute faire quelque chose pour soulager l'ambiance tendue qui régnait à la maison.

Spontanément, elle aurait été tentée d'interroger Max à propos d'Alannah, mais Ellie aurait été furieuse si elle l'avait appris. Tous deux avaient toujours été en si parfaite harmonie que Leo se sentait vraiment affectée de les voir comme cela, ce qui l'amenait à se demander ce que sa sœur pouvait ressentir. Elle paraissait tendue comme une corde de guitare. Un petit tour de clef supplémentaire et elle se romprait. Quant à Max, on ne pouvait pas dire qu'il fût moins stressé. Il avait beau essayer de le cacher, ses subtils sarcasmes du samedi matin et son embarras de la veille, après la visite de la police, étaient en décalage total avec son caractère généralement paisible et jovial.

Tout bien considéré, les réflexions qu'elle s'était faites sur le caractère maléfique de la maison n'étaient peut-être pas aussi irrationnelles qu'elle l'avait pensé. Max n'avait pas envie de s'installer ici. Cela, elle en était absolument certaine. S'il en avait accepté l'idée, c'était uniquement pour faire plaisir à Ellie. Ce qui ne manquait pas de ramener Leo à la ridicule obsession de sa sœur, laquelle pouvait donc être considérée comme un élément constitutif du problème. Si elle réussissait à persuader Ellie que ses rêves de réunion avec leur père étaient utopiques, cela lui ferait un souci en moins. De toute façon, Leo était convaincue que, même s'il apparaissait demain comme par magie sur le pas de la porte, leur père ne manquerait pas de les décevoir.

Dans le fond, le problème d'Ellie était qu'elle ignorait ce qu'il était advenu de lui. Avait-il vraiment décidé de couper les ponts avec elles ? Se moquait-il d'elles au point de ne même pas s'être donné la peine de leur dire au revoir ? Ou lui était-il arrivé quelque chose ? Ellie ne pouvait se résoudre à croire que leur père ait délibérément disparu de leurs vies sans même jeter un coup d'œil derrière lui. Mais Leo, elle, trouvait cette hypothèse tout à fait plausible.

Et la vieille sorcière ? Que savait-elle de tout cela ? Beaucoup de choses, certainement.

Leo ferma les yeux et essaya d'exhumer ses souvenirs de leur père de là où ils étaient profondément enfouis, dans son subconscient, mais rien ou quasiment rien n'en sortit. Il n'avait été qu'une vague présence dans sa vie, qui avait menti à sa mère trop crédule et l'avait ignorée après la mort de celle-ci.

Les choses avaient été différentes pour Ellie. Sa sœur l'avait aimé parce qu'elle n'avait vu de lui qu'une seule de ses facettes : l'homme qui avait épousé son effroyable mère. Et quelque indifférent qu'il ait pu être, on ne pouvait pas dire qu'il s'était montré méchant avec Ellie. Leo, pour sa part, était passée du statut d'enfant chérie de sa mère à celui de jeune fille ignorée par son père et détestée par sa belle-mère.

S'efforçant de se représenter cet homme, Leo s'allongea sur le lit, les bras croisés derrière la tête. Si elle se concentrait sur sa mère et certains souvenirs de l'époque où ils vivaient tous ensemble, peut-être finirait-il par apparaître miraculeusement dans une scène de la vie quotidienne ?

Elle était assise dans le salon, une petite pièce avec un canapé deux places et un fauteuil bordeaux. Ils n'avaient pas beaucoup d'argent. Désormais, elle comprenait pourquoi. Tout partait ici, naturellement. À la Ferme du Saule et à l'autre famille de son père. Au bout du salon, il y avait une porte qui donnait sur la cuisine, et elle entendait sa maman chanter. Elle passait ses journées à chanter. Ce jour-là, c'était *Never Gonna Give You Up*. De qui était-ce, déjà ? Rick Astley ? Oui, c'était cela. Comme Leo essayait de danser sur la chanson, sa maman s'était approchée d'elle et lui avait pris les mains pour qu'elles puissent danser ensemble. Sa maman portait un jean et une tunique indienne. Tout en perles et en couleurs vives. Ses cheveux longs, presque noirs, étaient attachés en queue de cheval. Elle était tellement jeune.

Et puis la porte s'était ouverte. Il était apparu et s'était mis à se moquer gentiment d'elles en riant. Elle le voyait bien, maintenant, et elle se rendait compte qu'il avait été très beau. Il arborait une coupe à la César, très courte. Il avait de beaux cheveux épais, brun foncé, et des yeux d'un bleu perçant. Il était assez grand, mais peut-être n'était-ce qu'une impression. Elle ne devait avoir que 7 ou 8 ans à cette époque.

L'image s'estompa lentement, et Leo se rendit soudain compte que son visage était humide de larmes. *Pathétique.* Furieuse, elle se releva et s'essuya. Elle aurait mieux fait de se concentrer sur les années qui avaient séparé cette époque du moment où elle avait quitté la Ferme du Saule. Au moins, de cette façon, elle aurait eu une bonne raison de pleurer.

Machinalement, elle prit son ordinateur et le posa devant elle. Que savait-elle réellement de lui ? Elle avait consciencieusement noté chacune des informations dont elle disposait, ce qui, au final, ne représentait pas grand-chose. Elle ouvrit le fichier et se mit à lire.

Nom : Edward William Harris

Date de naissance : 02/12/1943

Lieu de naissance : Stoke-on-Trent, Angleterre

Chronologie :

1976 : Mariage avec Denise Swindon (4 mars)

1978 : Naissance de sa fille Eleanor (29 septembre)

1980 : Mariage (bigame) avec Sandra Collier (8 juin)

1980 : Naissance de sa fille Leonora Sandra (24 octobre)

1979-1995 : Directeur financier chez Goodman Pottery Limited, Stoke-on-Trent

C'était peu, vraiment peu.

Mais le point essentiel était la déclaration de décès présumé. D'après ce que la vieille sorcière avait dit à Ellie, les démarches dataient de 2002. Armée de ces maigres informations, Leo avait épluché les registres de l'année en question et, par précaution, elle s'était également penchée sur ceux de l'année précédente et de l'année suivante. Mais aucun certificat de décès n'avait été établi au nom d'Edward William Harris au cours de cette période. Se pouvait-il que la vieille sorcière ait menti? Cela n'aurait pas été surprenant mais, d'un autre côté, cela ne changeait rien au problème: son père avait disparu sans laisser de trace.

Mais l'argent devait bien venir de quelque part. Soit il avait tout donné à la mère d'Ellie avant son départ, soit elle l'avait acquis après son décès. Leo était loin d'avoir démêlé toute l'histoire.

Pendant longtemps, les deux sœurs avaient cru leur père parti pour l'un de ses voyages habituels. Il arrivait fréquemment qu'elles ne le voient pas pendant des jours, voire des semaines. Forte de son habituelle indifférence, Leo n'avait donc prêté que très peu d'attention à son absence. Elle ne se souvenait pas du moment exact où sa sœur et elle avaient pris conscience du fait que, cette fois-ci, il ne reviendrait pas, mais elle se rappelait que c'était en décembre que le nom de son père avait été mentionné pour la dernière fois. Comme il était parti depuis plusieurs mois déjà, Ellie avait demandé à sa mère s'il serait rentré pour Noël.

« J'en doute », s'était-elle contentée de répondre.

Et naturellement, pas un mot de réconfort pour Ellie, qui s'était pourtant mise à pleurer à chaudes larmes. Avec le recul, Leo ne pouvait s'empêcher de penser que la vieille sorcière savait parfaitement qu'il ne reviendrait jamais. Elle était au courant de quelque chose, c'était certain. Elle avait interdit à Ellie de poser d'autres questions à son sujet, et sa sœur ne s'en était jamais remise. On aurait dit qu'elle ne pourrait jamais s'épanouir totalement tant que les secrets de son passé n'auraient pas été révélés.

En réalité, cette réflexion ne menait nulle part, puisque Leo ne disposait d'aucune réponse. Pour se changer les idées, elle ouvrit donc une autre fenêtre et se mit à taper.

UN PREMIER PAS : LE BLOG DE LEO HARRIS

Vivre dans le présent

Comme il est facile d'imputer au passé ses torts du présent et de laisser l'histoire modeler l'avenir. Combien d'entre nous justifient leur comportement actuel en se référant à des événements survenus dans un passé révolu ?

Ce principe s'applique-t-il à votre relation de couple ? Permettez-vous à vos erreurs passées de dicter votre avenir ?

Il est inutile de rechercher des explications quand on a souffert à cause d'un être cher. La souffrance ne peut être justifiée. En cherchant des raisons de se rassurer auxquelles on ne pourra sans doute jamais croire

266

totalement, on ne fait que rouvrir des plaies qui ne demandaient qu'à guérir et on fait de nouveau couler le sang. La cicatrice apparaît alors, hideuse et dentelée, aux yeux de tous, et l'on devient un écorché vif, qui ne demande qu'à être blessé de nouveau.

Acceptez votre histoire personnelle et les changements qu'elle a opérés en vous. Réjouissez-vous de votre survie. Laissez vos blessures guérir et faire de vous un être plus fort et plus résistant, et n'oubliez pas que, quand on pardonne, on ne le fait pas pour les autres, mais pour soi-même. Pardonnez-vous d'avoir été une victime.

Portez un regard positif sur l'instant présent. Laissez le passé derrière vous, et essayez de le considérer comme un lieu que vous avez un jour visité, mais que vous n'avez pas beaucoup aimé.

«Ne demeurez pas dans le passé, ne rêvez pas du futur, concentrez l'esprit sur l'instant présent», Le Bouddha.

27

Dans mon rêve, je cours. Il fait noir, et j'ai peur. Non, c'est pire que ça. Je suis terrorisée. Je sens le poids de la peur peser sur ma poitrine et sur ma gorge, mais j'ignore ce qui m'effraie tant.

Et puis je l'entends.

« Abbie, Abbie. » Un murmure rauque et sonore qui déchire le silence de la nuit. Je perçois de la panique dans cette voix.

Et puis j'entends une autre voix qui prononce mon nom :

« Tu es complètement débile, Abbie Campbell. Je ne sais pas pourquoi je t'ai invitée. »

Il ne fait plus noir, maintenant. Et la voix est méchante.

Mais comment en suis-je arrivée là ?

Je suis dans mon village. Je suis dans mon propre village, cachée dans un coin. J'attends et j'observe le fast-food pour voir qui arrive. Je ne veux pas être la première. Je ne veux pas avoir l'air d'une cruche. Mais je ne veux pas être la dernière non plus, parce que, si elles sont déjà là, elles vont toutes me regarder quand je vais arriver. Je ne devrais pas être aussi stressée ; ce n'est qu'une soirée entre amis. Un truc normal, que tout le monde fait tout le temps.

J'ai failli refuser. Je n'avais pas envie d'y aller. Mais maman avait l'air tellement contente qu'on me l'ait proposé que j'ai fait comme si ça me faisait plaisir à moi aussi. C'est la mère d'Emily qui a dû dire qu'il fallait m'inviter ; je suis certaine que l'idée ne venait pas d'Emily.

J'ai hâte d'être au prochain trimestre. J'ai hâte que Chloe arrive. Chloe n'est pas comme Emily ; elle ne me trouve pas bizarre. C'est ma meilleure amie.

D'autres filles finissent par arriver. Elles sont quatre. Parfait. Je sors de ma cachette, à l'angle de la poste, et j'arrive à la porte juste au moment où elles rentrent. Elles se retournent vers moi en souriant. Ces filles-là sont sympas ; ce ne sont pas les petites pimbêches qui traînent tout le temps avec Emily.

Il est un peu plus tard, maintenant. On a toutes nos hamburgers, et Emily se la pète, comme d'habitude. Des garçons de 3ᵉ viennent d'arriver, et elle cherche à se faire remarquer. L'un d'entre eux me fait un clin d'œil ; je lui souris. Je le connais. Sa maman est amie avec la mienne, mais rien de plus. Ce n'est pas comme si on fantasmait l'un sur l'autre, ou un truc comme ça.

Il faut que j'aille aux toilettes. Je me lève et fais ce que j'ai à faire. Mais quand je reviens dans la salle, elles me tombent dessus. Emily et sa bande.

Elles me font la misère. D'après elles, c'était censé être la soirée d'Emily, et je suis en train de tout ficher en l'air. Pourquoi ? Parce j'ai souri au mauvais garçon. Elles me traitent de crasseuse et de débile et me disent de dégager.

J'ai envie de pleurer, mais je me retiens. Je me mords la lèvre et je ne dis rien, mais je sens mon visage devenir de plus en plus rouge. J'attrape mon sac et je les bouscule un peu pour sortir.

269

Et maintenant, qu'est-ce que je vais faire ? Je sais que je devrais appeler maman, mais ça m'angoisse un peu. Elle a toujours l'air de culpabiliser quand je foire un truc. On dirait qu'elle pense que c'est sa faute à elle si je suis une nullarde.

Je sors mon téléphone de mon sac. Ce que je peux faire, pour commencer, c'est informer la planète entière de ce qu'est vraiment Emily. J'ouvre Facebook. Et je dis à tout le monde (enfin, à mes quelques contacts) qu'Emily est une sale petite peste et que je rentre chez moi.

Je suis surprise de recevoir aussitôt un message. Mais je souris quand je vois qu'il provient de Chloe. Qu'est-ce que j'aimerais qu'elle soit là !

Mais… elle est là ! C'est ce qu'elle me dit, dans son message. Ils ont emménagé plus tôt que prévu. Et elle arrive ! Elle est là !

Elle va venir me chercher avec sa mère en voiture pour me ramener chez moi. Il faut que je les attende derrière le fast-food. Mais c'est un secret. Je ne dois le dire à personne.

J'ai tellement hâte de la voir ! Et en plus, comme ça, je n'aurai pas à appeler maman. Ça lui évitera de se faire du souci.

Je ne suis plus malheureuse du tout. Je vais voir Chloe ; je suis super contente. Tout ce que j'ai à faire, c'est de les attendre, elle et sa mère. Les autres filles sont en train de sortir ; elles vont au cinéma. Certaines prennent un air dégoûté en me voyant, mais je m'en fiche, maintenant.

Moi, j'ai Chloe.

28

« Montez dans la voiture, les filles. Celle de votre mère. Je vais dire au revoir et on part. Je reviens dans une minute. »

Gary Bateman se retourna vers sa maison, tandis que ses deux filles, l'air renfrogné, se dirigeaient mollement vers la voiture de Penny. Il savait bien qu'elles n'avaient aucune envie de passer la semaine chez sa mère, mais il n'avait pas le choix. À cause de Penny. Bordel, il allait vraiment finir par la tuer !

Une fois revenu dans la maison, il jeta au passage un coup d'œil au miroir de l'entrée.

Pas mal, songea-t-il en découvrant ses dents ultra blanches et en repensant au brillant travail du dentiste. Il était trop bien pour Penny, il n'y avait pas à dire.

Tout en se faisant cette réflexion, il se mit à monter l'escalier d'un pas lourd.

« Penny ! cria-t-il. Penny, j'y vais. »

En ouvrant la porte de la chambre, il entendit un bruit étouffé de sanglots, en provenance du lit où Penny était allongée, la tête enfouie dans un oreiller.

« Mais reprends-toi, bordel ! Secoue-toi un peu ! Si tu n'étais pas si pathétique, je n'aurais pas à réparer tes conneries. Tu te rends compte que je suis obligé d'emmener les filles chez ma mère pour qu'elles ne voient pas ta tête de déterrée ? Tu es complètement abrutie, ma pauvre fille.

— Mais je n'ai rien fait. »

Qu'est-ce qu'elle l'énervait quand elle geignait comme ça ! « Mais je n'ai rien fait, répéta-t-il en imitant sa voix. Tu dis que tu veux aller voir cette emmerdeuse de Leo Harris pour lui raconter toute notre vie, et tu t'étonnes que je ne sois pas content ? Enfin, il n'y a pas besoin d'être docteur en physique nucléaire pour comprendre ça ! Tu as lu les trucs qu'elle écrit sur son blog ? Il faudrait vraiment que quelqu'un la remette à sa place, cette conne. Bref, il est hors de question que tu lui parles. C'est bien compris, j'espère. »

Sur ce, il s'approcha du lit et attrapa une poignée de ses cheveux pour lui faire décoller la tête de l'oreiller. Mais en voyant son air apeuré, il laissa échapper un grognement de dégoût et lâcha brutalement prise.

« Tu ne lui dis *rien*, compris ? Et maintenant, tu arrêtes de chialer, tu te lèves et tu t'habilles. Je dépose les filles et je reviens tout de suite chercher la Porsche. Il faut que je la rende aujourd'hui. J'étais censé la garder trois jours, et ça fait déjà quatre. Encore un problème à régler. Comme si je n'avais que ça à penser… »

Debout devant le lit, il regardait sa femme, les poings serrés. À dire vrai, il ne pouvait plus la supporter. Trois femmes à la maison, c'était au moins deux de trop. Ou trois, si la troisième était Penny.

« Et n'oublie pas ce que je t'ai dit, Penny. Si cette saleté de Leo vient mettre son nez…

— Hou hou ? Tu es là, Gary ? » La voix venait du hall d'entrée. Et merde ! Il n'aurait pas dû laisser la porte ouverte. Pourvu qu'il n'ait pas été entendu ! Après avoir jeté un dernier regard de mépris à Penny, il s'efforça de se composer un visage souriant et alla se poster en haut de la cage d'escalier.

«Sean! Qu'est-ce que tu viens faire là? Tu as quelque chose pour moi?»

Il descendit l'escalier pour le rejoindre.

«Penny va bien? J'ai vu les filles dans la voiture, et elles m'ont dit qu'elle était malade.»

Gary lui fit signe de sortir pour ne pas que Penny les entende.

«Elle n'est pas dans son assiette. Des trucs de fille, si tu vois ce que je veux dire. Bref, j'emmène les gamines chez ma mère. Je leur ai dit que c'était contagieux.» Il se mit à ricaner. «Tu pensais qu'elle était à l'article de la mort, à la façon dont elles t'ont raconté ça, hein? Et toi, comment tu vas?»

Sean prit soudain un air lugubre, en contraste total avec son habituel sourire étincelant, qui avait toujours eu le don de faire saliver les femmes du village.

«Ben, tu sais comment c'est. La vie n'est pas toujours très drôle à la maison. Si j'avais du fric, je recommencerais tout de zéro. Avec les enfants, bien sûr.

— C'est ce que je n'arrête pas de dire à Penny. Sauf que dans notre cas, ce serait elle qui garderait les mômes, répondit-il en riant. Mais toi, tu ne peux pas divorcer, parce que le pouvoir de séduction que tu exerces sur les filles du village provient en partie du fait que tu apparais aux yeux de tous comme une sorte de héros. En plus de ton charme, tu disposes d'un important capital de sympathie lié à la compassion que tu inspires. Crois-moi, je suis bien informé.

— C'est Penny qui t'a dit ça? s'enquit Sean.

— Penny? Tu rigoles? Penny ne reconnaît d'autre charme que le mien, mon pote. Malheureusement, d'ailleurs. Si elle s'intéressait un peu aux autres, j'aurais peut-être moins de mal à m'en débarrasser. » Il jeta un coup d'œil autour de lui, pour s'assurer que personne ne pouvait les entendre. « Mais assez causé de la pluie et du beau temps. Qu'en est-il de notre affaire ? Du cash m'arrangerait pour commencer, je ne voudrais pas me séparer trop longtemps de cette beauté. » Il tapota le capot de la Porsche. « Avec un peu de chance, je pourrai m'en payer une comme ça dans un mois ou deux.

— Ça avance. On m'a transféré l'argent, mais il n'est pas encore dispo. Demain, si tout va bien. C'est pour ça que je suis venu te voir. J'ai appelé le banquier ; je devrais pouvoir aller le retirer en liquide. Mais j'ai dû le baratiner pendant une heure pour qu'il accepte de me le verser. Je lui ai dit que j'en avais besoin pour acheter des matériaux et, au bout du compte, il a fini par accepter. Je reviens te l'apporter demain, à moins que tu ne préfères qu'on se retrouve autre part… »

Gary prit quelques instants pour réfléchir. Ce n'était pas idiot. Mieux valait peut-être se donner rendez-vous à l'extérieur.

« Je t'appellerai pour te le dire. Mais alors, quand l'affaire sera-t-elle rendue publique ? Je veux dire, à quel moment ton investisseur privé compte-t-il se faire connaître ?

— Samedi, si tout se passe comme prévu. Il commençait à flipper un peu, mais j'ai réussi à le convaincre d'accélérer le processus. Ceci étant, comme il est dans le coin toute la semaine, il pourra signer les papiers et les autres trucs aussi bien vendredi que samedi. Comme ça, on en aura terminé. Techniquement, l'argent n'est pas à nous tant que la partie paperasse n'est pas achevée, mais comme il n'y aura qu'un délai d'un jour ou deux, à partir du moment où tu ne dépenses pas tout, je pense que ça devrait aller. »

Gary s'assit sur le capot de la voiture et croisa les bras et les pieds.

« Je ne suis pas idiot, Sean. Si je m'achetais un truc sympa, ça ne passerait inaperçu aux yeux de personne. Sauf à ceux de Penny, bien sûr. Je vais mettre l'argent dans ma petite caisse noire, celle que j'ai constituée pour mes projets d'avenir en solitaire, si tu vois ce que je veux dire. »

Là-dessus, il se redressa pour jeter un coup d'œil aux filles.

« Il faut que j'y aille, maintenant. Ça fait je ne sais pas combien de temps qu'elles sont assises là, et elles faisaient déjà assez la gueule comme ça de devoir aller chez ma mère. »

Ils remontèrent l'allée ensemble.

« Quand je suis arrivé, il m'a semblé t'entendre parler de Leo, lui dit Sean. C'était la première fois que je la rencontrais. Qu'est-ce que tu en as pensé, toi ?

— Eh bien, je n'ai pas vraiment le temps pour toutes ces conneries de coaching. J'ai conseillé à Penny de garder ses distances, mais de mon côté, je lui en mettrais bien un petit coup, juste pour le plaisir de voir cet air de bêcheuse disparaître de son visage. Et toi ? Après tout, c'est toi, le tombeur du village. »

Sean se mit à rire.

« Je ne ferai pas de commentaire. Mais elle ne ressemble pas beaucoup à Ellie, tu ne trouves pas ?

— Ellie ? Ah, Ellie, c'est un cas à part. Cette femme, elle est vraiment adorable. Elle ne voit que le bon côté des choses et le bon côté des gens. Tu as vu combien de temps elle a passé à parler à ce Charles, l'autre soir ? À chaque fois qu'il ouvrait la bouche, je trouvais le suspens intolérable ; je me demandais quelle perle de sagesse il allait encore nous dispenser. Mais Ellie, elle était suspendue à ses lèvres, elle faisait comme si elle buvait ses paroles. Bref, elle est comme ça. Mais cessons de convoiter les femmes des autres. Il faut que j'y aille, de toute façon. Je t'appelle demain. »

Il leva la main pour saluer Sean et gagna la voiture de Penny. Ce faisant, il ne put s'empêcher de songer aux femmes et aux jeux idiots auxquels elles insistaient toujours pour jouer.

Pas Penny, non ; elle, il pouvait en faire ce qu'il voulait. Ce n'était pas elle, le problème, c'était l'autre. Il était fatigué d'attendre. Elle le faisait tourner en bourrique, et il n'aimait pas ça. Mais alors, pas du tout.

* * *

Personne n'aurait pu manquer l'élégante et exubérante silhouette de Fiona Atkinson dans la grand-rue. Le soleil étant un peu moins chaud ce jour-là, Leo avait décidé de prendre une table en terrasse, et elle avait remarqué que plusieurs regards s'étaient tournés vers Fiona quand celle-ci était arrivée devant le bar à vin. La jeune femme portait une robe chasuble framboise, simple, mais magnifiquement coupée, qui à elle seule aurait suffi à attirer les regards. Et pourtant, elle semblait avoir éprouvé le besoin d'en rajouter avec un chapeau de paille noir à larges bords et une immense paire de lunettes de soleil. Elle avait l'air d'une fille qui allait déjeuner à Paris ; pas à Little Melham.

«J'espère que je ne suis pas en retard, lança-t-elle en arrivant. Je me suis fait faire un massage après ma séance de gym ce matin, et il me semble que ç'a un peu traîné en longueur. »

Leo sourit. Bien qu'Ellie eût l'air de penser qu'elle était à couteaux tirés avec Fiona, elle la trouvait en réalité assez sympathique et appréciait le fait qu'elles puissent se lancer des injures à peine masquées sans qu'aucune d'entre elles ne s'en trouve le moins du monde froissée. Elle ne se souvenait pas très bien de comment était Fiona à l'époque où elles allaient à l'école. Juste qu'elle était assez mal fagotée et qu'elle était l'amie d'Ellie. Mais les amis n'étaient jamais les bienvenus à la Ferme du Saule. Depuis que Fiona était revenue s'installer au village, Leo l'avait revue plusieurs fois dans l'ancienne maison d'Ellie, et elle trouvait ses minauderies et ses airs de diva plutôt amusants.

En l'attendant, elle s'était commandé un verre de vin, qui lui fut servi au moment même où Fiona s'assit en face d'elle.

«Je te prie de m'excuser. Je ne savais pas dans combien de temps tu allais arriver. Tu veux qu'on prenne une bouteille ou tu préfères commander autre chose ?

— Juste un verre de San Pellegrino, pour moi, merci. Je mets un point d'honneur à ne jamais boire en semaine. Je fais très attention à mon corps, tu sais ? » Elle se mit à rire, comme pour suggérer qu'un simple coup d'œil suffisait pour comprendre à quel point cette autodiscipline était payante.

«Pourquoi ressens-tu le besoin de faire ça, à ton avis ? s'enquit Leo.

— De faire quoi ? Oh, ne commence pas avec tes conneries de coaching, Leo. Je vois très bien où tu veux en venir. Tu veux savoir pourquoi je ressens le besoin d'être toujours au top, c'est ça ?»

Leo se contenta de sourire, attendant que Fiona poursuive.

« Eh bien, oui, je veux être belle et désirable. Je ne veux pas que Charles ait honte de moi. J'ai envie que tout soit parfait en moi et chez moi pour que nous puissions être heureux et à notre aise. Et du reste, Charles, tu ne l'entends jamais se plaindre, non ? »

Charles. À l'évocation de ce nom, Leo revint brutalement à la réalité. Elles étaient là, à bavarder en toute insouciance, alors que de sombres secrets semblaient se tapir dans tous les recoins du village.

« J'en déduis donc que, pour toi, un corps parfait, de beaux vêtements et un intérieur richement décoré constituent la clef du bonheur conjugal, c'est bien ça ? demanda-t-elle, déterminée à poursuivre comme si de rien n'était.

— Euh… on ne pourrait pas passer la commande ? Parce que si tu t'apprêtes à me faire subir un interrogatoire, je crois que je vais avoir besoin de carburant. Et peut-être même d'une petite entrave à mes principes, c'est-à-dire d'un verre de quelque chose de léger. Pourquoi pas un pinot gris italien ? »

Fiona et elles passèrent donc les cinq minutes qui suivirent à étudier la carte, bien que Leo fût quasiment certaine que Fiona ne mangerait pas plus d'une feuille de laitue ou deux. Elle avait envie de savoir pour Charles, et les rumeurs lui avaient laissé entendre qu'il existait beaucoup de zones d'ombre dans le passé de Fiona. Mais elle ne pouvait pas lui poser de questions directes ; il fallait qu'elle trouve une autre stratégie.

Elles commandèrent leur repas et se mirent à siroter leurs verres de vin.

« Au fait, pour reparler d'intérieurs richement décorés, où habites-tu maintenant ? À l'extrémité du village, il me semble ?

— Oui. À environ 800 mètres par là, répondit Fiona en passant son bras par-dessus son épaule pour lui indiquer vaguement une direction. La maison est un peu grande pour nous deux, mais nous devons recevoir de temps en temps. Pour le travail de Charles, s'entend. Nous envisageons d'y faire ajouter un jardin d'hiver, d'ailleurs, qui s'étendrait sur toute la longueur de la maison et dans lequel nous pourrions organiser des dîners. L'arrière de la maison donne sur les pâturages, et la vue est absolument somptueuse. Ce jardin d'hiver constituerait donc un agrandissement parfait pour notre propriété. »

Leo dut se faire violence pour résister à la tentation de faire un commentaire moqueur. La fatuité de Fiona était parfois telle qu'elle en devenait presque un appel au sarcasme.

« Le design sur lequel nous travaillons est un peu plus ambitieux qu'une simple pièce en longueur collée à l'arrière de la maison, reprit Fiona. Il nous reste donc à terminer les plans et à obtenir le permis de construire. Mais à mon avis, ça ne posera pas de problème. J'entretiens aussi l'espoir que le délicieusement sexy chef de chantier d'Ellie accepte de faire le travail. Je lui en ai déjà parlé deux fois, et il a commencé à étudier la question. Il a l'air de penser que nos projets sont tout à fait réalisables. Et je suis certaine qu'ils seront approuvés.

— Sean... tu le trouves sexy ? Ah oui ? Moi, ce n'est pas mon genre », commenta Leo au moment où on lui servait sa salade au poulet fumé et au bacon. Fiona eut un petit sourire en coin.

« Je ne crois pas que tu aies un genre d'homme, Leo. J'ai toujours pensé que tu étais un peu comme moi, sur ce sujet. Indifférente aux charmes virils. Enfin, pour ma part, j'ai évolué. Je ne suis plus vraiment comme ça, maintenant. Mais toi, pourquoi n'as-tu pas succombé ? » Elle fit signe à la serveuse de lui apporter un autre verre de vin. Apparemment, une fois qu'elle avait décidé de boire, il n'y avait plus moyen de l'arrêter. Mais de quoi parlait-elle ? Évolué ?

« Tu me connais. J'ai été élevée par une parfaite illustration de la façon dont les hommes pensent, répondit Leo. Et j'ai vite compris qu'ils ne pensaient qu'à eux, et à eux seuls. En tout cas, c'est mon expérience. Je ne sais pas si tu te souviens de mon père, mais je me suis en quelque sorte investie de la mission de découvrir ce qu'il lui était arrivé. Ellie semble avoir fait de lui une sorte d'idole de plâtre et, tant que nous ne saurons pas ce qu'il est devenu, elle restera bloquée là-dessus. »

Fiona était occupée à essayer de retirer un minuscule morceau de carapace de sa salade de crabe.

« Il y a des choses dont il ne vaut mieux pas s'occuper, tu sais, Leo. Quand on retourne une pierre, on ne sait pas ce qu'on va trouver en train de ramper dessous. » Elle finit par attraper le petit morceau de carapace, qu'elle déposa sur le rebord de son assiette.

« Dans le cas de mon père, des trucs pas très jolis à voir, j'en suis certaine, rétorqua Leo. Il doit sûrement y avoir des types bien dans le coin, mais il faut avoir la chance de tomber dessus. Charles, par exemple, m'a tout l'air d'un garçon assez stable, malgré la confession qu'il a faite samedi soir et qui lui ressemblait si peu. Au fait, qu'est-ce que tu en as pensé ? »

Fiona émit son habituel rire cristallin qui, cette fois-ci, sonna faux aux oreilles de Leo.

« J'étais un peu en rogne contre lui. C'était tellement ridicule. Charles ? Me tromper ? Et pourquoi pas sauter à l'élastique déguisé en banane ? »

Leo faillit s'étouffer avec son vin en imaginant un Charles long et jaune s'élancer dans le vide.

« Mais où es-tu allée pêcher cette comparaison ? s'exclama-t-elle en riant ouvertement de l'étrange expression qu'avait utilisée Fiona.

— Je ne sais pas. C'est juste la chose la plus ridicule qui me soit venue à l'esprit. Avec Charles qui aurait une aventure, bien sûr.

— En tout cas, j'espère qu'il s'est excusé d'avoir dit ça. Surtout si ce n'était pas vrai.

— Il a dit que je me comportais comme une "catin", pour reprendre son terme. J'essayais juste de m'amuser un peu ; c'était une soirée un peu tristoune, tu ne trouves pas ? Quoi qu'il en soit, il a pensé que cette absurdité me réduirait au silence, stratégie qui a malheureusement échoué. J'imagine que tu le consi- dères comme un vieux schnoque rabat-joie et, en un sens, tu as raison. Mais il a d'autres qualités, tu sais ?

— J'en suis certaine, et si tu es heureuse, c'est tout ce qui compte. »

Leo étudia attentivement le visage de Fiona. Elle se comportait comme à son habitude, ne donnait pas l'impression d'être inquiète au sujet de quoi que ce soit. Et certainement pas de Charles.

« Eh bien, pour commencer, reprit Fiona, il faut tout de même admettre que c'était gentil de sa part d'accepter de venir s'installer ici, malgré les trajets de dingue que ça lui impose. Il n'est jamais chez nous le soir, sauf le samedi et le dimanche. Ce qui me laisse la maison et le lit pour moi toute seule. »

Leo prit une bouchée de sa délicieuse salade. Il fallait qu'elle conserve un visage impassible. Après avoir avalé ce qu'elle avait dans la bouche, elle but une gorgée d'eau.

« Il ne rentre pas à la maison avant le samedi, alors ? Ça ne lui arrive vraiment jamais de revenir un peu plus tôt, par exemple le vendredi soir ? demanda-t-elle, l'air de rien.

— Quand on a emménagé ici, il rentrait le vendredi, mais il y a quelque temps, il m'a dit qu'après ses longues semaines de travail, il préférait rentrer se reposer dans son appartement et faire le trajet le samedi matin. Pour ma part, ça m'est égal, s'il trouve que c'est mieux comme ça. »

Leo ne fit pas de commentaire. Si Charles était absent le vendredi, pour quelle raison la police l'aurait-elle interrogé ? Fiona était-elle au courant ?

« Mais il n'est pas reparti travailler lundi, poursuivit Fiona en fronçant les sourcils. Il a dit qu'il avait besoin d'une semaine de vacances. Je me demande bien pourquoi, d'ailleurs. Il passe ses journées à tourner en rond dans la maison ; on dirait qu'il attend que je m'occupe de lui. Mais pour moi, c'est la vie de tous les jours. S'il faut que je sorte, je sors, il n'a qu'à faire des trucs de son côté. J'ai l'impression qu'il pense que la soirée de samedi nous a un peu perturbés, tous les deux, et que je devrais lui témoigner de la gratitude pour son soutien. Je ne comprends vraiment pas d'où cette idée lui est venue…

— Quand tu es entrée chez le traiteur, hier, les bonnes femmes du village étaient toutes surexcitées à cause de l'accident, dit Leo en pesant ses mots. Tu sais comment c'est, ici. S'il n'y avait pas les ragots, je crois qu'il y en aurait plusieurs qui pourraient mourir d'ennui.

— Tout à fait. Et ces ragots, je peux te dire que j'en ai bien souvent été la cible. Mais je n'ai rien entendu au sujet de l'accident. Tu dois en savoir plus que moi, entre Ellie qui veille sur cette jeune fille, Max et Pat qui la connaissent du collège et cet élégant policier qui habite juste à côté. Je me disais justement que, si quelqu'un était au courant de quelque chose, ce serait toi. »

Leo secoua la tête, plus convaincue que jamais que Fiona ne savait rien, mais surprise que Charles ait brusquement décidé de passer la semaine dans le Cheshire. Pour quelle raison avait-il fait ça ? Elle se sentit tout à coup inquiète pour Fiona qui, entre-temps, s'était mise à la dévisager d'un œil curieux, comme si elle attendait sa réponse.

« Ellie m'a dit que la pauvre petite était toujours dans le coma. Pat semble avoir disparu de la surface de la terre. Quant à l'élégant policier, comme tu dis, il n'est pas en service pour le moment, et, même s'il l'était, je doute qu'il nous ferait part de quoi que ce soit. Mais si j'ai bien compris, les flics ont interrogé tous ceux qui ont été filmés par des caméras vendredi soir. »

Fiona releva les yeux de son assiette et se mit à la regarder en étrécissant légèrement les paupières. *Elle essaie de déterminer ce que je sais*, songea Leo. S'efforçant de conserver un air impassible, elle s'adossa à sa chaise.

Fiona posa son couteau et sa fourchette dans son assiette.

« J'aimerais pouvoir apporter quelque chose à l'enquête, dit-elle, mais malheureusement, je ne sais rien. J'étais à la maison. Seule avec ma télévision et ma bouteille de vin du vendredi soir. Je considère le vendredi soir comme le début du week-end, au cas où tu t'interrogerais. Le vin est donc autorisé. »

Leo dut résister à la tentation de lui demander pourquoi le mardi semblait aussi échapper à ses règles sur l'alcool, mais la conversation fut de toute façon interrompue par la sonnerie du téléphone de Fiona.

Celle-ci jeta un rapide coup d'œil à l'appareil.

« Je suis désolée, mais il faut que je réponde », murmura-t-elle en appuyant sur l'écran.

Et, aussitôt après, d'une voix suave :

« Coucou, toi. Je suis désolée, mais le moment est mal choisi pour bavarder. Je suis en train de déjeuner avec une amie. »

Il y eut une pause.

« Malheureusement non, je ne peux pas. Ce sera impossible cette semaine. Charles a décidé de rester dans le Cheshire. La semaine prochaine, peut-être ? Je te prie de m'excuser, je sais bien que – elle jeta un coup d'œil à Leo – ce n'est pas exactement ainsi que nous avions prévu les choses, mais je ne peux rien y faire. » Elle s'interrompit de nouveau, et quand elle reprit, le ton suave de sa voix s'était légèrement durci : « Je te répète que je ne peux rien y faire. Je te suggère donc d'attendre que je te rappelle. » Elle raccrocha. « Désolée, Leo. C'est juste un ami qui voulait me voir. Il attendra. »

Leo trouva l'attitude de Fiona décalée par rapport à ses précédents commentaires sur son indépendance vis-à-vis de Charles, mais elle décida de ne pas relever.

Le ton de sa voix lui avait néanmoins semblé très intéressant.

En attendant le café, elle orienta la conversation vers des sujets bateaux : la restauration de la Ferme du Saule par Ellie et Max et, inévitablement, l'histoire de Pat, Georgia et Mimi. Ce ne fut qu'une fois le café servi qu'elle recommença à s'intéresser à Fiona.

« Au fait, je ne crois pas que tu m'aies jamais expliqué ce qui t'avait décidé à revenir à Little Melham. Je sais que tu es revenue depuis plusieurs années maintenant, mais… pourquoi ici plutôt qu'ailleurs ? »

Réfléchissant apparemment à sa réponse, Fiona se mit à remuer distraitement son café.

« Toi et moi, nous sommes assez semblables, Leo, finit-elle par dire. Je sais bien que tu n'es pas de cet avis, mais il faut voir la vérité en face : nous avons toutes les deux des choses à prouver. Des choses à nous prouver à nous-mêmes. Tu te souviens sans doute que je viens de ce qui a toujours été considéré comme les bas quartiers du village. Mon père était une feignasse, et ma mère était femme de ménage. Tout le monde nous regardait de haut. C'est pour ça que j'ai voulu revenir ici : pour leur montrer à tous ce que j'étais devenue. Leur prouver que je pouvais grimper dans l'échelle sociale. Je ne voulais pas que les gens se souviennent de moi comme de la pauvre fille qui n'avait rien pour elle. »

Là-dessus, elle prit une petite gorgée de café fumant. Mais malgré tous les efforts qu'elle faisait pour se donner une contenance, Leo voyait bien la douleur qu'il y avait en elle.

« Je trouve vraiment dommage que tu ressentes les choses de cette façon, lui dit-elle. Je suis sûre qu'Ellie n'a jamais vu en toi qu'une amie, rien de plus, rien de moins. Et puis, femme de ménage, c'est un métier tout à fait convenable. Tu n'as rien à prouver à personne, crois-moi. »

Cherchant apparemment à éviter son regard, Fiona reposa très délicatement sa tasse dans sa soucoupe.

« C'est facile à dire pour toi, Leo. Mais c'est la suspicion qui m'a contrainte à quitter Little Melham. J'étais toute jeune à cette époque, et complètement dévastée. C'est pour ça que j'ai eu envie de faire un retour majestueux.

— Je suis désolée, répondit Leo en se penchant vers elle. Je ne voulais pas te faire de peine.

— Tu ne m'as pas fait de peine, mais tu as une façon de tirer les vers du nez aux gens que je trouve assez désagréable. »

Leo avait apparemment touché une corde sensible, et elle comprenait bien qu'il valait mieux ne pas la titiller davantage. Elle essaya de se souvenir des paroles d'Ellie : elle savait des choses sur Fiona qu'elle ne pouvait pas lui divulguer… Leo se souvenait parfaitement que Fiona avait quitté le village, mais ce n'était que la veille qu'elle avait appris que ce départ avait eu quelque chose de mystérieux.

« Ce qui me ferait plaisir, dit Fiona, ce serait de boire un autre café et de changer de sujet. »

Leo se tourna vers la serveuse.

« Quoi ? Je n'y crois pas », marmonna Fiona, au même moment.

Une ombre venait de se projeter sur leur table. Leo se retourna.

« Bonjour, mesdames. Puis-je me joindre à vous pour le café ?

— Certainement pas, dit Fiona. Qu'est-ce que tu fais ici ? Tu m'espionnes ou quoi ? »

Charles, comme à son habitude, ne parut pas le moins du monde affecté par le mépris apparent de Fiona. Quant à Leo, elle se demanda ce qu'elle devait penser de cette apparition soudaine. Il prit une chaise à une autre table et s'assit avec elles.

« Je passais dans le coin et je me suis souvenu de ce déjeuner avec Leo, dont tu m'avais parlé. Alors je me suis dit que ce serait sympa de vous offrir à toutes les deux une tasse de café. De quoi discutiez-vous ?

— De trucs qui ne t'intéressent pas, rétorqua Fiona. C'est pour ça que les filles déjeunent ensemble : pour pouvoir discuter de sujets qui n'ont pas de rapport avec l'économie et toutes les conneries de ce genre.

— Ah ! Les vêtements et le maquillage. Eh bien, poursuivez, je vous en prie. Faites comme si je n'étais pas là. »

Fiona lui jeta un regard noir, et Leo comprit que leur conversation était bel et bien terminée. Mais plus elle réfléchissait aux bribes d'informations que Fiona lui avait révélées, plus elle était convaincue que, quoi que Charles ait pu manigancer, il n'était pas le seul à cacher quelque chose.

29

Ellie devait remplacer l'une de ses collègues cet après-midi-là. À son arrivée à l'hôpital, le service grouillait d'activité. Un accident sur l'autoroute avait mené à l'admission de deux nouveaux patients, aux blessures toutefois moins graves que celles d'Abbie. Ellie fut ravie de s'entendre dire qu'elle devrait de nouveau veiller sur la jeune fille durant son service. En arrivant à son chevet, elle trouva Kath Campbell à sa place habituelle : assise sur le fauteuil qu'elle avait rapproché au maximum du lit d'Abbie, dont elle caressait le bras d'une main douce. Mais Kath semblait plus effondrée que les fois précédentes, et les larmes coulaient librement sur ses joues.

« Kath ? lui dit doucement Ellie en s'accroupissant à côté de son fauteuil. Que se passe-t-il ? Je viens de parler aux autres infirmières, qui m'ont dit que l'état d'Abbie n'avait pas empiré. Qu'est-ce qui vous attriste à ce point ? » Elle prit sa main libre entre les siennes.

« C'est ma faute si elle est comme ça. Tout est ma faute », balbutia Kath entre deux sanglots. Comprenant qu'elle avait beaucoup de mal à parler, Ellie se mit à lui caresser la main.

«Mais non. Absolument pas. Écoutez, je vais aller vous chercher un verre d'eau et ensuite, vous me raconterez ce qui ne va pas, d'accord?»

Après avoir demandé à sa collègue qui veillait sur le patient d'à côté de garder un œil sur Abbie, elle se dirigea vers le bureau des infirmières. Elle comprenait bien ce que ressentait la maman d'Abbie; si, par malheur, quelque chose venait à arriver aux jumeaux, elle aurait inévitablement le sentiment d'en être responsable. Que ce soit le cas ou non.

Elle était en train de remplir un gobelet d'eau à la fontaine quand une infirmière stagiaire s'approcha.

«Viens voir, Ellie. J'ai quelque chose à te montrer.»

Ellie leva la tête vers elle. Son sourire était si large qu'elle ne put s'empêcher de le lui rendre et se laissa conduire vers le bureau.

«Tah dah!» s'exclama soudain la jeune fille en pointant théâtralement du doigt un énorme bouquet de fleurs posé sur une table.

Des roses. De toutes les nuances de jaune et d'abricot possibles et imaginables.

Ellie sentit le sang quitter son visage. Mais, déjà, la stagiaire s'était remise à parler:

«Et le petit mot est trop mignon. Tu veux que je te le lise?»

Ignorant le silence d'Ellie, elle se mit à déclamer:

«Pour Abbie, à qui je souhaite un prompt rétablissement. Sans oublier les merveilleuses infirmières qui veillent sur elle, et à qui va toute mon affection.»

Elle fit une petite pause, avant de se tourner vers Ellie, l'air radieux.

«Ce n'est pas signé, mais c'est adorable, hein? Je sais qu'on ne peut pas les garder dans la salle, mais tu

289

pourrais les emporter chez toi. Elles sont magnifiques, tu ne trouves pas?»

Ellie se força à sourire. La stagiaire était si fascinée par l'incontestable beauté des roses qu'elle n'avait rien remarqué de l'état de consternation dans lequel elles l'avaient plongée.

«Tu sais quoi? finit-elle par répondre. Je crois qu'on devrait les donner à Kath. Retire la carte et dis-lui qu'on les a déposées pour Abbie. Merci de m'avoir montré ça, mais il faut que j'y aille, maintenant.»

Elle savait bien que le manque d'enthousiasme de sa réponse serait remarqué, mais elle ne s'en souciait guère. Il fallait qu'elle se ressaisisse et qu'elle retourne travailler. *Mais qu'est-ce qu'il croyait?*

Au moment où elle revint au chevet d'Abbie, Kath semblait s'être un peu apaisée. Ellie lui tendit le gobelet d'eau et alla s'asseoir sur le fauteuil libre, tout en se commandant mentalement de rester concentrée. Concentrée, concentrée, concentrée.

«Et si vous m'expliquiez ce qui s'est passé depuis notre dernière rencontre, Kath? Je vois bien que vous vous sentez plus bouleversée encore. Racontez-moi; je peux essayer de vous aider.

— Je me suis conduite comme une imbécile. J'ai cédé à la pression, alors que ça ne me plaisait pas du tout. Mais comme tout le monde le faisait, j'ai fini par accepter: je l'ai laissée ouvrir un compte Facebook. Si j'avais refusé, elle aurait été la seule de sa classe à ne pas en avoir, et je trouvais qu'elle était déjà assez seule comme ça. Ce n'était pas sa faute, pourtant, pauvre chérie… Bref, les policiers sont venus me voir; ils m'ont dit que c'était certainement à cause de Facebook que tout cela s'était produit.»

Ellie ne chercha pas à l'interrompre ; elle comprenait bien que Kath avait besoin de prendre son temps pour lui expliquer les choses.

« Elle s'est fait une nouvelle amie sur Facebook. Chloe. C'était il y a quelques mois. Quand Chloe l'a contactée (comme ça, tout à coup), Abbie était aux anges. Elle avait demandé aux filles de sa classe d'être ses "amies Facebook", et beaucoup l'avaient royalement ignorée. Mais comment se fait-il que les adolescentes soient si cruelles entre elles ? Bref, Abbie n'avait obtenu que six ou sept amis, et puis cette Chloe l'a contactée. Elle a dit que sa famille envisageait de s'installer à Little Melham après l'été et que, si tout allait bien, elle irait au collège avec elle. Son papa avait été muté dans la région, et elle avait hâte de faire la connaissance des filles du village. Abbie a vérifié son profil ; elle avait quelques amis dans la ville où elle habitait, Durham. Et puis elles ont commencé à passer des heures à "chatter" ensemble. Abbie était tellement contente à l'idée d'être la première de sa classe à connaître cette fille. Elle disait qu'elle avait raconté à Chloe des choses qu'elle n'avait jamais réussi à dire à aucune des filles du collège, et j'étais vraiment ravie pour elle. Elle nous parlait tellement de Chloe que nous avions presque l'impression de la connaître nous-mêmes. »

Tout en se demandant ce que cette histoire avait à voir avec l'accident, Ellie, cherchant à rassurer Kath, serra doucement sa main dans la sienne.

Kath ravala un sanglot. « Les policiers n'ont pas réussi à remettre la main sur le téléphone d'Abbie, mais ils ont rassemblé toutes les informations qu'ils ont pu trouver à partir de son compte Facebook. » Elle sortit une feuille de papier de son sac et la tendit à

Ellie. « Ce sont les derniers messages que les filles ont échangés vendredi soir. Chloe et sa maman devaient aller chercher Abbie derrière le fast-food. »

Ellie passa rapidement en revue les messages, dont la banalité lui parut rassurante.

« Mais c'est très bien ça, non ? Au moins, maintenant, vous savez où elle est allée et pourquoi. Qu'ont dit Chloe et sa maman ?

— Rien. Elles n'ont rien dit du tout. Pour la simple et bonne raison qu'il n'y a pas de Chloe. Chloe n'existe pas. »

* * *

Ellie n'ayant réussi à obtenir aucune information cohérente de la bouche de Kath après ce terrible moment, elle avait décidé de faire une exceptionnelle entrave aux règles pour aller lui chercher un gobelet de thé.

Au moment où elle revint auprès d'Abbie, il lui sembla que Kath s'était calmée et que son humeur avait changé. Ses lèvres étaient pincées, son corps crispé. Ellie plaça le gobelet de thé sur la table de chevet pour le laisser refroidir un peu.

« Excusez-moi, lui dit Kath. Je ne devrais pas vous embêter avec toutes ces histoires, mais c'est un tel choc, vous comprenez ?

— Vous ne m'embêtez pas du tout. Mais vous m'avez dit que Chloe avait des amis dans la ville où elle résidait. Comment se fait-il qu'aucun d'entre eux n'ait découvert qu'elle n'existait pas ?

— Ils auraient dû, n'est-ce pas ? Mais le problème, c'est qu'ils n'existent pas, eux non plus, rétorqua Kath, sans chercher à dissimuler la colère qui était en elle.

292

Tout cela n'était qu'un simulacre, vous comprenez? Une comédie! Faire semblant d'emménager dans la région, se faire des amis Facebook... C'était juste pour qu'Abbie croie en son existence et lui confie des informations personnelles. » Kath releva la tête vers Ellie, les yeux écarquillés d'horreur. Les mots qu'elle prononça ensuite eurent l'air d'avoir été arrachés de ses entrailles : « Elle a été kidnappée, Ellie. Ma petite fille a été kidnappée. »

Kidnappée ? Mais comment une chose aussi horrible avait-elle pu se produire dans le village ?

Ellie sentait comme de l'eau froide qui coulait le long de sa colonne vertébrale. Mais si elle avait tant de mal à supporter cette histoire, que pouvait bien ressentir Kath ? Rien d'étonnant à ce qu'elle semble si en colère. Pour sa part, elle aurait pu tuer de ses mains toute personne ayant essayé de faire du mal à l'un de ses enfants.

Elle n'en demeurait pas moins déconcertée. Chloe n'existait pas, mais la personne qui avait kidnappé Abbie devait connaître la région, puisqu'elle savait où se trouvait le fast-food. Pouvait-il s'agir d'un habitant du village ? Une personne qu'elle connaissait ? Un frisson de terreur lui parcourut le corps.

Pendant qu'elle s'interrogeait, Kath s'était remise à parler, comme pour elle-même, comme si elle ne se souciait pas le moins du monde d'être écoutée.

« Je n'arrive pas à y croire. Que quelqu'un ait pu imaginer ce plan. Que quelqu'un ait délibérément fait souffrir un enfant... Je n'arrive vraiment pas à y croire. »

D'une main tremblante, elle essaya d'attraper son gobelet de thé, dont une partie se renversa malencontreusement sur le bras d'Abbie.

« Et maintenant, je suis en train de brûler ma fille ! Mais quelle mère indigne ! Quelle mère indigne ! »

Kath reposa le gobelet et entreprit d'essuyer le bras de sa fille. Mais Ellie ne prêta pas attention à ses gestes. Son regard était fixé sur Abbie : elle était certaine de l'avoir vue réagir à la douleur liée à la brûlure ; son bras avait bougé de quelques millimètres. D'un bond, elle se leva et s'approcha des pieds de la jeune fille.

« Vous avez vu ça ? » s'exclama-t-elle. Elle se mit aussitôt à pratiquer sur Abbie les examens habituels et, en levant les yeux vers Kath, remarqua que son visage était illuminé par l'espoir. Tant mieux. Si Kath pouvait penser que le thé chaud qu'elle avait accidentellement renversé avait permis à sa fille de sortir du coma, Ellie en serait tout simplement ravie.

Ce n'était pas exactement comme ça que les choses se passaient, naturellement. Mais le point essentiel, c'était que le coma devenait moins profond.

« On avance, c'est une super nouvelle. Elle recommence à réagir à la douleur. Il y a encore beaucoup de chemin à faire, mais c'est le premier signe positif dont nous disposons depuis l'arrivée d'Abbie. Je sais que le médecin vous a expliqué que la guérison n'était jamais aussi spectaculaire que dans les séries télé. Elle ne va pas tout à coup se redresser et se mettre à parler. Mais cela reste un très bon signe. Voulez-vous aller appeler Brian pour le lui dire ? Je m'occupe d'elle ; ne vous inquiétez pas. »

Manifestement déchirée entre le désir de rester avec sa fille et celui de faire part de la nouvelle à son mari, Kath finit par se décider à se lever.

« Je reviens dans deux minutes, pas plus. Je vous le promets. »

294

Elle sortit son téléphone de son sac à main et se précipita vers la porte.

Ellie s'assit à côté du lit et se mit à caresser doucement les cheveux d'Abbie, comme elle l'avait fait la veille. Entre-temps, elle avait recherché les paroles de sa chanson préférée, qu'elle s'était efforcée de mémoriser. Tout près de son oreille, elle se mit à chanter doucement. Il fallait que cette enfant sorte du coma. C'était tout ce qui importait pour le moment. Le rétablissement d'Abbie.

Mais les paroles de la chanson ne suffirent pas à écarter de son esprit l'effroyable idée que quelqu'un, près d'ici, avait impitoyablement planifié et exécuté l'enlèvement de cette jeune fille.

30

Leo n'avait pas oublié le chemin qui menait à la maison de Gary et Penny, qui avaient été les voisins d'Ellie et de Max pendant des années. Elle se souvenait aussi qu'ils avaient deux petites filles. En cette période de vacances scolaires, il y avait de fortes chances pour qu'elles soient à la maison. Mais Leo espérait néanmoins pouvoir discuter quelques minutes en tête à tête avec Penny. Avec un peu de chance, et au vu du temps ensoleillé, les filles auraient trouvé quelque chose de mieux à faire que de rester assises à regarder la télé, discuter en ligne ou jouer à des jeux vidéo, même si les dernières expériences de Leo avec des enfants de cet âge tendaient à lui faire penser le contraire.

Leo avait décidé de rendre visite à Penny pour savoir si elle avait un peu réfléchi à sa proposition de séance gratuite, car, à ses yeux, si quelqu'un avait besoin d'un coach de vie, c'était bien elle. En approchant, elle contempla la maison avec intérêt. Le jardin était absolument impeccable, beaucoup trop ordonné et uniforme à son goût. Les massifs multicolores regorgeaient littéralement de vie, mais les fleurs avaient toutes été plantées à égale distance et dans le respect d'un ordre régulier : une rouge, une bleue, une blanche. Elle ignorait si cette répétition de couleurs répondait à un sentiment patriotique ou à un besoin de créer un effet marquant, mais quoi qu'il en soit, elle la trouvait excessive. La pelouse du jardin de devant, encadrée de haies minutieusement entretenues, dessinait un carré parfait, aux angles marqués par des arbustes taillés en pyramides absolument identiques les unes aux autres. Des conifères, probablement, mais comme la seule plante que Leo pouvait identifier avec certitude était le rosier, elle n'en aurait pas mis sa main à couper.

Du coin de l'œil, il lui sembla voir quelque chose bouger à l'une des fenêtres. Mais quand elle tourna la tête, elle ne vit personne. Il lui avait toujours paru étrange qu'un homme ayant nourri l'espoir de devenir architecte ait choisi de vivre dans cette maison. On ne pouvait pas dire qu'elle fût laide, mais il s'agissait d'un pavillon des années 1970, que rien ne différenciait de ses voisins, en dehors du fait que la plupart d'entre eux, y compris l'ancienne maison d'Ellie et Max, étaient accolés par deux, tandis que celui-ci était isolé. Leo trouva les rideaux inutilement chargés, mais elle remarqua qu'ils avaient été attachés avec soin, de sorte que les fenêtres du rez-de-chaussée et de l'étage paraissent en tout point identiques. En entrant dans le jardin, elle parvint à distinguer des cantonnières à volants. Mais aucun signe de vie.

Leo sonna et attendit. Rien. Pas un bruit à l'intérieur. Mais il y avait quelqu'un, elle en était certaine. Elle sonna de nouveau. Rien. Comme c'était étrange. Et si Penny ne l'avait pas vue arriver et était partie dans le jardin de derrière ? Elle décida de contourner la maison.

« Penny ! » cria-t-elle en tirant le verrou du portail qui menait au jardin de derrière. Mieux valait l'avertir de sa présence ; elle ne voulait surtout pas lui causer une frayeur. « Penny ? C'est Leo ! Tu es là ? »

Elle ouvrit le portail et passa à l'arrière de la maison. Mais le jardin était vide. Il était aussi méticuleusement soigné et ordonné que celui de devant, mais les fleurs annuelles n'y étaient toutefois pas arrangées symétriquement. Dans les massifs, des rosiers impeccablement taillés alternaient avec des pieds de lavande. À l'un des angles se dressait une petite statue de pierre représentant une femme qui versait de l'eau sur des galets blancs. Un parfait cliché, songea Leo en souriant. Enfin, contre la clôture, se trouvait une grande niche de bois, qui disposait, à l'instar de la maison, de ses deux pelouses bien tondues et entourées de haies basses. Même le chien, semblait-il, avait besoin d'un environnement carré.

Leo ne voulait pas se montrer indiscrète en regardant à travers les vitres, mais en s'approchant des portes coulissantes de la véranda qui donnait sur le séjour, elle ne put manquer le curieux spectacle qui s'offrit à ses yeux : Penny accroupie derrière le canapé. Comme si, après avoir entendu la sonnette de la porte d'entrée, elle s'était retranchée ici pour ne pas être visible depuis les fenêtres de la façade. *Quelle horreur !* Il était évident qu'elle ne souhaitait pas recevoir de visite, et Leo ne voulait certainement pas s'imposer. Il fallait qu'elle s'en aille avant que Penny ne la voie.

Mais cette décision lui échappa des mains au moment où le Jack Russell de Gary et Penny, un vieux chien presque sourd, se mit à courir dans sa direction en jappant. Leo se souvint aussitôt de ce son désagréable et perçant qui avait bien souvent amené Max à menacer d'étrangler le chien s'il ne se taisait pas. Déstabilisée, elle se détourna de la fenêtre.

« Salut, Smudge, dit-elle en se penchant vers l'animal. Comment tu vas, mon vieux ? » Elle savait parfaitement que Penny l'entendait, mais, en se concentrant sur Smudge, elle lui laissait le temps de se relever de derrière le canapé, ce qui pourrait au moins leur permettre à toutes deux de faire comme si rien ne s'était passé.

La porte de la véranda s'ouvrit en glissant, et Leo entendit la voix timide de Penny, qu'elle ne vit néanmoins pas.

« Leo ! Quelle surprise ! Laisse-moi une seconde, et je suis à toi. »

Leo attendit patiemment à l'extérieur, tout en grattant le petit ventre gras de Smudge, qui s'était couché par terre, les quatre fers en l'air.

« Alors, comme ça, on aime les grattouilles, hein ? » lui dit-elle en souriant. Elle entendit Penny monter l'escalier d'un pas lourd et se demanda ce qu'elle était partie faire. Mais malheureusement, elle ne fut pas surprise de la voir réapparaître avec un cardigan qu'elle ne portait pas quelques minutes plus tôt, et une paire de lunettes de soleil. Large, mais pas assez, néanmoins, pour dissimuler totalement ce qu'elle cherchait à cacher.

« Excuse-moi de t'avoir fait attendre. Comme il fait beau, on pourrait s'asseoir dehors ? Que dirais-tu d'un café ou d'un thé ? »

Leo n'avait envie ni de thé ni de café, mais il fallait absolument qu'elle aide Penny à oublier ce moment d'embarras.

« Oui, un thé, pourquoi pas ? Merci. Tu veux que je vienne avec toi dans la cuisine ?

— Oh, ce n'est pas la peine, répondit Penny d'une voix enjouée.

— Ne t'inquiète pas ; ça ne me fait rien. Et puis, ça fait cinq minutes que je m'occupe de Smudge ; je peux bien t'accompagner. »

Penny avait jusqu'alors réussi à éviter son regard, gardant les yeux baissés sur Smudge. Désormais, dans la cuisine, occupée à préparer le thé, elle lui tournait le dos. Malgré l'obscurité qui régnait dans la pièce, elle n'avait pas quitté ses lunettes de soleil. Leo sentait la colère monter en elle, mais elle savait qu'il n'aurait pas été convenable d'exprimer ses sentiments.

« Les filles ne sont pas à la maison, aujourd'hui ? »

Penny secoua nerveusement la tête.

« Gary les a conduites chez sa mère ; elles doivent y passer la semaine. Nous avions prévu de partir en vacances tous les quatre, mais Gary est inquiet au sujet d'un grand projet qu'il est en train de développer. Et bien qu'il soit officiellement en congé annuel, il préfère rester disponible. Il dit que c'est un truc qui ne peut pas attendre. »

Leo tâcha de dissimuler sa surprise. Gary ne lui avait jamais donné l'impression d'un homme suffisamment dévoué à son travail pour accepter d'annuler des vacances. Quand avait-il pris cette décision ? Avant ou après avoir contraint sa femme à porter des lunettes de soleil à la maison ? Quel enfoiré ! Mais il fallait qu'elle l'oublie pour le moment. L'important, à cet instant, était de mettre Penny à l'aise.

« Les jardins sont magnifiques. C'est toi qui t'en occupes ? » lui demanda-t-elle.

Penny se mit à rire, mais lui répondit d'une voix tremblante.

« Moi ? Non, il ne vaut mieux pas. Gary veut qu'ils soient parfaits, et je ne suis pas très douée pour aligner les plantes. La maison, en revanche, c'est mon domaine. Je crois avoir plus de talent pour les ourlets de rideaux que les bordures de pelouse. Et puis, j'aime fabriquer des rideaux et des coussins, surtout quand c'est un peu compliqué à faire et qu'il me faut y réfléchir longuement. »

Leo laissa son regard glisser de la vaste ouverture de la cuisine au grand séjour en longueur qui se terminait par une salle à manger. Et elle n'eut aucun mal à comprendre ce que Penny voulait dire. Tous les coussins et rideaux pêche et crème étaient décorés d'un arrangement complexe de galons et de passementeries.

« Tu sais, je suis contente que tu sois seule. Tu m'as dit samedi que tu aimerais bien en savoir un peu plus sur le coaching. Alors, si tu as quelques minutes devant toi, je pourrais t'expliquer comment ça fonctionne, pour que tu puisses décider si tu as envie ou non de faire une séance. »

La boîte à thé en étain claqua sur le plan de travail, et Penny eut un air anxieux.

« Je suis désolée, Leo, mais ce ne sera pas nécessaire. Je crois que c'est le vin qui a parlé pour moi, samedi. Gary était fou de rage. Il a dit que j'avais donné à tout le monde l'impression que quelque chose n'allait pas dans ma vie. Ce qui n'est évidemment pas le cas. »

Leo ne fut nullement surprise par cette réponse. « Où est Gary ? demanda-t-elle. S'il était là, je serais ravie de vous expliquer à tous deux le but de mon métier afin d'apaiser ses craintes. Il ne s'agit pas de voir si quelque chose ne va pas ; il s'agit de déterminer ce que l'on peut faire pour rendre sa vie meilleure.

— Il est parti rendre la Porsche, dit-elle en versant du lait dans son thé. Il aurait dû le faire hier, il me semble. C'était un essai de trois jours. Mais il n'arrivait pas à se faire à l'idée de s'en séparer. Il aime un peu trop les belles choses, mon Gary. »

Elle renversa un peu de lait dans sa soucoupe.

« Oh, je ne voulais pas avoir l'air de le juger. Il travaille tellement dur ; il les mérite, ces belles choses. »

Elle se mit de nouveau à rire, mais Leo percevait nettement le tremblement de sa voix. Penny et elle prirent leurs tasses de thé et allèrent s'asseoir à une petite table de bois placée au milieu de la terrasse. Il faisait très chaud, et des gouttes de sueur ne tardèrent pas à perler sur le front et la lèvre supérieure de Penny.

« Tu sais, reprit Leo, j'ai bien compris que Gary ne voulait pas que tu me parles, mais nous ne sommes pas obligées de faire une séance à proprement parler. On peut simplement bavarder. Et je tiens à préciser que le but n'est pas de mettre en lumière les problèmes de ton couple, mais d'identifier ce que tu attends de la vie afin de t'assurer que vous vous dirigez bien dans la même direction. Il ne s'agit donc pas de détruire, mais de construire. »

Penny n'avait pas relevé la tête, et Leo ne fut pas étonnée de voir une larme couler le long de sa joue. Machinalement, elle fouilla dans son sac et sortit un mouchoir en papier du paquet qu'elle avait toujours sous la main.

« Là, là, prends ça, lui dit-elle d'une voix très douce en le lui tendant. Et puis, tu peux retirer tes lunettes de soleil, si tu veux. Je sais bien que tu as un œil au beurre noir ; on voit les hématomes, en dessous. Allez, ça va. »

Son secret percé, Penny se mit à pleurer ouvertement. Malgré tout, elle essaya de nier ce que Leo savait être la vérité.

« Je suis tombée. Un accident complètement idiot. Et je me suis cogné l'œil. »

Bien qu'elle eût entendu le même type de propos chez nombre d'autres femmes, Leo ne put s'empêcher de s'indigner. Pourquoi étaient-ce toujours les victimes qui se sentaient obligées de mentir ? Elle aurait voulu pouvoir serrer Penny dans ses bras, mais elle ne pouvait se résoudre à le faire. Son éducation l'en empêchait.

Néanmoins, elle avait l'avantage de savoir d'expérience que, dans ce genre de situation, les événements se succédaient toujours dans un ordre très similaire. Le plus dur était d'admettre que quelque chose n'allait pas ; que l'on *s'autorisait* (car c'était vraiment l'impression que cela donnait) à se laisser maltraiter. Mais une fois les vannes ouvertes et l'irrationnel sentiment de honte et de culpabilité englouti, Penny serait en mesure d'arrêter les choses, Leo en était certaine, et elle espérait que Gary ne rentrerait pas trop tôt.

La première chose à faire était donc d'aider Penny à admettre la vérité. Crever l'abcès : pratiquer une petite incision pour permettre à toutes les horreurs de sortir.

« Penny, je sais que Gary te bat. C'est une certitude absolue ; il ne s'agit pas de simples suppositions. »

Penny leva les yeux vers elle ; elle avait l'air furieuse ; des larmes baignaient son visage tuméfié.

« Pourquoi dis-tu ça ? Ce n'est pas vrai. Il ne me ferait jamais de mal délibérément. Il m'aime.

— Ça, je n'en doute pas, mais je sais avec certitude qu'il te fait du mal. Écoute, à la soirée d'Ellie, j'étais assise juste en face de toi, tu te rappelles ? Et juste derrière toi, il y avait un grand miroir. Or, quand tu étais en train de parler avec Tom, Gary a passé son bras autour de ta taille. N'importe qui aurait pu croire à un geste d'affection. Mais moi, j'ai vu, Penny. Il a remonté la manche de ta robe et il a passé sa main à l'intérieur. Et là, il t'a pincée. Fort. Et tu n'as pas été surprise. Si tu as sursauté et renversé ton vin, c'était sous le coup de la douleur, non de l'étonnement. J'en ai déduit que ce n'était pas la première fois que ça arrivait. Et de toute façon, j'ai vu qu'il y avait d'autres bleus sous ton bras. C'est pour cette raison que je veux te faire sortir de là. »

Le visage de Penny était rouge, mais pas à cause des larmes. C'était le signe d'un profond embarras.

« J'ai tellement honte, murmura-t-elle.

— Je sais ce que tu ressens. Mais tu ne dois pas avoir honte. Tu n'as rien fait de mal. Rien du tout. J'ignore pourquoi les gens cherchent aussi souvent à endosser la responsabilité des actions d'autrui ; ce doit être dans la nature humaine. Mais c'est Gary qui devrait avoir honte, certainement pas toi. »

Ceci étant, les brutes épaisses dans son genre étaient souvent des crétins arrogants, et Leo aurait mis sa main à couper que Gary resterait toujours persuadé que rien de tout cela n'était sa faute. Elle s'était toujours enorgueillie du recul qu'elle parvenait à garder vis-à-vis de ses clientes, mais elle devait admettre que devant cette femme brisée qui essayait toujours de défendre son minable de mari, elle était en train de perdre son sang-froid.

Penny secoua vivement la tête.

« Non, Leo. Tu ne comprends pas. Ce n'est pas volontaire. Il ne le fait que quand il est déçu par quelque chose. Dans ces cas-là, il a du mal à se contrôler. Mais il peut se passer des semaines sans qu'il se mette en colère. Et quand il est heureux, il est très gentil avec moi. »

Leo n'avait aucun mal à se représenter ce qui se passait dans cette maison : Penny, par gratitude, était presque folle de joie quand Gary ne l'avait pas battue depuis une semaine ou deux. Mais cette euphorie s'accompagnait de phases de dépression, car, dans son inconscient, elle devait redouter les nouveaux coups qui, tôt ou tard, inévitablement, viendraient s'abattre sur elle.

« Et qu'en pensent les filles, Penny ? Ça ne les perturbe pas ? demanda-t-elle.

— Elles ne savent pas. En général, il ne me tape pas avec ses poings, tu sais ? Mais quand je lui ai dit que j'avais envie de te parler de mes espoirs, il a complètement disjoncté. » Elle s'interrompit pour se moucher et Leo, comprenant qu'elle était la cause de tout ce qui venait de se passer, se sentit soudain rongée par la culpabilité.

Penny poursuivit : « Mais il y a autre chose qui le dérange, je le sais. Sa réaction à la simple évocation de mon désir de parler avec toi a été bien trop violente. Il est devenu complètement fou, il n'y a pas d'autre mot. C'est pour ça qu'il a dû emmener les filles chez leur grand-mère. Parce qu'il n'y avait pas moyen de leur cacher ça. » Elle pointa du doigt son coquard. « J'ai dû leur dire que j'étais malade et que je devais rester dans ma chambre, au cas où je serais contagieuse. Nous ne pouvions pas les laisser voir mon visage. »

Les larmes de Penny se mêlaient aux gouttes de sueur qui continuaient de perler sur sa peau.

« Tu peux retirer ton cardigan, tu sais ? lui dit doucement Leo. Je suis au courant pour tes bras, et il n'y a personne d'autre que toi et moi. Tu dois avoir chaud, comme ça. »

Penny s'exécuta et, en observant ses mouvements lents, Leo comprit qu'il n'y avait pas que son œil qui avait souffert de l'accès de colère de Gary. Mais elle s'efforça de ne pas regarder ses bras et de se concentrer sur la tasse de thé qu'elle n'avait pas envie de boire. Une fois qu'elle eut réussi à retirer son cardigan, Penny, comme pour dissimuler ses blessures, croisa fermement les bras. Mais au bout d'un certain temps, constatant que Leo ne regardait pas et ne faisait pas de commentaire, elle sembla se détendre un peu.

Leo, en effet, avait poursuivi ses efforts : elle regardait soit sa tasse de thé, soit le visage de Penny. Mais dans son champ de vision périphérique, elle pouvait néanmoins voir les bleus. La plupart étaient situés sur la chair tendre de l'intérieur du bras ; la partie la plus douloureuse, incontestablement.

« Quand a-t-il commencé, Penny ? C'est récent ? »

Laissant mollement retomber ses bras, Penny leva les yeux vers le ciel, comme pour empêcher les larmes de couler.

« C'était au tout début de notre mariage. Et nous nous sommes mariés quand Gary était encore à l'université. Il suivait une formation d'architecte ; tu en as sûrement entendu parler. Il dit toujours que c'est à cause de moi qu'il a raté ses examens, mais c'est faux. Il était complètement obsédé par moi. Je ne voulais pas me marier si jeune, mais il a insisté. Il avait peur que

306

quelqu'un d'autre me mette la main dessus. Et puis je suis tombée enceinte. Je ne voulais pas le dire à Gary, je pensais que cela pourrait le distraire de ses révisions. J'ai donc décidé de lui annoncer le soir des résultats. Je m'étais dit que ça nous ferait une double raison de faire la fête. »

Elle ravala un sanglot et s'essuya les yeux.

« Mais il n'a pas réussi ses examens, reprit-elle en baissant la tête pour regarder Leo. Quand il l'a appris, il était vraiment, vraiment déçu et, à mon grand étonnement, il a tout de suite reporté sur moi la responsabilité de son échec. Il a dit qu'il avait passé trop de temps à s'occuper de moi et pas assez à réviser. Et tout à coup, il a commencé à me taper dessus. Je suis tombée par terre et il m'a donné des coups de pied. Mais il ne savait pas que j'étais enceinte. Ce n'était pas sa faute. »

Leo n'avait aucun mal à percevoir la douleur de cette pauvre femme.

« Penny, lui dit-elle doucement, le problème n'est pas de déterminer qui est responsable ; le problème est de faire en sorte que cela ne se reproduise plus. Et pour cela, la première étape consiste à admettre que cela se produit. Est-ce qu'Ellie est au courant ?

— Non. Personne ne le sait. Comme je te l'ai dit, il est très rare qu'il me frappe. Mais il aime me pincer. Pas seulement sur les bras. Son endroit préféré, c'est… » Elle s'interrompit pour essuyer ses yeux larmoyants avec le mouchoir désormais trempé. Sans dire un mot, Leo en sortit un autre de son sac et le lui tendit.

« Il aime me pincer sous la poitrine. Et ça fait mal, Leo. Très mal. Au point que parfois, je préférerais même qu'il me frappe. Mais personne ne le voit, et j'ai passé les dernières années de ma vie à apprendre à ne pas crier quand il le fait. Et puis, ça n'arrive que quand il est énervé par quelque chose. C'est pour ça qu'il l'a fait si souvent ces dernières semaines, et surtout ces jours-ci. Je ne sais pas pourquoi, mais il est plus énervé que d'habitude. Ce n'est pas tout le temps aussi horrible, tu sais ? »

Leo se demandait comment elle allait amener Penny à cesser une fois pour toutes de chercher des excuses à Gary. Par ailleurs, elle savait qu'il ne valait mieux pas l'interroger sur l'enfant qu'elle avait porté. Si cela s'était produit juste après les études de Gary, il ne pouvait pas s'agir de leur fille aînée, bien trop jeune pour être née à cette époque. Ce qui signifiait que… Penny avait perdu le bébé. Folle de rage, Leo se sentit prise d'un irrésistible besoin d'infliger à son tour une douleur physique à Gary, et elle avait déjà une bonne idée de l'endroit où elle aurait aimé le frapper.

« Tu sais pourquoi il est plus énervé que d'habitude ? Il t'a parlé de quelque chose ? »

Penny laissa son menton retomber sur sa poitrine et hocha presque imperceptiblement la tête. Leo attendit.

« C'est à cause d'une autre femme. »

À ces mots, Leo sentit son cœur se serrer. Elle ne pensait pas que la situation pouvait être pire.

« C'est lui qui t'a dit qu'il y en avait une autre ? »

Penny garda le silence pendant quelques instants. Il était évident qu'elle réfléchissait à ce qu'elle allait dire, qu'elle cherchait des mots qui, d'une certaine façon, lui permettraient d'enjoliver la situation.

« Gary ressent souvent le besoin de se trouver de nouveaux centres d'intérêt. Il se lasse facilement et, parfois, ce nouveau centre d'intérêt est une femme. Je l'ai toujours su, et il n'a jamais essayé de me le cacher.

Je ne sais pas comment t'expliquer, Leo… C'est trop compliqué. »

Leo se leva et se dirigea vers la cuisine, dans l'idée d'aller chercher un verre d'eau à Penny et de lui laisser un peu d'intimité. Si c'était la première fois qu'elle admettait tout cela, elle devait être complètement écartelée par la douleur.

Quand elle revint, Penny avait essuyé ses yeux et remis ses lunettes de soleil. Après avoir posé le verre sur la table, Leo alla se rasseoir en face d'elle.

« Tu n'es pas obligée de m'en parler Penny. Je sais bien que ce doit être extrêmement difficile pour toi. Mais je pense qu'il faut que tu te confies à quelqu'un. Si tu n'as pas envie que ce soit moi, je te trouverai une autre personne qui pourra t'aider. Je te le promets. »

Penny se mit à rire, tout en s'essuyant le nez.

« Je ne pourrais jamais repasser par là. Maintenant que j'ai commencé, je crois que ce serait plus facile de continuer avec toi, si ça ne te dérange pas. »

Là-dessus, comme pour se donner du courage, Penny appuya ses mains sur ses genoux et se redressa un peu. Et soudain, un torrent de paroles s'écoula de sa bouche. On aurait dit qu'elle voulait parler aussi vite que possible, afin d'en finir aussi vite que possible.

« Le problème avec Gary, c'est qu'il aime la chasse. Il adore faire la cour aux femmes et il adore les surprendre. Il a fini par m'avoir, et non seulement je suis devenue sienne, mais en plus, il pouvait me traiter comme il le voulait sans que jamais je ne me plaigne. Tu ne t'imagines même pas à quel point ça me rend triste. À chaque fois qu'il se comportait de façon odieuse, je m'éloignais un peu et il lui fallait faire beaucoup d'efforts pour me reconquérir. Et puis il recommençait ; je m'éloignais encore une fois ; il me refaisait la cour. C'était une sorte de cycle, mais pour me convaincre de l'aimer à nouveau, il se montrait vraiment merveilleux. Dès qu'il devenait méchant, j'envisageais de le quitter, mais il déployait tous ses talents de séducteur. Il m'offrait des fleurs, des bijoux, m'emmenait au restaurant, me faisait la cuisine, j'en passe et des meilleures. Il redevenait un amant tendre et attentionné, il cessait de m'imposer ses volontés. Puis, quand j'étais de nouveau sienne, il redevenait méchant, progressivement. On aurait dit qu'il voulait voir jusqu'où il pouvait me pousser. »

Elle s'interrompit pour boire une gorgée d'eau. Leo s'efforça de ne pas bouger. Elle ne voulait pas distraire Penny qui, en lui racontant cette histoire, avait l'air de voir Gary tel qu'il était réellement pour la toute première fois.

« Au bout d'un certain temps, ça n'a plus fonctionné, reprit Penny en posant son verre d'eau. J'ai arrêté de prendre mes distances ; il a arrêté de chercher à me reconquérir. Tout était toujours plus ou moins pareil, et j'ai perdu mon enthousiasme. Mais à ce moment-là, nous avions déjà les enfants. Je n'ai jamais travaillé, ou pas vraiment. Je n'avais aucune idée de ce que je pourrais faire si je quittais Gary. Je n'étais pas assez volontaire pour trouver un endroit où vivre, faire les valises des filles et partir. Et puis il n'est pas toujours comme ça ; en général, il s'arrête quand il a une distraction. C'est là que les autres femmes entrent en jeu. Il les courtise jusqu'à ce qu'il les possède. Et il choisit toujours les plus difficiles à conquérir pour que les choses prennent du temps. Il est tellement beau. Et puis, il peut se montrer si charmant. Ces fleurs que nous avons apportées à Ellie samedi soir, tu aurais dû voir le soin qu'il a pris à les choisir dans le jardin. Elles viennent toutes d'ici ; nous ne les avons pas achetées. Il a dit qu'il voulait que chaque fleur du bouquet soit absolument parfaite ; il voulait impressionner nos riches amis. Il a passé un temps fou à les sélectionner, une par une. C'était comme ça qu'il était, avant, avec moi : il cherchait toujours à s'assurer que tout ce qu'il faisait soit parfait.

— Mais s'il est toujours agressif avec toi, qu'est-ce qui te fait penser qu'il y a une autre femme en ce moment ? s'enquit Leo.

— Le problème, à mon avis, c'est qu'il pense qu'il ne parviendra pas à ses fins. Elle est insensible à son charme. Elle lui résiste, et c'est à moi qu'il le fait payer.

— Mais comment peux-tu le savoir, s'il ne t'a rien dit ? demanda Leo, qui commençait sérieusement à avoir envie de vomir.

— Je t'ai dit, l'autre soir, que je ne prenais jamais de somnifère quand Gary était absent. Mais ça, il l'ignore. Je fais toujours semblant de dormir quand il rentre, et de toute façon, il ne fait pas attention à moi. Or, vendredi, il est rentré très, très tard. Quand il est arrivé à la maison, il était 1 heure passée, et je te prie de croire qu'il n'était pas de bonne humeur. Comme toujours, j'ai fait semblant de dormir, mais il s'est précipité vers la salle de bains et a mis un tel coup dans la porte que j'ai cru qu'il allait carrément la défoncer. Il était avec une femme, c'est certain. Je ne vois pas ce qui aurait pu le rendre si furieux. »

31

La cantine de l'hôpital était bondée, mais heureusement, il n'y avait personne qu'Ellie connaissait bien. Aussi put-elle s'installer à une petite table dans un coin. Les progrès accomplis par Abbie ce jour-là lui avaient jusqu'à présent permis de mettre de côté ses problèmes personnels. Elle avait été tellement contente de voir l'état de la jeune fille s'améliorer et d'entendre le médecin parler de lui ôter son respirateur artificiel le lendemain, si tout allait bien, qu'elle en avait presque oublié le reste.

Mais les révélations sur la façon dont Abbie avait été enlevée lui paraissaient néanmoins très inquiétantes. Little Melham lui était toujours apparu comme un village des plus paisibles. Enfin, si l'on exceptait ce qui était arrivé à Fiona, naturellement. Mais c'était là un autre problème. Ellie avait toujours vécu dans le village, où elle connaissait presque tout le monde. Elle sentait bien qu'un climat de suspicion était en train de s'installer et elle n'avait aucun mal à imaginer quels ravages le doute sur l'intégrité des voisins et amis provoquerait dans certains foyers.

Mais pourquoi cette personne avait-elle enlevé Abbie pour ensuite la renverser ? Peut-être avait-elle imaginé que cet accident lui permettrait de dissimuler le kidnapping… Elle ne pouvait pas le savoir, mais elle espérait de tout son cœur que le coupable n'était pas quelqu'un de sa connaissance.

Elle aurait voulu, vraiment voulu pouvoir parler de tout cela à Max. Après tout, comme il connaissait bien mieux qu'elle les enfants de cet âge, il était peut-être en mesure de comprendre ce qui lui était arrivé. Le problème, c'était qu'elle n'avait pas envie de parler à Max. De quoi que ce soit, d'ailleurs. Cette idée venait à peine de lui traverser l'esprit que la désormais familière sensation de tristesse, lourde et étouffante, vint une fois encore se nicher dans sa poitrine.

Max. Elle n'avait jamais voulu personne d'autre que lui. Elle l'avait rencontré quand il n'était encore qu'un étudiant, et elle avait attendu patiemment qu'il soit prêt à s'engager. Max préférait qu'ils restent libres de voir d'autres personnes, mais elle avait eu beau essayer, elle n'avait trouvé aucun homme qui lui arrive à la cheville. En tant qu'étudiante infirmière, elle avait une vie sociale très riche, mais il était de notoriété publique qu'elle ne s'intéressait qu'à Max Saunders. Elle avait attendu, patiemment. Et elle ne le regrettait pas. Du moins, jusqu'à maintenant.

Elle avait déjà été abandonnée par un homme qu'elle aimait ; elle ne pourrait pas supporter que cela se reproduise. Elle avait beau nourrir l'espoir que la disparition de son père eût été provoquée par sa mère ou due à une erreur stupide qu'il avait ensuite amèrement regrettée, la douleur qu'elle avait ressentie dans ce lointain passé, quand elle avait compris qu'il ne reviendrait jamais, cette douleur avait été si aiguë qu'elle était certaine de ne pas pouvoir l'endurer à nouveau. D'autant moins que les choses risquaient d'être encore bien pires cette fois-ci.

Et de toute façon, que pourrait-elle obtenir d'une confrontation directe avec Max ? S'il niait, le croirait-elle ? Si elle s'était trompée, ne risquait-elle pas de lui révéler une faiblesse – le manque de confiance – qui creuserait à jamais un fossé entre eux ? Et si elle ne s'était pas trompée, ne risquait-elle pas de lui donner le signal dont il avait besoin pour lui annoncer qu'il désirait la quitter ?

Non, elle ne pouvait pas se confronter à lui. Mais elle allait se battre. Et dans ce combat, sa meilleure arme serait le silence.

Le problème de Max était qu'il n'avait jamais été très doué pour la dissimulation. Elle savait toujours avec certitude ce qu'il projetait de lui offrir pour Noël ou son anniversaire. Il avait tendance à penser que, si les gens ne pouvaient pas le voir, ils ne pouvaient pas non plus l'entendre ; et à oublier qu'ils se servaient tous deux du même ordinateur et que l'historique du moteur de recherche pouvait parfois révéler des indications très sûres. En repensant à tous les « secrets » qu'il avait malencontreusement révélés, elle ne put s'empêcher d'esquisser un faible sourire. Mais celui-ci disparut quand l'idée lui vint que ce secret n'était pas comme les autres et qu'il aurait certainement préféré être en mesure de le garder.

Sans cette garce de Mimi, elle n'aurait jamais rien soupçonné. Et comme si cela ne suffisait pas, il avait fallu qu'elle en remette une couche le samedi soir. On aurait dit qu'elle n'aimait pas les voir heureux, qu'elle voulait bouleverser l'équilibre de leur vie.

Mais elle ne pouvait nier que Max semblait s'être un peu renfermé depuis quelques semaines. Pas tout le temps, non, il pouvait toujours faire le clown et amuser la galerie, mais on pouvait aussi le surprendre les yeux perdus dans le vide, comme s'il n'était présent que physiquement, pas mentalement.

L'esprit d'Ellie ne cessait de revenir à ces dernières semaines et à la distance qui s'était établie entre eux dans le lit. Désormais, elle faisait souvent semblant de dormir dès qu'elle se couchait, ce qui lui ressemblait peu. Un soir, elle avait insisté pour qu'ils se caressent, mais Max avait brusquement mis un terme à leurs ébats.

« Ça ne marche pas, Ellie, je suis désolé, lui avait-il dit. J'ai dû boire trop de vin au dîner. »

Elle s'était blottie contre lui, assurant que ce n'était pas grave. Mais ils savaient l'un comme l'autre qu'il n'avait pas beaucoup bu et que le problème n'avait aucun lien avec l'alcool. Comme il semblait s'être replié sur lui-même, elle avait essayé de multiplier les marques d'affection à son égard. Mais ses caresses l'avaient littéralement laissé de marbre : c'était comme étreindre un bloc de pierre. Quel était le problème ? Elle l'ignorait. Mais elle ne pouvait s'empêcher de se demander s'il ne venait pas d'elle, après tout. S'il ne la trouvait tout simplement plus attirante.

Néanmoins, comme elle l'avait expliqué à Leo le matin, ce n'était qu'au moment où Mimi lui avait parlé de la conversation qu'elle avait surprise au pub entre Alannah et lui qu'elle avait vraiment pris toute la mesure du problème.

« Tu ne t'imagines même pas tout ce que les barmaids peuvent entendre. La plupart du temps, c'est-à-dire quand ils n'ont besoin de rien, les gens se comportent avec nous comme si nous étions complètement invisibles. Tu ferais bien de te méfier, Ellie, lui avait dit Mimi. Je n'entendais pas tout ce que Max et cette prof d'EPS se chuchotaient à l'oreille, mais à un moment, je suis certaine d'avoir entendu Max affirmer : "Je ne peux pas le dire à Ellie avant que tout soit réglé, avant qu'il ne soit trop tard pour qu'elle puisse m'en empêcher." Je ne sais pas exactement ce que tout cela veut dire, mais j'ai pensé que je ferais mieux de te le répéter. »

Face à Mimi, Ellie avait essayé de dédramatiser les choses : Max avait dû demander à Alannah de l'aider à lui choisir un cadeau ou quelque chose comme ça… Ellie aurait presque pu croire à cette explication… s'il n'y avait pas eu les événements du lendemain.

C'était la veille de leur emménagement, quelques semaines plus tôt. Max lui avait promis de déjeuner à la maison avec elle, mais il avait annulé à la dernière minute en lui fournissant une excuse. Une fausse excuse. Il lui avait menti, et elle l'avait démasqué. Mimi avait donc raison : il se passait bien quelque chose.

La douleur qu'elle avait ressentie en comprenant que Max voyait quelqu'un d'autre avait été si aiguë qu'elle aurait fait n'importe quoi pour l'atténuer. Dans une vaine tentative de mettre un terme à cette souffrance, elle s'était laissée tomber sur le sol du séjour désert et s'était complètement recroquevillée sur elle-même.

Et ensuite… Elle ne voulait même pas resonger à ce qui s'était passé ensuite. Sa détresse était telle qu'elle avait commis une erreur horrible ; une erreur qu'elle regrettait plus que tout ; une erreur qu'elle ne pourrait jamais oublier.

Le vibreur de son téléphone, dans son sac à main, la fit brutalement revenir à l'instant présent. Jusqu'à très récemment, elle considérait la sonnerie de son téléphone ou le bip annonçant les textos comme un heureux présage de bons moments ; c'était Max ou Leo qui lui téléphonait pour bavarder, ou bien encore un ami qui voulait l'inviter à dîner. Mais désormais, à chaque fois que son téléphone émettait le moindre son, elle se sentait complètement terrorisée. Et de même, quand elle se dirigeait vers sa voiture, elle se demandait anxieusement sur qui elle allait tomber. Le simple fait d'ouvrir la portière du 4×4 était devenu une véritable source d'angoisse.

Elle n'avait pas encore eu le temps de réfléchir à l'horrible message qu'elle avait reçu la veille et à tout ce qu'il pouvait impliquer. Mais elle était quasi certaine qu'il venait de *lui*. Parce qu'il était le seul à savoir ce qui s'était passé entre eux et le seul à savoir qu'ils s'étaient rencontrés vendredi soir. Il ne s'agissait donc que d'une machination visant à faire paraître la situation encore plus délicate qu'elle ne l'était. Si tant est que cela fût possible.

Ignorant le téléphone, elle laissa sa tête retomber sur ses bras croisés. Elle avait envie de pleurer, mais les larmes ne venaient pas. La seule chose à laquelle elle pouvait penser, c'était sa situation désolante.

32

Toute sa vie durant, ou du moins à partir de l'âge de 10 ans, Leo avait considéré les hommes comme des enfoirés à qui il ne fallait surtout pas se fier. Son propre père, qui donnait l'apparence d'un homme charmant, s'était révélé être une véritable ordure. Depuis qu'elle avait découvert de quelle façon honteuse il avait traité sa mère trop naïve, elle s'était juré de ne jamais faire confiance à un seul homme. Quoi qu'il puisse arriver. Mais avec le temps, deux ou trois individus s'étaient distingués comme de possibles exceptions à cette règle, dont Max. Or, le matin même, sa sœur lui avait expliqué qu'elle pensait que Max avait une aventure. Leo avait du mal à y croire, mais si Ellie avait raison, si Max l'avait vraiment trompée, il en ressortirait que le jugement qu'elle avait prononcé sur la gent masculine était absolument exact. Et ne souffrait aucune exception.

Mais que devenait Ellie là-dedans ? Elle ne lui avait toujours pas expliqué les raisons de sa mystérieuse disparition du vendredi soir, ce qui lui ressemblait vraiment très peu. Et, à en croire Penny, Gary s'était lui aussi absenté ce soir-là. Se pouvait-il qu'il y ait un lien entre ces deux informations ? *Gary ?* Non, c'était impossible. Au vu des révélations de ce matin, il semblait plus probable qu'Ellie ait cherché à espionner Max. Comment alors expliquer le coup de fil qu'elle avait reçu au milieu de la nuit?

Leo secoua la tête pour se ressaisir. Il était inutile d'émettre des suppositions; elle perdait son temps. Il fallait qu'elle parle à sa sœur, qu'elle lui dise ce qu'elle savait et ce qu'elle soupçonnait. Mais pas ce soir. Il lui faudrait attendre encore un peu car, alors qu'elle rentrait de chez Penny, Max l'avait appelée pour lui expliquer qu'il comptait faire une surprise à Ellie. Il avait cuisiné pour elle et pensait qu'ils avaient besoin d'un petit dîner en amoureux. Aussi lui avait-il gentiment demandé si cela la dérangerait de se contenter d'un plateau-repas devant la télé, pour leur laisser un peu d'intimité.

«Je sais que c'est très impoli de ma part, Leo, et ce n'est pas le genre de chose que je t'aurais demandé en temps normal, mais tu as vu comment est Ellie depuis quelques jours. Elle est tellement stressée que je me suis dit que ce serait bien que je fasse quelque chose pour elle. Quelque chose pour lui montrer à quel point je pense à elle, à quel point elle est importante à mes yeux. Avec le déménagement et tout le reste, nous n'avons pas eu un moment à nous depuis des semaines. Est-ce que ça te poserait un problème?» lui avait-il demandé d'une toute petite voix.

Elle se sentait vraiment navrée pour Max. Il avait trop bu vendredi soir, certes, mais en dehors de cela, on aurait dit qu'il cherchait à apaiser les choses par tous les moyens possibles. Et ce dîner n'était qu'un exemple parmi d'autres de sa prévenance. Mais… si sa sœur avait raison et qu'il avait bien une aventure, il pouvait également s'agir d'un simple moyen de se déculpabiliser, ou bien encore d'amadouer Ellie avant l'inévitable dévastation qui accompagnerait la révélation de son infidélité.

En approchant de la Ferme du Saule, Leo finit par se dire que la meilleure solution serait de rentrer chez elle, puisqu'il était évident que sa présence n'améliorait en rien la situation. En revanche, si elle s'en allait maintenant, Ellie et Max risquaient fort d'avoir l'impression de l'avoir chassée. Il lui fallait un complice : quelqu'un qui l'appellerait en se faisant passer pour une cliente de Manchester qui voulait la voir d'urgence. Et il y avait une personne à qui elle pouvait demander cela.

Tom.

Elle pressentait qu'il comprendrait son dilemme et accepterait de l'aider. Comme elle n'avait de toute façon pas très envie de rentrer tout de suite à la Ferme du Saule, peut-être pouvait-elle passer chez lui pour lui poser la question ? Oui, mais avant cela, elle allait s'arrêter dans un magasin, histoire de ne pas arriver les mains vides.

Elle fut agréablement surprise en ouvrant la porte de la petite boutique de vins et spiritueux. Elle était tellement habituée aux chaînes de magasins que l'on trouve à Manchester et qui vendent toutes la même marchandise qu'elle fut littéralement enchantée de se retrouver dans ce commerce indépendant. Il flottait dans l'air cette odeur particulière des magasins de bons vins qui est si difficile à décrire : un fond de raisin fermenté, comme on peut s'y attendre, mais mêlé à quelque chose de chaud et de réconfortant, un parfum qui évoque vaguement le bois, bien qu'il soit difficile à définir.

L'autre avantage de ce magasin était que rien n'y poussait à se presser. Quand elle en avait passé la porte, l'homme derrière le comptoir s'était contenté de lever les yeux au-dessus de ses demi-lunes en souriant, avant de reprendre ses mots croisés.

Leo passa en revue les étagères. Elle savait que Tom disposait d'une très belle cave, mais cela ne signifiait pas pour autant qu'elle ne pouvait pas lui apporter une petite bouteille. Elle venait de choisir un sauvignon blanc néo-zélandais quand la porte du magasin s'ouvrit. Mme Talbot, légèrement essoufflée, se précipita vers elle.

«Bonjour, Leo. Il me semblait bien vous avoir vue entrer ici. Puis-je vous dire quelques mots?»

Leo posa sa bouteille de vin sur le comptoir et se tourna vers Mme Talbot.

«Je me demandais si vous aviez du nouveau à propos d'Abbie Campbell. J'ai pensé qu'Ellie vous aurait peut-être dit quelque chose.

— Ellie est au travail, madame Talbot. Je ne lui ai pas parlé depuis ce matin.

— Vous pouvez m'appeler Doreen, ma chérie.

— Très bien, Doreen, mais je suis désolée, je ne sais rien sur Abbie.

— C'est horrible. Ils l'ont dit aux nouvelles, il y a à peine une demi-heure de ça. Avant d'être renversée, la petite avait été *kidnappée*. Je suis allée chez le boucher et le marchand de fruits et légumes; personne ne sait rien, mais tout le monde dit que ça ne peut être que quelqu'un du village. Vous vous rendez compte? On n'est plus en sécurité nulle part.»

C'était une information nouvelle pour Leo. Nouvelle et horrible. Mais elle ne pouvait apporter aucune lumière sur le sujet. Pauvre enfant. Elle comprenait que les villageois soient choqués. Il était déjà assez horrible de penser que le conducteur qui l'avait laissée pour morte était sans doute l'un des leurs, mais si elle avait aussi été enlevée par quelqu'un du village… c'était pire, bien pire encore.

« J'aimerais pouvoir vous aider, finit-elle par dire. Je me doute bien de ce que vous devez tous ressentir, mais je vous assure que je ne suis au courant de rien.

— Il n'est jamais arrivé de choses pareilles dans ce village, vous savez ? Enfin… en dehors de cette histoire avec votre amie. Mais ce n'était pas aussi horrible que *ça.* »

De quoi parlait-elle ? Quelle amie ?

« Vous n'êtes pas au courant ? » Leo vit que Mme Talbot, ou Doreen, était légèrement surprise par ce fait. « Cette histoire avec Abbie nous rappelle ce qui est arrivé à votre amie Fiona. C'était une gamine toute mignonne quand elle était à l'école, mais il y a eu ce truc, et juste après, elle a disparu sans dire un mot.

— Une famille qui déménage à la cloche de bois… C'est très fréquent, vous savez ? répondit Leo.

— Mais c'est bien là tout le problème, voyez-vous ? Seule Fiona a disparu. Sa famille n'est pas partie avec elle. Ils sont restés – ses parents et son frère –, mais ils n'ont jamais dit un mot là-dessus. »

Leo secoua la tête. Elle comprenait mieux ce que Fiona avait voulu dire en parlant de « suspicion ».

« Je regrette, mais je n'ai que de vagues souvenirs de Fiona à cette époque. Je sais qu'elle a quitté le village, mais je suis persuadée qu'il n'y a rien d'étrange là-dedans. »

Mme Talbot parut indignée, mais Leo commençait à en avoir assez. Elle savait bien que les villages étaient propices aux ragots, mais l'espèce de plaisir malsain que les gens semblaient y trouver lui paraissait tout simplement insupportable. Pour abréger la conversation, elle se tourna donc vers les étagères, choisit une bouteille de vin rouge au hasard et sortit son porte-monnaie.

« Vous vous trompez : tout était étrange, reprit Mme Talbot. Figurez-vous que plus de quinze années ont passé depuis que c'est arrivé, mais ce qui est sûr, c'est qu'elle était enceinte. Personne ne savait qui était le père. Et si elle avait été enlevée elle aussi et qu'elle s'était échappée ? Elle n'a jamais parlé de ça à personne depuis son retour. Et maintenant, le grand snob qui lui sert de mari se fait arrêter... »

Tout en songeant que le mot « arrêter » était une grossière exagération, Leo termina de payer ses achats, salua poliment le commerçant et finit par se tourner vers Mme Talbot, en s'efforçant de lui sourire tout aussi poliment.

« Je doute sérieusement qu'il y ait dans cette histoire quoi que ce soit de louche, Doreen. Mais veuillez m'excuser ; il faut vraiment que j'y aille. Au revoir. »

Sur ce, sachant parfaitement qu'elle laissait Mme Talbot dans l'embarras, elle passa la porte et s'éloigna.

L'histoire de Fiona avait donc plus d'implications qu'elle ne l'avait pensé, et elle mourrait d'envie de comprendre le rôle de Charles dans tout cela. Mais il était hors de question qu'elle échange des informations avec Doreen Talbot. Elle demanderait à Ellie de combler ses lacunes.

Incontestablement, quelque chose était arrivé à Fiona dans le passé, mais il était tout à fait improbable que cela ait un quelconque rapport avec Abbie.

* * *

Les arômes épicés qui se dégageaient de sa cuisine lui chatouillant les narines, Tom dut bien admettre qu'il avait hâte de dîner. Mais il lui faudrait attendre encore longtemps. Pour occuper sa journée, il avait décidé de cuisiner un repas indien ; il en mangerait une partie au dîner et congèlerait le reste pour plus tard.

Une fois revenu dans le salon, il reprit le livre qu'il était en train de lire. Ou plutôt qu'il essayait de lire. Il avait imaginé se distraire un peu en achetant un roman policier, mais les inexactitudes et la manie des romanciers de dépeindre les détectives de fiction comme des personnages légèrement déséquilibrés, voire sérieusement perturbés avaient fini par l'irriter. Son esprit revenait sans cesse à la nouvelle qu'il venait d'apprendre : Abbie Campbell avait été enlevée. Son travail lui manquait bien plus qu'il ne l'avait imaginé, et il lui fallait lutter pour s'empêcher d'intervenir dans l'enquête. Néanmoins, il se rendait plusieurs fois par jour dans les magasins du village, juste pour voir s'il pouvait récolter quelques informations. Malheureusement, les rares indices qu'il avait obtenus jusqu'ici étaient bien maigres. Mais comme tout le monde savait qu'il était policier, il se pouvait très bien que les villageois veillent à tenir leurs langues quand il était dans les parages.

Ceci étant, il y avait tout de même une bonne nouvelle. Il avait appris ce matin des services de police du Grand Manchester qu'il existait bien une place vacante au sein de la brigade criminelle. C'était un poste d'inspecteur-chef, le grade qu'il avait avant sa démission, mais cela ne le gênait pas le moins du monde. Il n'avait pas envie de se retrouver derrière un bureau et il ne voulait rien avoir à faire avec les forces politiques. Il était très intéressé par le poste et devait passer un entretien la semaine suivante. Il serait reçu par une femme qui avait jadis fait partie de son équipe et avait connu une ascension fulgurante depuis son départ, promotion qui, à ses yeux, était parfaitement justifiée. On se paierait probablement un peu sa tête pendant quelque temps, mais il pouvait bien vivre avec ça.

Machinalement, il jeta un coup d'œil par la fenêtre et fut agréablement surpris de voir Leo approcher de la maison avec un cabas qui avait tout l'air de contenir des bouteilles de vin. Comme à son habitude, elle était habillée en noir et blanc, mais, cette fois-ci, elle portait un pantalon de lin qui moulait un peu ses hanches et flottait gracieusement autour de ses jambes quand elle marchait. Un haut de soie noire à manches courtes, décoré d'immenses boutons, retombait souplement sur son buste mince et élancé, et ses cheveux se balançaient dans la légère brise qui soufflait.

Jolie, songea-t-il. Très jolie, même. L'éclat de son rouge à lèvres carmin la faisait passer du statut d'élégante à celui de sexy. Elle pouvait certes se montrer parfois assez acerbe, mais depuis la conversation qu'ils avaient eue la veille au déjeuner, il comprenait d'où lui venait ce trait de caractère.

Ravi, il ouvrit la porte latérale et passa la tête à l'extérieur.

« Salut, Leo. Entre par ici, c'est plus facile. »

Après avoir hoché un peu trop vivement la tête dans sa direction, elle se mit à longer la maison, tout en plaçant son cabas devant elle comme pour parer un éventuel geste d'affection.

Fidèle à elle-même, elle alla droit au but : « Je t'ai apporté un petit cadeau, parce que j'ai un service à te demander.

— Entre, je t'en prie. Mais tu n'as pas besoin de me soudoyer pour obtenir quelque chose de ma part, tu sais ? » lui dit-il en souriant pour alléger un peu l'ambiguïté de ses propos.

Une fois arrivée dans la cuisine, elle laissa brusquement tomber son cabas sur une chaise.

« Quelle odeur délicieuse ! Ne me dis pas qu'il y a un Indien dans le coin et que je ne suis pas au courant ? s'exclama-t-elle en écarquillant les yeux devant les différents plats.

— Au risque de te décevoir, non. Et le jour où j'achèterais de la cuisine indienne à emporter n'est pas encore venu, loin de là. J'ai tout fait moi-même, avec amour. Alors comme ça, tu aimes la cuisine indienne ?

— J'adore ! » répondit-elle en soulevant le couvercle de la casserole où mijotait le curry de poulet.

Elle semblait si fascinée que, l'espace d'un instant, il crut même qu'elle allait plonger son doigt dedans pour le goûter. Au lieu de cela, elle se tourna vers lui et leva au ciel des yeux extatiques. Bien qu'il n'eût aucun doute sur le fait que son excitation était malheureusement provoquée par le curry, il ne put s'empêcher de sourire. Sans faire de commentaire, elle passa au plat suivant et lui jeta un regard interrogateur.

« Ce seront des crevettes *jalfrezi* quand j'aurai ajouté les crevettes.

— Hmm hmm. » Elle se pencha au-dessus de la casserole et inhala lentement. Puis, relevant la tête, elle se tourna vers lui. « C'est vraiment toi qui as fait tout ça ? lui demanda-t-elle d'un air émerveillé. La vache, tu es exactement comme Ellie. Vous ferez de parfaits voisins, tous les deux, tiens, toujours à vous tirer la bourre pour savoir qui prépare les dîners les plus sophistiqués. Mais je te dérange, excuse-moi, je ne savais pas que tu attendais des invités. Je te dis pourquoi je suis venue et je te laisse retourner à tes casseroles. »

Tom s'assit sur l'un des tabourets et en pointa un autre du doigt.

« Tu ne me déranges pas ; je n'attends personne. Je cuisine pour moi. J'aime faire la cuisine, parce que j'aime manger. Et puis, il faut dire les choses comme elles sont : je n'ai pas grand-chose d'autre à faire, en ce moment. Alors, raconte-moi ce qui t'amène. »

Leo parut très étonnée qu'il ait accompli tout ce travail pour lui seul, mais elle s'assit cependant et, les bras appuyés au plan de travail, lui exposa clairement les raisons de sa venue.

« Il faut que je retourne à Manchester dès que possible. Ellie et Max ont des problèmes de couple en ce moment, pour des raisons que je n'ai pas envie de détailler. Cela signifie que, si je m'en vais sans raison, Ellie risque de penser qu'ils m'ont fait fuir, et elle en imputera la faute à Max. Quant à lui, il m'a déjà dit qu'il voulait préparer un dîner romantique ce soir. Pour lui faire une surprise, paraît-il… même moi, je sais déjà ce qu'il va cuisiner. Bref, j'ai pensé que si tu pouvais me téléphoner en te faisant passer pour l'une de mes clientes réclamant un rendez-vous urgent, j'aurais une bonne excuse pour m'échapper et les laisser se débrouiller tous les deux. »

Tom fut peiné d'apprendre qu'Ellie et Max rencontraient des problèmes conjugaux. Le courant était tout de suite passé entre lui et eux, mais, comme il ne le savait que trop bien, tous les couples avaient leurs secrets.

« Aucun problème : je passerai ce coup de fil, si ça t'arrange. Mais pourquoi est-ce que tu ne resterais pas dîner avec moi ce soir ? Comme tu peux le constater, on ne manquera pas de vivres. Et de cette façon, tu pourras voir comment les choses auront évolué demain matin. Je te dis ça parce que si, par malheur, cela avait empiré, je pense qu'Ellie serait contente d'avoir sa sœur avec elle, tu ne crois pas ? »

Son visage s'était illuminé au moment où il lui avait parlé de dîner, et il voyait bien qu'elle était tentée. Moins par ses charmes que par sa cuisine, malheureusement.

« Leo, insista-t-il, je serais ravi de passer cette soirée en ta compagnie, et ainsi, Ellie et Max pourront discuter tranquillement de leurs problèmes. Si elle te voit rôder dans la maison, Ellie se sentira obligée de t'inviter à te joindre à eux. Allez, appelle-les pour leur dire que tu manges avec moi. »

Leo ne chercha pas à se faire prier davantage : elle sortit son téléphone de son sac.

« Plus de batterie, merde ! Je pourrais emprunter le tien pour leur envoyer un texto ? »

Tom fit glisser son téléphone le long du plan de travail, et elle se mit aussitôt à taper un message, qu'elle leur envoya à tous deux, lui expliquant qu'Ellie devait être à l'hôpital et que Max, comme d'habitude, ne devait pas avoir allumé son téléphone. Avec un peu de chance, il finirait par le faire.

« Bon, puisque tu restes, je te sers quelque chose à boire ? Qu'est-ce qui te ferait plaisir ?

— Eh bien, une vodka glacée, si tu en as. Dans le cas contraire, un verre de vin.

— J'ai une bouteille de vodka dans le congélateur. Je m'occupe de ça tout de suite. »

Tom se hâta de se verser un verre de rouge et de servir Leo. Et il se prit à rire quand il la vit avaler son verre d'un trait. Il lui en proposa un second, mais elle désigna la bouteille de vin.

« Je ne bois jamais plus d'un apéritif, précisa-t-elle. Et seulement une fois de temps en temps. J'ai beau adorer ça, je ne voudrais pas que ça devienne une habitude. Et puis j'ai vraiment envie de savourer ta cuisine. Alors je prendrai encore un petit verre de rouge et ce sera tout, d'accord ? »

Après avoir rangé son téléphone déchargé dans son sac, elle se retourna vers lui.

« Pourquoi tous les hommes sont-ils des enfoirés ? lui demanda-t-elle.

— Charmant, commenta-t-il en riant. Je t'invite à dîner, je te prête mon téléphone, et tu me dis que tous les hommes sont des enfoirés… C'est sympa.

— Bon, d'accord, pas tous, dit-elle en riant. Mais quasiment, non ? J'ai discuté avec une fille aujourd'hui, dont je préfère taire le nom, mais son mari est une brute. Tu ne peux même pas t'imaginer tout ce qu'elle a enduré, sans parler du fait qu'elle est constamment obligée de mentir pour le couvrir… C'est tellement triste. » Elle s'accouda au plan de travail et laissa son menton retomber sur ses mains croisées.

« Ne s'agirait-il pas de Penny, par hasard ? » demanda-t-il en esquissant une grimace de dégoût. Un dégoût qui, naturellement, ne lui était pas inspiré par Penny.

« Qu'est-ce qui te fait penser ça ? s'enquit-elle.

— Allons, j'ai bien vu la façon dont il la traitait. Gary est le genre de type qui énonce ses opinions comme des faits accomplis, avec lesquels tout le monde doit être d'accord. Et notamment sa femme. »

Haussant les sourcils, elle inclina la tête sur le côté.

« Très judicieux, comme remarque, surtout de la part d'un homme, si je puis me permettre.

— Ton insolence ne connaît pas de limite, femme ! Je te rappelle que je t'invite à dîner. Tu pourrais tout de même laisser tes stéréotypes de côté pour me montrer un peu de respect ! » Il lui adressa un regard austère et elle lui sourit.

« Tous les hommes ne sont peut-être pas des ordures, OK. Je t'autorise à faire figure d'exception. Mais tu dois savoir que ce statut, je l'avais également accordé à Max, et que je ne suis désormais plus aussi sûre de moi. » Son visage s'était de nouveau assombri.

« Qu'est-ce qui ne va pas, Leo ? Tu as l'air inquiète. »

Elle prit une gorgée de vin.

« Oui, je suis inquiète. Pour Ellie. Il se passe entre elle et Max des trucs dont je ne pense pas devoir te parler, principalement parce que je crois, ou du moins j'espère sincèrement, qu'Ellie se fait des films. Elle a quelques problèmes en ce moment et je pensais pouvoir l'aider à en résoudre certains, mais apparemment, je me suis trompée. »

Jugeant préférable de ne pas faire de commentaire, Tom alla chercher quelques fruits secs épicés pour accompagner leur apéritif.

« Je t'ai parlé de mon père l'autre fois, mais je ne t'ai pas tout dit. Quand j'avais 14 ans, un jour, il a disparu. Mais cette fois-ci, il n'est pas revenu. Ellie s'en est trouvée complètement bouleversée, bien que j'aie toujours du mal à comprendre pourquoi. Mais elle a toujours eu tendance à ne voir que le bon côté des choses, et le bon côté des gens. »

Elle s'interrompit quelques instants pour grignoter quelques fruits secs.

« Nous n'avons aucune idée de ce qu'il est devenu. La mère d'Ellie a dit qu'elle l'avait fait déclarer mort sept ans après sa disparition, mais nous n'avons jamais vu le certificat de décès. Et malheureusement, Ellie n'est pas convaincue. Elle a toujours été du genre à croire aux contes de fées et, du coup, elle est persuadée que, maintenant que la mégère qui lui servait de femme est morte, il va réapparaître un jour ou l'autre, comme par magie. »

Tom observait attentivement le visage sérieux de Leo.

« J'en déduis que tu ne crois ni aux contes de fées ni à la réincarnation, c'est bien ça ? lui demanda-t-il doucement.

— En fait, ça m'est bien égal qu'il soit mort ou vivant. Il n'y a pas moyen de faire entendre raison à Ellie, mais il se fichait complètement de nous deux. J'ai essayé de faire des recherches, mais je n'ai pas pu obtenir beaucoup d'informations. Pour bien faire, il faudrait que j'aie au moins une date et un lieu de décès approximatifs. Or je n'ai rien de tout ça. Je ne dispose que de la date fournie par ma belle-mère, ce qui ne me mène pas bien loin. Si Ellie a décidé de se réinstaller à la Ferme du Saule, c'est uniquement parce qu'elle pensait qu'il pourrait avoir l'idée de venir l'y chercher. Max n'a jamais cru au bien-fondé de cette démarche, mais il l'a tout de même soutenue. Quant à moi, je reste persuadée que, si j'arrivais à savoir ce qu'est réellement devenu notre père, cela aiderait beaucoup Ellie. »

Tom prit quelques instants pour réfléchir au problème.

« Je vais voir ce que je peux faire pour t'aider, finit-il par dire. Bien entendu, je ne pourrai pas passer par le circuit officiel, mais j'ai de l'expérience dans le domaine ; j'ai plus d'un tour dans mon sac.

— C'est vrai ? Ce serait vraiment génial, Tom. Je te remercie. »

Elle poussa un profond soupir de soulagement, comme si l'on venait de lui retirer un poids de la poitrine. Et à la regarder, il ne put s'empêcher de sourire : il était content de lui. Elle lui fit part des maigres informations dont elle disposait et lui promit de lui envoyer par mail, dès son retour, le petit dossier qu'elle avait constitué.

« Cela me fait penser à un autre truc bizarre, lui dit-elle soudain. Nous nous sommes tous absentés, dimanche. Pas très longtemps, mais Ellie est convaincue que quelqu'un en a profité pour entrer dans la maison. Max et moi lui avons assuré qu'elle se faisait des idées, mais, en fait, je n'en suis pas aussi sûre. »

Elle lui raconta que son ordinateur et ses fichiers avaient été ouverts.

«Vous n'avez pas appelé la police? s'enquit-il.

— Non, parce qu'il n'y avait aucun signe d'effraction et que rien ne semblait avoir été volé. J'aurais peut-être dû parler de mon ordinateur, mais Ellie reprochait à Max d'avoir laissé la porte de derrière ouverte et lui jurait l'avoir fermée. J'ai pensé que mes indices étaient trop minces et qu'il était inutile de jeter de l'huile sur le feu en formulant ouvertement mes doutes. Et toi, qu'est-ce que tu en penses? Que devrait-on faire, à ton avis?

— Si Max est certain de bien avoir fermé la porte, je pense que le minimum serait de changer les serrures et de signaler cette intrusion à la police.

— Ça m'étonnerait qu'ils le fassent: Max est persuadé qu'Ellie délire. Avec le recul, je me dis que j'aurais mieux fait de la soutenir…

— Si tu veux, tu peux toujours appeler la police maintenant. J'étaierai tes propos, pour être sûr qu'ils te prennent bien au sérieux. Mais deux jours ont passé et ça risque de compliquer un peu les choses. Essaie de convaincre Max de changer les serrures et, si Ellie s'inquiète, insiste pour qu'ils fassent installer des caméras de surveillance.

— Ellie s'inquiète, c'est certain, mais je ne sais pas pourquoi, ajouta Leo avec une petite grimace. Espérons que le dîner romantique de Max l'apaisera un peu. Il fait beaucoup d'efforts pour lui faire plaisir, mais ça n'a pas l'air de très bien fonctionner. Depuis que je suis arrivée, de toute façon, on dirait que tout le monde a pété un plomb. Tiens, il y a quelques minutes encore, j'ai dû faire taire une commère du village, qui voulait absolument me parler d'Abbie Campbell. Elle m'a appris qu'elle avait été kidnappée ; j'étais complètement sidérée. La pauvre petite ! »

Tom avait très envie de connaître les détails de la conversation pour les rapporter à Steve. Mais comment s'y prendre pour tirer les vers du nez à Leo ? S'il se risquait à l'interroger directement, elle rentrerait dans sa coquille, c'était certain. Il fallait donc qu'il trouve un moyen de l'amener à lui révéler ces informations d'elle-même.

« Dans un petit village paisible comme celui-ci, où tout le monde connaît tout le monde, une chose pareille doit représenter un véritable choc, dit-il en évitant son regard pour se concentrer sur son verre de vin, qu'il avait entrepris de remplir à nouveau.

— Charles a été convoqué au commissariat. Tu étais au courant ?

— Je ne suis plus en service, tu sais ? lui répondit-il, pour éluder la question.

— Et tu savais que Charles avait décidé de passer la semaine dans le Cheshire ? À ce que j'ai cru comprendre, ce n'est pas du tout dans ses habitudes. »

Tom répliqua par un grognement évasif qui sembla satisfaire Leo : elle se remit à parler, sans discontinuer.

« On m'a dit aussi que Pat avait été interrogé. Enfin, ces bonnes femmes ont parlé d'un principal adjoint. Il n'est pas le seul principal adjoint, je le sais, mais comme il était absent une partie de la nuit, j'en ai déduit que ce devait être lui. Ce qui est bizarre, c'est que personne n'a réussi à le joindre depuis dimanche. Max a essayé de l'appeler en vain et, à en croire Ellie, il est très rare que Pat et lui passent plus de deux jours sans se parler. Elle dit qu'ils sont comme un vieux couple.

— Peut-être est-ce à cause de la nouvelle femme de sa vie ? Il se peut qu'il ait envie de se consacrer pleinement à elle.

— Encore une chose que je ne comprends pas. Si tu avais vu sa femme, Tom ! Je suis certaine que tu l'aurais adorée. Enfin, je me mets quand même à la place de Mimi : on dirait que tout le monde la considère comme la seule et unique responsable de ce qui est arrivé. Mais bref, passons ; il y a des choses plus importantes. Tu dois être dans la confidence, toi. Qu'est-ce que tes amis flics t'ont dit au sujet de l'enquête ? Est-ce qu'ils pensent être en mesure de mettre la main sur le conducteur ou le kidnappeur ? Est-ce qu'ils pensent que c'est une seule et même personne ? »

Tom s'approcha de la gazinière, retira le couvercle de la casserole de curry et se mit à remuer. C'était inutile, mais il ne voulait pas que Leo voie son visage. Steve lui avait bien parlé de certaines des personnes qu'ils avaient interrogées, mais il ne pouvait pas aborder ce sujet avec elle.

« L'enquête est en cours. Je suis certain qu'ils finiront par attraper le ou les coupables, mais c'est le genre de truc qui prend du temps. Il faut qu'ils constituent un dossier. »

Il se garda bien de lui dire que, d'après Steve, la police n'avait pas encore trouvé le moindre suspect. Ni pour l'enlèvement, ni pour l'accident.

33

Ellie ouvrit la porte d'entrée et renifla légèrement. Elle reconnut aussitôt l'odeur qui flottait dans la maison : Max avait préparé des spaghettis à la bolognaise. Il disait toujours que c'était sa spécialité, mais en réalité, c'était le seul plat qu'il savait cuisiner. Elle aurait tout donné pour avaler un sandwich au fromage et aller se coucher, mais elle ne pouvait pas le lui dire. De toute façon, elle n'avait pas envie de parler. Heureusement que Leo serait là pour tempérer les choses.

Après avoir laissé tomber son sac dans le hall, elle se dirigea vers la cuisine, mais s'arrêta net dans l'embrasure de la porte. Les lampes avaient été tamisées ; seule celle qui éclairait l'AGA brillait à pleine puissance. De l'autre côté des portes vitrées qui menaient à la terrasse, une magnifique table avait été dressée, avec des chandelles qui brûlaient dans des lampes tempête en verre et un grand vase aux couleurs vives empli de fleurs du jardin.

Max, qui s'était tourné vers elle, paraissait anxieux. Compte tenu de son humeur en le quittant, elle se doutait bien qu'il appréhendait la réaction que ses efforts allaient lui inspirer.

« Où est Leo ? marmonna-t-elle sans réfléchir.

— Partie dîner chez Tom. Les jumeaux sont couchés. Il n'y a que toi et moi. Assieds-toi, je vais te préparer un verre. »

Il prit une bouteille de vin rouge sur le plan de travail et s'empressa d'en servir deux verres, puis attrapa la télécommande de l'iPod. À la grande surprise d'Ellie, les douces tonalités de Snow Patrol ne tardèrent pas à emplir la pièce.

« *Chasing Cars* ? Tu te sens bien, Max ? Je croyais que tu détestais ce genre de musique, dit-elle en prenant le verre qu'il lui tendait.

— Ce n'est pas ma soirée ; c'est la tienne. Alors je peux bien supporter un peu de musique sirupeuse. On pourrait s'asseoir dehors pendant que l'eau chauffe, qu'est-ce que tu en dis ? Je suis désolé de ne pas t'avoir préparé quelque chose de plus original, mais tu connais mes limites. »

Deux mois plus tôt, Ellie aurait été complètement bouleversée par un tel déploiement d'attentions. Mais à ce moment précis, elle ne pouvait s'empêcher de se demander si cette mise en scène n'était pas motivée par la culpabilité.

Elle sortit et, médusée par les efforts qu'il avait faits pour elle, sentit les larmes lui monter aux yeux. Bien. Elle allait accomplir la performance qu'il semblait attendre d'elle, mais elle avait besoin de s'y préparer un peu.

« C'est magnifique, Max. Vraiment. Mais ne pourrais-tu pas attendre un peu pour mettre les pâtes à cuire ? J'aimerais vraiment prendre une douche avant de dîner, et passer embrasser les enfants. Ça ne te gêne pas ? »

Une lueur de déception s'alluma brièvement dans son regard, et elle comprit qu'il était navré d'avoir oublié ce petit détail, alors qu'il était persuadé d'avoir pensé à tout. Peu importait : elle s'efforcerait de lui faire oublier ça quand elle descendrait. Elle avait bien l'intention de se concentrer sur son mari et de mettre tout le reste de côté. Après tout, peut-être était-il encore temps d'empêcher la catastrophe de se produire ?

Elle effleura doucement sa joue de ses lèvres et partit aussitôt vers l'escalier, ramassant son sac au passage. En montant, elle sentit plus qu'elle n'entendit son téléphone vibrer et, après avoir fouillé quelques secondes dans son sac, elle finit par le trouver. Elle avait reçu deux textos. L'un provenait d'un numéro qu'elle ne connaissait pas, l'autre d'un numéro masqué. Mais comment le plaisir de recevoir un message avait-il pu se changer en ce sentiment d'angoisse si oppressant ?

Elle jeta son sac sur son lit et s'assit à côté, le regard toujours fixé sur l'écran du téléphone. Une vague de panique déferla sur elle. Prenant son courage à deux mains, elle ouvrit le message du numéro inconnu et ne put s'empêcher de soupirer de soulagement : ce n'était que Leo qui lui confirmait qu'elle dînerait chez Tom. Un peu rassérénée, elle se laissa aller à penser que le message suivant devait être tout aussi anodin.

Ce n'était pas le cas.

IL SE PASSE DES CHOSES ÉTRANGES DANS CERTAINES FAMILLES. ET MOI QUI PENSAIS QUE TU ÉTAIS UNE SALETÉ… QUAND JE VOIS TON PÈRE, ÇA ME FAIT BIEN RIGOLER. LA FAMILLE PARFAITE, QUI DISSIMULE BIEN SES PETITS SECRETS. N'OUBLIE PAS QUE JE VAIS BIENTÔT TE DEMANDER QUELQUE CHOSE. CE NE SERA PLUS TRÈS LONG, MAINTENANT. ET N'OUBLIE PAS CE QUE JE T'AI DIT, ELLIE :

UN MOT DE TOUT ÇA À QUI QUE CE SOIT, ET TON SECRET VOLE EN ÉCLATS.

Ellie, comme hypnotisée, ne pouvait détacher son regard du téléphone. La lueur de l'écran dansait devant ses yeux. Ça ne pouvait être que *lui*. Mais qu'est-ce qui lui prenait de masquer son numéro pour lui envoyer des menaces ? Elle comprenait bien qu'il essayait de lui faire peur, mais pourquoi ? Était-ce parce qu'elle refusait de le voir ou de quitter Max pour lui ? Ou bien cherchait-il simplement à la briser davantage ? Quoi qu'il en soit, c'était de la méchanceté pure et simple. Jamais elle n'aurait pensé qu'il s'abaisserait à utiliser des méthodes aussi viles. Et puis, pourquoi lui parlait-il de son père ? Les vieilles commères du village n'avaient pas oublié d'où venait sa sœur et l'accueil qu'elle avait reçu à son arrivée. *Il* avait dû entendre des ragots. Oui, ça ne pouvait être que *lui*.

Elle appuya de toutes ses forces sur le bouton « Effacer » et éteignit son téléphone. Ses yeux brûlaient et picotaient, mais elle lutta pour retenir ses larmes. Il ne fallait pas qu'elle pleure ; il ne fallait pas que Max voie qu'elle avait pleuré. Il fallait qu'elle ait un air normal devant lui.

Max.

Elle se déshabilla vivement, jetant ses vêtements sur un fauteuil, et se dirigea vers la salle de bains. Si son corps pouvait être lavé, son esprit, lui, garderait la souillure des mauvais souvenirs et autres erreurs stupides.

* * *

339

Elle savait qu'elle était restée longtemps sous la douche, mais les spaghettis à la bolognaise pouvaient attendre, et de cette façon, elle avait l'air d'avoir fait un effort, elle aussi. En entrant dans la cuisine, elle fut surprise de voir que Max arborait un air légèrement absent. Assis sur une chaise, le dos voûté, il avait les yeux perdus dans le vague et pianotait nerveusement sur la table. À le voir ainsi, elle eut envie de le prendre dans ses bras et d'enfouir sa tête au creux de son cou. La pièce était silencieuse. Il avait dû couper la musique dès qu'elle en était sortie.

Mais à la seconde où il la vit, il se leva précipitamment de sa chaise pour s'approcher d'elle et, après avoir doucement pris son visage entre ses mains, déposa un tendre baiser sur ses lèvres.

« Ça va mieux, mon cœur ? dit-il avec un sourire compréhensif. Viens. Reprenons les choses là où nous les avons laissées. »

Il la reconduisit vers la table du jardin et lui tendit le verre qu'elle avait laissé.

« Tu as bien fait d'aller prendre une douche. Il me semble que tu as l'air plus reposé. Et puis il fait noir, maintenant ; c'est encore plus romantique. Allez, détends-toi ; moi, je vais m'occuper des pâtes. »

Après avoir caressé une dernière fois ses cheveux encore humides, Max retourna à la cuisine, rallumant l'iPod au passage. Cette fois-ci, c'était *Bedshaped* de Keane. Décidément, il avait sorti le grand jeu.

Ellie essaya de se concentrer sur les notes relaxantes de la musique et d'oublier tout le reste. S'efforçant également d'écarter Abbie de ses pensées, elle tourna la tête vers la maison, où elle vit Max sauter sur place en agitant vivement sa main. Il avait dû renverser de l'eau bouillante sur lui. Pour un garçon si athlétique et bien découplé, il pouvait parfois se montrer étonnamment maladroit, songea-t-elle tendrement.

Les morceaux de musique « sirupeuse » se succédaient, continuant de l'apaiser. Elle aurait aimé pouvoir lui parler. Lui parler vraiment. Mais elle avait trop peur pour se lancer.

Le charme fut rompu au moment où Max arriva avec deux bols débordant de spaghettis et de sauce, et ils commencèrent à manger. L'ambiance s'était considérablement détendue depuis le matin, mais ils savaient l'un comme l'autre qu'il y avait entre eux beaucoup de non-dits. Par crainte de briser ce fragile climat de tranquillité, ils s'efforcèrent donc de discuter calmement de tout, sauf des problèmes importants.

Au moment où ils terminaient leurs pâtes, l'iPod se mit à jouer un morceau d'Aerosmith. Max se leva.

« Viens, ma belle, lui dit-il. Tu te souviens ? »

Elle avait tout de suite compris de quoi il parlait : quelque chose qu'ils faisaient autrefois régulièrement, mais qu'ils semblaient avoir oublié depuis très, très longtemps.

Il lui tendit la main pour l'inviter à se lever. Et puis il passa son bras autour de sa taille et guida sa main pour la poser contre sa poitrine. Alors, il laissa doucement sa joue retomber contre la sienne. De ses lèvres, elle pouvait presque effleurer ses clavicules. Ils se mirent à danser. Et Ellie finit par se détendre complètement.

Max fredonnait les chœurs dans son oreille, comme s'il croyait fermement à chacune des paroles qu'il prononçait. Mais comment pouvait-il chanter *I Don't*

Want to Miss a Thing[1] s'il envisageait de la quitter ?
Cette situation ne pouvait pas perdurer. Il fallait qu'ils
se disent la vérité. Maintenant.

« Max, murmura-t-elle.

— Merde », dit-il. Le téléphone venait de se mettre à
sonner dans la cuisine. « Il y a des gens qui ont vraiment
le don ! Excuse-moi, mon cœur. » Il s'écarta d'elle et
effleura du bout des doigts le côté extérieur de son
sein gauche, avant de se pencher pour l'embrasser au
coin des lèvres.

« Attends-moi là. Je n'en ai pas encore fini avec toi. »

Elle se laissa tomber à regret sur une chaise et
regarda Max partir vers la cuisine, éteignant l'iPod au
passage.

Le silence retomba dans le jardin, mais c'était un
silence désagréable, et Ellie fut prise d'une étrange
sensation : comme si des yeux noirs étaient braqués
sur sa nuque. Elle frissonna et se retourna vivement
pour passer en revue les buissons.

Qu'est-ce que c'est que ça ? Elle discernait nettement
une petite lueur, quelque part près de la mare. Mais
à l'instant où Max décrochait le téléphone et disait
« Allô », la lueur disparut.

Et soudain, elle comprit. C'était la lumière d'un
écran de téléphone portable. Il y avait quelqu'un dans
le jardin. Un flux d'adrénaline la traversa, semblant
électriser chacune de ses terminaisons nerveuses.

Elle entendit Max répéter plusieurs fois « Allô, allô ? »,
mais elle savait qu'il n'y avait plus personne au bout
du fil.

---

1. « Je ne veux pas manquer une seule chose. »

342

Puis elle l'entendit. Une voix qui se mit à fredonner doucement le début de la chanson qui venait de passer.

Une silhouette noire commença à avancer au son de la musique. Ellie allait se mettre à hurler quand elle entendit Max raccrocher le téléphone en marmonnant :

« Personne. Comme d'habitude. »

L'ombre se fondit dans les ténèbres.

Max ressortit par la porte ouverte et lui tendit la main.

« Où en étions-nous, mon cœur ? »

Mais elle s'était déjà mise à débarrasser la table bruyamment.

« Rentrons, Max. Il commence à faire froid. »

Elle eut envie de l'embrasser pour atténuer l'expression de douleur que cette réponse avait fait naître sur son visage, mais elle savait qu'elle ne devait pas le toucher. Elle ne pouvait pas prendre le risque d'inciter l'ombre à se rapprocher encore.

34

Sixième jour : mercredi

Encore une nuit sans sommeil. Mais pourquoi la vie paraît-elle toujours si horrible à 5 heures du matin ? Peut-être parce que tous les autres ronflent comme des bienheureux dans leur lit confortable, et que l'on se sent seul à ne pas dormir, seul à ressasser l'enfer de son quotidien.

La radio fonctionnait en sourdine dans un coin de la pièce, ce qui ne faisait rien pour arranger les choses. Les sombres et lugubres musiques nocturnes sont toujours introduites par des voix graves, douces et suaves qui semblent chercher à vous faire retourner dans les bras de Morphée. Mais l'interruption de la musique par le bulletin d'informations locales retint subitement son attention.

Tout ce qui les intéressait, c'était Abbie Campbell, naturellement. Ils évoquèrent les marques de soutien et d'affection de ses voisins et amis, ainsi que le « bonheur » de la famille de la jeune fille, qui commençait enfin à montrer des signes de rétablissement.

Et puis ils affirmèrent qu'elle avait été enlevée. Ce qui était faux. Totalement faux. Ce n'était pas un kidnapping ; c'était une surprise. Les liens d'amitié tissés via Facebook le prouvaient : Abbie aurait dû être ravie d'apprendre la vérité.

Je voulais juste te toucher, Abbie. T'embrasser, te serrer dans mes bras. Je t'observais depuis longtemps, j'attendais depuis longtemps. Mais tu n'as pas voulu de moi. Pourquoi ? Je ne suis pas assez bien pour toi ?

Maintenant, Abbie allait parler, et personne ne comprendrait. Ce serait exactement comme la dernière fois. Personne n'avait compris, là non plus.

Tu n'aurais pas dû me rejeter, Abbie. Tu ne peux pas savoir comme ça fait mal. Comment as-tu pu me faire ça ? Je n'avais pas l'intention de te tuer. Mais si tu t'en sors, je ne m'en sortirai pas.

Si Abbie était en mesure de parler, chacun des édifices patiemment construits au cours de cette vie serait détruit. Cela ne pouvait pas se produire. Il fallait la faire taire. Elle et la saleté qui conduisait.

Le temps pressait. Il était temps que quelqu'un meure.

Et il allait falloir qu'Ellie apporte sa contribution à cela. Mais était-elle suffisamment effrayée pour faire ce qu'on lui demanderait ? Sans elle, le plan ne pourrait pas fonctionner. Ellie était une pièce indispensable à son exécution : le leurre.

Il fallait donc faire autre chose encore ; quelque chose qui la traumatise complètement. Ellie était droite et honnête, mais facilement manipulable. Si on utilisait ses enfants, par exemple.

Il faut qu'elle ait peur. Peur de ce que je pourrais faire à ses enfants. Quand elle sera dans cet état de terreur totale, elle obéira sans moufter.

Il y avait une sorte de fatalité dans tout cela. Les événements se précipitaient vers leur inexorable conclusion, sans qu'il soit possible de ralentir leur progression. Tout serait bientôt terminé. La vie pourrait reprendre son cours normal, comme si rien n'était jamais arrivé.

Et tout reposait désormais sur Ellie.

* * *

Bien que Leo fût loin d'être convaincue de l'existence de Dieu, elle avait toujours cru aux forces du bien et du mal. Elle n'avait jamais vu d'aura, mais restait persuadée que tous les êtres vivants en étaient dotés. À son sens, deux individus assis parfaitement immobiles l'un à côté de l'autre pouvaient dégager deux types d'énergie totalement différents. Ce fut ainsi qu'elle comprit, dès le moment où elle entra dans la cuisine le mercredi matin, et bien qu'elle ne pût voir d'elle que son dos, que sa sœur était entourée d'une sombre aura de stress et de tension.

Et maintenant, que faire ?

Si elle s'était retranchée chez Tom la veille au soir, c'était avec l'espoir que la vie reprendrait son cours normal au matin…

Tout le monde avait déjà terminé son petit déjeuner, et Ellie était occupée à débarrasser. Max s'apprêtait à partir avec les jumeaux, et tout avait l'air de bien aller. Il expliqua à Leo qu'il avait chargé les vélos de Jake et Ruby dans le coffre et qu'il allait les amener dans un endroit où ils pourraient se défouler un peu. Ruby voulait essayer de faire du vélo sans roulettes, et Ellie avait dit qu'elle ne pourrait pas se résoudre à la regarder. Pour excuser son absence, elle avait prétendu craindre de lui communiquer sa nervosité. Jake, pour sa part, compterait les chutes de sa sœur avant de se décider.

Max disparut avec un joyeux signe de la main, mais Leo eut l'impression que ce geste était un peu forcé. Visiblement, les choses ne s'étaient pas aussi bien passées qu'il l'avait espéré, la veille au soir. Mais elle ne savait toujours pas quel était le véritable problème. Jusqu'alors, jamais sa sœur ne s'était comportée en mégère jalouse. Déconcertée, elle finit par s'asseoir à la table de la cuisine.

« Qu'est-ce qu'il y a, Ellie ? Je sais que tu t'imagines qu'il se passe quelque chose entre Max et cette prof d'EPS, mais il n'y a pas que ça, je me trompe ? Tu te mets à sursauter dès que le téléphone sonne, et on dirait que tu as peur de tout, même de ton ombre. Est-ce que ça a quelque chose à voir avec vendredi soir, parce que tu ne m'as toujours pas dit pourquoi tu étais sortie ? »

Ellie posa bruyamment des assiettes sur le plan de travail, et des couverts tombèrent par terre. Sans se donner la peine de se tourner vers elle, elle marmonna :

« Oublie vendredi soir, Leo. Je te l'ai déjà dit. Ça n'a pas d'importance.

— Ah oui ? Alors pourquoi Max n'est-il pas au courant ? »

Ellie se retourna brusquement.

« Je t'interdis d'en parler à Max. Ce ne sont pas tes affaires. Oublie ça. »

Elle se pencha pour ramasser les couteaux et cuillères qu'elle reposa violemment dans le panier du lave-vaisselle.

Mais Leo n'était pas décidée à rendre les armes.

« Qu'est-ce qui se passe entre vous ? Vous n'êtes pas comme ça, d'habitude. On dirait que tu fais une fixation sur cette Alannah, mais qu'est-ce que Max en dit ? Veux-tu que je lui en touche un mot ? »

Ellie s'accrocha au rebord de l'évier et, bien qu'elle fût assez loin d'elle, Leo remarqua que ses phalanges étaient devenues toutes blanches. Son dos était raide et sa voix, quand elle se décida enfin à répondre, tendue, comme si elle ouvrait à peine la bouche pour parler.

« Il y a deux choses qui comptent à mes yeux : mon couple et mes enfants. Et je ne laisserai jamais rien ni personne détruire cela. Tu m'entends ? Jamais ! Je ne finirai pas comme ma mère. Je ne ferai pas fuir Max comme elle a fait fuir papa. Quoi qu'il puisse y avoir, cela passera. Il le faut. Ce qui signifie que parler à Max est la dernière chose à faire, aussi bien pour toi que pour moi. Pigé ? »

Ellie ne s'était toujours pas retournée, mais Leo avait bien compris que, pour le moment en tout cas, il était nécessaire de détourner la conversation de Max.

« Pigé. Mais tu ne crois pas que tu serais peut-être un peu moins stressée si tu te débarrassais de ces illusions que tu entretiens au sujet de notre père pour te concentrer davantage sur ce qui compte vraiment ?

— Notre papa, Leo. C'était notre papa. Mais pourquoi est-ce que tu ne l'appelles jamais comme ça ?

— Il a arrêté d'être mon papa quand j'avais 10 ans. "Père", c'est un terme biologique. "Papa", c'est un terme d'affection, quelque chose qui se mérite.

— Je te trouve vraiment prétentieuse, par moments. On ne te l'a jamais dit ? »

Là-dessus, comme pour atténuer le son de la voix de Leo, elle ouvrit le robinet en grand.

Tout compte fait, songea Leo, ce n'était pas une si bonne idée que cela. Mais puisqu'elle avait commencé…

«Quand vas-tu arrêter de faire comme s'il allait revenir un jour? Ce n'est vraiment pas sain, tu sais? Non seulement je ne comprends pas pourquoi tu persistes à y croire, mais je ne comprends pas non plus pourquoi tu persistes à le vouloir!»

Ellie se retourna et, croisant les bras, s'adossa à l'évier.

«J'ai envie de savoir ce qui lui est arrivé. Est-ce aussi étrange que ça? Il a disparu mystérieusement, tout à coup. Sans un mot d'explication, sans même un au revoir. S'il est vivant, au moins, il saura où me trouver.

— S'il avait voulu te retrouver, il aurait pu le faire sans trop de problèmes. Même avant la mort de ta mère. Accepte-le, Ellie, pour la paix de ton esprit: il est parti.»

Elle s'efforçait de conserver un ton neutre et mesuré. Un concours de hurlements n'aurait mené à rien.

«Ce qui ne te gêne pas le moins du monde, n'est-ce pas? lui demanda Ellie, la bouche pincée.

— Non, répondit-elle, en toute sincérité.

— Mais pourquoi est-ce que tu fais toujours semblant d'être aussi calme et raisonnable? Tu ne vois pas que ça fait chier tout le monde? Comme si c'était un crime de montrer ses émotions.» Elle se retourna vers l'évier, dans lequel elle se remit à agiter bruyamment la vaisselle. Ellie n'avait jamais été du genre à dire des grossièretés. Leo savait qu'elle aurait dû reculer, mais elle n'avait pas arrêté de le faire durant toute la semaine qui venait de passer.

« Écoute, je sais à quel point il t'a fait du mal. J'étais là ; tu as oublié ? Je te promets que je vais essayer de découvrir ce qu'il est devenu, mais je ne suis pas sûre que ce soit une si bonne idée. Je crois qu'il est temps de passer à autre chose. Concentre-toi sur le présent, et essaie de régler les autres trucs qui ne vont pas. »

Elle regarda sa sœur. Étonnant comme la posture pouvait parfois révéler les sentiments. Leo, néanmoins, ne s'attendait pas à la colère qu'elle vit briller dans les yeux d'Ellie quand celle-ci finit par se retourner.

« Arrête de me dire ce que je dois penser, d'accord ? Si tu veux tout savoir, en ce moment précis, notre père, comme tu dis, est le cadet de mes soucis. » Elle eut un petit rire complètement dépourvu de gaieté. « Et je sais que tu as toujours trouvé complètement aberrant que je puisse chercher des réponses, mais, comme disait l'autre, "médecin, guéris-toi toi-même". J'ai peut-être des problèmes, j'ai peut-être l'air de me comporter de façon complètement irrationnelle, mais toi, tu t'es regardée ? Tu ne supportes même pas qu'on te touche. »

Leo sentit ses yeux la picoter. *Et merde !* Non, non, elle ne pouvait pas pleurer. Elle ne pleurait jamais.

Les yeux fixés sur elle, Ellie inspira bruyamment, avant de se mordre la lèvre inférieure. Ses épaules s'affaissèrent, et la colère qui émanait d'elle se dissipa d'un coup.

« Oh, Leo, je te demande pardon. Je n'aurais jamais dû te dire une chose aussi méchante. Ce n'est pas ta faute ; je suis vraiment désolée. Si je pouvais te prendre dans mes bras et te serrer très fort contre moi, je le ferais tout de suite, je t'assure. Mais je sais bien que ça ne te ferait pas plaisir. »

Eh bien, peut-être que si, pour une fois, se dit Leo en elle-même. Mais elle ne voulut pas prononcer cette phrase, car si elle l'avait fait, elle aurait pleuré pour de bon.

Le sujet de sa froideur apparente avait très souvent été évoqué entre elles, même durant leur enfance. Surtout durant leur enfance. Mais jamais de cette façon. Ellie semblait généralement la comprendre. Mais parfois, elle avait envie, et sans nul doute besoin, de davantage de marques d'affection de sa part. Et Leo, bien souvent, notamment en ce moment précis, aurait vraiment voulu être en mesure de les lui offrir.

Reprenant cependant le masque sûr de la rationalité, elle tenta de réorienter la conversation vers les problèmes de sa sœur.

« Viens t'asseoir, Ellie ; je vais nous faire un café. Il faut absolument que tu me parles. Je veux dire, longuement. Pas entre deux portes. Je te promets que je ne dirai pas un mot à Max. Je vois bien qu'il y a quelque chose qui ne va pas ; je ne t'ai jamais vue comme ça. »

Elle se leva en s'appuyant à la table et traversa la cuisine pour allumer la machine à café. Ellie, sans prononcer le moindre mot, s'était retournée vers l'évier, le dos voûté. En allant chercher du lait dans le réfrigérateur, Leo s'arrêta derrière sa sœur, leva les bras vers elle et les laissa brutalement retomber le long de son corps. Elle resta immobile quelques instants puis tendit de nouveau les mains et se mit à caresser doucement les bras d'Ellie.

« Allez, Ellie. Je ne sais pas ce qui se passe, mais je suis sûre que ça te ferait du bien d'en parler. »

Puis elle laissa de nouveau retomber ses bras le long de son corps et repartit vers le réfrigérateur. Ellie se retourna vers elle et la regarda d'un air surpris. Ce fut à ce moment-là que la sonnette de la porte d'entrée retentit, annihilant toute possibilité de dialogue.

« Mais qui vient nous emmerder à 9 heures du matin ? Tu peux y aller, Leo, s'il te plaît ? Je crois que je vais avoir besoin d'un peu de temps pour me reprendre. »

Leo partit en soupirant ouvrir la porte. Tom. Elle fut surprise, mais tenta de se ressaisir rapidement et de mettre de côté la douleur qu'avaient fait naître en elle les paroles d'Ellie.

« Salut, lui dit-elle. Qu'est-ce qui t'amène ? Je comptais passer un peu plus tard pour te remercier pour le délicieux dîner d'hier. Mais apparemment, je me suis fait doubler. »

Elle ouvrit la porte en grand pour le laisser entrer. Elle avait en effet passé une excellente soirée. Tom était de bonne compagnie, et elle avait pris beaucoup de plaisir à l'écouter raconter ses plus passionnantes expériences de policier.

« J'ai réfléchi à la conversation que nous avons eue hier, répondit-il en entrant dans le hall. Et j'ai pensé que je ferais peut-être bien de discuter un peu avec Max et Ellie de la sécurité de la maison. Je t'avoue que je suis inquiet à l'idée que quelqu'un ait pu entrer si facilement, même si rien n'a été volé. Ils sont là ? »

À son grand étonnement, Leo dut reconnaître qu'elle était légèrement déçue qu'il ne soit pas venu pour elle. Mais elle le conduisit vers la cuisine.

« Max vient de sortir avec les jumeaux, mais Ellie est là. Tu veux un café ? J'allais en faire.

— Si ça ne vous dérange pas, répondit-il en entrant dans la cuisine. Salut, Ellie. Je suis désolé de passer comme ça, à l'improviste, mais j'aurais voulu discuter un peu avec toi. Il paraît que tu es persuadée que quelqu'un est entré chez vous dimanche ?»

Ellie regarda Leo en fronçant les sourcils.

«Tout le monde a dit que c'était mon imagination qui me jouait des tours. Max pense que je suis parano, et Leo n'avait pas l'air trop inquiète… »

Tom se mit à dévisager Leo d'un air interrogateur.

«Ah, dit-elle. Désolée, Ellie, mais je me suis tout de même demandé si tu n'avais pas raison. Je ne voulais pas en rajouter, de peur de te flanquer la trouille, mais on dirait que quelqu'un a ouvert certains fichiers sur mon ordinateur, et Max m'a dit que ce n'était pas lui. »

Leo comprit que la colère d'Ellie était revenue dans toute sa force, et elle s'en voulut grandement. Fort heureusement, sa sœur semblait déterminée à réprimer sa fureur devant Tom. Leo jugea toutefois préférable de profiter de l'occasion qui semblait se présenter pour prendre la fuite.

«Bon, je vous sers le café et je vous laisse tranquille, d'accord ? J'ai deux ou trois trucs à faire, ce matin. Et comme il faut que je sorte, j'en profiterai pour passer chez Mimi et lui rapporter son cardigan. »

Elle adressa un faible sourire à sa sœur, versa le lait dans les tasses et fit une gracieuse sortie.

* * *

Ellie n'avait aucune envie d'avoir cette conversation. Elle savait déjà qui était entré dans la maison et refusait d'en parler. Elle regrettait amèrement d'avoir exprimé ses craintes.

Mais Tom n'avait rien à voir là-dedans. Il voulait simplement l'aider. Il essaya de lui faire détailler le déroulement des événements du dimanche, mais comme ses réponses étaient quasiment toutes monosyllabiques, il finit par comprendre que ses efforts ne servaient à rien. À son grand soulagement, il changea de sujet.

« C'est toujours toi qui t'occupes d'Abbie Campbell ? s'enquit-il.

— Oui. Son état s'est amélioré, tu le savais ? Ils envisagent de lui retirer son respirateur artificiel. Peut-être même dès aujourd'hui. Elle a réagi à quelques stimuli externes, hier ; je crois qu'on est sur la bonne voie. Pauvre petite puce, murmura-t-elle pensivement. Écoute, Tom, il y a quelque chose que j'aimerais te demander. Je n'en ai parlé à personne jusqu'ici, mais comme tu es, ou plutôt tu étais policier, je crois que je peux tout de même te le dire.

— Je ne suis pas en service en ce moment, mais ça ne change rien à mon obligation de discrétion. Qu'est-ce qui t'inquiète, Ellie ? »

Elle reposa sa tasse à café vide. Tom apparaissait aux yeux de tous comme un homme solide et fiable, mais au fond d'elle, elle sentait qu'il n'était pas aussi fort qu'il en avait l'air. Le samedi soir, alors qu'il bavardait pourtant tranquillement avec les autres invités, elle avait discerné une petite lueur de tristesse dans ses yeux et elle s'était demandé ce qui avait pu la provoquer.

« Les pieds et les jambes d'Abbie quand elle est arrivée à l'hôpital. Ils étaient couverts de piqûres d'ortie, et ses pieds étaient en charpie. Personne n'a mentionné comment c'était arrivé, mais c'est sûrement très important. Je ne comprends pas pourquoi rien n'a été dit. En regardant ses radios, l'autre jour, j'ai remarqué des traces d'anciennes fractures sur ses deux bras. J'ai demandé au médecin de quoi il s'agissait, et il m'a répondu que c'était trop vieux pour que l'on ait à s'en inquiéter. Qu'est-ce que tu en penses, toi ?

— Je suis au courant pour les piqûres d'ortie et les blessures aux pieds et aux jambes. Les enquêteurs préfèrent taire ce détail tant qu'ils ne savent pas exactement ce qui s'est passé. La théorie la plus probable est qu'Abbie se soit échappée de l'endroit où elle était séquestrée. Nous savons qu'elle est passée par le bois (nous y avons trouvé des traces), et il y a plein d'orties, là-bas. Mais son T-shirt était taché de bouse de vache, ce qui signifie qu'elle a dû en réalité arriver par les pâturages et traverser la route ensuite. J'en ai un peu parlé avec mon ami Steve, qui travaille sur l'affaire. D'après lui, le problème, c'est qu'il y a tellement de propriétés de ce côté-là des pâturages qu'il est quasiment impossible de déterminer l'endroit précis d'où elle est venue et la distance qu'elle a parcourue. De toute façon, un appel à témoins devrait être passé dans les journaux locaux aujourd'hui (je crois même que c'est déjà fait), pour voir si quelqu'un pourrait apporter de nouveaux éléments à l'enquête. »

Ellie fut soulagée d'apprendre que ce fait n'avait pas été ignoré. *Mais le bois !*

Les souvenirs qui l'avaient tourmentée le dimanche étaient toujours bien présents dans son esprit. Devait-elle raconter à Tom ce qui s'était passé toutes ces années auparavant ? Non, elle avait promis à Fiona de n'en jamais parler à quiconque, et de toute façon, cela ne pouvait pas avoir le moindre lien avec l'affaire actuelle. Tant de secrets, tant de mensonges, songea-t-elle à regret.

Tom poursuivit sans avoir remarqué que son attention avait été déviée.

« Quant aux fractures anciennes, eh bien, j'imagine que tu te poses des questions sur les parents, mais la police a déjà dû s'y intéresser, tu sais ? Ils ont dû vérifier à quel moment elles s'étaient produites et ce qui avait été dit à l'époque.

— Oh ! Ce n'est pas ce que je voulais dire ! s'exclama-t-elle, effarée. Je n'ai aucun doute à propos des parents. Kath et Brian sont des gens géniaux qui aiment Abbie de tout leur cœur, j'en suis sûre. Je savais que je n'aurais pas dû parler de ça.

— Ne te fais pas de souci, Ellie. C'est très bien de poser des questions. Mais je suis persuadé que les enquêteurs s'y sont déjà intéressés. »

Ce fut à ce moment-là qu'un petit visage souriant et un autre bien moins radieux apparurent devant les portes vitrées qui donnaient sur le jardin. Max ne tarda pas à suivre, un vélo avec roulettes dans une main et un vélo sans roulettes dans l'autre. Le sourire de Ruby était immense ; Jake, pour sa part, arborait une moue boudeuse. Ellie comprit tout de suite ce qui s'était passé : son fils, courageux mais pas téméraire, n'avait pas réussi à sauter le pas.

Après avoir laissé tomber les vélos sur la pelouse, Max ouvrit la porte. Les enfants se précipitèrent vers elle, réclamant son attention à cor et à cri. Elle les écouta, les yeux écarquillés, raconter leurs versions respectives des événements de la matinée, sans oublier de placer des « Ouah ! », « C'est très courageux » et autres « C'est très raisonnable », quand l'occasion le permettait. Puis elle les prit tous les deux dans ses bras et les serra fort contre elle. Jake et Ruby. Les êtres qui comptaient le plus à ses yeux.

« Bien, vous deux, dit Max, vous pouvez regarder un DVD une demi-heure, et ensuite, on fera autre chose. C'est une récompense, parce que toi, Ruby, tu t'es montrée courageuse, et toi, Jake, tu t'es montré honnête. Mais je vous interdis formellement l'accès à mon home cinéma. Allez, dans votre salle de jeu et que ça saute ! »

Une fois les enfants partis, il se laissa tomber sur une chaise.

« Tom, comment vas-tu ? Ça te dirait, un autre café ? Pour ma part, j'en ai vraiment besoin. Enfin, c'est surtout parce qu'il est un peu trop tôt pour une bière. »

Ellie s'aperçut que Tom la regardait comme s'il attendait qu'elle soutienne cette proposition. Elle ne se voyait pas passer une demi-heure seule en compagnie de Max. Aussi fit-elle de son mieux pour adresser un sourire encourageant à Tom, qui sembla comprendre le message.

« Oui, merci, Max. Si ça ne vous dérange pas…

— J'ai une demi-heure de répit, mon ami, et je compte bien en profiter. Les joies des vacances scolaires ! En général, on fait beaucoup d'excursions en famille, mais comme Ellie travaille cette semaine, c'est moi qui dois me coltiner les gosses. » Il esquissa un sourire qui laissait entendre que ses propos étaient bien sûr à prendre au second degré. « De quoi parliez-vous, tous les deux ?

— D'Abbie Campbell, répondit Ellie.

357

— Ah, oui. C'est terrible, cette histoire de Facebook. Ellie m'a raconté. On dirait qu'elle a été traquée.

— Ce que je ne comprends pas, dit Ellie, c'est pourquoi cette personne avait des faux amis.

— Si elle n'avait pas eu d'amis, répondit Tom, ça aurait paru suspect. Alors le type ou la fille a créé plusieurs profils bidons, qu'il a tous reliés. Il est probable qu'il ait également tenté d'aborder d'autres jeunes filles ; des vraies, j'entends. L'hypothèse la plus crédible, d'ailleurs, c'est qu'il ait ciblé des filles du même âge avec peu d'amis, en pensant que, dans le lot, quelques-unes seraient plus fragiles. »

Max secoua la tête en déposant les tasses de café sur la table.

« Ce qui veut dire que quelqu'un a planifié tout ça de sang-froid, c'est ça ? Pour se lier d'amitié avec Abbie ? Mais pourquoi ? Ça n'a pas de sens. Est-ce que tu sais si certains autres enfants du réseau étaient ciblés, eux aussi ? Je veux dire, les vrais ?

— Non, je ne sais pas, répondit Tom. Il semblerait que tous les efforts aient été concentrés sur Abbie, mais il se peut aussi qu'elle n'ait été que la première cible. Les gens révèlent tellement de choses sur eux, de nos jours : tous les endroits où ils sont allés ou, pire encore, où ils comptent se rendre. C'est pain bénit pour les criminels. Imaginez une jeune fille qui rate le dernier bus. Elle poste quelque chose à ce sujet, et elle commence à rentrer chez elle à pied, en oubliant qu'elle a auparavant mentionné sur le net l'endroit où elle devait se trouver ce soir-là. Je suis désolé de dire ça mais, même si elle n'a pas été assez bête pour mentionner le numéro du bus, elle devient une proie facile à localiser, et donc à attraper.

— Est-ce vraiment aussi dangereux que cela ? demanda Ellie, qui n'était pas vraiment adepte des réseaux sociaux, contrairement à beaucoup de ses amis.

— Cela peut le devenir si l'on ne se montre pas prudent, répondit Tom. Une femme a été assassinée parce qu'elle avait changé son statut sur Facebook, passant de "mariée" à "célibataire". Son mari, apparemment, n'avait pas beaucoup apprécié. Mais même en restant très prudent, il faut savoir qu'un vrai traqueur peut contacter vos amis, discuter avec eux et les amener à révéler des informations privées sur vous.

— Mais pourquoi ne l'ont-ils pas encore attrapé, alors ? Il y a sûrement moyen de remonter sa trace sur Internet…

— En théorie, oui. Mais les gens qui commettent des crimes de ce genre utilisent souvent des techniques visant justement à ne pas laisser de trace. Il existe des moyens de faire transiter les communications par des serveurs éparpillés dans le monde entier afin de brouiller les pistes. Espérons que ce type ne soit pas aussi futé et qu'il ait tout de même laissé quelques indices.

— Tu parles du kidnappeur comme si c'était un homme et, en effet, cela paraît logique. Mais Abbie serait-elle montée dans la voiture d'un inconnu si c'était un homme ? interrogea Ellie.

— Eh bien, elle attendait la maman de Chloe. Si un homme s'est pointé en disant "Je suis le papa de Chloe. Sa maman n'a pas fini de prendre sa douche, et nous ne voulions pas te faire attendre trop longtemps", l'aurait-elle cru ? C'est tout à fait possible, je pense.

— Alors, c'est de la cybertraque, c'est ça ? demanda Max.

— À proprement parler, les "cybertraqueurs" ne sévissent qu'en ligne et pas dans la vraie vie. Dans des cas comme celui-ci, on parle plutôt d'"utilisation de la technologie pour traquer", c'est-à-dire d'utilisation d'informations en ligne, de téléphones portables ou autres pour traquer autrui dans la vie réelle.

— De téléphones portables ? répéta Ellie. Mais qu'est-ce qu'on peut faire, avec des téléphones portables ? »

Tom se mit à rire.

« Tu ne t'imagines même pas, Ellie… Il existe des applications vendues en ligne qu'on installe sur le téléphone d'une autre personne et qui permettent de surveiller toutes ses activités. Mais il ne vaut mieux pas me brancher là-dessus, je pourrais passer la journée à en discuter.

— Et je ne suis pas sûr d'avoir envie d'entendre ça, commenta Max.

— Au fait, Max, en parlant de ces gens qui savent où tu es et ce que tu fais… à l'origine, je suis venu parler à Ellie de l'individu qui se serait apparemment introduit dans votre maison. Qu'as-tu à me dire, là-dessus ? »

Ellie jeta un coup d'œil nerveux à Max. Il se tourna vers elle et lui adressa ce qui lui apparut comme un sourire condescendant.

« En fait, Ellie a *cru* que quelqu'un était entré dans la maison, mais à mon avis, ce sont les enfants qui ont dû bouger deux ou trois trucs. Je suis certain d'avoir fermé à clef, et il n'y avait aucun signe d'effraction, alors je ne vois pas comment ce serait possible. Excuse-moi, Ellie. Je ne veux pas mettre ta parole en doute, mais… »

Ellie n'avait aucune envie de contredire Max. Elle était certaine de connaître l'identité de l'intrus et elle voulait que cette conversation s'arrête, avant que Max finisse par se douter de quelque chose.

«En effet, ce n'est rien, Tom. Max a raison : j'ai dû me faire des idées.

— Et les clefs ? Est-ce que quelqu'un pourrait avoir les clefs de la maison ?»

Bien qu'elle fût certaine que cela n'avait aucun rapport avec le problème, Ellie se souvint soudain d'une chose qui pourrait sans doute lui permettre de faire diversion en envoyant tout le monde sur une fausse piste.

«Samedi, Sean nous a rapporté le jeu de clefs qu'il avait… Tu t'en souviens, Max ? Je te l'ai réclamé dimanche matin, et tu m'as dit que tu ne savais pas ce que tu en avais fait. Et si quelqu'un l'avait pris ?»

Max se tourna vers elle, l'air sidéré.

«Mais qui, enfin ? Les gens qui étaient là samedi sont nos amis. Qui aurait pu avoir l'idée de prendre ces clefs ? Et surtout, pourquoi ? Pour pouvoir venir rôder dans notre maison et farfouiller dans ton tiroir à culottes ? Allons, Ellie. C'est complètement absurde, tu ne crois pas ?»

Ellie savait bien qu'il avait raison, mais c'est tout ce qu'elle avait trouvé pour détourner l'attention.

* * *

Dès qu'elle put le faire sans paraître impolie, Ellie battit en retraite à l'étage, laissant Max raccompagner leur visiteur. Elle avait volontairement laissé son téléphone éteint depuis la veille au soir, mais, bien qu'elle eût très peur de ce qu'elle allait y trouver quand elle l'allumerait, elle savait qu'elle ne pouvait repousser ce moment plus longtemps. De toute façon, il y avait quelque chose qu'elle allait devoir dire. Une fois de plus, elle choisit de se réfugier dans la chambre. Aussi étrange que cela puisse paraître, elle n'avait pas vraiment d'autre choix si elle ne voulait pas être dérangée. S'étant adossée à la porte close, elle alluma le téléphone.

Comme elle s'y attendait, à la minute même où l'écran s'éclaira, l'appareil se mit à biper pour signaler divers messages et appels manqués. Cinq textos et deux appels manqués la veille au soir, plus un le matin. Tous provenant de la même personne. Cela devenait insupportable.

Les textos se ressemblaient tous plus ou moins.

MAIS QU'EST-CE QUI T'ARRIVE, ELLIE? POURQUOI AGIS-TU COMME ÇA AVEC MAX? ÇA NE ME PLAÎT PAS. N'OUBLIE PAS QUE JE TE REGARDE. TU NE ME VOIS PEUT-ÊTRE PAS, MAIS JE SUIS TOUJOURS LÀ. TOUJOURS LÀ À TE REGARDER.

Elle savait qu'il disait la vérité. Dès qu'elle mettait un pied dehors, et même chez elle, elle avait toujours la sensation qu'une paire d'yeux était braquée sur sa nuque, et elle passait son temps à regarder par-dessus son épaule.

Il y avait d'autres messages, dans lesquels il lui demandait de l'appeler. Elle ne savait vraiment plus quoi faire. Laissant ses bras retomber le long de son corps, elle enfouit sa tête dans la douceur rassurante de son peignoir, accroché à la porte. Elle n'avait qu'une envie : s'envelopper dans sa chaleur et se recroqueviller sur elle-même dans le lit. Mais il fallait qu'elle réflé-chisse aux différentes possibilités qui se présentaient à elle.

« Merde », murmura-t-elle en ramenant son téléphone à son oreille et en appuyant sur l'écran.

Comme elle se l'était imaginé, il répondit immédiatement :

« Il était temps. » Sa voix était dure, et un sentiment de terreur s'empara d'Ellie. Si elle pensait encore maîtriser la situation, tout à coup, elle n'en était plus si sûre.

« Qu'est-ce qui se passe, Ellie ? Il était convenu qu'on attendrait le bon moment pour que tu annonces à Max que tu le quittes, et toi, tu te conduis comme ça ? Tu danses, tu te blottis contre lui… Que suis-je censé en déduire ? »

Elle prit une profonde inspiration et essaya de conférer à sa voix une sérénité qu'elle n'avait pas connue depuis bien longtemps.

« Je n'ai jamais dit que j'allais quitter Max. Jamais, et tu le sais très bien. S'il me quitte, ce sera son choix à lui. Mais moi, jamais je ne le quitterai. Ni pour toi, ni pour qui que ce soit. Je ne sais pas ce qu'il faut que je fasse pour te convaincre, mais je voudrais que tu me laisses tranquille, maintenant. »

Elle entendit à l'autre bout du fil un profond soupir de déception.

« Je sais que tu essaies de lutter contre la fatalité. Je sais que tu essaies de sauver ton couple. Mais c'est de moi que tu as envie. Tu me l'as prouvé !

— Je n'ai rien prouvé du tout ! J'étais furieuse, blessée, affaiblie. » S'apercevant qu'elle était en train de crier, elle s'efforça de baisser le ton. « Mais combien de fois devrai-je te le répéter?

— Écoute, lui dit-il, j'ai fini par comprendre hier quel était le problème. Tu ne sais pas comment le lui dire, c'est ça? Eh bien, ne te fais pas de souci. Je n'ai pas peur de lui, moi. Je vais aller le voir et lui dire que nous sommes fous amoureux l'un de l'autre. Ce sera plus facile pour toi. »

Pas ça. Non, pitié.

Les mots se répétaient dans sa tête. Mais elle ne pouvait pas les prononcer, car cela ne ferait que l'embraser davantage. Il fallait qu'elle garde son calme jusqu'à trouver une solution.

« Je ne veux surtout pas que ce soit facile. Si Max doit l'apprendre, c'est moi qui le lui dirai. Mais il y a autre chose dont je voulais te parler. Tu es entré chez moi, n'est-ce pas? Quand nous étions absents, dimanche, tu es entré dans la maison. Tu es allé dans ma chambre et dans ma salle de bains. Pourquoi? Pourquoi? Je ne comprends pas comment tu as pu faire une chose pareille.

— C'est ce que tu penses de moi, sérieusement? » Il marqua une pause, mais Ellie ne répondit pas. « Il y a entre nous quelque chose d'extraordinaire, mon cœur. Et jamais je ne ferais quoi que ce soit qui puisse ébranler la confiance que tu as en moi. Je te promets que je ne suis pas entré dans ta maison. J'étais près de toi, dimanche, souviens-toi. Tout près de toi. Je ne pouvais pas être dans ta maison. La dernière fois, tu m'accusais d'avoir renversé une fille et de l'avoir laissée pour morte, et maintenant, je serais entré chez toi par effraction. Je sais que ta confiance en la gent masculine a été ébranlée, mais tout de même, Ellie!

— Je ne sais plus du tout quoi penser, je suis complètement perdue, mais s'il te plaît, je t'en supplie, ne dis
rien à Max, ni à la police, pour vendredi soir. Je sais
que tu as envie de me voir, et nous nous verrons, mais
il faut que tu me laisses un peu de temps. D'accord?»

Elle savait qu'elle était en train de s'embourber. Elle
n'avait aucun désir de le voir, mais s'il pensait qu'elle
se ralliait à son mode de pensée, peut-être aurait-elle
davantage de chances d'apaiser un peu les choses.

«Très bien, je te laisse deux jours. Je ne pourrai pas
tenir plus longtemps. Garde en tête que je suis toujours
là. Je te regarde. Je veille sur toi. Et n'oublie pas que ma
patience a des limites.»

Il raccrocha.

35

Il faisait gris, désormais, et la brise était fraîche, pour le plus grand bonheur de Leo qui marchait vers le village et n'avait jamais beaucoup aimé la chaleur humide. Elle espérait avoir pris la bonne décision en laissant Ellie seule avec Tom. De toute façon, elle avait besoin de s'évader. Elle s'était bien gardée de mentionner que l'un des fichiers ouverts en son absence n'était autre que celui qui contenait les informations sur son père. Cela n'aurait fait que mettre de l'huile sur le feu, et ce n'était pas aussi important que cela. Le moins qu'on pût dire, c'était que Tom n'était pas arrivé au bon moment, mais à présent, elle était contente d'avoir quelques heures pour elle.

Étrangement, l'image extérieure que donnait Tom ne collait pas vraiment avec l'idée qu'on pouvait se faire d'un détective de la criminelle. Il était tellement sympathique et décontracté ; complètement à l'opposé de l'idée qu'elle se faisait d'un policier gradé. La veille au soir, au cours d'un des rares moments où ils avaient discuté sérieusement, elle lui avait demandé ce qu'il faisait quand il était confronté aux petites frappes sur lesquelles il devait régulièrement tomber. Il n'avait pas répondu, mais il y avait eu quelque chose. Quelque chose qu'elle n'aurait pas pu définir de façon précise ; pas comme s'il avait serré les lèvres ou plissé les yeux. Son visage avait changé très subtilement, comme si ses pommettes étaient devenues plus proéminentes et ses yeux froids. Cela avait suffi à lui faire penser que, coupable ou innocente, elle n'aimerait vraiment pas être un jour interrogée par cet homme dans le cadre d'une enquête criminelle. D'un autre côté, cela l'avait aussi rendu plus intrigant à ses yeux.

Du fait du bannissement qu'elle s'était imposé, Leo ne savait pas très bien quoi faire de sa peau. Elle se souvint tout à coup que le bar à vin ouvrait assez tôt et servait des petits déjeuners. Peut-être pourrait-elle y installer son bureau pour une heure ou deux ? Elle avait des coups de fil à passer et des rendez-vous à organiser pour la semaine à venir. Plusieurs de ses clientes étaient parties en vacances en famille, cette semaine, et elle avait l'intuition qu'à leur retour, elles auraient désespérément besoin d'un rendez-vous en urgence. Vacances et couples malheureux faisaient rarement bon ménage.

Après avoir commandé un croissant aux amandes et son sempiternel cappuccino, elle alla s'asseoir dans un coin isolé de la salle pour ne pas déranger les autres clients en parlant au téléphone. Ce qui, à bien y réfléchir, aurait tout de même été un comble, puisque la moitié d'entre eux environ étaient occupés à faire quelque chose avec leurs portables : envoyer des textos, lire des mails ou twitter, sans aucun doute.

La semaine ne s'était pas du tout passée comme Leo l'avait imaginé. Ellie ayant beaucoup travaillé, elles n'avaient eu que très peu de moments privilégiés et, lors de ces rares occasions, elle avait senti sa sœur distraite et irascible. Même en mettant de côté la scène de ce matin, on pouvait dire que ces quelques jours avaient été assez pénibles. Et puis il y avait eu l'accident. L'idée que le conducteur puisse être quelqu'un du village avait naturellement suffi à inquiéter tout le monde, et maintenant que l'on savait qu'Abbie avait été enlevée, on aurait dit qu'une nouvelle couche de suspicion était venue s'ajouter à l'ambiance déjà pesante. On se serait cru dans les heures qui précèdent un orage : l'air paraissait lourd et presque crissant de tension.

Leo regrettait d'avoir omis de parler à Tom de ce qu'elle avait découvert au sujet de Gary, c'est-à-dire qu'il était rentré tard dans la nuit du vendredi au samedi et qu'il avait menti à ce propos. Mais elle ne pourrait rien révéler tant qu'Ellie ne lui aurait pas expliqué où elle était allée cette nuit-là, et elle ne voyait vraiment pas comment aborder le sujet de nouveau. Elle ne pensait pas qu'il puisse y avoir un lien entre ces deux faits, mais s'il y en avait un ? En dénonçant Gary, ne risquait-elle pas de provoquer la chute de sa propre famille, qui s'effondrerait autour d'elle comme un château de cartes ? Par ailleurs, elle avait le sentiment que Penny avait dit une chose qui pouvait signifier bien plus qu'elle n'y paraissait de prime abord, mais elle ne parvenait pas à remettre le doigt dessus. C'était comme d'essayer de se souvenir d'un mot ou d'un nom : ce truc était là, dans sa tête, l'espace d'une fraction de seconde, mais il disparaissait avant d'avoir eu le temps de se consolider.

Lasse, elle laissa son menton retomber dans ses mains. Toute cette réflexion ne menait à rien et elle commençait à regretter le silence solitaire de son chez-elle. Elle adorait son appartement, mais elle avait dû faire beaucoup de sacrifices pour pouvoir se l'offrir.

Même après avoir assis sa réputation de coach de vie, il lui avait fallu travailler le soir dans un bar pendant près de deux années pour pouvoir rembourser son emprunt. Situé dans un ancien entrepôt rénové, cet appartement était merveilleusement spacieux, avec ses plafonds hauts et ses murs en briques apparentes. Elle y avait vécu pendant des mois avec rien d'autre qu'un matelas posé à même le sol et un portant pour ses vêtements. Mais elle ne regrettait rien, vraiment.

D'un côté, elle avait envie de rentrer, mais de l'autre, elle ressentait un besoin viscéral de rester jusqu'à ce que ses proches retrouvent la paix et la sérénité. Qu'elle pût ou non jouer un rôle dans ce processus, elle ne pensait pas possible de partir avant qu'il soit achevé.

L'échange qu'elle avait eu avec Ellie en début de matinée l'avait complètement vidée. Depuis quand sa sœur considérait-elle le verre à moitié vide ? Cela avait toujours été son rôle à elle, non celui d'Ellie.

Machinalement, elle fouilla dans son sac pour en sortir son carnet et son stylo. Une page d'écriture cathartique l'aiderait peut-être à donner un sens à tout cela.

UN PREMIER PAS : LE BLOG DE LEO HARRIS

Changer de disque

Il y a plusieurs années, j'ai eu l'occasion de voir une courte séquence cinématographique qui présentait une petite fille. Vêtue d'une jolie robe, elle remontait en sautillant une ruelle étroite pavée de galets. Les passants souriaient tendrement en la regardant. L'image granuleuse en noir et blanc tendait à accentuer la gaieté de la scène, et la légèreté de la musique estivale conférait un sentiment de bien-être. L'attention du public était totalement concentrée sur l'enfant.

Et puis le film a été présenté de nouveau. Identique, mais avec une musique différente : une musique sinistre. Les spectateurs ont retenu leur souffle. Tous venaient de remarquer pour la première fois un homme au visage lugubre qui, à l'extrémité de la sombre allée, fumait une cigarette en observant la petite fille.

Le public avait beau connaître la fin, je peux vous dire qu'il y a eu dans la salle de profonds soupirs de soulagement quand la fillette a fini par rejoindre sa mère.

Même film, musique différente.

Certaines personnes voient la vie de cette façon : elles filtrent le positif pour se concentrer sur le négatif. Elles essaient de deviner ce que les autres pensent et ne croient qu'aux pires des conclusions.

Elles écoutent une musique sinistre.

Êtes-vous comme cela ? Si oui, changez de disque et concentrez-vous sur le positif. Mettez une chanson douce et légère, et je vous promets que l'homme qui rôde dans l'ombre finira par disparaître de votre champ de vision.

« Les êtres humains, en changeant les attitudes intérieures de leur esprit, peuvent changer les aspects extérieurs de leur vie », William James.

Leo reposa son stylo. Elle relirait son article avant de le publier sur son blog, mais elle était contente de ce qu'elle avait écrit. Elle pourrait montrer le brouillon à Ellie ? Peut-être mais, encore une fois, peut-être pas.

Comme elle avait déjà mangé deux croissants aux amandes et qu'elle savait qu'elle se sentirait forcée d'en avaler un troisième si elle voulait rester assise ici, elle finit par ranger son bureau de fortune et par sortir à contrecœur du bar à vin.

Alors qu'elle pensait aux longues nuits passées à servir à boire à des clients pour la plupart ingrats, un visage s'était dessiné dans son esprit. Celui de Mimi. Il fallait que quelqu'un lui rende son cardigan. Et comme Pat avait brillé par son absence durant toute la semaine, Leo disposait d'un excellent prétexte pour passer chez elle à l'improviste. Force lui était de constater qu'elle ressentait un peu de compassion pour elle. Il ne lui semblait pas juste que tout le monde se montre si indulgent envers Patrick et la traite, elle, en paria. C'était Pat qui avait trompé sa femme. Il était responsable de ses agissements et de leurs consé-quences sur son couple. Mimi, par conséquent, n'avait pas à porter le fardeau de la culpabilité. En lui offrant des fleurs pour la féliciter de sa grossesse, peut-être aurait-elle plus de chances de lui apparaître comme une oreille compatissante ? Elle ne pensait pas que Mimi fût intéressée par une séance de coaching, mais le cardigan lui procurait une excuse valable pour venir lui rendre visite.

Serrant dans sa main le bouquet qu'elle venait d'acheter, Leo tâcha de s'orienter dans le dédale de petites rues qui constituaient le lotissement récemment construit à l'extrémité du village. Elle ne connaissait pas l'adresse de Pat et Mimi, mais elle se souvenait que Pat avait parlé d'un chemin qui partait du village et arrivait juste en face de leur maison, et elle savait qu'ils vivaient dans la ruelle la plus éloignée de la Grand-rue. Leo pesta contre les architectes, qui avaient apparemment essayé de rendre leurs ruelles plus intéressantes en les faisant serpenter sans raison, alors qu'ils auraient tout aussi bien pu tracer des lignes droites qui auraient permis de s'orienter beaucoup plus facilement. En tout cas, elle était ravie de ne pas être en voiture parce que, dans ce cas, elle n'aurait jamais trouvé.

Elle se demandait comment Mimi allait la recevoir. Sans aucun doute, celle-ci avait un caractère difficile, et elle s'accrochait à Pat comme un chewing-gum à la semelle d'une chaussure. Malheureusement, on aurait dit que Pat cherchait sans arrêt à s'en débarrasser, ce qui ne devait pas arranger le manque d'estime de soi de Mimi. À ce sujet, les reproches qu'elle avait adressés aux autres le samedi soir, au moment où elle avait annoncé sa grossesse, lui paraissaient on ne peut plus révélateurs.

Quand Leo finit par trouver ce qu'elle pensait être la rue de Mimi, elle remarqua que les maisons neuves qui la bordaient étaient compactes. Probablement construites pour favoriser l'accès à la propriété, elles ne devaient disposer que d'une pièce au rez-de-chaussée, et d'une chambre avec salle de bains à l'étage. Elles étaient alignées par rangées de six avec, à l'extrémité de chaque bloc, un accès latéral à une petite allée qui les longeait par l'arrière.

Chaque propriété disposait d'une porte d'entrée blanche identique, très étroite, dans un cadre très large ; une bizarrerie architecturale assez courante, que Leo avait toujours trouvée absurde. Alors qu'elle observait les portes en se demandant par où commencer, un mouvement attira son attention sur le parking, de l'autre côté de la rue. Mimi, en train de décharger des sacs de courses. Elle arrivait au moment idéal. Ravie, elle s'empressa de traverser.

« Salut, Mimi ! s'exclama-t-elle. Attends, je vais t'aider. Ça a l'air lourd. Toi, prends ça ; c'est pour toi. » Elle lui tendit les fleurs et s'empara des sacs les plus volumineux.

« J'étais venue pour voir comment tu allais. Et aussi pour te rapporter ton cardigan. »

Mimi parut surprise et, pour quelque obscure raison, légèrement nerveuse. Leo savait qu'elle pouvait parfois paraître froide et distante, mais elle espérait ne pas avoir effrayé la jeune femme.

« Je suis désolée de passer comme ça à l'improviste. Mais je sais ce que c'est que d'être nouvelle dans un village ou un quartier, et je me suis dit qu'un peu de compagnie te ferait peut-être plaisir. »

Mimi approcha les fleurs de son visage et inspira.

« Elles sont très jolies, merci, dit-elle en jetant à Leo un regard méfiant.

— Ravie qu'elles te plaisent. Où est-ce que je te dépose ça ? » demanda-t-elle en levant un peu les sacs.

Mimi lui indiqua la deuxième maison en partant de la gauche et la précéda. Elle tourna la clef dans la serrure et la porte s'ouvrit directement sur un petit séjour, dans lequel s'élevait un escalier, appuyé à l'un des murs. Un grand canapé en tissu beige avait été installé dans un angle et poussé contre le mur du fond, et le sol était couvert d'une moquette imprimée d'étranges motifs orange et marron. Dans un autre angle, une télévision avait été installée sur une table protégée par une nappe couleur crème, et, sous l'escalier, il y avait un vieux bureau informatique, avec des emplacements séparés pour l'écran et le clavier, et un espace en dessous pour ranger une unité centrale. L'ordinateur portable qui y avait été posé semblait avoir du mal à y trouver sa place.

La maison sentait le renfermé, comme si les fenêtres n'étaient jamais ouvertes. On distinguait aussi une vague odeur de soupe de tomates en boîte et de haricots blancs en sauce.

Leo s'aperçut que la zone centrale du séjour devait rester assez dégagée, car il s'agissait du seul chemin possible pour accéder à la cuisine, située à l'arrière de la maison. Elle dut d'ailleurs pousser un rocking-chair en bois pour suivre Mimi. Ce faisant, elle remarqua qu'il n'y avait aucun tableau accroché aux murs, mais que des figurines de céramique s'entassaient dans tous les coins.

Tout à coup, Leo se fit la réflexion qu'avec un salaire de barmaid, c'était un véritable exploit que de pouvoir s'offrir une maison pareille. Elle se souvenait parfaitement des paies misérables qu'elle-même avait touchées, et mieux encore des taudis qu'elles lui permettaient tout juste de payer. Des logements bien pires que celui-ci, qui ne souffrait finalement que d'un manque de soins et d'attention.

La cuisine s'étendait sur l'arrière de la maison. C'était une longue pièce étroite, avec un petit espace au bout où on pouvait caser une table et deux chaises.

Mimi laissa tomber les fleurs sur le plan de travail. Il était évident qu'elle cherchait à éviter le regard de Leo.

« Je sais que ce n'est pas terrible, mais il faut bien que nous nous en contentions jusqu'au divorce de Patrick. C'est une location ; on ne peut pas faire grand-chose pour l'améliorer.

— Mais tu n'as pas à te justifier, Mimi. Et certainement pas devant moi. Si ça peut te rassurer, sache que j'ai vécu dans un squat pendant quelques mois, après avoir quitté la maison de ma belle-mère. »

Mimi la regarda pendant un certain temps sans répondre, comme si elle se demandait si c'était du lard ou du cochon.

« Tu veux un café ? finit-elle par lui demander.

— Eh bien… tu n'aurais pas du thé, plutôt ? J'ai bu tellement de café ce matin que si j'en avale un autre, je crois que je vais avoir beaucoup de mal à tenir en place. »

Mimi prépara le thé en silence. Leo fit mine de prêter un grand intérêt à la vue qu'offrait la fenêtre de la cuisine : un minuscule carré de pelouse mal entretenu, qui menait à l'allée passant derrière la rangée de maisons et, au-delà, à un grand champ plat et totalement insipide. Mimi ne semblant vraiment pas décidée à rompre le silence, Leo finit par se demander si elle n'était pas paralysée par la timidité.

« C'est sympa d'avoir une maison sans vis-à-vis, finit-elle par dire, pour lancer la conversation.

— C'est vrai. Mais nous ne profitons pas beaucoup du jardin. Tu préfères t'asseoir ici ou dans le séjour ?

— Ici, c'est très bien. Je suis assez cuisine, tu sais ? Enfin, ce que je veux dire, c'est que j'aime traîner dans les cuisines. Quant à faire la cuisine, c'est autre chose. On ne peut pas dire que ce soit vraiment dans mes cordes. »

Tout en s'asseyant, elle s'efforça d'adresser un sourire encourageant à Mimi, qui semblait toujours un peu mal à l'aise. Les deux mains serrées autour de son mug de thé, elle vint s'installer en face d'elle.

« Qu'est-ce que tu as fait avec Patrick, aujourd'hui ? Je me demande souvent comment les profs se débrouillent pour ne pas s'ennuyer pendant leurs vacances. Max est occupé avec les jumeaux, bien sûr. Mais Pat, que fait-il de son temps libre ?

— Il a dû aller à une réunion, au collège.

— Pendant les vacances ? C'est bizarre, tu ne trouves pas ? » Quelque chose lui traversa soudainement l'esprit. « Je parie que ç'a un rapport avec Abbie Campbell. Tu sais, la fille qui a été renversée vendredi soir. Je suppose que tu as entendu dire qu'elle aurait été enlevée…

— Non, je ne suis pas au courant de cette histoire. Patrick n'en parle pas beaucoup, et je ne regarde pas les informations. C'est trop déprimant. Mais j'imagine que les choses ont été plus ou moins montées en épingle ; on dirait que c'est une spécialité, dans ce village.

— Je ne suis pas sûre que tu prendrais les choses de cette façon s'il s'agissait de ta fille, répondit Leo. Ses parents doivent vivre un véritable enfer à l'heure qu'il est, même si Ellie dit qu'Abbie commence à se remettre un peu. Son rétablissement prendra du temps, il lui faudra sûrement des semaines avant d'être en mesure de dire à la police ce qui lui est arrivé. »

Mimi, apparemment, n'avait rien à ajouter sur le sujet. Elle resta muette comme une carpe. On ne pouvait pas dire qu'elle se montrât vraiment hostile, mais il était évident qu'elle n'était pas à l'aise. Il y avait devant elle comme un mur d'anxiété, que Leo ne parvenait pas à briser.

« Comment as-tu atterri à Little Melham, Mimi ? Ce n'est pas un choix évident, à mon sens. Tu n'es pas du coin, je me trompe ?

— Je viens de la côte sud.

— Ah, génial ! Je connais un peu Brighton et Poole. C'est super joli, par là.

376

— Ouais. Enfin, ça dépend de l'endroit où on vit et de l'argent qu'on gagne, je suppose. »

Leo observa attentivement Mimi, qui rongeait distraitement l'ongle de son pouce.

« Tu vas bien ? Je trouve que tu as l'air un peu anxieuse, aujourd'hui. »

Mimi sortit l'ongle de sa bouche et se redressa un peu.

« Les hormones, j'imagine. Mais je vais bien, très bien. Enfin, je ne voudrais pas me montrer impolie, Leo, mais tu es passée juste comme ça, ou tu avais quelque chose à me demander ? Je te dis ça parce que j'ai pas mal de trucs à faire, et en fait, il faudrait que je ressorte. »

À ces mots, Leo se sentit soudain prise de remords, sans bien savoir exactement pourquoi. Elle était venue avec les meilleures intentions du monde et…

« Rien de spécial, je t'assure. Ellie m'a demandé de te rapporter ton cardigan. Elle a essayé de joindre Pat, mais il ne répond pas au téléphone. J'y ai vu une bonne occasion de prendre de tes nouvelles, et de réitérer ma proposition de séance de coaching gratuite, si ça t'intéresse. Avec l'arrivée du bébé et tout le reste, je pense que le moment serait bien choisi pour réfléchir à ce que tu attends vraiment de la vie. »

Leo comprit immédiatement qu'elle n'aurait pas dû dire cela. Les yeux de Mimi se mirent à scintiller comme de la glace. Mais, presque au même moment, son téléphone vibra et elle détourna le regard, sans laisser le temps à Leo de déterminer si ce scintillement était un signe annonciateur de colère ou de larmes.

377

Mimi appuya sur un bouton de son téléphone et fronça les sourcils d'un air mécontent en observant l'écran.

«Tu peux répondre, si tu veux. Ne te gêne pas pour moi, dit Leo.

— C'est inutile, merci.»

Leo voulait reprendre le contrôle de la situation. Pendant une des rares conversations normales qu'elle avait eues avec Ellie depuis son arrivée, celle-ci lui avait expliqué que Pat passait beaucoup de temps avec Georgia, pour essayer de recoller les morceaux. Et si Mimi était au courant? Cela pourrait expliquer son état de stress, surtout maintenant qu'elle était enceinte.

«C'est marrant, mais à une époque, je trouvais moi-même l'idée de coaching complètement ridicule. Comme toi, je travaillais dans un bar. Enfin, plutôt une boîte de nuit, dans le centre de Londres. Je faisais beaucoup d'heures et j'étais payée une misère. Tu sais comment c'est. Mais je ne me laissais pas faire avec les clients et, un soir, j'en ai remis un à sa place : le frère de la patronne. Je me demande toujours pourquoi il croyait que j'accepterais qu'il me mette la main aux fesses, mais je lui ai fait clairement comprendre qu'il s'était trompé.» Leo se mit à rire ; Mimi ne cilla pas. «Ma patronne s'est montrée sans doute un peu plus compatissante qu'un homme aurait pu l'être. Mais elle m'a dit que j'avais des problèmes et que je devais les régler si je voulais garder mon job. Elle pensait que je devais apprendre à me sortir des situations délicates autrement que par la violence et les injures. Elle m'a obligée à consulter un psy, et nous avons étudié ensemble les choses qui ont fait de moi la personne que je suis aujourd'hui. C'est tout. Ça m'a paru complètement inutile, et même absurde, mais, par la suite, je suis allée voir quelqu'un d'autre : un coach de vie. C'est là que tout a changé. Il n'a pas cherché à m'empêcher d'être qui je suis, avec toutes mes tares et tous mes défauts, mais il m'a aidée à faire avec ce que j'avais et à jouer de mes faiblesses pour les retourner à mon avantage. »

Leo avait bien compris que son discours n'avait pas eu l'effet escompté. Mimi avait croisé les bras, et ses mains étaient crispées. Son téléphone se remit à vibrer. Elle le souleva vivement de la table et fixa l'écran, comme transfigurée.

Serrant toujours le téléphone dans sa main, elle se releva brusquement.

« Si tu veux bien m'excuser. Il faut que j'aille aux toilettes. »

Et, sans même lui jeter un regard, elle disparut de la pièce. Leo entendit ses talons claquer dans l'escalier de bois.

Les choses ne s'étaient vraiment pas passées comme elle l'avait espéré.

Machinalement, elle ramassa les mugs sur la table et enjamba les sacs de commissions pour les porter à l'évier. Complètement absorbée dans ses réflexions à propos de Mimi et ses difficultés du moment, elle fit demi-tour vers la table et trébucha sur un des sacs.

« Et merde », marmonna-t-elle lorsque le contenu se déversa sur le lino effet carrelage. Des pommes de terre et des oignons se mirent à rouler sur le sol. Elle s'accroupit pour les ramasser, mais alors qu'elle commençait à les ranger, elle remarqua quelque chose d'absolument inattendu. Là, tout au fond du sac. Elle n'eut pas le temps d'y réfléchir : de nouveau, des pas résonnaient dans l'escalier. Elle se hâta de remettre les légumes dans le sac.

Quand Mimi entra dans la pièce ; Leo leva les yeux et les deux femmes se dévisagèrent en silence.

« Je crois que je ferais bien de te laisser », dit finalement Leo.

Aucune autre parole ne fut prononcée ; il n'y avait rien à ajouter.

* * *

Leo ne s'était pas trompée sur une chose, le mardi soir : la tension était à son comble chez les Saunders. Tom avait ressenti comme un courant d'air glacé à la seconde même où Leo lui avait ouvert la porte. Cette dernière s'était montrée assez agréable avec lui, mais à l'évidence, elle était tendue. D'ordinaire, même quand elle se montrait bourrue et sarcastique, il émanait d'elle une sorte de grâce naturelle. Or, ce matin-là, ses mouvements avaient quelque chose de moins fluide ; sa voix, moins de nuances.

Ellie était dans un état pire encore. Elle n'avait même pas voulu lui parler de l'intrus, ce qui lui paraissait curieux puisque selon Leo, elle s'était montrée la plus inquiète de tous. Elle cachait quelque chose, mais Tom ne parvenait pas à déterminer quoi. Et surtout pourquoi.

Mais peu importait : il ne pouvait pas lui apporter son aide si elle ne la sollicitait pas. En revanche, Leo l'avait fait, dans le but de connaître enfin la vérité sur la disparition de son père. Tom savait qu'il lui était strictement interdit d'utiliser les sources informatiques de la police à des fins personnelles, mais il avait déjà effectué des recherches de ce genre et il savait parfaitement par où commencer : les autochtones.

Il alla s'asseoir à son bureau et prit son téléphone. Steve l'avait appelé la veille ; il avait bien fait d'enregistrer son numéro. Il était certain que son ancien sergent pourrait l'aider. Steve décrocha presque immédiatement, mais le son n'était pas très bon.

« Steve ? Tom Douglas. Désolé de te déranger. Tu as une minute ?

— Salut, Tom. Ravi d'avoir de tes nouvelles. Je suis en voiture, avec le kit mains libres, et à environ dix minutes de ma destination, alors fais vite. Mais évite les plaisanteries douteuses ; j'ai mon sergent à côté de moi, et ce n'est pas un rigolo, si tu vois ce que je veux dire. »

Tom ne put s'empêcher de ricaner en imaginant la petite grimace qui avait dû accompagner les propos de Steve. Et il entendit l'écho de son rire par-dessus le bruit de la voiture. Le sergent, bien sûr.

« Je voulais te demander s'il y a au bureau des collègues assez anciens pour me renseigner sur des faits qui remontent à quinze ou vingt ans environ. C'est au sujet d'un homme qui a résidé à Little Melham à cette époque. Edward Harris. Il vivait à la Ferme du Saule.

— Euh… Je vois deux types qui sont là depuis vingt-cinq ans environ ; je pense qu'ils pourraient t'aider. Qu'est-ce que tu veux savoir ?

— Ses filles sont mes amies. » Il fut interrompu par des ricanements et une ou deux remarques portant sur le fait qu'il avait utilisé le pluriel. Il attendit que les deux hommes aient fini avant de poursuivre.

« Ses filles, dont l'une est mariée à mon voisin d'à côté (pour que les choses soient claires), ignorent ce qu'il est devenu. Il a disparu sans doute au cours de l'été 1995. Elles ignorent où il est allé, et même s'il est toujours en vie. Je sais bien que tu ne peux pas agir directement, mais n'importe quel renseignement pourrait m'aider : contexte, rumeurs, souvenirs, etc.

— OK. Edward Harris, tu dis ? Je vais demander à mon sergent de faire passer le message à tous ceux qui pourraient t'aider. On verra bien ce que ça donnera. Tu as d'autres infos sur lui ?

— Je sais seulement qu'il était bigame, mais apparemment, il ne s'est jamais fait pincer. L'une de ses femmes est morte très jeune, et l'autre aurait fait une déclaration de décès présumé le concernant, en 2002, mais sa fille a mené des recherches et n'a pas trouvé de certificat de décès.

— Un vrai mystère, en effet. Et si sa deuxième femme lui avait fait la peau et l'avait enterré dans son jardin ? lança Steve en riant.

— J'y ai pensé », répondit Tom qui, pour sa part, ne riait pas du tout. Au vu de ce que Leo lui avait dit de sa belle-mère, ce scénario lui paraissait tout à fait plausible.

« Bon, on s'en occupe. Je vais m'arranger pour que ce soit fait rapidement. Si l'un des deux types auxquels je pense est en service, je lui dis de t'appeler tout de suite. Sinon, ce sera peut-être demain. En tout cas, tiens-moi au courant.

— Merci, Steve. Comment avance l'enquête sur Abbie Campbell ?

— Mal. Impasse sur impasse. Tu n'aurais rien entendu d'intéressant, par hasard, depuis notre dernière conversation ?

— Malheureusement, non. Les villageois sont surexcités depuis qu'ils savent que tu as interrogé des profs, mais personne ne semble avoir la moindre idée de ce qui s'est passé. Je reste vigilant, ne t'en fais pas.

— OK, merci. À bientôt. »

Après avoir raccroché, Tom resta assis à son bureau pendant de longues minutes à faire tourner un stylo entre ses doigts. Avait-il bien fait de proposer à Leo de lui apporter son aide ? Il n'en était pas si sûr. Et il avait même le sentiment que, le moment venu, il allait devoir se défendre. La supplier de ne pas tirer sur le pianiste.

* * *

Quand Tom eut terminé le sandwich au bacon qu'il s'était préparé et se fut réinstallé à son bureau pour commencer ses recherches en ligne, il comprit que Steve et son sergent avaient accompli leur mission, car le téléphone sonna, et il entendit une voix qu'il ne reconnut pas.

« Bonjour, monsieur. Ernie Collier à l'appareil. L'inspecteur Corby m'a demandé de vous appeler au sujet de Ted Harris. Vous êtes bien M. Tom Douglas ? »

Tous ces « monsieur » lui parurent excessifs, mais puisque cet agent était de la vieille garde, mieux valait éviter de lui suggérer de s'en passer ; cela risquait de le mettre mal à l'aise plus qu'autre chose. L'important était qu'il avait appelé Edward Harris « Ted », indiquant qu'il le connaissait.

« Oui. Et si par "Ted", vous entendez Edward Harris, ancien résident de la Ferme du Saule, à Little Melham, alors tout ce que vous pourrez me dire à son sujet me sera utile. J'essaie de retrouver sa trace pour le compte de ses filles.

383

— Je ne suis pas sûr que ce soit une très bonne idée, monsieur, sans vouloir vous offenser. »

Sans vouloir vous offenser? C'était une expression que Tom n'avait pas entendue depuis bien longtemps. Il soupira. Il n'y aurait donc pas de happy end. Au vu de ce qu'il savait déjà de l'homme, cela avait toujours été fort peu probable.

«Pourquoi dites-vous cela, Ernie? s'enquit-il.

— J'ai été simple flic à Little Melham pendant cinq ans. J'ai appris à connaître les gens du village, et j'étais au courant pour son autre fille, qui était venue vivre ici. Elle était déjà là depuis deux ans quand je suis arrivé, mais c'était toujours une nouvelle bien fraîche pour les gens du village. Comme il ne se passe jamais grand-chose, une bonne anecdote peut les occuper pendant plusieurs années. Ils savaient tous que les filles n'avaient pas la même mère, que Ted avait entretenu une relation avec une autre femme, autre part. »

Tom décida de ne pas employer le mot «bigamie», puisque aucune poursuite n'avait été engagée à sa connaissance.

«Ses filles sont au courant de ça, naturellement. Mais je me demandais pourquoi vous pensiez qu'il ne valait mieux pas savoir ce qu'il était devenu.

— En fait, il avait une sale réputation; le genre de truc dont ses filles ne seraient certainement pas très fières si elles venaient à l'apprendre. Une réputation de coureur, vous voyez? Un mec toujours en train de coucher à gauche, à droite, et pas seulement dans le village; dans la région, en général. Il y avait beaucoup de types qui lui en voulaient, et quelques-uns même qui juraient de lui faire la peau. Alors, si j'ai bien compris, il a disparu pendant quelque temps pour laisser les choses se calmer un peu, et puis il est revenu.

— Vous pensez donc qu'un mari trompé aurait pu décider de le faire disparaître, c'est ça ? demanda Tom.

— Oh, pas un mari, monsieur. Plutôt un père. Il les aimait jeunes, le Ted. Il ne prenait que des filles qui avaient l'âge légal, mais tout juste. »

Et merde ! pensa Tom. Mais comment allait-il expliquer ça à Leo ? Réponse facile : il ne le ferait pas. Ce n'étaient là que rumeurs et suppositions. Il lui dirait la vérité quand il la connaîtrait de façon sûre.

« Mais avez-vous quelque chose de concret, Ernie ? Quelque chose qui pourrait nous aider à comprendre ce qu'il est devenu et pourquoi il a disparu ?

— J'ai pas mal réfléchi là-dessus depuis que l'inspecteur Corby m'a appelé, mais il ne m'est rien venu à l'esprit. Ceci dit, je vais continuer d'y réfléchir et, le cas échéant, je vous rappellerai tantôt. Je ne peux pas savoir si ce sont des faits avérés ou des ragots de village. Personne n'est venu porter plainte contre lui. D'après nos informations, il n'a commis aucun crime. Mais si on me demandait mon avis, je dirais que c'était un sale type mielleux et visqueux, si vous voyez ce que je veux dire. »

Tom voyait très bien. Il remercia Ernie et raccrocha, tout en regrettant amèrement d'avoir ouvert la boîte de Pandore. Il voyait désormais pléthore d'issues possibles aux recherches de Leo. Aucune, évidemment, ne pouvait être considérée comme heureuse.

36

Après les événements de la matinée, Ellie avait une nouvelle fois ressenti le besoin de fuir la maison. Aussi avait-elle pris quatre cabas dans le placard et la direction du supermarché. Acheter à manger et réfléchir à ce qu'elle allait concocter pour le dîner une fois son travail terminé lui avaient un peu remonté le moral et, en rentrant, elle fut déçue de constater que la maison semblait déserte.

Après s'être garée devant la porte d'entrée, elle regarda sa montre. Max avait encore dû sortir avec les enfants. Il n'y avait ni sa voiture, ni celle de Leo. Mais où étaient-ils tous allés?

En arrivant devant la porte de la cuisine avec les premiers cabas, elle constata, non sans une certaine surprise, que celle-ci était entrouverte. Peut-être y avait-il quelqu'un à la maison, après tout? Elle avait dû se tromper.

Mais la cuisine était déserte, et la maison silencieuse.

Elle déposa doucement ses sacs sur le sol et s'immobilisa pour écouter. Rien. Max avait encore dû sortir en laissant cette fichue porte ouverte. Mais combien de fois allait-elle devoir le répéter?

Et si ce n'était pas Max ? Et si c'était *lui* qui avait encore une fois profité de leur absence pour venir fouiner dans la maison ?

En ce cas, que faire ? Profiter de cette intrusion pour s'expliquer avec lui ? Non. S'ils étaient seuls à la maison, elle savait parfaitement ce qu'il allait lui demander : bien plus qu'elle n'était prête à lui donner. Jamais elle ne s'était imaginé qu'elle aurait un jour peur de lui, mais, depuis leur conversation du matin, elle commençait à douter.

Mieux valait peut-être retourner s'asseoir dans la voiture et attendre que quelqu'un arrive ?

C'était tentant, mais elle ne pouvait pas faire ça. Il fallait qu'elle sache. Elle n'avait pas envie de le voir ; elle n'avait pas envie qu'il la voie. Mais il fallait qu'elle en ait le cœur net, même si elle savait au fond d'elle que personne d'autre que *lui* ne pouvait s'introduire chez eux sans y être convié.

Elle retira ses chaussures et traversa la véranda. Une fois dans le hall, elle resta immobile un instant pour écouter. Rien, toujours rien.

Il n'y avait personne. Elle ne s'était pas rendu compte qu'elle retenait son souffle, mais ce fut avec un profond soupir de soulagement qu'elle tourna les talons pour repartir vers la cuisine.

Bang ! Derrière elle, mais au-dessus. Quelque chose venait de tomber ou de se fermer. Elle ne s'y attendait plus, mais…

Il y avait quelqu'un. Quelqu'un, chez elle.

Elle n'aurait pas dû avoir aussi peur, et pourtant… Pourquoi lui faisait-*il* cela ? Elle n'avait aucune envie de se retrouver seule avec lui dans une maison vide.

Bang ! Encore une fois, ce bruit. Suivi du craquement caractéristique de la deuxième marche en partant du haut de l'escalier. *Il* était là ; *il* allait apparaître. Et elle ne pouvait pas retourner à la cuisine sans être vue.

Elle n'avait pas d'autre choix : il fallait qu'elle se cache dans le séjour.

Aussi silencieusement que possible, elle entra puis repoussa la porte derrière elle, de sorte qu'elle paraisse fermée, mais ne fasse pas de bruit en heurtant le chambranle. Adossée au mur, elle retint son souffle pendant un long moment.

Oh, mon Dieu. Faites qu'il ne me trouve pas.

Il était en bas des marches. Elle l'entendait respirer. Et tout à coup, il y eut un petit rire. Un rire qu'elle ne connaissait que trop bien. *Il* savait qu'elle était là. Mais comment ?

La porte du séjour commença à s'ouvrir lentement, et Ellie chercha à tâtons autour d'elle quelque chose qui pourrait lui servir d'arme ; ses mains tombèrent sur un bougeoir en étain.

Dans le verre qui protégeait le tableau accroché au-dessus de la cheminée, elle aperçut la silhouette d'un homme, à contre-jour. Elle ne pouvait pas discerner ses traits, mais elle le reconnut immédiatement : ses larges épaules ne laissaient aucun doute sur son identité.

Il se mit à rire de nouveau. C'était fini : il l'avait trouvée.

La terreur ayant laissé place à la colère, elle tira brusquement sur la porte tout en se tournant vers lui. Les mains en l'air, comme pour feindre la reddition, il recula vers le hall.

« Espèce d'*enfoiré*. Mais qu'est-ce que tu *fous* dans ma maison ? Cette fois-ci, tu es allé trop loin. Ça suffit ! J'ai *toujours* su que c'était toi qui entrais ici en douce pour farfouiller dans mes affaires. *Pauvre type !* Qu'est-ce que tu crois que Max va penser s'il te trouve ici ? » hurla-t-elle.

Tout sourires, il avança vers elle et l'attrapa par le bras pour la reconduire dans le séjour. Il n'eut ensuite aucun mal à emprisonner ses deux poignets dans sa main large et puissante et à les maintenir au-dessus de sa tête pour pouvoir passer sa main libre sur son corps, qu'il caressa langoureusement depuis le cou jusqu'aux hanches.

Elle était sur le point de hurler quand une voix retentit, la dernière qu'elle s'attendait à entendre, en provenance de l'étage.

« Ellie ? Mais qu'est-ce qui te prend de hurler comme ça après Sean ? »

Max.

Qu'avait-elle fait ? Qu'avait-elle dit ?

L'espace d'un instant, elle se trouva incapable de répondre. Venait-elle de se dénoncer ? Sans cesser de sourire, Sean lâcha l'un de ses poignets et l'attira vers le hall.

Elle leva les yeux vers Max, penché par-dessus la balustrade, l'air à la fois surpris et fâché. Elle était sans voix. Mais Sean continuait de sourire.

« Tout va bien, Max. Je crois que Mlle Rose a eu la peur de sa vie. Une chance qu'elle ne m'ait pas frappé avec le chandelier qu'elle brandissait. Elle a dû me prendre pour un voleur. »

Max ne parut pas complètement convaincu.

« Un voleur ? Enfin, Ellie ! J'ai demandé à Sean de passer regarder les serrures pour les changer. Je pensais que ça te ferait plaisir. En plus, il a eu la gentillesse de m'aider à monter le nouveau coffre à jouets à l'étage. »

Ellie ne put s'empêcher de jeter un regard furibond en direction de Sean. *Je suppose qu'il trouve ça drôle*, songea-t-elle. Comme si le fait qu'il change les serrures pouvait résoudre le problème. Il les changerait et il garderait les doubles. Retour à la case départ.

Malgré sa fureur, elle se força à sourire.

« Il n'y avait aucune voiture dans le jardin ; je ne m'attendais pas à voir quelqu'un.

— On les a laissées sur le côté de la maison, puisque tu dis tout le temps que c'est là qu'il faut se garer. Leo est sortie, et j'ai accordé aux jumeaux le privilège exceptionnel de regarder un dessin animé sur la "giga" télévision de ma salle de cinéma, histoire de ne pas les avoir dans les pattes. Je descends dans une seconde. Entre-temps, il me semble que tu pourrais offrir quelque chose à boire à Sean pour t'excuser d'avoir failli lui fracasser la tête. »

Max tourna les talons, et Ellie, complètement submergée par le soulagement, ferma les yeux. Elle en avait presque oublié qu'elle n'était pas seule.

« Je ne resterai pas pour boire un verre, Ellie. Pas la peine de faire cette tête-là. » Elle rouvrit les yeux ; le sourire avait disparu de son visage. « La vérité, c'est que je ne supporte pas de vous voir ensemble, comme hier soir. Je n'aime pas ça ! »

Il attrapa son poignet et le serra fermement. « Je suis sérieux, Ellie. Je n'aime pas ça. » Il libéra son poignet, qu'elle se mit à masser frénétiquement avec son autre main, comme pour effacer toute trace qu'il aurait pu y laisser. « Je m'en vais, mais tu sais où je suis. À la vie, à la mort. »

Il commença à avancer vers la porte, mais soudain, il s'arrêta. « Tant que j'y pense, quand Max avait le dos tourné, j'ai déplacé deux ou trois trucs. J'aime à penser que le cadeau que je t'ai offert se trouve dans ta salle de bains, qu'il te voit te déshabiller, prendre un bain, une douche. C'est pour ça que je te l'ai acheté. Ne le déplace pas, Ellie. Je t'interdis de le déplacer. »

* * *

J'entends des choses, maintenant. Et je sens des choses, aussi. Je suis épuisée. J'ai mal aux pieds. Est-ce à cause des coups que j'ai mis dans la porte ? Non. Ça, c'était AVANT. C'était il y a longtemps. Je mélange un peu.

J'allais voir Chloe. C'est ça ! J'avais oublié. Elle devait venir me chercher avec sa maman.

Mais ce n'est pas comme ça que ça s'est passé.

Je ne me suis pas inquiétée de ne pas voir Chloe dans la voiture : on m'a dit qu'il y avait eu un changement de plan. Je n'ai même pas imaginé qu'il pouvait y avoir quelque chose de louche ; j'étais tellement contente. Par contre, j'ai trouvé un peu bizarre qu'on me demande de porter un bandeau sur les yeux, mais je me suis dit que ça faisait partie de la surprise. Maintenant, je comprends : c'était pour que je ne sache pas où on m'emmenait ; je n'ai jamais réussi à retrouver mon chemin.

Une fois dans la maison, nous avons attendu Chloe. Je n'arrêtais pas de demander : « Où est Chloe ? Quand va-t-elle arriver ?

— *Bientôt. Mais ce serait bien qu'on fasse connais-sance en l'attendant, tu ne trouves pas ?»*

Si, bien sûr. Mais j'avais vraiment envie de voir Chloe.

Je ne me souviens plus du moment exact où j'ai compris que Chloe ne viendrait pas, mais tout d'un coup, j'ai commencé à m'inquiéter. C'était bizarre. Et même très bizarre. Alors j'ai demandé si je pouvais rentrer à la maison. J'ai demandé l'adresse pour pouvoir appeler mon papa et ma maman, qu'ils viennent me chercher.

Je n'aurais jamais dû dire ça. Tout d'un coup, mon téléphone m'a été arraché de la main et il a atterri sur le mur, de l'autre côté de la pièce. Il est cassé, maintenant.

«Tu n'iras nulle part tant que je ne te l'aurais pas dit.» D'abord, j'ai senti de la colère, et ensuite, une main tremblante m'a caressé les cheveux. Je préférais la colère.

«Ne me touchez pas, j'ai crié.

— Ne fais pas l'idiote, ma chérie. J'ai le droit de te toucher. Il n'y a rien de plus naturel. Tu vois ? Comme ça. Ça ne te fait pas mal, hein ? Laisse-moi t'embrasser.»

Et là, j'ai senti des lèvres toucher ma joue. On aurait dit qu'elles étaient sèches et gercées, qu'elles m'écorchaient le visage en déposant tous ces baisers. J'avais envie de vomir. Et tout d'un coup, j'ai senti un bras glisser autour de ma taille et me serrer fermement. Il y avait comme une tache humide sur le T-shirt et ça sentait la sueur fraîche. C'était horrible, mais je ne pouvais pas bouger. J'avais trop peur.

«Je vais te raconter une histoire, Abbie. Ce sera notre secret.»

Alors j'ai écouté. Et puis j'ai compris. Pas à cause des mots. À cause de la voix. Au bout d'un certain temps, j'ai fini par la reconnaître.

J'ai paniqué et je me suis mise à hurler. Je venais de comprendre que j'étais vraiment en danger. Mais je me suis arrêtée quand je me suis retrouvée avec, sous les yeux, un truc qui ressemblait à une ceinture de peignoir. J'ai tout de suite compris ce qui allait se passer si je ne me taisais pas.

« Pourquoi est-ce que tu te comportes comme ça, Abbie ? On dirait que tu me détestes. Je croyais que tu étais mon amie... Je t'aurais laissée partir si tu m'avais promis de garder notre secret.

— Mais je suis votre amie ! » j'ai balbutié.

Il y a eu un rire. Un rire méchant. Ça aussi, ç'a éveillé en moi des souvenirs.

« Tu mens. Je sais très bien quand tu mens. »

J'ai supplié et supplié encore ; je ne voulais pas être attachée. J'ai promis que je ne bougerais pas. J'ai retiré mes chaussures pour prouver que je n'avais aucune intention de partir. Que je ne chercherais pas à m'échapper.

Mais c'était le Scotch à carton que je redoutais le plus. C'est comme ça que les gens meurent. J'avais trop peur pour parler. Je n'arrêtais pas de me dire que je savais comment rester silencieuse. Calme, calme. Chut. Pas un bruit. Je sais comment rester silencieuse. Ça, je m'en souviens bien.

Je ne sais pas ce qui s'est passé ensuite. Il y a eu un bip de téléphone ; pas le mien. Pour la première fois, ce regard terrible et intense s'est détourné de moi. Et j'ai compris que c'était la seule chance que j'aurais. Parce que désormais, je savais. Je savais bien trop de choses pour qu'on consente à me libérer.

J'étais assez proche de la porte de derrière. J'ai prié pour qu'elle ne soit pas fermée à clef. J'ai pris le verre de

Coca qu'on m'avait donné quand j'étais arrivée, quand tout se passait bien. Je n'y avais pas touché ; j'attendais Chloe. Je me suis levée d'un bond et, tout en m'agrippant à la poignée de la porte, je me suis retournée pour jeter le contenu du verre sur le visage horrifié qui était derrière moi. Je pensais pouvoir l'aveugler au moins une seconde. Ç'a marché. J'ai ouvert la porte et je me suis mise à courir.

* * *

Ellie avait été ravie de quitter la maison après la scène qui s'était produite avec Sean. Elle avait réussi à tenir jusqu'au déjeuner, mais tremblait encore en songeant qu'elle avait failli tout révéler à Max par inadvertance. Lui, naturellement, avait pris les choses à la légère et reparlé gaiement de Mlle Rose dans la bibliothèque armée de son chandelier. Elle aurait dû en rire, mais elle n'avait pas réussi. Elle savait qu'il s'interrogeait toujours sur sa réaction. Mais le pire, c'était d'ignorer ce que Sean allait faire ensuite, tout en sachant qu'il n'en avait pas encore terminé. Et même, qu'il en était loin.

La semaine aurait dû être calme et agréable : seulement trois demi-journées de travail et tout le reste de son temps à passer avec Max et les jumeaux. Mais par la force des choses, elle s'était transformée en marathon ; il allait lui falloir travailler tous les jours. Ceci étant, par bien des aspects, c'était probablement mieux ainsi. Elle ne pouvait pas en vouloir à la petite Abbie : c'était elle qui lui donnait la force de se lever le matin. Max avait fait beaucoup d'efforts la veille au soir, et elle avait failli tout lui raconter. Mais quand elle avait vu Sean émerger des profondeurs du jardin, la terreur s'était emparée d'elle. Et maintenant, elle s'interrogeait au sujet de Max. S'il fréquentait Alannah et avait fait des projets avec elle, pourquoi s'était-il comporté ainsi avec elle la veille au soir ? Cela paraissait complètement absurde.

Avec un profond soupir de déception, elle ouvrit d'un coup d'épaule les portes qui menaient aux soins intensifs. Elle n'avait pas le temps de réfléchir à tout cela. Elle était ravie que sa direction ait accepté de faire d'elle l'infirmière attitrée d'Abbie ; la jeune fille et ses besoins devaient rester prioritaires. Jetant un coup d'œil en direction de son lit, elle ne fut pas surprise d'apercevoir Kath à sa place habituelle. Mais elle remarqua également que plusieurs dispositifs médicaux avaient été retirés du chevet d'Abbie, ce qui ne pouvait être que bon signe. Quand l'infirmière qu'elle remplaçait la vit arriver, elle s'empressa de la rejoindre au bureau.

« Bonnes nouvelles, Ellie : Abbie n'a plus de respirateur artificiel et elle se montre beaucoup plus réactive. Elle n'a pas encore ouvert les yeux, mais sa réaction à la douleur est bonne, et elle respire normalement, maintenant. Kath et Brian se relaient à son chevet. Mais je commence à me faire du souci pour Kath : elle ne mange pas quand elle est là et elle n'arrête pas de dire qu'elle a laissé tomber Abbie. Il y a encore eu deux urgences ce matin, alors je n'ai pas eu beaucoup de temps pour lui parler, mais tu devrais essayer de voir ce que tu peux faire. Il n'y a pas de raison qu'elle se mette dans un état pareil. »

Quand Ellie arriva près du lit d'Abbie, elle commença par remarquer que Kath, qui triturait un mouchoir sur ses genoux, avait les mains qui tremblaient. Un signe de fatigue plus que de nervosité, songea-t-elle tout en posant une main sur son épaule et en lui adressant un sourire pour la saluer.

« C'est super qu'on lui ait retiré son respirateur. Vous devez être ravie. Mais je crois tout de même que vous devriez essayer de dormir et de manger un peu plus, lui dit-elle d'une voix douce. Quand Abbie se réveillera, elle aura besoin que vous soyez forte et capable de bien vous occuper d'elle. Il n'y a plus que des signes positifs, maintenant. Il faut que vous preniez soin de vous.

— Je ne pense pas qu'Abbie voudra me parler quand elle se réveillera, répondit Kath.

— Kath, c'est complètement absurde. Naturellement qu'Abbie voudra vous parler : vous êtes sa maman. Qu'est-ce qui vous fait croire une chose pareille ?

— Je l'ai laissée tomber, vous ne comprenez pas ? Nous lui avions promis de veiller sur sa sécurité, et nous avons échoué. Après ce qui est arrivé à Jessica, nous avions juré à Abbie que nous ne laisserions jamais personne lui faire du mal. Et regardez-la, maintenant. Elle ne méritait pas ça ! »

Ellie garda le silence pendant un instant. Elle ignorait qui était Jessica et hésitait à poser la question. Kath leva les yeux vers elle.

« Jessica était la sœur d'Abbie. Ce n'est pas quelque chose que nous confions à tout le monde. Nous pensons que c'est à Abbie d'en parler, quand elle se sentira prête. Mais en ce moment précis, j'ai vraiment besoin d'en discuter avec quelqu'un et je sais que vous resterez discrète.

— Vous pouvez me faire confiance, Kath. Je vous promets que je ne dirai rien à personne. »

Kath fixait ses mains, qu'elle ne cessait de croiser et de décroiser sur ses genoux. Elle se mit à parler rapidement, sans relever la tête.

« Jessica n'avait que 2 ans, et Abbie 4, quand c'est arrivé. Chloe était le deuxième prénom de Jessica, ce qui rend les choses pires encore, vous comprenez ? Je suis sûre qu'Abbie y a vu un lien. Mais personne d'autre ne pouvait le savoir. C'était il y a tellement longtemps. Tout le monde a dû oublier. »

Instinctivement, Ellie prit la main de Kath.

« Vous êtes sûre de vouloir me parler de ça ? J'ai compris que c'était il y a très longtemps, mais quoi qu'il ait pu arriver, je suis certaine qu'il s'agit encore d'un sujet douloureux. J'ignorais que vous aviez eu une autre fille. »

Kath porta sur elle un regard perplexe, avant d'esquisser un discret sourire qui se dessina doucement sous les larmes.

« Oh ! non, Jessica n'était pas notre fille. Abbie a été adoptée. Je pensais que vous le saviez. J'étais persuadée que c'était dans son dossier.

— Je l'ignorais complètement. Et je vous assure que rien ne laisse supposer qu'elle n'est pas votre fille biologique. Je ne vois aucune mère qui pourrait se montrer plus douce et attentionnée que vous envers son enfant.

— Cela fait tellement longtemps que, pour nous, c'est comme si elle était née dans notre foyer. Mais le fait est que, comme je ne pouvais pas avoir d'enfant, nous avons décidé d'adopter, et nous avons eu la chance que ce soit elle. Pauvre chérie : elle était complètement traumatisée et elle avait une peur horrible du noir. C'est toujours le cas, d'ailleurs. Nous n'avons jamais dit à personne qu'elle n'était pas notre fille biologique, et

Abbie non plus. Aucune de ses amies n'est au courant. Mais vous savez, cette Chloe, eh bien, elle a dit qu'elle avait été adoptée, elle aussi. Ce qui leur a fait un autre point commun. Ç'a été la première personne à qui Abbie l'a confié. Voilà comment elles sont devenues aussi proches l'une de l'autre sur cette saleté de site web. Jessica lui manque encore beaucoup. »

Kath sortit un petit album photo de son sac.

« Voilà Jessica, lui dit-elle. J'ai apporté ça au cas où Abbie ne se souviendrait plus de rien à son réveil. J'ai hésité à y mettre la photo de Jess, mais comme Abbie nous parle toujours d'elle, j'ai fini par me dire que ça pourrait tout de même être utile. C'est la seule photo d'elle qui existe, à notre connaissance. »

Ellie baissa les yeux. Il s'agissait d'un cliché un peu fané sur lequel on pouvait voir deux petites filles. Une image particulièrement choquante. Les fillettes, maigres comme des clous, avaient des mines tristes et portaient des haillons. Ellie supposa que la plus âgée était Abbie, mais comme elle n'avait jamais vu la jeune fille sans les hématomes qui marquaient le côté de son visage, elle n'aurait su dire s'il y avait ou non une ressemblance. La plus jeune portait une robe d'été imprimée. Beaucoup trop grande pour elle et déchirée sur un côté, elle bâillait sur sa frêle silhouette, révélant ses épaules décharnées. La plus âgée portait un short et un T-shirt qui semblaient un peu plus présentables, mais à peine. L'un de ses bras, néanmoins, paraissait déboîté, et les deux fillettes avaient les poignets couverts d'hématomes.

Kath semblait attendre sa réaction.

« La photo a été prise par une voisine qui s'inquiétait pour elles. Mais le temps qu'elle la fasse développer pour la montrer aux autorités, il était déjà trop tard : Jessica était morte et Abbie, confiée aux services sociaux.

— Pauvres petites puces, dit Ellie d'une voix tremblante, sans pouvoir détacher son regard du cliché. Mais qu'est-ce qui s'est passé ?

— Leur mère se prostituait. Elle vivait dans une chambre de bonne, et elle pensait que ses enfants constituaient un handicap pour ses affaires. Alors, quand elle recevait un client, elle les enfermait dans un placard, bâillonnées et ligotées. »

Plus Ellie regardait la photo, plus elle sentait ses yeux la picoter. Les pauvres, pauvres petits anges.

« Jessica est morte, reprit Kath. La voisine (celle qui a pris la photo) a réussi à sauver Abbie à temps. Elle l'a traînée hors de l'appartement et l'a gardée avec elle le temps d'appeler la police et d'attendre son arrivée. La mère d'Abbie s'était enfuie, mais elle a été arrêtée assez rapidement. Elle a été inculpée pour homicide et violence sur mineurs. Mais elle n'a pas pris bien cher, vous savez ? Vous tuez un enfant, et vous vous en tirez avec huit ou dix ans de prison. Naturellement, elle avait à peine purgé la moitié de sa peine qu'ils l'ont remise en liberté conditionnelle. Si ça se trouve, depuis, elle s'est mariée et a eu d'autres enfants. Cette saleté, je crois que je pourrais l'étrangler de mes mains. À la barre, quand elle parlait de ses filles, elle disait "mes petites erreurs". »

Ellie n'avait pas de mot pour qualifier tout cela, mais elle savait qu'il était inutile d'en chercher. On ne pouvait rien dire face à tant de cruauté. Elle pensait qu'elle avait eu une enfance difficile, que Leo avait connu pire encore. Fiona aussi avait reçu son lot d'indifférence parentale. Mais tous ces problèmes paraissaient complètement insignifiants à la lumière de ces révélations. Et après cette petite enfance si effroyable, il avait encore fallu qu'Abbie souffre de ces horribles blessures...

Ellie s'assit pour mieux regarder la photo des deux enfants. Puis elle leva les yeux vers Abbie, mais ne parvint à trouver aucune ressemblance avec l'une ou l'autre des fillettes du cliché. Curieusement, c'était le visage de Jessica qui attirait le plus son attention. Sûrement parce qu'il s'agissait de celle qui était décédée. Mais il y avait aussi quelque chose dans l'expression de son visage, quelque chose qui lui semblait vaguement familier. Se trompait-elle ? Elle ne pouvait pas mettre le doigt dessus, de toute façon. Cela ne devait donc pas être si important. Elle se faisait sûrement des idées.

37

Gary Bateman se demandait s'il n'aurait pas mieux valu partir en vacances. Cela aurait sans doute été préférable pour les enfants, sans compter que Penny était en train de le rendre fou à geindre tout le temps. Les filles lui ressemblaient un peu trop à son goût. Des garçons, il aurait vraiment préféré avoir des garçons.

Il attendait toujours que Sean Summers lui présente son investisseur et il était impatient de découvrir son identité. Cette affaire pouvait lui rapporter gros s'il jouait les bonnes cartes. Il devait toucher l'argent aujourd'hui, mais il commençait à se faire tard, et Sean ne l'avait toujours pas appelé pour lui indiquer le lieu du rendez-vous.

Il commençait à s'impatienter. Il y avait bien une chose qu'il pouvait faire, pour passer le temps.

D'un geste déterminé, il ouvrit la porte coulissante de la véranda et sortit. Il avait fait installer un banc au fond du jardin pour pouvoir discuter au téléphone de ses affaires privées sans risquer d'être surpris. De toute façon, il se fichait royalement de ce que Penny pouvait penser. Si elle se rendait compte qu'il allait voir ailleurs, peut-être finirait-elle par faire quelques efforts pour se montrer agréable avec lui. Cela lui fit penser qu'elle lui avait paru bizarre au cours de la journée. Depuis qu'il était rentré du garage où il avait rendu la Porsche, la veille, il la trouvait différente. Elle lui mentait au sujet de quelque chose, c'était certain.

Serrant son téléphone dans sa main, il se retourna pour observer la maison. Les filles n'étaient pas là et il pouvait être certain que Penny resterait hors de son chemin pendant qu'il passerait son coup de fil.

Après avoir cherché quelques secondes dans ses derniers appels, il finit par trouver le numéro qu'il cherchait. Il ne s'était pas encore donné la peine de l'enregistrer dans son répertoire.

Il appuya dessus.

« Allô ? » *Merde.* Le mari. Il s'était trompé : ce n'était pas le portable qu'il avait appelé, mais le fixe. Il s'empressa de raccrocher. Fort heureusement, il avait réglé son téléphone pour que son numéro soit toujours masqué. Il n'y aurait donc pas de trace.

Et maintenant, qu'allait-il faire ? Il tournait en rond depuis trop longtemps. D'ordinaire, c'était beaucoup plus rapide que ça. Elle l'avait repoussé le samedi soir en invoquant le jeu de la séduction. Mais comment séduire quelqu'un quand on ne le voit pas ?

Alors qu'il se faisait cette réflexion, il sentit son téléphone vibrer dans sa main. C'était elle.

« Allô ! J'espère que tu as compris que c'est moi qui viens de te téléphoner et que c'est pour ça que tu me rappelles. Comment vas-tu ? lui demanda-t-il d'une voix douce.

— Je ne suis pas contente. Pas contente du tout. Je t'ai dit hier que ce serait impossible cette semaine. Alors pourquoi appelles-tu ?

— Eh bien… parce que tu me manques. Et je sais que je te manque aussi. » Il n'avait aucune envie de sourire, mais il s'efforça de le faire. Il avait entendu dire un jour qu'un sourire pouvait s'« entendre » au téléphone.

« Non. Tu ne me manques pas. Certaines choses ont changé, je ne suis plus intéressée par ce que tu as à m'offrir. Je crois qu'on devrait en rester là. »

Gary sentit la colère monter en lui. Jamais jusqu'alors il n'avait échoué. « Je ne suis pas de cet avis. Tu as voulu que je te fasse la cour ; je l'ai fait. Et tu as dit qu'on y était presque… Je t'ai laissée édicter les règles, alors que j'ai horreur de ça. Mais j'aurais peut-être dû y aller franco et te forcer la main. Tu aimes être un peu bruta-lisée, c'est ça ? Beaucoup de femmes sont comme ça.

— Je peux te garantir que je n'en fais pas partie. Bref, que les choses soient claires : nous allons inévi-tablement nous rencontrer en diverses occasions à l'avenir. Je me montrerai polie. Et toi aussi, tu te montreras poli. Mais je ne veux plus te revoir seul. C'est compris ?

— Tu ne sais pas ce que tu rates. Je pensais que tu étais assez marrante, derrière ton apparente froideur, mais je me suis trompé. Et ne me dis pas que c'est parce que tu t'es tout à coup mise à mouiller pour ton grand con de mari, parce que je ne te croirais pas. Tu m'as fait perdre mon temps et je pense que tu ne vas pas tarder à le regretter.

— Serait-ce une menace, Gary ? Comme c'est noble de ta part ! J'en tremble déjà. Allez, au revoir. »

La communication fut coupée.

Cette sale petite bêcheuse… Pour qui se prenait-elle ?

Le téléphone se remit à vibrer. Et si elle rappelait pour implorer son pardon?

Il regarda l'écran. Sean. Il n'avait pas intérêt à essayer de la lui faire en lui racontant que pour une raison X ou Y, l'argent n'avait pas été versé. Dans ce cas-là, les choses risquaient de mal se passer. Très mal. Parce qu'il n'était vraiment pas d'humeur.

* * *

Ellie avait terminé son service, mais n'avait aucune envie de rentrer chez elle. Après les effroyables révélations de Kath sur l'enfance d'Abbie, elle ne se sentait pas la force de faire face à davantage de tension. Elle était au bord du gouffre, vraiment.

Elle ignorait ce qu'elle devait penser du dîner romantique de la veille et combien de temps encore elle allait réussir à cacher ce qu'elle avait fait. Avec une certaine appréhension, elle se dirigea vers le parking, se demandant si Sean l'y attendrait une fois encore, ce qui lui paraissait tout à fait probable compte tenu de ce qui s'était passé un peu plus tôt dans la journée. Mais il n'y avait ni Sean ni rose.

Poussant un profond soupir de soulagement, elle monta dans sa voiture. Et maintenant, que faire? Tout à coup, une idée lui traversa l'esprit. Parmi les choses qu'elle n'avait pas encore faites figurait le problème de Georgia, qu'il lui restait encore à élucider. Elle aurait dû s'en occuper plus tôt, mais avec tout ce qui s'était passé cette semaine, dont ses heures supplémentaires et le séjour inattendu de Leo, la pauvre Georgia était tombée si bas dans la liste de ses priorités qu'elle l'en avait presque oubliée. Cela n'allait pas du tout, parce que Georgia était sa meilleure amie et la seule personne à qui elle pourrait essayer d'expliquer cet embrouillamini.

En quittant le parking, elle tourna à gauche pour se rendre chez son amie, en espérant qu'elle serait rentrée du travail. Quand elle retournerait chez elle, les jumeaux dormiraient et Leo serait sans doute là ; aucune question délicate ne pourrait être abordée. Elle ne pourrait pas embrasser les enfants pour leur souhaiter bonne nuit, mais Max était là. Pour le moment.

Ravie d'avoir une occasion d'utiliser son tout nouveau kit mains libres, elle prononça distinctement les mots « Appelle Max » et, comme par magie, une sonnerie de téléphone se mit à résonner dans l'habitacle. Naturellement, il ne répondit pas. Il ne répondait jamais. Elle laissa un message et raccrocha. « Appelle maison », essaya-t-elle. Rien non plus. Il devait être dans le jardin, en train de faire cuire quelque chose au barbecue pour les jumeaux, dans une ambiance bien trop joyeuse et bruyante pour que quelqu'un puisse entendre le téléphone.

La maison de Georgia et Pat avait toujours fait beaucoup d'effet à Ellie. Si elle ne s'était pas sentie obligée de rénover la Ferme du Saule, sans doute aurait-elle choisi une demeure semblable à celle-ci. En plus d'être somptueuse, elle offrait une très jolie vue sur la campagne ouverte. En garant sa voiture au bout de l'allée, elle fut ravie de constater que celle de Georgia s'y trouvait également, et elle fut presque surprise de ne pas y trouver celle de Pat, car elle savait que, depuis qu'il avait emménagé avec Mimi, il passait régulièrement prendre des nouvelles de sa femme ou récupérer son courrier. Il trouvait toujours une excuse. Mais Pat s'était fait très discret depuis samedi, et Max n'avait pas réussi à le joindre sur son portable, malgré des tentatives répétées.

Ellie sortit de la voiture et parcourut la courte distance qui la séparait de la porte d'entrée, laquelle s'ouvrit devant elle au moment où elle levait la main vers la sonnette. Georgia apparut, arborant un air austère et, sans un mot, elle ouvrit la porte en grand et tourna les talons pour repartir vers le fond de la maison, sans se donner la peine d'accompagner Ellie, qui décida de la suivre sans faire de commentaire. Elle n'allait tout de même pas parler au dos de son amie. Elle voulait juger de ses réactions. Georgia se rendit dans la cuisine, comme Ellie l'avait imaginé, et, aussitôt, elle attrapa sa bouilloire.

« J'imagine que si tu es venue jusqu'ici, c'est que tu as envie d'une tasse de thé. Je me trompe ? lui demanda Georgia.

— Ça me ferait plaisir, en effet. Merci. » Ellie s'assit sur l'un des hauts tabourets alignés devant le bar. Elle avait passé bien des soirées ici, à discuter avec Georgia, pendant que celle-ci préparait un dîner simple pour elles deux. Leurs « soirées entre filles » comme disait Max. Pat se rendait chez eux pour que Max puisse garder les enfants, et elle était libre de sortir avec Georgia. Mais, en pratique, elles finissaient toujours par rester là, à parler sans discontinuer de tout et de rien.

Georgia avait beaucoup de classe et affichait toujours une élégance irréprochable. À l'instar de Fiona, elle avait des goûts vestimentaires plutôt luxueux, mais, contrairement à Fiona, elle évitait les couleurs trop vives, préférant les vêtements classiques et bien coupés dans des tons généralement assez neutres. Elle disait toujours qu'elle était très Armani et, ce soir-là, elle ne faisait pas exception à la règle. Venant manifestement tout juste de rentrer du travail, elle portait une jupe droite noire au genou et une veste ajustée bleu lavande sur un petit haut blanc tout simple. Comme souvent face à elle, Ellie se sentit un peu mal à l'aise dans son pantalon noir et son haut en coton. Qu'elle réussisse ou non à perdre du poids, il allait vraiment falloir qu'elle s'achète des vêtements. Ceci étant, Armani et jeunes enfants ne feraient certainement pas bon ménage...

Elle attendit que Georgia se soit assise à côté d'elle.

« Je suis désolée de ne pas être passée plus tôt, dit-elle, mais j'ai dû faire beaucoup d'heures supplémentaires cette semaine. L'hôpital est à court de personnel à cause des vacances, et il y a eu cet accident avec délit de fuite dont tu as sans doute entendu parler. Sans cela, je serais venue te voir avant. Qu'est-ce qui se passe, Georgia ? Pourquoi ce message acerbe ? » Elle avait parlé d'une voix douce et aimable. Sachant parfaitement que Georgia ne s'était toujours pas remise de sa séparation d'avec Pat, elle pouvait comprendre qu'elle soit sur les nerfs et qu'elle s'emporte un peu de temps en temps.

Mais Georgia la gratifia de ce qui ne pouvait être décrit que comme un sourire méprisant.

« *Mon* message ? Et si on parlait un peu du tien ? "Mimi est un petit trésor", si je me rappelle bien. "Nous nous sommes complètement trompés sur elle." C'était très gentil de ta part, Ellie. Tu devais te douter que c'était exactement le genre de chose que j'avais envie d'entendre, sachant que Pat était chez vous avec sa traînée et tous nos amis. Tu ne peux pas t'imaginer à quel point ça m'a fait du bien. »

Ellie reposa violemment son mug sur le bar.

« Quoi ? Mais qu'est-ce que tu racontes ? Tu sais très bien que je n'ai jamais pensé ça. Pas une seule seconde ! Mimi est une petite garce. À bien y réfléchir, personne ne lui a donné l'occasion de se comporter autrement : nous sommes tous tellement navrés pour Pat que nous devons lui donner l'impression d'être une moins que rien. Je dis ça, mais ce n'est pas pour autant que je l'apprécie. Allons, Georgia… Je n'aurais jamais pensé une chose pareille, alors t'écrire ça dans un texto, tu imagines ? »

Georgia se mit à fouiller dans son sac, dont elle sortit son BlackBerry. Elle fit glisser son doigt plusieurs fois sur l'écran puis tendit l'appareil à Ellie.

« Ton numéro. Ton message. Samedi soir. Je ne vois rien à ajouter. » Georgia avait la bouche pincée et la tête légèrement inclinée sur le côté. Le regard furibond et les sourcils haussés, elle était l'incarnation même de la colère. Mais Ellie savait que cette colère dissimulait une blessure profonde. Aussi se leva-t-elle de son tabouret pour aller la prendre dans ses bras, laissant sa joue retomber contre son visage crispé.

« Georgia, lui dit-elle d'une voix douce, tu es ma meilleure amie. Je t'adore. Je te promets que je n'aurais jamais dit ou fait quoi que ce soit dans l'intention de te blesser et, même si je pensais que Mimi était un véritable don du ciel, ce qui n'est absolument pas le cas, je la détesterais quand même, pour la seule et unique raison qu'elle n'est pas toi. Je ne supporte pas de voir Pat sans toi. C'est comme d'écouter la mélodie de sa chanson préférée, mais sans les paroles et jouée sur d'autres instruments. Ça n'a plus aucun sens. S'il te plaît, crois-moi : je ne t'ai pas envoyé ce message. »

Georgia se pencha légèrement en arrière, et Ellie sentit son dos se détendre un peu.

« Excuse-moi, murmura-t-elle.

— Non, c'est moi qui m'excuse, répondit Ellie. J'aurais dû venir te voir plus tôt, mais j'ai essayé de t'appeler et tu n'as pas répondu. Par ailleurs, les deux journées qui viennent de passer ont été, disons… difficiles. Mais c'est un autre problème. » Elle retourna s'asseoir sur son tabouret. Bien qu'elle regrettât de ne pas avoir agi plus tôt, elle était contente d'avoir réussi à apaiser la situation.

« Mais si ce n'est pas toi qui me l'as envoyé, comment ai-je pu le recevoir ? » demanda Georgia.

Ellie haussa les épaules pour montrer sa perplexité.

« Je n'en ai aucune idée. Ce qui est sûr, c'est que j'avais l'intention de t'envoyer un texto. J'étais énervée à cause d'un truc qui s'était passé et je voulais te demander ce que je devais faire. Mais je ne crois pas te l'avoir envoyé, en fin de compte. Enfin, je ne me souviens plus. As-tu reçu d'autres messages de moi, ce soir-là ? »

Georgia secoua la tête.

« Non. Mais j'en ai reçu plusieurs de Pat. Il est très bizarre, en ce moment ; je t'expliquerai. Mais qu'est-ce que tu voulais me dire, dans ce message ? Qu'est-ce qui t'a énervée ? »

Ellie dut se hâter de prendre une décision. Elle ne pouvait pas parler de Sean à Georgia. Si elle se risquait à le faire, elle deviendrait l'égale de Pat sur le terrain de l'ignominie, et elle ne pourrait pas supporter de voir le dégoût et la désillusion dans les yeux de son amie. En réalité, elle se souvenait un peu du texto, mais pas de la façon précise dont elle l'avait formulé. Elle avait évoqué son erreur stupide et le fait qu'elle avait dû quitter la maison après minuit pour aller voir Sean, dont elle était néanmoins certaine de ne pas avoir mentionné le nom. Mais cette soirée avait été pour elle un tel enfer qu'elle se souvenait à peine de ce qu'elle avait cuisiné. Dieu merci, elle ne l'avait pas envoyé.

« Rien de grave. Un truc avec Max. C'est réglé, maintenant. » Mais alors qu'elle prononçait ces mots, un souvenir de la soirée lui revint brutalement à l'esprit : l'essuie-tout taché de sang. « Ah ! Je sais ce qui s'est passé ! J'étais en train de t'écrire le texto quand Mimi est entrée dans la cuisine. Ensuite, je suis repartie dans la salle à manger ; je l'ai laissée seule. C'est elle qui a dû l'envoyer. La petite… » Elle ne parvint pas à trouver de terme approprié qui ne fût pas trop grossier. Elle n'aimait pas le mot « salope », mais… il fallait bien appeler un chat un chat.

Georgia s'était mise à secouer lentement la tête de gauche à droite.

« Elle est vraiment horrible, hein ? Je sais que c'est ce que se disent toutes les femmes quand leur mari les quitte, mais qu'est-ce qu'il lui trouve, Ellie ? S'il te plaît, dis-moi, parce que là, je suis complètement perdue. » Elle semblait au bord des larmes, mais Ellie savait qu'elle n'avait pas envie de se laisser aller à pleurer. Georgia aimait se sentir maîtresse de toutes les situations, même quand ce n'était absolument pas le cas.

« Il ne t'a pas quittée, Georgia. Il a commis une erreur stupide, et c'est toi qui l'as mis dehors. Il ne serait jamais parti de son propre chef, tu le sais bien. Tu ne t'imagines même pas comme je m'en veux de m'être absentée avec Max ce week-end-là, parce que je suis certaine que, si nous avions été là, ce serait chez nous qu'il serait allé, pas chez elle, et nous lui aurions fait entendre raison. Dans ce cas-là, est-ce que tu crois que tu lui aurais pardonné?»

Comme Ellie ne le savait que trop bien, Georgia avait des idées bien arrêtées sur l'infidélité. Les deux amies avaient passé de nombreuses heures ensemble à discuter des épouses des riches et puissants qui enduraient sans broncher toutes sortes d'« indiscrétions» publiques. Et elles en avaient toujours déduit que, si elles acceptaient tout cela, c'était moins par amour de leurs maris que par amour de leur style de vie. Avec le recul, Ellie se disait qu'elles s'étaient sans doute montrées un peu trop catégoriques dans leur jugement, mais elle pensait aussi que ces opinions bien tranchées pourraient peut-être l'aider à tenir le coup au moment où la vérité sur Max finirait par éclater au grand jour.

«Je sais que ça ne me ressemble pas du tout, Ellie, mais je pense et j'espère que je lui aurais pardonné. D'une certaine façon, tu sais, ce n'était pas complètement sa faute. Je ne l'ai pas écouté. Je n'ai pris en compte aucun de ses désirs. Pat a toujours été celui qui cédait sur tout, mais il était déterminé à gagner la bataille des enfants. Et j'étais tout aussi déterminée à la lui faire perdre. Je reconnais que je me suis montrée bornée et stupide. D'autant plus que j'avais envie d'avoir des enfants. Mais la façon dont Pat présentait ça, l'idée qu'il arrête de travailler et que moi, je continue, eh bien, cela ne collait pas à ma vision des choses. J'avais envie d'avoir des enfants et de rester à la maison pour m'occuper d'eux moi-même. J'avais envie d'être une maman. Mais je n'arrivais pas à me résoudre à l'admettre. »

Ellie était complètement stupéfaite. Ces propos… c'était l'extrême opposé de tout ce que Georgia avait toujours affirmé.

« Mais pourquoi ne le lui as-tu pas dit, Georgia ? Pourquoi ne lui as-tu pas tout simplement parlé ? »

Une larme s'échappa du coin de l'œil de Georgia. Elle l'essuya rageusement.

« J'étais sur le point de devenir associée. Je voulais atteindre cet objectif d'abord. Après cela, j'aurais eu l'impression d'avoir réussi ma vie professionnelle, et j'aurais pu me consacrer à ma vie privée. Mais en réalité, c'est encore plus triste que ça. J'ai essayé de me montrer très honnête avec moi-même ces derniers temps et je me suis aperçue que le plus important pour moi, c'était de gagner. Un peu comme si nous étions dans un tribunal, avec moi comme avocat général et Pat, avocat de la défense. C'était toujours comme ça. J'ai passé des années à l'écraser. J'ai tout fait pour qu'il se plie à la moindre de mes volontés, et maintenant, j'ai du mal à le respecter. Je sais que c'est ma faute, mais, depuis cette histoire avec Mimi, je suis partagée entre l'aimer pour sa gentillesse, sa sensibilité et le sex-appeal qu'il a à mes yeux, et le détester pour son attitude de dégonflé. Mais, pour répondre à ta question : oui, je l'aurais repris. Cela aurait été très difficile, et je lui en aurais probablement fait baver (injustement, je sais), mais j'aurais essayé. »

Ellie se sentit soudain submergée par une vague de tristesse. À peine un an plus tôt, ils étaient les deux couples les plus heureux que l'on puisse rêver de rencontrer. Du moins en apparence. Mais les apparences sont souvent trompeuses, et sous le vernis, sans que personne ne s'en aperçoive, quelque chose avait lentement effrité le ciment de ce couple.

«Et maintenant, Georgia? Je sais qu'il continue de venir te voir, et Max m'a dit qu'il n'arrêtait pas de sortir entre les cours pour te téléphoner ou t'envoyer des textos. Est-ce que tu comptes le laisser revenir?»

Elle eut un rire qui n'avait rien de joyeux.

«Eh bien, c'est peu probable, maintenant que madame est enceinte. Je pensais que c'était possible, mais apparemment, il n'a pas compris que cela nécessitait quelques efforts de sa part. On aurait dit qu'il croyait qu'il pouvait très bien continuer de vivre avec Mimi jusqu'à ce que je me sente prête à l'accueillir de nouveau à bras ouverts. Ce n'est pas comme ça que je voyais les choses. Il aurait dû prendre l'initiative de la quitter, pour me montrer que, quelle que soit ma décision, il n'avait pas envie d'être avec elle. Il aurait dû arrêter de protéger ses arrières. Mais ça ne lui est même pas venu à l'idée. Depuis quelques jours, néanmoins, je trouve qu'il se comporte de façon extrêmement étrange. Les premières semaines, il m'appelait, m'envoyait des textos et passait régulièrement. Mais ensuite, il est devenu bizarre avec moi: il s'est mis à ignorer mes appels, il m'a écrit cet horrible message pour m'annoncer que Mimi était enceinte, et maintenant, on dirait qu'il m'envoie des textos de façon complètement aléatoire pour m'expliquer que tout se passe merveilleusement bien, ou même pour me traiter de salope et me reprocher de l'avoir fait souffrir. Je ne comprends pas du tout à quoi il joue. S'il l'avait quittée, on aurait pu commencer à dialoguer pour régler les choses et nous remettre ensemble. Mais il est hors de question que j'aie une conversation à cœur ouvert avec lui pour qu'il retourne ensuite pleurer dans ses bras. Ou pire encore, baiser avec elle.

— Mais pourquoi ne nous as-tu pas dit, à Max et moi, ce que tu ressentais? Si Pat avait su que tu acceptais de le laisser revenir à condition qu'il quitte Mimi, il se serait empressé de le faire. Tu le sais très bien. Pourquoi n'as-tu rien dit?»

Georgia s'accouda au bar et laissa son menton retomber entre ses mains jointes.

«Je voulais que la décision vienne de lui. Il ne me semblait pas si compliqué de comprendre que j'étais malheureuse de le savoir tous les soirs dans le lit d'une autre alors qu'il me suppliait de le laisser rentrer à la maison. Tout ce qu'il avait à faire, c'était d'aller s'installer quelque temps chez vous, ou même dans un bed and breakfast. Mais il n'aurait pas dû avoir besoin que quelqu'un le lui dise. Je sais que c'est moi qui l'ai rendu soumis, mais je pensais qu'il lui resterait quand même un tout petit peu d'esprit d'initiative...»

Elle se releva en s'appuyant de ses deux mains sur le bar.

«Je sais que tu conduis, Ellie, mais que dirais-tu d'un verre de vin? Je n'aime pas tellement boire seule et je trouve que je le fais un peu trop souvent, en ce moment.

— D'accord pour un demi-verre. J'imagine qu'il y a des flics partout dans le village.»

Tout en ouvrant le placard où se trouvaient les verres, Georgia tourna la tête pour lui répondre:

«Oh, oui. Avec cette pauvre gamine. Pat était complètement bouleversé. Il est passé à la maison, dimanche, après avoir vu ses parents. Ç'a dû être horrible. J'avais envie de le réconforter, tu sais, parce qu'il est très attaché à tous ces enfants. » Elle sembla de nouveau sur le point de pleurer, mais elle s'essuya hargneusement les yeux d'un revers de main. « Le problème, c'est que nous nous sommes disputés, et du coup, je n'ai pas eu le temps de lui demander comment ça s'était passé, cette saleté de Mimi l'a appelé et il a dû rentrer à la maison la queue entre les jambes, comme d'habitude. Mais qu'ils aillent se faire voir ailleurs, tous les deux. Il y a plus important : comment va la jeune fille ? »

Pendant que Georgia servait le vin, Ellie la mit rapidement au courant des progrès d'Abbie. « Elle a encore du chemin à faire, mais à chaque fois que je la regarde, je ne peux m'empêcher de me demander ce qui lui est arrivé et surtout comment elle a pu se retrouver dans une situation aussi terrible. » Elle jugea préférable de ne pas ajouter que ce n'était pas le seul cauchemar que la petite avait vécu au cours de sa courte vie.

Georgia garda le silence pendant un instant.

« Je ne devrais sans doute pas te dire ça, mais Pat était dehors ce soir-là, finit-elle par lui confier. Je ne sais pas exactement ce qu'il a fait, mais il a quitté le club de rugby assez tôt dans la soirée, et il est venu ici. Je lui ai dit de foutre le camp, et il est parti. Mais je sais qu'il n'est pas rentré directement chez elle. Il m'a dit qu'il s'était garé quelque part pour méditer sur le sens de la vie (cet abruti) et, à ce que j'ai cru comprendre, il y aurait un trou d'au moins trois heures dans son emploi du temps entre le moment où il est parti de chez moi et celui où il est rentré chez elle. Sa plaque a été enregistrée par la caméra du garage. Il a dit aux flics qu'il avait passé toute la soirée avec moi. Alors, naturellement, ils sont venus m'interroger.

— Non ?! Et qu'est-ce que tu leur as dit ?

— La vérité. Et c'est peut-être pour ça qu'il se comporte aussi bizarrement. Mais moi, je suis avocate : je ne peux pas mentir à la police. Et je crois que, s'il n'a rien dit, c'est uniquement parce qu'il a pensé que les flics trouveraient louche qu'il soit resté assis dans sa voiture pendant des heures sur le bas-côté, pour la seule raison qu'il s'était disputé avec sa femme et qu'il ne voulait pas rentrer chez sa maîtresse. » Le ton de sa voix était devenu méprisant. « Quoi qu'il en soit, il a dû se rendre au commissariat où on lui a demandé de justifier son emploi du temps, mais il n'a pas pu le faire. Les recherches portent sur une plage horaire beaucoup plus large depuis qu'ils savent qu'Abbie a été enlevée. La dernière fois que nous avons eu une conversation plus ou moins digne de ce nom, lundi, il m'a demandé de lui procurer un alibi. J'ai refusé, mais je n'ai pas eu le temps de m'expliquer, parce que cette saleté de Mimi a encore appelé. Alors il est parti, en grommelant qu'elle, au moins, lui en fournirait un. Le truc bizarre, c'est que Pat m'a dit qu'il était presque certain d'avoir vu passer la voiture de Charles Atkinson pendant qu'il était en train de faire la gueule au bord de la route. Des Aston Martin, il n'y en a pas tant que ça dans le coin. Mais il n'était pas suffisamment sûr de lui pour le dénoncer. D'autant moins que d'après lui, Charles a dit samedi soir chez toi qu'il était revenu de Londres le jour même. Alors je suppose que Pat a dû se tromper, à moins que Fiona ait pris la voiture de son mari.

— Je ne crois pas qu'elle se serait risquée à faire ça, répondit Ellie en faisant tourner son verre de vin,

416

mais en évitant soigneusement de le boire. La police est venue chez nous aussi. Max s'est fait raccompagner par Alannah. Sa voiture a également été filmée, et Max a dû rendre des comptes. »

Georgia se mit à glousser. Le vin, apparemment, commençait à faire effet.

« Tu es sûre qu'il se rappelait quoi que ce soit ? L'année dernière, je te rappelle que c'est moi qui les ai ramenés tous les deux de leur soirée de fin d'année. Max n'arrêtait pas de chanter des chansons de supporters de rugby. Il disait que c'était normal, puisqu'ils avaient été hébergés par un club de rugby. Il était de très, très bonne humeur, et je doute qu'il ait pu s'en souvenir le lendemain.

— Eh bien, il était peut-être un peu plus frais avec Alannah. Je ne sais pas…, rétorqua Ellie qui, pour sa part, n'avait aucune envie de rire.

— Ellie ? fit Georgia en lui jetant un regard surpris. Qu'est-ce qui se passe ? »

Il fallait qu'elle parle à quelqu'un ; il le fallait. Georgia, au moins, la comprendrait, puisqu'elle s'était retrouvée dans la même situation. Elle avait beau se rendre compte qu'elle était en train d'appliquer des principes contradictoires (la possibilité de parler à son amie de la trahison de Max, mais surtout pas de la sienne), elle ne pouvait garder ça pour elle plus longtemps.

« Je crois qu'il se passe quelque chose entre Max et Alannah. Je pense qu'il envisage de me quitter. »

Georgia éclata de rire.

« Quoi ? Ellie, c'est ridicule. Max ne te quittera jamais. Il n'envisage pas de te quitter. Mais comment est-ce que tu as pu te mettre en tête une idée aussi grotesque ? dit-elle en riant encore.

— Je ne vois pas pourquoi tu ris. Je n'aurais jamais pensé que Pat te le ferait à toi. Pas une seconde. » Puis, devant l'expression peinée qui avait aussitôt assombri le visage de son amie, elle ajouta : « Excuse-moi, je ne voulais pas te faire de mal, mais c'est la pure vérité. »

Georgia se pencha en avant.

« Ellie, tu te trompes. Et sur toute la ligne. Pat et Max sont comme le jour et la nuit. Max est fort. Même s'il était tenté, il résisterait. Et je n'envisage même pas qu'il puisse être tenté. S'il y a quelque chose entre eux, je suis prête à parier que ça n'a absolument rien à voir avec le sexe. Tu devrais lui poser la question. D'ailleurs, pourquoi est-ce que tu ne l'as pas fait ?

— Parce que j'ai peur qu'il me dise qu'il est amoureux d'elle. Et du coup, je préfère faire comme si de rien n'était, en attendant que la vérité éclate au grand jour.

— Mais il n'est pas amoureux d'elle. C'est absolument impossible. Tu sais, je crois que cet accident de la semaine dernière a poussé les habitants du village à voir des choses qui n'existent pas. Tout le monde regarde tout le monde, les gens se demandent ce que leurs voisins faisaient au moment de l'accident, et maintenant qu'ils savent que la fille a d'abord été enlevée, ils se demandent si ce ne serait pas quelqu'un qu'ils connaissent, ils se soupçonnent mutuellement. Tellement de choses ont été mises en lumière à cause de cet accident. Tu as découvert que Max était dans la voiture d'Alannah. Mais l'aurais-tu su, sans cela ? Quant à Pat, il va devoir expliquer ce qu'il a fait, seul dans sa voiture, pendant tout ce temps. Et non seulement à la police, mais aussi à Mimi, je présume. Je suis certaine à 100 % que Pat n'aurait jamais pu renverser un enfant et le laisser pour mort au bord de la route. Mais Mimi ? Peut-elle en être aussi sûre que moi ? Ne risque-t-elle pas de le soupçonner ? Et je ne parle que des gens que nous connaissons. Toutes ces idées, toutes ces interrogations sont en train de se multiplier dans le village. Un accident ; des milliers de révélations potentielles. Et une prise de conscience : ceux en qui nous avions confiance n'en étaient peut-être pas aussi dignes que nous le pensions. »

38

Ellie se félicitait d'avoir résisté à la tentation en se limitant à un demi-verre de vin. La police arrêtait peut-être les voitures pour demander aux conducteurs s'ils avaient vu quelque chose le vendredi précédent. Elle ne savait pas si cela se faisait, mais mieux valait ne pas prendre de risque.

Elle avait essayé de téléphoner à Pat sur le chemin du retour. Il fallait absolument que quelqu'un lui fasse entendre raison, même s'il y avait désormais un bébé en jeu. Le minimum, c'était qu'il se comporte de façon juste avec Georgia. Mais à chaque fois qu'elle essayait de l'appeler, la communication était coupée. Elle ne pouvait même pas accéder à la messagerie. On aurait dit qu'il rejetait volontairement ses appels en voyant son nom apparaître sur l'écran.

Perdue dans ses pensées, elle arrêta la voiture au bout de l'allée et fut surprise de constater que la chambre des jumeaux était toujours éclairée. Techniquement, c'était la chambre de Ruby. Quand ils s'étaient installés, ils leur avaient attribué une pièce à chacun, mais cette idée ne leur avait pas plu du tout, et ils avaient insisté pour rester tous les deux dans celle de Ruby. Jake ne semblant pas du tout gêné par le papier peint rose, ils avaient fini par décider de les laisser faire à leur idée. Mais ils auraient dû être en train de dormir, à cette heure. À moins que l'un d'entre eux ne fût malade…

Alertée, elle attrapa son sac à main, descendit de voiture et se mit à courir vers la porte d'entrée, qu'elle passa en appelant Max. Celui-ci apparut aussitôt en haut de l'escalier, l'air légèrement tourmenté, mais souriant. Bien. Il ne s'agissait donc pas d'une catastrophe.

« Qu'est-ce qui se passe ? Pourquoi ne dorment-ils pas ? demanda Ellie en se précipitant vers les marches.

— Pas de panique, Ellie. Il y a un problème, mais rien de grave. Tout le monde est en vie, et Leo est en train de nous préparer le dîner, répondit Max en faisant une petite grimace comique.

— Waouh ! Heureusement que je n'ai pas manqué ça. Mais qu'est-ce qui se passe ?

— C'est Ruby. Elle a perdu Muffin et elle dit qu'elle ne peut pas dormir sans lui. J'ai essayé de détourner son attention avec Madge et Holly Dolly, mais elle veut absolument Muffin. On a complètement retourné la maison ; impossible de retrouver ce clébard. J'ai même vérifié si tu ne l'avais pas mis dans la machine à laver, mais non. Ce qui veut dire qu'il est sûrement quelque part à nous narguer, aussi cradingue et puant que d'habitude.

— Vous ne l'avez pas pris quand vous êtes sortis, aujourd'hui ? Elle l'a peut-être laissé tomber quelque part ? s'enquit Ellie, qui savait parfaitement que Ruby ne parviendrait pas à s'apaiser tant que l'on n'aurait pas retrouvé son doudou préféré.

— Non. J'en suis certain. Il ne sort jamais de la maison. »

Max avait raison. Muffin ne quittait jamais la maison. Tous les matins, Ruby le « couchait » dans son lit en le priant de l'attendre jusqu'à ce qu'il soit l'heure de dormir.

« Au cas où tu te poserais la question, Jake maintient qu'il ne l'a pas caché. Et je le crois », ajouta Max.

Jake était en effet beaucoup trop sensible pour laisser sa sœur dans cet état s'il pouvait lui apporter son aide d'une quelconque façon.

« Tu pourrais y aller, Ellie, s'il te plaît ? Je vais voir si je peux donner un coup de main à Leo. Je préfère encore cuisiner que de m'occuper de Ruby quand elle est comme ça, si ça peut te donner une idée de la gravité de la situation. »

Ellie laissa tomber son sac sur le fauteuil du hall et monta. Quand ils se croisèrent au milieu de l'escalier, Max la prit brièvement dans ses bras.

« Content que tu sois rentrée, mon cœur. Tu nous as manqué, aujourd'hui. »

Ellie s'arrêta, mais ne répondit rien. Et elle reprit son chemin.

* * *

« Alors, mon bébé chat, papa dit que vous n'avez pas retrouvé Muffin ? » murmura Ellie, assise au bord du lit. D'un geste tendre, elle dégagea des boucles de cheveux humides du front de sa fille. Son petit visage était tout rouge, et elle était complètement recroque-villée sur elle-même, le poing enfoncé dans la bouche.

« Où il est allé, maman ? sanglota-t-elle. Je l'ai laissé sur le lit ce matin pour qu'il puisse se reposer un peu. Parce qu'il faut pas qu'il dorme la nuit ; il doit veiller sur nous. C'est pour ça que je le laisse toujours dormir quand il fait jour. »

Ellie se souvenait très bien d'avoir inventé cette histoire avec Max. À cette époque-là, Ruby, qui devait avoir environ 3 ans, était persuadée qu'il y avait un dragon dans son placard. Aussi avaient-ils décidé de « dresser » Muffin pour en faire un « chien de garde ». Depuis, la petite ne pouvait s'endormir sans lui. Ellie savait que Max avait dû le chercher dans tous les endroits possibles et imaginables, et elle trouvait extrêmement curieux qu'il ait disparu. Mais, d'une façon ou d'une autre, il allait falloir qu'elle apaise sa fille. Elle regarda brièvement autour d'elle et se leva.

« Écoute, Rubes, et si on demandait à Stiffy de prendre la relève, ce soir? C'est un tigre, et les tigres font beaucoup plus peur que les chiens.

— Stiffy, il fait pas peur; c'est un tigre gentil.

— Eh bien, toi et moi, nous le savons, mais les autres ne sont pas au courant. Tu préfères que je le mette au pied de ton lit ou près de la porte? »

Elle suivit les instructions de sa fille et plaça Stiffy à l'endroit exact où il devait monter la garde. Aussitôt, à son grand soulagement, elle remarqua que le corps de Ruby semblait un peu moins crispé. « Fais-moi une petite place, mon bébé. Je vais rester cinq minutes avec toi, histoire de surveiller Stiffy et de voir s'il fait bien son travail. »

Ellie s'allongea, la tête tournée vers celle de Ruby, qu'elle prit tendrement dans ses bras. Après avoir déposé un baiser sur sa joue, elle se mit à lui caresser les cheveux. Et elle sentit le corps brûlant de sa fille, mis à rude épreuve par ce traumatisme, se détendre peu à peu. Mais elle attendit que sa respiration soit devenue régulière pour se relever doucement. Au vu de toutes les horreurs qui avaient été révélées au sujet d'Abbie Campbell au cours des deux jours qui venaient de passer, elle pouvait remercier le ciel que Ruby soit saine et sauve. Perdue dans ses pensées, elle effleura de ses lèvres la peau soyeuse de sa joue, se pencha vers Jake pour lui caresser les cheveux et sortit de la pièce sur la pointe des pieds.

Mais en passant devant l'escalier pour se rendre dans sa chambre, elle entendit la voix de Max dans le hall. On ne pouvait pas vraiment dire qu'il chuchotait, mais il parlait à voix basse.

« Je suis d'accord. Il faut absolument qu'on se fixe une échéance. Mais de toute façon, l'affaire est en bonne voie. Je t'ai dit que j'avais transféré l'argent ; il devrait être à la banque, maintenant. Ça avance. »

Il y eut une pause.

« OK. Fixons l'échéance à samedi. À ce moment-là, on aura atteint un point de non-retour et je pourrai parler à Ellie. Il n'y aura plus moyen de faire marche arrière. »

Nouvelle pause.

« OK. On en reparle demain quand elle sera au travail. Je préfère qu'on n'utilise pas le fixe. Je t'appelle ou tu m'appelles, mais sur le portable. Il faut que je pense à le garder allumé. À demain alors. Salut. »

Max reposa doucement le combiné et disparut par la porte de la cuisine en sifflotant comme si tout allait pour le mieux dans le meilleur des mondes. Mais Ellie savait qu'il ne le pensait pas lui-même. Quand Max sifflait de cette façon, non pas entre ses lèvres mais avec la langue derrière les dents, c'était toujours un signe de stress.

Samedi. Quoi qu'ait pu dire Georgia, samedi allait être « le » jour : celui où tout serait révélé. Et nous étions mercredi. Ce qui signifiait qu'ils n'avaient plus que deux jours devant eux. Deux jours à prétendre qu'ils étaient un couple heureux. Elle eut envie de descendre en courant pour l'interroger, le supplier de rester. Elle était si désespérée qu'elle avait du mal à respirer. Mais elle savait qu'elle devait s'en tenir à son plan si elle voulait le garder.

Et puis, pourquoi avait-il parlé d'argent ? Elle lui avait laissé le contrôle absolu de leurs finances et elle ne mettait jamais son nez là-dedans. De toute façon, il y avait plus d'argent qu'ils ne pouvaient en dépenser.

Bien qu'elle sût que Max, qui venait de mettre son album d'Elbow préféré, ne pouvait pas l'entendre, elle descendit à pas de loup et se glissa dans le bureau. L'ordinateur étant allumé, il lui suffit de se connecter à leurs différents comptes. Ces recherches ne furent pas bien longues. Elle vit tout de suite ce qui n'allait pas. 300 000 £. Max avait transféré 300 000 £ à une société appelée Cheshire Fields Developments. Retenant son souffle, elle fit une rapide recherche sur ce nom, mais ne trouva rien. Ou du moins, rien d'utile. Elle n'avait plus le temps d'approfondir : Max n'allait pas tarder à la chercher.

Après avoir refermé les fenêtres de leurs comptes bancaires et de sa recherche Google, elle remonta doucement à l'étage. Ce ne fut qu'une fois arrivée en haut, loin de tout risque d'être surprise par quelqu'un, qu'elle prit pleinement conscience de l'énormité de sa découverte. 300 000 £. Versées à une obscure société immobilière. Mais qu'est-ce que Max était en train de faire ?

Et tout à coup, une épouvantable idée lui traversa l'esprit : une maison. Il avait acheté une autre maison, pour Alannah et lui.

425

Complètement abasourdie, elle entra dans la salle de bains et referma la porte derrière elle. Et puis, sans réfléchir, elle s'assit sur le rebord de la baignoire, laissa son menton retomber contre sa poitrine et se mit à pleurer doucement. Il n'y avait pas de colère en elle ; rien qu'une profonde, très profonde tristesse. Comment tout cela avait-il pu se produire ? La douleur était si vive qu'Ellie se laissa lentement glisser le long de la paroi de la baignoire et, une fois par terre, rapprocha autant que possible ses genoux de son menton. Sans relever la tête, elle attrapa une serviette pour essuyer ses larmes.

Mais soudain, dans la chambre, de l'autre côté de la porte, elle entendit un bruit de pas.

« Ellie ? » C'était Leo. « Tu descends manger ? Tu vas être surprise par mes talents de cuisinière. Je te le garantis. »

Ellie essaya de contrôler sa voix.

« Dans dix minutes ! cria-t-elle.

— Tout va bien ?

— Oui, oui », répondit-elle, en priant pour que sa voix ne laisse rien transparaître de son trouble. Mais de toute façon, elle savait que, si elle prétendait qu'elle allait bien, Leo respecterait son intimité. Avoir une sœur si réfractaire aux manifestations d'émotion, sous quelque forme que ce soit, présentait parfois des avantages.

Machinalement, elle ouvrit les robinets de la douche et commença à se déshabiller. Et si elle essayait de paraître un peu plus sexy ? De se faire belle ? Ridicule, finit-elle par se dire. Il était trop tard pour cela. Il ne lui restait plus que cette soirée et deux petites journées. Un peu de rouge à lèvres ne changerait rien à l'affaire. Il fallait qu'elle soit elle-même, voilà tout.

Dix minutes plus tard, elle descendit donc l'escalier dans son bas de pyjama rayé et son débardeur rouge foncé. Mais en arrivant en bas des marches, elle entendit un signal sonore en provenance de son téléphone, qu'elle avait laissé dans son sac en montant s'occuper des enfants. Elle avait oublié qu'elle l'avait rallumé pour appeler Pat. Heureusement que Max ne l'avait pas entendu : il lisait ses messages sans vergogne, sous prétexte qu'ils étaient toujours plus intéressants que les siens. Elle entendait Leo ricaner dans la cuisine et elle n'avait envie que d'une chose : être avec eux, heureuse, et rire des idioties de Max. Mais elle attrapa son téléphone.

Convaincue qu'il s'agissait de *lui*, elle regarda à peine l'écran. Ce ne fut qu'au moment où elle appuya dessus pour lire le message qu'elle remarqua qu'il provenait d'un numéro masqué. Elle savait désormais ce que cela voulait dire.

COMMENT S'EST PASSÉE TA JOURNÉE, ELLIE ? ET COMMENT VA TA FILLE, CE SOIR ? ELLE N'AURAIT RIEN PERDU, PAR HASARD ? LA PROCHAINE FOIS, TU SAIS, CE NE SERA PEUT-ÊTRE PAS SON CHIEN EN PELUCHE QUE JE PRENDRAI... MAIS JE T'INTERDIS DE PARLER DE ÇA À QUI QUE CE SOIT. TU NE SAIS PAS QUI JE SUIS ET TU NE PEUX PAS M'ATTRAPER. TU N'AURAS QU'UNE SEULE CHOSE À FAIRE. UNE TOUTE PETITE MISSION À ACCOMPLIR. ET ENSUITE, TU N'ENTENDRAS PLUS PARLER DE MOI. COMME SI JAMAIS RIEN NE S'ÉTAIT PASSÉ. JE GARDERAI TES SALES PETITS SECRETS, ET TES ENFANTS RESTERONT SAINS ET SAUFS.

Un frisson glacé lui traversa le corps. Elle n'en croyait pas ses yeux. Quelqu'un était de nouveau entré dans la maison. Ruby n'avait pas perdu Muffin ; on le lui avait pris. Jusqu'ici, elle avait toujours pensé que c'était Sean qui masquait son numéro et jouait avec ses nerfs, afin de la déstabiliser jusqu'à ce qu'elle finisse par céder. Mais, cette fois-ci, cela ne collait pas. Elle savait que Sean ne ferait jamais de mal à un enfant, quelle que soit la force du désir qu'il éprouvait pour elle. Il avait beau se comporter bizarrement, c'était un garçon bien. Elle l'avait vu avec sa belle-fille et son fils. Il ne menacerait pas un enfant, c'était impossible.

Comme si jamais rien ne s'était passé, disait le message. Cela non plus ne pouvait pas venir de Sean. Il n'avait pas envie qu'elle oublie.

Les poils de son bras étaient tout hérissés. Les yeux fixés sur l'écran, elle remarqua autre chose : l'heure d'envoi du message. Elle se souvenait d'avoir consulté sa montre en revenant du supermarché, et le texto avait été envoyé au moment où Sean se trouvait ici, dans sa maison. Avec Max et elle.

Je me suis trompée sur toute la ligne : ça ne peut pas être Sean. C'est quelqu'un d'autre ; quelqu'un que je ne connais pas.

Sentant ses jambes se dérober sous elle, elle s'assit brutalement au bas de l'escalier. *Ce n'était pas Sean.* Cette idée, ainsi que toutes les implications qui en découlaient tournaient en boucle dans son esprit.

Quelqu'un était en train d'essayer de la faire chanter. Pour de vrai. Il ne s'agissait pas d'un grossier stratagème imaginé par un amant éconduit. Elle et les siens étaient en danger. Quelqu'un était entré dans la maison, non pas une fois, mais au moins deux, et elle n'avait aucune idée des moyens qu'il avait employés. Cela signifiait qu'il pouvait recommencer à tout moment, quand bon lui semblerait.

428

Et s'il était là, en ce moment ? La maison était grande, on pouvait se cacher n'importe où.

Soudain prise de panique, elle se releva d'un bond et se mit à inspecter les alentours. Elle leva les yeux vers le vide sombre qui s'étendait au-dessus de l'escalier. Puis elle marcha à pas de loup jusqu'à la porte close de la bibliothèque, dont elle tourna lentement la poignée, avant de la pousser violemment pour la faire claquer contre l'étagère qui se trouvait derrière. Là, juste devant elle. Un visage blanc aux yeux grands ouverts la regardait.

Il lui fallut moins d'une seconde pour se rendre compte que ces traits méconnaissables n'étaient autres que les siens, reflétés dans le trumeau de la cheminée. Ses pupilles étaient dilatées, ses paupières écarquillées, son visage livide. De nouveau, elle jeta un coup d'œil autour d'elle.

Rien. Mais à quoi s'attendait-elle ? Personne n'irait se cacher ici.

Elle se laissa tomber dans l'une des bergères et se pencha en avant, appuyant ses coudes sur ses cuisses, serrant le téléphone dans ses mains moites et tremblantes. Max devait se demander ce qu'elle faisait ; il fallait qu'elle se calme. Pour le moment, les enfants étaient sains et saufs. Il y avait trois adultes dans la maison, et elle trouverait bien une excuse pour vérifier toutes les pièces avant qu'ils aillent se coucher. Mais il fallait qu'elle réfléchisse. Les petits jeux de Sean lui paraissaient désormais bien anodins. Ses enfants étaient en danger et la question essentielle était de déterminer ce qu'elle pouvait faire pour garantir leur sécurité.

39

Ellie se demandait encore comment elle avait réussi à tenir durant tout le dîner, lequel, soit dit en passant, avait été constitué d'une très passable *frittata* accompagnée de salade. Leo et Max l'ayant naturellement interrogée sur son silence, elle s'en était sortie en l'imputant au souci qu'elle se faisait pour Abbie et Georgia. Au moins, tout semblait être rentré dans l'ordre avec Leo. Sa sœur n'ayant jamais été du genre rancunier, elle s'était comportée comme si la scène de la matinée n'avait jamais eu lieu.

Ellie ne savait plus où donner de la tête. Le coup de téléphone de Max et le transfert d'argent l'avaient bouleversée, mais le texto l'avait terrorisée.

Elle avait été tellement certaine que l'intrus n'était autre que Sean… Quand elle avait appris que Max lui avait demandé de changer les serrures, elle avait trouvé cette décision complètement absurde. Mais désormais, elle savait que c'était essentiel. Sean allait de nouveau avoir accès à ses clefs, et elle avait du mal à supporter cette idée, mais c'était aussi un mal nécessaire. De toute façon, elle ne voyait pas comment demander à Max de trouver quelqu'un d'autre sans éveiller ses soupçons.

Mais si elle lui confiait que quelqu'un essayait de la faire chanter, elle devrait lui révéler tout le reste, elle n'aurait pas d'autre choix si les enfants étaient réellement en danger. Était-elle obligée de tout déballer maintenant ? Le maître chanteur avait parlé d'une chose à faire pour que les jumeaux restent en vie. Le plus raisonnable était peut-être d'attendre ce qu'on allait lui demander…

Les pensées se bousculaient dans son esprit : Max et Alannah, les textos, Abbie, *Sean*.

Et elle se sentait totalement impuissante.

Au bout du compte, elle s'était décidée à dire à Leo et Max – et tant pis s'ils la trouvaient parano – de ne surtout pas perdre les jumeaux de vue, ne serait-ce qu'une seconde. Elle ne voulait pas qu'ils restent seuls dans la cuisine, dans leur chambre ou même devant un DVD. Max et Leo avaient dû comprendre qu'elle était à bout de nerfs, parce qu'ils n'avaient pas cherché à la contredire. Ils savaient qu'elle pensait que quelqu'un était entré dans la maison le dimanche, mais aucun d'eux ne semblait soupçonner qu'une nouvelle intrusion s'était produite dans la journée.

Allongée dans son lit en attendant que Max sorte de la salle de bains, elle ne pouvait s'empêcher de continuer à s'interroger. Max s'était montré jovial durant toute la soirée, mais elle n'était pas dupe. Ce n'était là qu'une façade. Pourquoi se serait-il comporté ainsi s'il s'apprêtait à la quitter ? Sans parler des 300 000 £ qu'il avait dérobées et de la conversation qu'elle avait surprise. Le problème n'était pas l'argent, naturellement, mais tout ce qu'il représentait…

La porte de la salle de bains s'ouvrit, et Max s'avança nu vers le lit. Était-ce la dernière fois qu'elle le voyait ainsi ? Et s'ils faisaient l'amour ? Peut-être réussirait-elle à le faire changer d'avis ? En tout cas, elle ne le laisserait pas partir sans se battre, même si elle n'avait pour seule arme que son silence.

Il se glissa sous les draps et passa son bras sous ses épaules pour qu'elle puisse se lover contre lui. S'étant tournée sur le côté, elle se mit à caresser doucement les fins poils noirs qui couvraient son ventre plat et doux. Il l'embrassa sur le sommet de la tête. Petit à petit, elle étendit la portée de sa caresse et commença à descendre très lentement, une manœuvre qui avait toujours eu tendance à l'exciter. Elle l'embrassa sur la poitrine et se mit à le mordiller, tout en faisant descendre sa main plus bas encore, là où les poils étaient plus fournis et plus épais.

Doucement, Max couvrit sa main de la sienne. Pensant qu'il cherchait ainsi à l'encourager à accélérer les choses, elle se mit à rire doucement. Mais elle ne tarda pas à s'apercevoir qu'elle s'était trompée. S'il avait pris sa main, c'était uniquement pour l'immobiliser en la plaçant sur sa poitrine.

« Excuse-moi, Ellie, mais je crois que c'est perdu d'avance. N'y vois rien de personnel, ma chérie. La journée a été longue, c'est tout. On reprendra les choses là où on les a laissées demain soir, d'accord ? »

Là-dessus, il la serra très fort contre lui puis libéra son bras, toujours coincé sous son dos, et se retourna.

« T'aime », murmura-t-il. Sa respiration ne tarda pas à devenir régulière. Mais Ellie savait qu'il ne dormait pas.

* * *

Le temps nuageux du début de la journée s'était encore détérioré, laissant place à une nuit au ciel couvert et sombre, que n'éclairait pas le moindre rayon de lune. Aucun réverbère dans cette rue. Parfait. Pas de lumière, donc pas d'ombres.

Entièrement vêtue de noir, la silhouette attendait patiemment. On n'apercevait que ses yeux, par les fentes de sa cagoule. Il ne lui faudrait que quelques instants pour accommoder sa vision.

La porte principale semblait constituer l'accès le plus facile, le chemin le plus rapide pour atteindre la cible, mais la fenêtre de la chambre du couple, juste au-dessus, était ouverte, et le moindre bruit risquait d'alerter l'un de ses occupants. La porte latérale ne constituait pas une option non plus, car, pour l'atteindre, il faudrait nécessairement traverser la large zone de parking, dont les gravillons ne manqueraient pas de crisser sous les semelles des chaussures. Ne restait que la porte de la cuisine. Cela signifiait que, une fois à l'intérieur, il faudrait traverser la cuisine, la salle à manger *et* le grand hall avant d'atteindre l'escalier. Mais il n'y avait pas d'autre possibilité.

L'ombre se déplaça silencieusement le long de la maison, l'herbe étouffant le bruit de ses pas. Ses précédentes incursions lui avaient permis de se familiariser avec l'agencement des pièces. Il n'y avait pas de souci à se faire de ce côté-là ; le succès de ce soir ne dépendait que de la prévisibilité d'Ellie.

Les trois clefs étaient faciles à différencier. Comme ils avaient été bêtes de les laisser comme ça, là où n'importe qui pouvait les prendre ! La plus grande fut introduite dans la serrure ; elle tourna sans faire de bruit et la porte s'ouvrit sans grincer.

La silhouette resta quelques instants dans l'embrasure. Il y avait dans la pièce d'étranges lueurs : la petite LED verte de la porte du congélateur, l'affichage de la température du réfrigérateur et les horloges numériques des deux fours dessinaient de faibles halos de lumière sur les murs.

Bien qu'il n'y eût pas le moindre souffle d'air, la porte fut doucement refermée : un courant d'air inopportun aurait pu la faire claquer et ainsi alerter toute la maisonnée. Tout était silencieux, mais curieusement, on n'avait pas l'impression que la maison était endormie. Elle paraissait éveillée, consciente, comme si, alertée par cette présence indésirable, elle épiait ses moindres faits et gestes.

Restant au centre de la pièce pour éviter les meubles, l'ombre fantomatique se mit à glisser vers la véranda. À moins que les nuages ne se soient un peu dissipés, il n'y aurait aucune source de lumière là-bas, chaque mouvement devrait être guidé par sa mémoire. Les ténèbres étaient épaisses et denses, mais aucun problème ne se présenta.

Chaque centimètre carré de la maison avait été passé au peigne fin au cours des quelques jours qui venaient de passer. Et bien plus souvent qu'Ellie ne devait le penser. Il était important d'apprendre à s'orienter, savoir quelle marche pouvait craquer, quelle porte s'ouvrait sans grincer. Cela avait été un véritable plaisir. La maison d'Ellie… Cette femme que tout le monde pensait si parfaite. S'ils savaient… Mais ils sauraient bientôt.

La cagoule commençait à coller à sa peau moite de transpiration, rendant sa respiration de plus en plus difficile. Il était beaucoup plus facile de se glisser dans la maison quand elle était vide, mais, pour cette fois, la présence d'Ellie était indispensable.

Le hall ne présenta aucune difficulté : il était faiblement éclairé par une lumière venant du palier, sans doute une veilleuse laissée dans la chambre des jumeaux. Comme c'était commode. L'objectif était en vue quand la silhouette noire arriva au pied de l'escalier.

40

Septième jour : jeudi

Leo fut surprise de trouver Max seul dans la cuisine. Elle s'était tenue à l'écart aussi longtemps que possible ce matin-là, attendant que la maison fût complètement silencieuse pour se risquer à sortir de sa chambre. Elle allait rentrer aujourd'hui ; sa décision était prise.

« Salut, Max. Où sont Jake et Rubes ? »

Max était occupé à jouer avec les corn flakes de son bol. S'il avait vu les jumeaux agir ainsi, il les aurait sans nul doute réprimandés.

« Je suis complètement désœuvré, aujourd'hui, répondit-il. C'est l'anniversaire de l'un de leurs amis. Ce matin, ils partent à dix au zoo de Chester et, cet après-midi, ils vont au square. Je me demande bien ce qui est arrivé aux goûters d'anniversaire avec des gâteaux et de la gelée…

— Sans parler des sandwichs au corned-beef, répliqua Leo en souriant. C'était ma maman qui organisait les meilleurs goûters quand j'étais petite. Elle faisait tout elle-même, et il y avait des lots à gagner pour chaque jeu. Ça requerrait des efforts d'organiser un goûter, à l'époque. Maintenant, on dirait que c'est à qui dépensera le plus d'argent.

— Ne m'en parle pas. Même quand ils font des goûters à la maison, maintenant, il faut qu'il y ait un animateur. Tu sais quoi ? Quand les jumeaux fêteront leur sixième anniversaire, ils auront droit à un animateur : moi. Et Ellie fera un gâteau. On passera pour des originaux, mais tant pis.

— Tu peux remercier ta bonne étoile de ne pas avoir à organiser d'enterrement de vie de garçon. Si j'ai bien compris, aujourd'hui, quand les gens ne passent pas minimum trois jours à Prague ou à Las Vegas, ils pensent que la fête est ratée.

— Quel gaspillage ! Si tu veux mon avis, tout devrait être dépensé dans le mariage et la lune de miel. On ne se marie pas pour se bourrer la gueule avec ses potes ; on le fait pour symboliser sa volonté de se consacrer à quelqu'un pour le reste de sa vie. »

Leo hésita. Max venait de lui ouvrir une porte, et elle ne savait pas si elle devait ou non l'emprunter. Comme à son habitude, elle pointa du doigt la machine à café ultra perfectionnée.

« Tu en veux un ?

— Oui, merci. Mais un double. J'ai besoin de caféine. Je n'ai pas très bien dormi. »

Leo plaça une tasse sur la machine et appuya deux fois sur le bouton. Pendant que le moulin broyait le café, elle alla chercher du lait dans le réfrigérateur pour son cappuccino, tout en s'interrogeant sur le meilleur moyen d'aborder ce délicat sujet. Quand elle eut terminé de préparer les deux boissons, elle était quasi certaine de ce qu'elle allait dire.

Elle posa un café devant Max et prit place en face de lui.

« Il faut que je te dise quelque chose, commença-t-elle.

— Non. C'est moi qui dois te dire quelque chose, Leo. » Il plaça sa main devant lui, comme pour l'empêcher de l'interrompre. « J'ai fait un truc complètement dingue, et je ne sais pas comment m'en sortir. Je me suis comporté comme un abruti ; je me demande si Ellie pourra un jour me le pardonner. Ça fait deux mois que, tous les matins, en me levant, je me dis : "Il faut que ça s'arrête." Mais tous les soirs, quand je vais me coucher, je me rends compte que j'en suis toujours au même point. C'est-à-dire que je suis toujours un vrai connard. »

Il baissa la tête et la laissa retomber dans ses mains.

Leo sentit son cœur se serrer.

« Alors c'est vrai. Ellie avait raison. »

Max écarta ses mains, et l'expression horrifiée qu'elle vit sur son visage n'avait nul besoin d'être interprétée.

« Tu veux dire qu'elle sait ? Mais… comment l'a-t-elle découvert ? Depuis combien de temps est-elle au courant ? J'ai bien vu qu'elle semblait malheureuse depuis quelques jours, mais je pensais que c'était juste parce que je me comportais comme un con. Et hier soir, euh… Non, je préfère ne pas en parler. Mais pourquoi est-ce qu'elle ne m'a rien dit, si elle sait ? »

La colère que Leo sentait bouillonner en elle depuis quelques secondes était sur le point d'exploser.

« Pourquoi est-ce qu'elle ne t'a rien dit ? Mais réfléchis un peu ! Parce qu'elle pense que, tant que cela restera secret, rien ne pourra arriver. Et que, dès que cela sera révélé au grand jour, tu t'empresseras de la quitter. Elle pense que la seule chose qui t'en empêche, c'est la peur de le lui dire. Tu sais, je te croyais différent, Max.

Vraiment. Mais en fait, tu es aussi égoïste, aveugle et stupide que… »

Il avança brutalement la tête vers elle, l'interrompant au milieu de sa phrase.

« Quitter Ellie ? Mais pourquoi est-ce que je voudrais faire ça ? Elle est toute ma vie. Elle et les jumeaux. Qu'est-ce qui a pu lui mettre en tête une idée pareille ? J'espère que ce n'est pas toi, Leo. Je sais que tu n'aimes pas les hommes, mais je pensais que tu me connaissais mieux que ça… Je croyais t'avoir permis de retrouver foi en la gent masculine, ne serait-ce qu'un tout petit peu.

— Ta gueule, Max ! Bien sûr que ce n'est pas moi, répliqua-t-elle, indignée. Si tu veux tout savoir, j'ai toujours pris ta défense. Mais je regrette, maintenant. »

Max, à sa décharge, prit un air penaud.

« Je te demande pardon, Leo. Bien sûr que ce n'est pas toi ; je n'aurais pas dû dire ça. Je ne comprends pas comment Ellie a pu s'imaginer une seconde que j'envisageais de la quitter. C'est moi qui me suis comporté comme un crétin. Qu'elle décide de me quitter, je pourrais le comprendre, mais l'inverse… Jamais.

— Alors tu espères qu'elle te pardonnera, c'est ça ? »

Il fit une petite grimace.

« Je sais qu'elle va être folle de rage, et à juste titre. Mais tu connais Ellie : elle s'en remettra.

— Espèce de sale petit enfoiré arrogant, suffisant et menteur ! Comment peux-tu dire un truc pareil ? Tu as eu une liaison pendant des mois, et tu penses qu'elle "s'en remettra" ? Mais est-ce que tu as une idée du mal que tu lui as fait ? À elle, ma sœur ? »

Max paraissait complètement abasourdi.

439

« Une liaison ? Mais de quoi parles-tu ? Quelle liaison ? Je ne comprends rien du tout.

— Toi et cette prof d'EPS. Alannah, si je ne m'abuse. Toi et elle. Toujours à vous murmurer des trucs à l'oreille et à faire des plans en privé. »

Elle observa Max. C'était comme si une lampe avait été brutalement allumée, illuminant devant ses yeux un tas de monstruosités.

« Arrête, arrête. Ne me dis pas que c'est ce qu'elle pense ? Je sais qu'elle croit que je fantasme sur Alannah. C'est pour ça que j'essaie toujours d'éviter de lui en parler. Mais elle ne me fait pas fantasmer. Pas du tout. »

Il allait vraiment falloir qu'il trouve quelque chose de plus convaincant.

« Alors comme ça, tu penses que cacher à Ellie que tu es allé au pub avec Alannah, afin qu'elle l'apprenne de la bouche de quelqu'un d'autre, c'est une bonne idée, hein ? Et lui recommander de faire davantage de sport, comme si tu avais envie qu'elle ressemble à Alannah ? Et qu'en quittant ta soirée entre collègues, tu as quasiment fait un aller et retour à Stoke-on-Trent, juste pour pouvoir rester seul avec Alannah ? Sans parler du fait que tu as menti à ce sujet. Bref, c'est bien joué, Max. »

Max ouvrit la bouche pour intervenir, mais Leo n'en avait pas terminé : « Oh, et tous ces plans dont tu ne veux pas parler à Ellie parce que tu préfères qu'elle reste dans l'ignorance jusqu'à ce qu'il soit trop tard pour qu'elle puisse empêcher… je ne sais quoi, d'ailleurs. Qu'est-ce que tu penses qu'elle a ressenti en apprenant que tu avais eu cette conversation, hein ? Qu'est-ce que tu penses qu'elle a ressenti ? »

Le visage de Max était devenu livide.

« Merde. Ç'a l'air horrible, présenté comme ça. Écoute, je sais que je suis un crétin sans cervelle, mais je ne suis pas assez débile pour tromper Ellie. J'imagine parfaitement le mal que ça lui ferait. Ses problèmes relationnels n'ont rien de commun avec les tiens, mais tu sais, elle n'a pas l'assurance qu'une fille aussi jolie qu'elle devrait avoir.

— Je n'ai rien à voir dans cette histoire. Ce n'est pas moi qui lui ai menti, même par omission.

— Tu as raison, oublie ça. » Il se mit à la regarder droit dans les yeux, comme pour lui prouver sa sincérité. « Il n'y a rien du tout entre Alannah et moi. J'essaie simplement d'aider une amie.

— Alors pourquoi toutes ces messes basses ? Si c'est si anodin, pourquoi n'en as-tu pas parlé à Ellie ?

— Parce que Alannah m'a demandé de ne pas le faire. Et aussi parce que ce n'est pas anodin, loin de là. » Max baissa les yeux. Il fait bien, songea-t-elle.

« Je t'interdis de me demander de ne rien dire. Le bien-être de ma sœur passera toujours avant tout, y compris des promesses que j'aurais pu faire à d'autres. Sois franc, Max. Et essaie de déterminer ce qui est le plus important à tes yeux. »

Il prit un air contrit, comme s'il venait de recevoir une gifle en plein visage.

« Ne me demande pas de parler, Leo. Je pourrais perdre mon job pour ça.

— Mais si tu ne parles pas, tu pourrais aussi perdre ta femme. Enfin, tu sais très bien que tu peux me faire confiance. C'est vraiment aussi horrible que ça ?

— Pour Alannah, oui. Pour moi, un peu moins. Mais promets-moi de ne rien dire à Ellie, Leo. Je te jure que je le ferai moi-même ; ça doit venir de moi. »

Leo répondit par un bref hochement de tête, sans quitter Max des yeux, qui faisait nerveusement tourner sa cuillère à café entre ses mains.

« Alannah est venue me voir il y a quelques mois de ça pour me faire part d'un problème. En plus d'être prof d'EPS, elle est coureuse de marathon, et elle est très douée pour ça. Mais pour une raison ou pour une autre, il y a quelque temps, elle a eu une baisse de forme et elle a décidé d'aider un peu la nature. »

Max semblait appréhender sa réaction, et elle se demandait bien pourquoi. Elle voyait exactement ce qu'il voulait dire. Bien, et alors ? Aurait-elle dû paraître choquée ?

« Qu'a-t-elle pris ? demanda-t-elle.

— De l'EPO, pour commencer. Je ne sais pas si tu en connais les effets, mais en gros, ça te permet de tenir plus longtemps. J'imagine que les aspects scientifiques ne t'intéressent pas, mais ce n'est pas censé être "addictif", et elle n'avait pris ça que pour surmonter un petit coup de mou… »

Max, curieusement, se leva pour aller se poster devant les portes vitrées qui menaient au jardin, comme si la disgrâce d'Alannah était la sienne. Leo, silencieuse, attendit.

« Elle en a fait un peu trop et elle a fini par se blesser. Mais une grande course approchait, elle a dû prendre quelque chose pour inhiber la douleur. Et c'est comme ça qu'elle est passée de l'EPO à une autre drogue. L'oxy ou l'OC, peu importe le nom qu'on lui donne, c'est de l'oxycodone. Une drogue qu'il est strictement interdit de vendre dans la rue et qui, pour le coup, est hautement "addictive".

« — Et alors ? Je ne vois pas pourquoi tu n'en as pas parlé à Ellie.

— Premièrement, parce que je me suis dit que moins il y aurait de gens au courant, mieux ce serait pour Alannah. Mais, au-delà de ça, j'aurais dû la dénoncer, et je ne l'ai pas fait. Parce que je pensais qu'il valait mieux qu'elle se fasse soigner avant que tout cela n'éclate au grand jour…

— Et deuxièmement… ? » s'enquit Leo. Max leva les yeux vers elle. Elle fit de son mieux pour lui communiquer sa détermination : il était hors de question de s'arrêter en si bon chemin. Il croisa ses bras derrière sa tête et leva les yeux vers le ciel, derrière la fenêtre.

« Elle a volé de l'argent. De l'argent appartenant au collège. Je faisais partie des organisateurs des jeux interscolaires, et elle aussi. Elle a tapé dans la caisse de la vente des billets. Elle envisageait de rembourser, mais elle avait atteint le plafond de son découvert. Alors c'est moi qui l'ai fait. »

Il laissa brutalement retomber ses mains contre ses cuisses.

« Si ça s'était su, Leo, dit-il en se tournant vers elle, j'aurais perdu mon poste. Je ne pouvais pas en parler à Ellie. Elle m'en aurait voulu d'avoir pris autant de risques, et elle aurait eu raison. Mais comme nous avons de l'argent à ne pas savoir quoi en faire, désormais, je me suis dit que ça ne ferait de mal à personne. » Il eut un petit rire dépourvu de gaieté. « Mais je me suis trompé. Vendredi soir, si nous avons fait un aller et retour à Stoke-on-Trent, comme tu dis (bien qu'il s'agisse d'une grossière exagération), c'est parce qu'elle voulait me parler. Et me demander encore de l'argent pour la tirer d'affaire une nouvelle fois. Mais comme j'avais trop picolé pour lui apporter une réponse sensée, elle m'a rappelé à la maison dimanche. Je lui ai dit de ne jamais plus refaire ça. Tu t'imagines, si c'était Ellie qui avait répondu ? Quoi qu'il en soit, j'ai refusé de lui en donner davantage. Je lui ai dit que ça ne l'aiderait pas et qu'il lui restait six semaines de vacances pour se soigner. Je ne sais pas si elle pense qu'elle peut me faire chanter, mais je sais qu'elle est capable du pire. De toute façon, ça ne changera rien : je ne lui donnerai plus un sou.

— Écoute, j'ai de la peine pour elle, mais pas autant que pour ma sœur. À cause de vous deux, elle vit un véritable enfer depuis des semaines. Elle est bouleversée, Max. Malade d'inquiétude. Elle n'attend qu'une chose : que tu lâches la bombe, que tu lui annonces votre rupture. »

Max la regarda comme si le monde était en train de s'effondrer autour de lui.

« Si j'avais su qu'elle pensait ça, je lui aurais tout dit. Je te le jure. Pauvre Ellie. Crois-moi : Alannah est le cadet de mes soucis, désormais. »

Pour se calmer, Leo prit une longue inspiration. Elle était furieuse contre Max, mais c'était loin d'être la catastrophe qu'elle avait imaginée. Néanmoins, s'il ne s'agissait pas du problème qui hantait Max et était en train de déchirer le couple de sa sœur, c'était qu'il y en avait un autre. Lequel ? Elle était bien déterminée à le découvrir.

« Alors, si tu ne la trompes pas, qu'est-ce que c'est que ce truc que tu as fait et que tu ne veux pas qu'Ellie découvre avant qu'il ne soit trop tard pour qu'elle ne puisse l'arrêter?»

Max, sans lever les yeux, se mit à lui expliquer le plan stupide qu'il avait échafaudé. Un plan qui rendait presque insignifiantes les quelques livres qu'il avait dépensées pour rembourser la caisse de l'école.

41

Pour une fois, ce fut un soulagement que de commencer le travail tôt. Ellie ne savait pas si elle aurait eu le courage de faire face à Max à la table du petit déjeuner. Elle n'avait presque pas fermé l'œil et elle savait qu'il n'avait pas dormi beaucoup plus qu'elle. Bien des fois pendant la nuit, elle avait eu envie de passer son bras autour de ses épaules et de lui demander pourquoi, mais elle était toujours persuadée que, si elle gardait le silence, les choses finiraient par s'arranger d'elles-mêmes.

Et pour couronner le tout, malgré ses recherches, elle n'avait pas pu remettre la main sur son passe de sécurité. Quelqu'un l'avait laissée entrer dans le service, mais il allait falloir qu'elle signale cette disparition. Elle le mettait toujours dans son sac en sortant du travail, mais il était possible qu'elle l'ait fait tomber chez Georgia la veille au soir, ou autre part. Elle irait en parler plus tard, pendant sa pause ou à la fin de son service. Pour le moment, il fallait qu'elle se concentre sur son travail.

« Tu as une sale mine, Ellie. Tout va bien ? »

Elle se retourna. C'était Sam Bradshaw, qui venait apparemment de terminer sa tournée.

«Sympa, merci, répondit-elle en souriant. Je n'ai pas très bien dormi cette nuit, si tu veux tout savoir.

— Quelque chose ne va pas? Si je peux t'aider...»

Sam étant un type génial, Ellie fut tentée de l'inviter à boire un café, pour avoir l'avis d'un témoin impartial. Depuis qu'il avait commencé à se raser la tête quelques mois auparavant pour dissimuler un début de calvitie précoce, Sam était devenu plus sûr de lui avec les femmes, et sa nature amène, qui en arrivait presque à faire oublier son visage long et assez austère, semblait lui avoir fait gagner le cœur de nombre de jeunes infirmières. Mais Ellie savait qu'il n'avait pas le temps d'écouter ses problèmes. Et, en jetant un coup d'œil en direction du lit d'Abbie, elle finit par se souvenir qu'elle avait elle-même des choses à faire. À commencer par aller remplacer Maria, qui avait terminé son service.

«Tu es adorable, Sam, mais il faut que j'aille m'occuper d'Abbie. Comment va-t-elle? Un changement depuis ma dernière visite, c'est-à-dire... il y a douze heures à peine?»

Sam se mit à rire. «On m'a dit que tout le personnel serait revenu en fin de semaine; tu pourras te reposer un peu. Quant à Abbie, elle fait beaucoup de progrès. Elle ouvre régulièrement les yeux, plusieurs minutes d'affilée, et elle essaie de parler. Sans succès pour l'instant, mais elle essaie. Son niveau de conscience s'améliore et elle réagit à la douleur. Bref, seulement de bonnes nouvelles. Mais...»

Ellie se retourna vers lui.

«Écoute, si tu as besoin de moi, tu sais où me trouver. Quand tu veux, d'accord?»

Elle se contenta de serrer le bras de Sam pour le remercier. Si elle avait ouvert la bouche pour parler, elle n'aurait pas pu s'empêcher de pleurer. Comment se faisait-il que la gentillesse soit plus susceptible de tirer des larmes que les paroles agressives ou méprisantes ?

En s'approchant du lit, elle remarqua que Kath semblait un peu plus détendue que d'ordinaire. Maria était en train de parler doucement à Abbie, qui montrait quelques subtiles réactions, ce qui était en effet très positif, même s'il allait falloir un certain temps pour déterminer si elle garderait des séquelles cérébrales.

Kath et Maria levèrent les yeux vers elle. Maria cligna des yeux. *Je dois vraiment avoir une sale mine*, songea-t-elle. *Sam n'a pas exagéré.*

« Ellie ! s'exclama Maria d'une voix un peu trop joyeuse. Contente de te voir. »

Elles échangèrent quelques informations sur les soins à apporter à Abbie.

« Je peux faire quelque chose pour toi avant de partir ? lui demanda Maria en la regardant d'un air compatissant.

— Non. Rentre chez toi. Je vais prendre le relais. Je viens de discuter avec le docteur Bradshaw qui m'a mise au courant de son évolution. » Elle adressa à Maria un regard reconnaissant, avant de se tourner vers la maman d'Abbie. « Bonjour, Kath. J'imagine que Brian et vous êtes contents de constater tous ces changements positifs.

— Très contents, répondit Kath. D'ailleurs, Brian est retourné travailler, aujourd'hui. Plus ça va, plus son état semble s'améliorer.

— Des nouvelles de la police ? Est-ce qu'ils ont une meilleure idée de ce qui a pu lui arriver ? » s'enquit Ellie.

Tout en se mordant la lèvre inférieure, Kath secoua doucement la tête.

« Non. Ils font tout leur possible, mais ils ne savent rien de plus qu'hier. Ils ignorent si elle a été enlevée par un homme ou une femme, ils ne trouvent aucune trace de cette Chloe, qui semble être très douée pour brouiller les pistes, et ils m'ont avoué qu'ils n'avaient toujours rien sur le conducteur qui l'a renversée. Tout ce qu'ils espèrent, désormais, c'est qu'un témoin ait assez de courage pour dénoncer une personne de sa connaissance qui était de sortie ce soir-là. C'est la seule chance qu'il leur reste. »

Ellie se sentit soudain accablée de remords. Elle n'avait rien dit au sujet de sa sortie ce soir-là. Et elle n'était pas la seule. C'était mal, très mal. Il y avait de fortes chances pour qu'elle ait vu quelque chose qui lui ait paru tout à fait normal sur le coup. Elle ou Sean. Ils se taisaient pour que leurs secrets ne soient pas révélés ; c'était horrible. Comment se sentirait-elle s'il s'avérait qu'elle aurait pu aider la police dès le départ et qu'elle n'avait rien fait, alors qu'elle prétendait compatir à la douleur de Kath et s'inquiéter pour Abbie ? Comme si elle n'était pas assez désorientée comme cela, il fallait en plus qu'elle se sente complètement dégoûtée d'elle-même.

Immobile et silencieuse à côté du lit, elle écoutait Kath murmurer de tendres paroles à l'oreille d'Abbie. Mais son esprit était à des kilomètres de là. Piégé dans cette nuit. La nuit de l'accident.

Elle était sortie de la maison à minuit dix environ. Elle savait que Max n'était pas encore sur le chemin du retour. Quand il y avait une soirée, il était toujours le dernier à partir.

Pour éviter de se faire remarquer, elle avait décidé de faire le grand tour et s'était engagée sur la route de traverse. Ils s'étaient mis d'accord pour se retrouver sur une petite route menant à une grange abandonnée, à environ 800 mètres du lieu où l'accident s'était produit. La scène lui revint brutalement en mémoire, avec toute la peur et la douleur qui l'avait accompagnée.

À la seconde même où elle avait arrêté la voiture, la portière passager s'était ouverte, et Sean était monté. Elle avait d'abord pris une posture agressive, mais il ne lui avait pas fallu bien longtemps pour se rendre compte que cette stratégie ne pourrait pas fonctionner.

« Tu n'aurais pas dû m'appeler ce soir. Tu n'as pas le droit de me mettre sous pression comme ça. Tu m'as fait la peur de ma vie quand j'étais dans la cuisine. Mais à quoi est-ce que tu joues ? Il faut absolument que ça s'arrête. »

Sean avait essayé de passer son bras autour de ses épaules.

« Dégage ! Je ne veux pas que tu me touches. Tu n'as pas encore pigé ? J'ai laissé les choses aller trop loin, mais tu dois mettre un terme à toutes ces idioties. Est-ce si difficile à comprendre ? »

Il avait paru blessé. Si blessé, d'ailleurs, qu'elle avait cru qu'il allait pleurer. Ce qui aurait été vraiment horrible, parce qu'elle était la seule responsable de tout ce qui était arrivé.

« Je suis désolée, lui avait-elle dit. Je sais bien que tout est ma faute. Je comprends ce que tu ressens pour moi, mais tu t'es trouvé au mauvais endroit, au mauvais moment. Est-ce qu'on ne pourrait pas juste oublier ce qui s'est passé ? »

Sean s'était tourné vers elle pour lui faire face, et elle n'avait pas trouvé la force de le regarder dans les yeux.

« Tu essaies de me dire que c'est fini, c'est ça ? lui avait-il demandé. Si oui, je ne crois pas que je pourrais l'accepter. » Sa voix était douce, mais elle portait en elle quelque chose de menaçant qui lui avait paru vaguement inquiétant.

« Ce n'est pas fini ; ça n'a jamais commencé. Et tu *dois* l'accepter. Il n'y a pas d'autre solution. »

Il avait continué de la dévisager, et elle avait continué d'éviter son regard. Elle ignorait ce qu'elle allait y trouver, mais elle sentait que l'accent était passé de la douleur à la colère.

« Je vais te dire ce qu'on va faire, d'accord ? lui avait-il répondu. Je ne peux plus vivre sans toi, désormais, et je ne veux plus vivre sans toi. Ce qui signifie que je ne vivrai pas sans toi. Max a cette petite aventure, comme tu le sais si bien. Alors tu peux soit attendre qu'il te quitte, soit le quitter la première. Cette décision, je vais te laisser le temps de la prendre. Mais il faudra que tu la prennes. Et le plus tôt sera le mieux. En attendant, Ellie, partout où tu iras, je serai là. À chaque fois que tu feras quelque chose, je te regarderai. Et si je n'aime pas ce que je vois, je pourrais perdre patience. »

Elle s'était tournée vers lui, et la ferme détermination qu'elle avait lue dans ses yeux l'avait terrorisée. Vraiment terrorisée. Elle ne pensait pas qu'il puisse lui faire du mal, mais elle avait compris sans qu'il ait eu à le lui dire qu'il l'avait menacée. Pas sur le plan physique, naturellement. C'était beaucoup plus subtil que ça. Et beaucoup plus inquiétant.

« S'il te plaît, ne fais pas ça. Je ne sais pas quoi te dire, mais, s'il te plaît, je t'en supplie, ne pourrait-on pas oublier ce qui s'est passé ?

— Écoute-moi bien, Ellie. Tu es tout ce que j'ai toujours voulu. Je suis prêt à tout abandonner pour toi. Tout. Tu comprends ? Même si Max finit par laisser tomber la belle Alannah pour revenir à toi, il changera d'avis quand il apprendra ce qui s'est passé. La façon dont tu m'as séduit. Le fait que tu as fantasmé sur moi pendant des mois. Tout le temps que nous avons passé ensemble. Tu sais bien qu'il changera d'avis quand il saura tout ça. »

Elle l'avait regardé pendant quelques secondes, sidérée.

« Je ne t'ai pas séduit ! Ce n'est pas vrai. J'ai succombé à ton charme. Une seule fois. Et j'ai réussi à m'arrêter. Ce n'est pas aussi affreux. C'est horrible, je l'admets, mais ça ne s'est pas passé comme tu le dis et tu le sais très bien. »

Il avait eu un rictus mauvais.

« À ton avis, qui Max croira-t-il ? Tu veux vraiment prendre le risque de le découvrir ? Réfléchis-y, soigneusement. Et sache que, tant que tu ne te seras pas décidée, je serai là. Tu ne me verras peut-être pas, mais je serai là. »

Elle avait fini par fondre en larmes.

« S'il te plaît, est-ce qu'on ne pourrait pas arrêter ? Mais qu'est-ce qu'il faut que je fasse pour te convaincre ? Ne fais pas de mal à Max, je t'en supplie. » En ravalant un sanglot, elle avait levé les yeux vers lui.

Il avait passé son bras autour de ses épaules pour l'attirer contre lui et, l'espace d'un instant, d'une toute petite seconde, elle avait apprécié ce geste de réconfort.

« Embrasse-moi, Ellie. Pour le moment, un baiser suffira. Allez, ma chérie. Tout ira bien, je te le promets. »

Elle se souvenait du sentiment de consternation qu'elle avait alors ressenti. Consternation mêlée de peur. Qu'allait-il se passer si elle ne lui cédait pas ? Machinalement, elle avait sorti un mouchoir de sa poche pour s'essuyer le nez. Il l'avait serrée plus fort contre lui. Et elle l'avait laissé l'embrasser. De sa langue, il avait doucement exploré sa bouche. Et soudain, il avait posé sa main libre sur son sein, qu'il s'était mis à caresser langoureusement.

Le sentiment de répulsion qu'il lui inspirait était devenu intolérable. Sa langue avait commencé à lui donner des haut-le-cœur, et elle avait fini par le repousser avec force.

« Tu as dit un baiser. Juste un baiser. Il est hors de question que je fasse ça. Hors de question. Sors de ma voiture tout de suite ! » Étouffée par le chagrin, elle avait laissé sa tête retomber sur le volant. Les larmes ne cessaient de couler sur son visage, et elle avait à peine entendu ce qu'il lui avait doucement murmuré à l'oreille :

« Ce n'est pas fini. Ne te fais pas d'illusion. Ce ne sera pas fini avant longtemps, bien longtemps. » Le son de sa voix avait beau être assourdi, elle n'avait eu aucun mal à percevoir la colère qui l'animait. Elle avait entendu la portière s'ouvrir puis l'avait senti plus qu'entendu quitter la voiture. Le claquement sec de la portière, cependant, lui avait ôté ses derniers doutes. Et puis il y avait eu un crissement de pneus : il était parti à toute vitesse sur le chemin de terre obscur.

Elle se souvenait à peine avoir remis le contact et parcouru la route en sens inverse pour rentrer chez elle. Quasi aveuglée par les larmes qui se répandaient sans relâche sur ses joues, elle avait tout de même eu la présence d'esprit de refaire le grand tour, afin de limiter les risques de croiser quelqu'un. Et elle s'était engagée sur la route de traverse.

La route de traverse ? Un étonnant souvenir lui revint en mémoire, la tirant brutalement de sa rêverie. Une voiture. Il y avait une voiture. Elle avait l'esprit si tourmenté par ce qu'il venait de se passer qu'elle l'avait complètement oubliée. La route n'étant naturellement pas éclairée, la voiture était en pleins phares. Elle avait été aveuglée pendant quelques secondes et n'avait rien vu du véhicule. Seule demeurait l'impression de quelque chose de bleu, ou peut-être de noir. Une grosse berline, elle en était quasiment certaine. Mais le conducteur avait dû la voir, lui aussi. Et il n'y avait pas d'autre Mercedes bordeaux dans le village. Alors pourquoi ne l'avait-il pas dénoncée ? Si cette personne n'avait rien à se reprocher, elle aurait dû se rendre au commissariat pour décrire les caractéristiques peu communes de sa voiture…

Mais elle ne l'avait pas fait. Aucun témoignage n'avait été enregistré.

Était-ce parce que le conducteur n'était autre que la personne qui avait renversé Abbie, ou encore celle qui l'avait kidnappée ? Un glacial sentiment de culpabilité s'enracina en elle. Si cette personne était coupable de l'un ou l'autre des crimes, cela signifiait qu'elle avait, pendant des jours, dissimulé des informations essentielles à la résolution de l'enquête.

« Ellie ? Ellie, tout va bien ? » La voix de Kath. « Vous aviez l'air complètement ailleurs. Quelque chose ne va pas ? »

Elle se fit violence pour se tirer de sa torpeur. Assez ! Dès qu'elle aurait terminé son service, elle se rendrait au commissariat. Les conséquences de ce mensonge par omission étaient trop graves ; si elle ne disait rien, elle ne pourrait pas continuer de vivre en paix avec sa conscience.

« Excusez-moi, Kath. J'étais juste en train de penser à une ou deux choses qu'il faut que je fasse à la maison, et j'en ai oublié tout le reste. Mais ce n'est pas très important, ne vous en faites pas. Vous aviez besoin de quelque chose ?

— Rien de spécial, merci. J'allais juste partir me chercher quelque chose à manger. Et prendre un peu l'air, aussi. Je vous laisse à votre travail. »

Ellie ne put s'empêcher de sourire tendrement en regardant Kath se pencher au-dessus d'Abbie pour l'embrasser sur le front.

« Je reviens très vite, ma chérie. »

Une fois seule avec Abbie, elle procéda aux soins habituels puis fit la toilette de la jeune fille et la changea. Elle fut ravie de constater que l'état de ses jambes s'était beaucoup amélioré et que ses blessures aux pieds cicatrisaient correctement. Bientôt, ce fut l'heure de sa pause. Elle alla échanger quelques mots avec l'infirmière qui veillait sur le patient du lit voisin. C'était une intérimaire qu'elle n'avait jamais rencontrée, mais elle lui assura qu'elle garderait un œil sur Abbie.

* * *

D'ordinaire, Ellie ne prenait jamais l'intégralité de sa pause, mais ce jour-là, elle en avait vraiment besoin. Il fallait qu'elle réfléchisse à ce qu'elle allait dire à la police. Elle avait peur, très peur, mais il n'existait pas d'autre option. Elle imaginait déjà le dégoût qu'elle lirait dans les yeux de Kath si celle-ci venait à apprendre qu'elle aurait pu mettre les enquêteurs sur la piste du chauffard et par la même occasion, sans doute, apporter une certaine lumière sur le kidnappeur. C'était à sa demande qu'elle était devenue l'infirmière attitrée d'Abbie, veillant sur elle à chacun de ses services ; si son mensonge par omission finissait par être découvert, les enquêteurs allaient nécessairement la soupçonner.

Elle n'aurait su comment décrire les sentiments qu'elle s'inspirait à elle-même en cet instant, mais elle pensait que le mot « dégoût » n'était pas suffisamment fort. Elle avait du mal à déglutir et sentait son sang battre dans ses tempes.

Elle repassa les portes de l'unité de soins juste derrière Brenda, l'infirmière en chef, puis s'approcha de la fontaine à eau qui se trouvait à côté du bureau. Elle venait de boire un café, mais elle avait la gorge serrée et comme asséchée par l'anxiété. Brenda, qui l'avait devancée, entreprit de faire couler deux gobelets d'eau. Quand l'infirmière en chef releva la tête, elle regarda Ellie pendant quelques instants et prit un air attendri.

Oh non, pas elle, songea Ellie. L'expression de son visage dut parler d'elle-même, car Brenda se contenta de faire un commentaire sur le mauvais temps.

Ellie se força à lui sourire puis commença à avancer vers les lits. Et soudain, elle s'arrêta.

C'était étrange. Sam ne lui avait pas dit qu'il comptait examiner Abbie ce jour-là.

Vaguement inquiète, elle revint sur ses pas pour retrouver Brenda.

« Tu sais ce que Sam est en train de faire ? » lui demanda-t-elle en lui indiquant les rideaux fermés autour du lit de la petite. Brenda tourna la tête de l'autre côté, et Ellie suivit son regard. Un peu plus loin, dans le bureau, le crâne chauve de Sam se détachait nettement devant les étagères de dossiers médicaux : le médecin était en train de parler au téléphone.

« La maman d'Abbie est revenue ? s'enquit Ellie.

— Je ne l'ai pas vue. »

Ellie eut soudain l'impression que des dizaines d'araignées s'étaient mises à ramper le long de son dos. Elle regarda Brenda ; elle n'eut pas besoin de parler : l'infirmière en chef ouvrit la porte du bureau d'un coup de pied et prononça deux mots : « Sam ! Vite ! »

Mais Ellie était déjà partie. Quelque chose n'allait pas ; elle en était certaine.

Quand elle arriva en courant devant le lit voisin de celui d'Abbie, elle jeta un bref coup d'œil à l'infirmière intérimaire.

« Qui est avec Abbie ? » aboya-t-elle, bien qu'elle sût que la jeune femme n'était nullement responsable de ce qui était en train de se passer.

Manifestement surprise, l'infirmière, qui était en train de prendre le pouls de son patient, leva les yeux vers elle.

« Un médecin, qui vient d'arriver. Pourquoi ? Il y a un problème ? »

Ellie ne sut que répondre. Après tout, peut-être s'était-elle fait du souci pour rien. Sam et Brenda arrivèrent en courant. Son assurance revint ; elle comprit qu'elle ne s'était pas trompée.

« Je m'en occupe ! » s'exclama Sam en tirant le rideau d'un coup sec.

Mais il était arrivé trop tard. Le rideau, à l'autre bout du lit, venait de retomber, et Ellie avait à peine eu le temps de discerner une silhouette vêtue d'une blouse courant vers la toute proche sortie de secours.

« Venez, Ellie ! » cria Sam.

Brenda, manifestement soucieuse de ne pas alerter les autres patients, prononça tout bas les mots : « J'appelle la sécurité. » Mais au même moment, l'alarme de la sortie de secours se mit à résonner, réduisant à néant ses efforts de discrétion.

Ellie, cependant, n'y prêta pas la moindre attention. Tout ce qui lui importait était de savoir si sa patiente allait bien. Or, ce n'était apparemment pas le cas. Quand elle releva le rideau pour rejoindre Sam, la tête et le buste d'Abbie se balançaient de gauche à droite. On aurait dit que la petite essayait de parler. Ses yeux étaient grands ouverts, comme si elle venait de subir un choc, et Sam essayait désespérément de la calmer.

« Prenez le relais, Ellie. Je vais lui faire passer un examen complet pour m'assurer que cette personne ne lui a pas fait de mal. »

S'accroupissant à côté du lit, Ellie essaya de repousser les cheveux d'Abbie pour lui dégager le visage. Mais cela ne fit qu'empirer les choses. Comme si ses doigts lui avaient brûlé la peau, Abbie écarta violemment la tête.

« Calme, calme. Chut », murmura Ellie.

Le corps d'Abbie devint raide, et elle se redressa brusquement sur son lit, avec un gémissement si effrayant qu'Ellie en eut la chair de poule.

« Mais qu'est-ce qui lui arrive ? demanda Sam.

— Je n'en ai aucune idée. J'essayais juste de lui parler. De l'apaiser. »

Ce fut à ce moment-là que Brenda, légèrement essoufflée, réapparut devant le lit.

« Les vigiles arrivent », dit-elle en refermant les rideaux derrière elle. « Qu'est-ce qui se passe ? Qu'est-ce qu'elle a ? demanda-t-elle à Ellie.

— Allez me chercher un milligramme de midazolam, Brenda. Il faut la calmer. »

Ellie, n'osant plus toucher le visage d'Abbie, s'était mise à caresser l'intérieur du bras de la jeune fille tout en fredonnant doucement. Cela parut l'apaiser un peu.

Mais tout à coup, Sam l'interpella.

« Ellie », chuchota-t-il. Il fit un signe de la tête en direction du bas des rideaux qui entouraient le lit. L'un des oreillers d'Abbie se trouvait sur le sol.

Ellie sut que le choc qu'elle lisait sur le visage de Sam était le reflet du sien. Aucune parole n'était nécessaire. Sam tira de sa poche une paire de gants chirurgicaux qu'il enfila avant de prendre l'oreiller par un coin. Au même moment, Brenda réapparut avec les sédatifs. L'infirmière en chef fronça les sourcils et les regarda à tour de rôle, l'air interrogateur.

« Demandez aux vigiles de contrôler les accès, Brenda, lui dit Sam. Et appelez la police. »

Ellie fit de son mieux pour refouler la peur panique qui s'était emparée d'elle, de crainte de la communiquer à Abbie. Puis elle tenta de chanter à nouveau, mais sa voix tremblait.

La tête d'Abbie se balançait toujours de gauche à droite, mais pas aussi frénétiquement. On aurait dit qu'elle essayait de parler. Elle poussait des gémissements, des petits sons impossibles à interpréter. Elle avait l'air de souffrir intensément, mais Ellie ignorait complètement à quoi cela était dû. Enfin, les sédatifs commencèrent à faire leur effet. Juste avant de capituler sous l'effet des médicaments, Abbie prononça un mot.

Et, cette fois-ci, Ellie l'entendit très nettement.

* * *

Il régnait dans le service une ambiance d'urgence et de tension contenue et, à l'écart des patients, le grésillement constant des talkies-walkies de la police en bruit de fond ne faisait qu'ajouter au sentiment de malaise général.

Ellie, Sam, Brenda et l'infirmière intérimaire avaient tous été interrogés, mais rien de déterminant n'était ressorti de leurs propos : on ne savait toujours pas qui était entré dans le service et si cette personne avait ou non essayé de tuer Abbie. Le film de vidéosurveillance de la caméra proche de la sortie de secours avait été vérifié, mais ses images s'étant révélées peu concluantes, les enquêteurs cherchaient désormais à remonter la piste de l'intrus afin de déterminer le chemin qu'il avait parcouru dans l'hôpital.

D'après leurs observations, rien ne laissait penser qu'Abbie avait subi une agression, ni une tentative d'asphyxie, comme la présence au sol de l'oreiller tendait à le suggérer. Néanmoins, toutes les précautions avaient été prises, et le contenu de tous les récipients remplacé ; du broc d'eau à la perfusion.

Ellie imaginait que les autres membres du personnel devaient se sentir aussi coupables qu'elle. Mais ses collègues avaient la chance de ne pas porter le fardeau supplémentaire qui pesait sur ses épaules.

Quand Kath Campbell finit par revenir dans l'unité, Ellie comprit qu'elle était allée faire un peu de shopping. Manifestement ravie de constater que sa fille dormait paisiblement, elle sortit de l'un de ses sacs un joli pyjama.

Ellie jeta un œil en direction du bureau des infirmières ; Sam lui fit un signe.

« Je crois que le docteur Bradshaw voudrait vous dire un mot, Kath. »

Surprise, Kath fit mine de l'interroger, mais Ellie lui prit doucement le bras pour l'éloigner du lit et la conduire dans le bureau.

Le visage de Kath devint livide quand Sam lui expliqua ce qui était arrivé et pourquoi l'hôpital était bondé de policiers.

« Je les ai vus à la porte quand j'ai sonné, commenta-t-elle. Mais j'ai pensé qu'il avait dû y avoir un accident sur l'autoroute ou quelque chose comme ça, qu'ils attendaient simplement d'interroger quelqu'un. Je n'ai pas imaginé une seconde que ça pouvait concerner ma petite Abbie. Mais pourquoi ? Pourquoi ? »

Naturellement, ni Ellie ni Sam n'avaient de réponse rationnelle à lui apporter. Cette question, c'était à la police d'y répondre. Néanmoins, Ellie était quasi certaine que le problème n'était pas sans lien avec l'enlèvement d'Abbie et/ou son accident.

« Mais comment est-il entré ? Tous les visiteurs sont contrôlés et le personnel dispose de passes de sécurité…, demanda judicieusement Kath.

— J'ai discuté avec les vigiles, répondit Sam. D'après eux, les gens qui sont entrés en sonnant ont tous été contrôlés. Et comme aucun passe de sécurité n'a été signalé comme manquant, nous allons vérifier les caméras de surveillance pour essayer de voir la personne et de déterminer quel passe elle a utilisé. »

Ellie eut un haut-le-cœur. La scène autour d'elle prit un aspect étrange, comme si elle l'observait à travers des fragments de verre brisé. Le visage de Sam était fracturé en centaines de morceaux, et sa voix semblait venir de très loin.

Elle ne pouvait pas avouer à Kath que tout était sa faute ; cela ne ferait qu'accroître son inquiétude. Mais il fallait qu'elle sorte de là et qu'elle aille parler aux agents de sécurité.

Fort heureusement, au bout de quelques secondes, sa vision redevint normale et la sensation de vertige commença à passer. Personne ne semblait avoir remarqué quoi que ce soit. L'attention de Sam, qui continuait d'exposer dans les grandes lignes les informations qu'il connaissait, était complètement concentrée sur le visage horrifié de Kath.

« Le seul témoin, pour le moment, est l'infirmière qui devait garder un œil sur Abbie. D'après elle, un médecin s'est approché du lit d'Abbie et a refermé le rideau. Il ou elle portait un bonnet de chirurgien et une blouse assez large, qui dissimulait presque complètement sa silhouette. Elle estime qu'il mesurait entre 1,75 et 1,80 mètre, et que sa démarche était plutôt masculine, ce qui ne veut néanmoins pas dire grand-chose. »

Kath semblait avoir du mal à ingurgiter ces informations, après toutes les horreurs qu'elle avait vécues ces derniers jours.

« Le plus important, affirma Sam, c'est qu'elle va bien. »

Penché en avant sur son fauteuil, les mains croisées sur ses genoux, il observait Kath d'un œil inquiet.

« Et même plus que bien. Elle bougeait, beaucoup, et elle produisait des sons. Elle est de plus en plus réactive. »

Kath leva vers Sam des yeux pleins d'espoir. Ellie la regarda et décida de mettre ses soucis de côté pour le moment.

« Elle a parlé, Kath, murmura-t-elle en se penchant vers elle pour lui prendre la main. Je voyais bien qu'elle essayait de dire quelque chose. Et juste avant de s'endormir, elle a réussi. En tout cas, j'ai bien compris ce qu'elle a dit. Elle vous a réclamée, Kath. Elle a dit "mère". Je l'ai entendue très distinctement. »

Ellie regardait Kath en souriant. Mais il lui fallut un certain temps pour se rendre compte que son visage était devenu livide.

« Malgré tout ce temps, tout cet amour, elle réclame toujours sa mère », balbutia Kath en se laissant lourdement retomber contre le dossier de son fauteuil.

Atterrée, Ellie s'accroupit devant elle et prit ses deux mains entre les siennes.

« Mais… C'est vous sa mère. C'est vous qu'elle réclame. Voyons, qu'est-ce qui peut vous faire penser le contraire ?

— Ellie, jamais une fois dans sa vie Abbie ne m'a appelée "mère". Elle ne s'est jamais adressée à moi en utilisant ce mot et elle ne parle jamais de moi ainsi. C'est comme ça qu'elle appelait sa mère biologique. J'ai toujours été sa maman, mais maintenant qu'elle est dans ce lit d'hôpital, elle réclame cette ignoble femme. Après tout ce qu'elle leur a fait, à elle et Jessica. »

Ellie ne sut que répondre. Elle était persuadée que Kath serait ravie. Quoi qu'il en soit, la fatigue de ces derniers jours l'avait apparemment rattrapée : sans rien ajouter, la maman d'Abbie s'adossa de nouveau à son fauteuil et ferma les yeux.

42

Tom ne pouvait détacher son regard de l'écran de son ordinateur. Ce n'était pas bon, pas bon du tout. Il ne savait pas à quoi il s'était attendu quand il avait décidé de faire ces recherches sur le père de Leo, mais en tout cas, certainement pas à cela. Ernie Collier, de la police du Cheshire, avait interrogé quelques personnes, avant de le rappeler pour lui dire que, d'après la rumeur, Ted Harris aurait «foutu le camp en East Anglia». Ayant jugé cette information extrêmement utile, Tom avait interrogé par téléphone et par mail tous ses contacts, afin de voir ce qu'il pouvait exhumer.

Le terme paraissait d'ailleurs très approprié.

Il avait ensuite décidé de faire une brève incursion au village pour essayer de soutirer d'autres informations aux commerçants. Malheureusement, la marchande de journaux, par laquelle il avait commencé, avait été la seule à lui confier quelque chose. Quelque chose qui semblait d'ailleurs de peu d'intérêt.

«Bonjour, madame Talbot, avait-il dit en prenant son quotidien préféré et en le plaçant sur le comptoir. Est-ce qu'il vous resterait par hasard quelques exemplaires du journal local?

— Ils sont tous partis, malheureusement, monsieur Douglas. Les gens se sont particulièrement intéressés aux informations locales, cette semaine. Vous vouliez voir quelque chose de particulier ? Il me reste un exemplaire dans la réserve ; je peux vous le prêter si vous voulez. Mais dans ce cas, il faudrait vraiment que vous me le rapportiez : je le garde toujours pendant quelques semaines, voyez-vous ?

— C'est très gentil de votre part. Je voulais juste en savoir un peu plus sur l'accident. Vous savez, Abbie Campbell. » Ce n'était naturellement pas son intention, mais il lui fallait bien une entrée en matière.

Comme prévu, Mme Talbot s'était aussitôt mise à énoncer un certain nombre de théories plus ou moins fantaisistes, que Tom avait toutes déjà entendues.

« Ç'a dû être un choc horrible pour un village comme celui-ci. Je suppose qu'il est assez rare que quelque chose vienne déranger votre quiétude ? avait-il dit.

— Ah, ça, c'est ce que vous croyez. Et dans l'ensemble, on peut dire que vous avez raison. Mais il s'est parfois passé de drôles de choses, vous savez ? » avait-elle répondu d'un air satisfait.

Tom n'était pas sans savoir qu'une sorte de fierté perverse pouvait se développer dans les villages ou quartiers qui avaient abrité des criminels. Et notamment chez les voisins et connaissances des individus les plus diaboliques. Sous les expressions de consternation et d'horreur, il y avait toujours une petite pointe d'enthousiasme refoulé, comme si les gens considéraient que les liens qui les avaient unis à un monstre rendaient leurs vies infiniment plus intéressantes. Et par conséquent, les rendaient eux-mêmes infiniment plus intéressants.

«Pas récemment, tout de même? avait-il demandé en cherchant dans sa poche de quoi payer son journal.

— Non, c'est exact. Cela fait quelques années, maintenant, avait-elle répondu, l'air vaguement déçu. Mais nous avons eu notre lot de crapules. C'est d'ailleurs intéressant que ce soit dans ce bois que toutes ces choses soient arrivées à la petite Abbie. Ce n'est pas la première fois que les gens s'interrogent sur ce qui se trafique dans ce coin-là.»

Tom avait tendu un billet à Mme Talbot, tout en s'efforçant de lui adresser un sourire encourageant.

«Cela fait des années, maintenant, mais c'était l'été. Je m'en souviens parce qu'il faisait chaud et que tout le monde laissait ses fenêtres ouvertes. Il n'y avait pas autant de maisons que ça de ce côté du village, à cette époque, mais plusieurs personnes ont juré qu'un soir, elles avaient entendu un cri horrible en provenance du bois.

— C'est vrai? Qu'est-ce qui s'était passé?

— Nous ne l'avons jamais su. Les gens qui l'ont entendu ont dit qu'ils avaient tendu l'oreille pour voir si ça allait recommencer, mais qu'il n'y avait pas eu le moindre bruit ensuite. Alors ils ont pensé que ce devait être un renard ou quelque chose comme ça. Mais quand ils se sont mis à parler les uns avec les autres, ils ont commencé à s'inquiéter un peu. En fin de compte, c'était peut-être bien un cri. Peut-être que quelqu'un avait été blessé. Alors les hommes sont allés dans le bois pour voir s'ils pouvaient découvrir quelque chose, mais ils n'ont rien remarqué de spécial.

— Ont-ils appelé la police?»

Doreen Talbot avait eu le bon goût de prendre un air penaud.

« C'était trop tard. Il n'y avait rien dans le bois, et personne n'avait disparu ni rien. Alors on s'est tous dit que moins on en parlerait, plus vite ce serait oublié. »

Tom avait jugé préférable de ne pas révéler le fond de sa pensée : un groupe de villageois en train de farfouiller dans un bois pour y rechercher des preuves… ce n'était pas vraiment l'idée qu'il se faisait de l'enquête idéale.

« Quand était-ce, exactement ? Vous vous le rappelez ?

— Pas vraiment. C'était il y a plus de douze ans, avant que j'aille à l'hôpital, mais il y a moins de dix-huit ans… je suis certaine que c'était après la mort de mon Bert. »

Et c'était tout. Rien dans cette rumeur ne pouvait procurer quoi que ce soit d'utile à son enquête, et sa récolte avait été plus maigre encore chez les autres commerçants. Aussi était-il rentré chez lui et s'était-il réinstallé devant son ordinateur. Il avait repris les recherches de Leo pour vérifier que l'information fournie par sa belle-mère était bien un mensonge. Et c'était le cas. Aucun certificat de décès n'avait été émis dans la période qu'elle avait définie. Mais, grâce à Ernie Collier, il avait trouvé d'autres pistes et, petit à petit, diverses informations lui avaient été révélées. Il avait pu se servir de son statut d'ancien flic pour demander quelques faveurs à la presse et il avait parlé aux forces de police locales. Enfin, il avait rassemblé toutes les pièces du puzzle. Et il savait désormais tout ce qu'il y avait à savoir.

Il allait falloir qu'il aille trouver Leo. Mais il n'était pas, mais alors pas du tout, pressé de le faire.

43

Ce fut en milieu d'après-midi qu'Ellie termina son service, dont les dernières heures avaient été assez pénibles. Après la panique provoquée par la présence de l'intrus dans l'unité, l'ambiance avait fini par s'apaiser, mais, pour sa part, elle n'avait pu s'empêcher de se remémorer la tension qu'elle avait ressentie chez Abbie au moment où elle l'avait touchée. La jeune fille semblait vraiment être sur la voie de la guérison et, pourtant, Kath avait paru tourmentée à l'idée qu'elle ait prononcé le mot « mère ». Ellie n'avait trouvé aucun moyen de la rassurer.

Elle avait fini par confier à Sam et au chef de la sécurité que son passe avait disparu avant qu'elle ait pris son service. Sam lui avait gentiment assuré que cela pouvait arriver à tout le monde, mais le chef de la sécurité s'était montré moins tolérant. C'était après tout compréhensible.

Elle rentra chez elle au radar, s'arrêtant machinalement là où elle le devait, sans prêter la moindre attention à ce qui se passait autour d'elle. En arrivant, elle fut surprise, mais curieusement soulagée, de constater qu'il n'y avait aucune voiture dans le jardin. Elle était déterminée à aller voir la police, quelles que puissent être les conséquences, et elle savait que cela lui serait plus facile si elle n'avait pas à en parler à Max au préalable. Elle n'avait aucune idée de l'endroit où il était allé, mais elle se doutait bien qu'il était avec *elle*, même si, pour le moment, elle n'avait pas envie d'y songer. Quant à Leo, elle pouvait être n'importe où. Le moins que l'on pût dire, c'était que sa sœur avait vraiment mal choisi son moment pour venir leur rendre visite !

Elle ouvrit la porte et se dirigea droit vers l'escalier. Elle n'avait pas faim. Tout ce dont elle avait envie, c'était d'un bon bain chaud pour se donner le temps de réfléchir à ce qu'elle dirait à la police. Elle monta l'escalier d'un pas lourd ; elle avait l'impression de ne plus peser 75, mais 150 kg. Après avoir laissé tomber son sac sur un fauteuil, elle se débarrassa de ses chaussures et s'étendit sur le lit. Elle allait se reposer quelques minutes, puis elle se préparerait à sortir pour faire ses aveux. Sa tête retomba sur le confortable oreiller, et son esprit exténué sembla se fermer, comme si quelqu'un venait de tirer sur lui un voile noir. Elle sombra dans un sommeil sans rêves.

Elle se réveilla sidérée : il était 17 heures passées. Max devait aller chercher les enfants à 18 heures. Il allait sans doute rester à jacasser avec les autres parents, mais il serait rentré à 18 h 30, au plus tard. Il fallait qu'elle parte avant son retour. Elle se précipita vers la salle de bains. Il allait lui falloir remettre à plus tard le bain dont elle avait rêvé et le remplacer par une douche de deux minutes maximum. Au moins, cela aurait l'avantage de la réveiller.

Il lui vint à l'esprit de se parer de ses plus beaux atours, mais l'idée ne tarda pas à lui paraître ridicule. Au vu de ce qu'elle avait à dire, la façon dont elle serait habillée ne comptait pour rien. Sans y réfléchir, elle attrapa donc un jean bleu foncé et une marinière bleu marine et blanche. Après s'être rapidement brossé les cheveux, elle envisagea quelques instants de se remaquiller pour dissimuler sa pâleur. Mais elle finit par se dire que ses traits tirés constitueraient un bon indicateur des problèmes de conscience qui n'avaient cessé de la tourmenter.

Il n'était que 18 h 15, ce qui signifiait qu'elle avait encore le temps de boire un jus de fruit; bien qu'un grand verre de gin lui eût sans doute fait davantage de bien. En entrant dans la cuisine, elle vit une feuille posée sur le plan de travail.

« Ellie », lut-elle sur le recto du morceau de papier. La première idée qui lui vint à l'esprit fut que Max avait inventé une excuse pour expliquer son absence de l'après-midi. Aussi fut-elle particulièrement surprise par le contenu du mot:

Ellie, ma chérie,

Il faut que nous parlions. Excuse-moi de ne pas être là, mais il faut que je règle quelque chose avant de te dire ce que j'ai à te dire. À mon retour, j'irai coucher les enfants et je demanderai à Leo de nous laisser un peu d'intimité. Je ne sais pas à quelle heure je serai rentré, mais il faut absolument que je retrouve Sean et que je règle quelque chose avec lui avant de te parler. À très vite.

Tendrement,
Max

Un cri d'angoisse s'échappa de sa gorge. Elle roula la feuille en boule dans sa main et la laissa tomber sur le sol. Ne sachant que faire pour atténuer la douleur,

470

elle passa ses bras autour de son corps. Elle arrivait à peine à respirer.

Pourquoi était-il allé le voir, *lui* ?

Il ne pouvait y avoir qu'une seule explication : Sean s'était dit qu'il ne pouvait plus attendre, et il avait appelé Max. Elle avait bien pensé qu'il était dangereux de se rendre au commissariat, parce qu'il y avait des risques pour que Max finisse par l'apprendre, mais elle avait espéré que les agents de police feraient preuve de discrétion. Désormais, elle ne pouvait même plus compter sur leur tact. Au moment où elle rentrerait, ce soir, Max serait au courant de tout. Et deux jours plus tard, comme il l'envisageait apparemment, il lui annoncerait la « grande nouvelle ».

Baissant les yeux sur ses mains, Ellie se rendit compte qu'elle tremblait. Elle attrapa un verre sur l'égouttoir, le remplit d'eau froide et l'avala d'un trait. Georgia avait eu raison, la veille : l'accident d'Abbie avait agi comme une sorte de catalyseur et, dans les profondeurs, les eaux dormantes s'étaient mises à tourbillonner, menaçant de se métamorphoser en un véritable geyser, qui bouleverserait la surface en apparence si calme de leurs vies.

* * *

Sachant parfaitement qu'elle se comportait en véritable lâche, Ellie avait conduit très lentement pour se rendre au commissariat de police, et il était désormais 19 h 15. Max devait être rentré et il se demandait sans doute où elle était passée. La vérité, c'était que, bien qu'elle fût arrivée à destination depuis une bonne demi-heure, elle était toujours assise dans sa voiture, à essayer de trouver le courage de faire ce qui s'imposait.

Elle ne savait pas encore ce qu'elle allait dire. Elle avait essayé de tout planifier, mais les différents discours qu'elle avait préparés sonnaient faux à ses propres oreilles. L'une des possibilités était de ne mentionner aucune autre personne qu'elle-même. Elle pouvait dire qu'elle était sortie pour aller chercher son mari au club de rugby, mais que, en chemin, elle s'était souvenue qu'il devait se faire raccompagner. Cette version lui paraissait vraiment peu crédible. L'autre solution consistait à expliquer qu'un homme la harcelait depuis quelque temps et qu'elle était sortie de chez elle pour le rencontrer afin de lui dire en face de cesser de l'importuner.

À minuit? Dans un chemin de terre mal éclairé? Qui allait croire ça?

Ou bien encore la vérité. Elle avait entamé une relation avec un homme qui n'était pas son mari, et celui-ci avait éprouvé le besoin de la rencontrer. Mais le fait qu'elle n'ait accepté de le retrouver que pour lui dire de disparaître de sa vie n'apporterait rien à l'enquête, et, naturellement, les policiers allaient lui reprocher de n'être pas venue les voir plus tôt. D'autant plus qu'elle se souvenait désormais d'avoir croisé une autre voiture. Une voiture qu'elle ne pouvait pas identifier formellement, bien qu'elle fût certaine qu'elle était de couleur sombre.

Elle était en train d'ouvrir la portière de la voiture quand son téléphone se mit à sonner. Max. Elle rejeta l'appel. Mais la nervosité était revenue, et elle décida de s'accorder une ou deux minutes encore pour se calmer. Son téléphone sonna de nouveau.

Elle était sur le point de rejeter l'appel quand elle s'aperçut qu'il s'agissait d'un numéro masqué. Ça ne pouvait pas être Max, qui n'avait pas la moindre idée des manipulations à effectuer pour masquer son numéro. Néanmoins, jusqu'ici, il n'avait jamais eu à le faire… Et si cela faisait partie des nouvelles choses qu'il avait apprises ?

« Allô, dit-elle d'une voix hésitante.

— Allllôôôôô, Ellliiie. » La voix était grave et lente, comme le son d'un disque qui n'aurait pas été joué à la bonne vitesse. Il était impossible de dire s'il s'agissait d'un homme ou d'une femme. La voix ne suggérait ni l'un ni l'autre. Elle ne paraissait pas humaine. Ellie sentit un frisson lui parcourir le dos.

« L'heuuuure de la vengeaaance a sonnné. » Ces propos furent suivis d'un rire bref et inquiétant.

Ellie ferma les yeux et se mordit la lèvre inférieure. Devait-elle raccrocher ?

Non. Elle n'avait pas le choix. Il fallait qu'elle sache ce que cette personne lui voulait.

La voix lente et caverneuse reprit :

« J'ai gardé cette mission pour toi, Ellie. Parce qu'il n'y a que toi, et seulement toi, qui puisses faire ça pour moi.

— Et pourquoi devrais-je faire quelque chose pour vous ?

— Je t'interdis de m'interrompre ! » Le changement de ton soudain trahissait une tendance aux accès de colère brefs et violents. Ellie comprit aussitôt que son interlocuteur n'était pas tout à fait équilibré.

« Tu feras ce que je te dirai, n'est-ce pas, Ellie ? Pense à ce que tu ressentirais si ton mari apprenait ce que tu as fait et que ta parfaite petite famille se retrouvait brisée en mille morceaux. Si tu veux que tes secrets restent secrets, tu n'as qu'une petite chose à faire. Mais si tu refuses, tu devras assumer les conséquences de tes actes. »

La voix devint plus dure : « Et peut-être que la prochaine fois, ce ne sera pas seulement ton passe de sécurité ou un petit chien en peluche qui disparaîtra. »

À ces mots, Ellie sentit une intense colère s'emparer d'elle.

« Ne vous approchez pas de mes enfants ! Je vous l'interdis. Si vous touchez à un seul de leurs cheveux, je vous assure que je vous retrouverai et que je vous tuerai de mes mains. »

Il y eut à l'autre bout du fil un petit rire narquois. Un rire qui, malgré la déformation de la voix, évoqua à Ellie quelque chose qu'elle ne parvint néanmoins pas à définir. Qui était-ce ? Quelqu'un qui avait une raison de lui voler son passe de sécurité. Quelqu'un qui voulait du mal à Abbie Campbell. Mais pourquoi ? Et si cette personne pouvait faire du mal à Abbie, de quoi serait-elle capable avec Jake et Ruby ?

Quoi qu'il en soit, cet individu semblait en mesure d'aller et venir dans la Ferme du Saule comme bon lui semblait, et sans que personne ne le remarque, car elle était désormais certaine que son passe lui avait été dérobé la nuit dernière, pendant que tout le monde dormait. Imaginant toutes les autres choses qui auraient pu se passer, elle ne put s'empêcher de frissonner de terreur.

Elle ignorait ce que cette personne voulait d'elle, mais, si c'était en son pouvoir, elle ferait ce qu'elle lui demanderait, dans le seul et unique but d'écarter ce danger potentiel de ses enfants. Mais l'histoire ne s'arrêterait pas là, certainement pas. Même si c'était la dernière chose qu'elle devait faire dans sa vie, elle retrouverait cet enfoiré et anéantirait définitivement toute menace pouvant peser sur sa famille.

L'interlocuteur dut interpréter le silence d'Ellie comme un signe d'acceptation, car il poursuivit de sa voix déformée, qui ne laissait désormais plus aucun indice de genre ni sentiment de familiarité.

«Fais simplement ce que je te dis. C'est tooouuut simple. Ça te permettra de protéger ton précieux couple et tes enfants. Tu ne trouves pas qu'il y a déjà eu assez de tragédies comme ça, dans le village?»

Ellie ne répondit pas.

«Pourquoi tant de silence, Ellie? Il ne s'agit pas d'une grande décision. Je vais te dire ce que j'ai besoin que tu fasses, et tu vas le faire. Je suis une personne de parole; je te déconseille vivement de prendre des risques.»

Ellie écouta. Et elle comprit enfin pourquoi elle avait été ciblée. Pourquoi c'était elle que l'on avait décidé de faire chanter.

44

«Je t'invite à dîner, ce soir, histoire de te remercier pour mardi ? demanda Leo à Tom, à l'instant même où il lui ouvrit la porte.

— Tu t'es encore fait virer, c'est ça ?» lui répondit-il en souriant. Il savait déjà qu'elle allait lui manquer quand elle retournerait à Manchester. Leo avait illuminé les quelques jours qui venaient de passer et, surtout, lui avait fait prendre conscience de la situation d'isolement dans laquelle il s'était lui-même placé. Il avait volontairement évité de s'approcher de trop près des femmes pendant près de deux années, ce qui avait creusé un grand vide dans sa vie. Et pourtant, Dieu savait qu'il appréciait les badinages, les flirts subtils et, naturellement, l'idée d'un corps nu et doux dans son lit. Le temps était venu de mettre un terme à la vie d'ascète qu'il s'était imposée.

«Oui et non. J'envisageais de repartir à Manchester, mais Max m'a demandé de rester. Néanmoins, je ne peux pas traîner dans les parages ce soir. Ils ont des trucs à se dire, tous les deux. Alors me voilà, rétorqua-t-elle avec un sourire enfantin, que Tom interpréta comme un subterfuge pour dissimuler son embarras.

— Eh bien, j'aurais préféré que tu viennes parce que tu avais envie de me voir, et non parce que tu avais besoin d'un havre dans la tempête, mais, à cheval donné, on ne regarde pas la bouche. Allez, viens, je vais te servir une vodka. »

Il tourna les talons. Leo lui emboîta le pas.

« Qu'est-ce que tu as fait de ta journée ? lança-t-il par-dessus son épaule.

— Je suis restée à la maison jusqu'à 15 heures, mais Ellie devait rentrer, et je n'avais pas le courage de l'affronter. Je t'expliquerai. Du coup, je suis allée à Altrincham me faire faire une pédicure et quelques autres trucs chez l'esthéticienne. »

Tom fréquentait les femmes depuis suffisamment longtemps pour savoir qu'il ne valait mieux pas se risquer à poser de questions sur ces « trucs » qui, d'autre part, avaient certainement dû être douloureux.

« Bien. Maintenant que tu es de nouveau toute belle, je te propose de boire un verre et de me dire si tu veux vraiment sortir ou si tu préfères manger à la maison. Ce sera à la bonne franquette, je te le promets. J'ai du filet de bœuf dans le réfrigérateur. On pourrait le faire au barbecue, avec un peu de salade, si ça te dit. Je pourrais même te faire quelques frites maison ! » Il passa en revue sa silhouette frêle. « Encore que je ne sois pas sûr que tu manges beaucoup de frites.

— Eh bien, les apparences sont parfois trompeuses. Et s'il y a bien une chose que je sais faire, c'est éplucher des pommes de terre. »

Il tendit à Leo un verre de vodka et sortit une bouteille de Corona du réfrigérateur.

« Pas de panique, on a tout le temps. On peut manger vers 20 heures, si ça te va. En attendant, on va s'asseoir tranquillement. J'ai passé la journée à transporter des encombrants, ça me fera du bien de me mettre les pieds sous la table pendant une petite heure. J'ai dû faire pas loin de six allers et retours à la décharge.

— Ah ah! Voilà qui explique la vieille Jeep garée dehors. Je croyais que tu avais une super caisse.

— Elle est au garage, bien gardée. Mais tu sais, en règle générale, maintenant, à moins d'être avec Lucy, je préfère conduire la Jeep. J'image que ça colle mieux à ma nouvelle image de type cool. Mais Lucy adore la Lexus cabriolet; elle est toujours toute contente de rouler sans la capote. » Il sourit tendrement en songeant à sa fille.

Après avoir conduit Leo dans le séjour, il lui fit signe de s'asseoir. Il était temps de parler sérieusement.

« Je comptais passer te voir demain. J'ai quelque chose d'important à te dire », affirma-t-il en s'asseyant.

Tout en s'asseyant à son tour, Leo lui jeta un regard méfiant.

« C'est au sujet de ton père. Et ce n'est pas une bonne nouvelle, j'en ai peur. J'aurais préféré te le dire dès que je l'ai su, mais, quand je suis passé devant la Ferme du Saule tout à l'heure, j'ai remarqué qu'il n'y avait que la voiture d'Ellie, et je préférais te voir seule. C'est quelque chose d'assez intime, tout de même, et je pense que c'est à toi de décider si tu veux en faire part aux autres ou non. »

Leo s'adossa à son fauteuil.

« Ne t'inquiète pas, Tom. Tu sais bien que je n'avais pas une haute opinion de lui. Tu peux me parler, pas de souci. » Comme pour se donner du courage, elle avala néanmoins le contenu de son verre d'un trait.

« Encore une vodka ? Un verre de vin ? lui demanda-t-il.

— Ni l'un ni l'autre, merci. Je vais bien. Vas-y, raconte, je t'en prie. »

Tom avait bien compris que Leo était de ces personnes qui aimaient conserver un certain espace personnel, mais, bien qu'il respectât ce besoin, en cette occasion, il lui sembla qu'un peu de chaleur humaine ne pourrait pas lui faire de mal. Aussi alla-t-il s'asseoir sur le pouf qui se trouvait à côté du fauteuil de la jeune femme, et lui prit-il timidement la main.

« Waouh, pour que tu éprouves le besoin de me prendre la main, c'est que ça ne doit vraiment pas être beau à entendre, dit-elle sur un ton qui aurait suffi à convaincre quasiment n'importe quel homme de reculer.

— Arrête, Leo. Tu es comme tout le monde, même si tu ne pensais pas beaucoup à ton père. Et puis, tu sais… il y a des situations où le contact humain est quasi nécessaire. »

L'espace d'une seconde, il se demanda combien d'hommes s'étaient retrouvés contraints de faire marche arrière face à l'incapacité de Leo à accepter toute forme de proximité.

« Je suis désolé, Leo, dit-il en la regardant droit dans les yeux, mais ton père est vraiment mort. Il est décédé trois ans environ après avoir quitté votre maison. Ta belle-mère n'a jamais fait de déclaration de décès présumé. Et elle savait qu'il était mort. »

Le visage de Leo demeura impassible, mais, malgré tout, Tom ressentit le besoin de lui caresser doucement le dos de la main avec son pouce. Elle avait dû se douter qu'il lui annoncerait cela. Mais c'était le reste qu'il redoutait le plus. Le pire était à venir.

« Comment ? se contenta-t-elle de demander.

— Je vais te l'expliquer dans une minute. Tu vas bien ?

— Naturellement que je vais bien. Mais je me demande comment Ellie va réagir quand elle l'apprendra. Ça prouve que sa mère était une sale menteuse. Pourquoi ne l'a-t-elle pas dit à Ellie ? Pourquoi lui avoir menti ? Ellie a passé des années à croire qu'il était toujours là, quelque part, parce que, à ce qu'elle en savait, il n'y avait aucune preuve du contraire. Elle s'est torturé l'esprit en se demandant pourquoi il ne voulait plus la voir. Toutes ces souffrances, sa mère aurait pu les lui épargner. C'est pour Ellie que je me fais du souci. Pas pour moi. Je te l'ai déjà dit : je m'en fiche. »

Bien sûr que non, songea Tom. *Je le vois bien sur ton visage.*

« Il est possible qu'elle ait eu une bonne raison de ne pas vous le dire, même si tu trouveras peut-être ça difficile à admettre.

— Quelle bonne raison ? Je ne vois aucune bonne raison de ne pas dire à un enfant que son père est mort. »

Était-ce d'elle-même ou d'Ellie qu'elle venait de parler ? Tom jugea préférable de ne pas poser la question.

« Après avoir appris qu'il était mort et quand, j'ai pu étendre mes recherches. Les sources que j'ai consultées sont fiables. Je suis certain de l'exactitude des informations dont je dispose, et avec les détails que je vais te donner, tu pourras vérifier toi-même auprès des autorités.

— Je ne vois pas pourquoi j'irais vérifier, puisque tu es certain que ces informations sont exactes. » La Leo soupe au lait venait de refaire surface.

« Le problème, c'est qu'il est mort en prison. » Tom s'interrompit. « J'imagine que ça va être difficile à accepter, Leo, mais je crains qu'il ne se soit pendu. »

Leo avait conservé la même expression, mais sa main s'était resserrée autour de la sienne et son visage avait perdu ses couleurs.

« Qu'avait-il fait ? demanda-t-elle d'une voix plate.

— Il était en détention provisoire au moment de sa mort, en attente de jugement.

— Ça ne répond pas à ma question. De quoi l'accusait-on ?

— J'imagine que personne n'a envie d'entendre ça au sujet de son père, mais… » Tom s'interrompit et vit une lueur d'appréhension s'allumer dans les yeux de Leo. « De viol, j'en ai bien peur. »

Une expression de choc apparut brièvement sur son visage, mais elle se hâta de se reprendre. Tom regretta qu'elle ne se soit pas laissée aller. Il prit son autre main dans la sienne.

« Autre chose ? demanda-t-elle d'une voix un peu plus dure et teintée d'une indifférence feinte.

— Comme je sais que tu vas essayer de connaître tous les détails, je préfère te dire moi-même qu'il a écrit une lettre avant de mourir. Un mot dans lequel il avouait une série d'autres viols, s'étalant sur plusieurs années. »

Les yeux de Leo se détachaient, immenses, sur son visage fin. Son rouge à lèvres carmin paraissait désormais criard en contraste avec la pâleur exsangue de sa peau.

« Et c'était vrai ? Est-ce qu'il l'avait vraiment déjà fait ? Mais combien de fois ?

— Il n'a pas donné de noms ; peut-être qu'il ne les connaissait pas. En revanche, il a donné des dates et des lieux, mais je t'assure, Leo, qu'aucun de ces crimes n'a été commis pendant que ta mère était encore en vie. »

Elle eut un petit rire strident. « Oui, j'imagine que c'est important et que ça devrait me consoler. Il faut voir le bien dans le mal. Si ma mère avait su qui il était réellement, ou même potentiellement, elle l'aurait castré de ses mains. Mon Dieu, j'espère qu'elle ne peut pas entendre ça de là où elle est. Heureusement que je ne crois pas aux fantômes, aux esprits et en la réincarnation. Où ces viols ont-ils eu lieu ?

— Tu n'as pas besoin de le savoir ; ce n'est pas important, répondit doucement Tom.

— Mais bien sûr que c'est important. Où ? Si tu ne veux pas me le dire, c'est qu'il doit y avoir une raison.

— De toute façon, comme tu disposes désormais de toutes les informations de base, j'imagine que, si tu veux vraiment savoir, tu n'auras aucun mal à te renseigner. Alors voilà : dans les trois années qui ont suivi son départ, ces crimes ont eu lieu dans plusieurs communes d'East Anglia, région dans laquelle il vivait.

— Et avant cela ?

— Si j'ai bien compris, certains d'entre eux se sont produits dans la région. D'après sa lettre, il y en aurait même eu un dans le village. » Il s'était douté qu'elle voudrait connaître les détails, mais on arrivait à la partie qu'il avait le plus appréhendée.

« Quoi ? Mais qui ? Qui a-t-il pu violer dans le village ?

— Comme je te l'ai dit, il n'a pas cité de noms. Juste des dates approximatives et des lieux. Certains de ces crimes ont été rapportés à la police, et la lettre a donc permis de boucler quelques dossiers. Mais personne n'a jamais porté plainte pour viol dans le village. J'ai vérifié.

— Mais ce n'est pas parce que ça n'a pas été rapporté que ça ne s'est pas produit, n'est-ce pas ? Sur cent victimes de viol, combien vont porter plainte ? Tu dois le savoir, Tom. C'est toi le flic. »

Tom ne répondit pas. Il n'avait pas besoin de le faire. Si son père avait avoué un viol sur une jeune fille à Little Melham, c'était qu'il l'avait commis. La pauvre victime, sans doute paralysée par la honte et la peur de ne pas être crue, n'avait malheureusement pas jugé utile d'en parler.

Il regarda Leo. Ses traits étaient crispés ; on aurait vraiment dit qu'elle avait envie de pleurer et qu'elle luttait de toutes ses forces pour s'en empêcher. Il aurait aimé la prendre dans ses bras et la serrer contre lui. Mais il savait que Leo l'aurait repoussé.

* * *

Ellie était dans tous ses états. Il fallait qu'elle agisse. Elle se trouvait juste devant le commissariat de police. Elle pouvait entrer et raconter toute l'histoire, mais il y avait tellement de pièces manquantes. Elle pouvait avouer qu'elle était sortie vendredi soir et expliquer ce qu'elle avait vu, mais dans ce cas, il lui faudrait également parler des intrusions dans sa maison et de la perte de son passe. Cela prendrait une éternité.

La seule chose qui lui importait, désormais, était la sécurité de ses enfants. Elle s'empara de son téléphone et tapa le raccourci pour joindre Max. S'il vous plaît, s'il vous plaît, faites qu'il soit à la maison, pria-t-elle. Les jumeaux devaient être couchés à l'heure qu'il était ; tout le monde devait donc être là. Mais si cette personne était capable de s'introduire chez elle, peut-être y était-elle, elle aussi. Dans sa maison. Avec ses enfants.

Max décrocha, mais elle lui laissa à peine le temps de parler.

« Max, je ne peux pas t'expliquer maintenant, mais est-ce que toi et les jumeaux allez bien ?

— Oui, bien sûr. Écoute, Ellie, il faut vraiment que je te parle. »

À ces mots, elle sentit son cœur se serrer. Sean. Il avait dû tout lui dire.

« Je sais. Mais pour l'instant, s'il te plaît, écoute-moi. Je veux que tu fermes toutes les portes à double tour et que tu mettes tous les verrous. Tu as compris ? Tous les verrous. Et je veux que tu ailles vérifier toutes les cinq minutes si les jumeaux vont bien. Et quand je dis toutes les cinq minutes, je veux vraiment dire toutes les cinq minutes. Max, j'avais raison : quelqu'un est bien entré chez nous. J'en suis certaine, désormais. S'il te plaît, fais bien tout ce que je t'ai dit. Je veux savoir qui est cet enfoiré, et je vais le découvrir. Maintenant.

— Ellie, mais… qu'est-ce que tu racontes ? Tu délires…

— Non, je ne délire plus ; je suis parfaitement lucide au contraire. Il faut que je te laisse… Je t'aime, Maxy. » Elle raccrocha sans lui laisser le temps de répondre.

Elle était sur le point d'éteindre son téléphone quand elle l'entendit biper.

Sean.

Elle n'avait pas envie de lire son message, mais elle savait qu'il le fallait. Ne serait-ce que pour découvrir ce qu'il avait dit à Max.

JE T'AVAIS PROMIS D'ATTENDRE, MAIS CELA FAIT DEUX JOURS, MAINTENANT, ET TOUJOURS PAS UN MOT. J'AI ÉTÉ JUSTE AVEC TOI. JE T'AI DONNÉ DU TEMPS. MAX EST VENU ME VOIR, AUJOURD'HUI. J'AI VU SA VOITURE EN REVENANT CHEZ MOI, ALORS J'AI ATTENDU QU'IL PARTE POUR RENTRER. J'AURAIS PU LUI PARLER, MAIS J'AI RESPECTÉ TA VOLONTÉ. IL EST TEMPS DÉSORMAIS QUE TU RESPECTES LA MIENNE. JE TE VEUX, ELLIE, ET CE SECRET DOIT ÊTRE RÉVÉLÉ. VIENS ME VOIR, CE SOIR. SI TU NE VIENS PAS, C'EST MOI QUI IRAI TE CHERCHER.

Ellie se sentit assaillie par des émotions violentes et contradictoires. Elle était soulagée que Max ne sache rien, elle avait peur du comportement à venir de Sean, elle s'en voulait de ne pas avoir pris au sérieux la menace qui pesait sur ses enfants, et elle en voulait à Sean de l'avoir involontairement mise sur une fausse piste.

À bout de nerfs, elle balança son téléphone sur le siège passager et se mit à hurler. Personne ne pouvait l'entendre dans la voiture, et toute la frustration et la colère qu'elle avait enfouies en elle ne demandaient désormais plus qu'à être libérées. Elle frappa l'arrière de son crâne contre l'appui-tête. Une fois, deux fois, trois fois.

Puis elle reprit son téléphone et, les mains tremblantes, se mit à taper sa réponse :

RDV À L'ANCIENNE FERME DE HASLETT À 20 HEURES. NE SOIS PAS EN RETARD.

Après avoir appuyé sur « Envoyer », elle remit le moteur en marche et partit pour le lieu du rendez-vous.

45

Couvert d'ornières, l'étroit chemin de sable qui menait à la ferme de Haslett disparaissait progressivement sous l'invasion implacable des ronces. Sean savait que le corps de ferme était abandonné. Il tombait en ruines depuis des années, mais personne ne voulait l'acheter pour le rénover, le sol sur lequel il était bâti n'étant pas assez stable, comme le prouvaient les fissures de 20 cm de large que l'on pouvait voir au niveau de l'étage supérieur. La maison avait été barricadée, et il ne semblait y avoir aucun moyen d'y pénétrer. De vieux morceaux de chéneaux pendaient sous le toit, et les murs de pierres étaient couverts de plantes grimpantes qui s'enroulaient autour des tuyaux de descente.

Apparemment, Ellie n'était pas encore arrivée; il n'y avait en tout cas aucune trace de sa voiture. Sean s'arrêta au bout de l'allée et sortit de son véhicule pour regarder autour de lui. Le silence était presque total mais, en tendant l'oreille, on pouvait entendre le murmure du trafic, sur la route nationale au loin.

Bien qu'il n'y eût pas âme qui vive dans cet endroit isolé, il s'efforça de contourner la ferme aussi silencieusement que possible. À une quinzaine de mètres du bâtiment principal se dressait une vieille grange avec un toit en tôle ondulée, rouillé, mais quasi intact. Peut-être Ellie l'attendait-elle là?

Il avait hâte de la voir et était vraiment ravi qu'elle ait accepté de le rencontrer ce soir. Il savait que leur relation serait rendue publique très bientôt, et il se réjouissait à l'idée de pouvoir passer un moment seul avec elle avant que la tempête éclate et s'abatte sur eux.

Dès le premier jour où il l'avait rencontrée, elle était apparue à ses yeux comme la femme parfaite. Chaleureuse, sympathique, belle et merveilleuse avec ses enfants. Il avait trouvé toutes sortes d'excuses pour toucher sa peau : son bras, sa joue et même sa jambe un jour où il s'était penché pour ramasser quelque chose par terre. Un simple effleurement du bout des doigts pour ne pas lui révéler qu'il salivait presque à l'idée de caresser ce même endroit avec ses lèvres. Une main posée brièvement sur son bras quand il lui faisait poliment la bise pour la saluer, ou encore un léger contact de ses doigts quand elle lui tendait une tasse de thé. Un jour où elle avait levé les bras pour attraper quelque chose dans un placard, elle lui avait involontairement dévoilé quelques centimètres de chair entre son T-shirt et son jean. Et il ignorait encore comment il avait réussi à se retenir de faire doucement glisser son pouce sur cette petite bande de peau parfaite.

Et puis il y avait eu ce jour, trois semaines plus tôt, où il avait vu ce regard. Ce regard qui disait qu'elle avait envie de lui, elle aussi.

Mais elle n'aurait pas été son Ellie si elle n'avait pas été si sérieuse. Elle l'avait arrêté au dernier moment. Non sans lui avoir laissé la chance, cependant, d'embrasser la peau soyeuse de son ventre et de caresser ses magnifiques seins nus. Il avait compris pourquoi elle avait

488

mis un terme prématuré à leurs ébats. Il fallait qu'ils rompent les vœux de leurs mariages respectifs pour pouvoir être libres. Néanmoins, il ne pouvait plus attendre. Ce soir, ils allaient élaborer leurs projets, et même si les choses seraient probablement difficiles, ils pourraient enfin être ensemble.

Alors qu'il contournait la grange, il aperçut à travers une étroite fente du mur un objet métallique sur lequel se reflétait le soleil couchant et il crut distinguer un feu arrière de voiture. Elle devait être arrivée. Il sentit les battements de son cœur s'accélérer.

À chacune des extrémités de l'immense grange au toit en carène, se dressaient des doubles portes qui pendaient mollement sur leurs vieux gonds. Il y avait sur le sol des tas d'outils et de machines agricoles rouillés, et des meules de foin à moitié rongées avaient été grossièrement empilées sur un côté. Le soleil estival ne s'était pas encore couché, mais il était bas dans le ciel, et la grange était pleine de sombres recoins dans lesquels elle aurait pu se cacher.

«Ellie, tu es là? C'est moi. Où es-tu, mon cœur?»

Il n'entendit pas de réponse, mais crut percevoir un bruit dans le grenier à foin; un bruit trop important pour être causé par un mulot ou un rat. Il réfléchit un instant et sourit. Peut-être avait-elle apporté une couverture et décidé de l'attendre en haut?

Enjambant les détritus qui jonchaient le sol de béton fissuré, il s'approcha de l'échelle et commença à monter. Il faisait plus noir encore dans le grenier. Il n'y avait pas de fenêtre; la seule source de lumière, c'est-à-dire les portes à moitié ouvertes, se trouvait au rez-de-chaussée.

Il aperçut une silhouette à l'autre bout du grenier, et il remarqua immédiatement que ce n'était pas Ellie.

«Bonsoir, dit-il. Qu'est-ce qui se passe?»

L'ombre recula, disparaissant dans l'obscurité, et il comprit aussitôt qu'il avait été piégé.

«Où est Ellie? Qui êtes-vous et qu'est-ce que vous faites là?»

Il y eut un silence. La voix qui s'élevait n'était qu'un murmure rauque, à peine audible.

«Pourquoi t'a-t-elle envoyé? Je lui avais dit de m'envoyer l'autre, son amant. L'espèce de merde qui a traîné un enfant sur le bord de la route et qui l'a laissé pour mort.» Le ton de la voix trahissait une certaine panique, mais il ne pouvait toujours pas voir le visage.

«Son amant? Mais qu'est-ce que vous racontez? Qu'est-ce que vous avez fait à Ellie? Dites-moi où elle est!»

Il se mit à avancer en direction de la silhouette. C'était une voix qu'il avait déjà entendue, mais, sur le moment, il n'arrivait pas à se souvenir où. De toute façon, peu importait de qui il s'agissait. Il allait lui tirer les vers du nez; il étranglerait cette saleté de ses mains jusqu'à ce qu'elle lui dise ce qui était arrivé à Ellie.

Il ne quittait pas du regard la silhouette, qui reculait lentement, comme pour l'attirer vers elle. Une source d'éclairage perça soudain l'obscurité poussiéreuse, et il s'aperçut qu'il y avait une autre trappe à l'extrémité du grenier, avec une échelle par laquelle il était possible de redescendre pour sortir. Mais il était hors de question que qui que ce soit s'en aille tant qu'il ignorait toujours où était Ellie. Il fallait qu'il y arrive en premier et qu'il barre cet accès à la sortie. Déterminé, il se mit à courir sur le sol couvert de foin.

Ses pieds retombaient lourdement sur les fines lattes du plancher. La silhouette s'enfonçait toujours plus profondément dans les ombres devant lui. Mais il était sur le point de rattraper cette charogne qui lui avait pris Ellie. Et soudain, son cœur eut un raté. Son pied droit, qui aurait dû retomber sur le sol avec force, n'avait rencontré aucune résistance. Il n'y avait plus rien sous son talon. Sa jambe disparut dans le vide et, emporté par son élan, il bascula en avant. Agitant vainement ses mains en l'air, il ne put empêcher son pied gauche de suivre le droit dans le néant. Instinctivement, il étendit ses bras de chaque côté de son corps pour essayer de se raccrocher à un morceau de plancher solide, mais il n'y avait autour de lui que du carton couvert de foin. La dernière chose qu'il vit, éclairée par le soleil, fut un sourire triomphant sur un visage qu'il reconnut immédiatement. Puis son corps passa à travers le trou.

46

Pour se rendre au commissariat de police, Ellie avait traîné tout au long du chemin, et pourtant, elle était arrivée rapidement. Mais maintenant qu'elle prenait tous les raccourcis qu'elle connaissait pour quitter le village, le temps semblait s'être accéléré. Le maître chanteur, naturellement, ne l'attendrait pas, puisque c'est Sean qu'il avait réclamé.

Les instructions avaient été claires : « *Envoie-moi ton "petit chéri" à l'ancienne ferme de Haslett pour 20 heures.* » Ellie avait très bien compris de qui il était question, mais elle avait préféré en avoir le cœur net.

« Qu'est-ce que vous voulez dire ? De qui parlez-vous ? » avait-elle demandé.

Il y avait eu un petit rire narquois à l'autre bout du fil.

« Mais combien de petits chéris as-tu, Ellie ? Hein, Miss Parfaite ? Je veux celui avec qui tu étais vendredi soir. Celui que tu es allée retrouver en douce. » Un autre ricanement mauvais.

Mais comment cet individu pouvait-il en savoir autant ? Elle était absolument sûre que personne ne l'avait vue avec Sean, et elle s'était naturellement gardée de parler de cela à qui que ce soit. Elle avait manqué le dire à Georgia quand Sean s'était invité à sa réception et avait laissé cette fichue rose dans le réfrigérateur. Mais jamais elle ne l'avait nommé. Elle en était certaine à 100 %.

Cet enfoiré devait vraiment être très futé. Il n'y avait bien sûr qu'elle qui puisse donner à Sean un rendez-vous secret dans un lieu reculé. Au départ, elle n'envisageait pas de l'impliquer. Elle pensait se rendre elle-même au rendez-vous pour découvrir l'identité de la personne qui cherchait à la rendre folle et menaçait ses enfants. Mais Sean avait écrit ce message et, cette fois-ci, ses intentions étaient claires. Elle avait donc fait exactement ce qu'on lui avait demandé : envoyer son « petit chéri ».

Néanmoins, elle serait au rendez-vous, elle aussi. Le maître chanteur ne devait pas s'attendre à ça. Mais une question demeurait : pourquoi Sean ?

Elle regarda sa montre. Il était 20 h 03, et elle était encore à cinq minutes de la ferme de Haslett. Elle conduisait comme si elle avait le diable aux trousses.

Mais les cinq minutes se changèrent en dix quand elle se retrouva coincée sur la route de traverse derrière une vingtaine de vaches. Elle eut envie de klaxonner et de passer en travers du troupeau, mais elle connaissait bien les éleveurs du coin et elle savait que celui-ci en particulier était fort susceptible de faire ralentir encore la marche de ses bêtes si elle se risquait à faire cela. À bout de nerfs, elle ferma les yeux.

Enfin, elle put rouler à nouveau. Le chemin apparut sur sa droite, mais elle prit le virage trop vite et faillit se retrouver dans la haie. *Merde. C'était moins une.*

La voiture de Sean était là, garée juste devant la ferme. Mais il ne semblait y avoir personne d'autre.

Arrivée à son niveau, elle tira le frein à main d'un coup sec et sortit.

Silence.

Elle s'approcha de la maison ; il ne semblait y avoir personne à l'intérieur. Elle avait hâte de le retrouver ; il y avait quelque chose de mauvais augure dans le calme qui régnait. Pas un souffle d'air, et même les oiseaux semblaient s'être arrêtés de chanter.

Soudain, un fracas déchira le silence. Un cri de terreur, suivi d'un effroyable hurlement d'agonie. Puis le silence se réinstalla, aussi vite qu'il s'était rompu. C'était presque comme si elle avait rêvé, bien qu'elle sût que ce n'était pas le cas.

Elle se mit à courir. Peut-être était-ce idiot, mais elle n'avait pas le temps de réfléchir. Tout à coup, un grand bâtiment apparut devant elle, sur la gauche. Elle se précipita vers lui, fendant les broussailles et longeant les pierres et les décombres de la ferme en ruine.

Alors qu'elle passait la porte du bâtiment, elle perçut un mouvement sur sa droite, mais elle ne put se tourner pour regarder ; tout son être était concentré sur la scène qui se trouvait devant ses yeux : au bord de l'ombre qui s'étendait lugubrement sous le grenier à foin, il y avait un pied. Elle fit remonter son regard le long de la jambe, et le corps entier finit par lui apparaître.

« Non ! hurla-t-elle. Oh, mon Dieu, non ! » Elle courut vers le corps mutilé. Sean était étendu sur ce qui paraissait être un tas de métal rouillé, appartenant apparemment à une ancienne machine agricole, et des pics lui sortaient de la poitrine et du cou. Elle comprit, avant même de s'approcher de lui, qu'il était mort. Si son cœur avait continué de battre, du sang se serait écoulé à flots de son corps. Oui, il avait dû se vider de son sang en quelques secondes. Elle savait tout cela, mais elle se pencha quand même sur lui pour prendre son pouls, voir si elle pouvait faire quelque chose. N'importe quoi.

« Pardon ! » cria-t-elle au corps ensanglanté. Elle toucha son cou. Rien. Bien qu'elle sût qu'il ne pouvait plus ni l'entendre ni la sentir, elle prit sa main, la porta à ses lèvres et l'embrassa. Il avait eu beau mal se comporter au cours de ces quelques dernières semaines, elle était aussi coupable que lui de ce qui s'était passé entre eux.

Dans un petit coin de sa tête, elle remarqua le bruit d'un moteur qui se mettait en marche, suivi de celui d'une voiture qui semblait patiner en redescendant le chemin de sable, mais elle ne s'en soucia guère, tant elle était déterminée à essayer de communiquer ses sentiments à Sean. Sans la moindre espérance.

C'était elle qui avait fait cela. Elle l'avait envoyé à la mort.

Secouée par des sanglots et couverte de sang humide et poisseux, elle prit son téléphone dans sa poche pour appeler une ambulance. Il était trop tard, naturellement, mais elle donna les détails aussi calmement qu'elle le put puis raccrocha et s'effondra sur le sol à côté du corps encore chaud de Sean.

« Pardon, sanglota-t-elle. Tu ne méritais pas ça. Non, tu ne méritais pas ça. Je regrette de ne pas avoir pu t'aimer. Je sais que tu ne peux pas m'entendre, mais rien de tout cela n'était ta faute. »

Elle avait eu beau le maudire pendant toutes ces semaines où elle avait essayé de le faire sortir de sa vie, jamais elle ne lui aurait souhaité ça. Mais comment quelqu'un avait-il pu vouloir sa mort ?

Elle garda sa main dans la sienne en attendant l'ambulance, mais alors qu'elle gisait à côté de lui, elle se rendit soudain compte que les problèmes ne s'arrêtaient pas là. Il avait été piégé, attiré par la ruse dans cet endroit. Et c'était elle qui avait fait office de leurre. Mais comment expliquer tout cela?

Sans se redresser, elle sortit de nouveau son téléphone de sa poche et fit défiler la liste des messages. Elle finit par trouver ce qu'elle recherchait. Et elle appuya sur le bouton «Appeler».

* * *

Il avait fallu que Tom explique deux fois à Leo tout ce qu'il avait découvert pour que celle-ci commence à intégrer la réalité. Elle était restée calme, mais au prix évident de gros efforts, et il aurait vraiment préféré qu'elle se laisse aller à pleurer. Vivre avec un tel héritage n'allait certainement pas être chose facile.

Enfin, Leo l'avait remercié de façon très protocolaire pour ses recherches et lui avait dit: «Est-ce qu'on pourrait arrêter de parler de ça, s'il te plaît? Je préférerais qu'on fasse comme si les choses étaient comme avant, jusqu'à ce que j'aie un peu de temps devant moi pour méditer là-dessus.»

Depuis lors, l'atmosphère s'était apaisée et, contre toute attente, il n'y avait pas eu de malaise. Tom était en train de servir le filet de bœuf et Leo de piocher des frites dans le plat quand le téléphone sonna.

«Toujours au bon moment, commenta-t-il. Excuse-moi, Leo, je sais que je pourrais laisser sonner, mais quand on a été flic une fois…»

Leo lui adressa un sourire moqueur et continua de grignoter des frites. Comment faisait-elle pour rester aussi mince ? Il n'en avait aucune idée. En tout cas, elle avait un sacré appétit. Il jeta un coup d'œil au téléphone, mais ne reconnut pas le numéro.

« Tom Douglas », dit-il. L'espace d'un instant, il n'entendit à l'autre bout du fil que des sanglots.

« Dieu merci. J'ai prié pour que ce soit bien ton numéro.

— Ellie ? Ellie, c'est toi ? » Il y eut une brutale interférence, puis il entendit un mélange incompréhensible de pleurs et de mots.

Leo, qui s'était levée d'un bond, sembla sur le point d'intervenir, mais il leva la main devant lui pour lui intimer le silence. Il ne comprenait rien de ce que lui disait Ellie.

« Moins vite, Ellie ; je ne comprends pas. Où es-tu ? »

Il entendit distinctement deux mots : « Leo » et « Haslett ».

« Leo est là, avec moi. Tu veux qu'on appelle Max ?

— NON ! cria-t-elle d'une voix perçante.

— D'accord, d'accord. Leo est là, mais je ne sais pas ce que signifie Haslett. Qu'est-ce que tu essaies de me dire ? »

Leo commença à parler. Il leva à nouveau sa main. D'un geste rageur, elle la prit dans la sienne et la rabaissa.

« Demande-lui si c'est de la ferme de Haslett qu'elle parle, si c'est là qu'elle est. »

Tom hocha la tête et s'exécuta.

« Oui. C'est horrible. C'est vraiment affreux. S'il te plaît, Tom, viens. Amène Leo. Il est *mort*, Tom. Je l'ai tué.

497

— On part tout de suite, Ellie. Reste où tu es. Ne touche à rien. Tu es en danger?

— *Non!* Viens, c'est tout. »

Il était sur le point de tendre le téléphone à Leo pour qu'elle puisse parler avec sa sœur sur la route quand il s'aperçut qu'Ellie avait raccroché.

« Qu'est-ce qui se passe? *Qu'est-ce qui se passe?* lui hurla Leo.

— Ellie a des problèmes. Elle est à la ferme de Haslett. Tu sais où c'est? » Elle hocha la tête. Il décida de ne pas mentionner le « Il est mort » tant qu'il n'en saurait pas davantage. « Elle m'a demandé expressément de ne pas contacter Max, alors allons-y. »

Il attrapa ses clefs sur le plan de travail et courut vers la porte, Leo sur ses talons. Sa vieille Jeep était garée face à la rue, fort heureusement. Cela allait lui permettre de gagner une ou deux minutes.

Ils sautèrent dans la voiture, et il mit le contact avant même que Leo n'ait eu le temps de refermer sa portière.

« Au bout de l'allée, à gauche, lui dit-elle. Le plus court, c'est de passer par la route de traverse.

— Mets ta ceinture, Leo.

— Quoi? Mais enfin, ce n'est qu'à cinq minutes! répondit-elle en se débattant néanmoins pour boucler l'archaïque ceinture de sécurité. Je sais que tu es flic, mais quand même!

— Il n'y a pas d'airbag du côté passager. C'est une vieille voiture. Je n'ai pas envie de me demander à chaque coup de frein si tu ne vas pas passer à travers le pare-brise. Ça n'a rien à voir avec le fait d'être flic. »

Tom pouvait presque voir la tension qui émanait du corps de Leo, mais celle-ci eut le bon sens de ne pas lui poser d'autres questions sur la conversation qu'il venait d'avoir avec Ellie. Elle devait se douter qu'il ne lui dirait que ce qu'il pensait qu'elle devait savoir. Elle était très intelligente. Instinctivement, il tendit le bras pour prendre l'une de ses mains dans la sienne.

«Ça va aller, Leo. Ellie semblait bouleversée, mais elle n'avait pas l'air d'être blessée.»

Leo serra fermement sa main et il réussit à faire tout le trajet avec son bras droit, non sans se réjouir du hasard qui avait voulu que le vieux tas de ferraille acheté pour transporter des déchets verts et autres objets salissants ait été muni d'une boîte automatique.

Ils atteignirent la ferme en cinq minutes à peine et, en s'approchant un peu, Tom remarqua que deux véhicules étaient garés devant le bâtiment principal.

«C'est la voiture d'Ellie, dit Leo. Mais celle-ci…? Je l'ai déjà vue quelque part. Je reconnais la housse de la roue de secours. Elle était garée dans la rue d'Ellie vendredi soir.

— Il me semble que c'est celle de Sean, répondit-il. Ça ressemble bien à la Discovery dans laquelle il est arrivé samedi, et je l'ai encore vue dimanche.»

Il coupa le moteur.

«Reste dans la voiture, Leo.

— Non», répliqua-t-elle en ouvrant sa portière et en se précipitant dehors. Tom eut une brève impression de déjà-vu: une autre scène de crime, sur laquelle une femme avait refusé de rester dans la voiture, malgré ses recommandations. Mais il n'avait pas le temps de penser à cela pour le moment.

Leo s'était mise à crier à pleins poumons:

«Ellie? Ellie, où es-tu?»

Il y eut un faible bruit en provenance de la grange. Leo se mit à courir. Tom la suivit.

Ils entrèrent dans le bâtiment au même moment, et s'arrêtèrent brutalement. Leo fut la première à réagir : en l'espace d'à peine deux secondes, elle avait traversé la grange en courant pour rejoindre Ellie. Après avoir jeté ses bras autour du corps de sa sœur, couvert de sang, elle se mit à se balancer doucement d'avant en arrière.

« Où as-tu mal, Ellie ? Où ? Dis-moi ce que je peux faire ! »

Ellie sanglotait trop fort pour pouvoir lui apporter une réponse.

« Leo, dit calmement Tom, je ne crois pas qu'Ellie ait mal. Je pense que le sang provient de Sean. » Il fit un signe de tête en direction du corps. Leo l'avait vu, il ne pouvait en être autrement, mais elle était si obnubilée par sa sœur qu'elle avait dû refouler cette image au fond de son esprit. Il vit une lueur d'horreur s'allumer dans ses yeux au moment où elle se tourna vers le corps ensanglanté et transpercé d'impressionnants pics qui semblaient provenir d'une vieille machine rouillée.

« Leo, il faut que tu t'écartes d'Ellie et que tu reviennes à côté de moi. C'est une scène de crime ; tu es en train de la polluer. Allez, viens.

— Va te faire foutre, Tom ! Je reste avec Ellie. »

Les dommages ayant de toute façon déjà été occasionnés, Tom leur demanda à toutes les deux de rester là où elles étaient et de ne pas bouger. Puis il prit son téléphone pour passer un coup de fil et leur tourna le dos en espérant qu'elles ne l'entendraient pas. Il ne pouvait de toute façon pas les laisser seules dans la grange.

« Steve ? Je ne sais pas si tu es en service, mon pote, mais j'ai besoin de toi. Un cadavre. Pas très beau à voir ;

je n'amènerais que des hommes qui ont l'estomac bien accroché, si j'étais toi. La ferme de Haslett, tu connais ? OK. Je t'attends sur place. Vingt minutes. »

Il retourna son téléphone et prit quelques photos.

« Mais qu'est-ce que tu fous, Tom ? hurla Leo. Espèce d'enfoiré ! Comment est-ce que tu peux faire ça ?

— Ferme-la, Leo, et écoute-moi : Ellie est dans une situation très compromettante. Elle est là, toute seule avec un homme mort. Et couverte de son sang. Et toi, tu as piétiné toute la scène. Je veux qu'Ellie et toi vous écartiez du corps pour préserver ce qu'il reste de preuves. Parce que je ne pense pas que ça ait quoi que ce soit à voir avec ta sœur, mais, si tu veux mon avis, ce ne sera pas le cas de tout le monde. OK ? » Il ne voulait pas se montrer désagréable, mais il fallait tout de même qu'elle comprenne. Le regard qu'elle lui adressa était plein d'indignation et de rage. Mais elle ne chercha pas à discuter.

Il prit d'autres photos, y compris du trou dans le plafond, par lequel il semblait évident que Sean était tombé. Il y avait de la sciure d'un côté du corps ; l'autre côté avait été piétiné, d'abord par Ellie, ensuite par Leo. Une fois les photos terminées, il reporta son attention sur les deux femmes.

« Leo, aide Ellie à se relever. J'entends des sirènes ; je suppose qu'elle a appelé une ambulance. Est-ce que je me trompe, Ellie ? »

Ellie hocha la tête.

« À mon avis, il n'y a plus rien à faire pour Sean, mis à part constater son décès, mais ils pourront sûrement donner quelque chose à Ellie pour surmonter le choc. Leo, tu peux l'aider à se relever et la faire sortir ? »

Leo acquiesça.

«Viens, Ellie. Appuie-toi sur moi. »

Elle prit sa sœur dans ses bras pour l'aider à se mettre debout et, au moment où ils passèrent les portes, ils virent l'ambulance arriver dans la cour de la ferme. Tom passa devant elles et eut une brève conversation avec les ambulanciers. Mais quand il se retourna, il s'aperçut que Leo était en train d'ouvrir la portière de la voiture de sa sœur.

«Pas là! cria-t-il en courant à leur rencontre. Elle a de la sciure plein les pieds; il ne faut pas qu'elle monte dans sa voiture.

— De la sciure, et alors? Il faut qu'elle s'asseye. Je ne vois pas ce que l'état de ses pieds vient faire là-dedans.

— Mais bordel, est-ce qu'une fois dans ta vie, tu pourrais faire ce qu'on te dit? » Il retira la chemise en jean qu'il portait sur son T-shirt et la posa sur une botte de foin à l'aspect peu avenant. «Voilà, Ellie. Assieds-toi là. »

Ellie s'exécuta, et Leo s'installa à côté d'elle, avant de la reprendre dans ses bras. Tom s'accroupit devant Ellie.

«La police va arriver d'ici quelques minutes. Ils vont vouloir comprendre tout ce qui s'est passé. Alors ce serait bien que tu me dises ce que tu sais, pour que je voie ce que je peux faire pour t'aider. Tu crois que tu vas pouvoir y arriver? »

Leo lui jeta un nouveau regard mauvais, qu'il s'efforça consciencieusement d'ignorer.

«J'essaie de t'aider, Ellie. »

Ellie enfouit son visage dans ses mains et se mit à parler d'une voix à peine audible.

«C'est ma faute. C'est moi qui l'ai envoyé ici. Quelqu'un m'a fait chanter. "Fais ce que je te dis, ou j'irai tout raconter à Max." Alors je lui ai dit de venir ici. Je voulais venir, moi aussi, mais je suis arrivée trop tard. Mon Dieu, Tom, je n'ai jamais pensé une minute qu'il serait assassiné.

— Qui t'a fait chanter, Ellie, et qu'est-ce que cette personne aurait pu dire à Max ? demanda Leo d'un air consterné.

— Leo, je t'aime beaucoup, tu sais ? dit Tom. Mais si tu ne la fermes pas, je vais devoir te demander de partir. Est-ce que c'est clair ? »

Leo prit un air renfrogné, mais ne répondit rien. Elle serra sa sœur plus fort contre elle.

« Prends ton temps, Ellie. Commence par le commencement. »

Mais au moment où Ellie ouvrit la bouche pour parler, une jeune infirmière apparut devant elle et lui tendit une tasse en plastique remplie d'un liquide chaud et fumant.

« Prenez du thé. C'est le thermos que j'apporte pour moi quand je suis en service ; il n'y en aura pas pour tout le monde, malheureusement, mais je crois que si quelqu'un en a besoin, c'est bien vous », dit-elle gentiment.

Tout en prenant la tasse d'une main tremblante, Ellie lui adressa un faible sourire de gratitude. Puis elle baissa de nouveau la tête et se mit à fixer le thé d'un air absent.

« Ça a commencé il y a trois semaines environ. C'était la veille du jour où nous avons emménagé dans la maison. Les poseurs de moquette devaient venir pour terminer le rez-de-chaussée. Max était censé rentrer à la maison, mais il était avec *elle*. Cette Alannah, du collège. »

Leo ouvrit la bouche pour intervenir, mais Tom lui jeta un regard d'avertissement. *Laisse-la finir, Leo*, dit-il en lui-même, comme s'il pouvait ainsi la réduire au silence.

«Je savais déjà à ce moment-là que Sean m'appréciait beaucoup. Vraiment beaucoup. Et il se trouvait qu'il était là, vous voyez? Juste au moment où j'avais besoin de quelqu'un.»

Sans lever les yeux, elle prit une gorgée de thé. Personne ne fit de commentaire.

«Max m'avait dit qu'il viendrait déjeuner avec moi. Pour que nous puissions voir notre maison finie. Je pensais qu'il était aussi enthousiaste que moi, mais il m'a appelée à la dernière minute pour me dire qu'il allait déjeuner avec Pat. Pat était complètement dévasté par tout ce qui s'était passé avec Georgia. J'étais un peu contrariée, mais ça allait. Et puis, au début de l'après-midi, Georgia m'a appelée. Elle m'a dit que Pat venait de déjeuner avec elle, mais que la situation n'avait pas évolué. J'en ai déduit que Max m'avait menti, et qu'il n'avait pu le faire que pour une seule raison. *Elle.* Il était avec elle. Je savais que les choses n'allaient pas très bien, mais je n'aurais jamais pensé qu'il me tromperait. Et maintenant, il veut me quitter. Je l'ai entendu. Il compte me le dire samedi, mais je le sais déjà. Il n'a jamais été très discret au téléphone, vous savez?»

Elle eut un petit rire qui laissa transparaître la tendresse qu'elle ressentait encore pour son mari.

«J'étais bouleversée. Je voyais bien qu'il n'avait plus envie de moi. Il essayait mais... Je sais que ça ne fonctionne pas toujours, mais ça ne lui était jamais arrivé avant ces deux derniers mois. Alors j'ai compris, vous voyez? Il n'avait plus envie de moi. Tandis que

Sean, oui. Je le savais depuis des semaines. Il m'a trouvée étendue sur le sol, sur ma jolie moquette toute neuve. J'étais en train de pleurer. Il était venu pour voir si les ouvriers avaient fait des dégâts et si la peinture avait besoin de quelques retouches. Mais il s'est assis à côté de moi et m'a prise dans ses bras. Je lui ai tout dit.»

Elle se remit à pleurer. Leo regarda Tom comme pour le supplier de mettre un terme à tout ça, mais il savait que, maintenant qu'Ellie avait commencé, elle ne pourrait plus s'arrêter. Aussi décida-t-il de garder le silence, se contentant de se pencher vers elle pour l'encourager en lui tapotant le bras.

«Les jardiniers paysagistes étaient dehors, en train de terminer mes parterres de roses jaunes, alors il m'a conduite à l'étage. Loin des regards inquisiteurs, comme il a dit. Il m'a fait asseoir sur notre nouveau lit et il a passé son bras autour de moi. Et tout à coup, j'ai eu cette idée folle : je me suis dit que, si je le trompais à mon tour, il me serait beaucoup plus facile de supporter les aveux de Max, quand il se déciderait à parler. J'aurais fait quelque chose d'horrible, moi aussi, et par conséquent, je n'aurais pas à le quitter. Je ne sais pas si vous comprenez…» Elle releva les yeux pour la première fois. «J'ai toujours pensé que la confiance était le ciment de notre couple et que, si un jour j'apprenais que Max avait trahi la mienne, je le quitterais sur-le-champ. Je n'avais pas envie de devenir une vieille peau aigrie, comme ma mère. Mais je ne pouvais pas le quitter. Je ne pouvais pas. Parce que je l'aime. Je l'adore. Alors, qu'est-ce que je pouvais faire ? Je pensais qu'en le trompant moi aussi, je serais plus à même de le pardonner.»

Leo sortit de la poche de son jean un mouchoir qu'elle tendit à sa sœur.

« Mais je n'ai pas eu de rapports sexuels avec Sean. Je n'ai pas pu. Enfin, comment dire… ? C'était moins une. Je me suis comportée comme… Quand j'étais au lycée, les filles comme moi, on les appelait des allumeuses. Je ne voulais pas l'allumer, ce n'était pas mon intention. Sean était gentil. Ensuite, il est devenu un peu bizarre. Après ce jour-là, il ne m'a plus jamais laissée tranquille. Partout où j'allais, il était là. Dès que je faisais quelque chose, il était au courant. Ça me faisait peur, vraiment.

— Ellie, dit doucement Leo, je sais que Tom m'a demandé de ne pas t'interrompre, mais il y a quelque chose que tu dois savoir : Max ne t'a jamais trompée. Ni avec Alannah ni avec qui que ce soit. Il y a bien un problème, mais ça n'a rien à voir avec ça. C'est une question d'argent. Il me l'a dit ce matin. Il avait l'impression de ne plus être l'homme de la maison, alors il a fait quelque chose de stupide, de vraiment stupide, mais je te promets que ça n'a rien à voir avec une autre femme. »

Sur ce, elle jeta à Tom un regard de défi.

« Je sais que tu m'as dit de me taire, mais il fallait qu'elle sache ça, Tom. »

Il hocha brièvement la tête, tout en s'efforçant de sourire gentiment.

« Nous comprenons, Ellie. Je vois bien ce qui est arrivé. Sean a nourri une sorte d'obsession. Ce que je ne comprends pas, en revanche, c'est pourquoi il est venu ici. La police ne va pas tarder à arriver, alors, si tu t'en sens capable, il faudrait que tu me racontes tout, maintenant, pour que je puisse t'aider. »

Et Ellie commença son récit. Expliquant le chantage, le harcèlement, les intrusions dans sa maison et les événements qui avaient amené Sean à se retrouver dans la grange de la ferme de Haslett.

* * *

Ellie se sentait vraiment soulagée que Tom et Leo soient venus à son secours, mais elle savait que quelqu'un allait devoir expliquer à Max ce qui s'était passé. Comme il l'avait appelée un nombre incalculable de fois, elle avait fini par éteindre son téléphone. Et Leo avait fait de même. Au moins, il était à la maison pour veiller sur les jumeaux. Et elle se sentait rassurée, même si elle espérait que la menace qui pesait sur ses enfants n'était plus d'actualité maintenant que le maître chanteur avait eu ce qu'il voulait.

Elle s'était tellement trompée sur Max. Malgré tout ce qui s'était passé au cours de cette horrible soirée, depuis qu'elle savait qu'il ne l'avait pas trahie, elle avait l'impression d'avoir un poids en moins sur le cœur. D'un autre côté, elle se sentait coupable de ce soulagement, car, quoi que Sean ait pu faire et malgré la terreur qu'il avait pu lui inspirer, elle était loin d'être innocente dans cette histoire, et c'était quelque chose qu'elle allait devoir affronter et assumer.

Les agents de police étaient arrivés juste après qu'elle avait fini de tout expliquer à Tom, et il était allé leur parler. Malgré tout, elle restait la principale suspecte. Ils avaient trouvé le téléphone de Sean, avec le message où elle lui demandait de la rejoindre à la ferme, et elle était couverte de sang. Tom avait fait remarquer que le plancher, à l'étage, avait été scié, et le trou couvert de carton et de paille dans le but manifeste de le dissimuler. Mais aucun outil de quelque sorte que ce soit n'avait été trouvé, et elle n'avait pas d'alibi. Elle n'avait vu personne depuis qu'elle avait quitté son travail. Elle n'avait parlé à personne et elle n'était pas chez elle quand Max était rentré avec les jumeaux. Elle était restée devant le commissariat de police, mais personne ne l'avait vue.

Tom s'approcha d'elle avec le détective, un colosse qu'il appelait Steve.

« Je suis désolé, Ellie, mais tu vas devoir te rendre au commissariat avec l'inspecteur Corby ici présent. Ne te fais pas trop de souci, cependant. Ils sont obligés de t'arrêter, c'est la procédure et, compte tenu des circonstances, ils n'ont pas le choix. Mais quoi qu'il puisse arriver, ne panique pas. Dis-leur la vérité, d'accord ? Je raccompagne Leo chez toi ; elle va te chercher des vêtements propres. Nous viendrons te les apporter. Nous parlerons à Max, également. Que veux-tu que nous lui disions ? »

Elle était sur le point de répondre quand un agent de police s'approcha et chuchota quelque chose à l'oreille de l'inspecteur. Celui-ci hocha la tête plusieurs fois, avant de se tourner vers Tom.

« Apparemment, nous avons un suspect très sérieux pour le délit de fuite dans l'affaire Abbie Campbell. Tu as un moment, Tom ? »

Il plaça sa main sur l'épaule de Tom. Les deux hommes s'éloignèrent en chuchotant, mais Ellie eut le temps d'entendre quelques mots, et notamment un nom.

Celui de Charles Atkinson.

47

Alors qu'ils regardaient Ellie monter à l'arrière de la voiture de police, Tom sentit le corps de Leo se crisper contre le sien. Il savait que la jeune femme n'en était pas à la dernière de ses épreuves : après tout ce qu'elle avait déjà enduré au cours des quelques heures qui venaient de passer, elle allait encore devoir assumer une nouvelle responsabilité, et pas des moindres : celle de parler à Max.

Il passa fermement son bras autour de ses épaules. Il ne la lâcherait pas si elle essayait de le repousser : il fallait qu'elle sache qu'il était là et qu'il allait l'aider.

« Allez, Leo. Elle est partie, mais elle reviendra vite. Tout semble l'accuser, mais ce n'est pas elle. Et ils finiront par le comprendre, je t'assure. Ce n'est plus qu'une question de temps. »

À sa grande surprise, Leo ne bougea pas. On ne pouvait pas vraiment dire qu'elle se fût blottie contre lui, mais elle ne l'avait pas non plus repoussé. Il laissa donc son bras là où il se trouvait.

« Et un avocat, Tom ? Elle n'en a pas besoin ? » Le regard de Leo était fixé sur les voitures qui s'en allaient en cahotant sur les ornières du chemin.

« Elle a dit que l'avocat de la famille n'était pas qualifié pour ce genre de tâche, alors j'en ai appelé un pour elle. J'ai discuté avec lui : il ne les laissera pas la garder plus longtemps que nécessaire. »

Quand les phares des voitures disparurent, il sentit Leo s'effondrer contre lui. Il resserra son étreinte.

Les scientifiques s'affairaient toujours dans la grange, mais sa mission à lui était terminée ; il conduisit Leo en direction de sa Jeep.

« Allez, il faut qu'on retourne à la Ferme du Saule, et qu'on décide de ce qu'on va dire à Max. »

Sans s'écarter de lui, elle releva la tête pour le regarder.

« Et la voiture d'Ellie ? » demanda-t-elle, comme s'il s'agissait de la chose la plus importante du monde. Elle était choquée, et il n'avait aucun mal à le comprendre.

« Les enquêteurs vont vouloir l'examiner, tout comme celle de Sean, d'ailleurs. Mais ne t'en fais pas. Ils vont vérifier qu'il n'y a pas de scie dans le coffre ou des traces de sciure, et il n'y en aura pas. Ne t'inquiète pas pour ça. »

Elle lui jeta un regard penaud au moment où il évoqua la sciure, mais il se contenta de lui serrer gentiment le bras.

Malgré la chaleur de cette soirée estivale, il la sentit frissonner contre lui, et il déposa un petit baiser sur sa tête, comme il aurait pu le faire pour Lucy. Une fois qu'ils furent devant la Jeep, il retira doucement son bras de ses épaules pour lui ouvrir la portière et la guida vers l'intérieur.

Le temps qu'il fasse le tour pour monter côté conducteur, elle avait déjà bouclé sa ceinture. Elle regardait désormais droit devant elle.

«Qu'est-ce qu'on va faire, pour Max? demanda-t-il. Si tu veux mon avis, ce n'est pas à nous de lui dire pour Ellie et Sean, ce ne sont pas nos oignons. C'est à elle de le faire. Enfin, si elle en a envie. Qu'est-ce que tu en penses?»

Leo se tourna vers lui et il comprit que, pour une fois, elle n'avait pas de réponse toute prête à lui apporter.

«Je n'en sais rien. Honnêtement, je n'en sais rien. Et le pire de tout, c'est que je ne sais même pas ce qu'Ellie devrait faire. Tu crois qu'elle devrait lui dire ou qu'il vaudrait mieux qu'elle lui mente? En prétendant par exemple qu'il ne s'est jamais rien passé et que Sean s'est fait des films?»

Il prit une profonde inspiration et expira bruyamment.

«Tu sais, je crois qu'il y a deux catégories de gens qui ne parlent pas et qui emportent, ou du moins essaient d'emporter leur secret dans leur tombe. Il y a d'abord ceux qui n'ont absolument aucun problème de conscience, qui se disent juste "Ouf, personne ne s'est aperçu de rien" et qui sont contents d'eux. Ne me regarde pas comme ça, Leo. Je sais qu'Ellie ne fait pas partie de ces gens-là.»

Les traits de Leo se détendirent; Tom poursuivit:

«Et puis il y a ceux qui reconnaissent leur culpabilité et qui préfèrent vivre avec elle pour le restant de leurs jours plutôt que de faire du mal à la personne qu'ils aiment.»

Leo hocha la tête, puis prit un air sceptique.

«Mais il existe une autre solution qui consiste à tout dire, c'est ça? demanda-t-elle.

— Oui. D'aucuns pensent que si l'on ne dit pas la vérité, on ne peut plus partager le même niveau d'intimité, le même degré de confiance. D'autres croient qu'en avouant, on détruit la confiance sans se laisser la moindre possibilité de la reconstruire. Néanmoins, il n'y a que les personnes concernées qui peuvent formuler ce type de jugement.

— Et toi, qu'est-ce que tu ferais, Tom ? Est-ce que tu crois en la sincérité absolue, quoi qu'il en coûte ? »

Il prit la main de Leo. Cela allait être difficile.

« Je crois que les mensonges sont destructeurs et que, quand on cache quelque chose, on cache une part de soi. Mais… certaines personnes ont des raisons de garder leurs secrets. Elles sont obligées de le faire pour protéger certains aspects de leur passé, ou encore des personnes à qui elles tiennent. »

Leo, qui n'avait pas retiré sa main de la sienne, se tourna vers lui, le visage dépourvu d'expression. Manifestement, elle attendait qu'il s'explique.

« Il y a des aspects de mon passé dont je ne pourrai jamais parler à personne. Ça n'a rien à voir avec l'infidélité ou une quelconque souffrance causée à une autre personne. Mais quoi qu'il en soit, je ne pourrais jamais en parler. Je me demande souvent si ça ne risque pas de m'empêcher de reconstruire quelque chose avec une femme, mais il faut que je vive avec ça. Je n'ai pas d'autre choix. »

Ne pouvant soutenir un instant de plus le regard triste et désorienté de Leo, il lâcha doucement sa main, inséra calmement la clef dans le contact et mit le moteur en marche.

« Mais il ne s'agit pas de moi. Je n'aurais pas dû parler de cela ; ce n'est pas le moment. Il s'agit là de Max et Ellie, et il faut que nous réfléchissions à ce que nous allons dire. »

Il appuya doucement sur l'accélérateur, et ils descendirent le chemin plein d'ornières, laissant derrière eux la grange désormais brillamment éclairée.

* * *

Le trajet pour rentrer chez Max et Ellie ne prit que quelques minutes, et Leo dut se forcer à se concentrer sur la tâche qui l'attendait. Chose qui lui fut bien difficile, compte tenu de ce que Tom venait de lui dire. Elle l'avait toujours vu comme un livre ouvert, mais il y avait quelque chose dans son passé qui l'avait marqué à jamais, et elle ne pouvait s'empêcher de se demander de quoi il s'agissait. Tom avait raison d'y voir un obstacle à une relation amoureuse : la plupart des femmes détestaient les secrets, ou, du moins, détestaient qu'on leur cache quelque chose.

Max. Il fallait qu'elle se concentre sur Max. Mais qu'allait-elle bien pouvoir lui dire ? Peu importait, le temps de la réflexion était passé : ils venaient de s'engager dans l'allée de la Ferme, et Max, qui avait déjà ouvert la porte, était en train de se précipiter à leur rencontre. Pauvre Max. Il n'avait absolument aucune idée de ce qui venait de se passer. Elle voyait bien à quel point il était agité.

Quand elle sortit lourdement de la voiture, il la regarda d'un air sidéré. Le sang sur ses vêtements. Il n'y en avait pas tant que cela, mais son chemisier blanc avait été taché au moment où Ellie l'avait prise dans ses bras.

« Ellie ? Il est arrivé quelque chose à Ellie ? Mais pourquoi personne ne m'a rien dit ? » s'exclama-t-il, presque en pleurs.

Ce fut Tom qui parla, d'une voix calme et rassurante.

«Ellie va bien, Max. Elle n'est pas blessée; ce n'est pas son sang. Je te jure qu'elle n'a absolument rien. On va rentrer pour parler, d'accord? Il faut que Leo se change et se débarrasse de ce sang. Et puis, comme ça, on pourra t'expliquer.»

Max, qui ne parut que très légèrement apaisé par ces propos, tourna néanmoins les talons et leur fit signe d'entrer.

Leo n'avait qu'une envie: se précipiter à l'étage pour prendre un long bain bien chaud. Mais il fallait d'abord qu'elle parle à Max.

Ils se rendirent en silence jusqu'à la cuisine, le cœur de la maison. Après avoir laissé tomber son sac sur la table, elle s'adossa à l'AGA pour réchauffer son corps encore secoué des frissons glacés dus aux différents traumatismes qu'elle venait d'endurer. La tête de Max pivotait sans cesse de droite à gauche, regardant Tom puis elle-même. Leo perdit courage: elle jeta à Tom un regard suppliant qui, fort heureusement, fut bien interprété.

«Ellie a trouvé un cadavre, Max. Le cadavre de Sean Summers. C'est de là que vient le sang. Ellie a essayé de voir si elle pouvait faire quelque chose pour le sauver, et c'est comme ça qu'elle s'est retrouvée couverte de sang. Leo l'a prise dans ses bras; c'est pour ça qu'elle en a aussi.»

Max se laissa bruyamment tomber sur une chaise.

«Oh, mon Dieu, non! Sean! Où est-ce que c'est arrivé? C'est un accident de voiture? Où est Ellie, maintenant?

— Au commissariat de police, répondit Tom. Il semblerait qu'il s'agisse d'un crime, mais, comme Ellie

514

était la seule personne présente sur les lieux, les enquê-teurs ont jugé utile de l'interroger. »

Max paraissait stupéfait et complètement désorienté.

« Un crime ? Est-ce qu'ils soupçonnent Ellie ? »

À ces mots, Leo comprit que, malgré le bon travail que Tom était en train d'effectuer, il fallait qu'elle fasse preuve d'un minimum de solidarité. Elle s'approcha de Max et s'accroupit à ses pieds, de sorte que leurs yeux soient au même niveau.

« Sean a été retrouvé à la vieille ferme de Haslett. Il semblerait que quelqu'un ait demandé à Ellie de lui donner rendez-vous à cet endroit. Elle a dû penser que cette personne envisageait de faire rénover le corps de ferme. Mais quand Sean est arrivé, il est tombé du grenier de la grange sur un vieux tas d'engins agricoles. Il me semble que les flics ont parlé d'une ancienne barre de coupe, mais le trou dans le plancher avait été volontairement scié. Ellie a trouvé que cette histoire de rendez-vous était un peu louche, alors elle a décidé de se rendre sur place pour vérifier que tout allait bien. C'est là qu'elle l'a trouvé. »

Max était devenu blanc. Il regarda Tom, qui était toujours debout, une main appuyée au dossier d'une chaise.

« Alors ils soupçonnent Ellie ? » Il s'agissait plus d'une affirmation que d'une question. « Mais pourquoi Ellie aurait-elle voulu tuer Sean ? Pourquoi *quelqu'un* aurait-il voulu tuer Sean ? En dehors de moi, naturellement. Il y a quelques heures de ça, oui, j'avais vraiment envie de le tuer… »

Tom tira la chaise qu'il tenait et s'y assit brutalement. Il se pencha vers la table, appuya ses avant-bras sur ses cuisses, et regarda le visage pâle de Max.

« Écoute, Max, je vais te dire un truc qu'il ne faut pas répéter, d'accord ? Nous savons que ce n'est pas Ellie, mais il n'y avait personne d'autre dans le coin à ce moment-là, alors ne dis pas de trucs comme ça, à moins que tu l'aies fait. Et je ne l'imagine pas une seconde. »

Leo s'interrogea. Se pouvait-il que Max ait su pour Sean et Ellie ? Rien dans ce qu'il lui avait dit un peu plus tôt dans la journée ne le laissait penser, mais Tom, qui n'avait pas assisté à la conversation, ne pouvait pas en être aussi sûr. Craignant qu'il ne commette une bourde, elle décida d'intervenir :

« Était-ce à cause de votre affaire, Max ? Est-ce pour ça que tu avais envie de le tuer ? »

Elle avait regardé Tom en parlant, dans l'espoir qu'il comprenne le message et ne dise rien à propos de Sean et Ellie. Il lui adressa un hochement de tête presque imperceptible.

« Je voulais me retirer. Je suis allé le voir cet après-midi et je l'ai attendu pendant des heures, mais il n'est pas venu. »

Il était évident que Tom cherchait à dissimuler l'état de perplexité dans lequel il s'était retrouvé, vu le tour qu'avait pris la conversation, et Leo pensa qu'il méritait une explication.

« Max avait conclu une affaire avec Sean. Il voulait faire construire des immeubles. Max a investi beaucoup d'argent dans cette histoire. C'est de cela qu'il parle. »

Max ayant commencé à reprendre quelques couleurs, Leo jugea judicieux d'aller lui chercher un peu de brandy ou de whisky. Elle se redressa au moment où Max se remettait à parler.

« Je me suis comporté comme un abruti, Tom. Je voulais faire de l'argent. Pour me conduire en mec, en vrai. N'importe quoi… Tu vois, tout ça ? dit-il en désignant la luxueuse cuisine, mais en parlant sans nul doute de la propriété, eh bien c'est grâce à Ellie. Et, abruti comme je suis, je voulais égaler sa contribution à notre vie. Je sais, je sais, c'est pathétique. Mais sur le coup, ça me semblait être une excellente idée. Sean avait un plan qui devait permettre de faire de l'argent facilement, un truc lié à un site sur lequel les permis de construire étaient réputés impossibles à obtenir. Il en avait discuté avec Gary et, apparemment, les choses avaient changé et il y avait quelque chose à faire. Je devais apporter les capitaux. Enfin, Ellie. J'envisageais de le lui dire samedi, quand tout aurait été finalisé et qu'il n'y aurait plus eu moyen de faire marche arrière. »

Enfin s'expliquait la conversation surprise au pub.

« Tu as parlé de ça à Alannah ? »

Max prit un air coupable rien qu'à l'évocation de son nom.

« Encore une erreur stupide. Quand elle m'a demandé de ne pas parler de sa dépendance à la drogue, je lui ai dit que je cachais quelque chose à Ellie, et que cela faisait déjà un secret de trop. Ça ne me plaisait pas, mais je me consolais en me disant que je pourrais bientôt lui dire la vérité. »

Sachant que Tom devait être complètement dérouté par cette conversation, Leo lui adressa un léger sourire, qu'elle espéra qu'il interpréterait comme un « Je t'expliquerai plus tard ».

Max passa sa main dans ses cheveux, qui se dressèrent sur son crâne.

« J'ai décidé aujourd'hui de me retirer de l'affaire. Ce n'est pas l'investissement immobilier qui m'a fait peur. Au contraire, l'idée me semblait passionnante. Mais j'ai découvert il y a deux jours exactement ce qui avait vraiment changé, et contrairement à ce qu'on m'avait affirmé, ce ne sont pas les lois ; c'est simplement Gary qui a dit qu'avec quelques pots-de-vin, il pourrait arranger tout ça. Ellie aurait certainement approuvé mon idée de faire affaire avec Sean. Mais des bakchichs ? Elle m'aurait écorché vif si elle avait su que j'avais essayé de soudoyer quelqu'un, et elle n'aurait pas eu tort. »

Leo fit claquer les trois verres qu'elle venait d'attraper avec les doigts d'une de ses mains.

« Attention, Max. N'oublie pas que Tom est flic, dit-elle, mi-figue mi-raisin.

— Non, pas ce soir. Et ensuite, qu'est-ce qui s'est passé ?

— Au moment où j'ai su pour les bakchichs, j'avais déjà transféré l'argent. Sean m'avait dit qu'il pensait que les réglementations cadastrales s'étaient un peu assouplies, mais ce n'est que quand les fonds ont été versés qu'il m'a parlé du rôle que devait jouer Gary. Je suis devenu dingue. C'est pour ça que j'ai passé quasiment tout l'après-midi à rôder devant sa maison. J'ignorais dans quel état était Bella, et je me disais que, si je la trouvais ivre avec les enfants, il allait falloir que je la dénonce aux services sociaux. Ç'aurait vraiment été le pompon, non ? Je comptais aller voir Gary, aussi, mais je voulais d'abord parler à Sean. Quel bordel, vraiment ! »

Leo versa une dose de whisky dans chacun des trois verres et en mit un entre les mains de Max. Elle n'arrivait même pas à imaginer ce qu'il pouvait ressentir.

« Max, je sais que j'ai dit que je n'étais pas flic, ce soir, intervint Tom, mais il va falloir que tu parles à l'inspecteur Corby de l'affaire que tu as conclue avec Sean et Gary. Il se peut que Sean n'ait pas payé Gary, ou encore qu'une tierce personne ait été impliquée à ton insu… Il y a des gens qui sont morts pour moins que ça, tu sais ? »

Max, l'air abattu, hocha la tête.

« Très bien. J'irai lui parler. Mais que fait-on maintenant, Tom ? Je veux dire, pour Ellie ?

— Leo va aller lui apporter des vêtements propres. Elle va être inculpée, c'est inévitable. Ils ont le texto dans lequel elle lui donne rendez-vous à la ferme, et ils l'ont trouvée couverte de sang. Mais tout va bien se passer, Max. Nous trouverons qui a fait ça, je te le promets. Ellie m'a demandé de contacter un avocat et j'en ai appelé un aussitôt. La seule chose qu'il nous reste à faire est donc de lui apporter notre soutien. »

Leo posa un verre sur la table, en face de Tom, mais, bien qu'il eût vraiment l'air d'en avoir besoin, il n'y toucha pas. Il envisageait de reprendre le volant, c'était certain. Sans rien demander à personne, il se dirigea vers la bouilloire et l'alluma.

48

Gary Bateman ne pouvait plus voir sa femme en peinture. Elle n'avait aucune idée de ce à quoi sa vie ressemblait, elle ne comprenait pas qu'il en était réduit à faire un boulot de merde pour qu'ils puissent vivre dans une maison à peine décente et se démarquer de tous les beaufs du village. De toute façon, elle s'en fichait. Elle n'avait aucune ambition ; c'était ça, son problème. « Je veux juste être heureuse », geignait-elle sans arrêt. Mais quelle conne !

Fou de rage, il avança vers les rideaux et les détacha de leurs ridicules embrasses. Il ne voulait pas que les autres voient son œuvre. Tous ses trucs d'écervelée. Il n'arrivait pas à croire qu'elle lui ait avoué avoir parlé à Leo Harris de la Porsche ; lui avoir dit le jour où il était allé la chercher et combien de temps il l'avait gardée. Il avait toujours su que Penny était le maillon faible de son plan. Le monde entier pensait qu'il conduisait une Porsche rouge vif depuis jeudi dernier. Mais ça, c'était avant que cette imbécile de Penny ne vienne tout foutre en l'air. Elle avait affirmé que Leo n'avait rien semblé remarquer et n'avait pas fait de commentaire, mais Leo n'était pas idiote. Il lui avait bien dit de ne pas la laisser entrer dans la maison. Les gens comme Leo, il les voyait tout de suite venir : des enfoirés qui passent leur temps à manœuvrer et louvoyer pour découvrir les petits secrets de tout le monde.

Il était quasiment certain qu'Ellie ne l'avait pas vu ce soir-là ; ou du moins qu'elle n'avait pas reconnu sa voiture. Il aurait adoré savoir ce qu'elle était en train de manigancer, mais il ne pourrait jamais le lui demander. Pour ne pas éveiller les soupçons. Personne n'était au courant qu'il était sorti ; ou plutôt, personne n'était susceptible de l'admettre. Saloperie de Penny !

Il tira rageusement les rideaux mais, au moment où ils se refermèrent, il lui sembla voir quelque chose bouger dans le jardin. Il en rouvrit un pour vérifier : rien. *Ça devait être un chat*, songea-t-il. Dès qu'il en aurait fini avec Penny, il sortirait pour chasser ce sale greffier. Il n'avait aucune envie de se retrouver avec de la merde de chat sous le nez la prochaine fois qu'il irait désherber les rosiers. Mais que foutait cet abruti de Smudge ? Jamais là quand on avait besoin de lui.

Ah, il savait bien où il était : aux pieds de Penny, qui devait encore être en train de chialer. Mais quel enfer !

Sean avait un peu amélioré les choses avec les biftons qu'il lui avait donnés la veille au soir. Il ne lui avait toujours pas dit qui était l'investisseur, mais il était presque sûr qu'il s'agissait de ce prétentieux de Charles. Et il avait bien envie de les baiser tous les deux, pour faire perdre tout son fric à Charles. Ça serait bien fait pour cet abruti. Il pourrait par exemple retarder l'autorisation, histoire de les faire un peu flipper tous les deux. Ou même trouver une excuse pour refuser tout en bloc. Ah ah ah !

Mais à bien y réfléchir, il préférait ne pas se mettre à dos Sean Summers. En surface, il avait l'air d'un grand gaillard débonnaire, mais il avait bien vu comment ses mâchoires se serraient quand quelqu'un lui prenait la tête, et il avait beau l'avoir à l'œil, il avait le sentiment qu'il pouvait facilement lui faire une crasse dans le dos. Il allait falloir qu'il réfléchisse à la meilleure façon de s'occuper de lui. Mais pour le moment, Penny avait besoin d'une bonne leçon.

« Penny ! hurla-t-il en bas de l'escalier. Descends immédiatement ! Immédiatement, si tu ne veux pas que je vienne te chercher. »

La semaine qui venait de passer avait vraiment été une semaine pourrie. Et pour couronner le tout, la petite allumeuse qui devait devenir sa maîtresse l'avait envoyé balader. Mais elle ne s'en tirerait pas comme ça. Et il allait falloir qu'il règle cette histoire après le week-end. Personne ne traitait Gary Bateman comme de la merde.

« Penny ! Je te répète de descendre ce putain d'escalier ! »

Elle apparut enfin sur le palier. Son visage était trempé de larmes, mais la ligne droite que formait sa bouche lui conférait une expression bornée qui ne lui plaisait que très moyennement.

« Non », dit-elle. Elle plaça ses mains sur ses hanches et, baissant les yeux sur lui, le regarda d'un air de défi. « Il n'est pas question que je descende pour que tu me brutalises. Leo dit que je dois reprendre les choses en main et me défendre. Je n'ai plus besoin de te laisser faire ça. »

Gary se précipita dans l'escalier. Elle n'avait pas à lui parler comme ça.

Mais Penny fut plus rapide que lui et alla se réfugier dans la salle de bains, dont elle verrouilla la porte derrière elle. Smudge tenta de monter la garde, grognant aussi férocement que son petit corps le lui permettait, toutes dents dehors, comme prêt à arracher un morceau de peau à quiconque essaierait de s'approcher de Penny. Gary était hors de lui.

«Saloperie de clébard!»

Smudge poussa un glapissement de douleur au moment où le pied droit de Gary percuta son petit ventre gras, mais quand son corps se fut écrasé contre le mur, il ne fit plus le moindre bruit. Et il ne bougea plus d'un pouce.

Penny se mit à hurler: «Qu'est-ce que tu as fait à Smudge? Gary, qu'est-ce que tu lui as fait?

— Merde», murmura-t-il. Et voilà ce qu'elle lui faisait faire. Les filles allaient encore pleurer. Tant pis, il leur dirait que Smudge s'était fait écraser. Penny ne le contredirait pas. Elle n'oserait pas ouvrir sa gueule pour leur dire ce qui s'était vraiment passé. *Merde.*

«Je n'en ai pas encore fini avec toi, ma chère, loin de là. Ne t'imagine pas que cette porte va rester longtemps entre nous. Je vais m'occuper de Smudge, mais je reviendrai.

— Comment ça, t'occuper de lui?» Penny pleurait, mais ça n'avait rien de nouveau. Il savait bien comment elle pensait: elle devait être recroquevillée derrière la porte, déchirée entre l'envie de sortir pour voir comment allait Smudge et la crainte de ce qu'il se passerait si elle se risquait à le faire. Eh bien, il avait une nouvelle pour elle: elle pouvait rester là pour le moment, mais elle aurait de toute façon ce qu'elle méritait, et ce dès qu'il aurait balancé cette saleté de clébard au milieu de la rue pour qu'il se fasse écraser par la première voiture venue. Elle ferait moins la maligne quand elle apprendrait ça!

* * *

Le loquet du portail de derrière fut tiré, doucement et silencieusement. Il y avait de l'agitation dans la maison : des cris, des portes qui claquaient.

Il devait être là.

La silhouette noire se glissa à travers l'ouverture et se dirigea vers les massifs, dont les ombres dissimulaient sa présence. Un hêtre pourpre se dressait fièrement au-dessus des buissons taillés avec précision, ses feuilles bruissant dans la brise. Ses branches basses procureraient une bonne cachette pour attendre.

Et attendre était la seule et unique solution.

Sa voiture était dans l'allée. Les clefs sur le contact. Il n'avait pas l'air d'un homme assez insouciant pour les laisser là toute la nuit. Il allait ressortir. Et tout serait terminé. Il fallait que tout soit terminé ce soir.

Il fallait qu'il meure, même si les choses n'étaient pas censées se passer comme ça. Encore un plan qui avait foiré. Tellement d'erreurs.

Mais pourquoi Ellie avait-elle envoyé Sean ? Elle avait dit qu'elle était bouleversée à cause d'une erreur stupide qu'elle avait commise avec un homme. Un homme qui l'avait forcée à sortir pour venir le rejoindre après minuit dans la nuit de vendredi à samedi. Un homme qui n'arrêtait pas de lui laisser des roses jaunes pour lui faire comprendre qu'il pensait à elle. Tout était là. Dans son texto.

Mais j'ai bien vu qui lui a apporté la rose. Il l'a coupée lui-même. Gary. L'enfoiré qui a renversé Abbie. Le type qui pourrait foutre toute ma vie en l'air.

Peu importait que Sean fût mort. Ce qui comptait désormais était de tuer la bonne personne.

Il y eut d'autres hurlements dans la maison, suivi d'un cri étouffé de détresse. Une ombre passa devant une fenêtre de l'étage, marchant d'un pas précipité. Une lumière s'alluma dans la cuisine, mais les stores baissés empêchaient de deviner l'identité de la personne qui y était entrée.

La porte de derrière s'ouvrit brutalement, si fort qu'elle s'écrasa contre des éléments de cuisine. Des verres tombèrent sur le sol. Le bruit qu'ils firent en se brisant fut audible depuis les profondeurs noires du massif, de même que le juron marmonné au même moment :

« Merde. »

Il sortit, portant dans ses bras ce qui ressemblait à un petit chien. Il n'y avait pas de temps à perdre. C'était peut-être la seule occasion qui se présenterait.

La silhouette fit un pas en avant, et la lumière qui se déversait par la porte ouverte se refléta sur la lame de son couteau.

« Qui est là ? cria Gary. Qu'est-ce que vous voulez ? »

La manœuvre avait été trop rapide, mal calculée. Gary était trop près de la porte, il risquait de se réfugier à l'intérieur. Mais il n'était plus question de faire marche arrière, désormais.

La silhouette continua à avancer dans la lumière.

« Putain, fit Gary. C'est toi. Mais qu'est-ce que tu fous dans mon jardin ? J'ai failli faire une crise cardiaque. » Le ton de sa voix ne laissait aucun doute sur le fait qu'il était soulagé. Il ne voyait plus aucune raison d'avoir peur. Et il avait tort.

La silhouette s'approcha encore, dissimulant son couteau.

De nouveau, Gary eut l'air de se méfier. Il n'était pas si bête qu'il en avait l'air. L'expression de son visage se modifia quand la lumière lui permit de bien voir sa tenue : noire de la tête aux pieds. Pas de cagoule ce soir ; ce n'était pas nécessaire. Son intention n'avait jamais été de rester invisible bien longtemps.

« Qu'est-ce que tu veux ? » demanda Gary d'une voix qui trahissait sa nervosité, tout en avançant vers la silhouette.

Bien. Il s'éloignait encore de la porte.

« Je voulais te voir, *toi*. »

Silence. Gary devait avoir du mal à croire qu'il puisse s'agir d'une simple visite amicale, et la confusion brillait dans ses yeux.

« Tu voulais me voir, *moi* ?

— Je sais ce que tu as fait. J'étais là, j'ai tout vu. Qu'est-ce qui s'est passé ? Tu étais trop bourré pour t'arrêter ? »

Gary serra le petit chien plus fort contre lui, comme s'il cherchait ainsi à se réconforter.

« Je ne sais pas de quoi tu parles ou ce que tu crois savoir. Mais ce qui est sûr, c'est que tu te trompes.

— Je ne me trompe pas. Puisque j'étais *là*. J'étais dans le bois, je t'ai vu. Je t'ai vu la renverser, je t'ai vu la traîner par les chevilles pour la mettre sur le bas-côté. Mais tu as vu ma tête, toi aussi. Tu as regardé dans le bois. Droit vers moi. Tu as préféré ne rien dire pour sauver ta peau… »

Son arrogance naturelle refit brièvement surface :

« Et en quoi est-ce que ça te regarde, hein ? Et puis tu n'étais pas dans le bois. Tu mens. » Il fit encore un pas en avant.

Viens, Gary. Approche.

« Nous ne sommes pas là pour parler de moi. Ceci étant, mon problème à moi, c'est que je n'ai pas confiance en toi. Quand ils te trouveront, et ils finiront par le faire, tu les renverras vers moi, et tout le monde saura qui je suis réellement. Une fois de plus, je deviendrai la cible de leur haine injustifiée. »

Il avait apparemment pris toute la mesure du danger, car il s'était mis à avancer furtivement sur le côté. La silhouette et Gary commencèrent donc à se déplacer lentement, de façon presque circulaire.

Parfait. Tu es un véritable abruti, Gary : grâce à ta manœuvre, je suis désormais entre toi et la lumière.

Dans un hurlement soudain, Gary laissa tomber sur l'herbe le corps immobile du chien et se jeta vers la silhouette les bras tendus, comme pour l'étrangler.

Ce fut le dernier mouvement qu'il fit. Le couteau fut sorti en un éclair et profondément enfoncé dans son ventre.

« Elle était *à moi. À moi.* Elle serait revenue ; j'aurais pu la convaincre. Mais tu m'as pris ma seule et unique chance. »

Le couteau fut arraché et planté de nouveau, un peu plus haut, cette fois-ci, entre les côtes.

Gary s'effondra sur les genoux et retomba sur le ventre ; la lame s'enfonça dans son cœur jusqu'à la garde.

D'un mouvement du pied, la silhouette retourna son corps pour pouvoir en extraire le couteau ensanglanté, dont elle essuya calmement et minutieusement la lame sur l'herbe.

* * *

La silhouette rouvrit le portail et commença à remonter l'allée en longeant le mur pour éviter d'être vue. Sa voiture était garée au bout du cul-de-sac, suffi-samment loin pour ne pas être remarquée.

· Et soudain, dans une explosion sonore déchirant le silence du paisible quartier, deux voitures, semblant sorties de nulle part, arrivèrent à toute allure dans la rue, avant de s'arrêter en travers dans un crissement de pneus, bloquant la seule et unique issue. Un homme et une femme descendirent du premier véhicule, et les deux officiers de police qui sortirent du second allèrent se poster au milieu de la chaussée, les bras croisés. Le message était clair : personne ne sortirait de cette rue, ni à pied ni en voiture.

Merde.

Il ne pouvait y avoir qu'une seule explication à cela. Ils avaient compris pour Gary. D'une façon ou d'une autre, ils avaient dû comprendre qu'il s'agissait de l'auteur du délit de fuite. Mais peu importait ; il n'y avait qu'une seule issue possible, et cette issue était bloquée par les deux flics qui étaient au milieu de la chaussée. La silhouette se dépêcha de faire demi-tour et d'enjamber le corps de Gary. Puis elle regarda nerveusement autour d'elle, dans le jardin. Pas d'échappatoire.

Le jardin était cerné de hautes palissades, qui parais-saient totalement infranchissables. Les yeux désormais

528

accoutumés à l'obscurité, la silhouette passa en revue le périmètre, à la recherche d'un portail. Rien.

Bordel, c'est foutu.

Mais… Qu'est-ce que c'est que ça ?

La lumière de la cuisine restée ouverte se reflétait sur quelque chose qui ressemblait à des lettres métalliques, mettant en relief la forme d'un objet adossé à la palissade, à l'autre bout du jardin.

La sonnette de la porte de devant se mit à carillonner. Quelqu'un allait entrer dans le jardin et trouver le corps de Gary ; ce n'était plus qu'une question de minutes. Rampant aussi rapidement et silencieusement que possible vers la lueur métallique, la silhouette réussit enfin à déchiffrer l'inscription.

Smudge.

Les lettres métalliques bon marché se détachaient sur la façade d'une niche très sophistiquée, dont les gigantesques proportions semblaient bien peu adaptées à la taille du chien.

Serrant fermement le couteau dans sa main, l'ombre noire grimpa sur le toit de la niche, s'agrippa au sommet de la palissade et, dans un grognement, parvint à se hisser jusqu'en haut et à sauter dans le jardin adjacent. Mais sa voiture était toujours là, coincée au bout du cul-de-sac. Les flics n'allaient pas tarder à la retrouver et à venir mettre leur nez dans ses affaires, c'était certain.

49

Leo avait fini par laisser Max et Tom à leur conversation sur la procédure légale, Max semblant déterminé à comprendre ce qui allait exactement arriver à Ellie. Elle savait qu'elle ne pouvait pas s'offrir le luxe d'un bon bain chaud maintenant. Il fallait qu'elle soutienne Max et reste à la disposition d'Ellie si celle-ci avait besoin d'elle. Aussi se hâta-t-elle d'effacer toute trace de sang visible sur son corps et d'enfiler les premiers vêtements qui lui tombèrent sous la main.

Elle était en train de descendre l'escalier, tenant contre sa poitrine un jean et un T-shirt propre pour sa sœur, quand le téléphone se mit à sonner. Espérant de tout son cœur qu'il s'agisse d'Ellie, appelant pour dire qu'elle allait rentrer, Leo s'empressa de décrocher.

« Allô, fit-elle. Ellie ?

— Leo, Dieu merci, j'ai réussi à vous joindre. Qu'est-ce qui se passe, avec vos téléphones ? Ça fait des jours que j'essaie de contacter Max et des jours qu'il ne m'a pas appelé. » C'était Patrick.

« Désolée, Pat, je ne suis pas au courant. Mais je ne crois pas que ce soit le bon moment pour parler à Max. Excuse-moi, vraiment, je n'ai pas le temps de t'expliquer, mais j'imagine que Max te rappellera demain pour te raconter.

— En fait, j'appelais juste pour avoir un numéro de téléphone, je pense que tu dois l'avoir. Il faudrait que je parle à ce flic, tu sais, Tom, le nouveau voisin.

— Te donner son numéro ? Je peux même faire mieux que ça, Pat. Il est là, avec moi. Mais le moment n'est pas très bien choisi. Est-ce ça ne pourrait pas attendre demain ?

— Malheureusement pas, Leo. Je crois avoir trouvé un truc important. C'est au sujet d'Abbie Campbell. Mais si ça se trouve, je me fais de la bile pour rien. Je n'en sais rien… c'est pour ça que je préférerais d'abord parler à Tom. J'ai mis des sous, mais je ne sais pas combien de temps encore je vais pouvoir te parler. Je suis quasiment sûr que cette saloperie a été vandalisée. »

Il y eut une brève pause.

« Pat, tu appelles d'une cabine téléphonique ?

— Je ne peux pas t'expliquer, Leo. Je préférerais parler à Tom ; il n'y a que lui qui pourra me dire si je suis dingo. Mais il faudrait qu'il vienne à la maison. Enfin, je veux dire, chez Mimi. Tu peux lui demander, s'il te plaît ? Je crois que ça ne va pas tarder à raccrocher ; s'il pouvait venir, ce serait vraiment génial. »

La communication fut coupée.

Leo essaya de parler deux ou trois fois, mais elle n'obtint aucune réponse. Elle n'était pas sûre de pouvoir supporter un nouvel imprévu mais, d'un pas las, elle se rendit dans la cuisine.

Tom lui jeta un regard reconnaissant au moment où elle rentra, et elle se sentit horriblement coupable de l'avoir laissé affronter seul la détresse de Max.

« C'était Pat. Je me suis permis de décrocher ; j'espérais entendre Ellie.

— Qu'est-ce que tu lui as dit ? demanda Max. Là, tout de suite, je ne me vois pas le rappeler et, de toute façon, à chaque fois que j'essaie de le joindre, la communication est tout de suite coupée.

— En fait, il voulait connaître le numéro de Tom. Apparemment, il a besoin d'un conseil. Mais curieusement, il a appelé d'une cabine téléphonique. C'est bizarre, vous ne trouvez pas ? »

Max prit un air indifférent.

« Enfin, reprit-elle, bizarre ou pas, il voudrait que tu passes chez Mimi, Tom. »

Tom eut un petit sourire ironique.

« Quoi, maintenant ? fit-il.

— Apparemment, ouais. » Elle lui répéta tout ce que lui avait dit Patrick.

« Écoute, finit par dire Tom en se tournant vers Max, je n'ai pas du tout envie de te laisser seul, mais si c'est vraiment au sujet d'Abbie Campbell, je crois qu'on ferait bien de déterminer qui est le mieux placé pour faire quoi. »

Max se mit à dévisager Tom d'un air interrogateur. Il semblait évident qu'il avait l'esprit trop confus pour évaluer les différentes possibilités. Aussi Tom poursuivit-il :

« Naturellement, il faut que quelqu'un reste ici avec les jumeaux. Pour ma part, malheureusement, je dois me rendre chez Pat, et il faut par ailleurs que quelqu'un apporte à Ellie ses vêtements. Tout bien considéré, je crois que tu ferais mieux de rester ici à attendre, Max. Ellie ne devrait pas tarder à rentrer : l'avocat la ramènera à la maison dès qu'il aura réussi à la faire sortir de là.

Tu as bu, et il ne vaut mieux pas que tu débarques au commissariat l'haleine chargée de whisky, même si je sais que tu es largement en dessous du seuil. Leo, est-ce que tu pourrais apporter ses vêtements à Ellie ? »

Leo secoua la tête.

« Tu ne trouveras jamais la maison de Mimi. C'est un dédale de rues, et tu n'as pas de GPS dans la Jeep. Le mieux, ce serait que je vienne avec toi, et qu'après avoir vu Pat, nous allions ensemble porter ses vêtements à Ellie. À mon avis, il ne te retiendra pas très longtemps : à l'écouter, on aurait dit qu'il avait juste besoin de tes conseils. Qu'est-ce que tu en penses ? »

Ils regardèrent Max, qui se contenta de leur adresser un hochement de tête perplexe. Sa douleur et sa consternation étaient manifestes. Son visage était dépourvu de forme et de couleur, comme si sa peau était moulée sur ses os, et ses yeux semblaient immenses et perdus. Après avoir repris son sac sur la table, elle passa ses bras autour de ses épaules et le serra fort contre elle.

« Tout ira bien, Max, je te le promets. On va régler tout ça rapidement. » Max ne manifesta aucun signe d'étonnement face à son geste d'affection. Ce qui en disait long, vraiment long…

« On rentrera aussi vite que possible, et de toute façon, on a nos portables sur nous. Leo va t'envoyer mon numéro par texto pendant que je conduirai. D'accord ? »

Max les regardait comme s'il ne les voyait pas, mais il hocha la tête en signe de consentement.

* * *

« Je regrette de devoir te demander de remonter dans ce tas de ferraille, dit Tom au moment où ils atteignirent la Jeep. On pourrait rentrer chez moi chercher la voiture, mais ça nous ferait perdre pas mal de temps. J'espère que ça ne te dérange pas.

— Ce n'est pas un rendez-vous galant, Tom. On n'est pas là pour s'impressionner l'un l'autre. »

Malgré les circonstances, Tom faillit sourire. Leo lui faisait penser à une flèche : droite et directe. À cause de son corps mince et élancé, bien sûr, mais aussi et surtout parce qu'elle ne tournait jamais autour du pot. Elle allait toujours droit au but, en utilisant les moyens les plus directs et en dépassant tous les obstacles qui pouvaient se présenter. Elle semblait incapable de feindre quoi que ce soit. Et il aimait cela.

« Je pensais vraiment ce que je disais, tu sais ? affirma-t-il. Nous allons arranger les choses. Ellie s'en sortira.

— Puisses-tu avoir raison. Mais ça ne changera rien au sort de ce pauvre Sean. Je ne comprends vraiment pas ce qui a pu arriver. »

Elle laissa sa tête retomber contre le dossier de son siège et ferma les yeux. Tom vit des sillons d'anxiété se creuser sur son visage. Naturellement, ce n'était pas la première épreuve qu'elle avait à affronter depuis le début de la soirée.

« Je suis désolé de t'avoir annoncé la nouvelle aujourd'hui, pour ton père. Ce n'était vraiment pas le bon moment. Si j'avais su tout ce qui allait se passer…

— Tu sais quoi ? J'avais presque oublié ça. La seule chose qui m'inquiète, pour l'instant, c'est Ellie.

— Est-ce que tu sais déjà ce que tu vas lui dire ? J'imagine que ce serait horriblement dur pour elle d'apprendre ça maintenant.

— Je sais. Ce n'est pas facile. Sa mère lui a menti à ce sujet. Et malgré le peu d'estime qu'elle avait pour elle, ça risque fort de la blesser. »

Tom la regarda attentivement.

« Tu sais, c'est peut-être difficile à croire, mais comme je te l'ai déjà dit, il se peut qu'elle ait fait ça dans votre intérêt, à Ellie et toi. Elle ne voulait sans doute pas vous faire du mal. »

Sans répondre, Leo se pencha en avant et leva les yeux vers le ciel.

« Qu'est-ce qui se passe ? Qu'est-ce que tu regardes ? lui demanda-t-il, en lui jetant des coups d'œil en biais.

— Ça y est ! s'exclama-t-elle avec une gaieté feinte en pointant son doigt vers le ciel. Je le vois ! »

Tom regarda le ciel, mais n'y discerna rien de spécial.

« Quoi ? De quoi est-ce que tu parles ?

— Du Père Noël, répondit-elle d'un air amer en se laissant lourdement retomber contre le dossier.

— Très drôle, commenta-t-il. Bien. J'arrête de rendre hommage à des gens qui ne le méritent peut-être pas. Et le décès de ton père est une chose. Mais quand Ellie apprendra comment et où il est mort, j'imagine que ça va être très dur pour elle, même si on laisse de côté les raisons pour lesquelles il s'est retrouvé là. »

La nuque et le crâne de Leo étaient complètement collés à l'appui-tête ; elle regardait droit devant elle.

« Je sais. Il va falloir que je le lui dise, je n'ai pas d'autre choix. Mais pas maintenant. Dans l'immédiat, je crois que je vais lui dire que tu as découvert qu'il était mort et quand, mais que c'est tout ce que tu as trouvé. Je chercherai à la convaincre que c'est amplement suffisant. Ceci étant, quand elle aura recouvré toutes ses forces, je lui expliquerai le reste. Je ne veux plus qu'il y ait de secrets entre nous, mais elle est trop fragile pour le moment, et elle va avoir tellement d'autres trucs à affronter. Elle n'est pas aussi forte que moi. »

Tom résista à l'envie de faire un commentaire. La carapace de Leo faisait sans doute partie des plus dures et des plus coriaces qu'il ait jamais eu l'occasion de rencontrer. Ce qui rendait sans doute la douceur qui se cachait en dessous infiniment plus intéressante.

« Tourne à gauche, lui dit-elle. On y est presque, mais c'est là que ça se complique. »

Tout en suivant les instructions brèves et concises de Leo, Tom se mit à penser à Pat. Que pouvait-il bien y avoir de si urgent ? Tout cela ne lui disait rien qui vaille.

« Quand on arrivera, je voudrais que tu restes dans la voiture, dit-il à Leo.

— Pourquoi ?

— Parce que j'ignore ce qu'il se passe et, tant que je n'en saurais pas davantage, je préférerais que tu restes à l'abri de tout danger. »

Sans répondre, elle se tourna vers lui pour le regarder. Il jeta un œil dans sa direction.

« Je sais que tu penses que je suis cinglé, mais fais-le, s'il te plaît. Au dîner d'Ellie et Max, il m'a semblé qu'il y avait quelque chose de louche chez Pat. Je ne saurais pas exactement te dire pourquoi, mais il m'est apparu comme un type pas tout à fait honnête. »

Leo poussa un soupir méprisant.

« Ça ne m'étonne pas. Ellie m'a dit qu'à chaque fois qu'il en avait eu l'occasion au cours du dîner, il s'était éclipsé pour appeler sa femme ou lui envoyer des textos. Il a beau l'avoir quittée physiquement, mentalement, il est toujours avec elle. Pas étonnant que tu aies pensé qu'il trafiquait quelque chose. Ça me fait presque de la peine pour Mimi. Je sais que Pat est l'ami de Max, mais tout cela ne le fait pas paraître sous un très bon jour, tu ne trouves pas ?

— Je préfère réserver mon jugement ; je ne connais aucun d'entre eux. Mais quoi qu'il en soit, s'il a quelque chose à me dire, je pense que ce sera plus facile pour lui si tu n'es pas là. »

Sans même avoir à la regarder, Tom sut que Leo venait de lever les yeux au ciel d'un air irrité, mais elle ne dit rien, continuant de lui indiquer le chemin jusqu'à ce qu'ils se garent sur une des places de parking adjacentes à la maison de Mimi.

« Mimi doit être sortie, dit-elle alors. Sa voiture n'est pas là. »

Il tira le frein à main et se tourna vers elle.

« C'est peut-être une bonne chose. Écoute, je ferai aussi vite que je le peux. Ne t'échappe pas, d'accord ? » Il lui adressa un sourire, avant de se pencher vers elle pour déposer une bise sur sa joue. Il ne savait pas pourquoi il faisait ça, mais cela lui semblait être la chose la plus naturelle du monde. Elle ne chercha pas à le repousser.

50

Pat, debout devant la porte ouverte, attendait apparemment impatiemment l'arrivée de Tom, mais jetait autour de lui des regards anxieux.

« Tout va bien, Pat ? s'enquit Tom.

— Oui, pardon, je vérifiais juste que Mimi n'était pas rentrée. Il faut que je te parle avant son retour. Viens, on sera mieux à l'intérieur. »

Une fois que Tom fut entré dans le petit séjour, Pat referma la porte derrière lui puis se dirigea vers l'ordinateur, sur l'écran duquel se mouvaient des formes bleues et vertes vaguement écœurantes.

« Je suis désolé de t'avoir dérangé. J'espère que tu n'avais rien de trop important à faire. »

Tom eut envie de sourire, mais se contenta de secouer la tête.

« J'ai un truc assez urgent à faire, mais Leo m'a dit que tu avais l'air inquiet au téléphone.

— Je voulais te montrer ça, pour que tu me dises ce que tu en penses », répondit Pat en pointant du doigt l'ordinateur portable. Il alla s'asseoir sur le fauteuil placé devant le bureau informatique. Tom, qui resta debout, regarda par-dessus son épaule.

Pat remua la souris, et l'écran de veille disparut, révélant ce qui ressemblait à une liste de numéros de téléphone, dont certains étaient suivis de la mention "*blacklist*". Aucun ne semblait familier à Tom, mis à part un, qui lui évoquait vaguement quelque chose.

«Ces numéros figurent tous dans mon téléphone, lui apprit Pat. Ceux estampillés "*blacklist*" correspondent à Georgia, Max et Ellie.»

C'était donc celui d'Ellie qu'il avait dû reconnaître, à cause du coup de fil qu'elle lui avait passé un peu plus tôt dans la soirée.

En haut de l'écran, différents onglets étaient affichés, titrés «SMS», «e-mails» et «GPS». Pat choisit «SMS».

«C'est la liste des textos que j'ai reçus et envoyés au cours des quelques jours qui viennent de passer. Et il y a aussi une section avec des textos que je n'ai pas envoyés moi-même, mais qui ont été envoyés de mon téléphone. Qu'est-ce que ça veut dire, Tom?»

Tom avait tout de suite compris ce que cela voulait dire, bien que ce fût de loin le logiciel le plus sophistiqué qu'il ait jamais eu l'occasion de voir.

«Où est ton portable, Pat? Je vais te montrer quelque chose.»

Pat sortit son téléphone de la poche de son pantalon et le posa sur le bureau.

«C'est pour ça que je n'ai pas appelé de mon portable, tout à l'heure. Je ne suis pas sûr de comprendre ce qui se passe, mais ce que je sais, c'est que ça ne me plaît pas du tout.»

Tom se pencha vers le bureau.

«Tu as bien fait. Tu peux me laisser la souris, deux minutes? Pendant ce temps, tiens ton téléphone comme si tu le regardais, mais observe l'écran de l'ordi.»

Pat plaça son téléphone devant lui, légèrement sur le côté pour continuer de bien voir l'ordinateur.

Tom cliqua sur la barre d'outils.

« Merde ! » s'exclama Pat, les yeux fixés sur l'écran de l'ordinateur, qui affichait désormais le reflet de son visage horrifié. Il tourna la tête vers Tom. « Qu'est-ce que tu as fait ?

— J'ai allumé ton appareil photo à distance. Regarde ton portable. »

Il baissa les yeux sur son téléphone, sur lequel le voyant lumineux brillait en effet.

« Mais comment as-tu fait ça ? demanda-t-il.

— Ton téléphone a été trafiqué ; on y a installé un logiciel. Je peux allumer ton appareil photo partout où tu es, et voir tout ce que la caméra voit. Je peux même déclencher le haut-parleur à distance et entendre tout ce que tu dis. »

Il jeta à Pat un regard compatissant. Il était évident que Mimi n'avait aucune confiance en lui et, à ce qu'il avait cru comprendre en discutant avec Leo, elle avait probablement raison. Mais installer ce type de logiciel sur son téléphone lui apparaissait tout de même comme une solution un peu radicale. Elle avait dû surveiller ses moindres faits et gestes et manipuler ses relations amicales en bloquant des appels ou en rédigeant des textos et en les envoyant comme s'ils venaient de lui. Toute la panoplie.

« Quel bordel ! fit Pat. J'ai l'impression qu'elle a envahi mon corps : qu'elle connaissait toutes mes pensées et était présente chaque fois que j'étais avec quelqu'un. Rien d'étonnant à ce qu'elle semble toujours deviner que je suis avec Georgia quand je passe chez elle. Je suis à peine arrivé qu'elle trouve un prétexte pour me téléphoner.

— Ça doit venir du GPS. Il te suit partout où tu vas. Elle devait tout manipuler depuis cet ordinateur, mais, à mon avis, elle recevait également des alertes sur son téléphone à chaque texto envoyé. Comment as-tu découvert ça, Pat ? Il n'y avait pas de mot de passe ? demanda Tom.

— Si, mais c'est un vieil ordinateur du collège. Ils sont tous équipés de logiciels de récupération de mots de passe. Elle ne devait pas être au courant ; je ne vois pas comment elle l'aurait su. Bref, c'est comme ça que j'ai trouvé le mot de passe de sa session d'utilisateur. Le truc bête, c'est que je voulais juste regarder les résultats des matchs de cricket, mais quand j'ai vu le nombre de visites sur ce site, j'ai décidé d'aller y jeter un œil. Et c'est là que j'ai trouvé toutes les données de mon activité téléphonique. »

Il referma la fenêtre du site et pivota sur sa chaise.

« Je suis désolé de t'embêter avec ça, Tom ; je voulais juste savoir si j'étais fou. C'est horrible de dire ça, et ça n'a rien à voir avec l'enfant, mais j'aurais vraiment préféré que Mimi ne tombe pas enceinte. Je ne pourrais jamais vivre avec une femme qui a si peu confiance en moi. »

Ne trouvant rien à répondre à cela, Tom jugea préférable de changer de sujet :

« Leo m'a dit que tu avais parlé d'Abbie Campbell quand tu avais téléphoné. Mais je ne vois là qu'une histoire entre toi et Mimi ; Abbie n'a rien à voir là-dedans. Leo aurait-elle mal compris ? » Il faisait de son mieux pour dissimuler son irritation. Il n'avait vraiment pas le temps de s'occuper des problèmes conjugaux de Pat.

« Ah oui, excuse-moi, dit Pat en se retournant vers l'ordinateur. Je me suis un peu égaré avec cette histoire de portable, mais il y a en effet quelque chose. Après avoir découvert ça, j'ai décidé de fouiller un peu dans les dossiers de Mimi, pour voir si elle avait d'autres choses à cacher. Et en regardant dans la corbeille, je suis tombé sur des photos. Il n'y en a aucune de personnes que je connaisse ; ce sont toutes des photos de jeunes filles. L'une d'entre elles est intitulée "Chloe". »

* * *

Leo n'était pas vraiment ravie de se retrouver seule. Trop de temps pour réfléchir. Tom ne devait être entré chez Pat que depuis une dizaine de minutes, et pourtant, elle avait l'impression qu'une éternité s'était écoulée depuis son départ. Il était ridicule de la faire attendre dans la voiture. Elle ne courait aucun danger avec Pat. Et puis, comme elle n'avait rien à faire et personne à qui parler, elle se sentait obligée de penser, méditer, analyser. Ce qui ne lui était naturellement d'aucun secours.

Elle s'était tellement trompée sur Ellie en pensant qu'elle était partie retrouver *Gary* ce soir-là. Et Ellie s'était trompée sur Max, elle aussi. Mais comment avaient-ils pu tous se mettre dans une telle situation ?

Elle se le demandait encore. Et elle n'avait pas non plus de réponse à apporter à la question essentielle, qui était la suivante : qui avait tué Sean ? Et surtout, pourquoi ?

Leo lutta de toutes ses forces pour chasser de sa mémoire l'image du corps mutilé de Sean, mais ces lugubres pensées furent aussitôt remplacées par d'autres. Malgré tous ses efforts, elle ne pouvait effacer de son esprit les informations dont Tom lui avait fait part au sujet de son père un peu plus tôt dans la journée. Maintenant qu'elle était seule, elles planaient au bord de sa conscience comme de noirs vautours prêts à fondre sur leur proie.

Elle n'avait sans doute jamais vraiment pensé à lui en tant qu'homme, ou du moins, l'amour qu'elle avait eu pour lui avait brusquement disparu après qu'il l'eut abandonnée chez la mère d'Ellie. Avec le temps, quand elle avait commencé à comprendre ce qu'il avait fait à sa maman, le peu d'affection qu'elle avait encore pour lui s'était changé en mépris. Mais qui aurait envie de vivre avec la certitude que son père avait été un *monstre*? Comment allait-elle pouvoir continuer d'avancer en sachant que l'homme que sa mère avait aimé avait eu un côté si horrible? Cette simple pensée suffisait à lui donner la nausée, et elle avait peur, vraiment peur, de l'effet qu'elle aurait sur Ellie.

C'était étrange, mais depuis que Tom lui avait parlé de lui, elle se souvenait nettement de détails à son sujet qu'elle n'aurait jamais pu se rappeler ne serait-ce que deux jours plus tôt. Il devait avoir 50 ans passés quand il avait disparu pour la dernière fois, mais il s'habillait comme un homme plus jeune. Ou du moins, il essayait. Elle se souvenait d'élégants costumes les jours de travail, ainsi que de cravates aux couleurs vives. Mais quand il sortait le soir (c'est-à-dire pratiquement tous les soirs), ses jeans étaient toujours un peu trop serrés pour cette région où les autres ne juraient que par les vêtements amples, et, à chaque fois qu'elle regardait son blouson de cuir, elle ne pouvait s'empêcher de penser qu'il en faisait un peu trop. Elle portait sur lui un jugement sévère. Comme toutes les adolescentes à l'égard de leur père, sans doute. Elle se souvenait que plusieurs filles, à l'école, lui avaient dit qu'elles le trouvaient «cool», mais, pour sa part, elle n'avait jamais partagé cette impression. Elle se sentait vaguement embarrassée par lui.

Désormais, elle avait honte. Ce qui, à bien y regarder, n'avait rien de vraiment nouveau, tant ce sentiment avait joué un rôle important dans sa vie. Avant même son arrivée dans le village, elle était considérée comme une sorte de sombre secret. Mais elle avait appris à garder la tête haute et à ignorer ce que les autres pouvaient penser. Si tout cela devait éclater au grand jour, il lui suffirait de faire la même chose.

Le silence qui régnait dans la Jeep fut rompu par une sonnerie de téléphone qu'elle ne connaissait pas. Comprenant immédiatement que Tom avait oublié son portable dans le vide-poche, elle se pencha sur le côté pour l'attraper, mais ne parvint pas à l'atteindre.

«Et merde.» Aussi vite qu'elle le put, elle enjamba la large console centrale et glissa les jambes sous le volant. Mais quand elle parvint enfin à attraper l'appareil, il avait évidemment arrêté de sonner. Elle jeta un coup d'œil à l'écran pour voir s'il s'agissait de Max. «Steve», lut-elle. N'était-ce pas le détective à qui Tom avait parlé? Bof. Si c'était important, il rappellerait.

Tout en décidant de rester de ce côté de la Jeep jusqu'à ce que Tom ait fini avec Pat, elle tourna la clef de contact pour avoir du courant et se mit à tripoter la radio. Elle avait besoin de quelque chose pour noyer ses pensées. Ses manipulations hasardeuses donnèrent soudain lieu à une explosion de musique. Elle recommença à tâtonner pour baisser le son. Mais juste au moment où elle trouva le bon bouton et réussit à régler le volume à un niveau convenable, elle sentit un souffle d'air sur sa nuque.

Sans même avoir à regarder, elle comprit. Il y avait quelqu'un dans la voiture, derrière elle. Elle sentait le souffle de l'intrus changer l'atmosphère, et sa peau était comme électrisée par la terreur. L'espace d'une seconde, elle ne bougea pas. Et au moment où elle se mit à chercher à tâtons la poignée de la portière, elle sentit un net déplacement d'air derrière elle.

* * *

Pat ouvrit la corbeille et Tom vit apparaître sur l'écran un dossier d'images.

« Il n'y a que des photos de filles, à peu près du même âge. C'est le prénom "Chloe" qui m'a fait tiquer. Ça pourrait être une coïncidence, naturellement, mais je me suis dit que je ferais mieux de commencer par t'en parler à toi, plutôt que de faire perdre du temps à la police.

— Je peux prendre le fauteuil ? »

Tom se hâta de s'asseoir et se pencha vers l'ordinateur. Et quand il eut vérifié tous les fichiers que Pat avait trouvés, il se vit contraint d'admettre qu'il avait raison. Il n'y avait que des photos de jeunes filles de 14 ou 15 ans. Toutes étaient en basse résolution ; il était donc peu probable qu'il s'agisse d'originaux. Elles avaient dû être volées sur des réseaux sociaux.

Il vérifia l'historique de navigation, mais ne trouva pas ce qu'il recherchait. Ce qui, d'une certaine façon, ne l'étonna guère. S'il ne se trompait pas, Mimi possédait un certain niveau d'expertise. Mais, en ce cas, pourquoi n'avait-elle pas vidé la corbeille et nettoyé l'ordinateur?

Il avait sa petite idée là-dessus.

«Qu'est-ce que tu cherches? lui demanda Pat.

— Je ne suis pas un expert, répondit-il, mais je m'y connais un peu en sécurité informatique. Mon défunt frère a bâti toute sa fortune là-dessus, et il m'arrivait parfois d'écouter ce qu'il me racontait, quand ce n'était pas trop technique. Puis-je continuer de regarder un peu? Il y a deux ou trois trucs que je voudrais vérifier.»

Il ouvrit quelques fenêtres, cliqua sur quelques onglets. Et au bout de trois ou quatre minutes à peine…

«Bingo!»

* * *

Au moment où Leo attrapa la poignée de la portière, elle sentit un mouvement précipité derrière son épaule gauche.

«Même pas en rêve», fit une voix qu'elle reconnut aussitôt. Une voix qui paraissait généralement fragile et peu assurée, bien que Leo ait fini par découvrir la veille qu'il ne s'agissait en réalité que d'un jeu très étudié. Néanmoins, jamais elle ne se serait attendue à cela.

Un objet froid et acéré se posa sur le côté gauche de son cou, et elle sentit l'odeur de transpiration du corps chaud tapi entre les deux sièges avant. «Si tu bouges, je te tranche la gorge.»

Leo essaya de garder son calme.

«Qu'est-ce que tu veux, Mimi? Si c'est de l'argent, prends mon sac. Prends ce que tu veux et va-t'en.

— J'ai besoin d'une voiture. Les flics ne vont pas tarder à arriver ; il faut que je me casse, et c'est toi qui vas me conduire. »

Le couteau commençait à s'enfoncer dans son cou, et elle sentait des gouttes de sang chaud rouler le long de ses clavicules.

« Tu ne préfères pas que je m'en aille ? Prends la voiture ; je te la laisse. »

Elle l'entendit ricaner dans son oreille gauche, comme si elle venait de suggérer quelque chose de complètement ridicule.

« Non, je ne préfère pas ; je ne suis pas idiote. Si je te laisse partir, tu vas tout de suite aller voir ton flic, et ce tas de ferraille sera immédiatement fiché. Mais si Tom sort et qu'il voit que tu n'es plus là, il pensera juste que tu as tapé une crise et que tu l'as laissé en plan. Pourquoi ? Parce que tu es une emmerdeuse de première, comme chacun le sait. Mais tu es aussi une garantie pour moi. Tu pourrais me servir d'otage… Quoi qu'il en soit, il faut que je m'en aille d'ici et je vais le faire. À toi de déterminer si tu préfères m'aider ou mourir tout de suite. »

Le rire mauvais qui vint conclure ces propos glaça le sang de Leo.

* * *

Tom fit un demi-tour sur le fauteuil et regarda Pat, qui semblait complètement médusé.

« Tout est là. Je suis navré de dire ça, mais il n'y a aucun doute là-dessus. Mimi a créé de faux profils Facebook. Elle est bien la Chloe que la police recherche. Elle doit s'y connaître un peu en la matière, parce que, pour un amateur, elle a vraiment bien dissimulé les preuves. Elle a déguisé son adresse IP et effacé presque tous les fichiers. Je ne comprenais pas pourquoi certains d'entre eux étaient toujours là, alors qu'elle s'était montrée si prudente avec tout le reste. Mais elle avait programmé l'ordinateur pour qu'ils soient effacés au redémarrage, alors, soit ça n'a pas fonctionné, soit elle a oublié d'éteindre l'ordinateur.

— C'est ma faute, je pense, dit Pat. Elle l'avait éteint avant de partir, mais j'ai interrompu le processus pour pouvoir me connecter à BBC Sport. »

Tom se leva.

« Il faut que je passe un coup de fil. »

Pat l'ignora. Il semblait totalement désorienté. « Mais pourquoi aurait-elle fait ça ? Pourquoi aurait-elle prétendu être une fille appelée Chloe pour pouvoir devenir amie avec Abbie Campbell ? C'est complètement absurde. Et pourquoi tous ces autres faux profils ?

— Il fallait qu'elle ait l'air crédible face à Abbie. Qu'est-ce que tu sais de son passé ? »

Pat baissa les yeux.

« Pas grand-chose. Ça ne m'intéressait pas. J'ai eu un coup de foudre pour elle qui a dû durer cinq minutes, grand max. J'étais malheureux, je m'apitoyais sur mon sort… C'est pathétique. Mais qu'est-ce qu'une femme comme Mimi pourrait vouloir à une jeune fille comme Abbie ? Tu crois qu'elle est de mèche avec un homme ?

— Je n'en sais rien. C'est vrai qu'il est assez rare qu'une femme cherche à enlever un enfant. Il est donc possible qu'elle ait eu un complice. Mais on ne pourra pas le savoir tant qu'on ne l'aura pas retrouvée. Écoute, Pat, il faut que j'appelle la police, maintenant. »

Il se mit à chercher son portable dans sa poche. Pat recommença à parler.

« Mais pourquoi a-t-il fallu que je la rencontre ? Si Georgia n'avait pas su, je serais encore avec elle, maintenant. Mais il a fallu qu'elle reçoive ce texto anonyme. Mimi m'a juré que ce n'était pas elle, mais maintenant que je sais tout ça… En fait, je ne me suis jamais beaucoup intéressé à elle. D'ailleurs, si elle n'était pas tombée enceinte, je serais parti cette semaine. »

Tom commençait vraiment à en avoir assez d'écouter Pat se lamenter sur son sort. En cet instant précis, ses problèmes personnels étaient le cadet de ses soucis.

Mais où donc était son portable ?

« Excuse-moi, Pat, mais il faut que j'appelle la police et il faut que je le fasse maintenant. Quant à toi, tu devrais arrêter de te demander ce que tu aurais dû faire ou pas. Notre problème immédiat, c'est de savoir où a bien pu aller Mimi. Et surtout, d'où elle vient. »

Faisant de son mieux pour dissimuler l'irritation que lui inspirait la faiblesse de Pat, il entreprit de fouiller son autre poche. Mais il finit par abandonner ses recherches.

« Écoute, Pat, j'ai dû laisser mon téléphone dans la voiture. On ne peut pas utiliser le tien sous peine d'alerter Mimi. Est-ce que tu sais où elle a pu aller ? Parce que, si elle revient maintenant, il va falloir qu'on la retienne jusqu'à ce que la police arrive.

— Elle est sortie vers 18 heures et nous ne nous sommes pas parlé depuis. Elle avait l'air furax ; j'ai cru que c'était à cause de quelque chose que j'avais fait, alors je n'ai pas osé l'interroger… »

— Très bien. Attends-moi ici ; je vais chercher mon téléphone. »

* * *

« Démarre, Leo, ou je te tue.

— Tu mens. Si tu n'avais pas besoin de moi, je serais morte depuis longtemps. »

Leo sentit le corps couvert de sueur de Mimi s'avancer dans l'espace qui séparait les deux sièges. Elle perçut sur le côté de son visage l'humidité et la chaleur d'une haleine rendue fétide par l'angoisse. Elle savait qu'elle allait mourir, mais il était hors de question qu'elle se laisse faire comme ça.

La voix de Mimi était devenue tremblante d'émotion.

« Toi et toute cette bande de snobs, vous avez tout fait pour que Patrick et moi, nous rompions, hein ? Mais tu sais, il ne faisait pas partie du plan ; c'était juste un bonus. Enfin, jusqu'à ce que je découvre comment il est réellement. » Elle soupira. « Si Gary n'avait pas tout fait foirer, ç'aurait marché. J'aurais tout eu : Patrick *et* Abbie. J'aurais vu mon Abbie en secret. Elle aurait été heureuse. »

Abbie ? Mais qu'est-ce que tout cela pouvait avoir à faire avec Abbie ?

« Tu ne savais pas, hein ? Aucun d'entre vous ne se doutait qu'elle était à moi. Ma petite fille. J'étais sur le point de tout arranger avec elle, tout. C'était mon bébé. Je voulais juste la voir ; lui montrer que sa mère n'était pas un monstre. Ce n'est pas ma faute si Jessica est morte ; rien de tout cela n'est ma faute. Je voulais qu'elle comprenne. »

Mimi était la *mère* d'Abbie? Leo ignorait complètement qui était Jessica, mais ce qu'elle savait, c'était que le temps lui était compté.

« Abbie m'a aimée quand j'étais Chloe. Mais moi, telle que j'étais réellement, je n'étais pas assez bien pour elle. Pas assez bien pour Abbie, pas assez bien pour Jessica, pas assez bien pour Patrick. Tu sais quoi? Elle a dit qu'elle me détestait. Elle a *hurlé* quand j'ai essayé de la toucher. Elle n'aurait pas dû faire ça. »

Leo sentait en elle une immense colère, sans doute influencée par la déception provoquée par la perte de ses dernières illusions.

« Avance, Leo, sans quoi je me réjouirai de te regarder mourir à petit feu. Tu ne serais pas la seule personne que je tuerais de mes mains ce soir. » Elle appuya un peu plus sur le couteau, et Leo sentit un nouvel élan de douleur la transpercer au moment où la lame s'enfonça dans sa chair.

« Je n'irai nulle part avec un couteau sous la gorge. Si on passe sur un dos-d'âne, je vais me retrouver avec la carotide tranchée. Vire-moi ce couteau, et je te conduirai là où tu veux aller. »

Il y eut un silence.

« Les mains sur le volant. En haut. Tiens-le bien et penche-toi. Mets ta tête contre tes mains. Tout de suite! »

Le couteau tourna dans la plaie ouverte, et elle sentit un nouvel éclair de douleur la foudroyer. Elle s'exécuta. Mais il fallait absolument qu'elle continue de la faire parler.

« Pourquoi Sean? Pourquoi devait-il mourir? » demanda-t-elle, la voix étouffée par ses propres mains.

Le couteau resta enfoncé dans son cou, mais elle perçut une sorte de mouvement traînant et comprit que Mimi était en train d'enjamber la console centrale pour gagner le siège passager. Dès que l'occasion se présenterait, elle…

« Je t'interdis de bouger d'un millimètre. Je sais ce que tu es en train de penser », marmonna Mimi, en enfonçant plus profondément la lame dans sa chair. Leo grimaça sous le coup de la douleur, mais Mimi semblait trop occupée à parler pour le remarquer : « Sean ? Ce n'était pas lui que j'attendais ; il y a eu méprise. Je savais qu'Ellie baisait avec Gary, cet enfoiré de tueur d'enfant, et je savais qu'elle était la seule à pouvoir me le livrer sur un plateau. C'était Gary que je voulais. Il savait que c'était moi. Il savait que c'était moi qui avais pris Abbie. »

Il n'avait fallu à Mimi que quelques secondes pour grimper sur le siège passager, et la pression du couteau était restée plus ou moins identique durant tout le temps où elle avait parlé. Mais Leo savait que, si elle avait glissé ou trébuché, tout aurait été terminé.

« Adosse-toi à ton siège. Et mets ta ceinture, ordonna-t-elle.

— Pourquoi ? demanda Leo.

— Je t'ai déjà dit que je n'étais pas stupide. Si tu n'as pas ta ceinture, tu descendras au premier feu rouge. Je me fiche bien de ton sort, mais j'ai besoin de toi ; il me faut un bouclier si je me fais arrêter. »

La position du couteau fut modifiée : il resta suspendu au-dessus de la main de Leo pendant que celle-ci attachait sa ceinture.

« Où dois-je te conduire ? demanda Leo.

— Mets le moteur en marche et laisse ta main gauche sur le levier de vitesse. Commence par sortir de ce lotissement merdique ; je te dirai ensuite. »

Leo enclencha la marche arrière et sentit une douleur aiguë lui traverser la main au moment où le couteau perça sa peau. Ne tenant le volant que d'une main et s'efforçant de ne pas regarder à sa gauche, par crainte de la folie qui devait briller dans ces yeux situés à cinq centimètres à peine de son visage, elle recula en s'aidant des rétroviseurs, et d'une bonne dose d'espoir. Elle savait avec certitude que, dès qu'elle l'aurait conduite à destination, Mimi lui ôterait la vie.

Il fallait qu'elle réfléchisse.

Et tout à coup, elle se souvint de quelque chose que Tom lui avait dit quand ils avaient quitté sa maison un peu plus tôt dans la soirée. Elle n'avait qu'une seule chance de s'en sortir. Cela allait faire mal, très mal, mais c'était la seule solution qui lui restait.

Elle mit le moteur en marche, et écrasa l'accélérateur, aussi fort qu'elle le put.

* * *

Tom avait à peine fait deux pas à l'extérieur qu'il entendit le bruit d'un moteur vrombissant. Ce rugissement ne dura pas plus de cinq secondes ; il fut immédiatement suivi d'une explosion de son : le fracas d'un objet métallique, lancé à toute vitesse contre un mur de briques.

Pour la première fois de sa vie, il comprit le sens de l'expression « sentir son cœur bondir dans sa poitrine », et il se mit aussitôt à courir. De là où il se trouvait, il ne pouvait voir que les feux arrière de sa Jeep et la fumée qui s'échappait de son capot, lequel semblait avoir été réduit à la moitié de sa taille en percutant le mur qui délimitait l'entrée de cette partie du lotissement.

«Leo!» hurla-t-il. Il courait désormais à une vitesse qu'il n'aurait jamais pensé pouvoir atteindre. «Pat, appelle une ambulance! Ne reste pas là à rien faire, putain! Appelle une ambulance!» cria-t-il par-dessus son épaule, bien qu'il sût que Pat resterait de toute façon là, immobile, à regarder la scène la bouche ouverte.

Fort heureusement, le bruit avait alerté d'autres personnes, qui étaient sorties de leurs maisons, et, du coin de l'œil, alors qu'il parcourait les 400 mètres qui le séparaient de la voiture, il vit un voisin un peu plus vif que Pat sortir son téléphone de sa poche. Il continua de courir aussi vite qu'il le put en direction de l'endroit où il avait laissé Leo. Mais arrivé à 50 mètres environ de la Jeep, il dut étouffer un cri d'effroi. Leo ne portait pas de ceinture de sécurité. Il n'y avait pas d'airbag, et sa tête sortait d'un trou dans le pare-brise, son cou formant un angle bizarre qui, d'après son expérience, ne pouvait signifier qu'une chose.

«Non, murmura-t-il. Oh, mon Dieu, non.»

Il courut jusqu'au capot en accordéon. De sa position, il ne pouvait voir que la moitié supérieure d'un corps, et du sang. Son dos faisant écran à la lumière du réverbère qui se trouvait derrière lui, il se décala sur le côté en glissant sur la surface encore chaude du capot. Il fallait qu'il bouge pour que la lumière éclaire le visage de Leo, pour qu'il puisse voir si elle était toujours vivante. Et tout à coup, il vit. Les cheveux qui couvraient le crâne étaient blonds et fins, sans ressemblance aucune avec l'épaisse chevelure noire de Leo.

Il comprit sur-le-champ de qui il s'agissait, et une faible lueur d'espoir s'alluma en lui.

Un nouvel élan d'énergie lui permit de ramper sur le capot pour atteindre le côté du conducteur. Au moment où il parvint à tirer sur la poignée, la portière refusa de céder, mais il réussit à discerner la silhouette avachie de Leo derrière le volant. Elle était immobile, sa tête reposant sur l'airbag désormais dégonflé.

Il tira sur la poignée de la portière arrière. Elle ne s'ouvrit que de quelques centimètres, mais il força autant qu'il le put pour se glisser dans l'ouverture. Au moment où il passa, il entendit sa chemise se déchirer et sentit une douleur aiguë au côté, là où un morceau de métal avait dû frotter, mais il n'y prêta aucune attention. Il s'agenouilla sur le siège arrière et se pencha très doucement vers l'avant, afin de ne pas faire bouger le corps de Leo, ou même son siège, au cas où sa colonne vertébrale aurait été touchée.

Tout en s'accrochant de sa main droite à la poignée de plafond, il plaça sa main libre sur le cou de Leo pour lui prendre le pouls.

51

Je suis réveillée, je ne peux pas parler, mais j'entends. Les gens qui parlent. Et je sens des mains douces qui me caressent le bras. Je sais que je vais me rétablir.

Cela dit, je fais toujours des rêves. Je rêve de Jessica, et du jour où elle est morte.

On est toutes seules dans la pièce. La mère est sortie, et on fait une cabane. Mais Jessica a peur.

« Ne t'inquiète pas, Jess. C'est juste une cabane. Ça ne sera pas comme le placard, je te le promets. Mais il faut qu'on joue en silence pour ne pas se faire dénoncer. »

Je ne sais pas ce que veut dire « dénoncer », mais j'ai l'impression que c'est un truc pas très bien.

Jess pleure. Elle a mal au bras. La mère n'aime pas quand on pleure. Elle m'a poussée dans l'escalier, hier, et maintenant, mon bras est tout bizarre et il me fait super mal. Mais ça va s'arranger. Ça s'est arrangé, la dernière fois. Et de toute manière, je ne pleurerai plus.

Je l'entends arriver, et je sais qu'il va falloir qu'on soit très, très sages. J'attire Jess près de moi.

Et puis on se retrouve dans le placard. On a été sages, pourtant. Mais il a quand même fallu qu'on se cache. Jess n'a pas l'air bien. Il y a quelque chose qui ne va pas. Et tout à coup, je mets des coups de pied, des coups de pied, des coups de pied.

Quelqu'un se met à hurler. Je suis traînée sur le sol par les chevilles. Le gros bonhomme retire le scotch de la bouche de Jess, et du vomi s'en échappe. Jessica ne bouge plus.

Le bonhomme s'habille. Et personne ne s'occupe de Jess. J'essaie de hurler, mais il sort de la maison en courant comme s'il était poursuivi par le croque-mitaine. La mère enveloppe Jessica dans un drap sale. J'essaie de crier «Aidez-la, aidez-la», mais je ne peux pas. Ma bouche est couverte de scotch.

Je ne peux pas courir pour aller chercher de l'aide : mes jambes sont ligotées. Mais le Grogneur a laissé la porte ouverte, alors je me mets à rouler dans cette direction. La mère me voit.

«Viens ici, sale petite bâtarde !»

J'entends quelqu'un dans l'escalier. La mère laisse tomber Jessica par terre, ma petite Jess, et elle se précipite vers moi. Elle m'attrape par les pieds et m'éloigne de la porte. Mais c'est trop tard. Quelqu'un m'a prise dans ses bras. Quelqu'un a retiré le Scotch de ma bouche et me serre tendrement contre son corps. Je n'arrive à dire qu'un seul mot : «Jessica. »

Je m'en souviens, maintenant. Je me souviens de tout. À chaque fois que je rêvais de Jess et de ce qui s'était passé, maman venait me voir et me disait que j'étais en sécurité. Que plus jamais je n'entendrais sa voix.

Et pourtant, sa voix, je l'ai entendue à nouveau. La maman de Chloe. C'était elle.

À la fin, c'est la voix que j'ai reconnue.

Je pensais avoir réussi à lui échapper. Mais ensuite, elle était là. Là, à l'hôpital, où j'étais en sécurité. Cette voix, encore, qui chuchotait à mon oreille, tout près de ma tête :

« Ma petite Abbie. Je ne voulais pas te faire de mal… Je voulais qu'on soit amies… Notre secret… »

Je ne pouvais pas parler, mais j'avais envie de hurler et de hurler encore.

« Je n'aurais pas dû venir te chercher, vendredi, je me suis montrée trop possessive. Chloe aurait pu être ta meilleure amie, et si tu ne l'avais jamais rencontrée, tu n'aurais jamais su que c'était moi. »

J'ai senti une main dégager les cheveux de mon visage. Et puis ces lèvres sèches qui ont effleuré mon front. J'ai essayé de crier, mais je ne pouvais pas. Les sons ne sortaient pas.

« Et tous les jours, quand tu m'aurais dit ce que tu faisais, où tu allais, j'aurais pu te regarder. Je t'ai regardée pendant des mois sans que tu t'en rendes compte. »

J'ai essayé de bouger mon corps, de m'écarter de ces horribles mains. La voix est devenue dure :

« Mais tu n'as pas voulu de moi, hein ? Tu ne m'as pas laissé m'expliquer. Tu as fait comme tous les autres : tu m'as jugée et tu ne m'as pas trouvée assez bien pour toi. C'est à cause de toi que je suis allée en prison, et je t'ai pardonnée pour ça. Mais maintenant, ça va être exactement comme la dernière fois. Tu vas raconter tout un tas de mensonges sur moi, hein ? Tu vas leur dire que je t'ai kidnappée. Mais ce n'est pas vrai, ce n'est pas vrai. Nous étions amies, toi et moi. »

J'ai senti qu'on arrachait un oreiller de sous ma tête.

« Tu ne me laisses pas le choix, Abbie. Tu aurais dû m'aimer. Ce n'était tout de même pas trop demander. »

Et tout à coup, il y a eu du bruit, plein de bruit, un souffle d'air au moment où les rideaux se sont levés; et elle était partie.

Enfin, c'est ce que j'ai cru.

Mais ensuite, j'ai entendu une voix qui disait « Calme, calme. Chut » et j'ai senti une main qui me caressait la tête. Alors l'espace d'un instant, j'ai cru qu'elle était revenue. J'ai cru que la mère était revenue.

52

Deux semaines plus tard

UN PREMIER PAS : LE BLOG DE LEO HARRIS

Aller jusqu'au bout

Veuillez excuser mon silence récent, un accident m'ayant empêchée d'écrire. Mais aujourd'hui, j'ai un scribe pour moi toute seule, ma ravissante sœur Ellie, et je me sens obligée de vous parler de la vérité, parce que la «vérité» surpasse en importance toutes les autres qualités du couple.

Vous arrive-t-il fréquemment d'excuser une petite omission, un pieux mensonge ou une version déformée de la réalité sous prétexte que «ce qu'il ne sait pas ne peut pas lui faire de mal»?

Le problème n'est pas seulement celui du mensonge. Le problème est celui de l'absence de vérité. Omettre de se montrer ouvert et honnête, sur quelque plan que ce soit, est aussi dommageable que de mentir. Secrets et tromperies finissent par ébranler la stabilité, la durabilité et la longévité du couple.

Friedrich Nietzsche a dit : «Ce qui me bouleverse, ce n'est pas que vous m'ayez menti, c'est que désormais, je ne pourrai plus vous croire.»

L'honnêteté et la confiance vont main dans la main. Une fois le mensonge proféré, la tromperie mise en œuvre ou la vérité omise, la confiance est détruite. D'aucuns disent qu'aimer, c'est conférer à l'autre le pouvoir de briser notre cœur, tout en se fiant à l'idée qu'il ne le fera pas. Alors, sans confiance, qu'advient-il de l'amour?

Pour la première fois depuis la mort de Sean et l'accident de Leo, Ellie sentait les restes de son naturel optimiste lutter pour refaire surface. Peut-être était-ce parce que Leo commençait à montrer des signes de retour à la normale ? C'était la première fois qu'elle manifestait le désir de mettre à jour son blog depuis l'accident, et ses mots lui parurent si percutants qu'elle ne put s'empêcher de regretter qu'elle n'ait pas écrit ce post plus tôt et insisté pour le faire lire à tout le monde.

Mais peut-être était-ce l'amélioration du temps, aussi, qui la ragaillardissait ? Il avait fait mauvais ces deux dernières semaines ; les averses incessantes ne donnaient nullement l'impression d'être en été. Mais, ce jour-là, pour changer, le soleil brillait dans le ciel. Ellie emporta deux tasses de cappuccino dans le jardin et en posa une sur la table, à droite de Leo. Son bras gauche était toujours en écharpe. Au moment où Mimi avait été projetée dans le pare-brise, son couteau avait transpercé la main de Leo, et la blessure qui en avait résulté allait encore nécessiter beaucoup de soins.

« Tu as mieux dormi, cette nuit ? demanda Ellie à sa sœur.

— Pas vraiment. Mais je n'ai pas envie de commencer à prendre des somnifères ; je suis sûre que je deviendrais accro, et nous savons tous le genre de problèmes que ces trucs peuvent causer. De toute façon, je n'ai jamais été une bonne dormeuse. Si je me sens fatiguée, je ferai une petite sieste, pour mieux terminer la journée. Ne t'en fais pas.

— Est-ce que ta main te fait toujours souffrir ? Si tu veux, je pourrais demander à Sam de te prescrire quelque chose pour la douleur ?

— Oui, ça fait mal. Mais je prends ça comme un signe : un moyen de me rappeler que j'ai tué quelqu'un. Je crois que j'en ai besoin. »

Ellie lui jeta un regard surpris.

« Leo, ce que tu as fait est incroyablement courageux. Mimi t'aurait tuée. Tu n'avais pas le choix. Elle avait déjà tué Sean et essayé d'assassiner Gary. Sans oublier le fait qu'elle avait tué l'une de ses filles et tenté de faire de même avec la seconde.

— Tu crois qu'elle aurait tué Abbie ? Je sais bien qu'elle est allée jusqu'à l'agresser sur son lit d'hôpital… Mais est-ce qu'elle serait vraiment allée jusqu'au bout ?

— J'imagine qu'on ne le saura jamais. Elle avait beaucoup à perdre à ce que sa fille reste en vie, et apparemment, Abbie lui avait fait expressément comprendre qu'elle était horrifiée à l'idée de la voir revenir dans sa vie.

— Heureusement qu'Abbie s'est remise, dit Leo. Tu penses que ça ira pour elle ?

— Elle a vécu un véritable traumatisme, et pas le premier de sa courte vie. D'après Kath, elle a été litté-ralement terrorisée quand elle a fini par comprendre qui était vraiment la « maman de Chloe ». On lui avait dit qu'elle ne reverrait plus jamais sa mère biologique, après les tortures qu'elle avait subies dans sa petite enfance. Et comme si ce n'était pas suffisant, il a fallu que cet enfoiré de Gary la renverse. »

Ellie était ravie que toute cette histoire ait conféré à Penny la force de jeter Gary dehors. Penny lui avait expliqué que, quand elle s'était rendu compte qu'elle s'inquiétait moins du rétablissement de Gary que de celui de Smudge, elle avait compris qu'il était temps de lui dire au revoir. Et Leo lui avait fourni une longue liste de professionnels susceptibles de l'aider à surmonter l'inévitable contrecoup de toutes ces années de violence conjugale.

« Tom m'a expliqué pourquoi Mimi s'en était prise à Gary, reprit Leo. Gary dit qu'elle délirait, qu'elle était persuadée qu'il l'avait vue dans le bois, alors qu'il n'avait rien vu du tout. Il lui a semblé entendre un bruit, mais quand il a tourné la tête pour regarder, il avait les phares de sa voiture en plein dans les yeux. Et puis j'imagine qu'il était pressé de s'en aller de là. »

Elle fit une petite moue de dégoût, comme à chaque fois qu'elle mentionnait le nom de Gary. Puis elle prit sa tasse de café, et les deux sœurs restèrent silencieuses pendant un moment, perdues dans leurs pensées.

« Est-ce que Tom sait comment Mimi a réussi à retrouver Abbie ? demanda soudain Ellie.

— Il ne me dit pas tout… Mais il m'a expliqué que, si le nom de famille d'Abbie avait changé, ce n'était naturellement pas le cas de sa date de naissance. Mimi s'est aidée d'une application Facebook, apparemment. Un truc facile, surtout pour quelqu'un qui a passé plusieurs années en prison à étudier l'informatique. Ils pensent qu'elle n'avait jamais envisagé de rencontrer Abbie ; seulement de devenir son amie en se faisant passer pour quelqu'un d'autre. "Chloe" aurait pu rester en contact avec elle pendant des années et tout le monde n'y aurait vu que du feu. Elle envisageait juste de parler avec sa fille. En ligne ou au téléphone. Mais c'est l'occasion qui fait le larron, comme on dit. Et naturellement, ce fameux vendredi, Abbie l'a rejetée. Dieu sait ce que Mimi lui aurait fait si elle n'avait pas réussi à s'échapper. »

Ellie remuait machinalement son café. Il y avait quelque chose qu'elle avait envie de demander à Leo, mais elle ne savait pas comment aborder le sujet.

« Tu sais, Leo, je me demandais… si tu as tant de mal à dormir, c'est peut-être à cause du bébé ? »

Leo se tourna vers elle, affichant un air déconcerté.

« Quel bébé ?

— Celui de Mimi. Nous savons tous maintenant qu'il n'existait pas. Mais quand tu as envoyé la voiture dans le mur, tu as dû te dire que tu allais sûrement tuer un bébé. Ç'a dû être dur, quand même. »

Au grand étonnement d'Ellie, Leo se mit à rire.

« Je savais déjà qu'il n'y avait pas de bébé, Ellie. Je le savais depuis la veille, mais je n'avais pas eu le temps de te raconter. Il se passait tellement de trucs. Mimi avait un paquet de Tampax géant dans son sac de courses. C'était bien son genre d'essayer de coincer Pat avec ça, jusqu'à ce qu'il soit trop tard pour qu'il puisse faire machine arrière. Je ne sais pas ce que j'aurais fait si elle avait vraiment été enceinte, mais je ne préfère pas y penser. Et tu sais, je n'avais pas l'intention de la tuer non plus. Je voulais juste l'assommer pour pouvoir m'en aller. Mais elle, elle aurait pu m'assassiner sans hésiter une seconde.

— Je n'arrive pas à croire que Pat ait pu vivre avec elle. Et même coucher avec elle, dit Ellie en frissonnant. Mais à quoi est-ce qu'il pensait ? Georgia ne le laissera pas revenir, maintenant ; c'est fichu. Même si elle a de la peine pour lui ; ça ne suffira pas. Je ne crois pas que la compassion puisse devenir le ciment d'un couple. »

Elle poussa un peu la table pour pouvoir se rapprocher de Leo en glissant sur le banc. Et quand elle s'appuya doucement sur le bras valide de sa sœur, elle fut ravie de constater que celle-ci ne cherchait pas à la repousser. On aurait même dit qu'elle s'était un peu rapprochée d'elle, elle aussi.

« Merci, Leo, d'avoir fait ces recherches sur papa. Je sais que tu ne m'as pas tout dit, mais ça me va. Je n'ai pas envie d'entendre ça maintenant, et j'imagine que tu sauras trouver le bon moment pour me dire le reste. Je te fais confiance ; je suis certaine que tu ne me cacheras rien quand le temps sera venu. Au moins, comme ça, je peux arrêter d'espérer qu'il revienne, et nous avons tous les éléments en main pour choisir de continuer de vivre ici ou de nous installer ailleurs. Je sais que tu ne pensais pas beaucoup à lui, mais c'est le seul papa que nous ayons jamais eu. Ça ne te fait pas de la peine ? Même un tout petit peu ? »

Ellie comprit immédiatement qu'elle n'aurait jamais dû poser cette question. Le visage de Leo se figea ; il semblait désormais taillé dans de la pierre.

« Non. Il était marié à ta mère, mais ça ne l'a pas empêché de venir faire tourner la tête de la mienne. Ellie, elle n'avait que 17 ans quand elle est tombée enceinte de moi. 17 ans ! C'est à peine trois de plus qu'Abbie. Lui en avait 36. Et ensuite, il s'est marié avec elle et a vécu sur un mensonge pendant des années. Je ne pense pas que maman se soit doutée de quoi que ce soit. »

Ellie hocha la tête. Elle savait que Leo aurait besoin d'une bonne dose d'arguments persuasifs pour pouvoir enfin voir le bon côté de leur père.

« Il a commis une erreur, je te l'accorde. Mais regarde Max et moi. Nous en avons commis, nous aussi, récemment, et ce n'est pas pour autant que tu nous considères comme des monstres, non ?

— Bien sûr que non. Mais il y a erreur et erreur. Celle-ci, j'aurais pu la lui pardonner, parce que maman était quelqu'un de vraiment exceptionnel. Mais il m'a aussi abandonnée, et ça, je ne pourrai jamais, jamais le lui pardonner. Il m'a laissée chez ta mère et il m'a ignorée. Il se fichait bien de ce qu'il pouvait m'arriver. Après la mort de maman, j'étais complètement bouleversée. Tout mon univers s'était écroulé. Tu as essayé de me réconforter, mais lui, combien de fois l'a-t-il fait ? Jamais. Pas une seule. Il était trop occupé à faire ces trucs à l'extérieur.

— Qu'est-ce que tu veux dire par là ? Il travaillait, rien de plus… »

Leo ne répondit pas. Ellie garda le silence pendant un moment.

« J'imagine que si j'avais été un peu moins bête, je me serais aussi montrée moins suspicieuse à l'égard de Max. Mais je me suis empressée de tirer des conclusions. Qui n'étaient pas les bonnes, naturellement. Pauvre Max. »

À ces mots, elle sentit le corps de Leo se serrer légèrement plus fort contre le sien, comme si sa sœur cherchait ainsi à exprimer sa compassion.

« Qu'est-ce que tu lui as dit, si ce n'est pas indiscret ? s'enquit-elle.

— Ç'a été une décision difficile. Je me suis demandé si je pourrais vivre avec le poids de la culpabilité, sans soulager ma conscience. Mais Max et moi sommes devenus si proches ces temps derniers que nous pouvons pratiquement lire dans les pensées l'un de l'autre. Dans les miennes, il y aurait toujours eu comme une porte fermée, et je sais qu'il l'aurait vue et qu'il se serait sans cesse demandé ce qui se cachait derrière. Il était donc nécessaire que je lui dise. Et je l'ai fait : je lui ai tout dit, pendant que tu étais à l'hôpital.

— Et… ?

— Et rien. Il est en colère, mais en partie contre lui-même. Il m'avait fermé quelques portes, lui aussi, à cause de cette saleté d'Alannah. Et je me demande bien ce qu'il lui est passé par la tête quand il a décidé de se lancer dans l'immobilier avec Sean… »

Leo et elle gardèrent le silence pendant un instant.

Mais il y avait eu suffisamment de tension au cours des quelques semaines passées ; il fallait qu'elle aide Leo à se détendre un peu.

« Et ton super flic, au fait ? lui demanda-t-elle en lui donnant un petit coup de poing dans les côtes. J'ai entendu dire qu'il avait trouvé un job à Manchester… C'est vrai ? »

Leo se mit à rire.

« Ce n'est pas *mon* flic, mais c'est vrai : on lui a proposé un poste, et je pense qu'il va l'accepter. Il dit qu'il ne veut pas de promotion parce qu'il n'a pas envie de se retrouver dans un bureau et qu'il n'a pas besoin d'argent. Il va garder le *cottage* pour les week-ends, mais comme ça fait un peu loin pour des trajets quotidiens, il va essayer de se trouver autre chose pour la semaine.

— Leo, ce type a vraiment joué un rôle décisif dans cette histoire. Je me demande bien ce qu'on aurait fait sans lui. Tu crois que lui et toi, vous pourriez… ?

— Arrête ! s'exclama Leo en la repoussant. On s'entend bien, c'est vrai, et il a quelques qualités bien cachées, mais…

— Quoi, tu veux dire, en plus de son physique et de son calme olympien ?

— Pour ta gouverne, sache qu'il peut parfois se comporter en vrai petit con irascible, alors ne te laisse pas avoir par ses faux airs de type sympa. Et puis il n'est pas du genre à me sauter dessus, si tu vois ce que je veux dire.

— Dommage, dit Ellie en souriant. Autre chose ?

— Eh bien… il sait très bien faire le curry et il n'est pas du genre à m'appeler "chérie". Deux points déterminants en sa faveur. »

Ellie se mit à rire et se blottit un peu contre sa sœur, savourant ce moment de proximité tout en se demandant s'il pourrait durer.

* * *

Comme il était bon de rire, après toutes les raisons de pleurer qu'avaient apportées les semaines passées ! Et pourtant Leo ressentait une très faible douleur au niveau de son visage, comme si elle forçait sur des muscles qui s'étaient affaiblis faute d'avoir été utilisés.

Elle s'était sentie soulagée quand elles avaient cessé de parler de leur père. Elle était à deux doigts de tout dire à Ellie, mais elle savait que sa sœur était encore très vulnérable. Ainsi, malgré tout ce qu'elle avait pu écrire dans son *post*, elle allait respecter le vœu d'Ellie :

ne rien lui cacher, mais attendre qu'elle se sente prête à entendre la vérité. Pour le moment, le peu qu'elle lui avait dit était largement suffisant.

Mais Leo avait de la peine pour Sean. Le comportement qu'il avait adopté avait beau avoir complètement désorienté Ellie, il ne méritait pas de mourir. Ellie lui avait tout raconté des messages menaçants qu'elle avait ignorés en pensant qu'il en était l'auteur. Mimi, pendant ce temps, avait fait de nombreuses incursions dans la maison, et ce, apparemment, pour deux raisons : la haine que lui inspirait Ellie en tant que meilleure amie et meilleure alliée de Georgia, et la certitude qu'elle avait une aventure avec l'homme qui avait renversé Abbie et ruiné tous ses plans.

Personne ne savait encore pourquoi Mimi avait cru que Gary était l'amant d'Ellie, et Leo n'avait pas osé avouer qu'elle avait pensé la même chose.

Les clefs de la Ferme du Saule avaient été retrouvées, ce qui apportait un immense soulagement. Pat les avait découvertes en rangeant les affaires de Mimi. Comme Ellie l'avait deviné dès le départ, Max avait déposé le trousseau sur le plan de travail, et Mimi l'avait volé.

Il allait leur falloir du temps, à tous, pour se remettre de cette histoire, mais les choses, au moins en surface, revenaient petit à petit à la normale. Les jumeaux regardaient le sport avec leur papa (seulement les meilleurs trucs, comme ils disaient, c'est-à-dire le cyclisme pour la petite championne qu'était devenue Ruby). Il était donc bien agréable de pouvoir passer un peu de temps seule au soleil en compagnie d'Ellie.

Mais à peine venait-elle de formuler cette pensée que Leo entendit le vrombissement d'une voiture de luxe qui s'engageait dans l'allée. En tournant la tête, sa sœur et elle eurent juste le temps d'apercevoir l'Aston Martin de Charles Atkinson, avant que celle-ci ne disparaisse derrière la maison.

« Nous sommes de l'autre côté ! » cria Ellie, après qu'elles eurent entendu les portières claquer.

Charles et Fiona s'approchèrent de la pelouse. Leo ne parvenait pas à mettre le doigt sur ce qui avait changé en eux, mais ce qui était sûr, c'était que Fiona semblait plus détendue et mieux dans sa peau, et que, pour une fois, elle était habillée en jean et T-shirt. T-shirt très élégant, certes, mais T-shirt tout de même. Mais le plus curieux, c'était que Charles et elle se tenaient par la main.

« Coucou, vous deux, lança Ellie avec un sourire chaleureux. Ça fait plaisir de vous voir. Allez chercher des chaises. Je vais vous faire un café. »

Charles, qui semblait un peu nerveux, se précipita vers les chaises.

« Nous étions venus voir comment vous alliez, tous les trois, dit-il.

— Très bien, merci, répondit Leo. Pour ma part, je suis sur la bonne voie. » Elle leur adressa son plus beau sourire. Personne n'avait besoin de savoir ce qu'elle ressentait au fond d'elle. Quand elle repensait aux soupçons qu'elle avait eus au sujet de Charles, elle avait du mal à s'empêcher de grimacer.

« Notre situation n'est rien comparée à celle de Bella et Penny, ajouta Ellie. Il y a tellement de choses qu'elles vont devoir affronter… »

Tous restèrent silencieux pendant un instant.

« Si seulement la police avait compris plus tôt pour Gary, rien de tout cela ne serait sans doute arrivé, finit par dire Ellie. Sean ne serait pas mort, et Mimi aurait été sous les barreaux. Nous ne savons toujours pas comment la police a fini par découvrir qu'il s'agissait de Gary. Tom est au courant, mais il ne veut rien nous dire ; il maintient qu'il est tenu par le secret professionnel. »

Charles regardait ses pieds. Fiona lui prit la main.

« C'est pour ça que nous sommes venus vous voir, affirma-t-elle. C'est Charles qui a fini par dire à la police pour Gary. Il n'a pas vu l'accident, mais il savait que Gary avait pris la route de traverse ce soir-là.

— Mais… Je croyais que tu étais à Londres, Charles », balbutia Leo.

Charles garda les yeux baissés. Fiona prit une profonde inspiration.

« Je crains que ce ne soit ma faute, dit-elle. C'est très embarrassant, vous savez… Il y a quelques jours à peine que nous nous sommes tout avoué l'un à l'autre, mais nous avions l'impression que nous ne pouvions pas vous cacher la vérité plus longtemps, que nous vous devions une explication. »

Leo regarda Ellie. Comme elle, sa sœur ne semblait pas avoir la moindre idée de ce dont Fiona parlait.

« En fait, Charles est revenu de Londres vendredi soir. Il voulait me faire une surprise, mais quand il est arrivé à la maison, il a vu la voiture de Gary dans l'allée. Il savait que j'avais discuté avec lui des permis de construire pour le jardin d'hiver, mais il était tard. Trop tard pour une visite d'affaires. Et plus encore pour une visite amicale. Et puis, si j'avais eu l'intention de recevoir, je l'aurais de toute façon dit à Charles. »

Elle leva les yeux vers son mari et lui adressa un tendre sourire.

« Je n'arrivais pas à me résoudre à rentrer, dit-il. Je ne savais pas ce que j'allais trouver et, tout bien considéré, je préférais ne pas savoir, si vous voyez ce que je veux dire. Mais j'ai tout de même attendu. Je voulais voir à quelle heure il partirait. Et surtout, *si* il partirait. »

Fiona se pencha en avant.

« Il est bien parti. Il ne s'est rien passé. Charles le sait, désormais. Néanmoins, il n'est pas rentré à la maison après le départ de Gary. Il ne voyait pas d'excuse plausible pour débarquer à 1 heure du matin, étant donné que le dernier train arrive quatre heures plus tôt, alors il est allé dans un hôtel. Et il a suivi Gary jusqu'en haut de la route de traverse.

— Ma voiture est passée devant une caméra de vidéosurveillance, alors j'ai dû me rendre au commissariat pour m'expliquer. J'aurais dû tout leur dire à ce moment-là, je le sais bien. Mais si je l'avais fait, ils auraient interrogé Fiona, et je n'avais pas envie de parler de mes soupçons. Je ne savais même pas comment j'allais affronter ça moi-même. Ce n'est qu'une fois que nous avons parlé tous les deux et que tout a fini par sortir que nous nous sommes mis d'accord sur le fait que je devais tout raconter à la police. Alors j'ai appelé jeudi soir et je suis allé au commissariat. Mais apparemment, je m'y suis pris quelques heures trop tard. Car à ce moment-là, si j'ai bien compris, le corps de Sean avait déjà été retrouvé. Je vous présente mes excuses. À toutes les deux. J'aurais pu empêcher tout ça.

— Non, dit Fiona, en tirant un peu sur la main de Charles qu'elle serrait toujours dans la sienne et en attrapant sa main libre. Tu n'es pas le seul responsable. Je me doutais bien du chemin que Gary avait dû emprunter pour rentrer chez lui, vu la quantité d'alcool qu'il avait ingurgitée. Et je savais qu'il mentait quand il a dit samedi soir qu'il avait la Porsche depuis quelques jours. Mais honnêtement, je n'ai pas raccroché les wagons. Bien sûr, il conduisait sa BMW le vendredi soir, mais il préférait brouiller les pistes au cas où quelqu'un l'aurait vu. »

Ellie fronça les sourcils. « Oh, mon Dieu ! Ce doit être la voiture de Gary que j'ai vue passer cette nuit-là. Il a dû me reconnaître. Je n'ai pas arrêté de me demander pourquoi la personne que j'avais croisée n'était pas allée dire qu'elle avait vu ma voiture ; elle est tellement reconnaissable…

— Et toi, tu ne l'as pas reconnu ? s'enquit Leo.

— Non. C'est ça qui est bête. Jusqu'au jeudi, j'avais complètement oublié que j'avais croisé quelqu'un, et quand ça m'est revenu, la seule chose dont je me suis souvenue, c'est d'un coupé de couleur sombre. Si je m'étais rendu compte que c'était une BMW, j'aurais sans doute percuté. Mais comme ensuite, Gary s'est pointé dans une Porsche rouge en disant qu'il l'avait depuis deux jours, j'ai dû l'éliminer inconsciemment de ma liste de suspects. De toute façon, son petit stratagème était parfaitement inutile, puisque j'avais complètement oublié.

— Tout cela n'a plus d'importance, maintenant. Il n'y avait aucun indice sur la scène de crime, mais d'infimes traces de vêtements appartenant à Abbie ont été retrouvées sur la calandre de sa BMW. Il lui était donc impossible de nier. Ce qui ne change rien au fait que j'aurais dû agir plus tôt. » Charles avait de nouveau les yeux fixés sur le sol, qu'il regardait comme s'il aurait aimé qu'il s'ouvre et l'absorbe tout entier.

Leo avait hâte que la conversation se termine. Elle n'avait pas envie de parler des responsabilités des uns et des autres. Ils avaient tous commis des erreurs.

« Merci de nous avoir tout expliqué, Charles. Encore un mystère de résolu. Je vais aller faire du café, si ça vous dit, proposa sa sœur en se levant.

— Non, Ellie, dit Leo. Avec cette machine, même moi je peux y arriver. »

Elle avait besoin de fuir. Si seulement elle s'était rendu compte que Gary avait menti au sujet de sa voiture, elle aurait pu rassembler les pièces du puzzle. Elle n'avait dit à personne qu'elle savait qu'il était sorti le vendredi soir, lui aussi, pensant bêtement pouvoir ainsi protéger Ellie, puisqu'elle pensait que c'était l'homme qu'elle était partie retrouver. Elle était tout aussi coupable que Charles.

53

Fiona et Charles ne semblaient pas disposés à partir, mais une fois leur café terminé, Ellie s'était excusée auprès d'eux sous prétexte d'aider Max à donner leur bain aux jumeaux. Elle avait toujours autant de mal à les quitter des yeux plus de cinq minutes, et la perspective de leurs vacances toutes proches la réjouissait vraiment. Elle allait enfin les avoir tous les trois pour elle.

Leo avait semblé inquiète à l'idée d'être laissée seule avec Fiona et Charles, et Ellie fut soulagée de constater qu'ils étaient partis au moment où elle retourna dans la cuisine.

Par les grandes portes vitrées, elle pouvait voir sa sœur, désormais seule sur le banc, et l'air abattu qu'elle affichait ne manqua pas de l'attrister. Soudain, elle entendit un bruit derrière elle et s'aperçut que Max observait la scène lui aussi. Sans détacher son regard des vitres, il la prit dans ses bras et la serra fermement contre sa poitrine, laissant sa tête retomber sur son épaule.

« Ne t'inquiète pas pour elle, Ellie. Elle a vécu une expérience terrifiante, et il lui faut lutter pour accepter ce qu'elle a fait, mais c'est une dure.

— Non, ce n'est pas vrai. Et tu le sais très bien. C'est sa carapace qui est dure, pas le reste. Je n'aime pas la laisser toute seule.

— Elle peut venir avec nous, si tu veux. »

Touchée par sa prévenance, Ellie sourit. Elle savait qu'il n'en avait pas vraiment envie.

« C'est elle qui ne voudra pas.

— Et si tu lui servais un petit verre de vin ? Vas-y. Je vous rejoins dans une minute. Il faut d'abord que je fasse un truc. »

Ellie alla chercher deux verres et une bouteille fraîche dans le réfrigérateur. Elle venait d'arriver dans le jardin quand elle vit Max sortir de l'atelier, un vaporisateur à pompe à la main.

« Mais qu'est-ce que Max fiche avec ce truc ? lui demanda Leo quand elle vint la rejoindre sur le banc.

— Il vaporise un produit sur les rosiers. D'après Gary, qui est manifestement plus doué pour le jardinage que pour les relations humaines, nos roses jaunes souffrent d'une espèce de maladie liée à un champignon. Il en a coupé une (l'une de mes préférées, soit dit en passant) le soir de la fête et il l'a apportée dans la salle à manger pour me montrer qu'elle était malade. Discrètement. Il a dit qu'il ne voulait pas m'embarrasser devant mes invités. » Elle conclut ses propos par un soupir de dérision, pour montrer à quel point ce geste de discrétion, comparé à tout ce qui s'était passé, lui paraissait dérisoire.

Leo sourit. « Je m'en souviens, maintenant. Il est venu me voir dans la cuisine ; il te cherchait.

— Tout cela est vraiment très bizarre. Je me demande comment un type qui se consacre si passionnément à la perfection des végétaux peut se comporter comme un monstre avec sa femme. Mais pour être honnête, maintenant, j'aimerais bien que Max m'arrache tous ces rosiers. Les roses jaunes ont toujours été mes préférées, mais Sean m'en laissait tout le temps partout. Il en avait même mis une dans le réfrigérateur, le soir de la fête.

— Arrête! C'était lui aussi, à John Lewis, le dimanche suivant?

— Tout à fait. C'est pour ça que j'étais de si mauvais poil. Il en avait aussi laissé une sur le pas de la porte le soir de ton arrivée. C'était tellement bizarre.

— Mais pourquoi est-ce que tu ne m'as rien dit? Je ne t'aurais pas jugée », lui dit Leo en lui adressant un sourire un peu triste.

Ellie fut dispensée de répondre par un mouvement qui attira son attention, au-dessus de la tête de sa sœur, dans le chemin qui menait à l'avant de la maison. Une nouvelle visite.

« Salut! J'étais certain que je vous trouverais tous dans le jardin. Ça vous dérange si je me joins à vous?

— Salut, Tom! s'exclama Max. Tu arrives à point nommé. Une bonne excuse pour arrêter cette corvée et aller chercher deux autres verres.

— Mais je ne voudrais pas vous déranger… J'étais juste venu voir comment vous allez, tous. Et puis je me demandais si je pouvais convaincre la grande blessée de venir dîner avec moi, dit-il en s'approchant du banc et en posant doucement sa main sur l'épaule de Leo.

— Seulement si tu es prêt à me couper ma viande », rétorqua Leo d'un air morne.

Tom, qui avait apparemment appris à connaître son caractère, ne parut pas s'offusquer de son manque d'enthousiasme.

«Bien sûr. Ce sera un peu comme quand j'emmenais Lucy au restaurant quand elle était toute petite. Même si je doute que tu te montres aussi sage qu'elle, répondit-il en souriant.

— Est-ce qu'il faut que je me change? Je te demande ça parce que ce n'est pas de la tarte, avec ce truc au bras…

— Non, je te prends comme tu es. Allez, on va chez moi, chercher mon carrosse. Vu que je n'ai plus mon vieux tas de ferraille pour te transporter…

— Et c'est tant mieux! Je vais prendre mon sac, alors.»

* * *

Quand Leo réapparut dans le jardin, une dizaine de minutes plus tard, Tom lui jeta un regard appréciateur. Contrairement à ce qu'elle avait dit, il était évident qu'elle avait fait quelques efforts pour s'apprêter, mais il savait qu'il ne valait mieux pas se risquer à faire le moindre commentaire. Elle lui lança l'un de ses regards de défi si caractéristiques.

Il se leva pour la rejoindre et passa nonchalamment son bras autour de ses épaules. L'espace d'un instant, elle se crispa un peu, mais il fut surpris de la sentir se détendre rapidement.

«J'étais en train de parler à Tom de Fiona et Charles, et de leur "amooour" retrouvé, dit Ellie. C'est tout de même super que quelque chose de bon soit sorti de cette histoire.»

Leo parut bien moins enthousiasmée que sa sœur par le bonheur tout neuf de Fiona.

« Si tu le dis. Mais je ne suis pas sûre qu'elle le mérite, étant donné qu'elle s'apprêtait à avoir une liaison avec le mari de Penny. Je me doutais bien qu'elle manigançait quelque chose, parce que l'autre jour, quand on déjeunait ensemble, quelqu'un l'a appelée. Dans un premier temps, elle a minaudé, mais ensuite, elle s'est reprise et a joué la fille farouche. » Elle s'interrompit quelques instants. « Au fait, Ellie, je me demandais… qu'est-ce que c'est que ce fameux secret de Fiona ? Elle m'a dit qu'elle avait eu le cœur brisé, et Mme Talbot m'a raconté qu'elle était enceinte quand elle est partie. Je trouve que ça fait beaucoup de mystères…

— Oh, cette sale Doreen Talbot, elle n'a jamais su tenir sa langue ! répondit Ellie. J'ai gardé ce secret pendant de nombreuses années, mais je pense que ce n'est plus un problème si je vous le dis maintenant, d'autant moins que Charles est désormais au courant de toute l'histoire. C'est arrivé quand nous avions environ 17 ans. Fiona était un peu secrète, vous savez ? Et elle l'est toujours, d'ailleurs. Je savais qu'elle fréquentait quelqu'un, mais je ne savais pas de qui il s'agissait ; elle ne me l'avait pas dit. Ils avaient l'habitude de se retrouver dans le bois, celui qui est à côté de la route de traverse. Tout ce que je savais, c'était qu'il était plus âgé qu'elle. Je me disais que ce devait être l'un des profs du lycée, mais je n'en étais pas certaine. Elle était tellement jolie. Tu te souviens ?

— Pas vraiment, répondit Leo. Elle était amie avec toi et je la voyais au lycée, mais je n'ai jamais vraiment fait attention à son physique.

— Il y avait beaucoup d'hommes qui la trouvaient très attirante. Et si je dis "hommes", ce n'est pas sans raison. Elle avait le genre de physique qui plaît aux hommes mûrs plus qu'aux adolescents, et tous les profs étaient à ses pieds.

— Alors elle est tombée enceinte et sa famille l'a mise dehors ? »

Tom eut soudain un terrible pressentiment : il savait ce qui allait se passer. La vérité était en train de foncer sur eux comme un train de marchandises, et il ne voyait aucun moyen de l'arrêter.

« Oh non. Elle n'a jamais été enceinte. Ce sont les gens du village qui en ont déduit ça, mais ils se sont trompés. Non, c'était bien pire que ça. » Ellie s'interrompit. « Écoutez, je préférerais que vous n'en parliez pas avec elle, mais la vérité, c'est qu'elle a été violée. »

À ces mots, Tom sentit tous les muscles du corps de Leo se contracter. Il l'attrapa par l'épaule pour l'attirer doucement contre lui, pour l'apaiser.

« Qui, Ellie ? Qui l'a violée ? demanda-t-elle d'une voix angoissée.

— Elle ne me l'a pas dit. Ses parents ne l'ont pas crue et lui ont reproché de l'avoir bien cherché. Ils prétendaient qu'elle aguichait les hommes avec les vêtements qu'elle portait. Ce qui était absolument faux. Elle ne s'habillait pas plus sexy que toi ou moi. Bref, elle me l'a dit, parce que je l'ai trouvée peu après en train de pleurer comme une madeleine dans *notre* jardin, Dieu sait pourquoi.

— T'a-t-elle expliqué ce qui s'était exactement passé ? » demanda Max. Il était évident qu'il s'agissait d'une nouvelle pour lui aussi. Tom resserra son étreinte autour des épaules tendues de Leo.

« Elle tenait un discours incohérent. J'ai essayé de la faire entrer dans la maison, mais elle n'a pas voulu.

Elle devait avoir peur de la vieille sorcière ; ça se comprend. Alors je l'ai raccompagnée chez elle. Tout ce que j'ai réussi à lui tirer, c'est qu'elle pensait qu'il était amoureux d'elle. Apparemment, elle est allée le retrouver dans le bois, comme d'habitude, mais ce jour-là, il ne s'est pas arrêté. Elle ne se sentait pas prête, alors elle s'est débattue et elle a même hurlé, mais il lui a ri au nez et lui a dit d'arrêter de l'exciter. Et au bout du compte, il l'a forcée. Elle a été complètement dévastée. Quoi qu'il en soit, je l'ai encouragée à le dire à ses parents, en pensant qu'ils lui apporteraient leur soutien et appelleraient la police, mais au lieu de cela, ils l'ont envoyée chez sa tante à Londres. Et voilà. Elle a catégoriquement refusé de dire qui c'était, même à moi, mais, pour ma part, je ne me suis plus jamais approchée de ce bois. Je n'ai eu aucun contact avec elle jusqu'à ce qu'elle revienne dans le village il y a quelques années. Et elle n'avait jamais rien dit à Charles, jusqu'à cette semaine. »

Leo garda le silence. Elle adressa à Tom un regard désespéré, qu'il comprit comme une façon silencieuse de lui demander de l'emmener loin d'ici. Il resserra encore son étreinte.

« Une bien triste histoire, dit-il. Heureusement que les choses semblent s'être arrangées pour eux. »

Là-dessus, il se pencha vers Leo et effleura ses cheveux de ses lèvres en chuchotant :

« Allez, je crois qu'on va passer la soirée à la maison. J'ai une bouteille de vodka dans le congélateur et un grand *biriani* qu'il ne reste plus qu'à réchauffer. On y va ? »

Sachant que la raideur de Leo serait interprétée comme une réaction à cette ostensible démonstration d'affection, Tom leva les yeux au ciel et secoua légèrement la tête, comme pour se moquer un peu d'elle. Max et Ellie lui sourirent ; il agita sa main dans leur direction et conduisit doucement Leo vers le portail du jardin.

En remontant l'allée pavée de galets, il entendit Max et Ellie rire. Il était content que Leo n'ait rien dit. Certes, il faudrait bien qu'ils l'apprennent un jour ou l'autre, mais pour le moment, ils avaient besoin de profiter de leurs vacances et de faire la paix avec tout ce qui s'était passé. Il était déjà assez triste que Leo ait à supporter toutes ces horreurs. Heureusement qu'il était là pour la soutenir.

Alors qu'il se faisait cette réflexion, il sentit la pression de la tête de Leo, qu'il tenait toujours par les épaules, se relâcher un peu, et il comprit qu'elle cherchait à s'écarter de lui. Son moment de faiblesse était passé ; elle allait de nouveau se retrancher derrière son mur d'indifférence. Et il n'avait aucune idée de ce qu'il pouvait faire pour l'aider.

Elle s'arrêta au milieu de l'allée et se retourna vers la maison, sans rien paraître remarquer des rires joyeux qui émanaient du jardin, du bourdonnement des abeilles dans la lavande, de la brise fraîche du soir qui soufflait doucement sur ses cheveux et les faisait flotter au-dessus de ses épaules. Tom observa sans mot dire son visage inexpressif. Elle semblait perdue dans un océan de souvenirs. Et soudain, elle prit une profonde inspiration, et la tension qui émanait d'elle sembla se dissiper. Elle regarda Tom, les lèvres incurvées vers le haut, dans une vaillante esquisse de sourire, mais ses yeux étaient aussi tristes que des lacs gelés.

«Allez, viens. On va dîner.»

Leo n'attendit pas la réponse de Tom. Elle se détourna brutalement de lui et poursuivit son chemin vers le portail, sans même se retourner pour jeter un coup d'œil derrière elle.

Liens

En écrivant *The Back Road*, j'ai découvert un document très utile qui explique les dangers du cyber-traquage. Même si vous n'en avez jamais été victime, ce document expose clairement les risques et conseille de bonnes pratiques pour un usage plus sûr des médias sociaux. Vous pourrez en trouver la version PDF ici :

http://www.digital-stalking.com/library/guidelines/
digital-stalking-technology-risks-for-victim.html

Tout au long du roman, plusieurs références sont faites à la musique, notamment au moment où Max passe à Ellie ses morceaux de musique «sirupeuse» préférés. Une liste Spotify a été créée ici :

http://open.spotify.com/user/1169056059/
playlist/5VlNcdgoTEhCNpYmsQpF7X

Le site Internet de Rachel Abbott contient également des recettes issues du roman :

http://www.rachel-abbott.html

et une sélection de clips musicaux :

http://www.rachel-abbott.com/music.html)

pour ceux d'entre vous qui n'utilisent pas Spotify.

Remerciements

J'ai une dette de gratitude envers nombre de personnes qui m'ont aidée à écrire ce livre et j'ai sincèrement apprécié les conseils qu'elles m'ont si volontiers donnés.

Comme toujours, je souhaite remercier John Wrintmore pour ses précisions sur le travail policier et pour ses réponses à toutes mes questions, y compris les plus triviales. Brenda Duncan et Becky Scrivener, grâce à leurs nombreuses années d'expérience de travail au sein d'une unité de soins intensifs, m'ont été incroyablement utiles pour les détails qui, je l'espère, rendent les scènes de l'hôpital réalistes. Je les remercie également pour leurs explications si précises sur le coma. Toute erreur dans ce domaine ne pourra être imputée qu'à moi-même.

De nombreuses autres personnes m'ont offert de précieuses informations, dont certaines dépassaient même le cadre de ce livre. Patrick, Daniel, Claudia, merci d'avoir pris le temps de m'informer sur tout, des discussions d'adolescents sur Facebook au maximum d'argent liquide qu'un individu peut retirer à la banque sans éveiller les soupçons.

Mes premiers lecteurs ont été fantastiques et m'ont fait de précieuses remarques et suggestions. Merci à Annie, Kath, Trevis, Janna, Sarah, Kathlyn, Steven, Kenni et Lindsay ; vos commentaires étaient tous très constructifs et positifs. Je tiens à remercier plus particulièrement encore Judith, pour m'avoir relue non pas une, mais trois fois.

Fidèle à son habitude, Alan Carpenter a excellé dans le design de la couverture. Je lui ai fait faire beaucoup d'aller-retours, pour, bien sûr, revenir au point de départ, et il a résisté à la tentation de me lancer un « Je te l'avais bien dit ».

J'ai eu trois éditeurs exceptionnels : Clare, Charlotte et Shari. Merci de m'avoir aidée à rassembler mes idées. Sans vous, ce livre n'aurait pas été ce qu'il est.

Je tiens aussi à exprimer ma gratitude à mon agent, Lizzy Kremer, source constante de soutien et de conseils avisés, de même que le reste de l'équipe de David Higham Associates, et notamment Laura et Harriet.

L'équipe de Thomas & Mercer s'est quant à elle montrée encourageante tout au long de cette aventure et a répondu à mes innombrables interrogations. Un grand merci à Terry Goodman et à l'équipe d'auteurs, en particulier Jacques et Danielle.

Et bien sûr, comme toujours, merci à John de me permettre de parler sans arrêt de mes intrigues, mes personnages, mon prochain livre. Ta foi en moi est une source d'inspiration.

Achevé d'imprimer par GGP Media GmbH, Pößneck
en mars 2015
pour le compte de France Loisirs,
Paris

Composition : Soft Office (38)

N° d'éditeur : 80235
Dépôt légal : décembre 2014
Imprimé en Allemagne